霍松林选集

第四卷 随笔集

霍松林 著

HUO SONGLIN XUANJI

陕西师范大学出版总社有限公司

图书代号：ZH10N0959

图书在版编目（CIP）数据

霍松林选集. 第四卷，随笔集／霍松林著. —西安：陕西师范大学出版总社有限公司，2010.10
ISBN 978－7－5613－5259－5

Ⅰ. ①霍… Ⅱ. ①霍… Ⅲ. ①霍松林—选集②随笔—作品集—中国—当代 Ⅳ. ①I217.2

中国版本图书馆 CIP 数据核字（2010）第 174695 号

霍松林选集　第四卷　随笔集
霍松林　著

出版统筹	刘东风　冯晓立
责任编辑	王晓飞　杨　杰
封面设计	安宁书装
版式设计	朱　雨
出版发行	陕西师范大学出版总社有限公司
	（西安市长安南路 199 号　邮编　710062）
网　　址	www.snupg.com
印　　刷	万裕文化产业有限公司
开　　本	710mm×1020mm　1/16
印　　张	326
插　　页	4
字　　数	6135 千
版　　次	2010 年 10 月第 1 版
印　　次	2010 年 10 月第 1 次印刷
书　　号	ISBN 978－7－5613－5259－5
定　　价	2980.00 元（全十册）

读者购书、书店添货或发现印刷装订问题，请与营销部联系、调换。
电话：(029)85307864　　传真：(029)85251046

目 录

伤逝忆旧

序《书联集锦》忆右翁/002

缅怀邓宝珊先生/008

怀念匪石师/012

怀念辟疆师/026

忆于右任先生在广州/033

忆髯翁答《中国书法》记者李廷华问/037

《太华图》及诸名家题咏/045

惕轩先生百年祭/050

忆王达津、胡念贻先生/051

我所了解的徐中玉先生/053

花甲忆往/056

缅怀往昔话读书/066

萍踪剪影

终生难忘是童年/076

佛殿书声/078

柏溪留影/080

游学金陵/083

讲学南泉/086

故里授徒/089

从头学起/092

难忘一九五六年/093

雪中抖擞/096

友朋山水之乐/098

松花江畔话红楼/103

集思广益编教材/106

首届硕士生招生/108

一览小群山/109

首届全国唐诗讨论会/111

中州揽胜/113

浙江记游/116

畅游山西/119

从兰州到敦煌/122

观沧海/125

东渡讲学/127

难忘松本遇知音/130

射洪留影/132

为谋发展求基地/133

珍贵的摄影/135

旧雨新知会澳门/137

黄帝陵前/142

以养竹喻育才/143

常德评诗/144

盛会秦州说杜诗/146

伏羲庙里话唐槐/147

京都盛会说唐诗/149

北山纪游/152

信大讲演/154

钟楼敲钟/156

为振兴中华诗词效力/158

弘扬祖德拓新宇/159

谈书论画

茹桂的书法和书论/162

谈李成海的书法/164

谈毛选选楷书《秦州杂诗》/167

谈《二妙轩碑帖》/169

回某书法家的信/174

书法陶情/179

读胡西铭的画/180

序区画庄女士画集/182

长安诗话

古代长安歌谣/184

王粲的《七哀》第一首/187

《长安道》和《长安有狭斜行》/189

杜甫的《夏日李公见访》/192

南山诗/194

枣树的赞歌
　　——说白居易《杏园中枣树》/197

旱灾诗与抗旱诗/199

关于《柏梁台诗》/202

马总赠日僧空海"离合诗"/206

王绩在长安所作问答体诗/210

文化撷英

关于传统文化与古典文学的思考/214

重塑陕西人文精神答陕报记者问/216

文学现象的哲理性思考/218

魏晋三大思潮/222

文理融通的桥梁/224

意境·风格·流派/226

谈《唐诗风流佳话》/228

诗集编排法/230

陈尧佐诗文辑佚/232

当代少数民族诗人/233

语文美育教学/235

对句、楹联仍有生命力/236

历代诗人咏延安/238

关于屈原及其作品的研究/240

围绕《沁园春·雪》的一场笔战/242

劝人勤奋读书没有罪/244

校园文化的一个窗口/247

王作人和他的《警坛忠魂》/249

开疆拓土纪新元/251

《亚细亚文化》创刊献辞/254

西安别名、简称小议/257

阅世随笔

谈　虎/260

谈　蚊/271

华山抒感/276

清明时节话清明/280

普救寺里说西厢/283

鸡年抒情/284

马嵬诗漫话/285

诗艺杂谈

人为什么要作诗/298

诗用数词的艺术特点/301

卢仝的《有所思》与贺铸的《小梅花》/304

谈杜甫《秦州杂诗》的格律特点/308

陈元方的诗改理论与实践/310

律诗及其"改革"/314

在继承的基础上创新/320

建设者的诗歌创作优势/324

中华诗歌中的喜剧意识/326

关于古典诗歌的今译/329

新诗与传统诗词应优势互补/331

关于"艳体诗"/334

诗的创新与用韵/336

鉴赏漫议

谈诗文鉴赏/340

咏花诗词鉴赏/344

山水、花鸟诗词鉴赏/347

谈陈志明教授的诗歌鉴赏/350

谈《中华文学鉴赏宝库》/354

治学刍言

我的师承关系/360

关于练基本功/364

治学经历和感想/370

"断代"的研究内容与非"断代"的研究方法/377

漫谈自学/381

碑记选存

黄帝陵香港回归纪念碑记/386

三原于右任纪念碑记/388

于右任撰书麦积山石窟楹联碑记/390

雷简夫荐三苏纪念碑记/391

西安钟鼓楼新制洪钟巨鼓碑记/392

凤凰山名胜碑记/393

松园碑记/394

天水诗书画研究院筹建碑记/395

卦台山伏羲庙碑记/396

天水诗圣碑林记/397

重建紫云楼碑记/398

长沙杜甫江阁碑记/400

重修圣境寺碑记/402

课余随笔

于右任先生嘱集对联/404

辟疆师见示近作/405

辟疆师与李拔可先生论诗/406

夏剑丞先生《题太华图赠右老》/407

辟疆师论治目录学/408

名词动用举例/411

仲长统论贪污之故/412

李、杜诗中之石门/413

老杜状月诗/414

老杜当时无篇什者往往补写于异日/415

丁棱"棱等登"/416

郭祥伯论唐文/417

后山不背知己/419

后山送内/420

后山《寄外舅郭大夫》/421

后山七律压卷/422

戴复古诗有家学/423

方回论律诗变体/424

元好问论诗重阳刚之美/425

元好问论文/426

中州豪杰李屏山/427

屏山、遗山论诗/429

鸂林墨迹/430

殷岳、张盖/431

卢世㴶《杜诗胥钞》/432

杜甫与杜五郎/434

清初江左三大家/435

钱牧斋其人其诗/436

牧斋诗论诗风/437

梅村诗有寄托/439

梅村五古时得杜韩之胜/441

芝麓学杜未化/442

愚山、渔洋诗论诗格之异/444

陈其年词以壮语见长/446

朱竹垞词/447

笠翁论剧特重新调/448

袁枚论善学古人、求变求新/449

好意翻新/450

"温柔敦厚"与"兴观群怨"/451

五七言诗难易及"一三五不论"之谬/452

高密诗派与《二客吟》/453

全祖望以乡邦故实名集/454

黄仲则太白楼赋诗/455

黄仲则七古/456

宋芷湾论文/458

清明诗数例/459

惕轩诗文/460

鸡鸣寺题壁诗/461

慈爱园/462

诗词每句用同一字/464

旅途纪历

别了,郑州/466

平汉路上/467

汉口信宿/469

汉口到九江/472

小孤前后/475

怀宁两日/477

行旅的结束/478

伤逝忆旧

序《书联集锦》忆右翁

乙酉初夏,雨过天晴,我正在窗前伏案写作,忽然门铃轻响,于媛女士推门而入,将一大摞书稿放在我眼前说:"这是我编辑的《于右任书联集锦》,请霍老题签作序。"我请她在对面沙发上坐下,然后逐页欣赏,始而凝视,继而惊喜,兴奋地说:"书编得很好!第一,入选的大多数是于书楹联,规模之大,选择之精,都值得重视;第二,其中不少作品,大陆已有的出版物中似乎还未出现,足以开拓眼界,引人入胜。这是您经过长期努力才汇集选编的,您一定有许多话要说。因此,这篇序,还是由您执笔、署名最合适;至于我,能有题签的机遇,已经深感荣幸了。"

于媛说:"霍老既然认为这部书有新特点,那么这篇序也应该不落常套。我认真想过,您在青年时期曾和于老交往数年,于老称您为'文字交'或'忘年友'。您在序中谈谈和于老交往时的见闻和感受,便可从一个新的视角彰显于老的人品、诗品和书品,使读者在了解掌故的盎然兴味中深受启迪,岂不比空发议论强得多!"

我由衷地称赞道:"这是绝妙的'创意'!"便欣然赞同。

年华易逝,如今我已是 85 岁的老人。抚今追昔,感慨万千。那是 1947 年的春天,我正在南京中央大学中文系读三年级,曾在《中央日报》、《和平日报》和《人文》等刊物上发表了不少诗词、随笔和学术论文,受到老师们的赞许。于老长监察院,聘请了许多著名学者任监察委员,其中就有我的老师汪辟疆教授和卢冀野教授。他们在监察院开会休息时聊天,夸奖我这个来自西北的学生功底扎实,才华出众。于老听了很高兴,说他在报纸上也注意到署名霍松林的诗文,接着大发议论:"我们西北在周秦汉唐时很出人才,宋代以后经济南移,西北落后了,现在是江浙财团的天下,但西北还是有人才的,大家讲的霍松林,不就是难得的人才吗?"汪老师抓住时机,对于老讲:"这个学生家境清贫,学费困难,希望介绍个业余工作。"于老说:"做工影响学业,叫他来见我,我供学费。"汪老师回校后把这一切告诉我,要我拿上论文剪报和手抄诗词去拜见于老。我第一次到宁夏路一号拜谒于老的情景和他对我的谆谆教诲,在我的有关诗文和《人民日报·海外版》的专访中都有记述,这里不必详谈。这一次和此后多次拜谒,在谈话结束时都用宣纸写一张条子,让我到财务室去从他的工资中领一笔钱。这种条子,先后写过十多张,后来有人说:"你把那些条子珍藏起来,就更有价值。"这一点,我当时就意识到,但我实在太需要学费啊!

于老一身正气,两袖清风,一贯缺钱用,却从微薄的工资中抽出一部分给我作学费,充分体现了他为国育才,"为万世开太平"的博大胸怀。1948 年春,于老奉命参加"副总统"竞选,友人善意劝阻,问他"拿什么与人家争"。他笑着说:"条子!"友人大惊:"你还有条子?"他又笑着说:"有啊!乃手书'为万世开太平'的纸条子,非金条子也。"于老短时期内日夜挥毫,遍赠"国大代表",我曾为他拉纸。每一条幅写的都是"为天地立心,为生民立命,为往圣继绝学,为万世开太平"。大家都知道:这是北宋"关学"大师张载的名言,于老奉为座右铭而付诸实践,成为他平生事业和人格的写照。他用这种"条子"赠人,不是争名利争地位,而是争更多的人"为万世开太平"。于老晚年自号"太平老人",他是多么向往太平世界啊!

我大学一毕业,于老就要我到监察院当科员,实际上是给他做秘书。1949 年 5 月初,监察院迁广州,于老暂寓贝通津 50 号,心绪不宁,每逢星期天,我和冯国璘都去看望他。七月中旬的一个星期天上午,我们又去了,副官让我们坐在书房里,便上楼去通报。紧接着,于老只穿白府绸中式裤子下楼来,对我们说:"广州太阳晒人,月亮也晒人,一夜没睡好。"书房不小,南北靠墙都是沙发,却没有任何降温设备。南窗外有一株大榕树遮住阳光,于老便和我们坐在靠南窗的沙发上聊起来。我照例呈上诗词新作请教,他赞许了几句,即从书案上找来他的新作,其中一首是《题李啸风〈劫余剩稿〉》:

大器方能开世运,至人始信出民间。
乾坤振荡风和雨,太息关中两少年。

于老先读了一遍,然后就第二句发挥:"来自民间的人了解民间疾苦,多能忧国忧民,凡事从国计民生着想。贫富悬殊太大,富者田连阡陌,贫者地无立锥,天下怎能太平?你们年轻,不知道我的经历和主张。我不反对共产主义,只是考虑怎样才能实现共产主义。我们的往圣昔贤,可以说都有'共产'思想。"他指着我说:"你作诗学杜甫,杜诗读得很熟吧!试想当杜甫在《咏怀五百字》中写出'朱门酒肉臭,路有冻死骨'时,难道不想'共产'吗?我所说的'共产',指的是全民皆富,大家都能过上好日子。当然,不可能大家都一样富,孟子就讲过'物之不齐,物之情也'的话,但贫富太悬殊,以致出现了富家酒肉臭,贫家饥寒交迫的普遍现象,天下必然大乱,哪有'太平'可言呢?……"于老的这些话,显然是有感而发的,而他心系民瘼的"布衣精神"和"为万世开太平"的执着追求,的确引人深思,发人深省。

1949年8月中旬,监察院部分人员向重庆疏散,我和冯国璘接到13日飞渝的通知,12日晚同往于老住宅辞行。于老正在开会。听说我们告别,立即离开会场,拉着我们的手说:"我很想留你们在身边,但时局如此,不敢留,你们就去吧!以后有机会,再叫你们来。"语调、神情,感人肺腑,我们鞠躬、转身之时,不禁热泪盈眶。到重庆后,我在南京中大的词学老师陈匪石先生刚应聘任南林学院中文系主任,约我去教书,久住南温泉。11月27日晚,忽然接到冯国璘于先一天寄出的信,信中说于老突然从香港飞到重庆,要我立刻去见他。当时班车已停,中间又隔着一条长江,当我赶到监察院时,于老已于28日上午飞走了,国璘也乘汽车赴成都转台湾。过了一天,重庆便迎来了解放。这里需要补叙的是:近一月来,于老一直住在香港,重庆监察院的陕甘同乡估计他会飞北平,也渴望他飞北平,谁也想不到他会突飞重庆。后来得知,当时蒋介石正在重庆,于老到重庆后又要求蒋介石送他到香港治病,蒋答应派专机送他,但那架专机却把他送到台湾去了。于老为什么突然飞重庆,多年来在我脑海中是个测不透的谜。1996年初春我应邀赴澳门讲学,承梁披云老先生设宴洗尘,畅叙今昔。梁老是于老于1922—1925年任上海大学校长时的学生,长期在南洋办教育,门人踞要位者甚众;现任澳门归侨总会主席及华侨大学董事长。由于我们都和于老关系极深,所以酒席间的话题主要围绕于老。他说:1949年冬于老住在香港,不想去台湾,他和另外几个于老的学生要求陪于老到南洋去,于老很赞同;但当他听说有便机飞重庆时,立刻登机而去,目的是想救出杨虎城,却不知杨虎城已经遇害了!我听后才恍然大悟,于老的高大形象又一次在我眼前闪现,发出万丈光芒。于老与杨虎城将军在推翻满清专制、重建靖国军反对北洋军阀、坚守西安和解围西安等共同战斗中凝结的革命情谊谱写了壮丽的乐章,长时期响彻天际;而当他被迫去台之前,又为这壮丽的乐章谱写了悲壮的尾声。

随于老去台湾的冯国璘,是我的同乡、同学兼好友,能文能诗,写得一笔好字。他的长兄国瑞先生曾是清华研究院的高材生,深受梁启超、王国维、陈寅恪诸大师器重,精于诗文书法和考古,曾替于老考订"鸳鸯七志斋"碑,所以国璘刚从中央大学毕业,于老就任他当秘书,十分信赖。去台湾后,又升为主秘和参事,一直追随于老。因此,通过冯国璘,是最能了解于老在台湾的真情实况的。然而两岸长期隔绝,直到1990年初才收到他的特快专递,其中有长信,有于老的照片和墨宝。信中说:"于老在世时,每年都有好几次问到你。1959年4月11日过80寿,又问'那个霍松林有无消息?他可是我们西北少见的青年啊!'"信中又说:"于老80华诞时身体还很健旺,形象独特,寿眉银髯,远望如神仙中人。当时此地摄影名家云集,争相拍照,其中以春秋所摄一帧最得于老喜爱,加印若干份赠亲友,又题赠吾兄一帧,嘱弟俟机转交。"又说:"于老公余有兴趣,便提笔写旧作给我,已保存20余年矣,随像寄上两片留作纪念。此种写法甚少有人看到,有暇可题诗寄我。"信中说他患了癌症,在家疗养,但不断有信寄来,又为我在台北出版了《唐音阁诗词集》,还由他出资、由我联系,找到了抗战时期于老为天水麦积石窟撰书的巨幅对联,刻石立碑。到了1993年5月,他自知来日无多,便由夫人照料来西安,一则看望我,二则把于老自撰自书的《〈呻吟语〉序》长卷交我珍藏。他来我家,我去古都饭店,多次畅谈往事,至今难忘。这里要特别叙述的是他半开玩笑地说:"看你住的房子,比我想像中的要好得多,不过比起我的来,还是有差距。我在台湾不算富,但一直很满足,不想发财。不瞒你说,我是有发大财的机会的,1960年前后,多次有海外华侨汇巨款赠送于老,每次汇款来,我都立刻去报告,于老总是说:'转给大陆救灾委员会!'连钱数都不问。我如果扣下一两笔,不就发大财了吗?但我没有扣。"这一席话,国璘似乎是表白自己的廉洁,而我想到的,则是一代伟人的胸襟。我曾借阅过台湾出版的《于右任年谱》:"1963年4月18日,因喉部不适,被家人送入石牌荣民总医院检查治疗,由于无力支付巨额费用,一再要求出院。……勉从本人意愿,移家休养。""1964年8月1日,病情突然加重,在家中晕倒一次,但仍拒绝住院治疗。""9月10日又拔二牙及残齿,随即引起发烧。老人颇感头部不适,心绪极其烦躁,便坚决要求出院,天天嚷道:'太贵了,住不起,我要回家!'""11月10日已入弥留状态。中午,有关人士寻遗嘱,打开保险柜,仅发现老人亲笔所书债单数张。延至晚8时8分,不幸逝世,享年八十有六。"于老80岁以后身体仍健旺,85岁后不过患喉症和牙病,如果坚持住院治疗,不难康复,期颐可期;却过早地与世长辞,真令人百感交集!一方面,他把侨胞汇给他的好几笔巨款统统转给大陆救灾委员会;另一方面,他自己竟然靠借债维持生活,无钱住院治病。把二者联系起来,善良的人们都会心潮起伏,受到强烈的震撼。作为一代伟人,于老无疑是永远屹立于炎黄子孙心灵深处的灯塔;在一切"向钱看"的商品经济时代,尤其如此。

我第一次谒见于老,于老翻阅了我的诗词手抄本,对诗词及毛笔字都热情肯定,使我深受鼓舞,我便请教关于诗词书法的问题。于老说:"有志者应以造福人类为己任,诗词书法,先哲都视为'余事',也就是'业余工作'。然而'余事'也须卓然自立,学古人而不为古人所限。""余事"是相对于"本职"而言的,于老在推翻专制、鼓吹民主、创办报纸、振兴教育、反对军阀割据、抵抗日寇侵略等一系列"本职"工作中创造出辉煌业绩,同时,也积累了丰富经验,扩展了辽阔视野,开拓了博大胸怀,造就了一代伟人。以一代伟人而从事诗词书法创作,则其诗词书法创作,便都是一代伟人的经验、视野、胸襟的生动体现,自然不同凡响。当然,诗词书法要能"卓然自立",还得在"余事"上狠下苦功。仅就书法而言,于老自幼临池,上世纪30年代以前以魏碑为基础而参以篆隶,在行楷中开拓新路。从30年代起专攻草书,吸取章草、今草、狂草的精髓,参以魏碑的笔意而不断创新,创立"标准草书"。"草书"而要求"标准",源于经世致用的博大胸怀。于老曾说:"楷书如步行,行书如坐轮船火车,而草书就如同乘坐飞机。"这就是说:写草书效率高,可以节省时间。但草书经历代书家之手,唯求美观,信笔挥洒而略无规范,既难学,也难认,愈变去实用愈远,终难在群众中普及。于老有鉴于此,以"易识"、"易写"、"准确"、"美丽"为原则,从大量的前人草书中筛选出最优美的字而加以系统化整理,缔造出一个崭新的标准化草书体系,使草书兼有实用与审美两种功能。自1936年7月《标准草书·千字文》集字双钩本出版以来,不仅国人习者日众,日本学人也列为草书范本,影响日益深远。于老又在数十年如一日的创作实践中不断提升他的标准草书艺术,简净明快,雄浑奇崛,深沉朴拙,博大清新,纵横变化,仪态万方,于飞动中见俊逸,于疏放中见规范,愈到晚年愈入化境,外柔而内刚,笔简而神完,落落大方而心平气和,平易近人而情深意厚,在跌宕起伏中表现出动人的节奏感和醉人的神韵美。这便是于老在书法创作方面的"卓然自立",但又不是一般意义上的"卓然自立"。他在创造并且完善"标准草书"的漫长岁月里,使我们仿佛看到一个坚忍不拔的灵魂在用书法歌唱,歌唱民族文化,歌唱伟大的中华民族精神,歌唱振兴中华民族的希望。这一切,当我们观赏《于右任书联集锦》的全部作品时,都会有所体认,有所感悟。

《于右任书联集锦》中的对联,一部分是于老从前人对联中筛选的,另一部分,则是他自己创作的。其共同特点是:气象宏阔,意境崇高,有积极的教育意义,足以提升阅读者的道德品质和精神境界。于老"造福人类"的价值取向和"为万世开太平"的终极关怀,在这里也得到了生动的体现。

于媛女士是于老的侄孙女,她的父亲于隆和母亲张英曾经侍奉过于老夫妇,又为于老的发妻高仲林和女儿于芝秀养老送终,历尽艰辛。如今,于媛女士秉承父母的宏愿,又为弘扬"于学"而出任西安于右任故居纪念馆馆长和陕西于右任书法研究会副会长。于老是有多方面卓越成就和杰出贡献的伟人,从这一意义上说,"于学"的提出是会得到普遍认同的。希望于媛女士以《于右任书联集锦》的编印为起点,多方面开展工作,使"于学"研究开出灿烂之花,结出丰硕之果。

2005年5月4日写于陕西师大博导南楼

缅怀邓宝珊先生

我出生于甘肃天水县西北乡的渭水之湄,即现在琥珀公社的霍家川。大约在我七八岁时,乡亲们常常以亲切的口吻讲到邓宝珊,说他在什么地方又打了胜仗。讲述者既根据传闻,又借助从戏曲、小说中获得的作战知识,尽情渲染,绘神绘色,听起来好不热闹。后来听说邓宝珊就是天水人,这在我幼小的心灵里平添了自豪感,也想学打仗,常和小朋友们一起舞刀弄棒的,总想出奇制胜。一旦打输了,就说:"我找邓宝珊去!"

岁月如流,转眼过去将近二十年,我在南京中央大学求学。学打仗的志愿早已被学文学所代替,然而就在这时,我却意外地见到了邓宝珊。

1948年暮春的某一天,我到王新令先生家里去,看见书案上新添了一幅照片,上款写着"新令老弟存念",下款是"邓宝珊赠"。字用毛笔书写,既雄健,又秀逸。我问道:"这字是谁的代笔?"王先生笑着说:"哪里是代笔!就是邓先生的手笔。你以为邓先生是个光会打仗的武夫吗?错了!他博览群书,广交各界名流,其学问之渊博,见闻之宏富,阅历之深邃,识见之卓越,非一般人所能想像。你是专攻文学的,他在文学艺术方面的造诣之深,也出乎你的意料之外。"王先生这一席话,又唤起了我童年的愿望——"我找邓宝珊去"。

我还没去找邓先生,邓先生却先来找我了。一个晴朗的早晨,我正在中央大学文昌桥宿舍里看书,忽然有人推门而入,问道:"您是霍先生吗?邓宝珊将军派我来接您。"我们坐吉普车到了豆菜桥宾馆,上了二楼,邓先生已在客厅门外等我,这使我感到惊异。后来经过长期接触,才知道虚怀若谷、奖掖后进,原是邓先生的一贯作风。此后,接连几个星期日,邓先生派车接我去聊天,谈论的范围非常广泛。他谈政治、军事、经济方面的问题,我插不上话,他便转而谈历史、哲学、绘画、书法、音乐、雕塑等方面的话题。他谈中国文学时,唐诗宋词中的名篇佳句滔滔不绝,脱口而出;谈外国文学时,对许多代表作家的代表作品都如数家珍,往往越出我的阅读范围。

有一次，邓先生忽然谈起了谜语，出了许多谜语让我猜。如"万里桥西一草堂"，打一鸟名；"风飘万点正愁人"，打《西厢》一句。我都猜着了，谜底分别是"杜宇"和"落红成阵"。第三个是"无边落木萧萧下"，打一字，相当难猜。南朝宋、齐、梁、陈的四个朝代中，齐和梁的皇帝都姓萧，"萧萧"之下，就是"陈"，"陈（陳）"字"无边"，又落木，就剩下"日"了，所以谜底是"日"字。这个字谜，幼年就听家父讲过，因而也未被考倒。可是打一县名的谜语"作冢像祁连"，却把我考住了。这个谜语的谜底就是霍丘，安徽省的县名。霍去病去世，汉武帝为纪念他长驱西域的赫赫战功，按祁连山的形状为他建造巍峨的陵墓（坟墓，称"冢"，亦称"丘"。《方言》："冢，自关而东谓之丘。"）。这件事，《史记》未记载，《汉书》里却写得很清楚。我读《史记·霍去病传》较熟，《汉书》则只粗略地看过，忽略了"为冢像祁连山"这句话，因而连我们霍家的典故都弄不清，至今想起，还不禁脸红。

和邓先生多次谈论，使我对邓先生产生了由衷的敬意。我好奇地问邓先生："您哪来的时间读了这么多书，又读得这样熟？"他谦虚地说："我并没有正规地读过书……"接下去他讲了一段往事：

"我幼年因为家境贫寒，只读过几天私塾。十多岁时漂泊到新疆，因思念老母，想写封家信都写不了，因此打算再认些字，学会写家信，于是，我便到附近一位老先生那儿去投师。见到老先生后，我向他说明来意，他只是哼哼唧唧，总不说一个行字。他家还有个老大娘，别无劳力。我见水缸已空，便去挑水，挑满了就走，一连挑了十多天，不提投师的事。我的行为感动了老大娘，她对先生说，'你这个死老头子，人家娃子天天给咱们打老远挑水，你忍心吗？'老先生这才找出一本《秋水轩尺牍》，说：'来吧，就学这个，认一篇背一篇！'过了半个月，按照老先生的指点，我背熟了十五篇以后，就自己动手，写了第一封家信。"

讲到这里，邓先生感慨地说："我就是这样踏上自学道路的，你是科班出身，哪晓得这其中的许多苦衷！"

邓先生和我讲到他早年的艰苦经历时，念了几首自己作的诗，其中一首是："髫龄失怙走天涯，荆花憔悴惨无家。马蹄踏遍天山雪，饥肠饱啖玉门沙。"虽然有"失粘"的毛病，但平仄协调，寓抒情于叙事，真切动人，不失为一首好诗。

邓先生从王新令先生口中得知著名学者汪辟疆老教授热心表彰陇上学

术,对我和刘持生、马骥程等甘肃后学也十分器重,着意栽培,便想拜望汪先生,表示谢意。他先接了王新令先生,然后由我和骥程陪同,接汪先生同游灵谷寺,款以盛宴,畅谈竟日。我和骥程都作了纪游诗。邓先生知道于右任先生为我资助学费,很高兴,和我同去看望于先生。记得他当面为于先生连划三策,其上策是:"辞去监察院长,到上海挂牌卖字。"于先生掀髯沉吟,终于苦笑着说:"你的主意很好,可是,你再想想,这能行得通吗?"

解放后,我一直在西安从事教育工作,住在南郊。邓先生每从北京开会回来,途经西安,总要接我去畅谈,询问工作、学习、生活等方面的情况,对我关怀备至,期望甚殷。

大约是60年代初,因为《参考消息》上披露了"于右任先生思念大陆"的消息,我便问他是否知道于先生的近况。他说他在北京开会时,总理对他说:"于先生又有诗了。"接着,便把从总理那儿了解到的两首诗念给我听。一首是七律,我现在只记得两句:"为待雨来频怅望,欲寻诗去一沉吟。"另一首是七绝,题目忘记了,诗是这样的:"独立精神未有伤,天风吹动太平洋。更来太武山头望,雨湿神州见故乡。"诗中流露出来的萧条晚景和浓烈的怀乡恋土之情,使我们深受感染,同时发出深长的叹息。

1964年暑假,邓先生的哲嗣成城来看我,我正哮喘病发作,不能行动。当时领导上让我离校疗养,成城便邀我到兰州去,说住在"慈爱园"里,环境清幽,医疗也方便。"慈爱园"乃邓先生寓庐所在,当地人称为邓家花园。1940年6月敌机犯兰州,邓夫人崔锦琴女士与其一女两子同时遇难,葬于园中。其时邓先生驻守榆林。1941年于右任先生西巡,吊其墓,并大书"慈爱园"三字,榜于园门,作诗记其事:"百感茫茫不可宣,金城到后更凄然。亲题慈爱园中额,莫唱凫雏傍母眠。"自注云:"宝珊长女倩子最后窗课,录写杜诗'糁径杨花铺白毡,点溪荷叶叠青钱。笋根稚子无人见,沙上凫雏傍母眠',翌日与其母及两弟避敌机同罹难,皆葬园中。"日寇投降,邓先生始回兰州展墓,同里冯国瑞先生为作《慈爱园曲》以抒其哀,我至今犹能背诵,常以未能亲至其园为憾。成城邀我去园中养病,便欣然同意。成城回去不久,邓先生就发电报催我动身,我便坐火车到了兰州。一下火车,邓伯母、成城老弟和王新令先生的夫人都迎上来,扶我上了汽车。车开进慈爱园时,邓先生也拄着手杖,走出客厅迎接我。此情此景,不仅当时我被感动得流下热泪,多年来每一忆及,心情也无法平静。

在慈爱园中住了一个多月,与邓先生朝夕相处,谈论甚欢。那时候,邓先生因血压高,已经出现了半身不遂的迹象,但他仍然每天看书写字,从不间断。我请他为我写个条幅,留作纪念。他说:"我还在练习阶段,哪里敢写字!这些年也有人要我写,我都谢绝了,免得人家笑话。"这种谦虚的美德,令人钦敬。然而因此没有留下他老人家的手泽,却实在是一件憾事。

邓先生要我代他作第十五届国庆贺诗,我作了五首七绝,邓先生署名,发表于《甘肃日报》及民革机关报,并对台广播。因为是我代邓先生作的,我未存稿,原诗现在也记不清楚了。

离开兰州前夕,邓先生和我谈杜诗,提出一个问题:"杜甫的七律,有四联都讲对仗的,如《登高》。他的五律,我读得不多,有没有这种体式?"我说一时想不起来。回到卧室,便自作一首《别邓宝珊先生》:

河声清北户,山色绿南棂。园果秋初熟,庭花晚更馨。谈诗倾白堕,说剑望青冥。屡月亲人杰,终生想地灵。

第二天送给邓先生,他读了几遍,高兴地说:"这是一首四联都讲对仗的五律。尾联对仗工稳,但又一气贯串,所以并没有板滞的毛病。这是很难做到的啊!"

"终生想地灵",这是我的真心话。"文革"一开始,我就被关进牛棚。"邓宝珊接你去干什么勾当?"便是红卫兵逼我交代的罪行之一,我因此很关心邓先生的安危。不久,便听说红恐队打进邓家花园,叫嚷邓先生私藏武器,把大刀架在他脖子上,逼他交出来。他的秘书打电话给周总理,总理派飞机接他到北京,送进医院。我想,有总理保护,大概没有危险了。1968年冬天,我正被监督劳改,偶尔看《人民日报》,才知道邓先生于11月27日病逝。回想童年时代常说的那句话"我找邓宝珊去",不禁百感丛生,潸然泪下。

1979 年 11 月

怀念匪石师

1946年夏,中央大学从重庆迁回南京。秋季开学以后,汪辟疆老师给我们开必修课《诗选及习作》,我交的几篇习作出乎意外地受到嘉许。接着又选修他讲授的《目录学》和《玉谿生诗》,师生关系日益密切。当时我住在文昌桥宿舍,距汪老师的住宅——晒布厂五号极近,因而一有问题就登门求教。有一次偶然谈到词,汪老师从书橱里找出他用蝇头小楷抄写的《宋词举》,一边翻,一边说:"这是陈匪石先生的著作,非常精当,你应该精读。"我想借,他说那是根据初稿抄的,现在书店里卖的是修订本,更精当,可以去买一本。他还介绍我去拜见陈先生,我就抄了自己习作的几首词到陈先生家里去请教。陈先生看了汪先生的信,又看了我的词,很高兴。谈词、留饭,临别又送我一册《宋词举》。不久,陈先生应系主任胡小石先生之聘,给我们开必修课《词选及习作》,他便成为我们最尊敬的老师了。

陈老师之所以受我们尊敬,不仅由于他是著名词人和词学专家,而且由于他认真负责,教学质量十分高,教学效果非常好。

首先,陈老师教学,有一个很好的课本,同学们人手一册。他是按课本安排教学计划的,一个学期结束,那个课本也恰好讲完了。有好课本,有严密的教学计划,同学们课前可以预习,课后可以复习,自然踏踏实实地学到了不少东西。

当时的不少大学教授,特别是中文系的教授,讲课一般没有课本,也很少发讲义。同学们一边听讲,一边记笔记,当然不可能记得很全,也不一定能够记得很准确。即使讲得很精辟,其教学效果也会打折扣。两相比较,有课本当然好得多,更何况有好课本。

像《名著精读》那样的课程,应该说是有一个最基本的课本的,那就是名著本身。比方说同学们选修《楚辞选读》这门课,当然都事先买了《楚辞》这本书,诸如王逸的《楚辞章句》、洪兴祖的《楚辞补注》、朱熹的《楚辞集注》等等。

然而有些名教授即使讲《名著选读》也毫无计划，不考虑进度。例如讲《楚辞》，眼看一个学期就过去了，才讲完《离骚》开头的那四句。论渊博，那的确很惊人。但学完了《楚辞选读》课，其结果只会讲那四句，其收获毕竟是有限的。当然，对于优秀生来说，可以从老师的旁征博引、左右逢源的讲授中领会到治学门径和治学方法，还可以为自己攀登高峰树立高标准，然而这样的优秀生毕竟是个别的。两相比较，同学们对按照计划循序渐进地讲完一门课程的老师更欢迎。

陈老师所用的课本就是《宋词举》。关于这本书的撰著经过及主要特点，陈老师在 1927 年 5 月写的《叙》里讲得很清楚，移录如下：

> 词之为物，深者入黄泉，高者出苍天，大者含元气，细者入无间。虽应手之妙，难以辞逮，而先民有作，轨迹可寻。若境、若气、若笔、若意、若辞，视诗与文，同一科条。惟隐而难见，微而难知，曲而难状。向之词人，或惩夫雨粟鬼哭而不肯泄其秘，或鄙夫寻章摘句而不屑笔之书。否则驰恍惚之辞，若玄妙而莫测；摭肤浅之说，每浑沦而无纪。学者扣篇叩椠，莫窥奥窔，知句而不知遍，知遍而不知篇，不独游词、鄙词、淫词为金应珪所讥也。至张玉田、沈义父、陆辅之及近代之周止庵、陈亦峰、谭复堂、冯蒿庵、况蕙风，论词之著，咸有伦脊矣；然始学之时，仍体会匪易。余曩者尝苦之，乃久而有得焉，久而有进焉。高曾之矩矱，固时闻于师友；康庄之途径，乏可览之图经。盖由能读而能解、而能作、而知所抉择，冥行摛埴，不知其几由旬矣。比年以来，黉序之中强以讲授，而晷日限之，收千里于尺幅，吐滂沛乎寸心，既不易为；蹊径任其塞茅，寸阴掷诸虚牝，又非所忍。然余平日读词，偶得善本，校理异文，有读宋元词之记；心所向往，取则伐柯，有宋十二家词之选；师刘《略》、阮《录》之例，仿经义小学之考，又拟辑《唐五代宋元词略》；万氏《词律》经王敬文、戈顺卿、丁杏舲之攻错，杜小舫之校勘，徐诚庵之拾遗，而一二疏漏，尚堪掇拾，偶有所获，亦时缀记简端。卒业未遑，徐俟研讨。乃先就所选之宋十二家各举数首，附著其所校理者、辑录者，并申忞见，以与诸生讲习，命之曰《宋词举》。一隅虽隘，或能反三；滥觞虽微，终于汇海。盖欲学者触类旁通，由是而能读、能解，驯致于能作，悉衷大雅，毋入歧途。过而从之，此物此志，非敢窃比张、周也。若核其取舍而訾所未当，因其解说嗤为短书，余诚愿拜受嘉赐。

我之所以抄出这篇《叙》的全文,是因为它谈到许多至关重要的问题。前半篇,陈老师讲了他研治词学的艰苦历程。他指出:词在境、气、笔、辞等方面与诗文有共同性,但"隐而难见,微而难知,曲而难状",又有其特殊性。这特殊性就给学者造成了困难,"扪籥叩槃,莫窥奥窔"。他自己是经过长时期的摸索钻研,才"由能读而能解、而能作、而知所抉择"的。他深有感触地说:"康庄之途,乏可览之图经。"言外之意是:如果有这样的"图经",那就有康庄大道可走,用不着暗中摸索了。为读者提供这样一种"图经"的意愿,已跃然纸上。后半篇讲他为什么要撰写《宋词举》以及怎样撰成《宋词举》。1927年前后,陈老师在北京的几所高等学校里讲授词学,他在教学实践中深深感到"晷日限之,收千里于尺幅,吐滂沛乎寸心"的困难,也就是课时少与教学内容多之间的矛盾不易克服。而《宋词举》一书,正就是为克服这种矛盾撰成的。"举一反三","触类旁通",就是这个课本的特点和优点,也是一切课本应该具有的特点和优点。有了这样的课本,那就可以"收千里于尺幅,吐滂沛乎寸心"了。我觉得,匪石师从长期的教学实践中总结出来的这个编写课本的原则,具有普遍的运用性,至今仍然应该引起一切编写教材的人的高度重视。当然,光知道这个原则还很不够,必须对自己所从事的那门学科长期钻研,深造自得,才得较好地运用这个原则。因此,匪石师在《叙》的前半篇所谈的治学经历,也是值得高度重视的。

《宋词举》在1941年又经过一次较大的修改。匪石师在《叙》后的《再记》里说:"丁卯写定,徐仲可见之,怂惥问世,余谢未遑,委之敝箧十余年矣。避寇巴山,与乔大壮窟室相逢,辄共商讨,爰理而董之。云炮隆隆,若弗闻也。校记、考律而外,论玉田、碧山作法者增订尤多,岂两家心事,今日体会倍切乎?"的确,他对张炎、王沂孙词中寄寓的盛衰兴亡之感,是阐发得特别感人的。

我们买到的《宋词举》就是经过这次修订、1947年正中书局直行排印的"大学用书"。4月初版,9月已印第四版。匪石师认为学词当用逆溯法,先南宋,后北宋,而终以五代与唐。这样做,便于沿委溯源,由博返约。此书虽限于两宋,但在论小晏时指出:"由是以上稽李煜、冯延巳,而至于韦庄、温庭筠,薪尽火传,源流易溯。"则于唐五代取温、韦、李、冯四家,合两宋共十六家也。卷上、卷下开头,各有极扼要的总论,概述宋词流派,展示宋词发展道路,而选此十二家的理由,已阐释无遗。所选每一家,先简介生平及词集版本源流,然后辑录昔贤评语。选词不用标点符号,只标出"韵"、"协",既有断句作用,又明示节拍所在。这样做,还有一个好处,那就是遇到难于标点的地方可免臆为标点的错误。匪石师曾说:词中七字以下的句子由诗嬗变,八九字以上者由加和声。词以韵定拍,一韵之中,字数既可因和声伸缩,歌声为曼为促又各字不同,作词者只求节拍不误,而行气遣词自有挥洒自如之妙。故有不可分之句,又有各各不同之句。屯田《征部乐》"须知最有风前月下心事始终难得",便不可分;《霜叶飞》前结,清真作"又透入清晖半晌特地留照",梦窗作"彩扇咽凉蝉倦梦不知蛮素",便各各不同。只标"韵"、"协"而不加标点,这样的长句便容易处理。每首词后,先校记,次考律,继以论词。这真是"每举一家,即具其原委;每举一首,即具其要领"!然而文字又十分简约,总计全书,也不过六万字左右,真可算"少而精"了。

有这样的好课本,又按严格的教学计划用七十来个课时讲完这个课本,其教学效果已经有了保证。然而还不仅如此。陈老师既有丰富的教学经验,又有高超的教学艺术,这就使得他的教学效果更加突出了。

匪石师邃于音韵,精于倚声。每讲一词,先讲明词律,然后根据词律特点和词的意境放声吟诵。其声音之抑扬抗坠,词句之转折跌荡,情感之欢愉悲戚,文气之开阖舒敛,一一从吟诵中体现出来,极富感染力。匪石师曾说:"好词须熟吟。讽籀之初,先观《律》《谱》所言,再参以各种善本、校本,考其异同,辨其得失,然后又复吟诵。熟吟百回,则此词之意境声律,不啻已有。"选入《宋词举》的那五十三首词,当然都是他熟吟百回的作品。其意境声律,都在他心目之中,因而在课堂上高声吟诵,自然会产生那么强烈的艺术魅力。

吟诵一过,同学们已经被吸引到全词的意境之中,紧接着便逐字逐句地讲词。我们知道,从《乐府雅词》、《花庵词选》以来,词的各种选本很多,张惠言《词选》、周济《宋四家词选》等尤负盛名,然而都不曾详细地解析作品。对所选的每一首词详加解析,《宋词举》确有开创之功。而且,这不是一般的解析,而是确如圭璋师所说的"透彻无伦"的解析。既已"透彻无伦",那么在课堂上讲词,如果只复述课本中"论词"的内容,在深度和广度上没有较大幅度的突破,那仍然是要失败的。匪石师的课堂讲授之所以那么受欢迎,正在于对课本中已经"透彻无伦"的"论词"在深度和广度上有极大的突破。举例来说,张炎的《解连环·孤雁》,《宋词举》中说"此为咏物之作,南宋人最讲寄托,于小中见大",而对于"寄托",却全无解释。在课堂讲授中,则先引周济"词非寄托不入,专寄托不出"的议论,又结合六义中的比兴加以发挥,最后归结到必须"缘情造端",而不应"刻楮为叶"。作者必先有无穷感触蓄积胸中,不能自抑,则偶感于物,便如箭在弦,不得不发。名以"寄托",便流于迹象,其实是不尽妥当的。在作了如此发挥之后,又简述张炎生当宋末,入元曾游燕蓟,其后久寓临安的身世遭遇,说明他胸中积蓄的独特感触不能自抑,偶遇"孤雁"而发为此词。接下去,这才讲词。而这一切,都是课本的"论词"中所未写出来的。又如张炎的《八声甘州·辛卯岁,沈尧道同余北归,各处杭、越。……》,《宋词举》中说"前五句追溯同入燕都事",而都是一些什么"事",却没有说。课堂讲授时,则引张炎的《凄凉犯·北游道中寄怀》、《壶中天·夜渡古黄河,与沈尧道、曾子敬同赋》、《声声慢·都下与沈尧道同赋》等词的有关内容互相印证,加深了同学们的理解。这样的例子是不胜枚举的。对于句法、章法的解析,对于炼字、炼句、炼意的说明,以及对于整个词境的阐发,也都超出课本中"论词"的范围。这不仅使同学们加深了对词的理解,而且使我们领悟到:一部精粹的学术著作,并不是著者把他所掌握的全部有关的东西一股脑儿罗列出来就算完事,而是反复筛选,反复提炼出来的精华,因而往往有几倍乃至十几倍的材料作它的后盾。

陈老师讲课,妙义环生,常常有精辟的发挥,而又目的明确,要言不烦。绝不像有些人那样炫耀渊博,离题万里;更不像有人那样故弄玄虚,不着边际。他讲词,其词不啻己有,故诚于中而形于外,不仅语言极富感情,而且神采飞扬,须眉皆动,又极富于表情。四十多年过去了,陈老师吟词讲词的神情语调,仍往往浮现于眼前耳畔。

我们当时学诗、词、曲和各体文,都是有习作的,但习作不一定都很认真。陈老师每讲一首词,都讲明词律、词意,讲明如何起、如何结、如何承转、如何翻腾、如何呼应,讲明全篇的脉络、气势。这一切,同学们都大体弄懂了。讲词既多,吟诵既熟,自然都想自己学着作。而交了习作,陈老师又是认真批改的,这就越发提起了填词的兴趣。等到学完这门课,熟读陈老师讲过的五十三首词,同学中有好几位都能填出像样的词了。谈陈老师的教学效果,这一点也是不应忘掉的。

匪石师既是卓越的词学家,又是著名的词人。徐森玉先生称其词"瓣香两宋,谨飭不苟,朱彊村、况蕙风以下,殆罕其俦"。但他一直在推敲修改,不肯刻印。于右任先生曾经问我:"陈匪石先生的词我早想替他刊行,他总说没有定稿,现在定稿了没有?"我说:"还在不断修改,不肯印。"于先生说:"你去劝他早日出版,老是改,一辈子也定不了稿。"我于是向匪石师复述了于先生的话,他听完后沉吟半晌,然后说:"那就先油印几十本征求意见。"我因而邀约了几位同学,分工刻写,印了几十本,匪石师在1948年11月写的跋里说:

> 学词四十年,癸酉丁丑,两写清本,甲申旅渝,复釐为五卷,皆未移时,辄多改削。盖词之为事,条理密,消息微,惬心綦难也。尝谓即卑无高论,亦须妥溜中律,意境气格,不涉鄙倍卑浅。斯未能信,曷敢示人。毛德孙、李敦勤、霍松林、唐治乾诸君,坚乞录副;履川老友,力予怂恿。日暮途远,姑徇其意。益以近作,过而存之,一息尚存,仍待商榷。若曰定稿,则非所承矣。

这种永不自满、精益求精的精神,实在令人感动。"一息尚存,仍待商榷",这是发自内心的。大半年以后,他手头的油印本几乎每页都有修改。

这个油印本印出不久就放了寒假。寒假中,匪石被他的二女儿陈莒接到重庆去住,开学后没有回来。1949年5月,我随于右任先生到了广州,写信给匪石师,其中讲到家贫亲老,亟想回家奉养,打算先到重庆看望老师,然后经由兰渝公路返里。半月后接到回信,还附有专门为我作的词《满庭芳》:

> **怀霍松林羊城**
> 笼柳堤烟,过墙淮月,寄情今古悠悠。径开三益,松菊几番秋。琴趣无弦有会,新声播、山晚青留。烟波外,连绵不断,天北是神州。
> 云浮。游子意,秦关万里,终日凝眸。溯书光藜杖,机影灯篝。无恙春晖寸草,归期阻、清渭东流。桄榔下、鹪枝偶托,重赋仲宣楼。

"山晚青留"下有双行夹注云:

> 君曾手录拙稿,所造亦日进千里,故以山村、蜕岩为比。

这是匪石师的精心之作,情真词雅,感人肺腑。我的粗浅体会是:一、二对起,熔炼韦庄"无情最是台城柳,依旧烟笼十里堤"及刘禹锡"淮水东边旧时月,夜深还过女墙来"诗句,写其金陵寓宅环境。而景中含情,故接以第三句,今昔之感已跃然纸上。四、五两句从陶渊明"三径就荒,松菊犹存"、"素心正如此,开径望三益"诸句化出,而其请老弃官及余常趋谒求教,俱蕴涵其中,自然抇到题上。六、七两句以山村自比而以蜕岩比我,既点师承关系,又隐喻其风操志趣,而自注中所说"君尝手录拙稿,所造亦日进千里"之意,亦曲曲传出。其善于"以少总多"的艺术功力,令人叹服。仇远,字仁近,号山村,宋末著名词人,著有《金渊集》六卷、《无弦琴谱》二卷。其门人张翥,字仲举,学者称退岩先生,元代著名词人,著有《蜕庵集》五卷、《蜕岩词》二卷。匪石师盖以《无弦琴谱》比自著《倦鹤近体乐府》,而以张翥名篇《多丽·晚山青》比余之习作也。期许之殷,见于言外。"烟波外"以下,写余当时之行踪心境,怀念之情,亦洋溢于字里行间。

每读此词前半篇,便想起当年在陈老师的住宅里求教,听他畅谈词学的情景。那住宅,记得在长乐路附近一个很幽静的巷子里,我每次从文昌桥出发,都经过夫子庙和秦淮河,再向南走,不久便到了。陈老师有一首《鹧鸪天》写这个住宅,小序云:"赁庑南冈,为故友郑仲期所筑。抚中庭卉木,忆曩昔唱酬,余怀怆然矣。"院子虽小,却十分幽雅。坐北朝南的几间平房里,插架堆案,都是善本书。我每次都去得比较早,为的是好赶回学校吃午饭。但陈老师一谈到词,便兴会淋漓,滔滔不绝。当他觉察到我急于告辞的时候,便吩咐三女儿陈莛做饭,坚决留我吃。瓢儿菜的香味,至今想起来还口馋。

我在上高中时就开始填词,大半是学苏、辛的。给陈老师看,他认为流于粗豪、叫嚣,未得苏、辛精髓。有一首《莺啼序》,是学梦窗的,陈老师在后面写了很好的评语。他教我按《宋词举》的顺序学,由南宋上溯北宋,着重由梦窗上溯清真。两家的名篇,特别是四声长调,都应该和作,从而研练揣摩。学其他各家,也应该先和名篇。这功夫似乎很笨,其实最易入门。入乎其里,才能出乎其外,有所新创。我听老师的话,作了好些和清真、和梦窗的词,都受到鼓励,获得好评。

匪石师曾说:句句四声有定,还要和韵,这当然很难、很苦。但正因为难,就不至于像填二声调那样由于感到容易而掉以轻心。深思熟虑,灵感忽来,往往能得生句。这样,便又得到极大的快乐。经过一段时间的实践,深感老师的话是从切身体验中得来的。

陈老师不仅要求填四声调严守词律,就是填二声调,对特定该讲四声的字句,也从不马虎。比如《八声甘州》,我以为只讲平仄就行了,于是按柳永的那一首填,填好后请陈老师指正。他指出上下片倒数第三句的倒数第三字,都要用入声字,柳词"苒苒物华休"、"天际识归舟"可证。连类而及,他还讲了句首、句中或句尾限用去上的几个例子及其他例子。

诗词不像散文,人家作成一篇请你改,你即使一眼就看出很多毛病,却实在不好改。我请陈老师改词,他也只加评语,不改字句,而是指出毛病让我自己去改。那毛病,有四声方面的,有句法方面的,有意义方面的,也有章法结构方面的。就句法方面说,听过陈老师讲课,当然已经知道:在不同的词牌里和不同的位置上,三字句有上二下一和上一下二之别,四字句有一领三和上二下二之别,五字句有一领四、上二下三和上三下二之别,六字句有上二下四、上四下二与上三下三之别,九字句有上三下六、上六下三、上二下七、上四下五和上五下四之别。……然而还不仅如此。我填《八声甘州》,倒数第二句参照东坡《寄参寥子》的"不应回首",作上二下二。陈老师指出这个四字句仍应以屯田"倚阑干处"为准,中间两字相连。梦窗《灵岩陪庾幕诸公游》作"上琴台去",玉田《钱沈尧道并寄赵学舟》作"有斜阳处",可以互证。同时还指出屯田《木兰花慢》中的"尽寻芳去"、"对佳丽地",也是中间两字相连的,不应忽略。

我在广州一住三个月,老想由重庆回家看望父母,却无法成行。到了8月上旬,忽然接到陈老师的信,说他应南林文法学院院长之邀,任中文系主任,要我去讲课。我拿信给于先生看,他同意我去,并帮助我解决了交通工具问题。我便于8月13日飞抵重庆,在陈莅师姊家里见到了陈老师。

当时在大学里必须教三门课,才能当专任教师,要不然,那就是兼任的。陈老师和我商量之后,让我开学后讲授《基本国文》、《历代诗选》和《中国文法研究》,先抓紧时间做些准备。他说要请院长给我签发副教授聘书,我说:"还是先当讲师好,免得人家议论老师偏向学生。等讲完一学期课,大家都认为够副教授水准,再发副教授聘书吧!"陈老师点头同意。两周后接到了讲师聘书,还有陈老师送我的两首五律《重晤霍松林》:

执手兼悲喜,翩然吾子来。钱春江令宅,吊古越王台。远梦啼难唤,层阴郁不开。西征新赋稿,多少断鸿哀。

我亦飘零久,颓颜隐雾中。断肠春草碧,顾影夕阳红。秋老怀孤隼,宵长感蚍蜉。浊醪温别绪,何地醉东风。

在重庆过中秋节,第二天上午便随匪石师搬到南林学院去住。南林学院在南温泉附近的小温泉,我们住进两排小楼两头连接起来的小院子,门上刻有"小泉行馆"四字。两排小楼,楼上楼下都是单间。陈老师住楼上,我住楼下。和我们结邻的,是文、法两系的几位教师。法律系主任是陈老师的老朋友,因而很快就和我相熟了。附近有个小饭馆,我们在那里包了饭。

解决了吃住问题,才细读陈老师送我的诗,百感纷来,作了两首《次韵奉酬匪石师》:

有意随夫子,麻鞋万里来。已知新弈局,休问旧楼台。孤抱向谁尽,蓬门为我开。灯前听夜雨,一笑散千哀。

天地悲歌里,光阴诗卷中。重开樽酒绿,又见醉颜红。吾道犹薪火,浮生亦蚍蜉。绛帷还自下,秋树起西风。

匪石师当系主任,既无办公室,又无专职干部,全系也只有胡主佑一名助教,兼做一点具体的系务工作。他主要考虑的是聘请得力的教师和合理地安排课程。他自己也主讲《词选》、《音韵学》、《文字学》等三门课。他和请来的几位教师的讲课都受到同学们的热烈欢迎,因而公认他是一位出色的系主任,赢得全校师生的尊敬。

匪石师聘请的专任教师如穆济波、朱乐之等和兼任教师如萧印塘等,都能诗,课余诗酒唱酬,颇多乐趣。开学不久,萧印塘先生请陈老师吃饭。他和我有同门之雅,又是胡主佑的老师,因而也约我们两人作陪。他在小温泉南山脚下修了个小院子,竹篱茅舍,十分简陋,夫人也穿得破破烂烂的,但酒席却相当丰盛。穆先生是当地人,他的"蘧庐"很幽雅,也邀请匪石师和我们在那里"雅集"过。

南温泉一带是重庆著名的风景区,但当时游人极少,居民也不多,非常幽静。每逢星期天,我差不多都陪匪石师出游,同享自然美,有时也作诗。下面是匪石师的《南泉六咏》:

建文峰

青排列嶂此朝宗，啸虎声吞吊蛰龙。
负扆有人学公旦，千秋疑案建文峰。

虎啸口

双崖峙处起奔雷，匹练光浮裂石来。
惟恐出山流不转，一查还傍野桥开。

仙女洞

乌衣椎髻总疑仙，窈曲欹奇小洞天。
知有龙湫藏足底，绝崖百尺响清泉。

飞　泉

跳珠如雨湿人衣，打桨溪头载月归。
丛篠蔓萝苍翠里，银河泻地冷光飞。

花　溪

层岚合沓疑无路，柔橹咿哑忽有声。
摇曳几枝芦雪影，蓬心秋迥縠纹平。

温　泉

有情天为疗疮痍，功德人间阿耨池。
等是缤纷花雨地，观河面皱我来迟。

陈老师要我作，我也作了六首：

花　溪

青摇一线天，绿堕乱峰影。
悔不及花时，呼朋荡烟艇。

仙女洞
仙人何处去，一洞窈然深。
古木生远籁，如闻环珮音。

虎啸口
长啸生风处，峡口奔流急。
却笑山下人，谈虎毛发立。

温　泉
清浊非我意，寒暖亦天功。
众生本无垢，试问玉局翁。

建文峰
诸峰侍其侧，一峰插天起。
持语白帽人，万乘应敝屣。

飞　泉
匹练破空下，夜来新雨足。
珍重在山意，溪流深几曲。

从 1949 年 9 月到 1950 年 4 月，我在匪石师的影响下作了好几十首诗，也作了不少词，如《西平乐·重至渝洲和清真》、《满江红·病疟次匪石师立秋韵》、《浪淘沙慢·匪石师和清真，命余继声》、《醉蓬莱·重阳和东坡》等。我把这些诗词抄在一个本子上，自题《花溪吟稿》，请陈老师批改，他在前面题了一首七绝：

天水儒家承世业，方湖诗教有传人。为云我竟逢东野，寂寞溪头点勘春。

方湖是辟疆师的号。我曾经跟汪老师学诗，所以诗中特别提到这一点。
这里应该着重说明的是：匪石师的词学专著《声执》是在小泉行馆完成的。

开始于1949年(己丑)10月,1950年(庚寅)元月脱稿,2月修改,3月间誊清、作序。1960年油印本《陈匪石先生遗稿》里《声执·叙》后的"己丑三月",想系笔误,实是"庚寅三月"。

小泉行馆很清静,下课回来,没有任何干扰。从10月到第二年3月,气候很好,不热也不冷,加之陈老师所要写出的是他四十年来研治词学的心得和创作实践的体会,久已烂熟于胸,有不少也是上课时给我们讲过的。因此,他写得很快。每写几段,都要喊我去讨论。这不仅体现了他一贯虚怀若谷的作风,更重要的,还在于热心奖掖后进,有意通过讨论使我得到提高,粗识词学门径。1948年在南京,我抄过《倦鹤近体乐府》,陈老师后来说我"所造亦日进千里"。《声执》写完之后,我也用小楷抄了一本,对于它的内容,当然有了更进一步的理解。

为什么叫《声执》?陈老师在《叙》里解释说:"昔释迦说相,法执、我执,皆所当破。词属声尘,宁免两执?况词自有法,不得谓一切相皆属虚妄。题以《声执》,适表其真。"这是对那些以一切词律、词法为虚妄、弃而不讲的人说的。《声执》以三分之二的篇幅讲词律及作法,其用意也在此。这里应该说明的一点是,陈老师既强调填词必须讲究词律及词法,又反对模拟蹈袭而提倡创新。《声执》卷下评介词学要籍的时候,我建议把《宋词举》列进去,匪石师同意了,但对《宋词举》所选的十二家,又逐一进行讨论。最后认为:于南宋应该删去史达祖,于北宋应该增加欧阳修。关于史达祖,《宋词举》里是这样评论的:"史达祖步趋清真,几于謦欬悉合,虽非戛戛独造,而南渡以降,专为此种格调者实无其匹,故效戈、周之选,不敢过而废之。"在这里,已经指出了史达祖缺乏独创性的缺点,但由于他在步趋清真方面确有成就,也由于有些著名词选中选了他,所以"不敢过而废之"。这次讨论,则明确指出,他既然"有因无创",便只能做清真附庸,而不能独立成家,还以干脆删掉为宜。至于欧阳修,其令曲的创作略异五代之面目,已开宋人之风气;又率先创作慢曲,虽然还不够成熟,却有倡导之功,因而应该入选。他的词应该选哪几首,当时也讨论过。可惜没来得及根据这些认识修改《宋词举》。

1949年11月我和胡主佑结婚,她的主婚人是她的老师穆济波教授,我的主婚人就是陈匪石老师。法律系主任连伯寅教授作我们的证婚人,也是陈老师为我们邀请的。陈老师亲笔为我们书写的贺诗一直保存到"文革"开始。

我一直想念父母,1950年春,经过书信联系,兰州大学同意我们去教书。

到了 5 月初，便决定沿江东下，经京汉路转陇海路回天水看望父母，然后赴兰州任教。临行之时，匪石师作诗送行：

送霍松林赴皋兰

吾党二三子，文章汝最工。随缘萍聚散，惜别水西东。音许千江嗣，途非阮籍穷。门闾延伫久，经过莫匆匆。

"音许千江嗣"中的"千江"指金代甘肃词人邓千江，其写皋兰形胜的《望海潮》词，元人陶宗仪在《南村辍耕录》里评价极高，认为"可与苏子瞻《百字令》、辛幼安《摸鱼儿》相颉颃"。匪石师要我承流继响，在词的创作方面作出成绩。但我解放以来却极少填词，辜负了老师的期望。尾联的意思是：父母正倚门倚闾地盼望儿子，路经老家时应多停留些日子，承欢膝下。这一点，倒是做到了。5 月上旬辞别陈老师，乘木船出峡，辗转月余，才到天水。这时候，大儿子快要出生了，无法远赴兰州。于是改变计划，在天水师范教了半年书，然后东赴西安任教。在天师教书期间，是时常回家侍奉父母的。

匪石师题《花溪吟稿》诗中的"为云我竟逢东野"一句，熔铸韩愈"我愿身为云，东野变为龙。四方上下逐东野，虽有别离无由逢"诗意，表达了永不分别的愿望。然而没多久，便"惜别水西东"，而且一别就是很多年！直到 1959 年 8 月，我才有机会到上海去看望陈老师，不料他老人家已于数月前逝世了！

匪石师勤于著述和创作。除《宋词举》二卷、《声执》二卷、《旧时月色斋诗》一卷、《倦鹤近体乐府》六卷而外，未完成的著作，还有《读宋元词记》、《宋十二家词选》、《唐五代宋元词略》等多种，晚年又以传抄碧琳琅馆本及传校毛抄本校吴伯苑过录劳巽卿本《全芳备祖》。1983 年冬我在上海开会，特意到陈芸师姊家去寻访陈老师的遗书遗稿，看看能否整理出版。但除看到几个薄薄的泊印本而外，别无所见。据陈芸师姊说：陈老师逝世后，她将宁沪两地藏书和手稿全部捐献给上海文物管理委员会，"文革"中幸得保全，现藏上海图书馆。据我所知，陈老的藏书数量很大，又多是珍善本，弥足珍贵。

陈老师的著作只正式出版了《宋词举》和《声执》，其他如《旧时月色斋诗》和《倦鹤近体乐府》，只有油印本，见到的人极有限。能否正式出版呢？陈老师的诗词集都有手写本，书法楷中带行，遒丽飘逸，能否影印呢？他的几种未完成的著作，还能不能找到呢？他校勘的《全芳备祖》现在何处？如果还未丢失的话,能否设法广为流传呢?陈老师读书,简端多有校记,能否抄录整理呢?……

  我每想起陈老师,便同时想起这许多问题。这许多问题,即使只解决一部分,也是很有意义的!

1988 年 7 月

怀念辟疆师

汪辟疆先生是我极尊敬、极亲近、受益极多的老师之一。1949年春天拜别之后,思念之情,与日俱增。1959年有事去上海,特意在南京下车,以激动的心情走进以前经常出入的晒布厂五号,奉上一斤龙井茶叶。这时候,报刊上不断有批判我的文艺观点的文章出现,无限上纲,汪老师当然看见了。因此,尽管久别重逢,有许多话要说,但都不便多说,气氛很低沉。而这,竟是最后一次见面!1966年3月老师病逝之时,我正由于《红旗》点名而接受批斗,自然无法赶到南京。如今,几十年又过去了,我这个学生也已年近古稀,却仍然时常想念汪老师。

我在重庆中央大学中文系学习的时候,汪老师兼任系主任。由于还没有听他的课,不敢登门求教。1946年迁回南京,他为我们班开设《诗选及习作》课。第一堂,让会作诗的同学在黑板上各写一首近作。有几个同学写了,他评论一番,问谁还写。我硬着头皮写了一首,意外地受到赞许,还说字也有功力,像李北海。此后,便敢到他家里去问这问那。接着,又先后选修他的两门课:《目录学》和《玉谿生诗》。经常听讲、提问,有时还随侍出游,或者替他做些抄书、送信之类的小事,关系也就日益密切了。

随侍出游,印象最深的是1947年春游灵谷寺,老师作"游情常为此山浓"七律,我依韵奉和;1947年秋登紫金山天文台,1948年春复游灵谷寺,各有诗。

抄书,这是汪老师对我的一种有效培养。我对唐诗比较熟,对宋诗则用力较少。老师大约看出我的弱点,便结合他选宋诗,用各家别集善本,在入选的诗题上朱笔加圈,让我用毛笔小楷抄在特制的格纸上。我抄完梅尧臣、王安石、黄山谷、陈后山、陈简斋诸家;其他大约另有人抄。

送信,并不是当邮差,而是把老师的新作送给有关的专家学者。如住在汪老师对门的商衍鎏和住在中大宿舍或附近的柳翼谋、李证刚诸先生,都是由于为汪老师送诗稿而得随时请益的。

那时候，我喜欢作诗。每有习作，便请汪老师批改。诗，由于有韵脚、平仄、句法、章法等等的限制，牵一发而动全局，并不像散文那样好改。汪老师一般也不改，而是低吟一遍，随手圈点。有些地方则指出缺点，让自己推敲。这时候，他如果没有什么急事，一般兴致很高，告诉我最近有什么朋友寄来新作，他自己有什么新作，一一拿给我揣摩。陈苍虬、李拔可、夏剑丞诸先生的不少诗，都是在汪老师书斋里读到的；有时借回宿舍抄写。汪老师的诗，都用工楷写在印有较大方格的彩笺上，我告别之时，他往往提笔在诗后写"松林仁弟存之"，下署"方湖"，并记年月，然后送给我。这种诗笺，我一共积累了四五十页，一直珍藏到"文革"初期，后毁于火！

那时候，我经常在《泱泱》、《人文》、《陇铎》等刊物发表学术论文。汪老师曾说：年轻人不宜过早发表诗文，以免晚年"悔其少作"。但当我把十多篇已经发表过的论文剪贴在本子上请他审阅时，他还是很高兴，为我题了书签："霍松林论文集"。令人痛心的是这个本子也已化为劫灰。那些论文，先后托西北师大的赵逵夫教授和我以前的研究生、现在苏州铁道师院任教的杨军各复印来一部分，而汪老师的题签，却不可复得了！

那时候，我每天晚上写日记。听课笔记中的重要内容，经过整理，写进日记。登门求教时的所闻所见，也写进日记。遗憾的是这些日记也未能逃出浩劫。

汪老师先后赠我不少书，可惜和我的其他珍贵藏书一起，在"史无前例"时期散失殆尽。幸而后来在资料室发现一部，便要了回来。封面上老师的手迹虽有污损，犹能辨认，移录如后：

> 学诗宜从韩杜入，方为正法眼藏。余与李拔可先生皆曾为松林言之。松林诗已到沉着境地，此最不易得。今举旧度黔中家刻本《巢经巢诗集》赠松林，即此求之以到杜韩境界，有馀师矣。戊子十一月方湖。

"戊子"，即1948年。当时情景，犹历历在目，而时间已流失了将近半个世纪！

汪老师赠我的书有题记。我拿着自己的书法去请教，他也往往要在上面写些指导性的意见。可惜这些书也早已不复存在了！值得高兴的是，师兄汪超伯惠寄新出版的《汪辟疆文集》。急翻目录，忽见《题霍松林藏〈杜诗镜铨〉》，不知为先师编遗集的千帆兄是从哪里搞来的？谨录于后：

题霍松林藏《杜诗镜铨》

诗三百篇

庄子　用郭庆藩集释本

屈原赋　《楚辞》，用山带阁本

太史公书　用张文虎金陵官局校本

水经注　用武英殿戴校本

杜工部诗　用九家集注本

上六书，为治文学者必须熟诵而详说者。首训诂，次语法，次考证，最后通义旨，不可放过一字，不可滑诵一句，不可忽略一事物，寝馈勿失，终身以之，有馀师矣。《文选》、《通鉴》，纂辑之书，取供浏览，抑其次焉。方湖为霍松林题记。

解放后汪老师寄我的信札和诗稿相当多，经过浩劫，只幸存 1955 年 11 月的一封信，节录如下：

来信及葡萄干均收，谢谢。葡萄干出自西北，不知何以没有佳品，岂近年行销于外地耶？《宋词举》近函南昌舍弟国枢寄宁，久未见寄来。兹恐弟急于应用，顷从唐君借得一本阅，阅毕即还渠可也。记戊子冬月拔可有一函涉及吾弟，当时弟欲保存，惟有关系拙著《点将录笺注》数处，姑留兄处。近已补入，特将此函奉上，装池可成一小轴，亦他日文坛一掌故也。……

李拔可先生寄汪老师的信，因装在同一信封中，也幸得保存至今，节录如下：

辟疆先生有道：

前得 10 月 26 日手书，并题师曾画竹一诗，其冷隽过于湖州，至佩至佩。松林兄前已谋面，其诗饶有商音，而气味甚厚，故站得住。若再深造黄韩，更无止境，诚关陇之健者也。点将录笺咏何日出版？吾闽如陈博野木庵、叶邠州捐轩，未知尚可入选否？陈乃石遗之兄，酷似诚斋；叶则小学金石皆有根底，不亚樊谢也。……

久想写一篇纪念汪老师的文章，深感讲空话毫无意义，而原有的大量资料幸存者不过如此，每欲命笔，徒增叹惋。近来忽然想到：我在南京中央大学学习期间，曾以《敏求斋随笔》为题，在《和平日报》连续发表过近百篇文章，其中有涉及汪老师的。于是，多方托人复印，终于由我的博士生陈飞托南京图书馆的夏晓臻君印来了一部分，急忙翻阅，竟有六条，亟录四条于此。

1948年4月17日《和平日报》第八版《敏求斋随笔》第一则云：

辟疆师在李拔可先生座上，谓：近五十年中，为诗者以广雅、湘绮为南北两大宗，言唐宋者袒张，言八代者袒王，今一流将尽，前之不满于张王者，今则并张王而无之矣。风雅道丧，盖以后生喜谤前辈，更谁肯下涪翁之拜乎？各为太息。故寄汪老师诗云："人从东南来，知子屋尚在。今朝忽觌面，顿挫弥自态。论诗半鬼录，岂必强分派？袒张与抑王，所见等一隘。惟忧玉后烬，遑问衣冠拜！清言虽无多，至味深可耐。吾衰百事懒，越境罢同载。待当蹑前诺，酌茗鸡鸣埭。"李翁现住沪上。汪老师约与同车来宁不果，故末四句云然也。

第二则云：

于辟疆师处，得读夏剑丞先生《题太华图赠右老诗》云："翁昔议喷室，驶笔如挽强。鹄在图疵病，射鹄鹄既亡。翁来自田间，疾苦身所尝。言出犯忌嫉，险历若太行。至今读翁文，字字挟风霜。成功岂戈矛？兹史吾能详。迩者念馀载，风宪开宏纲。愿翁行所志，立使斯民康。太华耸神秀，列之翁坐旁。何气耀崇高？文字腾光芒。"夏翁所著《映庵诗》已刊行。平生于梅都官诗致力甚劭，有《宛陵先生集注》，削稿盈箧，尚未刊布。

1948年4月21日《和平日报》第八版《敏求斋随笔》第二则云：

辟疆师见示近作数首，其《元辰一首呈右公院长》云："元辰集簪裾，淑气盈户牖。堂堂开济英，对兹开笑口。平生饥溺心，三民坚自守。百折忍不移，此事望已久。今朝宪法颁，欢声动九有。恢疏慎所持，是赖调元手。更念持风宪，即政当岁首。屈指十五年，守正自不苟。有目疲文移，有耳纷听受。尤于毫发间，精爽见裁剖。忆昔诵公文，神交在癸丑。著论准过秦,执讯期获丑。徘徊宋墓间,题字大如斗。中有浩气存,扪之辨谁某。岁月自推移,勋名压朝右。藉曰如其仁,不负平生友。方今大难夷,国势日康阜。纳民于正轨,肆予大化诱。我公万人望,秉钧孰敢偶。嘉猷辰入告,行见民生厚。杯酒照须眉,江春动梅柳。万汇方昌昌,持以为公寿。"师于髯翁为文字交,相知最深,故能言之亲切如此。

1948年4月10日《和平日报》第八版《敏求斋随笔》云:

尝以治目录学次第询辟疆师,师谓宜先习汉隋二志以植其基,继则利用二志以兼及辑佚与校勘之学。因为条举唐宋类书、书钞、旧注、总集及字书之最博大、最切要、而引书又详载出处者,凡十馀种,期能识其大辂,然后依类以及其他。其略目如次:

甲、二书钞

一曰《群书治要》　五十卷,唐魏征等撰,有日本刊本。

二曰《意林》　五卷,唐马总撰。此本庾仲容《子钞》有周广业校本,甚合用。

乙、二类书

一曰《艺文类聚》　一百卷,唐欧阳询撰。存古经典甚多,而六朝诗文佚篇尤富。明嘉靖徐焴仿宋本尤佳。

二曰《太平御览》　一千卷,宋李昉等撰。此书以北齐《修文御览》为蓝本,而增益隋唐及修文殿所遗古经传子史杂书,极为宏博,季刚先生推为类书之王。清乾隆、嘉庆间,考订家最宝之。别有《太平广记》五百卷,专收小说笔记及异闻仙佛等,与此书同为学者所珍视。《御览》以张海鹏照旷阁大字本、日本喜多本为佳。近商务影印本亦好,惜多描写失真。鲍刻最下。《广记》以明嘉靖谈恺刊及万历许自昌刊为佳,黄晟小字本差可。

丙、五旧注

一曰《三国志》　裴松之注　多收魏晋间杂史,明嘉靖蔡宙刊佳。

二曰《世说新语》　刘孝标注　日本有全注残卷,中土刻本略有删节,然所删亦不多。明嘉靖袁褧佳趣堂刊佳。

三曰《水经》　郦道元注　原本四十卷,北宋初已缺五卷。今本乃何圣从就仅存之三十五卷析为四十卷,以足旧数。

四曰《汉书》　颜师古注　四史皆唐前旧注,如裴骃《史记集解》、司马贞《史记索隐》、张守节《史记正义》、章怀太子《后汉书注》，并佳。兹举颜注以概其馀。

五曰《文选》　李善注　善注极博洽，可以证经，可以订史，可以校子、集、字书，可谓一字千金矣。宋尤延之、元张伯颜本皆佳，明成化唐藩翻张本、清胡克家翻尤本亦不苟，何焯评点本亦好，海录轩本最劣。

丁、二字书

一曰《一切经音义》　有二本：一为唐释元应二十五卷本，乾隆丙午庄炘刊；一为唐释慧琳一百卷本，有日本元文二岁刊。所引群籍，多不传之秘册。

二曰《大方广佛华严经音义》　唐释慧苑撰，四卷，征引广博。

戊、四总集

一曰《玉台新咏》　明崇祯赵均小宛堂本。

二曰《古文苑》　守山阁刊本。

三曰《文馆词林》　原一千卷，久佚。今日本尚存残卷，适园丛书刊二十八卷。

四曰《文苑英华》　宋李昉等编，一千卷，收唐人文为多。明万历刊本。

师言清学以辑佚、校勘二事为有功后学，元明二代，瞠乎后矣。其法：先从事汉隋二志以识唐以前古籍崖略，然后蒐求佚书之仅存者，从事校勘。遇有异文，乃应用文字声音训诂之学辨其讹误与夫声音转变之由，再取古本类书及唐以前注家所引用与书钞之仅存者，取证其说，如云"某书正作某字"，使人读之，怡然理顺，涣然冰释。其足以益人神智、举一反三者，皆有藉上列诸书也。若辑佚之功，如孙冯翼（有《问经堂丛书》）、茅泮林（有《梅瑞轩十种》）、黄奭（《佚书考》）、马国翰（《玉函山房辑佚书》）、严可均（辑古子及汉魏间子书甚多，又严氏《全上古三代秦汉三国六朝文》亦辑佚）诸家（乾嘉间有金溪王谟之《汉魏佚书钞》《魏晋地理书钞》，虽为辑佚，但疏略无家法），左右采撷，端在乎是。尝闻章宗源之撰《〈隋书·经籍志〉考证》也，其草创方法，即先将隋志佚书分条辑出，各成小册，纳诸竹笥，于是按册疏记书中大略及其出处，各草一提要。佚书面目，不难复识。孙星衍尝谓之曰："君考证若成，甚愿以此底册畀余，真所谓起死人而肉白骨也。"章甚靳之。后为历城马国翰所得，玉函山房之巨册垂二百年沾溉靡尽，则辑佚之功也。

汪老师原存诗一千四百余首,编为二十余卷,浩劫中与百余册日记及大量其他手稿化为灰烬。千帆兄百计搜求,而编入《汪辟疆文集》者不到原稿十分之一。我复印到的部分《敏求斋随笔》中所记汪老师的诗,有三首不见于千帆所编文集。《呈右公》一首已见前。另两首作于抗战时期初到重庆时,其《随中央大学西迁》云:

　　违难来巴渝,心悬江上居。仓皇万里别,迢递九秋如。鼙鼓中原急,妻孥梦寐疏。高城试回首,目断故园书。

《冬日怀故居》云:

　　苦雾巴江里,情亲念旧居。三吴兵未已,万卷近何如?娇女别期数,园花枝上疏。排愁惟酒可,反畏有来书。

汪老师自言最喜陈后山《寄外舅郭大夫》五律,这两首,都和后山原韵,韵味亦不减后山。

抄录这些材料,汪老师的音容笑貌时时闪现。时光,仿佛倒流了四十多年。我呢,仿佛还是二十余岁的青年,坐在老师对面,倾听他的谆谆教诲。然而放下笔,看见镜子里的两鬓白发,又不禁感慨于岁月蹉跎,徒增马齿,辜负了老师的知遇、栽培、奖掖和期许。

1989 年 8 月

忆于右任先生在广州

1949年5月初,我追随于右任先生自上海飞广州。在飞机上作了一首诗:

  海运风旋事亦奇,图南何处是天池!投怀星斗撩新梦,入望云山惹故悲。有限乾坤仍逐鹿,无边烽火正燃萁!凌霄欲洒银河水,遍洗疮痍待曙曦。

  到广州后,我抄给于先生看,他阅完全诗,又把"有限乾坤仍逐鹿,无边烽火正燃萁"一联低吟了好几遍,抚髯叹息。一月前,他为促成国共和谈而奔走,又亲赴机场欢送以张治中为首席代表的南京和谈代表团飞往北平。紧接着,中共首席代表周恩来在会谈中提出:希望于右任先生来北平。毛泽东在石家庄会见张治中时,也欢迎于右任先生来北平参加签约。此后,南京的李宗仁决定派于先生为特使飞北平参加和谈。于先生十分兴奋,立即作好了出发的准备,却因奉化来电阻止,未能成行,他的"结束内战以纾民困"的宿愿又一次化为泡影。看了我的诗,自然百感纷来,不胜感慨了。

  在广州,于先生暂寓东山寺贝通津50号,心绪不宁。每逢星期天,我都去看望他。6月上旬,我接到父亲的长信,其中一段要我刻苦自励,切勿辜负于先生的期许。我便拿着信去见于先生。于先生看完信,又问了我父亲的情况,便说:"令尊与我同庚,又同年中秀才,还能写这样好的小楷,可见身体好,眼睛亮。我多年前就不能写小楷了。"我说:"家父曾说他考秀才未能名列榜首,是吃了小楷欠佳的亏,所以下功夫练,日久天长,成了习惯,写什么都一笔不苟,连打草稿、写家信都有小楷。"于先生掀髯颔首,赞叹道:"写字一笔不苟,做人也一丝不苟。"因为于先生谈到与家父同年中秀才,我便说:"听家父说当年考试要作试帖诗,他盛赞周至路润先生的《桎花馆试帖诗》非常好,我小时候读过,先生是三原人,想来也读过吧!"他高兴地说:"你也读过《桎花馆诗》!我当然读过，大概当时陕甘治举业的人都读过。路先生名德，其故宅在终南镇，距我家不太远。"人老念旧，由于谈了与家父共同经历的往事，他心情畅适，精神焕发，越谈兴趣越浓。我抓住时机，请他为家父写一幅对联。他欣然应诺，叫副官王培桐割了一张头号双宣，叫我拉纸，写了他自己的集字联：

圣人心日月，仁者寿山河。

真是笔风墨雨，气撼山河。于先生以书法名世，所到之处，求书者争先恐后，夹有某某求书条幅、中堂、楹联之类纸条的宣纸卷堆积如山。他一般不随来随写，而是等到有空闲、有兴致时叫副官磨好墨，割好纸，然后挽结银髻，卷起袖管，挥舞巨颖，风骤雨急，任意挥洒，一写就是几十张。这一次也不例外，光大幅楹联就写了十多副。其中有一副，是为辛亥元老陈少白墓门撰书的：

中山三友，外海一人。

字大逾尺，龙腾虎跃。于先生喜写擘窠大字，以为字大始见腕力。为家父所写的一联和这一联，字都比较大，他显然很得意。我问这一联怎么讲，他解释说："中山先生与陈少白、杨鹤龄、尤少纨曾被清廷目为'四大寇'，而对中山先生来说，陈少白等三人当然是他的好友啊！陈少白先生是广东新会人，其故居与墓地皆在新会，不用'新会'而用'外海'，取其与'中山'相对也。"经他这一番讲解，才看出这副对联何等工切！作对联，不仅要工，而且要切。于先生善属对，如明孝陵联"与钟山不朽，为民族争光"、灵谷寺联"古寺名灵谷，高僧有志公"等，看似顺手拈来，而又工稳贴切，大气磅礴。

于先生夏季怕热，广州的夏天比南京热，而他的贝通津寓庐，四周皆高地，又特别聚热。7月中旬的一个星期天，我和冯国璘一同去看望他。国璘是天水籍著名学者冯国瑞先生的弟弟，国瑞先生早年就学清华研究院，是王国维、梁启超的高足，擅长诗文、考古和书法，颇受于先生器重，因此国璘于1947年中央大学毕业后即被任为秘书，和我同受于先生殊遇。副官让我们坐在客厅里，便上楼去通报。紧接着，于先生只穿一条中式白府绸裤子走下楼来，对我们说："广州不光太阳晒人，月亮也晒人，一夜没睡好觉。"客厅不小，南北靠墙都是沙发，但不仅不像现在有空调之类的制冷设备，就连电扇也没有。南窗外有一株大榕树遮住阳光,他便和我们坐在靠南窗的沙发上聊起来。我照例拿出自己的新作请教,他赞许了几句,便从书案上找来他在广州的新作给我们看。其中一首是《题李啸风〈劫馀剩稿〉》:

  大器方能开世运,至人始信出民间。乾坤振荡风和雨,太息关中两少年。

  李啸风名梦彪,陕西洵阳人,早年参加辛亥革命,此时任监察委员,我们认得,故无须解释,只读给我们听。读完叹息道:"两少年都已经老了!"接着就第二句发挥:"起自民间的人了解民间疾苦,多能忧民忧国,凡事从国计民生着想。贫富悬殊,富者田连阡陌,贫者地无立锥,天下怎能太平!你们年轻,不知道我的经历和主张。我不反对共产主义,只是考虑怎样实现共产主义。我们的往哲昔贤,可以说都有'共产'思想。"他指着我说:"你作诗学杜甫,杜诗是读得很熟的吧!试想当杜甫在《咏怀五百字》中写出'朱门酒肉臭,路有冻死骨'的时候,难道不想'共产'吗?《写怀》中的'无贵贱不悲,无富贫亦足',意思就更明白了。《北征》中的'山果多琐细,罗生杂橡栗。或红如丹砂,或黑如点漆。雨露之所濡,甘苦齐结实'于写景中寓哲理。'雨露'无偏无私,普育万物,为政者难道不应该博施仁政、普济众生吗?可是当时的为政者偏不这样做,老杜便只能发出'乾坤含疮痍,忧虞何时毕'的慨叹了。"于先生的这些话,显然是有感而发的。这一天,从上午十点钟开始,直谈到中午,我们起身告辞,于先生坚决留我们一同进餐,吃的是家乡的面片子。我边吃边构思,饭后写出《星期日陪于右任先生园中消暑》:

  雨露难均造化私,何年始见太平时?满腔愤世忧民意,闲坐榕阴说杜诗。

  于先生看了,在点头的同时叹了一口气。三十年后,读1978年台湾出版的《于右任先生诗集》,其中有作于1952年的《韬园冬至日约诸老小叙仿杜〈曲江三章〉》,第二章云:

  请看杜老"朱门"篇,诗为生民理则研。老当益壮希前贤。寒者得衣

>饥得食,老者之愿方欣然。

"朱门"篇指包含"朱门酒肉臭,路有冻死骨"诗句的《咏怀五百字》。于先生把杜甫奉为"诗为生民"的"前贤"而学习,力图老当益壮,为生民歌呼以实现"寒者得衣饥得食"的理想。很清楚,三年前在贝通津寓庐为我们谈杜诗的那种情怀,又在这首诗中和盘托出,令人感动。神州大地自改革开放以来,亿万贫苦百姓已逐步解决了温饱问题,正向小康迈进,可惜于先生已不及见了。

1990 年 7 月

忆髯翁答《中国书法》记者李廷华问

即使在古城西安，也是到了1978年之后，于右任先生的文章事业才广被人口，早年受知于于右任先生的霍松林教授曾作"诗坛哭笑记当年"十绝句，感慨系之。霍教授在"文革"中曾因其"形象思维"论受到批斗、劳改，受难逾十年之久，云散天开之日，他的学术建树更泽被士林。霍教授现在是陕西师范大学文学研究所所长、博士生导师，兼任国务院学位委员会评审委员，中华诗词学会副会长等多职。接受了为《中国书法》杂志采访霍先生的任务，也使我得聆謦欬，大遂初愿，访谈是在霍教授的书房唐音阁围绕于右任先生的书法、诗词和一生大节展开的。

李：霍老师，您受知于右任先生的故事多年来使我神往，请谈谈当时的具体情况如何？

霍：那是1947年的春天，我在南京中央大学中文系读书。此前，我已经在全国的一些重要报刊像《中央日报》、《和平日报》、《人文》等发表了不少诗词、随笔和学术论文。于右任先生长监察院，他聘请了不少著名学者当监察委员，其中有我的老师汪辟疆、卢冀野先生。他们在于先生座中谈起我这个来自西北甘肃天水农村的学生，于先生也从报纸上看见过我的诗文，他提出要见见我。这是汪先生告诉我的。汪先生家住晒布厂五号，离我住的文昌桥宿舍很近。他告诉我，他对于先生讲，这个学生家庭很贫寒，问于先生能否介绍个业余工作，藉以补助学费。于先生说：你叫他来，我供给他学费，做工耽误学习。

李：霍老师，我从你的《唐音阁吟稿》里，读到《遣怀》："高风如可挹，愿言接俦侣。"这可能是指于先生。从诗意可以看见你当时虽然人微身贫，及见名卿巨公，也还是很注意自己的尊严，不减昂臧之气。

霍：于先生是很懂得寒士之心的。我遵汪师之嘱，带着一本论文剪报和自己用毛笔书写的诗稿去见于先生。他那时住在宁夏路一号，古林寺山脚下，那一带很清静。于先生的院子很大，他住在后面的一栋楼，有好多台阶。他从台阶上下来接我,拉着我的手一直走进客厅。稍为寒暄之后,就看我带去的诗稿,诗和书法是一起谈的。我告诉先生,我父亲是晚清秀才,现仍在乡间教书。我从小就学作诗,学写毛笔字,临过颜家庙、多宝塔、麻姑仙坛记,上中学后,还临习玄秘塔、醴泉铭、庙堂碑、兰亭序、圣孝序等。我来南京上大学曾到上海拜访过沈尹默先生。沈先生也是于先生聘请的监察委员,是于先生的好朋友。沈先生给我指授了执笔五字法,要我从褚遂良上溯二王,我于是又写孟法师碑、同州圣教序、雁塔圣教序等和二王的法帖。

于先生看了我的字之后说:我们西北人,最初都是写唐楷。他说,他开始也是走这条路,以后见闻广博了,和东南人士接触,开始写章草、魏碑。于先生鼓励我说:你写唐楷有家学渊源,有童子功,根基很深,现在要扩大,写写北碑。他还说:唐楷很重要,但仅止于此,打不出新路子来。

从这天以后,于先生要我每过一段时间就去坐坐。有时一谈就谈到深夜。我早读过于先生的《牧羊儿自述》,我告诉他,我在乡间也放过羊。于先生很高兴,说:"出身清贫,洞察闾阎疾苦,往往能立大志,成大业。我向他请教诗文书法,于先生说:有志者应以造福人类为己任,诗文书法,皆余事耳。然余事亦须卓然自立,学古人而不为古人所限。"我有句诗"余事诗豪兼草圣",即本于此。

李:于先生这一点和苏东坡仿佛。他们在"余事"上也达到了时代的最高成就。

霍:我从第一次和于先生接触,就感受到他的坦诚、淳厚和仁民爱物、兼济天下的情怀,他把我视为忘年友,期许甚殷。于先生在南京身居高位,相当忙,却于百忙中提倡风雅,主盟诗坛。1947年和1948年两次重九登高赋诗盛会,都是于先生主持的,有京沪苏杭等地的七十余位著名诗人参加,我是其中最年轻的一个。

李:很有杜甫、岑参等人登大雁塔赋诗的气象。

霍:阵容浩大,名家云集,但当时大家心境颇复杂。我在《丁亥九日登紫金山天文台六十韵》中先写"堂堂三原公,勋名光史册。余事擅书法,挥毫当座客。龙蛇入金石,鳞甲动碑碣。诗亦如其书,威棱不可遏。掣鲸碧海中,浩气驾虹霓"。结尾则说:"登高豁远眺,述志舒健笔。同室忌阋墙,兆民贵团结。……"当时内战方殷,于先生的心情是沉重的,我的诗里也无法不表露出国是之忧。

李:风景不殊,正自有山河之异。几年之后,于右任先生在台湾写了"重阳今又到,怀旧复登临。风雨一杯酒,江山万里心",意境就真是苍凉了。

霍:于先生在那种情况下资助我上学,其情其景,至今难忘。他每月给我写一张条子,要我到财务室从他的工资中领些钱。他很节俭,案头的碎纸用镇尺压着,写这种条子他用的是派克笔。两年之间,这种条子为我写了十几张。后来有人说:把这些条子留下来就更有价值了。但我那时确实是需要钱啊!1948年前后,物价飞涨,工薪人员一领到金圆券便赶到夫子庙去换袁大头。于先生最后一次给我写条子时,不胜感喟,自言自语:"这点钱,现在只能换三个袁大头啊!"

于先生对后进的培植是十分真诚的。他曾经对陈颂洛先生说:"我们西北在周秦汉唐很出人才,宋以后经济南移,西北落后了。现在是江浙财团的天下,但西北也不是没有人才,像霍松林就是难得的人才。"陈颂洛先生不久后在《中央日报》的《泱泱》副刊发表了《金陵杂咏》绝句,分咏汪辟疆、卢冀野、刘成禺、冒鹤亭诸位先生,最后一首则写我:"西球何必逊东琳,太学诸生孰善吟。二十解为韩杜体,美才今见霍松林。"

李:我在钟明善先生的一篇文章中看到,于右任先生曾请你代他集联,于先生书法中"放怀宇宙外,得气山水间"、"崇山怀万有,大水会群流"、"雄风盖百世,大度包群伦"、"宏图开万世,大道定中原"诸联都是你代集的。

霍:是这样。这几副对联分别集自《兰亭集序》和《东方朔画像赞》。当时所集的不止这几副,我抄送给于先生,他即用头号宣纸书写"崇山怀万有,大水会群流"一联送我,上款是"松林老弟集兰亭字"。可惜"文革"中和于先生写给我的其他许多条幅、对联一起被抄掠。关于于先生嘱我集联的事和所集的许多对联,我当时写入《敏求斋随笔》发表过。

李:请问霍先生,《敏求斋随笔》发表于何时何处?

霍:陆续发表于1947年春至1949年初的《和平日报》南京版,那是个专栏。前两年,我托人查找复印到了一部分,记叙遵嘱代于先生集联的那一则,载于1948年4月21日该报,我想找出来复印一份送你。于先生自己经常集联,他在一首诗里说:"朝写石门铭,暮临二十品。竟夜集诗联,不知泪湿枕。"于先生对书法是全身心投入的。

李:霍先生,您可不可以谈谈于先生的"标准草书"?

霍:这要写一篇长文才能谈清楚,简单地说,30年代以前,于先生以魏碑为基础,参以篆隶,在行楷中开拓新路。从30年代起,专攻草书,吸取章草、今草、狂草的精髓,参以魏碑的笔意而不断创新,创立"标准草书"。"草书"而求"标准",源于经世致用的博大胸襟。于先生曾说:"楷书如步行,行书如坐轮船火车,而草书就如同乘坐飞机。"这就是说,写草书可以争取时间,效率高。但草书经历代书家之手,唯求美观,信笔挥洒而略无规范,既难学,又难认,愈变去实用愈远,故终难在群众中普及以发挥促进学术文化的作用。于先生有鉴于此,以"易识"、"易写"、"准确"、"美丽"为原则,从大量的前人草书中筛选出最优美的字而加以系统化的整理,从而缔造出一个崭新的标准化草书体系,使草书兼有实用与审美两种功能。他在《百字令·题标准草书》中说:"试问世界人民,寸阴能惜,急急缘何故?同此时间同此手,效率谁臻高度?符号神奇,髯翁发见,秘诀思传付。敬招同志,来为学术开路。"可见于先生创"标准草书",于艺术美的追求中还寓有改良文字、经世致用的意义。他在创"标准草书"的漫长岁月里,使我们仿佛看到一个坚韧不拔的灵魂在用书法歌唱,歌唱民族文化,歌唱伟大的中华民族精神,歌唱振兴中华的民族希望。

　　李:霍老师,现在听你讲,我也受到感动,似乎看到髯翁的精神风貌。我想:于先生不论作诗、写字,在在体现的是一种博大淳朴、辉煌而又悲壮的人格。

　　霍:是的,你的理解很深刻。于先生对我讲得最多的,是要开发大西北,富民强国。吟诗作字,也离不开这种情结。他期望我的并不是当一个书法家,也不是当一个诗人。他是想影响我走兼济天下的路子。柳亚子先生题《右任诗存》有"书生已办忧天下,莫作山东剧孟看"之句,于先生是这个世纪我们西北人的骄傲,也应该说是中国文人的骄傲。

　　李:三年前我在重庆博物馆看到于先生写的一个条幅:"为天地立心,为生民立命,为往圣继绝学,为万世开太平。"据得到这张条幅的人说于先生在竞选"副总统"时自书前贤语录,遍赠三千"国大代表"。这也应该算是中国书法史、文化传播史上的一个奇迹。

　　霍:那段话是于先生的座右铭,也可说是他平生事业和人格的写照,出自北宋"关学"大师张载。他是陕西眉县横渠人,世称张横渠。说到这里,不能不重复"老生常谈":境界低,不可能产生好的诗歌和书法。当代诗人和书家,也应该学习于先生的心胸和气派。过去常讲诗品、书品和人品不可分,于先生的道路便是实证。你刚才谈到于先生竞选副总统的故实,我知道一点内情,以前不敢讲。那年我正在南京,是向于先生请益频繁的时期。邓宝珊先生来南京,常派车接我去谈天。他是于右任先生靖国军时期的老部下，又是我的天水同乡，虽是长辈，但对我亲切坦诚，无话不谈。邓先生告诉我，他给于先生提出过上中下三策：上策，挂印弃官，到上海去卖字；中策，组建第三党，学美国的华莱士；下策，还当你的监察院长，不要动。于先生很为难。蒋介石亲自到他住处拜访，要他竞选，他只好出来捧场。我在"文革"中挨整的时候，有人竟说我是"战犯"于右任的亲信，无限上纲。

　　李：《毛泽东选集》第四卷的战犯名单中有李宗仁，甚至有王云五，但没有于先生。

　　霍：捕风捉影，深文罗织，当时已司空见惯，夫复何言？于先生的经历、事业、心胸反映在他的作品中，才有那种汪洋浩瀚的气象。60年代初期，邓宝珊先生还在当甘肃省长，他从北京开完会路过西安时告诉我，周总理很高兴地对他讲：于先生又有诗传过来。……谈这些，离《中国书法》的要求是否远了一些？

　　李：不然。这些社会人生的因素，是构成于先生艺术的有机成分，而且是极重要的成分。今年以来，《中国书法》辟"学者谈书"专栏，访谈的都是不很"专门"于书法的大学者，所谈也不限于书法的"专门"。书法创作和理论研究需要转益多师，开拓气象。

　　霍：我们看于先生晚期的字，毫无剑拔弩张之态，外柔而内刚，似乎就是他这个人的形象。陕西于右任书法学会成立时，我在贺诗中用"千秋书史开新派，一代骚坛唱大风"一联概括于先生在诗歌、书法方面的成就。谈现代的旧体诗词，人们喜欢讲"南社"。于先生也是南社成员，可是他的《半哭半笑楼诗集》问世比南社成立要早十几年。从王陆一编入《右任诗存》前面的那些早期作品看，于先生的诗和书法一样是开宗立派、划时代的。于先生为人既豪放又谦和，他乐道人之善，经常推重别人。他挽王世镗"三百年来笔一枝，不为索靖即张芝"。王世镗当时身世落寞，书名不彰，于先生不仅帮助他谋得职业，还帮他打官司，对他在书法方面的成就十分推崇，颇有"到处逢人说项斯"的热情，王世镗由此书名大显。

　　李：郑逸梅的《艺林散叶》里说于先生称沈尹默先生是书法家中的科班，称自己为玩票，您对此有何看法？

　　霍：于先生并非专业书法家，前面说过，他是以诗歌、书法为"余事"的，何况他又一贯推重别人，因此，我相信于先生会这样说。但他哪里是玩票？中国的书法从王羲之到康有为,完成了帖学和碑学的两大系列,有几人能从这樊篱中走出来呢?于先生融碑帖于一炉而自创"于草",简净明快,雄浑奇崛,深沉朴拙,博大清新,纵横变化,仪态万方,于飞动中见俊逸,于疏放中见规范,在跌宕起伏中表现出强烈的节奏感和醉人的神韵美。愈到晚年愈入化境,随意挥洒,自成佳构。这哪里是"玩票"所能办到的?改革开放之前,大陆青年不知道有于右任这样一位大书家、大诗人;知道的人又不敢提。这是学术界、艺术界的大悲剧呵!

李:至今思之一泫然。霍老师,你最后和于先生的接触是怎样的?

霍:我从大学毕业,于先生要我到监察院当了一个科员,实际上是给他当秘书。1949 年春,我随监察院从南京迁到上海,5 月初,又从上海迁到广州。在广州期间,于先生比较闲,我和冯国璘兄多次到于先生寓庐去拜访,国璘是天水籍学者冯国瑞先生的弟弟,国瑞先生擅长考古、诗文和书法,颇受于先生器重,因此国璘于 1947 年中央大学毕业后即被于先生任为秘书,和我同受于先生殊遇。有个星期天,我俩同去看望于先生,于先生只穿一条白府绸裤子接见我们,自我解嘲说:"广州不光太阳晒人,月亮也晒人,一夜没睡好觉。"他和我们谈得很久,中午留下吃家乡的面片子。当时久旱苦热,先生从天时谈起,转向人事,屡引杜诗而加以解释发挥。计所引杜诗有《北征》"雨露之所濡,甘苦齐结实",《写怀》"无贵贱不悲,无富贫亦足"等,其解释发挥之言皆不同流俗,发人深省。我写了一首《陪于右任先生园中消暑》诗:"雨露难均造化私,何年始见太平时?满腔愤世忧民意,闲坐榕阴说杜诗。"于先生看了,在点头的同时又叹了一口气。我接到父亲的信,信中有一段要我刻苦自励,不要辜负于先生的期许。我便拿着信去看于先生,于先生看了信,又问了我父亲的情况,便说:"令尊与我同庚,又同年中秀才,还能写这样好的小楷,可见身体好,眼睛亮,我多年前就不能写小楷了。"这一次也谈话很多,他很高兴,要为我父亲送一副对联,叫副官割了一张头号双宣,叫我拉纸,写了他自己的集字联:"圣人心日月,仁者寿山河。"到了这年 8 月,监察院的一部分人又要向重庆疏散,我和国璘都想由重庆经川陕公路回天水看望父母,便登记于 13 日飞渝。12 日晚与国璘往于先生处辞行。于先生正在开会,听说我们来告别,便离开会场,拉着我们的手说:"我想留你们在身边,但形势如此,不敢留,你们就去吧!以后有机会,再叫你们来。"语调、神情,十分伤感。这是我和于先生最后一次见面!到重庆后,我被陈匪石先生约往南林文法学院中文系教书,久住南温泉,国璘则住在重庆上清寺的监察院临时宿舍。11月27日晚,忽然接到国璘的信,说于先生从香港飞回重庆,要我立刻去见他。但我还来不及赶到重庆,于先生已于28日飞走了,国璘也随监察院的一些同事去了台湾。不几天,重庆便迎来了解放。我最近赴澳门讲学,见到梁披云先生,他是于先生1925年办上海大学时的学生,师生关系极密切。梁先生告诉我:1949年冬于先生住香港期间,他和另几位于先生的学生要求陪伴于先生到南洋去,于先生极赞同,但他突然决定乘便机去重庆,目的是想救出杨虎城。可是当他飞到重庆时,杨虎城先生已经遇害了!于先生以后的情况大家都知道。现在人们对他那首"葬我于高山之上兮"耳熟能详,于先生还写了很多思念故土故人的诗,像《鸡鸣曲》:"福州鸡鸣,基隆可听;伊人隔岸,如何不应?沧海月明风雨过,子欲歌之我当和。遮莫千重与万重,一叶渔艇冲烟破。"还有周总理对邓宝珊先生提到的《南山》:"南山云接北山云,变化无端昔自今。为待雨来频怅望,欲寻诗去一沉吟。百年岁月羞看剑,一代风雷荡此心。莫把彩毫轻掷去,飞花和泪满衣襟。"都凄怆动人。

李:"国家不幸诗人幸。"于先生的这些诗和所有功成名就的大人物的诗都不一样。家国之思萦绕着他、痛苦着他。使他终其身,情绪都是跌宕的,这种情绪不知能否在他晚年的书作中发现。这次拜访霍老师,还想知道一点这方面的端倪。

霍:于先生逝世前后,两岸关系紧张。但是于先生没有忘记我这个小他四十二岁的文字之交,他也不相信中华民族会永远分裂。1959年4月21日,当他八十寿辰的时候,他曾经向冯国璘同学问我:"那个霍松林有无消息?他是我们西北很少见的青年啊!"过了几天,老人家又选出一帧八十造像,题写了"松林老弟",并签上名字,要冯国璘以后找机会带给我。就是你现在看到的这张照片。冯先生还赠给我老人晚年的几件书作,我一直珍藏着,很少示人。

李:这太珍贵了。于先生感情如此淳厚,这也是他的诗、书作品独具魅力的内在因素。柳亚子先生称他"落落乾坤大布衣"是很切实的。他实在是读书人精神上的一个永远的朋友。霍老师能同意让《中国书法》杂志发表照片和墨宝吗?

霍:可以。

李:还想问一下,霍老师得到于先生的题照和墨宝的具体情况?请原谅我打破沙锅问到底,这是书法史和文化史上有意义的细节。

霍（查阅了国璘先生的许多信札，又找出于先生的几件墨宝，然后说）：我是1990年才与国璘取得联系的，几番书札往返之后，忽于暑假中收到他两页墨宝，在长函中说："右老八十华诞时身体还很健旺，形象独特，寿眉银髯，远望如神仙中人。当时此地摄影名家云集，争相拍照，其中以春秋造像一帧最得右老喜爱，加印若干分赠亲友，又题赠吾兄一帧，嘱弟俟机转交。"又说："右老公余有兴趣，便提笔写旧作给我，已保存二十余年矣，随像寄上两片留作纪念。此种写法甚少有人看到，有暇可题诗寄我。"

国璘于1990年2月3日写寄我的第一封信中即说他身患癌症，在家疗养。在此后三年中，他为我出版了《唐音阁诗词集》，又在我协助下出版了国瑞先生的《麦积石窟志》和《绛华楼诗集》，亲自设计校对，十分辛劳。接着由他出资，由我作跋，将于先生抗战期间写的"艺并莫高窟，文传庾子山"巨幅对联刻碑立于天水麦积山石窟前。到了1993年5月，他自知来日无多，便由夫人照料飞来西安，一是为了看望我这个阔别四十余年的同乡、同学、老朋友，二是要把于先生的一件墨宝交给我，了却他最后一桩心愿。他郑重地展开于先生1960年自作自写的《〈呻吟语〉序》长卷，和我同读一遍，然后说："于先生八十以后，书法又有新变化，但已不为别人写。自作自写，长达数百字的墨宝，这是惟一的一件，他自己也十分看重，辞世前特意交我保存。在台北，曾被友人借去展出，一位日本书法家出高价要买，我不肯，他便不断增价。我说这是于先生交我保存的，出价再高，也不能卖，他才怏怏而去。我自感体力不支，活不了多久，反复思考，觉得你与于先生既有文字因缘，又是忘年交，于先生在世时每年都问到你，因此把这件墨宝交给你，于先生地下有知，一定认为付托得人。……"他回到台北，又在5月23日写给我的信中说："右老手书《〈呻吟语〉序》全国仅此一件，弟老矣，后人又不重视此物，多次思量，送兄最妥，希珍藏之，可传子孙。"不久，便接到国璘的讣告！我早想写一篇跋，再请海内外名家作跋题咏，装裱成卷，然后谋求照相出版，公之于世。但由于工作繁忙，老是顾不上。现在借《中国书法》的宝贵篇幅发表几行，使"于草"爱好者尝鼎一脔，也是很有意义的。

1996年2月

《太华图》及诸名家题咏

今年4月11日是于右任先生的120周年冥寿,三原于右任纪念馆等有关单位正筹备纪念活动,邀我参与,这使我想起为于先生拜寿的往事。

1948年4月11日,于右任先生过七十大寿我那时还在中央大学上学,从未见过大人物过寿的场面,也没有给任何大人物拜寿的经验,不知如何表示对于先生的敬意;几经踌躇,决定还是念我的书。上午在由文昌桥宿舍去四牌楼校部的路上遇见汪辟疆老师,他问:"你没有去给于院长拜寿?"我说:"我想拜寿的都是达官显宦,我去恐怕不合适,又不懂该拿些什么,如何拜法,所以没有去。"汪老师说:"于院长过寿很简单,既不摆筵席,又不收礼品,去拜寿的都是亲朋好友,各界名流,见面鞠躬交谈,就告辞了。于院长对你很关心,他过七十大寿,你不去不好。现在就去!"我转身回宿舍,换了一身比较干净的衣服,便赶到宁夏路1号。

于先生正在客厅里陪客人谈话,我走近去鞠躬问候便准备退出来。于先生留住我,向客人介绍:"他叫霍松林,是我们西北的杰出青年,现在中央大学学文学,是汪辟疆、卢冀野先生的高足,常在报上发表论文和诗词,很出色。……"我于是又向客人们鞠躬,然后向于先生告辞。这时有两位客人也起身告辞,于先生便对我说:"这一位是邵力子先生,你当然知道的;这一位是邵夫人傅学文先生,著名的幼儿教育家。都是我的老朋友。"又对邵先生说:"你们的车要路过中央大学,就把他带上。"邵先生拉我坐在他身旁,一路上问我的学习情况,很关切。我说在天水读中学的时候,常在县图书馆去看书,整套的《四部丛刊》、《四部备要》和许多珍贵的线装书,都是邵先生赠送的,天水人很感激。邵先生听到他赠送的书发挥了作用,很高兴。

于先生是读书人的知己,是学术、文化、教育界的精神领袖。因此,他过寿虽然不收礼,也没有人敢送金银珠宝之类的礼,但书画诗文楹联之类的精神礼品却有人送,他也乐意收。这些精神礼品中的一部分,论永恒价值,是金银珠宝无法比拟的,因为那都出自可以名垂青史的大师之手,并且凝聚着人世间最珍贵的友谊。这里只谈谈《太华图》及诸名家题咏。

著名学者、诗人、书家夏敬观先生精心绘制了一幅《太华图》,自题五古一首,为于先生祝贺七十大寿,于是名家纷纷题咏。题咏者中有的是我的老师,有的是经汪辟疆先生介绍,经常登门请教的前辈,所以他们题《太华图》的诗、曲底稿,我都要来珍藏,现在抄在下面。

夏敬观先生《自题太华图寿右公七十》云:

> 翁昔议啧室,驶笔如挽强。
> 鹄在国疵病,射鹄鹄既亡。
> 翁来自田间,疾苦身所尝。
> 言出犯忌嫉,险历逾太行。
> 至今读翁文,字字挟风霜。
> 成功岂戈矛,兹史吾能详。
> 迩者廿馀载,风宪开宏纲。
> 愿翁行所志,立使斯民康。
> 太花笋神秀,列之翁坐旁。
> 何气耀崇高,文字腾光芒。

谢无量先生《题太华图寿右公七十》也是一首五古,诗云:

> 太华一拳石,植根镇西北。
> 禀气鸿朦先,帝座通咫尺。
> 屹然阅春秋,大朴无改易。
> 宠辱了不干,百世崇礼秩。
> 夏翁丹青手,放笔写岪嵂。
> 高姿登精悍,吾髯堪匹敌。
> 为邦振颓压,兴文见风格。
> 草势不可当,鸷鸟横空击。
> 望岳每徘徊,孤标氏中国。
> 我携峨岷来,兄事未敢衰。

何期一樽酒，同此青春节。
离处感冥行，从游慰朝夕。
小人无远怀，君子有大业。
云雷奋经纶，修名到耆耋。

易君左先生《题太华图寿右公七十》是一首七律，诗云：

巍峨太华瞰崇丘，红楼风光忆昔游。
绝顶三峰穷万里，长髯一丈拂千秋。
关河壮丽钟灵秀，廊庙雍容辅智谋。
七十老人终不老，愿为天下自由求。

陈颂洛先生《题太华图寿右任先生》是一首七古，前四句押仄韵，后四句换平韵，诗云：

君子之争出以正，孔子论射通于政。
谁欤风度独悠悠，此老宜为天下敬。
岿然七十身不衰，人寿定有河清时。
酒浆便欲因公挹，冉冉行看斗柄移。

姚鹓雏先生《题太华图寿右任先生》是一组北曲小令：

北正宫小梁州
陕豫堂堂一望间，莽三峰落日潼关。
西来灵气镇中原，掀髯处，立马小千山。

北正宫鹦鹉曲
陈希夷曾此徜徉，认白鹤朱霞无恙。
便驴儿失脚也无妨。且抚掌太平有象。

北双调拨不断

一峰高,一峰遥。

千盘行蹬苍龙娇,玉女真仙不可招。

乡心还羡西飞鸟,夕阳古道。

北正宫醉太平

看晴峦满纸,又绿树交枝。问四郊多垒,可有入山时?漫沉吟鬓丝。只为那念家山未了神州事,定风波留与开青史,听齐歌铁砚老人诗,消受得千厄万厄。

曲学大师卢冀野老师的《题太华图为髯公七十寿》是《正宫端正好》套曲:

端正好

折柳灞桥前,怒马潼关外。彩虹横,太华云开。看绝峰鼓掌生还客,浑不俟乌头白。

滚绣毛

取次的日重光,扫房霾。汉旌旗,遍九垓。共大义朔南英迈,将碧血换神州费尽安排。又谁知屠狗才,竟中途窥窃来。霎时间桃僵李代,空教人气短心灰。纵然是先生自分闲中老,免不了亡命重登拜将台,在天安门外一徘徊。

倘秀才

聚三秦佳子弟,同仇敌忾。归东里贤主客,齐心恤灾。这其间破寺名碑半草莱,这其间烟起处几家回,苦经营数载。

么

饱看莫斯科潮流澎湃,凭吊那见加尔今古兴衰,曾记得脱险沙陀旧壤来。平战垒,仗于思,重围始解。

脱布衫

奠南都钟阜秦淮，位元勋兆民是赖。历忧患还劳决策，无遐迩争称仁爱。

小梁州

王道干城世莫猜，盟友相偕，九年战果笑颜开。濡毫待，挥洒凯旋牌。

幺

白头又出阳光关界，有鲰生随节西来。都道是范仲淹安边塞，十三族从此和谐。

尾　声

望玉女锦屏开，傍莲花笼瑞霭。太平老子康强在，祝贺你太华巍峨无忘海。

这几篇作品，从不同的角度把于右任先生和西岳华山联系起来，或偏重抒情，或偏重叙事，或偏重议论，各有特色，都达到了很高的艺术境界，与世俗祝寿的应酬文字迥乎不同。

据我所知，南京解放前夕，于先生匆匆离寓飞沪，没有带走多少东西，不知这幅《太华图》是否随身带到台湾。前不久，省文史馆馆长扬才玉先生来找我，谈到南京解放后李祥麟先生遵照于先生离寓前的嘱托，把留在南京的全部藏书和字书文物运到西安，捐赠给文史馆，尚未完全清理。不知里面有没有这篇《太华图》。

不管《太华图》是否尚在人间，太华山是万古常存的，于先生是永垂不朽的。每当我望见华岳三峰，就仿佛望见了于先生，尽管拜别于先生已经半个世纪了。

1999 年 4 月 11 日

惕轩先生百年祭

2009年春适值成惕轩先生百岁冥寿,吟成一律:

> 白门倾盖便心倾,守岁犹烦折柬迎。
> 弭乱安民谁借箸,驱愁解愤酒为兵。
> 终投宝岛施甘雨,仍恋诗坛主大盟。
> 百岁生辰遥寄慰,神州万里庆升平。

抗日胜利后还都金陵,惕轩先生主编《今代诗坛》,余投稿承激赏,遂成忘年交。1947年除夕,惕轩先生念余客中孤寂,邀余至其寓庐团年,腊鱼味美,至今难忘。席上展示毛笔宣纸手书赠诗极珍贵,惜毁于"文革",殊深怅惘。2000年余过八十生日,台北陈庆惶教授远寄贺诗,附小注云:"松林教授早岁在南京与先师成惕轩先生友善,先生尝赠诗云:'小园风雨盼君来,笑口尊前月几开。近局莫辞鸡黍约,妙年谁识马班才。钓鳌碧海今何世,市骏黄金旧有台。拔剑未须歌抑塞,良辰一醉付深杯。'欣逢霍教授及德配主佑夫人金婚及八秩双庆,谨步先师元玉以贺嵩寿。"陈先生注中所引者,即守岁席间所赠诗也,真喜出望外。守岁席间多议时事,于弭乱安民之策各抒己见,相视莫逆。"借箸",用《史记》典:汉王正吃饭,张良借其箸画策。1948年秋,余以新作《望海潮·惕轩嘱题〈藏山阁读书图〉》请成先生改定。成先生读至结句,沉吟良久,提出不用"遐荒"。我反复修改,认为"出岫祥云,待作霖雨遍遐荒"仍是最好结句,成先生只好认同。"诗谶"云云,其此之谓乎?

忆王达津、胡念贻先生

1981年秋,我指导的五名硕士研究生举行学位论文答辩,特从天津请来王达津先生任答辩委员会主席,从北京中国社会科学院文研所请来胡念贻先生任答辩委员。答辩结束,我陪王、胡两先生登大雁塔,环视西安全貌,下塔后合影留念。

我和念贻在重庆柏溪读中大一年级时,王先生给我们班讲《尚书》。他于1944年毕业于西南联大北京大学文科研究班。为我们上课时,他是年轻讲师,正在谈恋爱,在年龄、心理等方面,都与我们距离不大,所以我和念贻等几个国学基础较好的同学,有时就到他房里去请教、聊天,并且吸他的香烟。我离开柏溪的时候,他还做诗送行。一别三十多年,几经沧桑变幻。这次师生三人在西安会面,都十分高兴。游览乾陵,我陪王先生就地休息,念贻独自爬上乳头峰顶,下来后兴奋异常,说他看见了八百里秦川,看见了华山,看见了终南山,看见了汉唐气象,连声赞叹:"太雄伟了!太壮阔了!"他一贯闭门读书,这次尝到了游览名山大川的甜头,回京不久去了一趟山东,寄来了诗词;接着又南下广州,寄来了信。没想到这时已患癌症,一经检查,已到晚期,无可挽回了!那时达津先生虽然瘦弱,却精神健旺,乐观诙谐。此后多次在学术会议上见面,我又多次请他来主持博士论文答辩。有一年冬天,他怕我读书过贪,起居无时,有损身体,特意寄来一首诗:

迢递西飞一纸书,起居可有不时无?
料知华发贪黄卷,那管青阳逼岁除。
门对终南诗兴远,步登雁塔郁怀舒。
文章每发凌云气,定是江山入画图。

我当即奉酬,寄去一首七律,盼望他重来西安:

> 出海云霞若可扪,几回翘首望津门。
> 穷年讲学心常热,终夜笺书席未温。
> 信有文思浮渤澥,能无诗兴咏昆仑?
> 西来东去非难事,桃李春风酒一樽。

达津先生已于前年辞世了。这张相,是我保存下来的与达津老师、念贻同学的惟一合影。作为背景的大雁塔,也就是杜甫、高适、岑参等无数唐代诗人吟咏过的"慈恩寺塔",凡是熟读唐诗、研究唐诗的人都想爬上最高层,做几句诗。此次登塔,三人都有吟咏,现将王先生的《偕霍松林、胡念贻两学弟登慈恩寺塔》录在这里以为纪念:

> 长安一月雨,泾渭纵横流。
> 众力与天搏,雨亦为少休。
> 我适偕二子,同登雁塔游。
> 缅思杜高岑,浩歌鬼神愁。
> 壮怀何激烈,犹若见凝眸。
> 霭霭终南山,黛螺云中浮。
> 紫光真妙逸,谁不眷神州!

我所了解的徐中玉先生

徐中玉先生是我的老学长。我们都毕业于中央大学,都受知于汪辟疆、胡小石诸名师,因缘匪浅。但当我在重庆柏溪上中央大学中文系一年级的时候,徐先生已于多年前毕业,在中山大学攻完硕士学位后由讲师而升任副教授了。闻名甚早而晤面甚晚,常常感到是一种无法弥补的憾事。

抗战时期,徐先生常有大文见于各种报刊,我读过不少,但给我留下深刻印象的,则是汪辟疆老师对他的评价。大约是1947年初春吧,那时我在南京中央大学学习,常到汪老师家去请教。有一次请教关于宋人诗话的问题,汪老师一边讲,一边找出他在《中国文学》第一卷第一期发表的《复徐中玉书》让我读,我因而知道徐先生在研究两宋诗论方面用力甚勤,而汪老师的这封复信,则提出了全面而精辟的指导意见。这封信,程千帆先生已收入上海古籍出版社出版的《汪辟疆文集》,至今每一诵读,都深获教益,而师生论学之乐,尤令人神往。

1956年暑假,全国高等师范院校教学大纲讨论会在北京西苑宾馆召开,我参加中国古典文学组,徐先生则与黄药眠先生同为文艺学组的召集人。内子胡主佑参加文艺学组,经她介绍,得与徐先生见面,却无暇深谈。改革开放以来,思想解放,学术繁荣,我们才能够在各种学术会议上经常畅叙,相知愈深,交情愈厚。在我的心目中,徐先生既是对我关爱备至的老学长,又亦友亦师,表率在前,未敢懈怠。

徐先生勤奋治学,视野开阔,博通今古,淹贯中西,学术研究与文艺创作相辅相成,著述宏富,贡献良多。对于我,这是一种无形的鞭策,常欲卜驾以相从。但更使我倾慕的,则是他始终关注现实、学以致用的学术品质。读他的《抗战中的文学》、《学术研究与国家建设》、《民族文学论文初集》、《论文艺教学和语文问题》、《文艺学习论》、《古代文艺创作论集》、《现代意识与文化传统》以及《美国印象》等书,都感到有一颗热爱祖国、关注现实、向往光明的赤子之心在跳动,不能不受其激励,提升民族使命感,从而把自己和那种皓首穷经、于世无补的腐儒区别开来。

徐先生气度恢宏,志存高远,不标榜,不矜持,心平气和,光明磊落,戒空言而重事功,又有过人的组织能力和干济之才。建国以后,他历任华东师大中文系主任、文学研究所所长、校务委员会副主任和中国作协上海分会主席等要职,都能凝聚众力,开拓进取,建树非凡,为众望所归。他长期领导中国文艺理论学会、中国古代文学理论学会和国家教委全国高等教育自学考试中文专业委员会,我作为参加者,对他所付出的辛勤劳动和所取得的突出业绩,知之尤详,感受尤深。他主编的《文艺理论研究》双月刊,《古代文学理论研究》丛刊及《中文自学指导》月刊,数十年来拥有广大读者,嘉惠学林,功不可没。

为了实现祖国的繁荣昌盛而坚持真理,追求进步,无私无畏,勇于任事,这是徐先生人格魅力的主要内涵。1938—1939年期间,徐先生在重庆上中央大学四年级。他作为校内进步学生团体"中大文学会"的负责人,先后邀请郭沫若、老舍、胡风三位作报告,反响强烈;郭沫若的报告,更引起极大轰动。了解当时政治环境的人不难想象在战时的"陪都",在最高学府中央大学,竟然敢请那几位先生讲演,这需要多么大的魄力!1956年在北京和徐先生见面后,我更加留意他的境况。时逾数月,全国知识分子响应号召帮助党整风,我在《光明日报》、《文汇报》和《文艺报》上连续读到徐先生的好几篇文章,都切中时弊,表达了人民群众的心声。其中《有一种永远正确的人》一篇,我和内子都读了好几遍,不约而同地赞叹:"看得确,说得出,写得好!"反右开始,徐先生被戴上帽子。我也响应了帮助党整风的号召,却只有言论,未写文章,经过几次批判,准备好的帽子尽管一直拿在手中,毕竟没有戴。和徐先生相比,虽感侥幸,但更多的则是深藏内心的惭愧之情。

徐先生的人格魅力辅之以卓越的领导艺术,是他主持的几个学会得以健康发展的主要动力。中国古代文学理论学会成立之初,某些人流露了"定于一尊"的意图,1983年6月上旬,徐先生在广州召开的第三次学术讨论会上提出了坚决贯彻双百方针的意见,得到与会者的拥护,从而及时地遏制了不良倾向,使中国古代文学理论的研究在神州大地上百花齐放,硕果累累。我当时有感而发,作了四首七律,第二首是:

> 东湖初到雨翻盆,盛会开时见晓暾。
> 放眼中西拓文境,骋怀今古觅诗魂。
> 宗经尚许参三传,谈艺宁容定一尊!
> 继往开来创新局,喜看百派下昆仑。

这是我对徐先生主持的这次盛会实况的描述和对学会发展前景的展望。

徐先生襟怀坦荡,待人处事,俱出真诚。就我的切身感受而言,我的几位老学长待我都很好,但略无猜忌而始终以百分之百的真情厚谊待我者,确以徐先生和钱谷融先生为最。1987年9月,我应邀赴东京讲学。当时西安尚无直飞日本的航班,只好先飞上海。徐先生在华东师大为我安排了住处,并托中文系主任齐森华教授负责接送,照顾生活。住华东师大数日,徐、钱两先生于百忙中挤出时间陪我游览,并分别设宴饯行,其亲切有如少年时代的同窗好友。森华教授以徐先生的学生自居而以师礼待我,照顾、接送,体贴入微,从他身上我也感受到了徐先生的人格魅力。

2000年陕西师大为我祝贺八十生辰,我提出有交情而年长于我者俱不通知。徐先生和钱先生间接得到消息,都寄来了热情洋溢的贺信。编纪念文集时,我考虑再三,这两封信终于没有交给编辑人员。怎能让亦友亦师的老学长为我祝寿呢!尽管如此,徐先生与钱先生待我的深情厚爱,仍然永铭肺腑,没齿不忘。

欣逢徐先生九十荣寿,感今忆往,拉杂成文,敬表祝贺之忱于万一。"仁者寿",这是深含至理的名言。当徐先生期颐荣寿之时,我必定携内子趋谒祝贺,并邀钱先生同游沪上,重享同门雅集之乐。

花甲忆往

人总是要不断前进的,何况四个现代化的光辉前景吸引着我们攀登新的高峰,哪有闲情"向后看"!然而,为了更好地前进,有时也需要回顾过去,对自己的经历作一点总结。

早在上初中的时候,我就被《离骚》中的"日月忽其不淹兮,春与秋其代序……老冉冉其将至兮,恐脩名之不立"几句话激起了共鸣,往往情不自禁地放声吟诵。一位赏识我的国文教员注意到这一点,对我说:"你珍惜光阴,刻苦自励,这是对的;但现在不过十几岁,来日方长,怎么就有'老冉冉其将至'的感慨呢?"我被问得没有话说。然而时光流逝得多么快!当我好容易逃出十年内乱,能够重理旧业的时候,已经两鬓飞霜,真的是"老冉冉其将至"了!

1921年9月29日,我出生于甘肃省天水县琥珀乡的霍家川。霍家川,这个四山环抱的小地方,现在有铁路通过,家乡人民把渭水提到半山腰,灌溉着一川良田;几所小学,一所中学,正在为"四化"培育人才。可是在半个世纪以前,那却是一个十分偏僻、十分贫穷落后的农村。我的童年,就是在这个农村里度过的。

我的启蒙老师不是别人,就是我的父亲霍众特。父亲怎么会教我读书,这得从我的祖父谈起。

我没来得及见到我的祖父,关于祖父的事,是从父亲和其他人的口里听来的。

祖父是个不识字的庄稼汉。由于他个儿高,更由于他喜欢做好事,因而赢得一个具有双关意义的绰号:"霍长人"。他只要路见不平,就敢于拔刀相助,终于因此吃了大亏。那时候,清朝政府经常从渭水上游放"官筏"下来,运输木料。有一次,"官筏"在霍家川的上峡口被撞翻,全部木料都被湍急的浪涛冲走了,官府却硬要当地人赔。祖父出头"告皇状",被鞭打绳捆,下在牢里。他后来把告状失败的原因归结为家乡没有读书人,不会写状子,于是拼全力供我二伯父上学。二伯父刻苦攻读，总算考了个秀才，在家乡教私塾。据说从这时开始，霍家川一带才有了读书人。

父亲弟兄七人，他是老七；二伯父中秀才教书的时候，他正是该上学的年龄，就要求念书。但家里要他放羊，不准念。直到十三岁，他硬缠住祖父，祈求说："你老人家不是常说不识字就是睁眼瞎，受人欺侮吗？趁你还活着的时候，让我念几天书吧！"老人家回想起他自己的遭遇，激动地说："你就去念，我放羊！"这一下，我父亲的几个哥哥都慌了，一同商量说："出了一个念书的，全家人都挣断了脊梁骨，哪里还能再让他念？得想个法子啊！"二伯父想了想说："老七准是认为念书轻松，才要上学的。就叫他来，我每天多教几行，逼他背，背不熟就打板子，要不了半个月，就自愿放羊去了。"这一招似乎很高明，但并没有收到预期的效果。父亲一得到念书的机会，就抓住不放。每天认的生书虽多，但不到吃午饭的时候就念熟了，找二伯父去背，一背完就要求认新的。过了半个多月，二伯父只好改变主意，对他的几个兄弟说："看来这还真是块料，能念出名堂来，就让他念吧！"并向祖父提出："'师傅不高，教出的徒弟弯腰。'我文墨不多，怕耽误了他，不如送到我老师那里去学。"就这样，父亲在名师指点下读了三年，头次入场，就考中秀才，名列前茅；然后入陇南书院，师从任士言山长深造。任士言先生以名进士辞去京官，献身教育，著述宏富，兼擅诗文书法。长期主持陇南书院，培育出无数英才，声名远播，《清史列传》为他立传。父亲是任山长最年轻的高材生。在废科举、兴学校以后，他先教了几年私塾，接着以行医为生；全国解放之时，他尽管年逾古稀，却仍然以善治疑难病症、不避风雨、不计报酬，受到群众的欢迎。

在我三四岁的时候，父亲就给我教《三字经》一类的东西。直到六七岁，还不让我进学校。理由是："童年记性最好，应该熟读一些必读书，终生受用无穷；成天念'大狗叫，小狗跳'，有啥用？"原来那时家乡只有一所初级小学，他从旁边走过，听见娃娃们齐声朗读"大狗叫，小狗跳"，就产生了反感，不准我上"洋学堂"。这当儿，他已不教私塾了，行医之余，专心教我读他认为好的"必读书"。从《千字文》读到《论语》、《孟子》、《大学》、《中庸》、《诗经》……从《千家诗》读到《幼学故事琼林》、《唐诗三百首》、《白香词谱》、《古文观止》、《子史精华》……此外，当然还有其他功课，如写字、对对子、学诗词格律等等；还读过中医的经典著作《内经》和《伤寒论》。除了农忙季节参加一些力所能及的生产劳动而外，就在家里读古书；直到十二岁，才进了离家十五里的新阳镇高级小学。

当我一个人被关在家里死记硬背那些不懂或不大懂的古书的时候,当然闷得慌,对父亲有埋怨情绪。但现在回想起来,那对我也的确有好处。第一,养成了背书的习惯,也积累了背书的经验。进学校以后,所学的功课,不论是社会科学方面的,还是自然科学方面的,都容易记熟;所以从小学到大学,都有充裕的时间阅读课外书。第二,童年背诵的东西当时虽然不懂或不大懂,但在以后的学习中重复出现,或遇到有关联的问题,就逐渐懂了。由于那些东西记得牢,懂了之后,就可以信手拈来,灵活运用。第三,那些经过反复背诵、后来逐渐弄懂了的东西,涉及文、史、哲等许多方面,这就在不知不觉之中给我培育了广泛的学习兴趣。

在省立天水中学上初中、国立第五中学上高中的六年里,尽管考试成绩比较突出,但用于正课学习的时间并不多;大量时间,都用于课外的阅读和写作。在中央大学中文系学习的四年里,更其如此。这因为我上课的时候一贯很认真,一边听讲,一边默记和思考,当堂所学的东西,当堂就基本上消化了、掌握了。

由于童年的学习在文、史、哲等方面打下了一定的基础,所以进学校以后,光从考试成绩方面看,似乎是全面发展的,但实际上却偏爱社会科学。课外的阅读和写作,都集中在文、史、哲方面。

父亲有一本讲治学方法的书,叫《先正读书诀》,是陇南书院山长任士言老先生特意赠他的,他看得很珍贵。等我上初中以后,才交给我,并把他最得益的东西概括成几个要点,反复讲述,要我照办。那几个要点是:

一、要循序渐进,切忌"躐等";要"日知其所亡(无),月无忘其所能",切忌"一暴十寒"。

二、既要精读,又要博览。精读的书,要能背诵,最好是背得滚瓜烂熟。背诵的好处很多,其中之一是可以利用一切时间思考。例如在走路的时候,干活的时候,吃饭的时候,休息的时候,夜间睡觉醒来的时候,穿衣的时候,上厕所的时候……都可以"默诵其文,深思其义",并和有关的问题联系起来,"触类旁通"或"融会贯通"。如果不能背诵,那么一合上书本,就"无所用心",学问也就难得长进。博览的书,当然不可能读得很熟,但也要记住大意或要点。为了帮助记忆,必须写读书札记。

三、读书、阅世、作文相辅而行。读书有所得,阅世有所感,就构思属词,写出文章。这样做,就能使三者互相促进。宋代有些理学家把作文看成"末技",不加重视,是错误的。要作文,就得认真思考。想得清楚,才能写得清楚;思路畅达,文章才能畅达。因此,勤于写作,就能把读书所得和阅世所感推向新的境界,而运用语言文字叙事、说理、抒情的能力,也就同时得到了提高。治学而轻视作文,懒得动笔,其结果是:一方面,学问很难长进;另一方面,即使有些心得体会,也由于缺乏写作锻炼而无法很好地表达出来,于世于人,又有什么益处?

这几点,我都是认真做了的。就勤于写作这一点说,在上中学的六年里,除写了不少以宣传抗战为主题的文艺性的作品(在当时的《陇南日报》、《天水青年》等报刊上发表)而外,还写过几篇学术论文,其中有一篇谈《易经》的哲学思想的文言文,曾受到老师们的赞许。在上大学阶段,除经常写些旧体诗词和其他体裁的文艺性作品(多在《今代诗坛》、《陇铎》等刊物上发表)而外,还写了不少有关文学史和文学理论批评史研究的论文。其中在《泱泱》等报刊上发表过的,有《杜甫在秦州》、《杜甫与李白》、《杜甫与高适》、《杜甫与郑虔》、《论杜诗的诙诡之趣》、《论杜甫的创体诗》、《杜甫诗论》等等。也写过些考证性的文章,有一篇《燕丹子考》,罗根泽先生很赞赏,特送给杨宪益主编的《人文》发表。至于写日记和读书札记,则从上初中开始直到大学毕业,始终没有间断(上中学时所写的部分读书札记,曾在《陇南日报》副刊上辟《琐记》专栏发表;上大学时所写的部分读书札记,曾在《和平日报》副刊上辟《敏求斋随笔》专栏发表)。

早在上高中阶段,父亲就曾批评我的学习"博而寡要",要我"由博返约",在"专"字上下功夫。但学校里开设的课程本来就比较"杂",我的兴趣又相当广泛,总感到"专"不下去。直到大学后期,这情况才有所改变。由于童年熟读了一些诗词,因而上中学后就对中国古典诗歌有偏爱。在大学里,跟汪辟疆、胡小石、陈匪石、卢冀野诸先生学诗、词、曲,用力较多,也受到奖掖和鼓励;与此同时,在向罗根泽、朱东润诸先生请教的过程中,又多次听他们讲述研究中国文学史和中国文学理论批评史的经验与心得,深受启迪。这两点,在我考虑如何"专"下去的问题时起了作用,逐渐形成了研究中国诗史或中国诗歌理论批评史的想法;在"选修课"的选择和课外的阅读和写作方面,也逐渐朝这个目标努力。大学毕业之时,陈匪石先生已离开南京中央大学,在重庆南温泉南林学院中文系做系主任。那时候,系主任有聘请教师的职权。陈先生对我的估价始终是偏高的,他竟打破常规,约我去做副教授,主讲《历代诗选》。讲《历代诗选》,这算是符合了我的志趣,但要做副教授,却生怕"其实难副"。经过一番商讨,终于接受了讲师的聘书,打算在讲授《历代诗选》的过程中从事中国诗史或中国诗歌理论批评史的研究工作。但那时候在大学里当一个专任讲师,必须开三门课,因而一到学校,还要我教《基本国文》和《中国文法研究》。这样一来,教学工作就相当繁重,要做一点专门研究,当然不大可能。十分幸运的是:和陈先生这样一位造诣极深的老诗人、老词人朝夕相聚,或赏奇析疑,或互相酬唱,在在处处,都能得到教益。这不论是对我当时讲好《历代诗选》说,还是为我日后的诗词研究打好基础说,都是起了极大作用的。时隔数十年,每一想到陈先生为我的《花溪吟稿》所题的那首七绝——"天水儒家承世业,方湖诗教有传人。为龙我竟逢东野,寂寞溪头点勘春",当时情景,就一一在眼前浮现。

我在南林学院中文系教书的时候,和同系教师胡主佑结婚。结婚不久,她就怀了孩子。1950年初夏,由于考虑到孩子出生后没有人照料,就离开了风景优美的南温泉,回到我阔别多年的故乡,在天水师范学校担任语文教学工作。

1951年初,接到西北大学侯外庐校长的聘书,在该校师范学院中文系任讲师。1953年初,这个学院从西北大学独立出来,改称西安师范学院。1960年初,西安师院与陕西师院合并,称为陕西师范大学。有些不了解情况的远方朋友误以为我在解放后调换了几个单位,才由讲师、副教授提升为教授。其实呢?我始终在同一个中文系工作,只是所在学校名称有所改变罢了。

当我51年初刚到西北大学师范学院中文系的时候,正遇上课程改革:增开了几门新课,而原有的关于古典文学的好几门课则被压缩、合并为《历代韵文选》和《历代散文选》。我是想教《历代韵文选》的,但领导同志说:"那门课有老先生教,你就开新课吧!"我强调"新课没学过,教不了"。领导也承认这一点,但又坚持说:"我们都没学过,你年纪最轻,就勉为其难,边学边教好了。"我只好同意,一开始给我派的课是《文艺学》、《现代诗歌》;不久,又增加了《现代文学史》(与一位中年教师合教)。

这几门新课,在当时不要说没有教材、没有教学大纲,就连必要的参考资料也十分缺乏、十分难找。对于我这个基本上在"故纸堆"里讨生活的人来说,突然教这几门新课,那简直是"难于上青天"。问题还不仅如此。与此同时,我爱人胡主佑也承担了《教材教法》、《文选及习作》等几门新课的教学任务,还得搞家务、带孩子。工资低、家累重,她的困难,自然又加重了我的困难。

我们深深地感到,把这么多新课让我们教,这是党对我们的信任和培养,因而也就加强了克服困难的决心。

那真是"从头学起"啊!

从头学习马列和毛泽东同志的著作;

从头搜集和阅读有关资料;

力图用马列主义的立场、观点、方法分析问题,拟出提纲,编写讲稿。

1953年,《文艺学》这门课改称《文学概论》,我在《文艺学》讲稿的基础上修改、补充,编出了《文学概论》讲稿。1954年又修改一遍,被选为高等学校的交流讲义,打印数次。1955年以后,又被选作函授教材,分上下两册铅印。1956年,我又参照高等师范学校文史教学大纲讨论会拟订的《文艺学概论教学大纲》进行了必要的调整、加工,改名《文艺学概论》,由陕西人民出版社出版。许多兄弟院校曾把它作为文艺理论课的教材或主要参考书。

1954年以后,中国古典文学的教时增加,分为《先秦两汉文学》、《魏晋南北朝文学》、《唐宋文学》、《元明清文学》四门课开设,需要增加教师。于是领导上又派我教《元明清文学》,而把《文艺学概论》这门课交给我爱人胡主佑去担任。从这时起,直到1966年"文化大革命"爆发,我主要教《元明清文学》;但由于我自己担任古典文学教研组主任职务的缘故,哪一门课缺教师,自己就兼教那一门,结果是四门古典文学课都教遍了,还一度教过《古代文论选》。

总之,解放以来,我一直跟着教学任务跑,先后教过七八门课;早年"专"下去的打算和专门研究中国诗史或中国诗歌理论批评史的愿望,始终没有实现。

对于教熟了的课,是可以不写讲稿的。教新课则不然:为了讲得有声有色,引人入胜,讲课时可以不看,或干脆不拿讲稿;但在备课之时,却必须写出讲稿、熟悉讲稿。我解放以来担任过的七八门课,《文艺学概论》有完整讲稿,其他虽没来得及写出完整讲稿,但重点部分的讲稿,都写得比较扎实。我出版过的好几本学术性著作和发表过的近百篇学术性论文,就是在这类讲稿的基础上加工而成的。例如《〈西厢记〉简说》(作家出版社1957年出版,中华书局1962年重印),《略谈〈三国演义〉》(《语文学习》1955年11月号发表,收入作家出版社编印的《〈三国演义〉研究论文集》),《略谈〈西游记〉》(《语文学习》1956年2月号发表,收入作家出版社编印的《〈西游记〉研究论文集》),《试论〈红楼梦〉的人民性》(《光明日报》1955年3月27日发表,收入作家出版社编印的《〈红楼梦〉问题讨论集》)，《谈〈儒林外史〉》(《语文学习》1957 年 10 月号发表，收入中华书局编印的《古典文学作品解析》) 等等，都是在《元明清文学》的部分讲稿的基础上写出的；《白居易诗选译》(百花文艺出版社 1959 年出版)，《古典散文的范围问题》(《光明日报》1961 年 5 月 21 日发表)，《论嵇康》(《人文杂志》1959 年第 3 期发表)，《尺幅万里——杜诗艺术漫谈》(《〈文学遗产〉增刊》第 13 辑)，《略谈〈莺莺传〉》(《光明日报》1956 年 5 月 20 日发表)，《梅尧臣诗歌题材风格的多样性》(《〈文学遗产〉增刊》第 11 辑)，《论苏舜钦的文学创作》(《〈文学遗产〉增刊》第 12 辑)，《古文漫谈三则》(陕西师大 1964 年《科学研究论文选辑》)，《谈误解古典文学作品的几个例子》(《光明日报》1958 年 5 月 4 日发表) 等等，都是在《魏晋南北朝文学》和《唐宋文学》的部分讲稿的基础上写出的；其他如《试论形象思维》(《新建设》1956 年 5 月号)，《诗的形象与诗人》(《延河》1957 年 4 月号)，《胡风的"真实的现实主义"批判》(《新建设》1955 年 5 月号)，《批判阿垅的诗歌理论》(《人民文学》1955 年 8 月号、《新华月报》同年 10 月号)，《典型问题商榷》(《新建设》1955 年 3 月号)，《"五四"文学革命运动中两条道路的斗争》(《延河》1959 年 5 月号)，《创造性地继承传统，大力发展革命的现实主义和革命的浪漫主义相结合的文艺创作》(《延河》1958 年 8 月号发表，收入《文艺报》编辑部编印的《论革命的现实主义和革命的浪漫主义相结合》)，《艺术风格的多样性》(陕西省委主编《思想战线》1962 年 2 月号)，《王若虚反形式主义的文学批评》(《〈文学遗产〉增刊》第 7 辑)，《赵翼的〈瓯北诗话〉》(《〈文学遗产〉增刊》第 9 辑)，《叶燮反复古主义的诗歌理论》(《光明日报》1960 年 5 月 15 日、22 日连载)，以及收入《诗的形象及其他》(长江文艺出版社 1958 年出版) 一书中的一些论文之所以能在较短时间内完成，也都和在《文学概论》、《现代文学史》、《古代文论选》等课的教学中积累了讲稿和资料分不开的。

  由于老是跟着教学任务跑，早年专攻中国诗史或中国诗歌理论批评史的愿望未能实现，但这愿望还是存在的，起作用的。正由于这样，从 1958 年以后，我还利用课余的一些零星时间，和胡主佑合作，完成了几部中国古典诗歌理论批评专著的校勘、标点、笺注工作，已经出版的有《〈漫南诗话〉校注》(人民文学出版社 1962 年版)、《〈瓯北诗话〉校点》(人民文学出版社 1963 年版) 和《〈原诗〉〈说诗晬语〉校注》(人民文学出版社 1979 年版)。

  此外，我还写过几本儿童读物，分别由上海少年儿童出版社、天津人民出版社、陕西人民出版社出版，一些文艺性的作品在《光明日报·东风》等报刊上发表。

"文化大革命"前的17年,我在教学任务和其他职务(如教研组主任、学术委员、《人文杂志》编委等等)相当繁重的情况下写了这么些东西,人们有不同的看法。一种看法是:头脑好使,笔头子快。这当然不合事实。事实是:我一贯以勤补拙,把本来该用于娱乐、休息、睡觉的大部分时间,都用于写作了。另一种看法是:"重科研,轻教学","不务正业","开地下工厂"。我不同意这种看法。实际情况是:我先后教过七八门课,同学们的反映都比较好。如果要我总结经验的话,那么最重要的一点就是:每开一门新课,都认真备课,写出讲稿,然后反复修改,不断加工,直到写成书、写成文章。这样,跟着学术水平的提高,教学水平也自然得到了提高。相反,如果不写讲稿,不把教学内容当做科研内容,那么,那些连必要的参考资料都十分缺乏的新课就压根儿没法教,更不要说得到同学们的好评了。当然,到了六十年代,许多课程都有了现成的教材可供选用,可以只务"正业","照本宣科",不必开什么"地下工厂"。然而我仍然不愿意那样做。这因为我一直有一种别人无法改变的认识,认为:既然做一个脑力劳动者,就必须从事精神生产;正像做一个体力劳动者,必须为社会提供一定的物质产品一样。所以,如果不甘于做寄生虫的话,那"工厂"不论是被认为开在地上还是"地下",总得开下去,除非是被迫关门。

然而这后一种看法,在相当长的时期里曾经代表着一种强大的社会力量;要对抗它,就得付出高昂的代价。我是付出了高昂代价的。在57年以后的历次学术批判运动中,我都是被批判的重点对象。当然,学术上有错误,是应该批判的;如果那批判有助于纠正错误、提高精神生产的质量,自然是求之不得的好事。但事实并非如此。从我的"地下工厂"中生产出来的部分产品,被指斥为"修正主义黑货";我这个人,因而也成了"披着马列主义外衣,贩卖修正主义黑货"的坏蛋。"文化大革命"一爆发,更变本加厉,无限上纲。我写出的所有东西,都被打成"反党反社会主义反毛泽东思想的大毒草"。我这个人,则被诬蔑为"资产阶级反动学术权威"、"漏划大右派"、"反革命"。碑帖、字画、文具、手稿和万卷图书,被抄掠一空;关牛棚、批斗、劳动改造,整整达十余年之久!

过去的就让它过去吧!令人万分鼓舞的是:我们的祖国,我们的民族,我们的党,终于粉碎了浩劫的制造者,在吸取丰富的、深刻的历史经验与历史教训的基础上,得到了真正的新生,显示出无限强大的生命力。

时光不能倒流,但损失可以弥补。如果一天能够完成两天的工作量,那么再干十年、二十年,也就可以夺回失去的一切。

从1978年获得重上讲台、重新从事精神生产的权利以来,我的确没有偷懒。在两年多一点的时间里,除了完成教学任务和其他任务之外,还写了十几篇文章,编了一个论文集(名为《文艺散论》,正由中国社会科学出版社出版),修订了"文化大革命"前出版过的几本旧著(有几种已经重印)。目前,正在指导五个研究生写毕业论文。

幼年读韩愈的《进学解》,很喜欢"贪多务得"那句话。上高中的时候,写过这样一首诗:

> 梦魂扶我欲安之?
> 地远情多不自知。
> 已挟泰山超北海,
> 还携明月跨南箕。
> 此怀浩渺须谁尽?
> 彼美娇娆倘可期。
> 惆怅人天无觅处,
> 却抛心力夜敲诗。

这首诗的题目是《梦中得"已挟泰山超北海,还携明月跨南箕"之句,足成一律》。当然,梦中哪能作诗!这不过是借梦境抒发我在学术上有许多梦想,虽然苦苦追求,却难得实现的那种怅惘心情罢了。

此后,我一方面接受了父亲"博而寡要"的批评,注意在"专"字上下功夫;另一方面,又感到还不够"博",仍有点"贪多务得"的劲头。比如我曾经努力学英语,就是为了能够直接阅读英美的文学作品和学术著作,以摄取更多的营养。

正因为在我的头脑里早有"求精"与"贪多"的两种思想并存,所以对我解放以来跟着教学任务跑,未能专精一门的状况,我自己是既不完全满意,也不全盘否定的。

我的体会是:对于一个真正从事社会科学研究工作的人来说,"精"与

"博","点"与"面",应该很好地结合起来。客观事物是互相制约、互相影响的,各门社会科学之间的关系也是这样。如果只是孤立地抓住一点去钻研,"专"则"专"矣,但即使用尽毕生精力,也谈不到"精"。这说明"博"是"精"的必要条件。然而学海无涯,生命有限,如果什么都学一点,什么都不精,始终落得个"博而寡要",当然也不是好办法。从"博"是"精"的必要条件这一方面说,解放以来我尽管教了七八门课,但仍然感到知识面不够宽。然而呢,对于在人为的浩劫中虚掷了十多个春秋,如今已经是年及花甲的我来说,也的确得有一个固定的"点",在"专"字上狠下功夫了!

1981年春

缅怀往昔话读书

我父亲是读书人，家里有的是书。我从三四岁读《三字经》、《百家姓》、《千字文》开始直到现在，在漫长的七十来年的岁月里，除了十年浩劫，基本上没有离开书。因此，我对书的感情特别深。

我由衷地赞美书：书，是人类文化的载体，是聪明才智、嘉言美德的结晶，是开辟草昧、创建文明、斥恶扬善、除暴安良的纪录，是究天人之际、穷古今之变、驾驭客观规律、美化人类生存环境的经验总结，是火种，是灯塔，是知识库，是百宝箱，是打开成功之门的金钥匙。

我童年时代，老式的私塾已经没有了。村子里有一所初级小学，从校外经过，"大狗叫，小狗跳"之类的朗读声便向耳畔扑来。父亲对此很反感，他多次说："童年记忆力最强，应该读一些正经书，终生受用无穷。只记得狗叫狗跳，顶什么用？"于是，他便用世代相传的老办法在家里教我读古书。直读到十二岁，当他认为初步打好了基础之后，才送我到离家十五里以外的一所著名高级小学受新式教育。这期间，我反复背诵了《论语》、《孟子》、《大学》、《中庸》、《诗经》、张载《西铭》、《子史精华》、《古文观止》、《千家诗》、《唐诗三百首》、《白香词谱》、《幼学故事琼林》等书，还阅读了《三国演义》、《水浒传》、《聊斋志异》等小说和中医的经典著作《内经》、《伤寒杂病论》。

在喜欢玩耍的童年时代，一个人被关在家里反复背诵古书，当然闷得慌，很羡慕小学里那些可以唱歌、游戏、做操的小朋友。但越到后来，越感到那对我的确有许多好处。第一，父亲教我读书，要求心、眼、口、手"四到"。所谓"眼到"，是要看清每一个字的笔画结构；所谓"口到"，是要吐字清晰，声出金石；所谓"心到"，是要集中注意力领会诗旨文意，乃至格调声色，神理气味；所谓"手到"，是指将所读的书或全抄、或摘抄、或加注释、或写心得体会。这就养成了读书专心、细心的习惯。即使在四周喧哗的场合，只要拿起书，也能细看、默诵、深思，一丝不苟地读下去。第二，背书成了习惯，记忆力也不断增强。进学校以后,所学的功课不论是自然科学方面的,还是社会科学方面的,都容易记熟。所以从小学到大学,都有充裕的时间读课外书。第三,童年背诵的书,尽管父亲都讲过,有一些当时还是不大懂,但在以后的学习中重复出现、或遇到相关联的问题,就逐渐懂了。由于童年背诵的东西记得牢,懂了之后,便可信手拈来,灵活运用。第四,那些反复背诵,后来逐渐弄懂了的东西,涉及文、史、哲许多方面,这就在不知不觉之中给我培养了广泛的学习兴趣。第五,在背诵那许多书的基础上结合在父亲指导下进行的写作练习,在入小学之前会作符合格律的对联、诗、词和文言文,为此后的各体文创作铺平了道路。还有一点应该一提,父亲是虔诚的孔孟信徒,他要我反复背诵,并为我反复讲解《论语》《孟子》《大学》《中庸》等儒家经典及张载的《西铭》,其目的在于潜移默化,铸造我的品格、规范我的言行。入学校以来,我多次受新思潮的浸润和冲激,但童年接受的东西,虽然有所更新、有所扩展,却一直在起作用。心正而意诚,胸怀坦荡,刚直坚毅,不说谎,不欺骗,不损公肥私,不损人利己,律己以严,待人以恕,能反躬自省,改正错误。虽然没有济困扶危、治国平天下的才能与机遇,却有民胞物与、忧国忧民的情怀和"以天下国家为己任"的责任感,力求多学一点本领,在力所能及的岗位工作中兢兢业业,自强不息,有所奉献。因此,在十年浩劫中尽管被罗织了许多滔天大罪,却都是政治思想方面的,没有道德品质方面的。尽管黑云压顶,险象环生,却问心无愧,不忧不惧,因而能在巨大精神力量的支持下经受重重磨难,闯出腥风血雨。当冤狱昭雪之后,作为这样那样的"评委",总算多少有一点"权",却依然秉持公心,与人为善,不曾对任何怕报复的人以报复,相反,还尽可能予以帮助。因此,"德高望重"之类的高帽子便不断向我头上飞来。

  入小学上四年级,至六年级毕业,所读的课外书至今印象最深的一是冰心的《寄小读者》,它强化了我热爱慈亲的崇高感情;二是严复翻译的《天演论》,其中关于物竞天择、优胜劣汰的论述,强化了我自强不息的毅力;三是梁启超的《饮冰室文集》,其"新民说"、"少年中国说"曾引起我对祖国前途的思考,其晓畅汪洋,纵横驰骋,热情洋溢的文风,对我写散文有深刻影响。

  上小学五、六年级的时候,我的作文常常被老师圈点加批后"贴堂",供同学观摩。入天水中学初中一年级,第一篇作文又被老师送到《陇南日报》发表。这,便使我萌生了当作家的幻想,课外阅读的重点之一是"五四"以来的新文学作品和外国文学作品。就"五四"以来的新文学作品说,胡适、郭沫若、徐志摩、闻一多的新诗,鲁迅、朱自清、周作人、郁达夫的散文,鲁迅、郁达夫、叶圣陶、茅盾、老舍、巴金的小说，都读过。新诗如郭沫若的《女神》，闻一多的《红烛》、《死水》及徐志摩的几种诗集，特别是其中的《再别康桥》；散文如鲁迅的《秋夜》，朱自清的《背影》、《荷塘月色》、《桨声灯影里的秦淮河》和郁达夫的《钓台的春昼》，都读得相当熟。我特别喜爱鲁迅的杂文和短篇小说，曾于街头书摊上买到一本纸张厚实，印刷、装帧精美的《鲁迅小说自选集》和一本同样纸张厚实、印刷精美、却没有切去毛边（鲁迅提倡毛边，为的是空白处宽一些，便于批注）的《鲁迅杂感选集》（前面有瞿秋白的《序言》），真是喜出望外，爱不释手，不知阅读过多少遍。

我上初中的三年，正是抗战初期，东北、华北、东南沿海的大片国土相继沦陷，沦陷区的文化人和失学青年纷纷来到天水，开展各种以宣传抗日救亡为宗旨的文化艺术活动。专收沦陷区学生的国立五中就设在城北的玉泉观，教师中的不少人曾在高等学校任教，学有专长。与这种形势相适应，新开设的生活书店等大小书店，为人们提供鲜美的精神食粮。同时，有些文化人为了养家糊口，不得不把心爱的好书廉价出售。因此，我从书店买书之外，还往往从书摊、乃至寄售所里买到好书。遗憾的是，并不是遇到想买的书都能买。家境清寒，连上学生食堂都交不起伙食费，只能从离校八十里的家中背米面、木柴来，用一个小炉子自己烧饭吃。幸而《陇南日报·副报》的编者看重我的文笔，经常发表我以抗日救亡为主题的诗歌、散文，还为我开辟了"杂感"专栏。每月领到微薄的稿费，便统统用来买书。

外国文学作品，着重读过高尔基的《童年》和《母亲》，法捷耶夫的《毁灭》，绥拉菲摩维奇的《铁流》，奥斯特洛夫斯基的《钢铁是怎样炼成的》。这些苏联小说，当时已在公开的场合见不到，我是从王无怠、吴鼎勋等几位爱读书的同学那里借来偷偷阅读的。训导主任发现我读书很"杂"，常常趁我不在宿舍的时候检查我的书案，当查出鲁迅的小说和杂文时，大发雷霆，当众斥责，目的是杀鸡给猴看。连鲁迅的书都不许看，何况苏联的！不错，正是鲁迅的书和苏联的书，对我影响最大。但是，这影响是积极的，作为训导主任，正应该引导学生多读书以开拓视野，为什么要禁止呢？

那些借了来偷偷阅读的书，其中精彩的句、段，我都摘录过。例如《钢铁是怎样炼成的》中的这一段：

> 人生最宝贵的就是生命。这生命，人生只能得到一次。人的一生应该这样来度过：当他回忆往事时，不致因为自己虚度年华而痛苦悔恨……

临死的时候能够说:我的整个生命和精力,都已经献给世界上最壮丽的事业——为人类的自由解放而作的斗争了。

保尔的这段话,一直是我前进的动力,至今还能背诵。

其他外国文学作品,涉猎颇广,有些已记不清书名。还能记得的,有古希腊史诗《伊利亚特》和《奥得赛》,但丁的长诗《神曲》,莎士比亚的戏剧《仲夏夜之梦》、《哈姆雷特》和《罗密欧与朱丽叶》,弥尔顿的长诗《失乐园》,笛福的小说《鲁滨逊飘流记》,拜伦的长诗《唐璜》,雪莱的长诗《解放了的普罗米修斯》,狄更斯的小说《大卫·科波菲尔》,司汤达的小说《红与黑》,巴尔扎克的小说《高老头》和《欧也妮·葛朗台》,大仲马的小说《基度山恩仇记》,雨果的小说《悲惨世界》和《巴黎圣母院》,福楼拜的小说《包法利夫人》,小仲马的剧本《茶花女》,左拉的小说《娜娜》,歌德的诗剧《浮士德》和书信体小说《少年维特之烦恼》,塞万提斯的小说《堂吉诃德》,果戈理的小说《死魂灵》,冈察洛夫的小说《奥勃洛摩夫》,托尔斯泰的小说《安娜·卡列尼娜》,以及莫泊桑、契诃夫等的短篇小说。

天水中学是省立的,其前身为陇南书院,历史悠久,图书馆很可观。中学生、特别是初中同学,大都忙于学正课,啃课本,很少有人上图书馆看课外书。我听课专心,又从童年时代培养了较强的记忆力和理解力,各门课程基本上能当堂消化,因而有较多的时间上图书馆。馆里的负责人姓张,文化水平相当高,每听见我进门喊张老师,便有空谷足音之感,慷慨地让我遍览馆藏,想借什么就借什么。馆里有整套的《万有文库》、《国学基本丛书》、《四部备要》、《四部丛刊》和陇南书院遗留下来的经、史、子、集方面的善本书,当然还有当时出版的各种新书和报刊杂志。此外,城南公园里有天水县图书馆,藏书更丰富,我每个星期天都去借书读,坐在楼上紧靠南窗的桌案前,窗外柳浪浮翠,远处便是当年杜甫行吟的"山头南郭寺"。读读书,望望窗外,不禁悠然神往。

初中阶段课外阅读的另一重点是古典诗词曲及有关中国古典文学的著作。童年在家里熟读《千家诗》、《唐诗三百首》、《白香词谱》、《诗经》以及《秦州八景诗》、杜甫《秦州杂诗》等等,便爱上了中国古典诗歌,爱读,也爱作。在父亲指导下,能够调平仄,查韵书(用的是《诗韵集成》、《词林正韵》),作出符合格律的诗、词。上初中后,卢沟桥反侵略的激烈战斗引发了全面抗日的燎原烈火。我正是十五六岁的青年,热血沸腾,在和同学们一起上街宣传的同时,还写了不少诗文。其中用古典诗词形式写的抗战作品,数量较多,大都收入

1988年出版的《唐音阁吟稿》。当时一面作诗词,一面读诗词。我熟读了屈原的《离骚》,选读了李白、杜甫、陆游、辛弃疾的代表作。通过反复吟诵,洋溢于这些伟大诗篇中的火一样炽烈的爱祖国爱人民的激情,流入我的心田,融入我的血液,升华而为我的抗战诗词。这些抗战诗词收入《唐音阁吟稿》出版之后,台湾的刊物全部转载,海内外诗人、学者给予崇高评价。前不久,《诗刊》编者杨金亭先生还来信提及:"我很喜欢您抗日战争时期创作的表现了、并无愧于伟大抗战时代的诗史性篇章,至今读来,仍令人振奋。"

关于曲,主要是读《西厢记》。当时曾被《红楼梦》所陶醉,连饭都忘记吃。当读到宝、黛看《西厢》,一个赞叹"真是好文章",另一个"但觉词句警人,余香满口"的时候,不禁产生疑问:难道《红楼》之外,还有这样迷人的作品吗? 于是想方设法,弄到了一本《西厢》,一口气读完,而余香在口,还想细嚼。每逢周末的晚上,别人都去看戏,我却躲在书斋里读戏。时而低吟,时而高唱,所有曲文,都烂熟于胸。此后,遇上飞花,就会不假思索地吟诵"落红成阵,风飘万点正愁人……"看见雁过,也会冲口而出,哼起"碧云天,黄花地,西风紧,北雁南飞……"我解放后之所以能拿出关于《西厢》的几种论著,可以说早在初中时代便种下了"因"。

童年对对子常受父亲夸奖,因而对楹联(又叫对子、对联)这种祖国特有的文艺形式非常喜爱。每年腊月底,父亲忙于作春联,我也学着作,兴味盎然。上初中时看见图书馆《万有文库》中有一册清人梁章钜的《楹联丛话》,便借出来阅读,并用小楷选录了近两百副佳联,如长达一百七十余字的昆明大观楼联,便在其中。值得庆幸的是,"文革"中我的两个孩子回老家插队,竟从家里发现这个抄本,拿回西安。几经沧桑,童年时代的手迹犹有存者,注目良久,恍如隔世!

童年读书"手到"养成了勤于动笔的习惯,既勤于写作,又勤于抄书和写读书札记之类。读借来的好书,固然要抄;自己有的书,其中的诗文名篇或精粹之处,也要抄。仅在初中阶段,就有用毛笔小楷抄录的十多个抄本。岁月如流,半个多世纪过去了! 时至今日,生活节奏急促,社会飞速前进,一切工作都要求高效率。学生学习,专家搞研究,作家搞创作,已有越来越多的人用电脑打字。我自己,虽然年逾古稀,也雄心勃勃,跃跃欲试哩! 既然如此,那么,需要什么资料,复印或电脑打印,岂不十分简便! 还有什么必要用小楷抄书? 又何必浪费时间、精力去背书? 我觉得,认真回答这些问题,需要分析,需要总结前人的宝贵经验。如果为了单纯搞资料,那么,只要用最省力、最快速的办法搞到就行，确实不必抄书，更不必背书。但如果为了练好基本功，为了加深理解，为了扎扎实实地掌握知识，使书本上的东西变成自己头脑里的东西，随时随地为我所用，则前人行之有效的抄书、背书的办法依然有用处。"眼里过千遍，不如手里过一遍"，这是前人的经验总结。这所谓"手里过"，当然指边揣摩、边抄写而言。假如复印一遍或用电脑打印一遍，快是够快的，却还不如"眼里过一遍"能多留一些印象。更何况，作为文化人，有不少场合还离不开写字，字写得太差，总不是很体面的事，然而，字写得太差的现象却普遍存在着。本科生且不说，理工科研究生也不说，仅就我近年来招收的中国古代文学专业的博士生来看，其第一学期所交的作业，大都字迹幼稚、潦草，很难辨认，甚至还有错别字。古代文学专业的博士生尚且如此，其他便可想而知。如果从小学到大学，有认真抄书的锻炼，就不会出现这种现象。已经是博士研究生了，我还得为他们补写字课，要求他们读书时勤动手，多摘录，多做卡片，每一个字都看清楚了再写，尽量写工整些，写好看些，然后仔细校对，不出现脱误。这样做，开始很慢，但坚持不懈，就越来越快，越来越好。曾国藩要求他的儿子曾纪泽一天写一万小楷，经过苦练，果然做到了。那时候是用毛笔，如果改用硬笔，当然会更快。写字也要练基本功，最好是先用毛笔临楷书法帖。当已经无暇临帖的时候，做一些如前面所说的补救工作，也很有效。我指导的博士生，当临毕业时拿出的学位论文，大都字迹清晰，看得过去。如果不经过一丝不苟、力求工整、美观的阶段，一提笔便追求高速度，那么直写到老年，还是"一团茅草乱蓬蓬"。

  关于背书，想多讲几句。多年来，人们深感中小学生的语文水平偏低，也深感大学文科学生的写作能力和阅读古籍的能力不够理想，因而寻找原因，有些激进人物竟归咎于"死记硬背"。我认为，"记"和"背"，还是需要的，关键是"记"什么、"背"什么。我总感到，我们的教学方法很值得研究。从刚上小学到高中毕业，语文教学所占的时间相当多，但从大学中文系学生的写作水平看，小学、中学语文教学的成绩并不佳。我认为这不是教师水平差，而是学生读得太少、写得太少。如果教师少讲一些，留出较多的时间指导学生多读范文、多进行写作练习，必然收效甚快。如果高中毕业前能背诵百多篇优秀文学作品，平时又勤于写作，那么考入大学中文系后，其写作能力和阅读能力，肯定是相当可观的。上了大学中文系，如果教师不用"满堂灌"的办法占去全部课时，而是指导学生博览群书，精读一些名著，背诵一些重要的古籍和古典诗文名篇，并结合阅读名家的注疏彻底理解原文，在此前提下搞研究、写论文，或者搞创作,那么学生的写作能力、研究能力和阅读古籍的能力,都会迅速提高。我们培养学生,应该德、智并重,知、能并重。然而教师"满堂灌",学生漫不经心地听,又在多大程度上能解决好这些问题。

通读、背诵重要的古籍和诗文名篇,似乎很笨,其实最巧。巧就巧在用力较省而收效较大:既提高阅读能力和理解能力,又扎扎实实地扩大了知识领域;而研究能力、写作能力、记忆能力和艺术感受能力,也得到了培养。这真是一举数得,何乐而不为!

童年时代,被父亲逼着背那些不懂或不大懂的书,背不熟就挨打,那确有"死"记、"硬"背的味道。然而童年背熟的东西记得很牢,后来逐渐懂了,用处很大。等到理解能力提高之后,背书便变苦为乐。凡是好书,都有"耐读"的特点,原以为读懂了,过些时再读几遍,往往有更深的体会,甚至全新的体会。因此,前人有"好书不厌百回读"的说法。

还有一点,前人重视"读书变化气质"。读好书,时而恬吟密咏,时而高声朗诵,自然就会陶醉其中而获得心灵上的滋养,精神境界因之扩大、提高。例如反复吟诵屈原的《离骚》,杜甫、陆游、辛弃疾的诗歌,就会不断强化爱国爱民的情操和社会责任感。

上国立五中高中部以后,仍然国、英、数、理、生、化等各门功课全优,但课外阅读面更广了。我有意识地把所读的书区分为精读和博览两类。精读的书,即使不能背诵,也要读得相当熟,掌握其基本内容和精神实质。做学问也要建立根据地。不先建立根据地而满足于四处打游击,即使打了许多胜仗,仍无安身立命之处。精读,便是建立根据地。精读的重要著作、经典性著作越多,根据地便越广。当然,古今中外,文献浩繁,据初步统计,光我国现存的古书就有八万余种,其中的重要著作、典经性著作也不可能全部精读,因而必须辅之以博览。博览并不是见什么就读什么,而应该围绕精读进行。比如刚上高中,我反复阅读了钱基博的《国学概论》和章太炎的《国故论衡》,对"国学"有所了解,便进而博览文史哲方面的有关著作。博览的书当然不可能读得很熟,但序、跋要细看,全书的大义和要点要能掌握。为了帮助记忆和便于以后查阅,必须写读书札记。

上南京中央大学中文系的四年间,必修课和"专书选读"等选修课,门类较多,如果平均使用力量,便很难深入下去。因而从第三学期开始,我注意解决博与专的关系问题。我读书一直有"贪多"的毛病,总嫌自己不够"博"。这当然有好的一面,因为一切现象都不是孤立的,只有"博",才能在各门学科的边缘和交叉中开拓新领域。然而一个人的精力毕竟有限,学科的分工也越来越细,时至今日,再要出现像亚理斯多德那样的百科全书式的学者已不大可能,所以在尽量求"博"的同时应该"由博返约",走向"专精"。我根据我的基础、兴趣和著名教授任课的情况,确定了两个重点:一是文学理论批评史,二是诗词曲。我认真听完了罗根泽先生主讲的《中国文学批评史》、吕叔湘先生主讲的《欧洲文艺思潮》和伍俶傥先生主讲的《〈文心雕龙〉研究》三门课。结合听课,阅读了罗根泽先生的《中国文学批评史》(商务印书馆1943年版)、朱东润先生的《中国文学批评史大纲》(开明书店1944年版)、朱光潜的《文艺心理学》(开明书店1936年版)、章学诚的《文史通义》、亚理斯多德的《诗学》、遍照金刚的《文镜秘府论》等著作。又修完了汪辟疆先生的《诗选及习作》、陈匪石先生的《词选及习作》和卢冀野先生的《曲选及习作》。结合听课,背诵了不少诗词曲名篇,阅读了《全唐诗》、《宋诗钞》、《近代诗钞》、《宋六十家词》、《词综》、《元曲选》、《乐府新声》、《太平乐府》、《阳春白雪》及历代诗话、词话、曲话等著作。这期间,我从知、能并重的原则出发从事诗词曲创作,在《陇铎》、《今代诗坛》上发表了不少作品;还经常撰写文学评论方面的短文,发表于《和平副刊》;又着重研读杜诗,从夫子庙的古旧书店买了好几种杜诗的重要注本,如郭知达的《九家集注杜诗》、钱谦益的《杜工部集笺注》、仇兆鳌的《杜诗详注》、浦起龙的《读杜心解》、杨伦的《杜诗镜铨》,参以吴见思的《杜诗论文》、闻一多的《少陵先生年谱会笺》等书,熟读深思,撰写了杜甫研究系列论文,在《泱泱》上陆续发表。

  大学毕业以后,我长期在高等学校中文系从事教学工作,先后讲过十多门课,读书的范围当然也比较广,不再啰唆了。

1994年8月

萍踪剪影

终生难忘是童年

1921年阴历8月28日凌晨,我出生于甘肃天水琥珀乡霍家川村。童年时代,老式的私塾已经没有了,村子里有一所初级小学,从校外经过,"大狗叫,小狗跳"之类的朗读声便向耳畔扑来。父亲中秀才后曾在陇南书院读书,受过著名学者任士言山长的器重和教诲,懂得治学门径。他认为童年记忆力最强,应该读一些必读书,为将来治学做人打好基础,便用传统办法教我读书、写字;农忙时,就带我下地,学会了各种农活。直到十二岁,才送我到离家十五里以外的新阳学校受新式教育。入小学便上四年级,由不懂到懂,各门课都成绩优异,通过全县会考,以第一名毕业,考入离家八十多里的省立天水中学。

上初中一年级,第一学期的第一次作文题是《给抗日将士的慰问信》,我首先交卷,老师看完后即送《陇南日报》发表。那时的天水抗日救亡的气氛很浓烈,我正是十五六岁的青年,热血沸腾,在和同学们一起上街宣传的同时,还写了不少诗歌散文,发表于大后方的有关报刊。为此,1995年纪念抗日战争胜利五十周年之际,中国作家协会把我列入"抗战老作家"名单,颁赠了《以笔为枪,投身抗战》的红铜质纪念牌。几年前,我把几首诗词寄给中国作家协会主办的《诗刊》,副主编杨金亭先生回信说:"得大作,喜出望外。拜读再三,我为《诗刊》有机会刊发真正诗人的旧体新诗而感到庆幸。我喜欢您抗日战争时期创作的表现了并且无愧于抗战时代的诗史性篇章,至今读来,仍令人振奋。"

父母兄嫂都辛勤劳动而让我在"凉房底下读书享福",我经常感到愧疚,所以寒暑假回家,仍然下地务农。这不仅养成了手脑并用的习惯,而且深知稼穑之艰难,关心农业收成,关心闾阎疾苦。当时有一首《苦旱》诗:

吃饭穿衣总靠天,天公亦自擅威权。
火云六月无甘雨,枯叶纷纷落旱田。

诗前小序云:"吾乡渭河流过,原可引水灌田,奈无有力者倡之,受制于天,良可慨也。"久旱落雨,便万分高兴。《夏日喜雨》云:

陇山重叠大麦黄,收谷争如布谷忙。
万户欢腾一夜雨,叱牛牵马趁朝阳。

我还喜欢在院子周围种树、栽花、移竹,美化环境。《移竹》诗云:

曾无千章万章松,摩空拏日判鸿濛。
安得千竿万竿竹,拂云浮天接地轴。
我家门迎渭川开,畴昔千亩安在哉?
化龙之笋没榛莽,栖凤之条埋苍苔。
那有劲干射豺狼,更无长枝扫旗枪。
愁雾漫漫塞四极,碧血浩浩染八荒。
我今移得两瘦根,霜枝欹斜护儿孙。
星寒月苦凄迷夜,为报平安到柴门。

这首诗,通过写移竹展现了抗战期间的时代氛围。著名美学家吴调公教授在其《才胆识力,大气包举——读霍松林教授〈唐音阁吟稿〉》一文中说:"抗战次年,匝地兵戈,惨淡龙蛇,他移竹子于渭川老家门口。为此,他想起了'竹报平安'的佳话,更难得的是想到了'碧血浩浩染八荒'中的炎黄子孙的命运,从而拓展了'霜枝欹斜护儿孙'的一种热切而淳朴的祝愿……这确然是骨肉苍生之思,但从见微知著说来,这种艺术浮想的飞翔和灵感的飚发不能不说是才华的熠熠光彩。"

当时我家自食其力,杂粮为主,饭能吃饱,但没有钱。我从小学到初中,是自己从家里背木柴米面自己做饭吃的。衣服,则是母亲用自家生产的棉花纺线织布,用自家门前的槐树花蕾炒焦煮水,染成草绿色,自己按当时学生制服的款式一针一线缝制而成的。写到这里,不禁思念抚养我、教育我、为供给我读完初中而付出无限汗水和心血的父母亲,默诵古人的两句话:"欲报之恩,昊天罔极。"然而,"子欲养而亲不待",永别慈颜,已经半个多世纪了!

佛殿书声

天水中学简称"天中",是当时陇南十四县惟一有高中部的省立学校。校址是有悠久历史的陇南书院,图书、设备、师资都不错,很难考,而我以初中三年成绩优异免试直升高中,这是令人羡慕的。可是刚开学便与训导员争吵,被告到校长那里。校长考虑到我是出了名的"好学生",希望我去检讨,同学们也劝我去检讨。由于那位训导员多次"训"我"读书太杂"、"思想不纯",我很反感,因而不愿检讨,并且扬言:"天中在地球上,地球不在天中内,天中开除我,我便到更好的学校去!"校长直等到下午快放学的时候,不得已才贴出了"侮慢师长,不堪造就。开除学籍,以儆效尤"的布告。谁知事与愿违,以后不断有人"效尤",接连有好几位公认的好学生被开除,弄得天中名誉扫地。

我不敢回家,由几位老师资助,坐汽车到兰州考学。而兰州的高中已开学五周,不再招生。我想投笔从戎,却未能如愿,在一所免费的职业学校学了两月,因病回到老家。

抗战开始,大批教师、学生流亡西北,当时的教育部便在天水玉泉观办起国立第五中学。本来专收沦陷区学生,由于办学数年,受到地方各界的大力支持,所以这时要招一个春季始业班,给天水百分之三名额。我赶去投考,名登金榜。这真是因祸得福!第一,国立五中的高中老师,多半是大学讲师,甚至教授,另一些则是刚从西南联大(由北大、清华、南开组成)毕业的新秀;第二,学生享受公费待遇,吃饭不交钱,每年发一套制服;第三,管理宽松,学术思想活跃,便于发挥个人特长。我在这里学习三年,真是如鱼得水。

五中从高二开始,分文组、理组,我分在文组。国、英、数等主课,文理组合上,所不同的只是文组多学一门国学概论。这门课由薄坚石先生讲授,以他编著的《国学概论》为主要教材,人手一册。薄先生早年毕业于中央大学的前身东南大学,是吴梅、黄侃诸大师的高足,后来在山西大学中文系任教。通过他的讲授,我对国学有了较系统的知识。另一位国文老师陈前三先生学问渊博,讲课生动。我在薄、陈两先生的影响和指导下博览文、史、哲著作,开始写学术论文。有一篇论《周易》的文言文深受他们赞赏。

  文组同学,不少人搞文艺创作。例如五十年代中期被打成"胡风分子"的牛汉,就是和我同在五中学习的史成汉,当时用"谷风"笔名发表长诗和诗剧,已经是著名诗人。我在五中除了写传统诗词,还写新诗和散文,并为《陇南日报》主编文艺副刊《风铎》。

  我当时把主要精力用于文、史、哲和英语学习,但数、理、化等课由于教师精通专业并擅长教学艺术,使我能够在课堂上消化讲授内容,用力省而收效大,从而在全省高中毕业会考和大学入学考试中稳操胜券。

  玉泉观在天水城北,依天靖山修建。攀曲径入山门,过通仙桥,历三十五台阶至人间天上坊,达玉泉阁,抵三清殿。而北斗台、玉泉亭、地母宫、八角亭、草堂院、神仙洞、碑亭等棋布星罗,掩映于苍松翠柏之间,与辐射建筑群关帝庙、药王洞、向家庵等联为一体,蔚为壮观,为国立五中提供了足够的教室、办公室、图书室和学生宿舍。我和好友许强华住在雕梁画栋的无量殿,窗外古柏参天,廊下丁香扑鼻。夜读稍倦,出殿步月,俯瞰秦城,万家灯火俱在眼底,顿觉心旷神怡,诗意盎然。

  在抗战八年中,国立五中为祖国培养了数千人才。如今,当年师长多已作古,少年同学也均两鬓飞霜,然而玉泉观的山色庙影和老师、同学的音容笑貌依然历历在目,伴随晨钟暮鼓的琅琅书声和昂扬奋进的《义勇军进行曲》,也时时萦绕耳际。

  国立五中已成历史名词,知道的人不多了。数年前,书画家董晴野君假玉泉观创办天水诗书画院,聘我为名誉院长,我在贺诗中抒发了对玉泉观的深情怀念和良好祝愿:

    玉泉观上多情月,照我弦歌岁几周!
    犹忆松窗温旧梦,忽闻柏院起新楼。
    文风大振诗书画,教泽宏施亚美欧。
    便拟还乡挥健笔,光辉历史写秦州。

柏溪留影

我于1944年冬季毕业于国立五中,寒假后在天水玉泉小学教书,积攒路费,1945年7月赴兰州参加高考。当时大后方共有重庆、兰州等几个考区,全国各高校在每一考区分别招生,各校各自命题、阅卷。因此,一个考生可以报考好几个学校。我只报考中央大学中文系和政治大学法政系。为了省钱,未等发榜,考完便回家。到了8月下旬,先后收到在兰州等待看榜的好几位同学好友的信,恭贺我"在全国高考中名列第一"。一看他们寄来的报纸,原来各高校兰州考区的录取名单,中央大学排在最前,中央大学的录取名单,中文系排在最前,中文系录取的新生,我"名列第一"。考政治大学,我也榜上有名。父亲坚持儒家传统,希望我"学而优则仕","治国平天下"。我遵从他老人家的意愿,报考了将来可以进入仕途的法政系;但自知不是做官的料,而一贯想搞文学,既然同时考入中文系,当然决意去上中央大学。

从天水乘汽车经双石铺、留坝、褒城、广元、剑门到重庆,走了十多天。当时的汽车是:"一去二三里,抛锚四五回。修理六七次,八九十人推。"旅途虽很艰辛,而见闻却异常丰富,所以写了一篇包含十来个小标题的《自兰州到重庆》,在中大的一个校报《政潮》上发表,可惜这张报纸没有保存下来。

中大校本部在沙坪坝,我在那里经过口试、体检等办完了入学手续,然后带着行李,从磁器口坐船上溯嘉陵江三四十里,上岸爬山,好容易才到达柏溪。各系一年级学生,都是在柏溪上课的。

这一年的8月15日日本投降,抗战胜利,一时举国欢腾,物价暴跌。父亲为我上大学卖掉四亩地,得钱不多,而汽车票价未减,所以到了沙坪坝,已经身无分文。好在毕业于国立高中的学生继续享受公费待遇,吃饭不发愁。上了四年大学,靠写作挣稿费,未向家中要一分钱;三年级以后,还给父母寄了一点钱聊表孝心。

柏溪分校修建在地势很高的山窝里。低平处有一道清澈的溪水流过,四座用竹竿稻草搭建的大宿舍,就靠近溪边,洗脸洗脚很方便。宿舍里用三张架子床(上下层各睡一人)围成一个方格,一格接一格,一眼望不到头,中间只留了三条小通道。没有桌椅,每人发一块拴有绳子的木板,将绳子套在脖子上,怀抱木板,在上面绘图、演算、写作,或坐在床上,或坐在山巅水涯的任何地方,都很方便。我刚住进宿舍,感到很新奇,做了一首诗,诗题是《中央大学柏溪宿舍,以竹竿稻草为主要建筑材料,共四座,每座容三四百人,其少陵所谓"广厦"者非欤?戏为一律》。诗云:

突然见此屋,矗立蜀江隈。
烽火燃不到,烟尘锁又开。
宏嵌百页户,大庇万国才。
秋雨秋风夜,鼾声起众雷。

出宿舍,走过蜿蜒曲折的小路,爬上几十个台阶,便到了教学区。每天晨起,浓雾弥漫,从宿舍到教室,看不清前面的同学,不小心便会踢上别人的脚后跟。我也做了一首诗:

晨曦失形影,瘴雾掩东西。
吠吠谁家犬,潺潺何处溪。
更无天在上,最怕路临歧。
不识青云客,登阶孰指迷?

中文系一年级的课程有国文、英文、《史记》研究、《尚书》研究、中国通史、哲学概论和体育。入学成绩好的修基本国文、基本英文,成绩差的修补习国文、补习英文。我修基本国文,是朱东润先生讲授的,由杨晦先生讲授的补习国文有时也去旁听。我修的基本英文,由赵瑞蕻先生讲授,有课本,所讲全是文学名著,故称"英文"而不叫"英语"。朱东润先生是分校中文系主任,为我们讲基本国文和《史记》研究两门课程,发作文本时多次表扬我,所以星期日常去请教,关系密切。《尚书》研究由王达津先生讲授,他是年轻讲师,正谈恋爱,我和几位同学喜欢到他宿舍里去吸他的香烟,无话不谈。哲学概论由熊伟先生讲授,主要讲西方哲学。体育课要求极严,学年考试内容是:四个双杠动作,三个垫上动作,八百米长跑,一分钟投篮。考不及格便留级。我是初中篮球校队队员,一分钟投中三十球,其他几项也都达标,受到老师的赞许。

游学金陵

中央大学于 1946 年暑假迁回南京四牌楼原址。同学们住进新建的文昌桥宿舍,每室四张架子床,住八人。经过自由组合,我与同班的胡念贻、王叔武、易森荣、颜景常及历史系的丁恩培等同住一室,由于都有较好的文史功底和共同的文艺爱好,所以相处十分融洽,毕业多年,仍书信往来,交情弥深。我与易森荣共据一床,他住上铺,我住下铺,1987 年他专程来访,话旧终宵,我做诗送行:

> 负笈南雍结好朋,推窗共看蒋山青。
> 朝吟诗和尖叉韵,夜话床连上下层。
> 雨后分飞双翮健,劫余重见二毛生。
> 成行儿女多英俊,莫叹沧桑惜晚晴。

前四句所写的,便是当时的实景真情。可惜胡念贻与丁恩培已经不在这个世上了。

从二年级到四年级,学了许多必修课和选修课。胡小石先生讲《楚辞》,汪辟疆先生讲唐宋诗,陈匪石先生讲唐宋词,卢冀野先生讲元曲,吕叔湘先生讲欧洲文艺思潮,伍俶傥先生讲《文心雕龙》,张世禄先生讲文字学和音韵学,朱东润先生讲中国文学史,罗根泽先生讲中国文学批评史,徐澄宇先生讲《庄子》,汪辟疆先生讲目录学和李义山诗,我都认真学习,受益匪浅。

早在上高中的时候,父亲就批评我的学习"博而寡要",要我"由博返约",在"专"字上下功夫。但学校里开设的课程本来就比较"杂",我的兴趣又相当广泛,总感到"专"不下去。到了大学后期,感到已经具备了必要的基础知识,这情况才逐渐有所改变。我从幼年起就爱好诗词,又读又作,因而在大学里跟汪、陈、卢诸名师学诗、词、曲,便用力较多,也受到奖掖和鼓励;与此同时,在听罗根泽、朱东润先生讲中国文学史和中国文学批评史的过程中多次登门求教，从他们的治学经验中得到启发。这两点，使我在考虑如何"专"下去的问题时起了作用，形成了既搞诗词曲创作，又研究中国诗歌发展史和中国诗歌理论批评史的想法，并且付诸实践。就搞创作说，在《中央日报·泱泱》、《和平日报·今代诗坛》以及《饮河》、《陇铎》等报刊上陆续发表了许多诗词，也有曲，颇引起人们的注意。南京的青溪诗社和白门雅集，都邀我参加；于右任先生主持的"丁亥九日紫金山登高"和"戊子九日小仓山登高"两次盛会，我都应邀参加，结识了冒鹤亭、陈苍虬、陈病树、贾景德、张溥泉、刘成禺、商衍鎏、陈颂洛、李拔可等老一辈诗人。在两次盛会参加者中，我大约是最年轻的。

就搞研究说，在广泛阅读资料的同时写札记，写论文。在卢冀野先生主编的《泱泱》上发表的杜甫研究系列论文，已经复印到的有《杜甫在秦州》、《论杜甫的创体诗》、《杜甫诗论》、《杜甫与李白》、《杜甫与郑虔》、《杜甫与严武》、《杜甫与苏源明》、《论杜诗的诙诡之趣》等篇。《和平日报》副刊为我开辟了《敏求斋随笔》专栏，先后发表随笔七十多条，都是关于诗歌理论批评的，现在也复印到了。

在南京中央大学的三年学习生活，充实而愉快。全系师生每年都组织春游、秋游。南京人讲游览，有"春牛首，秋栖霞"之说，我们就曾春游牛首、秋游栖霞。1948年春游，多数师生都参加了，坐的是大敞车，无座位，车上站满了人，胡小石先生最年长，坐在司机台旁。当时春寒料峭，我穿了一件浅色长棉袍。

自从来到西北，依然怀念母校。熬出漫漫浩劫，我乘赴黄山开会之便路过南京，专程赶到四牌楼，发现原"中央大学"的校牌被"南京工学院"的校牌所取代，校门两旁有人站岗。我给他们看了工作证，然后说："这里是原来的中央大学，我在这里上过学，几十年没来了，想进去看看。"他们含笑点头，我就进了曾经出入千百次的校门，看了我上过课的教室，看了经常来上阅览室的图书馆，看了僧帽形的曾经多次听名人讲演的大礼堂，抚摸了六朝松的老干，然后出东门在我当年宿舍所在的文昌桥和汪辟疆、胡小石先生当年住宅所在的晒布厂一带徘徊。最后爬上北极阁俯瞰了中央大学遗址的全貌，不禁情动于中，哼了八句诗：

早岁弦歌地，情亲土亦馨。

徘徊晒布厂，眷恋曝书亭。
北极阁仍在，南雍门未扃。
六朝松更茂，新叶又青青。

真的，回到多年思念的母校，一切都那么亲切，连脚下的土也是香的。

讲学南泉

1949年8月初,我在广州接到陈匪石老师寄自重庆的信,说他应南林文法学院院长之邀,任中文系主任,要我去讲课。我于8月13日飞抵重庆,在陈师姊家里见到陈老师,互相商量之后,让我讲授基本国文、历代诗选和中国文法研究三门课程(那时大学里的专任教师必须讲三门课,不足三门,便是兼任,只拿钟点费)。陈老师要请院长给我发副教授聘书,我说:"还是先当讲师好,免得人家议论老师偏向学生。"两周后接到讲师聘书,便随陈老师搬到南林学院的教师宿舍"小泉行馆"。这是两排小楼两头连接起来的小院子,楼上楼下都是单间。陈老师住楼上,我住楼下。和我们结邻的,是文、法两系的几位教授,相处甚好。

陈老师当系主任,既无办公室,又无专职干部,全系只有刚从国立女子师范学院中文系毕业的胡主佑任助教,兼做系务工作。

匪石老师聘请的专任教授穆济波、朱乐之和兼任教授萧印塘等,都能诗,课余诗酒酬唱,颇多乐趣。开学不久,萧先生请陈老师吃饭,他和我有同门之雅,又是主佑的老师,因而约我们两人作陪。他在小温泉南山脚下修了个小院子,竹篱茅舍,十分简陋,夫人也穿得破破烂烂的,但酒席却相当丰盛。穆先生是当地人,他的"蘧庐"很幽雅,也请陈老师和我们"雅集"过。

小温泉、南温泉一带是著名的风景区,但当时游人极少,居民也不多,非常幽静。每逢星期天,我和主佑都陪陈老师出游,同享自然美。陈老师做《南泉六咏》,我和了六首:

花　溪

青摇一线天,绿堕乱峰影。

悔不及花时,呼朋荡烟艇。

仙女洞
仙人何处去，一洞窈然深。
古木生远籁，如闻环佩音。

虎啸口
长啸生风处，峡口奔流急。
却笑山下人，谈虎毛发立。

温　泉
清浊非我意，寒暖亦天功。
众生本无垢，试问玉局翁。

建文峰
诸峰侍其侧，一峰插天起。
持语白帽人，万乘应敝屣。

飞　泉
匹练破空下，夜来新雨足。
珍重在山意，溪流深几曲。

　　陈老师要胡主佑听我的课，两人谈诗论学，情投意合，课余常相携出游，做了不少诗。我的女博士生张海沙读《唐音阁吟稿》，问我"为什么没有和胡老师谈恋爱的诗"，我笑而不答。其实，《游仙诗十首》便是恋爱诗，《南泉杂诗十四首》中也有恋爱诗。

　　1949年11月25日我和主佑结婚，她的主婚人是她的老师穆济波教授，我的主婚人是陈匪石老师，法律系主任连伯寅教授做我们的证婚人。陈老师亲笔为我们书写了四言贺诗：

孟頫仲姬，明诚清照。
异代同俦，新星炳耀。
结褵学府，绛帐春妍。

读书种子,瓜瓞绵绵。

　　这几个月是我诗词创作的丰收期。1950 年 4 月,我把近五十首新作抄在一个本子上,自题《花溪吟稿》,请陈老师审阅,他在前面题了一首诗:

　　　　天水儒家承世业,方湖诗教有传人。
　　　　为龙我竟逢东野,寂寞溪头点勘春。

　　1950 年 5 月初,我和主佑沿江东下,回天水看望父母,作《别南温泉》诗云:

　　　　欲去频添惜别情,林泉无分寄劳生。
　　　　大鹏尚有扶摇路,野鸟休呼缓缓行。

故里授徒

1950年5月8日从重庆弹子市乘木船沿长江东下,险象环生,幸未葬身鱼腹。十余日始到宜昌,改乘小汽船抵汉口,因旅途劳顿,忽发哮喘,无力扛行李上岸,赖主佑分批搬运,借宿于一位木匠家里。次日乘火车北上,在郑州友人家住了几天,然后乘火车至宝鸡,乘汽车经双石铺到达天水,已是六月中旬。本来兰州大学中文系主任冯国瑞先生曾写信约我去任教,但看望父母之后,主佑已临近产期,故未赴兰州,而寄住在天水西关二郎巷同学好友王无怠家里,买了小泥炉子和面粉木柴,用一个漱口缸子煮面疙瘩糊口。为找工作,特去拜见乡前辈汪剑平先生。汪先生以诗文书法名世,据说他议论纵横,目空一世,地方官吏尊为"大老",奔走其门。我在天水上中学时,狂傲未尝趋谒。这次去看他,他有点喜出望外,翻阅我的诗词稿本,赞不绝口。听说我们夫妇生计维艰,便嘱其妻弟天水专区教育科长李般木为我们安排工作。汪先生早已参加中国民主同盟,现在是天水民盟的负责人,表示愿意介绍我们夫妇入盟,我们很快就办理了入盟手续。

第二天早晨,汪先生派人送来他赠我的两首七律:

> 湘帘冰簟夜凄清,散乱心情不可名。
> 旧梦如烟难捉搦,新诗入手见峥嵘。
> 横身桑海求宁处,末世文章少定评。
> 失喜佳人逢岁宴,跫然屦茌柴荆。

> 古槐新柳不成阴,失悔年时计未深。
> 病肺何由能止酒,逢人多事枉推襟。
> 沉沉天醉真难问,渺渺遐踪已莫寻。
> 试讯空山归棹日,有无风雨稻粱心?

我立刻和了两首,下午送去,汪先生击节赞赏。和诗是这样的:

> 留身劫罅俟河清,无意时名却有名。
> 许自书怀知阮籍,未须品藻待钟嵘。
> 何人能解纵横略,是处犹推月旦评。
> 往日铜驼今在否,可堪衰泪洒荒荆。

> 相从几日古城阴,一往深情似海深。
> 敢说文章通性命,肯怜尘垢满衣襟。
> 颓风浩浩谁能挽,坠绪茫茫讵可寻。
> 大瓠哼然宁自举,休讥惠子有莲心。

我借住其家的那位友人是我中学时代最相好的同学,最知心的朋友,品学兼优,才识俱高。他明知我在南京曾受知于监察院长于右任先生,后来又随于先生跑到广州,但落魄归来,他仍待我一如既往,关怀备至。当我把汪先生的诗给他看,并向他复述谈话内容之后,他当然由衷欢喜,他的夫人也笑脸相迎,把一直向我们封锁的厕所也开放了。

阴历6月30日寅时,主佑在天主堂医院生下一个男孩,我做了一首诗,诗前小序云:"己丑孟冬,余与主佑结婚于重庆小温泉,时同任教于南林学院中文系,住小泉行馆。婚后即孕,预名小泉,志地也。已而学院停办,生徒星散。门兰当除,盘飧既竭,奔走衣食,遂无宁日。今夏附舟出峡,由汉口北上至郑州,转陇海路西归。露宿风餐,间关万里,极人世之苦。今者鹏翼犹垂,鹓枝安在,而小泉呱呱堕地矣。深宵不寐,记之以诗。"诗云:

> 即是明珠亦暗投,年来苦为稻粱忧。
> 龙争虎斗真三国,凤泊鸾飘欲九州。
> 初惧啼声惊里巷,旋疑骨相类王侯。
> 黎民愿作升平犬,敢望生儿似仲谋?

小泉出生的第二天,在医院里接到了天水师范学校的聘书。第八天,搬进学校。开学以后,我担任普师一年级的语文课。主佑担任简师三丁班的教育概论,兼班主任,都受到学生们的热烈欢迎。这些学生后来在各自的工作岗位上都做出了成绩,至今仍怀念我们。

  我在天水师范教书一学期,寒假中应西北大学校长侯外庐先生之聘,任师范学院中文系讲师。主佑在天水师范任课一学年,1951年暑假来西安,与我在同系任教。这时候,用户口和粮油关系两条锁链把人拴死在某一单位的人事制度还未建立起来,所以我们能重返高校。

从头学起

解放初期,高等学校尚沿袭旧型大学的制度,一位专任教师必须教三门课。1951年2月我一进西北大学,系主任高元白先生就派给我三门新课:文艺学、现代诗歌、现代文学史。我向高先生提出:"我过去主要学'国学',学古代文学。现在突然要我教新课,一无教材,二无参考资料,实在教不了,还是让我教古代课程吧!"高先生说"古代的有两位老教授教,新课程我们都不懂,只有你最年轻,就勉为其难,从头学起吧!"我无法推辞,只好硬着头皮讲新课。"从头学起"是当时的口头禅,人人都说。我被迫教新课,还真尝到了"从头学起"的甜头。

1951年暑假,主佑接到兼任讲师的聘书,我赶回天水,把她和有光接到西北大学,住进新东排平房。这时她已怀有几个月的孩子,却仍然派给她两门课:文选及习作、教材教法。我教三门新课;她带一个孩子,怀一个孩子,教两门课,还要批改作文,带学生实习,而工资低微,一切生活用具都得逐一购买,举目无亲,孤立无援,其艰苦非现在的年轻人所能梦见。

9月8日,女儿有辉出生,我冒雨进城请保姆,伤风感冒,挣扎多日,终于病倒。主佑生产后未满半月,就开始上课。因为我们家徒四壁,一切条件都无法与教授们相比,所以每请来一位保姆,不多久便到教授家去了。不得已,主佑写信从湖南老家叫来两个弟弟,生活才趋于稳定,我也逐渐康复,走上讲台为学生补课。

1952年寒假,西北大学师范学院搬到大雁塔西南的新校舍独立办学,改名西安师范学院。我们分到了乙种房,一大室,一小室,一间厨房。院子很大,我种了各种蔬菜,可以自给自足。这时教师增多,我只教文学概论,主佑只教文选及习作。我从教文艺学开始,即自编讲义,到了1953年春天,我经过反复增删修改的《文学概论》讲义被选为全国交流教材,颇受好评。这时中文系增开了一门元明清戏曲小说,系主任派我教,而把文学概论课让给主佑。和前数年相比,总算可以喘过气来了。

难忘一九五六年

1955年12月,教育部邀请全国少数高等师范院校文史两系的少数教师,在北京举行教学大纲讨论会,我有幸被邀,参加了中国古代文学教学大纲的讨论。

这次讨论会,意在了解情况、听取意见,为召开更大规模的讨论会作准备。1956年暑假,高等师范院校文史教学大纲讨论会便在北京西苑宾馆举行,参加讨论的学科、人数都有所增加,时间竟长达五十天左右。

教育部通知某校某学科的教师参加教学大纲讨论会,是根据教材建设的情况做出决定的。因此,我荣幸地参加了古代文学教学大纲讨论会,胡主佑荣幸地参加了文艺学概论教学大纲讨论会。建校不久的西安师院中文系能有两门课程的教师参加会议,这是很不寻常的。在西苑宾馆报到以后我们被安排在一个房间,也颇引人注目,因为夫妻两人参加此次讨论会,我们也是仅有的。

古代文学分为先秦两汉、魏晋南北朝、唐宋、元明清四个小组,各有组长。我是元明清组的组长,又与谭丕谟、杨公骥两先生同为大组的召集人。以分组讨论为主,在分组讨论的基础上大组讨论,二十多天后意见渐趋一致,便开始起草教学大纲,边起草,边讨论,然后定稿。每一阶段,先标出总课时。这一阶段要讲授的作家、作品和重要问题都一一列出,各分配课时。油印装订,是厚厚的一大本。

文艺学概论组由黄药眠先生主持,徐中玉、金启华、胡主佑等先生参加,人数不多。黄先生非常客气,特意约我在农展馆旁边的一家西餐馆吃饭,由他的弟子钟子翱、龚兆吉作陪,征求我对大纲的意见。《文艺学概论教学大纲》油印装订出来,也是厚厚的一大本。我在1957年出版的《文艺学概论·后记》中说:"从1954年起,我专教古典文学,文艺学概论改由胡主佑同志担任。胡同志在几年来的教学过程中,对这部讲义做了许多补充和修改,大大地提高了它的质量,丰富了它的内容。出版之前,又在胡同志的帮助下参照高等师范院校文史教学大纲讨论会制订的《文艺学概论教学大纲》进行了适当的修改。胡同志参加过高等师范院校文史教学大纲讨论会,是《文艺学概论教学大纲》的制订者之一。她在这次修改工作中尽了很大力量,所以我主张联名出版。而胡同志坚决不肯,只好由我署名;但应该声明,在这部稿子中,是包含着她的许多劳力的。"

真所谓"祸兮福所倚,福兮祸所伏"。由于我们都荣幸地参加了1956年教学大纲讨论会,因而在教学中贯彻教学大纲也最卖力,这就招致了1957年以后的各种批判,"文革"中陷于灭顶之灾,株连子女。

然而1956年文史教学大纲讨论会制订的各种教学大纲如果能在较长时期内贯彻落实,对于提高国民的人文素质,必能起到不可估量的积极作用。

1956年是极不寻常的一年！1949年以来国民经济建设高速度发展,到1956年已取得了举世瞩目的巨大成就。

1956年1月7日,中共中央办公厅印发了《中共中央关于知识分子问题的指示草案》。1月14日关于知识分子问题的中央会议隆重开幕,周恩来总理作了《关于知识分子问题的报告》,提出:一、对所使用的知识分子应给予充分的信任与支持,让他们有职有权,重视他们的研究成果;二、改善对他们的使用和安排;三、为他们创造必要的工作条件和必要的生活条件。

1956年2月24日,中共中央政治局通过了《中共中央关于知识分子问题的指示》,宣告知识分子政策已成为一项关系到新中国建设成败的重大政策。

1956年9月27日,中国共产党第八届全国代表大会通过的《中国共产党第八次全国代表大会关于政治报告的决议》明确提出:"我国的无产阶级同资产阶级之间的矛盾已经基本上解决"。"我国国内的主要矛盾,已经是人民对于建立先进的工业国的要求同落后的农业国的现实之间的矛盾,已经是人民对于经济文化迅速发展的需要同当前经济文化不能满足人民需要的状况之间的矛盾。这一矛盾的实质,在我国社会主义制度已经建立的情况下,也就是先进的社会主义制度同落后的社会生产力之间的矛盾。党和全国人民当前的主要任务,就是要集中力量来解决这个矛盾,把我国尽快地从落后的农业国变为先进的工业国。这个任务是很艰巨的,我们必须在经济、政治、文化等方面采取正确的政策,团结国内外一切可能团结的力量,利用一切有利的条件,来完成这个伟大的任务。"

1956年教育部召集全国高校文科骨干教师制订的《教学大纲》,就是在这种良好的政治气氛下颁发的。当然,随着这种良好的政治气氛的突然逆转,也就突然变成"鼓吹阶级斗争熄灭论"、"贩卖封、资、修黑货"的罪证。

　　1956年,的确是极不寻常的一年,是值得中国人民永远怀念的一年,也是令人叹息不已的一年!

雪中抖擞

1966年4月出版的《红旗》刊载了郑季翘《在文艺领域里必须坚持马克思主义认识论——对形象思维论的批判》一文，指斥"形象思维论""正是一个反马克思主义的认识论体系，正是现代修正主义文艺思潮的一个认识论基础"，"是某些人进行反党、反马克思主义活动的理论武器"。而我，则被封为"形象思维论者"，多次引用我的论述，点名批判，火药味极浓。到了5月，中共中央发出文化大革命的纲领性文件《五一六通知》，号召全党全国"彻底揭露那批反党反社会主义的所谓'学术权威'的资产阶级反动立场……"，我于是从参加社教的泾阳被"揪"了回来。中共西北局派工作组进驻我校，组长向全校宣布："文化大革命的对象是'资产阶级反动学术权威'，具体到陕西，就是霍松林。"于是揭批我的大字报风起云涌，覆盖了整个校园，连子女们也受株连，小儿子有亮经常挨打，不敢去上学。不多久，全校学生明白了《十六条》指出的运动重点，指斥工作组和校党委"抛出一只'死老虎'（指我已被《红旗》点名点死）转移运动大方向"，从而直"揪"所谓"走资派"，我便被降为"走资派"的"社会基础"，陪"走资派"挨"斗"、陪"走资派"游街；不游街、不上斗争会的时候，便扫马路、扫厕所。

7月底被抄家。由于全校、全西安尚无抄家先例，又万万没有想到社会主义社会的光天化日之下会公然抢劫，所以毫无准备；万卷藏书、万余元存款、碑帖、书画、文物以及刚完成的三十余万字的《三袁年谱》手稿和其他文稿、诗稿等等，都被突然破门而入的"东风红卫兵"抄掠一空。

"牛棚"里的"棚友"越来越多，到了1968年"清理阶级队伍"的时候，增加到一百二十人以上，各人戴个白袖章，上面书写的头衔五花八门。每逢集体游街，队伍浩浩荡荡，高帽子千奇百怪，十分壮观。比起一个人被揪斗的那阵子，精神上的压力小多了。

1968年4月，工宣队要解放一批人为"九大"献礼。工宣队长陈玉江是一位工人作家,读过我的文章和著作,知道我不是坏人,便提出要解放我,而中文系"革命教师"中的打手们却坚决反对,开会和我"拼刺刀",拼杀几场之后,工宣队长总结说:"拼来拼去,霍松林的问题还不就是那几篇文章吗?"于是在4月23日晚上开会批判之后,以"虽有严重的思想问题,但仍属人民内部矛盾"的结论宣布解放。一解放即被起用,作为"教育革命小分队"的成员在临潼、潼关、兴平等地进行"教育革命调查",这又激起了打手们的嫉恨。当这年冬天"战备疏散"到永寿上营的时候,又被"隔离审查",劳动改造。

1970年夏天,转到泾阳农场劳改,开荒地,搬石头,拉架子车,经常累得大汗淋漓。从初中开始,我一直梳分头。这时候为了便于擦汗,便剃成光头。

我在泾阳农场劳改三年之久,1970年冬天开始放羊,除夕未能回家,作了一首《狗年除夕》诗:

> 牛棚除夜拨寒灰,五十年华唤不回。
> 囊内钱空辞狗去,肠中脂尽盼猪来。
> 恶攻罪大犹添谤,劳改期长未换胎。
> 明日饿羊何处放,谁施春雨润枯荄!

辞去狗年,盼来猪年,处境并未改善,严冬季节又作了两首诗:

> 横风吹雨打牛棚,黑地昏天岁几更?
> 毒蝎螫人书屡废,贪狼呼类梦频惊。
> 久闻大汉尊侯览,休叹长沙屈贾生。
> 剩有孤灯须护惜,清光照夜盼鸡鸣。

> 泾河曲似九回肠,河畔伶俜牧羝羊。
> 戴帽难禁风雨恶,挥鞭敢斗虎狼狂?
> 雪中抖擞松含翠,狱底沉埋剑有光。
> 不信人妖竟颠倒,乾坤正气自堂堂。

友朋山水之乐

1979年3月21日自陕飞滇,参加古代文学理论研讨会,被安排在昆明温泉宾馆,得浴"天下第一汤",有诗为证:

> 万里云涛吼巨鲸,抟风俄顷到昆明。
> 温汤一洗十年垢,新地新天赏嫩晴。

老友相逢,各诉"文革"中的经历,我借用"江西诗派"的"脱胎换骨"法,写了一首诗:

> 相逢把酒话曾经,杜圣韩豪各瘦生。
> 换骨脱胎余一息,诗家三昧要重评。

会议期间游黑龙潭,潭上古寺中有唐梅、宋柏、元杉及明代山茶,号称"四绝"。宋柏笔立千尺,黛色参天,虽经千年风雨,仍健旺异常。又赋诗一首:

> 潭中岂有黑龙眠?梅老杉衰不计年。
> 宋柏依然舒健笔,白衣苍狗写南天。

谒闻一多墓。闻先生是著名的现代诗人和文史学者,《红烛》、《死水》两本诗集,是他的新诗代表作。抗战期间,他在昆明西南联大任教,从事著述,鼓吹民主。1946年7月15日被特务暗杀。墓前有碑,读完碑文,感而赋诗:

> 烧残红烛夜来阑,死水终然卷巨澜。
> 宁舍头颅要民主,丰碑留与后人看。

游览昆明市容,听群众讲"四人帮"时代毁掉宏伟的文化宫而开辟"红太阳广场"的"革命行动",愤而吟诗:

高楼万栋拂晴岚,底事夷平心始甘?
除却乌云遮望眼,太阳终古照滇南。

幼年读梁章钜《楹联丛话》,见"海内第一长联",口诵神驰,做诗云:"万顷碧波来眼底,何时得上大观楼?"经浩劫折磨之后,终于登上大观楼,但"奔来眼底"的"滇池",哪有"八百里"?连八十里都没有,真令人失望。询问游人,始知"围湖造田"始末,怅然吟诗:

休觅昆明劫后灰,大观须上好楼台。
奔来眼底嗟何物?黄竹歌曾动地哀。

游石林,于阿诗玛石峰前摄影,因而联想阿诗玛传说结局及《阿诗玛》长诗、《阿诗玛》电影、阿诗玛演员在"文革"中的悲惨遭遇,感慨系之,吟成一绝:

悲剧根源异古今,古今悲剧总伤心。
几番欲唤阿诗玛,却自吞声望石林。

游西山,登龙门,贾勇直上,竟入通天阁,因赋七绝一首:

龙门奇险接天门,况有狰狞虎豹蹲。
今日天门亦开放,试裁云锦访天孙。

登通天阁,倚栏纵目,雾敛云消,阳光普照,碧鸡(山名)引颈,金马(山名)奋鬣。诵孙髯翁"东骧神骏"、"喜茫茫空阔无边"之句,意气风发,诗情喷涌:

伏枥频年老不鸣,过都越国忆秦坑。
而今所向皆空阔,金马何妨万里行。

睡美人山倒映滇池之中,春风吹拂,倩影摇漾,栩栩欲活,因献小诗:

美人一睡几千春,辜负滇池照影明。
梳洗何当临晓镜,中华儿女尽长征。

对于这次盛会,对于春城昆明,印象极佳,感受甚深,不能无诗:

新苗老树竞开花,万紫千红胜彩霞。
雪虐霜欺成昨梦,春城春色美无涯。

4月2日中国古代文学理论讨论会结束,会议主办单位云南大学派专车送代表游大小石林,留连两日。钱仲联、程千帆、周振甫、王达津、顾学颉、马茂元、张文勋、舒芜诸先生都做了很好的诗。我于石林宾馆独宿一室,心情兴奋,深宵不寐,做成一篇《石林行》:

盛会昆明兴未穷,神往石林少长同。东道主人亦好事,专车远送情何隆!相随步入石林丛,百态千姿玉玲珑。古藤垂枝发冷艳,时有幽鸟鸣苍松。左穿右绕忽迷路,细听涧水流淙淙。寻声攀援得曲径,拾级直欲扪苍穹。望峰亭上倚栏望,赞叹之声震耳聋。"人间安得此奇境?"驰骋想像劳诗翁,或云"李白斗酒难浇块磊平,一吐变作千奇峰";或云"范宽胸中多丘壑,挥毫落纸忽然飞向南陬养潜龙"。"李、范之前久已有石林,此说虽美吾不从。想是当年鲧治水,鸠集天下石族来堵壅。壅川之祸有似防民口,羽山一殛化黄熊。大禹聪明知水性,疏江导河弭巨洪。此辈流散徒作梗,挥鞭驱赶聚滇中。不见石林深处犹有'石监狱',狱中永囚石族之元凶。"辩口未合遭反问:"大禹岂有此神通?颂扬周孔且获罪,况乃'禹是一条虫'!我闻两亿八千万年以前海水涌,海底凸起露龙宫,瑶阙玉殿遽崩坼,琼花琪树失葱茏,有生之物亦化石,遂留石林万顷青濛濛。"同游闻此俱解颐,东指西点认遗踪:孰为云师孰风伯;孰为雷公孰雨工;鬼母兴妖献狐媚,夜叉丑态难形容;一峰之顶如花萼,应是当年御苑之芙蓉;彩凤高翔忽堕地,虽展双翅难腾空;长剑插天忽断折,虾兵蟹将怎称雄?曼衍鱼龙演百戏,涛喧浪吼何汹汹!海桑巨变谁能料,人间正道愁天公。回想往日关牛棚,钳舌垂首腰似弓;岂意终能笑开口,八方冠盖此相逢。揽胜小试谈天技,论文初奏雕龙功。莫叹明朝便分手,前程万里朝阳红。

这次学术研讨会,是"文革"结束后中国古代文论界召开的第一次盛会,专家毕集,胜友如云,探讨学术问题,游览名山胜水,大家都兴奋异常,一位专家说:"得享友朋山水之乐!"另一位冲口而出:"堪称牛鬼蛇神之会!"惹得哄堂大笑。

这些当年的"牛鬼蛇神"经过怎样的煎熬才冲出"牛棚"得享"友朋山水之乐",大概每人都可写一本书;这里只简单谈谈我自己。

1969年4月我能获"解放",使"革命教师"中的打手们认识到仅仅扣上"资产阶级反动学术权威"的帽子还打不倒我,而我的历史又单纯而清楚,便从口头言论方面做文章,企图打成"现行反革命"。终于从卖友求荣的另一位姓朱的牛鬼蛇神那里弄来九句话:三句"恶攻"江青,三句"恶攻"林彪,三句"恶攻"毛主席。1971年9月13日林彪炸死,便有三句话不再追究。1976年10月6日"四人帮"被粉碎,又有三句话不再追究。还剩下的三句话我既坚决否认,他们又找不到旁证,但仍不肯放过,又回过头清算"鼓吹形象思维"的老账。1976年冬,毛泽东给陈毅谈诗的信发表,信中明确提出"诗要用形象思维"。连伟大领袖都是"形象思维论者",我的这一条罪状也不好再提了,但他们还硬着头皮,就是不为我平反。那时候,报刊向某人约稿,都要通过组织。1978年9月11日下午,《西安日报》的两位编辑赵宏、张静波突然来家,拿出北京电传过来的毛泽东《贺新郎·读史》,要我速写一篇稿子,第二天上午来取,我高兴地问:"总支允许我写稿了?"他们气愤地说:"多次找你们总支向你约稿,都被拒绝。这次因为任务急,总编叫我们直接找你,不通过组织。"当时《西安日报》的总编由西安市委宣传部长袁烙兼任,所以才敢做出这样的决定。我当晚赶写的《形象思维第一流——读毛主席〈贺新郎·读史〉》,第三天便见报,整整一版,很引人注目。一周后赵宏告诉我:"我们把稿子送给总编,总编快读一遍,即于稿后批道:'文章极好,速发!'文章见报的第二天,师大中文系总支打电话质问,总编很不客气地说:'都是什么时候了,你们还搞这一套!'他们听出回电话的是市委宣传部长,才像硬鼓鼓的皮球泄了气,软作一团。"从此,向我约稿的便纷至沓来,谁来找我就给谁写。

1978年12月党的十一届三中全会召开,伟大的历史转折促使校党委作出决定,让我先给中文系助教班讲课。不久,便拿出"解放"我的"结论"要我签字,我看见留有尾巴,坚决不签。如此往返数次,直到1980年3月才彻底平反。从1966年5月至此,我遭遇的"浩劫"不止"十年",而是十四年!

松花江畔话红楼

昆明盛会之后,处境渐佳,1979年暑假,招收了五名硕士研究生,冬天又参加了中国文学艺术工作者第四次代表大会,见到了文艺界的许多朋友,更倾听了邓小平同志的《祝辞》,明确了"二为"方向和"双百"方针,享受了"思想解放"的欢乐,喜而赋诗:

> 文艺精兵意气豪,争鸣齐放振风骚。
> 春浓赤县香花艳,日丽红旗斗志高。
> 已挽狂澜驱虎豹,更歌四化掣鲸鳌。
> 人寰正要新诗史,万国衣冠看彩毫。

1980年暑假,我怀着"争鸣齐放振风骚"的雄心,应邀参加了全国首届《红楼梦》学术研讨会。此次会议在哈尔滨友谊宫召开,高兴地遇见了阔别30多年的吴世昌先生。

吴先生是著名学者、诗人、词人、古文字学家、红学家、博士导师。1946年至1947年我在南京中央大学中文系上学期间,他为我们讲授古文字学。1948年初,他应牛津大学电聘,赴英国讲学。虽然早在1962年就响应周恩来总理号召回到北京,但直到此时才不期而遇。

先一天晚上有个小型笔会,让大家做诗写字,我在一整张宣纸上写了四句诗:

> 名言伟论古无俦,友谊宫高集胜流。
> 快事平生夸第一,松花江畔话红楼。

这张字当晚被挂在会场主席台旁。次日上午开讨论会,吴先生早到,看了我的诗,一见我走进会场,就招手让我坐在他旁边,对我说:"没想到你还会做诗!胡念贻和你同班吧!他也懂平仄,能做几句。"我说:"在中大读书时,同班有四个人会做诗填词,我们同住一室,关系很好。这四个人就是胡念贻、王叔武、易森荣和我,都听过您讲古文字学。现在都是六十岁上下的人了,懂点平仄,算什么!"吴先生是以心直口快,只顾说真话、不怕得罪人出名的,他听我说懂平仄不算什么,就有点动感情:"今非昔比,懂平仄的人太少了!多少人研究唐诗宋词,教授、研究员都当上了,成了专家了,有谁懂平仄!自己不会做,甚至连平仄都不懂,怎么研究诗词!胡念贻懂平仄,能做诗填词,就比他们强,可现在还当不上研究员!"接下去,便详细地讲胡念贻的情况,当讲到下一次能评上研究员时,情绪才平静下来。谈完胡念贻,问我的职称,我说:"'文革'初因'《红旗》点名'被揪斗,不断'揭发'、'问题'成堆,上纲上线,层层加码,抄家、批斗、扣发工资、监督劳改,直到今年春天才彻底平反。但从去年起就特许上课,特许招研究生,特许外出开会,并且评了正教授。现在一切都很好。"吴先生听了很高兴。人已到齐,就要开会,于是结束了这次谈话。

哈尔滨的夏季美丽而舒适。每天早饭前和晚饭后,与朋友们沿着松花江畔的斯大林大街漫步,绿树成荫,清风徐来,遥望远去的江水或隔江的太阳岛,不禁悠然神往。星期天傍晚,偕周绍良、舒芜两兄乘大游艇与群众共泛松花江,变幻无常的天际浮云忽然散尽,即将在地平线上沉没的太阳丧失了令人目眩神摇的万道光芒,现出了又红又圆的真面目,因而触景生情,别有会心,吟成一首七律:

> 万顷烟波好放船,松花江水远连天。
> 变穷苍狗浮云敛,散尽红霞落照圆。
> 士女歌呼消假日,媪翁指点话当年。
> 且看皓月清光满,莫倚危栏叹逝川。

会议结束之前,吴世昌先生大约先回北京,或者去镜泊湖游览,总之已不在哈尔滨了。我与舒芜、周绍良、端木蕻良诸先生接到吉林、辽宁两省社科院、文联等单位的电报,邀我们去讲学。先在长春盘桓数日,参观了不少地方。特别值得一提的是:老友杨公骥夫妇邀我在他家做客,款以盛宴,互诉"文革"经历,时而喜笑怒骂,时而感慨唏嘘。我们是同龄人,互称"庚兄"。1956年夏在北京西苑共同主持古典文学教学大纲讨论会，当时正当盛年，意气风发。不幸同罹浩劫，岁月虚掷，而今已年逾花甲，我身体尚好，而他却患高血压和严重心脏病，所以欢笑中不无感伤。吃饭时夫人不让他吸烟喝酒，他却说："老朋友难得见面，你就宽大一次吧！"于是既吸烟，又喝酒，喝得很多。时间已晚，我不得不告辞，他扶杖远送，依依不舍。此情此景，历历如在目前，而他辞世已经九年了。

在沈阳，被安排在"安乐窝"住宿，既游了东陵、西陵，还用专车相送，参观了鞍山，游览了著名风景区千山。值得一提的是与端木蕻良先生及其夫人、小姐共乘一车，同游千山，谈得很投机。此时他正创作长篇小说《曹雪芹》下卷，他看过我50年代发表的"评红"文章，便和我交换意见，往往不谋而合，自然成了好朋友。他不仅是杰出的小说家，而且擅长诗词创作。回西安后寄给他一本油印的《松林词》，不久收到回信，给好几首词写了评语，留下了永久纪念。

集思广益编教材

十一届三中全会以后,各高校文科都开设了中国古代文学理论方面的课程。但由于受"厚今薄古"、"知识愈多愈反动"的毒害,学生阅读古文的能力很差,师资力量也显得薄弱,因而对于古代文论的讲授和学习都有一定困难。针对这种情况,早在1980年,重庆师院、西南师院、贵阳师院、南充师院等院校的同志就倡议编写《古代文论名篇详注》,得到了原高教一司与有关院校领导的支持。于是,商讨编写原则和体例,分工写出初稿,召开了这次编审会,对初稿进行讨论。

参加《古代文论名篇详注》编写的同志有:北京师院漆绪邦,吉林大学张连第,武汉师院张国光,昆明师院王彦铭,齐齐哈尔师院解希三,河南师大毕桂发,新疆大学张佩玉、秦绍培,新疆师大王佑夫,贵阳师院关贤柱,南充师院吴熙贵,西南师院刘健芬,重庆师院黄中模、王开富,安徽师大梅运生,内蒙古师大申建中,陕西师大胡主佑。

胡主佑参加编写,我则是被邀请的顾问。我们两人都曾在重庆上学、教书,又在那里结婚,很想重游故地,所以接到开编审会的通知,就一同去了。我没有参加讨论,但讨论中出现问题,王开富等同志便到我的房间里来问,我尽可能予以解答,大家很满意。因此,在商讨成立编委会时,一致推举我任主编,坚辞不允。

经全体成员推选,由黄中模、关贤柱、张连第、漆绪邦、霍松林任编委,霍松林兼主编。

国家教委看到我们的申报材料,便把这本书列入"高校文科教材",正式"委托"我任主编,"实行主编负责制",这就加重了我的担子。书稿出于众手,兼之写作匆促,大多数质量不高,体例也不统一。我夜以继日,整整花了两个月时间认真修改,累出一场大病。

这本书由上海古籍出版社于1986年8月出版,以后多次重印。

继这本《古代文论名篇详注》之后,我们又编写了《近代文论名篇详注》,仍被国家教委列入"高校文科教材",由贵州人民出版社于1986年8月出版,以后也多次重印。国家教委文科教材办公室对这两本教材很重视,在《文科教材建设》创刊号上发表了评介文章,评价较高。

《近代文论名篇详注》仍由关贤柱、漆绪邦、张连第、黄中模、霍松林任编委,霍松林兼主编。

此后,我又与漆绪邦、张连第、梅运生等同志申请到《中国诗论史》国家项目,其阶段性成果《中国历代诗词曲论专著提要》于1991年10月由北京师范学院出版社出版。《中国诗论史》则在广泛研读资料的基础上完成初稿,又多次讨论,反复修改,历时十数寒暑,然后统稿、定稿,2007年由黄山书社精印出版,共上、中、下三巨册,颇受好评。

首届硕士生招生

1979年秋,我校招第一届研究生,面向全国。中文系的领导权,仍在一贯整我的那些人手里。那些人是以"紧跟"巩固权力的,在"阶级斗争年年讲、月月讲、天天讲"的年代,前面提到的那位王主任就经常在大会小会上宣讲:"我们中文系是干什么的?是搞意识形态的。搞意识形态干什么?就是抓阶级斗争。阶级斗争,一抓就灵呀!"可见他不仅能够完全"跟上",而且大幅度"超前",所以"文革"中他虽由于是个小小的"当权派"而略受"冲击",但不久就被"结合"到"革委会"里,他以前的打手,也就仍有靠山。十一届三中全会以后,形势变化很快,以王主任为首的当权者当然不能不"跟",却由于"极左"的那一套已成思维定势,积重难返,所以有点举步维艰。学校让我招研究生,他们不能不让我招,但竟然独出心裁,限定我招研究生只能"面向西北",充分暴露了既不得不"跟"、又无法"跟"上的狼狈相。驾轻车,就熟路,"狠抓阶级斗争"的时代他们多么留恋,却眼看一去不返了!不多久,他们就被"改革"、"开放"的历史新潮抛在岸上,变成"文革"遗老,无人理睬了。因此,我以后招硕士研究生,便面向全国。第二届招了十名,第三届招了三名。以后,便面向全国招博士研究生了。

一览小群山

1981年秋,我与主佑应邀参加在济南举行的全国第二次《红楼梦》学术讨论会,会后随代表们游泰山,我与主佑直爬上泰山极顶。将到极顶时,《光明日报》记者章正续先生已从极顶下来,看见我们,惊呼道:"嗬!你们也上来了,真了不起!"为我们照了一张相。

童年在父亲教导下读《孟子》,读到《尽心》篇"孔子登东山而小鲁,登泰山而小天下",父亲结合杜甫《望岳》诗发挥道:"从幼年开始,就应该有'会当凌绝顶,一览众山小'的志向,但'登高必自卑',必须脚踏实地,一步一步向上攀登。"从此,我便喜欢登山,渴望遍游五岳,登上最高峰。可是1980年登华山,过了"回心石",就已经眼花腿颤,到千尺幢就回头了。经过"文革"摧残,已患心脏病,凡遇悬崖峭壁,就心慌,所以游华山未凌绝顶,后来游黄山,也未凌绝顶。泰山的"十八盘",在前人笔下也十分难登,东汉马第伯《封禅仪记》是这样描写的:"后人见前人履底,前人见后人顶,如画重累人矣。"就是说:游人爬十八盘,后边人看见前边人的鞋底,前边人看见后边人的头顶,如果从下面仰望,就像把许多人重重叠叠地"累"起来。"重累"一词,描写很生动。此后如唐时升《游泰山记》中的"为十八盘,若阶而升天……前行者当后人之顶,后行者在前人之踵下,惴惴不暇四顾",袁中道《登泰山》中的"前人踏皂帽,后侣戴青鞋",都是对"重累"的具体描绘。的确,泰山的十八盘够陡的,但两边并无悬崖深涧,不怕掉下去,所以我和主佑虽"惴惴不暇四顾",却终于爬上来了。而被戏称为"金陵十二钗"的一群女代表,尽管年纪比我们小得多,却不敢加入"重累"的行列,被十八盘吓退了。

终于实现了童年时代"登泰山而小天下"的理想,欢畅不可言喻,哼了四句诗:

评红登岱力虽孱,重累惊心未肯还。

历尽石阶凌绝顶,果然一览小群山。

我和泰山有缘。此后还两次登临。第三次是坐缆车上去的,算不了什么;第二次却很值得纪念。1986年1月9日,由主佑照料,坐火车赴泰安陆军八十八医院做摘除白内障手术。该医院就在泰山脚下,但初到之时,真是"有眼不识泰山",什么都看不见。做手术后半月,视力基本恢复,真喜出望外,于是由主佑扶持,又一次登上泰山,做了一首诗:

泰山脚下兼旬住,却恨无由识泰山。

仰望几番迷浊雾,高攀何处越重关。

医师济困明双目,妻子扶危上极巅。

待看神州花满地,笑迎东海日升天。

首届全国唐诗讨论会

1980年春,中文系成立唐宋文学研究室,我做主任。次年夏季,科研处负责人对我说:"学校准备拿出一笔钱,召开一次由您主持的学术会议,活跃学术空气,促进全校科研工作。"经过商议,决定召开全国唐诗讨论会。

1981年10月上旬,我们发出了五十多份邀请书,打算开小型会议。但各地收到请柬的专家们传播消息,知道我校将开唐诗讨论会的人便纷纷来信要求参加,我们于是不断增发请柬,满足大家的要求。于是,东至黄海、东海之滨,西到新疆、青海,南至海南岛,北至齐齐哈尔,除台湾省而外,全国各省、市、自治区的各大专院校,各科研机关,各报刊、电台和出版单位的一百七十多位代表携带各有独到见解的学术论文,如期赴会。在一百七十多位代表中,有许多是年近古稀或年逾古稀的著名教授,有许多是著述宏富、硕果累累的唐诗研究专家,有许多是科研、新闻、出版单位的负责同志。真可谓胜友如云,盛况空前。

参加这次会议的代表有许多既是著名学者,又是诗人和书法家。因此,我们特意安排了一次笔会,即席赋诗,当众挥毫。姚奠中、金启华、程千帆、吴调公、陈迩冬、华钟彦、丘良任、姜书阁、匡扶、聂文郁、舒芜、曹慕凡、谭优学、林从龙、李汝伦、何均地诸先生,都写出了他们的佳作。汝伦把大家的诗搜集起来,略加选择,编为《唐诗讨论会吟咏专辑》,让我写了小序,发表于他主编的《当代诗词》。

研究唐诗的人应该自己能做诗、会吟诗。华钟彦先生是研究唐诗吟唱的专家,其他代表,也有不少善于用当地方音和当地传统吟唱方法吟唱唐诗。因此,我们安排了一次唐诗吟唱会,华钟彦、程千帆、吴调公、陈迩冬、林家英诸先生先后登台吟唱,掌声四起。

在学术会议中间穿插即席赋诗、书法表演和诗词吟唱等活动,是这次会议的一大特色,为以后许多学术会议所效法。

我在《开幕词》中讲过这样的话:"唐代诗歌由于意境雄阔,情韵悠扬,具有独特的时代风貌和艺术风格,因而被称为'唐诗'或者'唐音'。"程千帆先生在笔会上乘兴挥毫时想起了这句话,便用隶体写了"唐音阁"三字,作为我的斋榜。陈迩冬先生立即赋诗:

一阁连天水,唐音继汉讴。
东南多绮丽,西北自高遒。
盟会执牛耳,群贤仰马头。
归来霍去病,不愧冠军侯。

华钟彦等老诗人,无不赞其帖功典雅。

这次会议共收到学术论文八十八篇,我编为《全国唐诗讨论会论文选》,由陕西人民出版社于1984年4月出版。

这是改革开放以后中国古典文学研究领域召开最早的一次盛会,专家众多,讨论深入,影响深远。稍后的中国唐代文学学会,就是在这次盛会的基础上成立的。

中州揽胜

1982年秋,接到河南省社会科学院及中州书画社等单位的请柬,邀我参加在洛阳召开的《歧路灯》讨论会,紧接着,又接到郑州大学的请柬,邀请我与华钟彦先生主持中文系硕士研究生学位论文答辩,答辩结束,华先生将邀我游开封。两次会,恰好时间相接,我便都答应了。

近几年,洛阳赏牡丹的盛况远胜于唐代的长安。每当花季,万人空巷,车马若狂;全国各地乃至海外游人,也纷至沓来。秋天当然无牡丹可看,但对我来说,洛阳还有更迷人的地方。我在《洛阳杂咏》的第一首中说:

占尽春光带露开,牡丹端合洛阳栽。
洛阳别有迷人处,不是花时我亦来。

这里说的迷人处,就是龙门石窟、白居易墓、白马寺及关林等等,我与主佑都亲莅其地,留连忘返。白马寺门外左右两马,是宋代石雕,相向而立,坚毅沉雄,令人想见一千九百年前驮经东来的气概,实为珍贵文物。可惜游人争骑,摄影留念,鞍鞯雕文,已磨损殆尽。我做了四句诗,希望能引起注意:

白马寺前双白马,争驮猛士照新妆。
英姿不减当年勇,万里驮经到洛阳。

游少林寺,观达摩面壁石,在立雪亭站立良久。相传达摩于少林寺面壁九年,首传禅宗,为禅宗初祖。荥阳虎牢人神光投达摩为师,适逢达摩面壁不语,而神光侍立,正降大雪,直至雪没双膝,犹不肯离去。达摩见状,便收为弟子,传以衣钵。这和儒家的"程门立雪"故事毫无二致,因而联想到1958年以后、特别是"文革"时期学生批斗老师的"革命行动",不禁百感丛生,做了一首古体诗：

>菩提达摩方面壁，神光侍立雪没膝。
>伊川先生偶瞑坐，龟山侍立寒雪堕。
>由来重道便尊师，中州故事令人思。
>四凶已灭四化始，立雪亭上立多时。

这首诗被收入《少林寺诗选》，据编者说："给姚雪垠同志看过，他十分赞赏。"

送代表游少林寺，是《歧路灯》会议日程表上预定的。郑州大学与我相约，按时派专人专车在少林寺接我们。因此，我们刚游完少林寺，两位研究生丁立群、李维新就找到我们，坐车沿山路东行，游了中岳庙。作为五岳之一的中岳嵩山，从幼年起一直渴望登临，这次得凌绝顶，心胸与视野顿感开阔。下了峻极峰，便到了嵩阳书院。这是我国古代四大书院之一，以位于嵩山之阳得名。北宋理学大师程颐、程颢曾在此聚生徒数百人讲学。其门人多有政绩。二程乃洛阳人，其学被称为洛派。我做了一首五律：

>峻极青峰下，二程设讲堂。
>儒林传洛派，书院颂嵩阳。
>历史翻新页，文明忆旧邦。
>根深枝叶茂，周柏尚苍苍。

刚进书院门，就看见一株高大无比的古柏，叹为观止。继续前进，又有一株闯入眼帘，碍日摩云，气象万千，比前一株高大数倍，不禁想起了杜甫《古柏行》中的名句："苍皮溜雨四十围，黛色参天二千尺。"讲解员说："汉武帝游嵩山，先看到前面那一株，惊叹道：'嗬！这么雄伟！真是个"大将军"！'后来又看见这一株，更惊叹不已，但'大将军'的封号已经送出去，不好收回，就无可奈何地说：'委屈一下吧，"二将军"！'古柏一听，立刻气破了肚皮。"随着讲解员的手势望去，从树干下部到地面，果然裂了一个大口子，中间可修一座房屋。据专家考证，这两株古柏都已三千余岁，但仍然抽枝吐叶，生机盎然。真是伟大的中华民族的象征，伟大的中华文化的象征！

郑州大学研究生答辩毕,与华钟彦教授同车至开封河南大学。华老约中文系数位老师作陪,盛馔相款,并亲作导游,游览市容及名胜古迹,做诗两首:

郑邑抡材毕,梁园访旧来。
徜徉相国寺,俯仰禹王台。
铁塔凌霄汉,龙亭辟草莱。
古城看新貌,广厦万间开。

中州黉宇峻,弦诵起风雷。
名噪中文系,士夸铁塔牌。
红羊留数老,绛帐育英才。
莫畏高峰险,人梯接九陔。

河南大学是历史悠久的高等学府,中文系尤有名。其毕业生遍全省,因校近铁塔,故被称为"铁塔牌"。华老与我交情甚厚,他编著《五四以来诗词选》,特让我题诗,可惜已去世多年了。

浙江记游

我生长于"铁马秋风塞北",求学于"杏花春雨江南",颇引以自豪。然而不无遗憾的是:江南胜境,兼包江、浙,而我在南京上学期间足迹仅限于江苏境内。谚云:"上有天堂,下有苏杭。"苏州是去过的,却不曾到过杭州。一晃几十年过去了,直到改革开放以后,才有机会两游浙江,遍览名山胜水。1984年4月9日自西安赴杭州参加全国高等院校古籍整理研究所所长会议,住在西子宾馆里面紧靠西湖的一座楼里,每天清晨、傍晚沿湖滨散步,湖光山色,悦性怡情;或留连于夕照山顶,西湖春景,尽收眼底,真令人陶醉。于是忽发奇想:既然美丽的西湖是绝代佳人西子的化身,那么,西子姑娘何不乘四化春风遍游神州、美化神州呢?因而与西子相约:"你来吧!我在周秦汉唐的京都等你。"下面是我在西子宾馆吟成的四首小词《减字木兰花·西湖抒情》:

  流莺百啭,垂老初亲西子面。乍雨还晴,淡抹浓妆总有情。何妨小住,白傅坡仙吟望处。醉舞东风,夕照山前夕照红。

  朝霞红映,一望春波明似镜。湖畔垂杨,携李牵桃照晓妆。东山日上,一叶渔舟初荡桨。燕舞莺啼,越女如花满白堤。

  恰逢三五,缓步湖滨天欲暮。散尽游人,柳浪浮来月满轮。水天澄澈,西子嫦娥争皎洁。山外青山,戴縠披绡已睡眠。

  眼波眉黛,神采飞扬生百态。树密花繁,装点湖山分外妍。且留后约,休道秦川风景恶。美化神州,西子何时赋远游?

姜亮夫先生出席了开幕式,此后的报告会、讨论会没有来。有一个晚上,我特意登门拜访,夫人亦在座,一起聊天。姜先生讲:"整理古籍,起码要懂文字、音韵、训诂之学。可是现在急于完成任务,连毫无文字、音韵、训诂学基础的人也弄来注释古籍,难怪笑话百出。"讲到这里,他忽然冒出一句:"以竹鞭马曰笃。"然后望着我,似乎在等我发言。我立刻反问:"然则,以竹鞭犬,有何可笑?"他又说:"波者水之皮。"我又立刻反问:"然则,坡者土之皮乎?"他抚掌大笑,我也抚掌大笑,真正达到了"莫逆于心"的境界。夫人弄来茶点,边谈边吃,不觉已到深夜。第二天晚上,他与夫人同到我的房间小坐,夫人送我一幅画,是当天赶画的,姜先生题了诗。杭州之行,与姜先生夫妇结为莫逆交,真是意外的收获。

会议中间,教育部领导周林、章学新同志邀约部分专家赴宁波参观天一阁。

天一阁是我国现存最古的藏书楼,取"天一生水"之意命名,明代人范钦所建。范钦字尧卿,嘉靖进士,官至兵部右侍郎,抗直强项,连严嵩也怕他。喜购书,尽得丰氏万卷楼珍藏,又多方收集,其后人续有所得,共藏七万多卷。清嘉庆时,阮元奉命编成《天一阁书目》。洪杨之役,阁既残破,书多散失。薛福成组织人力整理编排,成《天一阁见存书目》,与阮元编目相较,已十不存一。解放后列为重点文物保护单位,然"文革"期间,原藏宋、元刻本屡遭盗窃,损失惨重。我们上阁参观,书柜书箱皆上锁,主人只拿出《琼台志》等三四种明刻本令轮流观看,不准手摸。求藏书目录一阅,亦未获允,未免失望;然而终于登上神往多年的天一阁,毕竟是一大快事。

自西湖赴宁波,一路春光明丽,风景迷人;便道游阿育王寺、鉴湖、禹王陵及鲁迅故居,又回到西子宾馆,写了九首纪游诗:

暂辞西子立湖头,西子殷勤劝我留。
微雨润花千树艳,轻风梳柳万丝柔。

游兴浓如带雨桃,轻车快似出云雕。
凭窗正望六和塔,已过钱塘十里桥。

西兴四望雨丝繁,车过萧山日又暄。
油菜花开麦抽穗,金黄碧绿绣平原。

卅载收藏化劫灰,白头万里访书来。
匆匆一瞥《琼台志》,百柜千箱锁未开。

阁名天一意殊深,避火欲藏希世珍。
皕宋千元何处去?空余池水碧粼粼。

地下钟鸣事渺茫,太康名刹郯山阳。
劫波历尽吾犹健,渡甬来朝阿育王。

百草园中百草丰,咸亨酒店酒香浓。
翻身乙己知多少,饱喝花雕吊迅翁。

贺监风流何处寻,鉴湖烟柳变鸣禽。
于髯大笔传秋瑾,女侠英名照古今。

混流洪水祸无穷,万古难忘疏导功。
大禹陵前舒望眼,江河淮汉总朝东。

  1990年深秋,偕中国唐代文学学会的几位领导及台湾学者、日本学者多人赴临海市考察郑虔史迹,便道游兰亭,登赤城,入天台,观石梁飞瀑,遍览浙东名胜,做纪游诗多首。在临海,我做的《谒郑虔墓》七律,被刻石立碑,背面刻的是考察团成员的姓名、简历。如果无人毁坏,将与青山永存。
  至此,我青年时代游学江南而未到浙江的缺陷就算补足了。旧游如梦,而梦的内容是充实的,美好的。

畅游山西

抗战时期,我在天水上国立五中,有许多老师、同学都是山西人,因而对山西很有感情;何况五岳之一的恒山就在山西,渴望登临之情积蓄已久了呢!

1984年7月下旬,全国师专元明清文学教学科研学术研讨会由雁北师专主办,在大同召开。由于我曾经讲授过几年元明清文学,发表过若干关于元明清文学的论著,所以承主办单位以顾问相邀,与内子胡主佑参加盛会。会后承专车护送,登恒山,游悬空寺,访云岗石窟,上应县木塔,小住台怀镇,遍览五台之菩萨顶、显通寺、塔院寺、碧山寺、南山寺、龙泉寺诸胜境,多年来,畅游山西的愿望终于实现了。

应县木塔建于辽清宁二年(1056),八角九层,高六十七米,其时代之早与结构之精巧、高大、宏丽,均居世界木塔之冠。因采取保护措施,游人只许仰望,而不得攀登。我等被特许,登至第四层,群燕环翔,已在其下。不久前在开封瞻仰那座建于北宋的铁塔,叹为奇观;如今又在应县登上建于辽代的木塔,更赞叹不已,因而吟成一律:

> 檐牙高耸啄苍冥,九级才登第四层。
> 槛外回翔群燕乐,天边挺秀数峰青。
> 汴京杰构宁专美,紫塞良工敢竞能。
> 传统何须限辽宋,神州文化总堪矜。

悬空寺悬于恒山金龙口峭壁之上,异常奇险。始建于北魏时期,全寺殿宇楼阁四十余间,皆于峭壁上凿洞插木,悬空建构。寺背西面东,南北各有危楼,登之如置身云端。寺内有送子观音及药王等塑像,三教殿中老子居左,须眉雪白;孔子居右,须眉乌黑;释迦牟尼居中,无须。因戏为五律:

> 楼阁云中现,探奇户未扃。
> 兼容儒释道,结合老中青。
> 送子皆麟种,求医得鹤龄。
> 高峰藏妙境,切莫畏攀登。

"兼容儒释道,结合老中青"一联,同游者姚奠中、陈杨炯、冯巧英诸先生皆以为绝工绝妙,大笑不已。

大同云岗石窟,与敦煌莫高窟,洛阳龙门石窟、天水麦积石窟合称我国四大石窟,始凿于北魏。依山开洞,因岩建构,东西绵延一公里。现存石窟53座,石雕造像51000余尊,最大者高达17米,气魄雄伟,端庄肃穆。但石质不坚,风化严重。我和主佑在如来像前合影,题诗的尾联是:"如来同摄影,掌上莫留行。"意思是:连一个筋斗十万八千里的孙悟空都翻不出如来掌心,何况我们!不过今天与如来一同摄影留念,他总该讲点情面,让我们跳出掌心,自由行动吧!

专车送我们游五台,住台怀镇宾馆。镇在五台怀抱之中,故名台怀。五台实为五座山峰,因峰顶平坦如台,故称五台。北台又名叶斗峰,是五台第一高峰,海拔3058米,有"华北屋脊"之称。南台又名锦绣峰,是五台第二高峰,峰上松林茂密,下有清泉。东台又名望海峰,山势高峻,东望无阻,如临大海。西台又名挂月峰,山顶宽平,台外有秘魔崖,景色秀丽。中台又名拥翠峰,深林蔽日,翠霭浮空。五台是我国佛教四大名山之一,佛寺林立,塑像庄严。因山高林密,盛夏犹寒,所以又叫"清凉山",是最理想的避暑胜地。近年西安气候反常,夏季持续高温,竟然超过素有两大火炉之称的武汉、重庆。此时正当盛夏,而台怀镇却凉爽宜人,在此间消闲数日,颇享清福。徜徉怀中,五台风光历历在望,日游一台,亦从容闲适,无迫促之感。做诗一首:

> 滴翠萦青卉木稠,千岩竞秀万壑幽。
> 时闻古刹传钟韵,偶见遥峰露佛头。
> 三辅连年困烦暑,五台仲夏浴凉秋。
> 相携信步菩萨顶,不羡人间万户侯。

告别五台,向太原进发,中途游览了南禅寺。这是惟一保存完好的唐代建筑,寺内塑像神情各异,栩栩欲活。专程护送我们的崔元和君,又为我们拍下了珍贵的镜头。元和是青海师院中文系文艺学硕士研究生,向我校文艺学硕士授权点申请学位,由我主持论文答辩,获硕士学位后回山西工作,曾主编《学术论丛》,现任山西人民出版社总编。

从兰州到敦煌

1984 年 8 月 18 日至 26 日,中国唐代文学学会第二届年会暨学术讨论会在兰州举行。会议期间,代表们游览了五泉山等市内名胜,会后又赴敦煌参观了莫高窟及阳关、月牙泉,考察了唐代边塞诗中经常写到的甘、凉、肃、瓜、沙一带的山川民俗。

中国唐代文学学会第二届年会暨学术讨论会有来自全国各地的近二百位代表和来自日、美等国的专家参加,以边塞诗为重点,进行学术交流,又改选理事会,修改了学会章程。在 1982 年 5 月上旬西安举行的全国唐代文学学会成立大会上,我被推选为副会长,创办《唐代文学研究年鉴》会刊。这次兰州会议,由于会长萧涤非先生提出辞职,未曾到会,临时推举我主持会议,致开幕词。在酝酿理事会改选过程中,甘肃省委顾问、本学会顾问、此次会议的组委会负责人及主席团主席杨植霖同志召开小型会议,先对萧涤非先生因年老主动辞去会长职务给予高度评价,然后说:"会长、副会长人选,以不超过七十岁为宜,程千帆等几位专家年逾古稀,就不考虑了。我看会长一职由霍松林先生担任,比较合适。"我一到兰州,杨老就派车接我住进甘肃省委招待所宁卧庄,此后又接来傅璇琮先生。但他始终没有说明这些想法。现在提出要我做会长,我感到很突然,等他话音刚落,就对大家说:"我不适宜当会长。程千帆先生虽然年逾古稀,但当一届会长还是可以的。"在新产生的理事会上,我又复述了我在小型会议上的意见,得到大家的同意,程先生被选为会长,我被选为副会长兼秘书长,继续主编《唐代文学研究年鉴》。

学会的顾问一般挂名不做事,而杨植霖这位老同志却十分关心、并且大力支持学会工作。这次兰州会议开会时间长,代表人数多,又往返敦煌等处参观、考察,会后还出论文集,需要很多钱,这些钱都是他以甘肃省委顾问的地位设法筹措的。他安排我住在宁卧庄,盛情可感,特做了一首《宁卧庄消夏》:

> 昔日泥窝子，今时宁卧庄。
> 红楼连柳径，曲槛绕荷塘。
> 入圃繁花艳，窥园硕果香。
> 招邀谢贤主，小住纳新凉。

尾联的"贤主"，就指杨老。杨老辞世后夫人为他出版诗集，又遵从杨老的遗愿，驰函嘱我题签，也令我感动不已。

兰州是我的旧游之地。我第一次到兰州，时值抗战中期，缅怀霍去病"年十八为票姚校尉"，转战数千里，稍后又"合短兵鏖皋兰下"的赫赫战功，很想投笔从戎，抵御外侮。这次故地重游，喜见兰州新貌，做七律二首：

> 皋兰山下看奔涛，年少鏖兵忆票姚。
> 旧地重游陵谷改，和风已动画图娇。
> 虹桥压浪黄河静，绿树连云白塔高。
> 丝路缤纷花雨密，交流文化起新潮。

> 金城何用锁重关，开放宏图纳九寰。
> 学海冥搜千佛洞，文坛高筑五泉山。
> 速传信息通欧美，广建功勋待马班。
> 莫道西陲固贫瘠，要将人巧破天悭。

我是甘肃人，但以前只西到兰州。这次自兰州乘火车西行，一路凭窗凝望。每到一站，都下去看看。武威、张掖、酒泉等历史名城都看到了。至嘉峪关后改乘汽车，停留许久，更目睹了万里长城西端的著名关口"天下雄关"。自嘉峪关乘汽车赴敦煌，途经大沙漠，四望无边无际，已经是下午七八点钟，太阳还悬在西天，不肯降落。而边塞诗中常常遇到的玉门、安西、瓜州，也亲眼望见了。

敦煌真是沙漠中的绿洲。旅途辛劳，住在县城的宾馆里，格外舒适。上街闲游，民风淳朴。瓜果又香甜，又便宜。老伴儿买梨子，只拿出一元钱，就捧来十多个，还不断往袋子里塞。

从敦煌县城乘汽车东南行 25 公里，便到了我国现存规模最大、内容最丰富的石窟艺术宝库莫高窟（又叫千佛洞）。此窟始建于前秦建元二年（公元366年），隋、唐、五代、宋、元均有修造。现存492窟，计有壁画12万平方米，造像2415尊。壁画包括本生、佛传、经变、供养人和建筑彩画图案等；造像皆泥塑，有佛、菩萨、弟子、天王、力士等。这些作品反映了我国从四世纪到十世纪的部分社会生活及造型艺术的发展概况。有许多窟，平常并不开放，我们被优待，凡有重要价值的，都由解说员带领，逐一观览。

爬上鸣沙山顶，从金光闪闪的沙坡上滑下去，就到了月牙泉。泉为月牙形，清澈见底。紧抱沙山而不被流沙淹没，十分神奇。从千佛洞骑骆驼到月牙泉，只花五元钱，我很想骑，却被老伴儿制止了，少了一番特殊的体验，感到很遗憾。

王维的"西出阳关无故人"诗句，给人的感受是：西出阳关，一片荒凉；而阳关和阳关以内，都还是不错的。这次从敦煌县城西南行至古董滩，才知阳关这个丝绸之路通往西域的重要门户，已被沙漠包围。我和主佑艰难地爬上一个大沙滩，登上仅剩残垣断壁的烽火台，环望漠漠黄沙。美国密执安大学李珍华教授吃惊地发现了我们，为我们拍了两张珍贵的照片。

自西安出发西至古阳关，缅想丝绸之路，浮想联翩，吟成一首五律：

万里丝绸路，长安接大秦。
凤驼输锦绣，天马送奇珍。
经济鲜花盛，文明硕果新。
汉唐留伟业，崛起看今人。

观沧海

直到 80 年代，主佑还未见过海，我却早有渡海的经历。1957 年夏自青岛乘巨轮赴上海，风急雨骤，恶浪翻滚；而当天晴风静之时，碧玉似的海面上泛起雪白的浪花，一朵接一朵，一望无际。我做了四句诗：

> 万里蓝天四面垂，琼田无际浪花开。
> 少陵诗内无斯境，未挈鲸鱼入海来。

主佑看了诗，更想看海。而看海的机会，终于盼来了。

1985 年 8 月中旬，张国光教授在秦皇岛主办讲习会、召开第三届《水浒》研讨会，专函邀约我和主佑参加。在讲习会上，我作了一次学术报告，《秦皇岛日报》有专题报道。参加《水浒》研讨会，这是第二次，做了四句诗：

> 英雄无地避权奸，专制淫威记昔年。
> 造反投降谁有理，秦皇岛上说梁山。

秦皇岛在河北省东北部，是伸入渤海的一个半岛。据传秦始皇遣人由此渡海求长生药，故以秦皇名岛，现与北戴河、山海关联为秦皇岛市，以海港区为行政中心，辖昌黎、卢龙等四县，为游览胜地。北戴河避暑区南临渤海，背倚联峰山，西起戴河口，东至鹰角石，长约十公里，宽约二公里，海岸漫长曲折，滩平沙软，海水清澈，是天然浴场。每天清晨和傍晚，我们都来海滨散步。有一次，乘游艇入海数十里，比曹孟德"东临碣石，以观沧海"视野更其开阔。海滨有老虎石，我们散步疲倦，便坐在上面看海。为了永留纪念，特拍了一张照片。为了摄入海景，只好转过身来，背朝海而面向照相机。然而每每翻阅贴相簿，一看见这张相，就从回忆中展现如此宏伟的画面：

> 秋风萧瑟,洪波涌起。
> 日月之行,若出其中。
> 星汉灿烂,若出其里。

第三届《水浒》研讨会结束后随各位代表浏览山海关一带。先到万里长城的起点老龙头东望大海,又在姜女庙听解说员讲述孟姜女哭长城的传说,然后带着沉重的历史感,登上山海关城楼。

山海关古称榆关,东临渤海,北有覆舟、兔耳二山,形势险要。明初以其依山面海,乃以山海名关,筑城设卫,扼长城内外之咽喉。在关城四个城门中,以东门气势最雄伟,保存最完整。我们登上城楼,在《天下第一关》牌匾下合影。

站在山海关城楼,心想修筑长城的历史和攻关、守关的激烈战斗,目睹安定繁荣的现实和在贯通南北的铁路上往来奔驰的火车,不禁诗情勃发,吟成八句:

> 天围碧海海连山,万里长城第一关。
> 徒令防胡祸黔首,漫将失险罪红颜。
> 欢腾内外车同轨,捷报东西国去奸。
> 千雉拂云烽燧靖,永留奇迹壮人寰。

东渡讲学

1987年9月初,应日本明治大学客座教授之聘,东渡讲学。明治大学寄来往返机票,当时西安尚无直达日本航班,所以先飞上海,住华东师大招待所。老学长徐中玉、钱谷融两教授先后设宴送行,盛情可感。齐森华教授代办有关手续,送至机场。飞机很大,不少座位没有人,便选了一个靠窗口的。起飞后时而看云,时而看海,不知不觉间已到东京降落,做了四句诗:

> 徜徉天外览寰球,鲲化鹏抟汗漫游。
> 眼底云涛方变灭,已随海客到瀛洲。

出机场,岩崎富久男教授和明治大学的一位干部早等在门口,一同乘车到亚细亚文化会馆二楼住宿。岩崎教授是我的保证人,他曾携带全家在长春东北师大教日语多年,能讲流利的汉语,我从住处到明治大学或到其他地方,他都按时接送,所以没有上错电车的顾虑。我在赠他的组诗中有一首特别讲到这一点:

> 万象纷纭万籁鸣,游踪半月遍东京。
> 风驰电驶不迷路,多谢岩崎管送迎。

先在明治大学作了几次学术报告,后来又由他们策划,作了一次"公开讲演"。"公开讲演"比较隆重,听讲者多半是东京各大学的讲师、教授,还有从松本、横滨、京都、名古屋等地赶来的中国文学研究者。我讲的题目是《最近十年唐诗研究》,由著名汉学家今昔凯夫教授担任翻译。讲演稿被收入明治大学《外国人研究者讲演录》(1988年3月东京版)。

岩崎教授陪我参观了东京大学图书馆、东洋文库、静嘉堂文库等许多单位。参观静嘉堂文库时,库长米山寅太郎领我们观看宋、元珍本,每看一种,都夸赞道"这是国宝!"越夸越使我伤心。那些"国宝",本来不是日本的,而是中国的。光绪年间做过福建盐运使的陆心源,在故乡归安(今属浙江湖州市)筑"皕宋楼"藏宋元旧刊,筑"十万卷楼"藏明及明后秘刻,筑"守光阁"藏寻常刊本。一时名噪江南,为清末四大藏书家之一。心源卒后,其子树藩耽于逸乐,以十万金卖给日本静嘉堂文库,中国国宝,竟沦为日本"国宝"了!我做了一首诗:

珍藏一夜付东流,太息江南皕宋楼。
库主连声夸"国宝",几番回首望神州。

岩崎教授怕我思乡念家,特意接我到他家里做客,一家人热情款待,都讲汉语。新建的两层楼房刚装修好,房间较多。夫人说:"您下一次来,就不需要在外边找住处了。我们有许多长春朋友,以前来,都在东京市内找房子,很贵,以后来,就可以住在我们家里了。"他家离横滨不远,所以特意请我到横滨逛华人街,吃中国饭。饭后又陪我游镰仓,看露天大佛。我赠岩崎的组诗里有这样两首:

殷勤邀我访横滨,慰我乡思见性真。
凭栏饱吃中华饭,中华街上看华人。

共作镰仓半日游,看山看海看浮鸥。
露天大佛同留影,坐阅兴亡知几秋。

岩崎一家人所体现的中日友好情谊和对我的无限关怀,是永远值得怀念的。

明治大学创办于明治维新时期,我在那里讲学的时候,已有106年校史,校歌有"自由摇篮"之语,校风崇尚学术自由。校长和他的几位同事曾到亚细亚文化会馆给我送酬金和纪念品,致问候之意。谈话中间郑重提出:"明治大学建校以来,中国留学生很多,但被聘任客座教授的中国人,您还是第一位。"明治大学的确待我很友好,但我没有带什么礼物来,只好送"秀才人情",在宣纸上写了一首诗：

> 巨厦连云作大猷,骏河台畔万花稠。
> 维新伟业光三岛,明治高风动五洲。
> 广育英才扶正义,宏扬文化壮清流。
> 我来喜唱摇篮曲,从古蓬莱重自由。

我送诗给校长,他请岩崎教授讲解,听了很高兴,约了几位院长和汉语教授和我合影,然后坐车到一家餐馆里吃饭。值得一提的是：明治大学没有校车（我到过的几所大学也一样),出门坐电车；请客不用公款,除了客人不需出钱,其他人都平均摊派,现场掏腰包；不多要饭菜,杯盘碗盏,吃喝一空,刷洗很方便。我说"你们的习惯真好！我们中国人请客,讲究筵席丰盛,大量饭菜都浪费掉,实在太可惜。"他们说："这大概是二战后挨饿的教训,说不上好不好。"教训是要人吸取的,中国人挨饿的教训还少吗？

东京之游给我留下了美好的记忆。十多年过去了,我还怀念"辽阔蓝天衬白云"的秋光,还怀念站在亚细亚文化会馆楼顶所见的夜景：

> 雄楼栉比无余隙,高下参差接远空。
> 亿万银灯汇银海,海中处处闪霓虹。

难忘松本遇知音

松本信州大学人文学部的西冈晴彦教授曾多次访问西安,并且在我校专家楼住过好久,和我讨论过学术问题,成为好朋友。他听到我在明治大学讲学,便电话联系,赶到东京听我的"公开讲演",并邀我到松本讲学、游览。征得明治大学的同意,乘新干线电车到了信州大学,住在一套带大客厅的房间里。

当天晚上,西冈教授请我到他家里吃饭,由两位会讲汉语的教授作陪。他大概是学中国人请客的习惯,筵席很丰盛。夫人美丽而贤慧,与岩崎夫人同一类型,所不同的是她没有到过中国,只能讲简单的汉语。酒席间谈诗论文话家常,十分愉快。饭后参观了西冈的藏书,回到住处。

第二天,西冈教授邀我游上高地,他的好友桥本功教授开自己的小车送我们,吃过早饭就出发了。盘了许多山路,到了西袋池,这是一个风景点,林木葱郁,山花盛开,一池秋水,碧波摇漾。停车观赏,拍了几张照片。继续前进,沿途秋山红叶,赏心悦目。遥望雪峰连绵,与天际白云相接,西冈说:"那就是上高地。"我问:"积雪未化,一定很冷吧!我们穿这样的衣服,受得了吗?"西冈笑着说:"那不是雪,到了那里,你就知道了。"

一小时后,桥本停下车说:"到了!"我们出车观景。两边叠嶂层林,中间是宽阔的河滩,白石嶙峋,青溪潺潺。从溪边至山腰,秋林如绣,或翠绿,或青苍,而以浅黄、深黄、淡红、鲜红点缀其间,层次丰富,色彩绚丽。山腰以上,一望雪白,而棱角、皱褶,清晰可见,在秋阳照耀下因阴阳向背不同而色调亦有变化。仔细辨认,便知不是积雪,而是山的本色。天空一片澄蓝,偶有白云从山巅飘过,则不辨是云是山。

10月23日上午在人文学部讲学,听众中有来自北京、上海等地的中国留学生,提问很踊跃,我一一作答。答问毕,他们又一一拿出宣纸,请我题写唐诗、宋词,我为他们各写一个条幅,一一满意称谢而去。

讲学结束,由人文学部的一位日本小姐献上一束鲜花,全场热烈鼓掌。献花后在人文学部教学大楼前合影,前排右二是西冈晴彦教授,左二是桥本功教授,两边的是人文学部的负责人。

　　信州大学是日本老牌的国立大学之一,历史悠久,环境幽雅。每天清晨在校园里散步,花木明丽,楼舍洁净,地面无灰尘,空气无污染,远山如洗,晴空蔚蓝,真令人神清气爽。

　　10月25日用过早餐,西冈教授送我回东京亚细亚文化会馆,临别依依不舍。我是经历过抗日战争的人,初游东京,心存疑虑,而幸遇岩崎,对我照顾无微不至;去松本,又喜遇西冈,对我的深情厚谊尤令我有"知音"之感。真没想到,日本竟有这样的好人！因此,我给岩崎、西冈各有组诗相赠,下面是赠西冈的四首七绝：

华灯灿烂开华宴,锦馔琳琅出锦心。
论史谈诗同一醉,难忘松本遇知音。

相邀讲学颂中华,陪我游山入彩霞。
西袋池前同照影,霜林红胜杜鹃花。

美酒盈樽追北海,奇书满架羡西冈。
以书下酒浑忘饿,举案齐眉有孟光。

博览和文住松本,精研汉籍客长安。
日中友好传佳话,仙岛神州任往还。

射洪留影

1988年8月22至25日,在陈子昂的故乡四川射洪县召开"陈子昂国际学术交流会",我以中国唐代文学学会副会长兼秘书长的身份,参与此次会议的组织工作,并主持会议。出席会议的,有我国(包括台湾地区)专家及俄罗斯、乌克兰、日本、美国、瑞典、缅甸、马来西亚等国的学者一百二十余人,提交论文七十篇。

会议结束,我和主佑被接到南充四川师院讲学,该院院报以《著名学者霍松林来我院讲学》为题,作了详细报道:"……他那黑色眼镜后面不时闪烁着智慧的火花……他那踏实、纯朴的学者风度赢得了同学们的钦敬,敏捷、生动、深刻的议论掀起了学术报告会的一次又一次高潮,学术大厅内响起了阵阵热烈的掌声。霍先生为我院中文系的硕士点建设、巴蜀文化研究所的建立给予了热情的关心和支持。他这次来到我院,受到了学院领导及中文系师生的热烈欢迎……"

由于门人程瑞钊获博士学位后来到这所学院中文系任教,所以我和内子的确"受到了学院领导及中文系师生的热烈欢迎",不仅盛筵款待,而且由中文系主任照料,游览了阆中、成都、乐山一带的许多名胜古迹,最后游峨嵋山,直爬到金顶。

为谋发展求基地

1994年11月24日至27日,由国家教委主持的国家文科基础学科人才培养和科学研究基地评审会在京召开,我被聘为评委。当时我的首届硕士研究生马歌东任中文系主任,力劝我前往参加,我答应了。22日由他陪同,乘三十六次火车绕道山西赴京。上车后天气突变,寒雾乍起,入山西后夜间行车,寒冷难眠,但想到有机会为改善我系办学条件而尽心尽力,心里还是热呼呼的。

住进宾馆,已到会的和陆续赶来的评委们,多半是老朋友,有些以前虽未见面,但都神交多年,相见异常亲热。

数月前教委通知:文史哲三系有一个博士点或五个硕士点以上的,始可申报。从申报材料看,委属院校十五个中文系中,有七个博士点者两系、六个博士点者一系、四个博士点者一系、二至三个博士点者八系,我系只有一个博士点,处于明显劣势。教委确定评选原则为"扶重保强,合理布局"。我系非"重"非"强",不在"扶""保"之列,看来只能在"合理布局"上做文章。我抓住这一点,在评审会上作了半小时发言。开头说:"我系僻处西北,条件较差,从博士点的数量和教学设备的完美等方面来看,显然不能与兄弟院校的中文系相比;但是,我有充分理由,要求各位评委必须给我们评上文科基地。"接着申述理由,着重汇报了我系数十年来狠抓基础教育,在培养合规格的中学语文教师方面所做的大量工作。我如实地指出:我系毕业生虽然有分配在北京等地工作的,但百分之九十以上则遍布西北地区,为发展西北教育做出了不可磨灭的奉献。如今,西北的"孔雀"只想"东南飞",东南的"孔雀"还有多少愿意飞向西北? 实际上,广大西北地区的语文教师至今仍然主要靠我系培养,我系每年的毕业生人数众多,不仅大批走向陕西各地的工作岗位,还有不少人远赴甘肃、宁夏、青海、新疆甚至西藏。目前国家正大力发展西部,而发展西部的关键是发展西部教育。从"合理布局"的原则考虑,西部的中文系至少应有一两个文科基地,而我系在发展西部教育方面所肩负的重任是无法取代的,必须大力改善办学条件……

评审会上的发言是并不鼓掌的,而我的发言却赢得了热烈的掌声。

投票以后,教委文科处长、副处长立刻来到我房间,对我以古稀之年参加评审会表示感谢,谈话间喜笑颜开,十分兴奋。看来他们也是希望给西北地区的中文系评一个文科基地的,只怕条件较差,投票通不过。

总算不虚此行,为我工作四十多年的中文系争来了文科基地。

在回西安的火车上,我做了六首诗:

广育英才未敢忘,岂容西部久荒凉!
为谋发展求基地,破雾冲寒过太行。

京华重到喜盈杯,旧友新知次第来。
百校文科评甲乙,竟随强将夺金牌。

扶重保强观念新,图强争重费经营。
得来基地原非易,慎勿虚掷百万金。

育人先育品行高,金浪商潮不动摇。
继往开来肩重任,勿谋私利损风标。

教学先教好学风,精研博览跨高峰。
披荆勇辟新天地,致用须求济世功。

品学应知相辅成,薰陶涵养重力行。
昔贤时彦典型在,富国丰民献至诚。

珍贵的摄影

我保存了一张珍贵的照片,是 1990 年 6 月 29 日在北京人民大会堂所摄的《党和国家领导人与国务院学位委员会学科评议组第四次会议全体代表合影留念》。

我作为国务院学位委员会第二届学科评议组成员,于 1986 年 5 月下旬和 1990 年 6 月下旬,参加了两次学科评议会,评定中文学科的博士导师和博士授权点。1991 年任职期满,国务院学位委员会颁发了精美的金属纪念牌,中间的三行金色大字是:"向为建立和完善中国学位制度做出贡献的同志致以崇高的敬意。"下边的三行金色小字是:"霍松林同志:一九八五年至一九九一年任国务院学位委员会第二届学科评议组成员。特此纪念。"

我从 1987 年至今,已招收二十三届博士生。其中的大多数,获硕士学位后在高校工作多年,或任讲师,或提升副教授,然后才来投考,起点较高;不论是已获中、高级职称的,还是刚获硕士学位的,入学后都治学勤奋,夜以继日,所以博士论文质量较高,受到评阅论文的专家和答辩委员的赞许。

我有多年来自己奉行的几条格言,新招收的博士生刚入学,就讲给他们听,希望他们也能奉行。这几条格言是:

敦品以化人,勤学以致用。务求日有进益,问心无愧;力戒虚度年华,于世无补。

务实不务名,不愁有实无名,惟恐名不副实。

扶持真善美,鞭笞假丑恶。处逆境而坚韧不拔,处顺境而刚正不阿。

博古而不泥古,须求古为今用;学外而不媚外,力争外为中用。兼取古今中外之长,放宽眼界,扩展心胸,慎思笃行,自强不息,始能有新开拓,新建树。

我培养博士研究生坚持知、能并重,研究与创作相辅相成,要求他们能作文言文,会做诗填词。这一点,大多数都办到了。例如首届的邓小军、尚永亮、程瑞钊,诗词都做得很不错。邓小军临别,做《庚午夏毕业长安呈松林师》云:

渝州讲学得瞻依,叹是生公说法时。
诗史重溟亦传习,文心百世可宗师。
高情夫子深期我,大愿斯文更振之。
一曲骊歌何限意,青青灞柳万千枝。

旧雨新知会澳门

1996年1月,承澳门中国语文学会和澳门中华诗词学会邀请,我和内子胡主佑赴澳门进行学术交流。1月10日自西安飞抵珠海。由十年前跟我攻读硕士学位、现在珠海工作的门人戴宪生安排在海景宾馆住宿。11日下午,澳门中国语文学会理事长胡培周先生来珠海迎接,留宿一夜。12日早晨,戴宪生驾驶他自己的小车,送我们至澳门,住进胡先生事前安排好的花园宾馆十六楼。胡先生对我们多方照顾,无微不至,连续几天,陪我们游览了所有景点,参加了各种活动,为我们拍摄了许多彩照。其中一张是游澳门八景之一的"灯塔松涛"时所摄,背景是高矗于松山之巅的灯塔,我题了一首诗:

> 长鲸簸浪破边关,痛史重翻血未干。
> 频引夷船来镜海,尚留灯塔压松山。
> 回归更见风光好,开放方欣宇宙宽。
> 从此中葡隆友谊,花香四季庆安澜。

应邀赴澳门进行学术交流,各种报纸连续报道,电视台采访直播,友好相继宴请,倍增"血浓于水"的感受。为了铭记澳门同胞的深情厚爱,谨将澳门各报的报道摘录于后:

1996年1月9日《市民日报》以"应澳语文学会邀请陕大教授伉俪访澳"为题,作如下报道:

> 陕西师范大学文学研究所所长霍松林教授及其夫人胡主佑,应澳门中国语文学会和澳门中华诗词学会联合邀请,于本月十二日至十五日一连四天进行学术交流活动。
>
> 霍松林教授长期从事高等学校文艺理论和中国古代文学的教学、科

研工作,并培养硕士、博士研究生,成绩卓著。曾任中国国务院学位委员会第二届学科评议委员,中国唐代文学学会第一届副会长、第二至第五届副会长兼秘书长及会刊《唐代文学研究年鉴》主编,日本明治大学客座教授。现任中华诗词学会副会长,中国杜甫研究会会长,纽约四海诗社名誉社长,陕西诗词学会会长,美国国际名人传记中心研究员兼指导委员会副会长,堪称誉满中外。

霍教授著作宏富,已出版之专著有《文艺学概论》、《文艺散论》、《唐宋诗文鉴赏举隅》等二十多种,主编书籍有《万首唐人绝句校注集评》、《唐诗探胜》、《辞赋大辞典》等四十多种。其诗词创作《唐音阁吟稿》、《唐音阁诗词集》分别由大陆和台湾出版,在海内外有广泛影响。其夫人胡主佑教授亦为诗人及研究古典文学之专家。

澳门中国语文学会和澳门中华诗词学会特定于本月十四日(星期日)下午三时半至五时假座筷子基美居大酒楼举行唐代文学讲座,由霍教授主讲《唐诗和长安之关系》,欢迎各界人士出席。

同一天的《华侨报》以"陕西师大霍松林教授访澳,应诗词及语文两会办讲座"为题发表《特讯》,内容与《市民日报》报道大致相同。

1月13日《澳门日报》刊登了澳门中华诗词学会理事长冯刚毅先生的七律《呈霍松林教授伉俪》:

鸾凤偕鸣过九州,唐音缭绕碧空浮。
飞来峡里前年见,澳氹桥头此日游。
发带秦川川外雪,身随镜海海中鸥。
大儒至论当聆听,一代宗风踞上游。

1月14日《澳门日报》以"陕师大文研所所长霍松林夫妇访澳,今出席唐代文学讲座"为题,发表《本报消息》:

陕西师范大学文学研究所所长霍松林教授及其夫人胡主佑教授,由澳门中国语文学会理事长、澳门中华诗词学会监事长胡培周陪同,于前(十二)日自珠海来澳,将进行一连四天的学术交流活动。当晚七时,澳门中华诗词学会顾问林佐瀚假座葡京酒楼为霍松林伉俪洗尘,应邀出席的尚有佟立章、胡培周、冯刚毅、陈颂声、陈炳强、陈永盛等诗人、学者。席间谈诗论词,举杯畅饮,气氛融洽。

今(十四)日下午三时半,澳门中国语文学会和澳门中华诗词学会假座筷子基美居大酒楼联合举办唐代文学讲座,邀请霍教授为主讲嘉宾,主讲《唐诗和长安之关系》,欢迎各界有兴趣之人士参加。

同一天的《大众报》以"陕西学者莅澳交流,今午举行文学讲座"为题刊出《特讯》,内容基本相同。同一天的《华侨报》以"《唐诗和长安关系》讲座,霍松林今美居酒楼主讲"为题发表《特讯》,内容较详。

15日的《澳门日报》登载了我《呈澳门诗友》的七律:

图南万里豁双眸,好友相邀意气投。
横跨彩虹观镜海,笑迎红日上琼楼。
人文蔚起诗风盛,经济腾飞商战优。
愿与群贤挥健笔,金瓯一统颂神州。

17日的《澳门日报》以"陕西省诗词学会会长霍松林教授伉俪访澳五天,进行学术交流,昨返回内地"为题发表《本报消息》:

全国性的中华诗词学会副会长、陕西诗词学会会长、陕西师范大学文学研究所所长霍松林教授及其夫人胡主佑教授,应澳门中国语文学会和澳门中华诗词学会联合邀请,于本月十二日来澳进行学术交流活动,经已圆满结束,霍松林伉俪亦于昨天(十六日)离澳。

在澳期间,霍松林伉俪获有关方面及友好的热情款待。十二日晚七时,澳门中华诗词学会顾问林佐瀚假座葡京酒楼设宴为他俩洗尘。十四日下午三时,霍教授伉俪出席由澳门中国语文学会和澳门中华诗词学会联合主办的唐代文学讲座,当日出席者相当踊跃。讲座首由澳门中华诗词学会会长梁雪予致欢迎词,跟着由澳门中国语文学会理事长胡培周介绍嘉宾给与会者认识。霍教授在会上赠送其著作及主编书刊给主办单位,分别由澳门中华诗词学会会长梁雪予、澳门中国语文学会监事长林朗接受。霍教授又代表陕西师范大学文学研究所致送兼职教授聘书给澳门中国语文学会理事长胡培周。仪式结束后,霍教授在会上主讲《唐诗与长安的关系》,内容有论有据,深获与会者欢迎。当日下午六时半,两主办单位并在筷子基美居大酒楼设宴款待霍教授伉俪,出席者尚有两会理事、监事。

十五日晨,霍教授在《澳视晨彩》节目中接受访问。下午六时半,梁雪予会长在新海洋大酒楼设宴款待霍教授伉俪,双方谈诗论词,抚今追昔,逸兴遄飞。

霍教授夫妇在澳期间,还游览了澳门新八景和几个公园,观看了马赛、舞蹈,他俩对澳门印象颇佳,觉得不仅风景优美,而且文化活动丰富。在澳期间,又得遇新知旧雨,话旧谈心,感到收获甚丰,心情舒畅。希望今后西安、澳门两地加强学术文化交流,以收互相促进之效。

19日的《澳门日报》又发表了胡培周和谭任杰两先生的赠诗。谭任杰《呈霍松林伉俪用冯刚毅原韵》云:

振翮翱翔万里游,为敦兰玉访南州。
此行料必诗囊满,镜海西安喜结俦。

胡培周《奉和霍松林教授步冯刚毅韵》云:

当年请益在兰州,今喜鸾凤到澳游。
美景卢园宜探胜,斋堂普济好寻幽。
长虹镜海飞双翼,葡韵龙环集百鸥。
评说唐诗公最健,文坛主讲会群俦。

胡培周先生是老朋友,他为这首诗的第一句"当年请益在兰州"加了《注》:"1984年,余赴兰州出席中国唐代文学学会第二届年会,得以当面向霍教授请益。"冯刚毅先生也是老朋友,他在赠我的诗中说:"飞来峡里前年见。"1994年冬全国中青年诗人在广东清远开会,我应邀作学术发言。会上喜遇刚毅,与众诗友畅游飞来峡,内子偕行,曾合影于飞来寺前。此后应邀为他的诗集《镜海吟》作序,为他参编的《华侨报》撰文,常有书信往来。在澳门,他又邀请我们在他家里品茶、赏兰花。兰花是他自己培育的,名优品种无数,蔚为大观,为平生所仅见。施议对博士更早有交往,他几次来宾馆看望我们,邀我到他任教的澳门大学去讲学,我因实在挤不出时间,只得谢绝。至于《澳门时报》报道中所说的"致欢迎词"的"梁雪予"就是著名诗人和书法家梁披云先生,梁先生1927年在上海大学学习深受校长于右任先生器重,师生关系密切。其后梁先生远赴南洋,创办学校,发展教育事业,声誉日隆。抗日军兴,率团回国慰问前线抗日将士,卓有贡献。晚年居澳门,负责侨务工作,创立澳门中华诗词学会。我久闻其名而深以未能见面为憾。这次到澳门,一住进宾馆,便想前往拜访,而足未出户,梁先生竟以九十高龄先来看望。其后又主持讲座,致欢迎词,设盛宴相款。席间以于右任先生为话题,娓娓而谈,毫无倦容,就像相处多年、亲密无间的老朋友。我想,这大概是由于我们既有"文字因缘"、又有"同门之雅"的原故吧!我们都是于右任先生的学生,对于先生的深切怀念是一致的,这种关系和情感,便把我们联在一起了。他来宾馆看我,分手后我做了一首以《初抵澳门,欲谒梁披云词丈而先承过访》为题的七律:

    神驰镜海仰名家,笔舞龙蛇口吐霞。
    新建诗坛鸣盛世,曾挥铁腕救中华。
    南游忽枉高轩过,伟论频闻幕鼓挝。
    同忆髯翁思化雨,相期老树绚新花。

  在宴会上我把这首诗送给他,他读后说:"诗作得很好,只是我担当不起。"一别数年,好几次在中央电视台《新闻联播》中看到他,精神还那么健旺,感到很欣慰。
  16日戴宪生驰车来接,胡培周先生随车送到珠海海景宾馆。在深圳工作的门人小杨接到施议对教授的电话,于17日驰车接我们到深圳玩了几天,20日始回西安。
  河山永在,友谊长存。每看到胡培周先生为我们所照的照片,便想起在澳门受到的热情款待,便怀念澳门的亲朋好友和美丽风光。

黄帝陵前

我曾两次参加公祭黄帝陵的典礼。

1987年3月底,陕西省人大常委会委托我撰写祭黄帝陵文,我接受任务,4月初交稿。因此,4月5日举行的"丁卯清明公祭轩辕黄帝陵典礼",我有幸参加。

1996年清明节前,中央电视台记者来家,说他们要在公祭黄帝陵的当天向我现场采访,就黄帝其人、黄帝与中华民族、黄帝与中华文化、在桥山祭黄帝陵始于何时、现在祭黄帝陵有何意义等提出问题,请我一一回答,时间不超过十分钟,希望我作好准备,届时接我去黄陵。我感到时间短、问题复杂,不好谈,但还是接受了任务。后来看他们拍成的电视,其结构相当巧妙:把对我的采访分割为几个片段,穿插于各种镜头之间,组织得天衣无缝。据说向全国和海外播放,反响甚佳。各地亲友也纷纷打来电话,说他们在中央电视台的节目中看到我,侃侃而谈,神采奕奕。1993年6月14日,我在中央电视台第二套《诗书画坛》主讲《色彩传情——论诗的设色》,播放后也颇受好评,但和这次关于黄帝的采访相比,影响就小多了。

我还应邀为黄帝陵作了两副楹联,尚未刻制;为宝鸡的炎帝陵作了一副长联,已刻制悬挂;为合阳写了"帝喾陵"三个大字,已刻石立碑。作为炎黄子孙,深感欣慰。我为黄帝陵作的两副楹联之一是:

根在黄陵,五千年古柏参天绿;
泽流赤县,九万里春潮动地来。

以养竹喻育才

西安交大校园的东南角,曾经是唐代大诗人白居易的住宅。白居易在这里建有"东亭",种了一大片竹子,特意作了一篇寓"养才"于"养竹"的《养竹记》。西安交大是以善于"养才"蜚声四海的高等学府,自然对白居易的《养竹记》感兴趣,便请我书写,刻石嵌于壁间。就近新建一亭,请北师大启功教授书"东亭"匾额,刻制悬挂。绕亭移竹千竿,已长新叶。这就为百花争艳的美丽校园增添了人文景观。教师们来壁前观摩,考虑如何"养才";学子们来壁前阅读,考虑如何"成才"。效果之好,出乎校领导的意料。因此,1996年春天派人把我和老伴儿接去,由该校党政领导及有关教授作陪,游览"东亭"及校园各处,还参观了图书馆、博物馆,晚间盛宴相款。据跟踪录像录音制成的电视片,多次在该校播放。

我重点研究唐诗,对白居易有感情。我的大儿子有光和大儿媳利民在交大任教,孙子天翔和外孙天飞在交大学习,对交大有感情。白居易的《养竹记》由我书写刻于交大校园,我感到很高兴。

常德评诗

改革开放以来,传统诗词复苏,全国各省都成立诗会,创办诗刊,涌现出不少诗人,大多数都是我的诗友。但就我的感受而言,湖南诗风尤盛,诗人尤多,与我交厚者也多于其他各省。因此,我去湖南的次数和到过的地方也不断增加,南岳、回雁峰、洞庭湖、天心阁、岳阳楼、岳麓山、索溪峪、张家界、夹山寺、桃花源以及岳麓书院、船山书院等处,都留下了我和内子的足迹;而以常德关系最深,交游最广。1984年春,常德成立武陵诗社,我被聘为名誉社长。1987年暑假,常德举办"中华诗词武陵讲学会",有全国十九个省市的数百人参加,我与内子应邀主讲。这个讲学会的特点是专家讲演、学员讨论与诗词创作相结合,从而在理论和实践上都取得了可喜的成果。在此基础上,常德的同志编成《诗国沉思》,由文联出版社出版,我写了序言。

常德期间游索溪峪诸景点,我做了《宝峰湖放歌》等十多首诗,首先发表于《武陵诗词》,体现了我与常德的深情厚谊。

杨杰、刘先等常德诗友对振兴中华诗词不遗余力。继讲学会之后,他们又筹建《常德诗墙》。前人歌咏常德的诗词全部刻石,今人歌咏常德之作则需评选,于是组成了包括羊春秋、刘人寿、赖少屏、林从龙、丁芒、杨杰、刘先等十多位学者、诗人在内的评委会,而把评委会主任的荣誉送给我。

1996年初夏,在武陵宾馆开评委会,由我主持。由于评委们都是诗词里手,而羊春秋、林从龙、刘人寿诸先生尤其工力纯熟、才思敏捷,因而边评选、边修改,进度甚快而质量极高。往往一句之病,争先指出,一字之改,全场叫好,欢笑之声不绝。我数十年来主持过大大小小的上百次研讨会、评选会和改稿会,这是最愉快的一次。

评选结束,主人领我们去看已经竣工的春申楼和正在兴建中的常德诗墙。前人咏常德之作,已由书法家书写,刻石上墙;现当代人的诗词,则将据我们选出的作品陆续刻制。承蒙厚爱,我的《宝峰湖放歌》已经刻出,正待上墙,我和内子便立于两侧,拍下了珍贵的照片。

春申楼极高大雄伟,主人嘱我撰联,我于离开常德前交卷,录在这里:

争雄于战国四佳公子之间,稽古察今,审时度势。词源泻海,解储君久系长绳;辩口悬河,止敌将深侵劲旅。况兼筹策如神,指挥若定,救赵却秦师,越韩吞鲁邑。遂使宗邦气压鲸涛,威扬雁塞。独惜心灯半灭,枉死棘门;食客满堂,徒夸珠履。幸犹存歇浦申滩,怎说完街市繁荣,闾阎富庶。

挺秀乎江南三大名楼以外,雕梁画栋,碍日摩云。商贾凭轩,迎欧陆西来银翼;吟朋倚槛,咏洞庭东去飙轮。恰值振兴伊始,建设方殷,分洪弭水患,办学育楚材。且看沃野稻翻金浪,波卧虹桥。更添工厂千家,腾飞经济;诗墙十里,蔚起人文。纵复有屈骚宋赋,难写尽澧沅壮丽,兰芷风华。

盛会秦州说杜诗

1994年10月31日至11月3日,在杜甫故里河南巩义市召开了中国杜甫研究会成立大会暨第一次学术研讨会,学者云集,盛况空前。来自全国各地的代表们在选出首届理事和理事会领导成员之后,或宣读论文,或各抒己见,就杜甫研究中的重要问题进行热烈的讨论,而集中于弘扬爱国主义主旋律,将杜甫、杜诗的研究推向更高层次。

在中国杜甫研究会首届理事会上,我被选为会长,廖仲安、邓绍基、张忠纲、林从龙等被选为副会长,林从龙兼秘书长。聘请原中共河南省顾委副主任韩劲草同志等为顾问。

杜甫曾流寓秦州(今天水市),我是秦州人,与地方各界人士关系密切,所以由我联系,中国杜甫研究会第二次学术研讨会于1996年9月10至14日在天水市举行,主要研讨杜甫的秦州诗。这也是一次专家云集的盛会,从各个方面、各种角度对杜甫的秦州诗作了深入的研讨。著名学者如首都师大教授廖仲安、北师大教授邓魁英、山东大学教授张忠纲、兰州大学教授林家英、福建社科院研究员蔡厚示,厦门大学教授黄拔荆、香港著名诗人叶玉超、澳门大学教授施议对等,都作了精彩发言。

会议期间展出了《二妙轩碑帖》和我写的长篇序言,代表们赞叹不已。清初著名诗人宋琬任陇右道佥事时不仅为秦州百姓办了许多好事,还捐俸集王羲之等名家法书摹刻杜甫秦州诗,诗妙、字妙,后人称为《二妙轩碑》。沧桑屡变,碑石尽毁,今人已不知天水曾有此碑。数十年前,我于友人家见过拓本,为了配合这次会议,我向天水有关方面提供线索,终于找到了这个拓本并制成长卷,称《二妙轩碑帖》。现在又将拓本放大刻石,建成诗圣碑林,我另写短篇序言,刻石嵌于亭壁,为天水增添了人文景观。

天水的秋天十分明丽,开会期间,正是金秋季节,蓝天白云,艳阳红叶。而当前往参观麦积石窟艺术之时,忽然细雨迷濛,使代表们欣赏了"秦州八景"之一"麦积烟雨"的奇景。

伏羲庙里话唐槐

1996年9月11日,我陪同中国杜甫研究会第二次学术研讨会代表参观伏羲庙,天水电视台跟随录像。参观毕,记者就前院的唐槐向我采访,拍照留念。天水城区有很多古槐、古柏,古柏中最有名的,就是杜甫用"老树空庭得"一句歌咏的那株"南山古柏",为"秦州八景"之一。至于古槐,许多大街小巷都有,一般都在民宅大门旁边,数人合抱的老干参天挺立,青枝嫩叶,洋溢着无穷无尽的生命力。我在天水上初中时,罗家伦、高一涵、张大千诸先生因参观麦积石窟来到天水,都对大街小巷的古槐十分赞赏,提出要像对待珍贵的历史文物那样加倍保护。他们认为:天水是一座历史悠久的古城,那些有古槐存留的街巷,至少在唐代或唐代以前,就已经是现在这种样子了。

天水是"羲皇故里"。城区有伏羲庙,从后院的古柏和前院的古槐看,始建的年代十分遥远。在距城区数十里的渭河沿岸,也有与伏羲有关的许多名胜古迹,其中一座小山据说是伏羲画八卦的地方,故名卦台山,上有画卦台和伏羲庙。改革开放以来,海内外"龙的传人"纷纷来到天水寻根祭祖;随着"周易热"遍及五洲,天水的伏羲庙、画卦台以及与伏羲传说血肉相联的山川名胜、文物古迹,又吸引了无数中外学人,飙轮银翼,络绎而至。这就激发了天水人士研究伏羲文化的热情,成立了伏羲文化研究会,我被聘为名誉会长。十几年来,我应邀为城区的伏羲庙和卦台山的伏羲庙撰书了两副楹联,早已刻制悬挂;天水各界公祭伏羲时,我应邀撰写了祭文。1992年10月举办了首届伏羲文化研讨会,有海峡两岸的六十多位专家参加,提交的学术论文结集为《伏羲文化》一书,我撰写了序言。我是土生土长的天水人,无限热爱天水,在《祭伏羲文》的结尾我这样写道:

今逢盛世,中华振兴;同奔四化,岂甘后人?卦台效灵,麦积挺秀;羲皇故里,车马辐辏。陇右贤达,海外赤子;齐心协力,繁荣桑梓。人文蔚起,经济腾飞;工歌农舞,水美田肥。敬告太昊,用表决心;超唐迈汉,共建奇勋。

这便是我对故乡的衷心祝愿。

京都盛会说唐诗

　　1996年7月，日本国日中友好汉诗协会派吉艳秀女士送来热情洋溢的《邀请书》："今年，日中友好汉诗协会迎来了自1986年成立大会以来的创立十周年。作为十周年之纪念活动，将于11月24日举行国际汉诗交流会暨纪念庆典。届时，我们将邀请陕西师范大学文学研究所所长、中华诗词学会副会长霍松林先生前来作关于汉诗的讲演。先生不但是现今世界上最卓越的汉诗理论家，而且是杰出的诗人；不仅在中华人民共和国国内、而且在国际上也受到极高的评价。在此日中友好汉诗协会创立十周年之际，使日本汉诗界能聆听到先生的汉诗理论，这对于现代日本汉诗界来说，是最为渴望的事。基于以上认识，我们特发出这一邀请。"后面的署名是："邀请保证人日中友好汉诗协会理事长棚桥篁峰。"

　　棚桥先生寄来了往返机票和日程安排表，我按要求于11月19日飞抵名古屋，由棚桥先生和吉艳秀女士接到京都，住花园会馆二楼。20日上午，由小吉作陪，信步街头，至渡月桥摄影，过桥游岚山一带，归途又参观了妙心寺。岚山是京都的著名游览区，秋景尤丽，层林尽染，如锦似绣。妙心寺是日本禅宗大本山，万籁俱寂，惟闻磬音。下午由棚桥、小吉陪同，游二条城、清水寺和地主神社。二条城是当年的德川幕府，庭院幽深，花木明丽。清水寺中的三重阁为赤红色，鲜艳夺目。地主神社的"地主神"，并不是我国"土改"中被打倒的"地主老财"的幽灵，而是东洋的月下老人，专管人间爱情和婚姻，少男少女们虔诚祈祷，念念有词。清水寺以"清水"闻名，寺内清泉汩汩，据说一饮此水，便添智慧。我已是儿孙满堂的人了，只需酬谢"地主神"已赐良缘，用不着再祈祷什么；至于智慧，当然愈多愈好，所以小吉舀来一杯清泉，我也喝了两口。这一天，万里无云，天空蓝得不能再蓝，小吉一再惊喜地说："前些天老是下雨，我们都祝愿雨霁天晴，好迎接霍老。我们的祝愿还真灵，霍老一来，天就晴得这么好！我来京都多年，觉得京都的天空特别蓝，但还没见过这么蓝的蓝天，老天

爷也在欢迎霍老呀!"我夸她:"你的一张巧嘴真会说,说得好!"晚饭后回到房里,兴会淋漓,做了五首纪游诗:

京都迎我祝皇天,磨洗晴空格外蓝。
更把层林着意染,红黄碧绿绣岚山。

信步同游意适然,京都犹似古长安。
瓦房小巷通郊外,渡月桥边看桂川。

花园街畔妙心寺,东土禅宗大本山。
我慕儒家思济世,偶游禅境亦参禅。

德川幕府尚留名,功过千秋有定评。
庭院幽深花木好,得闲来访二条城。

摩天佛阁三重赤,映日枫林万树丹。
已有良缘酬地主,更添智慧饮山泉。

21日,由巨涛女士陪同游奈良,参观了唐招提寺、药师寺等处,清晨出发,日夕归来。京都士女爱好中国书法,托棚桥向我求书者甚众,22日上、下午都写字。23日是墨水篁峰吟咏会创立二十周年纪念吟咏发表会,几位会员登台吟诗,抑扬婉转,各臻妙境。最后由棚桥篁峰会长吟唱,有如九霄鹤唳,逸响遏云,赢得了经久不息的掌声。我做了一首《参加墨水篁峰吟咏会创立二十周年盛典赠会长棚桥先生》七律:

访华足迹遍神州,风雅弘扬第一流。
仁爱胸怀师李杜,治平理想慕伊周。
吟诗自创棚桥派,结社交欢墨水俦。
邀我远来襄盛举,日中友好共歌讴。

吟咏结束,时间尚早,棚桥要我就汉诗吟咏问题发表讲演,我讲了四十分钟,由小吉翻译。

  24日全天由我讲演。按他们的要求,我于两月前寄出讲稿,由棚桥、小吉等反复推敲,用日语译出全文。我讲演时,由小吉逐段翻译。上午讲题为《绝句的类型和作法》,下午讲题为《论诗的设色》。讲台右边墙壁上悬挂的,是我为日中友好汉诗协会创立十周年盛典所做的贺诗:

    一衣带水碧盈盈,千首诗传两岸情。
    大吕黄钟歌友谊,铜琶铁板唱和平。
    神州斗韵来东士,仙岛联吟迓汉朋。
    十载扶轮风雅盛,更迎新纪创新声。

北山纪游

由于日中友好汉诗协会创立十周年盛典和墨水篁峰吟咏会创立二十周年盛典都圆满成功,棚桥先生异常高兴,25日早饭后便自驾新车,邀我游览京都北山诸胜,小吉随行翻译。沿途景点繁多,美不胜收,每到一处,必观赏留影。其中的一张照片摄于小仓山顶,栏杆下面是万丈斜坡,霜林铺锦。坡底是蜿蜒曲折的保津川,在阳光下金光闪耀。对面层峦叠嶂,浮绿凝黛,一望无尽,影片中摄入一角。棚桥买了六个圆片,每人两个,据说向保津川投去,举凡贫困、灾祸、烦恼、疾病等等,便都随保津川流入大海,从此吉星高照,心想事成。先由我投掷,小吉眼明手快,抢拍了四个连续动作。我们游了一整天,都乐而忘倦。棚桥说:"我在京都生活了几十年,第一次碰上这么晴朗的天气,第一次看到这样蔚蓝的天空,第一次游北山,欣赏如诗如画的秋景,享受无穷无尽的欢乐。这一切,都是霍老带来的,但愿每年秋天霍老都能来。"小吉重复道:"但愿每年秋天霍老都能来!"

明天上午我就要到松本信州大学去讲学,晚饭后没有休息,做了几首诗记述我们的北山之游,并向棚桥、小吉告别:

诗坛盛典树新猷,绮丽北山结伴游。
画意诗情浓似酒,谈诗论画赏金秋。

轻车驶驶复停停,景点繁多数不清。
人在画中还入画,时闻突按快门声。

池前红叶耀晨曦,池后青山换锦衣。
迎我题诗夸美景,石人拱手鸟咿咿。

镜湖金阁浴金阳,松翠枫红槲叶黄。
风景亦如人艳秀,共留倩影傲群芳。

历阶直上小仓山,避暑离宫天已寒。
共享野餐尝美酒,满山红叶照朱颜。

三人各掷两弹丸,振臂高峰笑语欢。
贫病忧烦与灾祸,一齐抛向保津川。

大雅同追杜少陵,日中友好缔诗盟。
京都朗咏留佳话,艺苑千秋记姓名。

缓步轻车互唱酬,北山风物正宜秋。
一衣带水频来往,惟愿年年续胜游。

信大讲演

11月26日下午抵松本，住东急宾馆十八楼。次日在儿子家里午饭、休息。28日下午在信州大学讲演。

1996年11月27日的《朝日新闻》以《第六十八届信州大学中国文学谈讲会》为题登出消息："谈讲会将于二十八日午后一时在信州大学人文学部会议室举行，届时，将邀请中国古典诗研究家、中国陕西师范大学文学研究所霍松林教授作题为《中国唐代诗歌中的色彩语——以杜甫、王维、白居易为中心》的演讲。听讲自由，定员五十人。询问处：信州大学人文学部松冈研究室。电话（从略）"

28日下午一时谈讲会开始，下午四时结束。1996年11月29日的松本《市民时报》以《诗人也巧妙地使用色彩——中国霍教授在文学恳谈会上的演讲》为题，作了报道：

> 信州大学第六十八届中国文学恳谈会二十八日于松本市信大人文学部召开，中国陕西省西安市陕西师范大学文学研究所霍松林教授在会上作了题为《中国唐代诗歌中的色彩语》的演讲。
>
> 霍先生是中国古典诗研究的最高权威，作为书法家也很有名，现任中国唐代文学学会顾问，中华诗词学会副会长、西安书法学院顾问等职。霍先生此次是应邀参加于京都府召开的日中友好汉诗协会的演讲而来，之后应信州大学人文学部西冈晴彦教授之邀而参加本届恳谈会的。恳谈会除学生和教职员之外，也向一般市民开放。
>
> 先生在演讲中说："如同画家着意调色一样，诗人也巧妙地使用色彩效果。"在介绍杜甫、王维、白居易等诗人优秀作品的同时，说明了作为味外之味的色彩的丰富表现手法。
>
> 霍先生说："由于中国唐诗对于色彩的巧妙运用，得以表现出超越现

实的美,而于此也含蕴着诗人们希望现实也能如诗一般美的愿望……"

讲演结束后,被邀至人文学部办公室饮茶,聊天。学部长说:"信大古老的校歌中有'暮寂寥'一语,我们都喜欢它表现的幽美境界。请霍先生大笔书写,我们将装裱悬挂。"我提笔写了三个大字,并应邀署名,赢得热烈的掌声。下午六时许与人文学部的教职员们聚餐。聚餐前拍照。后排左一是松冈教授。左四是桥本功教授;前排左四是学部长,左二是西冈晴彦教授,左一是我的儿子有明。有明于1994年3月应信州大学人文学部教授之聘,讲授中国文学和训诂学,先聘三年,其后又续聘三年。我以《重访信州大学》为题,做了四首诗:

　　　　　信州讲学九年前,故地重游鬓已斑。
　　　　　幸有佳儿承父业,滋兰树蕙写新篇。

　　　　　扶桑俊彦大庠师,聚会听余讲汉诗。
　　　　　每遇探微阐奥处,解颐何异鼎来时。

　　　　　信大校歌"春寂寥",倩余书写树高标。
　　　　　围观教授齐拍手,窗外枫红似火烧。

　　　　　人文学部盛筵开,父子相偕入座来。
　　　　　老友新知频祝酒,睦邻桃李要勤栽。

随笔集　155

钟楼敲钟

钟楼耸立于东西南北四条大街的交汇处,是西安市的雄伟标志。十年前我曾应邀撰写长联,已刻制悬挂于楼内:

八水绕西都,自轩圣奠基而后,周龙兴,秦虎视,汉振天声,唐昌伟业,猗欤盛哉!赖雍土滋根,繁荣华胄,历五千年治乱兴衰,古国犹存,继往开来扬正气。

四关通异域,迨清廷败绩以还,俄蚕食,日鲸吞,英驱海舰,美纵骄兵,呜呼危矣!喜延河秣马,再造神州,集十亿人经营创建,新风蔚起,图强致富展宏猷。

这副长联,近年出版的多种《名联选》都收了。山东友谊出版社出版、周汝昌先生任顾问的《中国名胜诗联精鉴》还附有中肯的评析:"西安钟楼位于古城中心,画栋飞檐,碍日摩云。此联写登楼四望,神思飞跃,收雍州山河于眼底,现中华历史于笔端。上联以'八水绕西都'领起,先为西安钟楼定位,写登楼所见的地理形胜,而历史变迁亦蕴含其中……下联也由登楼所见写起,却自近而远,从'四关'通向异域,写列强侵华史,然后从本地风光中拈出'延河',写出了中华民族振兴史……本联历史与地理统一,时间与空间叠合,自然景观与人文景观融为一体,平仄谐调,对仗精工,意境深沉,气势磅礴,词采美与音乐美互补,具有震撼人心的艺术力量。"

长安以钟鼓报时,起源甚早。现在的钟、鼓楼,始建于明洪武年间,晨钟暮鼓,为市民报时。自西方钟表传入我国,钟、鼓楼也就徒有其名。改革开放以来,大力弘扬传统文化、市文物局乃复制景云钟悬于钟楼,新制巨鼓置于鼓楼。1997年阴历正月初一举行盛大仪式,击鼓鸣钟。我应邀于半年前撰写《钟鼓楼新制洪钟巨鼓记》,已镌刻嵌于钟楼、鼓楼壁间,因而我和主佑及几个孩子都被邀请参加了这次仪式,登鼓楼击巨鼓,上钟楼敲洪钟。又承记者跟踪采访,录像、录音,现场直播,给我们的新年增添了喜庆气氛。

为振兴中华诗词效力

全国第十届中华诗词研讨会由云南省老干部诗词协会和昆明市老干部诗词协会承办,于 1997 年 10 月 17 日至 21 日在昆明召开,我受委托任组委会主任,在开幕式上作了《开创吟坛新局面》的主题发言,发言稿刊于《中华诗词》1997 年第 6 期,收入岭南诗社编印的《当代诗词论文选集》等。会上的重要发言和代表们提交的论文,由承办单位选编出版,我任编委会主任。

每年由某地承办,举行一次全国性的诗词研讨会,是中华诗词学会为振兴中华诗词而做的有效工作之一。大量工作是其他同志做的,我也参与其事。第八届研讨会在银川召开后由秦中吟先生主编、出版了《中华当代边塞诗词精选》,我写了长篇前言。第九届研讨会在重庆召开,我在闭幕式上作了总结发言。第十一届研讨会于 1998 年 8 月在新疆石河子市举行,我任组委会主任,致开幕词。

改革开放以来,诗会、诗社、诗刊,有如雨后春笋,中华传统诗词顿现振兴之势。"国运兴,文运隆",诗词创作与开放同步,必将迎来中华诗史上的又一次高潮。我从幼年至今,一直热爱诗词,甘愿为促进高潮的早日到来有所奉献。

弘扬祖德拓新宇

1998年4月,应邀参加了"戊寅清明合阳祭扫帝喾陵"的盛大典礼,讲了话。典礼结束后拍摄了一张相。

合阳有深厚的传统文化积淀,改革开放以来,经济发展也比较快。每一村庄的所有男女老幼,都身穿彩服,编为老汉队、老婆队、学生队、青年队,或舞龙灯,或舞狮子,或踩高跷,或抬花轿,或划彩船,或舞红绸,应和着锣鼓的节拍,从四面八方的田间小路上向观礼台前涌来,依次表演精彩的节目。如果向全省全国现场直播,广大观众必会对合阳民间文艺活动的丰富多彩赞赏不已。

游风景如画的洽川镇时,大家挥毫赋诗,我写了四句:

洽川胜境久闻名,百劫犹存帝喾陵。
祖德弘扬拓新宇,中华文化播寰瀛。

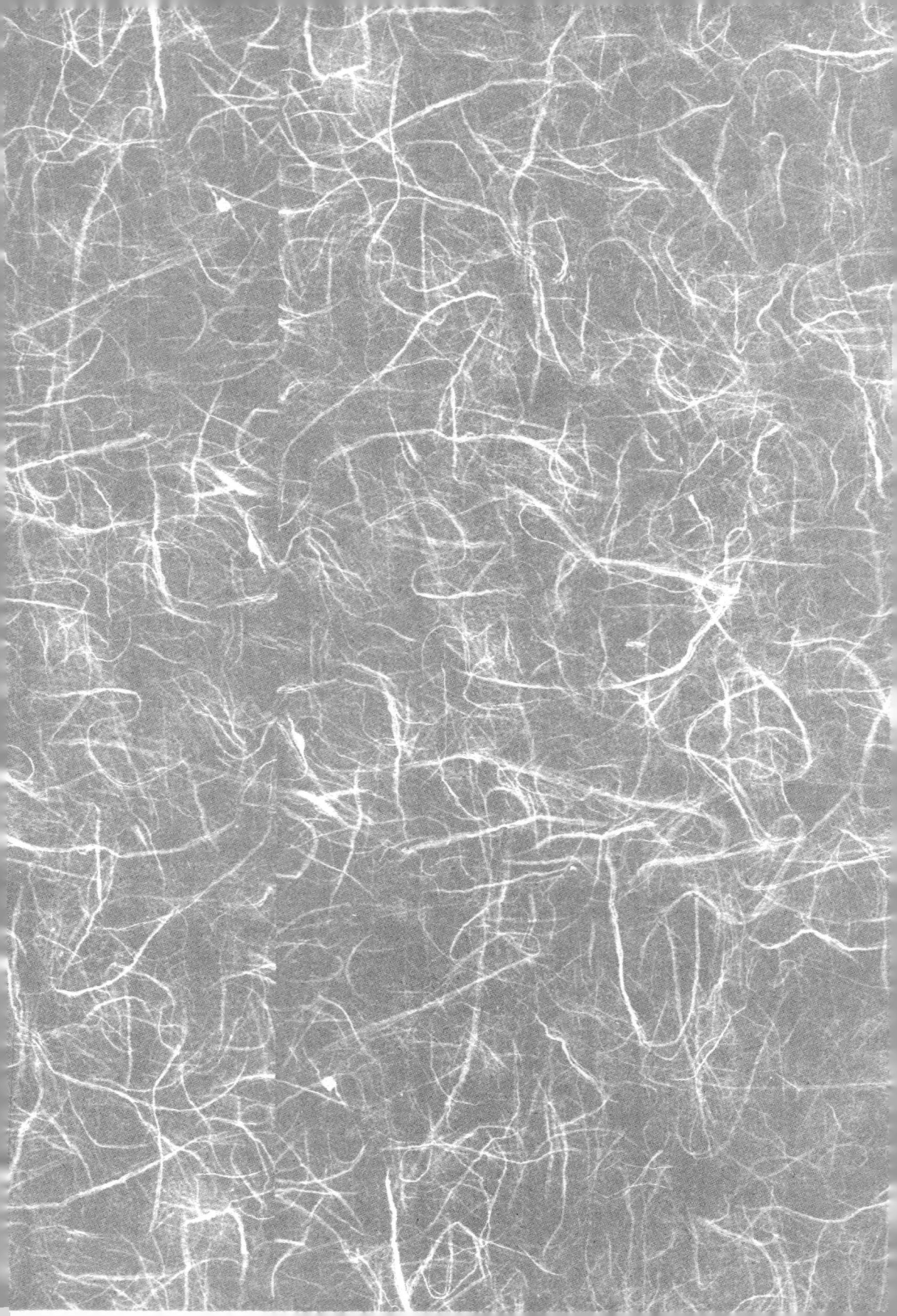

谈书论画

茹桂的书法和书论

书法是一门有着浓郁的东方情调的民族艺术。它把造化与心灵相凝合，变具象为抽象，化物态为情思，具有独特的审美感染力。我虽不是专搞书法的，但对这门艺术很感兴趣，古今名家的书法作品和有关论著，我都喜欢欣赏、阅读。

茹桂同志的《书法十讲》，我在它1980年刚刚出版时已经看过。由于纲目精当，论述得其要领，既博采众长，又独抒创见，加上文笔流畅雅洁，所以留下的印象也比较深。但是，正如有些评论文章所提到的那样，图版太少，某些章节的论述也嫌过于拘谨和简括，使潜心于书法研习的读者有未能尽兴之憾。倘有机会作较大幅度的增订，就更能满足群众的需要。

才过两年，他便把增订稿给我看，并约我写序。我翻阅了一下，高兴地看到，他对原书的优点作了充分发挥，又增添了不少新的内容。不仅对书法的用笔、施墨、结字、布局等基本技法以及学习书法的步骤等，作了较为详细的介绍，实践性较强；而且对书法艺术的本质、源流体变、风格流派、书家"字外之功"的修养，以及书法的创作与欣赏等，都作了比较系统的论述。图文并茂，详略得宜，深入浅出，娓娓而谈，使人在轻松愉快的阅读中领悟到书法艺术的基本规律，陶醉于书法艺术的感情美和艺术美。看后喜赋一律：

苍茫一画辟鸿濛，伟矣笔参造化功。岳峙川流心摄象，鹏抟虎跃腕生风。艺舟赖此传双楫，草圣从渠越九宫。四美新铺天样纸，且看墨海舞蛟龙。

我认为，要获得这样的效果，并不容易。而修订稿的可贵之处，正表现在这里。尽管它并非"十全十美"，无瑕可指，但著者已经取得的成就和为此付出的辛勤劳动，都是值得赞许的。

我和茹桂同志相识,是从 1959 年他由西安美术学院来陕西师范大学中文系进修时开始的。当时他二十来岁,能绘画,又写出一手遒劲洒脱的毛笔字,对于文学方面的领悟也相当敏感。刻苦勤奋,善于思考,求知欲望很强,是我上课时认真的听讲者和课余经常接待的提问者之一。后来他回西安美术学院,先后担任古典文学、艺术理论的教学工作,仍经常带着备课中遇到的问题来和我商讨,那种一丝不苟的认真态度实在令人感动。我们的话题,往往以诗词书画作为高潮而兴致勃勃地结束。他始终保持着对书法的临习、欣赏和研究。他在兼任书法课的教学之后,更穷年临池,沉酣其中,苦乐备尝,逐渐地形成了自己的风貌。因此,他的书法作品在国内书法爱好者中有着广泛的影响,在国外也受到好评。这些实践经验,为他理论上的总结和探索提供了坚实的基础。现在,他在这个基础上广泛吸收了文艺理论以及绘画、诗词、音乐、舞蹈等姊妹艺术的滋养,从它们相互联系的边沿中为读者划出了一条书法艺术探幽揽胜的途径。增订稿中有一幅附图,是茹桂同志书写的自作诗一首。全诗如下:

　　陶情寄意砚池春,无私有品自通神。华吐玉毫歌盛世,文扬正气净俗尘。

　　这既是对十一届三中全会以来大好形势的热情赞颂,也反映了他的精神境界和他作出成果的动力。茹桂同志正当盛年,我相信他一定会再接再厉,精进不已,为祖国传统书法艺术的繁荣,为社会主义精神文明的建设,做出更多贡献。

1983 年 5 月

谈李成海的书法

汉字具有实用与审美两种功能,但在某些具体情况下,却二者不可得兼。比如小学生的作文本,老师能够认得上面的字,从而读懂文章,这就算有实用功能。但审美功能一般还不具备,除非那字出于经过特殊培养的儿童书法家之手。相反,例如日本前卫派书法和国内"书法热"中涌现出来的某些赶时髦的书法,实用功能已荡然无存。审美功能有多少,则不敢妄谈。仁者见仁,智者见智嘛!

几十年来,我的岗位工作是教学和科研,上课写板书,回家爬格子,都力求字迹清晰,好让学生、编辑一看便能认清。近些年来,偶尔也应邀滥竽书法展览,但由于喜欢写自己的诗词,而且希望观众能够了解我的诗词的遣词、造句、属对、布局及其所表现的情思、意境和韵味,所以力求字字都好认,顾不得在造型方面玩花样。书法是一种艺术,审美功能乃是它的命脉所系。像我这样一直打不破"实用"框框的人,当然是不敢望书法家的项背的。正因为这样,每遇到书法家要我为其书法作品题词或作序,便感到很为难。我虽然只"写字",却也爱书法,读碑、读帖、看今人的书法作品,也是忙里偷闲时的一种娱乐。李成海先生的书法作品,我陆续看过一些,留有深刻的印象。我私下认为:他是我省极有潜力的几个中青年书法家之一。因此,当他要我为其书法集作序时,我便一反常态,满口答应了。

我认为成海有极大潜力,一是因为他来日方长,二是因为他自学成才。有些人从小学读到大学毕业,考试成绩也不错,但并无多大成就。这就是因为他们只学老师讲的那些东西,吃现成饭;未能发挥学习的主动性、积极性和创造性。学习,归根到底是靠自己。我有幸上过名牌大学,从名教授那里学了不少东西,但更多的东西还是自学得来的。成海正当盛年,而自学早已成才,其求知欲之强,其学习的主动性、积极性、创造性之高,是不言而喻的。乘胜前进,锲而不舍,其前途远大,难道还有什么疑问吗?

成海幼年开始学书法。后来又得到陈少默、程克刚先生指点,遍临北碑,旁及金石、甲骨、瓦当等多种文字,数十年不稍辍。其书法兼擅各体,勇于创新,尤以行草书见长。行草书以北魏体济形而稍参隶意,雄强苍厚,跌宕阔辟,如古衣冠壮士扬尘舞蹈,气势恢弘,且有强烈的节奏感,于古今行草书中独辟蹊径,自具面目,体现了作者独特的审美趣味和艺术个性。难怪历参国内外各种展览,备受赞扬,且被多处碑林刻石、多种书法专集收载。

《南史》卷三十三《张融传》有这样一段记载,齐高帝对张融说:"卿书殊有骨力,但恨无二王法。"张融回答:"非恨臣无二王法,亦恨二王无臣法。"从强调独创性的角度看,张融的话不无道理。但独创如果建立在兼取众长的基础上,便能获得更圆满的结果。二王是兼取众长的,只可惜他们比张融早生一百多年,不可能从张融那里学到什么"法"。至于张融,则完全有条件从二王的书法中吸取营养,他却不屑一顾。其书法的艺术生命并不长,这也许是原因之一。清嘉庆、道光以前一直崇尚法帖,学行草的人无不取法二王。阮元首倡"北碑南帖论",认为"短笺长卷,意态挥洒,则帖擅其长;界格方严,法书深刻,则碑据其胜"。颇能兼顾碑帖各自的优点。包世臣、康有为则偏重北碑,崇碑之风,因而大盛,至今方兴未艾,"非恨臣无二王法"的书法家已不罕见。当然,专攻碑学,完全可以成名成家,但如果向碑帖交融互补的方向迈进,则其书法便有可能获得刚柔相济、奇正相生之美,少一些剑拔弩张,多一些蕴藉和神韵。成海主要走的是碑学的路子,已经做出了可喜的成绩。如前面所说,他正当盛年,来日方长,以后的路子怎么走,关系到他的极大潜力能否充分发挥,以成海之颖悟,必能作出确当的抉择。

关于书法的"书",许慎在其权威性著作《说文解字》的《序》里下了一个定义:"著于竹帛谓之书,书者,如也。""如"什么,他没有说。段玉裁在《说文解字注》里解释道:"谓如其事物之状也。"刘熙载在《艺概·书概》中进一步解释道:"书,如也。如其学,如其才,如其志。总之曰:如其人而已。"不难看出,段氏是就客体方面立论的,刘氏是从主体方面阐发的。毫无疑义,对于书法来说,主体更起决定作用。看成海这些年的书法,已经充分显露了他的学、他的才、他的志。他方当盛年,来日方长,他的学、他的才、他的志,都将不断扩充,不断提高,不断发展,日新月异,未可限量。到了他"人、书俱老"的时候,请大家再回头来印证我所说"他有极大潜力"的话,便相信我这个人还不曾为时下的"流行病"所感染:既胡吹,又乱捧。遗憾的是,到那时我已年逾百岁,即使还健在,大约也看不真、听不清了。

1996 年 1 月

谈毛选选楷书《秦州杂诗》

前不久，友人送来一册《毛选选楷书毛泽东词》。看那楷书，雄伟、厚重，颇引起我注意，以为出于老书法家之手。才过两月，便收到毛选选君的长信和几本手书字帖。读完长信，惊喜地了解到他原来是我的一位年轻老乡，生长于天水市清水县的农村。刚上初中一年级，便因"文革"爆发而辍学。后来参军，受训练，打山洞，学机要业务，干岗位工作，够忙的；但一直坚持自学，至1990年，已考完了中文、新闻两个专业的全部课程，具有相当高的文化素养。而且，他从1960年至今，临习王、颜、欧、柳等十数家的碑帖及某些魏碑，对颜真卿的《多宝塔》、《东方画赞》、《勤礼碑》、《麻姑仙坛记》、《告身》、《颜家庙》等用力尤勤，已写得一手雄浑、朴厚的颜体楷书。

选选身在京华而心系故园，特用颜体楷书全录杜甫的《秦州杂诗》，用以寄托怀乡恋土的深情。因为我也是天水人，所以寄了来要我写序，准备出版。我欣赏他的书法，重温杜甫的《秦州杂诗》，不禁神驰故里，心潮澎湃。

《秦州杂诗》是杜甫秦州诗中的代表作。这是包括二十首五律的大型组诗，题材广而命意深，对秦州的山川城郭、名胜古迹、风土物候、民情俗尚、关塞驿道、田产村落、草木鸟兽等作了生动的描绘，使得千百年来凡是读过杜诗的人都对秦州留有难忘的印象；而时局之动荡，民生之艰苦以及诗人伤时厌乱、爱民忧国之激情，俱洋溢于字里行间，动人心魄，其艺术表现力之强，达到了惊人的高度。如第七首，首联"莽莽万重山，孤城山谷间"，仅用十个字便活画出秦州城的险要形势，读之如亲临其境。次联"无风云出塞，不夜月临关"，真可谓状难状之景如在目前！"无风"，写人在"孤城"中的感受；"云出塞"，则写高空景象。高空云移，表明有风；而"孤城"在"莽莽万重山"的"山谷间"，风被山阻，故城中"无风"。那条"山谷"乃东西走向，故西日初落，东月已升，"不夜（未入夜）月临关"五字，写秦州的独特风貌，何等传神！更值得注意的是：诗人并非单纯写景，而是以景托情。安史之乱后，吐蕃乘机侵夺河西、陇右之地，秦州已接近边防前线。诗人见无风而云犹出"塞",不夜而月已临"关",其忧心"关"、"塞"安危的深情即随"云出"、"月临"喷涌而出,故后四句即写长望"烟尘"而慨叹"属国"未归、"楼兰"未斩。仅举一首为例,便可窥见《秦州杂诗》所达到的艺术境界。

《秦州杂诗》的杰出成就还表现在格律方面,其主要特点是句式多变,音律多变。

五律在初唐已基本定型,有一整套格律要求,盛唐名家的五律都是符合格律要求的。《秦州杂诗》在符合格律要求的基础上求变求新,使得五言律诗的格律更其精密而又富于弹性,更有利于抒情言志,充分发挥诗人的艺术创造力。千百年来,学律诗的人往往把《秦州杂诗》视为典范教材,并非偶然。

清初大诗人宋琬在秦州(今天水市)作官,集王羲之等名家法书摹刻杜甫秦州诗,被赞为"二妙"。刻石已毁,而拓本《二妙轩帖》,尚有一部存乡前辈周酉山家,我早年见过,大约是海内孤本。童年随家父谒秦州孔庙,见壁上嵌有《秦州杂诗》刻石,字大不及寸,工楷,记不清书者为谁。历经浩劫,今已荡然无存,亦无拓本传世,很可惜。

天水文风,向称极盛,读书人多能诗善书。据我幼年所知:天水人学作诗,多从杜甫秦州诗入手;学书法,多从唐楷、特别是颜真卿的楷书入手。这当然是数十年前的情况,后来传统文化不受重视,能诗善书的人也就日渐稀少了。近十多年来,随着改革开放的春风,举国兴起了诗词热和书法热,天水也不例外。我相信,《毛选选楷书杜甫秦州杂诗》出版,必将受到全国诗词界和书法界的普遍欢迎,更会受到天水乡亲们的热烈欢迎。

1994 年 2 月

谈《二妙轩碑帖》

中国被誉为诗国,其诗歌艺术蜚声宇内,而唐代伟大诗人杜甫,则是公认的诗圣。中国是书法艺术的家乡,其书法精品光耀五洲,而东晋伟大书法家王羲之,则是公认的书圣。那么,如果能把杜甫的诗歌艺术与王羲之的书法艺术结合起来,将会给人们提供多么丰美的审美享受!然而王羲之比杜甫早生三百九十一年,怎能起死回生,让王羲之书写杜甫的诗歌呢!

令人惊喜的是:在天水,竟然创造了把杜甫的诗歌与王羲之等名家的书法合二而一的奇迹!那就是二妙轩碑。奇迹的创造者,是清初著名的诗人宋琬。

宋琬(1614—1673)字玉叔,号荔裳,山东莱阳人。顺治四年(1647)进士,历官户部主事、芜湖抽分(主管税务的官)、吏部郎中、陇右道、永平道、绍宁道、浙江按察使、四川按察使等,所至有善政。一生坎坷,曾两次被诬陷下狱。他"少负异才",十八岁"即以辞赋文辞屈其曹偶,每一篇出,学者视若虬珠拱璧"。任吏部郎中时,与聚集京师的文人施闰章、严沆、张文光、赵宾、丁澎、陈祚明等唱酬,时称"燕台七子"。诗与安徽宣城施闰章齐名,合称"南施北宋"。神韵派领袖王士禛评论道:"康熙以来诗人,无出南施北宋之右者。"(《池北偶谈》卷十一)有《安雅堂集》传世。

宋琬出身于世代书香的名宦之家。高祖宋黻,明中叶进士,官至浙江副使。父宋应亨,天启五年状元,官至吏部郎中。其近房族人如宋继登、宋琮、宋玫等,既是显宦,又以诗文名世。特别值得一提的是:宋琬的家世有做清官良吏的传统。他以这个传统为荣,曾说"先人俱出牧,清白是良弓"(《送侄稼庵之兴安令》)。

他父亲任清丰(今属河南)知县时,除豪强,兴教化,百废俱举,去职后百姓建"益咏堂"纪念他。每逢他的生日,"士女醵金为社,会陈百货于祠前,三日乃罢"(民国《莱阳县志》卷三《宋太仆应亨传》)。顺治十年(1653),宋琬第一次被捕出狱后出任陇右道佥事,赴任途中,专程访问清丰,在"益咏堂"前受到隆重的接待,"四境之民,络绎奔会,携持幼稚,罗拜于庭"(《先太仆画像记》)。宋琬深受感动,乃"益自刻励,期不坠先绪"(《山东通志·人物志·宋琬》)。并且"誓言守遗教,敢令官方乖!庶以清白风,稍酬罔极哀"(《先大夫讳日》)。

宋琬任陇右道佥事,衙署驻秦州(今天水市)。当他以满腔热情用减轻赋税、奖励生产的办法开发这片地区之时,却不幸于次年六月发生大地震。他在顺治十四年(1657)离任时所作的《丁酉春赴任北平留别秦州守姜继海》诗中追叙道:

维时值天灾,厚地忽而裂。可怜半秦民,骨肉毙陶穴。板屋尽丘墟,坚城无遗堞。余也对残黎,呼天眼流血。

宋琬目睹惨状,忧心如焚,一面向上级求救,一面毁家纾难,"出家财,从莱阳邮致,以恤其灾"(王熙《宋廉访琬墓志铭》),并捐献薪俸,重修城垣。他离任后,秦州百姓为他建生祠,刻石留像,以资纪念。30年代末至40年代初,我在天水上中学,盛夏之时,节假日去城南水月寺纳凉赏荷。距荷池东北不远,便是高悬"宋荔裳先生祠"匾额的祠堂。祠堂的对联,由于多次背诵,至今还能记得:

北枕坚城,劳公百堵经营,不放山云低度;西襟萧寺,为我一池写照,顿教水月空明。

时隔半世纪,这一切都为新的建筑物所取代。今天的年轻人,已不知道天水曾经有一个被赞为"桃花世界,杨柳楼台",风景优美的水月寺,更不知道有一位曾为天水人做过好事的清官宋琬。

宋琬在天水干的另一件好事便是捐俸摹刻杜甫的秦州诗。

秦州城西北的玉泉观,原有杜甫祠(与李白并祀,名"李杜祠"),已倾圮,宋琬整修一新,并取杜甫流寓秦州诗,聘请擅长钩摹之技的皋兰张正言、张正心集王羲之等古人的书法,刻石三十四块,"爰建一亭,列石于其壁"。宋琬作《杜诗石刻题后》,后署"顺治丙申秋七月,东海宋琬题于天水之尚伦堂"。顺治丙申,即顺治十三年(1656)。

不知什么缘故,这批杜诗石刻才逾百年,已荡然无存。乾隆四十九年

(1784),秦州知州华山王宽卸官寓居使院,偶至西关僧舍,见阶前捣衣石有字,仔细辨认,知为宋琬摹刻杜诗,真是大喜过望,便移嵌使院壁间,系以诗,颜曰"二妙轩"。其诗云:

淳化摹天宝,风流宋荔裳。诗遗百六字,碑获十三行。藤瓦东柯杜,鹅笼东晋王。千秋称二妙,零落赞公房。

首联大意是:宋琬集《淳化阁帖》字摹刻杜甫的秦州诗,真可谓文采风流。宋太宗于淳化三年(992)出秘阁所藏历代法书,命侍书学士王著编次、摹刻,称为《淳化阁帖》,简称《阁帖》。天宝(742—756)是唐玄宗年号,杜甫的许多诗作于天宝时期,故此处与"淳化"这个年号对偶,指杜甫的诗。但杜甫的秦州诗,则作于天宝以后的肃宗乾元二年(759)。次联是说王宽发现的这块石碑上有十三行、一百六十字。为什么不把"百六字"解释为一百零六字呢?因为这块石碑上刻的是《秦州杂诗》二十首中的四首诗;四首五律,当然是一百六十字。第三联是说这块石碑上的四首杜诗,是集王羲之的字摹刻的。杜甫流寓秦州,曾在东柯谷居住,咏东柯谷的诗,有"对门藤盖瓦"之句,故称杜甫为"藤瓦东柯杜"。王羲之喜爱山阴道士所养的鹅,为道士写《道德经》,笼鹅而归,故称王羲之为"鹅笼东晋王"。尾联上句,是说集王羲之字、刻杜甫秦州诗,堪称千秋"二妙"。下句是说宋琬所刻的三十四块诗碑不幸散失,只有这一块零落在西关僧舍。赞公原是长安大云寺主持,与杜甫友好,后来因受房琯一案的牵连,被贬到秦州,住在州城东南五十里的西枝村,杜甫到秦州后专程往访,作有《宿赞公房》诗,故此处借"赞公房"指僧舍。

使院既废,这块诗碑不知何时被移嵌于孔庙明伦堂西壁,并且多出三块,上面刻的诗,有《秦州杂诗》中的四首及《月夜忆舍弟》、《示侄佐》、《佐还山后寄三首》、《废畦》、《除架》、《西枝村寻置草堂地夜宿赞公土室二首》,共五十六行。可惜沧桑屡变,这四块诗碑也不知去向。

改革开放,百废俱兴。天水市委、市政府的领导同志在狠抓物质文明建设的同时狠抓精神文明建设,决定筹建诗圣碑林。筹建组的同志广泛搜求关于杜甫秦州诗的先贤书迹,先后获得王铎、何绍基、于右任诸家的墨宝。而最令人兴奋的是竟找到了一个完整的宋琬《杜诗石刻》拓本。经鉴定,这是初拓,装裱为长卷,高0.24米,长15.16米。卷首为杜甫造像和宋琬隶书像赞;其后分

《杜甫流寓诗》第一、第二、第三、第四四部分,共六十首;最后是党崇雅等六人的跋和宋琬的《杜诗石刻题后》。

杜甫陇右诗今存一百一十七首,宋刻仅二分之一强,但对杜甫研究已颇有价值。例如《鹦鹉》,仇兆鳌《杜诗详注》等通行版本都编入夔州诗,宋琬则刻入秦州诗。按陇右出鹦鹉,《鹦鹉》与秦州诗中的《归燕》、《促织》、《萤火》、《蒹葭》、《苦竹》、《除架》、《废畦》、《病马》、《蕃剑》、《铜瓶》等皆咏物寓意,风格相似,当作于同时,宋琬自有所据,必非误刻。《秦州杂诗》第三首第七句,通行版本都作"胡舞白题斜",宋刻"胡"作"羌"。秦州当时多羌人,作"羌舞"更确切。第四首第一句,《杜诗详注》作"西使宜天马",注引《汉书》张骞出使西域事,今人多从之;宋刻则作"南使宜天马"。据《寰宇记》、《开山图》、《水经注》等书记载,秦州产名马;又据《元和郡县图志》及《新唐书·兵志》,唐代牧马官分东、西、南、北四使,秦州在"南使"管辖范围,开元以后,陇右牧马甚众,每以"万匹"计算。细玩此诗,正咏秦州牧马情景,与汉代西域"天马"无涉,开头自应作"南使"。其他可供参酌之处尚多,限于篇幅,不一一列举了。

从书法艺术的角度看,杜甫秦州诗石刻尤有价值。

集王羲之字始于初唐。玄奘奉诏翻译佛经,唐太宗作序(即《圣教序》),太子李治作记。序、记和太宗答敕、太子答笺,玄奘所译《心经》,由当时书法家弘福寺僧怀仁从唐内府所藏王羲之遗墨中集字刻石,世称"王圣教"。王世贞云:"《圣教序》虽沙门怀仁所集书,然从内府借右军(王羲之为右将军,世称王右军)行书摹出,备极八法,真墨池之龙象,《兰亭》之羽翼也。"又云:"《圣教》书法,为百代楷模。病之者第谓其'结体无别构,偏旁多假借',盖集书不得不尔也。"

怀仁集字法,此后亦有人仿效,如宋僧怀则集右军书刻《摄山栖霞寺碑》,即是一例,但未见刻唐诗者。宋琬集右军等古名家法书刻杜甫陇右诗,仍属创举,亦是壮举。

与怀仁摹刻《圣教序》相较,宋琬摹刻杜诗有几个特点。

怀仁只集右军书,宋琬则以右军书为主而扩大范围,故其《杜诗石刻题后》称"集古人法书勒之石",乾隆《直隶秦州新志·名宦·宋琬》称"集兰州《淳化阁》及西安碑洞中晋人帖书杜甫秦州诗勒诸石"。其取材范围既广,便有更大的伸缩余地。

《圣教序》集右军真迹,当然是最突出的优点。然自咸亨三年(672)刻石以来,捶拓无虚日,字画渐浅渐细,风神日减,而且宋以后碑石中断。宋拓本尚精美,然已寥若晨星。杜甫秦州诗就《淳化阁帖》(共十卷,后五卷为二王书法)集字,而万历四十三年肃王府在兰州翻刻的《淳化阁帖》,系"从宋拓原本双钩上石"(倪苏门《古今书论》),笔势遒劲奔放。宋琬摹刻之时,兰州阁帖尚未失真。而且,"皋兰张生长于钩摹之技",精心摹勒上石,由长安名刻工卜栋镌刻,故摹、刻俱精。今观长卷,笔锋使转处,即细丝亦明晰可见,字字皆有神采;而且注意行气、章法,其集行草诸诗,如《秦州杂诗二十首》等,血脉贯通,呼应有致,顾盼有情,有如一气呵成者。集字达到这种境界,的确难能可贵。

怀仁集字,限于右军行书,故"结体无别构",而且由于序、记、敕、笺、《心经》字数甚多,右军真迹中没有的字,只得拼凑偏旁。杜甫秦州诗集字,则不限于右军,也不限于行书,而是根据不同诗篇的不同情韵、风格选择相适应的书体。如《凤凰台》诗,所集者为章草;《同谷七歌》,则集钟繇楷书。可谓珠联璧合,相得益彰。

唐肃宗乾元二年(759)秋,杜甫辞去华州司功参军之职,携眷西行,客居秦州。他游胜迹,览山川,访民情风俗,觅隐居之地,其后经同谷入蜀,所见所闻,具有迥异于关中的陇右特色,为抒发忧国忧民的情怀找到了新的突破口,诗风一变,历来受到杜诗研究者的高度评价。杜甫的秦州诗,是唐诗中的精华,也是天水人民的精神财富。

感谢清初诗人宋琬,他捐出自己的薪金,选集王羲之等古代名家的法书摹刻杜甫秦州诗,诗妙字妙,"二妙"合一,提高了艺术品位,也为天水文物增添了稀世瑰宝。更感谢天水市的各位领导热爱乡邦文献、弘扬文化传统,不惜巨资将这个拓本影印、刻石,嘉惠后学、嘉惠艺林。遵嘱写序,心情激动,下笔不能自休,尚希海内外诗人、学者、书法家不吝赐教。

1995 年 8 月

回某书法家的信

手书及大著《诗选》、《书法作品集》皆已拜读,嘱为诗、书"写几句话",情殷意切,故虽事冗力疲,也得略抒所见。

×先生是我的老朋友,他为您的《书法作品集》写的序,我阅读数遍,深感我想说而不便说的话,他都说了出来,真痛快!当代的某些"书法家",甚至"名家"、"大家",如×先生所指出,一无传统书法根底,二无传统文化修养,只是师心自用,"企图在字形和章法上显示出前所未有与今所罕见的风貌",故"只能弄出些奇形怪状",借以吓唬外行;而参加大赛、大展的作品,抄录前人诗文,皆常有舛错,笑话百出,更谈不上自己会作诗填词了!

×先生讲了书法"大家",甚至大型书法集的主编先生在书中赋诗不懂平仄,不懂押韵的若干例子,我这里再补充一个例子:陕西成立诗词学会后,我应邀参加一个大型书法展的开幕式,休息时聊天,一位负责人问我:"你们成立诗词学会干什么?"旁边的"著名书法家"以不屑的神情说:"现在学会已经多得很,再想不出什么名堂,便搞个诗词学会!"我深感同地区的书画家大都不懂得诗词,常闹×先生所说的那类笑话,因而好心好意想吸引他们也学学诗词,老老实实地继承并发扬诗、书、画三绝的传统,没料到"书法家"竟然对诗词如此不屑一顾!

近些年,我到过不少地方,看到不少这样那样的"新碑林"和名胜古迹的楹联、匾额和碑记,种种常识性的错误,始而令人发笑,继而令人痛心。

当然,前述现象尽管十分普遍,但并不能涵盖一切。全面继承历代优秀书法家的优良传统,敦品励行,泛览博采,厚积薄发,力追向上一路的书法家还是不少的。您,如×先生所指出,便是这路精兵中的一员。我很赞赏您的这段话:

艺术是融合体,书家与字匠的作品,单论工力恐怕难分轩轾,但为何对其作品的高雅与粗俗可以一目了然？关键在于学问和修养的广狭深浅。学书一道，资贵聪颖，学尚浩渊。举凡大家展笺，则动墨横锦，摇笔撒珠，或金石味，或书卷气，神采斐然，令人观之悦目，品之动情。

您是在扎扎实实地实践您的主张的。教学成绩斐然，学术研究精益求精，成果丰硕；诗词创作也已有专集问世。您的书法作品，雄健、沉着、浑厚，传统功力甚深而自具面目，有书卷气，内蕴丰富，与但求形体怪异而一味鬼画桃符者走的是截然相反的两条路。

您的诗，以近体为多，不仅完全合律，且不无佳作。在当前中青年书法家中，真可谓凤毛麟角，难能可贵。

改革开放以来，与"书法热"同时兴起的该数"诗词热"。跟浩劫期间相对比，这两种"热"都体现了国人振兴中华、振兴中华文化的热望，是令人鼓舞的。但与"书法热"中涌现了如×先生所说的那种书法"名家"、"大家"一样，"诗词热"中也有类似的笑话百出的"诗人"。这，大概与某些人急功好利，无远大理想，经受不起商品经济大潮冲击，甚至袭用商业手段有关。正因为这样，有些"书法家"鄙弃诗词而不肯学习，连平仄律、对偶律这样并不难掌握的审美条件都弄不懂。自己不会作诗、词、楹联，写前人的也出错，有的竟然把上联误写为下联。与日本、韩国及其他海外书法家联谊，想酬赠，却拿不出像样的东西。至于"诗人"们不肯下功夫学书法，把作品写得好看些，就更是司空见惯的事，用不着大惊小怪了。

我的浮浅印象，您是以书法家而兼事诗词创作的。用力有多寡，成就也有高低。老实说，诗不如书。您正当盛年，来日方长，又抱负甚伟而用力甚勤，前途未可限量。正因为这样，我不想给您戴几顶高帽子交差。

人，特别中青年，是可以"打杀"，也可以"捧杀"的。您誉我为"当今真正之硕儒"，我当然不敢当。但您如果出于真心，便必然会相信我的评论。既相信我的评论，而我评您的诗已登峰造极、举世无双，那您便会画地自限，很难不断地超越自我，向高峰迈进了！"儒"者向来有"与人为善"、"己立立人"、"己达达人"的传统，所以我想一反时尚，谈谈您的诗的不足之处。

从小处说，您的诗遣词造句，时有瑕疵。就第一首"压卷"之作看：首联颇有气势，然而第一句总写，以"擎天"作宏观把握，那么以下补写、细写张家界诸峰的千姿百态，都不应与"擎天"相矛盾、相重复。而次句的"入苍穹"，却既与"擎"矛盾，又与"天"重复。在紧密相连的两句诗里，前用"擎"而后用"入"，前

随笔集　175

用"天"而后用"苍穹",不知您是怎么想的。

第二首尾联:上句"遥望烟江浮翠渚",是说"烟江"中"浮"出"翠渚","遥望"的视点已经落于"渚"上。而下句却写"白帆点点",乃"烟江"景物,前后不大照应;用紧贴于水面的"飘萍"喻"白帆",形与色都不甚贴切,更谈不上生动。

第三首尾联:"我才纵有生花笔,难写天成不朽题。"上句不过是说"我纵有生花笔",为凑成七个字,加入"才"字,但说"我"的"才"纵有生花笔,便嫌别扭;下句大概是想说很难表现出景物的天然美,由于要押韵,便写成"难写天然不朽题",可是漓江之美景怎么能够算是"不朽题"呢!

恕不再举例。如认为我是在鸡蛋里挑骨头,那就算了;如认为尚有可供参考处,不妨逐首逐句去推敲,自己找出毛病来,然后修改。诗,是要反复修改的。杜甫被誉为"诗圣",还"新诗改罢自长吟",何况我辈!

就大处说,您的诗写得老实有余,跳脱不足,不善于运用跳跃、跌宕、逆挽、顿挫诸法,而是像平地走路那样,一步接一步地前进,结尾就势收束,塌然直下。比如第一首题为《游张家界》,张家界这么大的风景区,可写者甚多,而七律只有八句,不应浪费一句。首句以"拔地擎天气势雄"作宏观描写,就够了,用不着再补一句"万千戈戟入苍穹"。更何况"拔地擎天"可以涵盖群峰的千姿百态,而"万千戈戟"看似生动,其实却把"万殊"化为"一同"了。张家界的千岩万峰,都不过像戈、像戟而已,有什么好看!

试看杜甫《咏怀古迹》其三:首句"群山万壑赴荆门",多么雄峻,多么挺拔,多么生动!第二句,既不补写"群山万壑",又不描绘"荆门"形势,而说"生长明妃自有村"。这当然是紧承"荆门"而来的,但"承"得出人意外,从而将重点落到咏明妃上。如果是凡手,接下去该写"村"了,而作者用"一去"二字,从"村"这个基点宕开,视通万里,思接千载,写出了"一去紫台连朔漠,独留青冢向黄昏"一联。承接的线索是清晰的,却跳跃跌宕,一句一个境界,一句一段历史,内涵何等深广,感慨何等遥深!

就结尾看,您的第二首题为《岳麓山写意》,重点应写出新"意",却以"遥望烟江浮翠渚,白帆点点似浮萍"结穴,看不出新意何在。又如《昭陵古柏》以"岁比昭陵古,超然若老僧"收尾,读之索然无远韵。试读杜甫咏孔明庙前古柏的《古柏行》,可能会有启发。

诗的本质是抒情,但"命意"也很重要。您的《登太白楼》七绝以"轻薄骚人休弄笔,诗仙门下卖风流"收束,命意与古人的"采石江边一抔土,李白之名高千古。来来往往一首诗,鲁班门前弄大斧"略同,自无不可。但我们毕竟是今人,主张在继承传统的基础上创新发展,学习古人而超越古人,怎么能够被"诗仙"吓倒而"休弄笔"呢!

我写过一篇《采石太白楼诗词学会成立征诗》的长歌,结尾是这样的:

> 欣闻群彦结诗社,太白楼高摩星躔。楼上联吟吾有梦,斗酒未尽诗百篇。举头望明月,登月有飞船。瞑目想蜀道,飙轮飞跨峨嵋巅。创作自由新天地,穷幽探胜各争先。敢向班门弄大斧,新秀岂宜逊前贤!

这不是浮夸,"李杜杯"诗词大赛有一篇《瞻采石矶太白塑像》的长篇歌行,从瞻太白像切入,以李白其人、其遇、其诗、其魂串贯古今而落脚于今,浑灏流转,汪洋恣肆。结尾尤挺拔,激情喷涌而有深广的社会内容和现实意义。我作为评委会主任,给予了高度的评价,被评为一等奖第一名。将来发表,您可看看,便知我不是信口开河。

人有自知之明,才能知其局限,开拓前进。您正是这样的人。您在诗集《后记》里说:"我深知,自己的诗无论是修辞和语法技巧的运用,还是意境的开拓,都处于一个低层次,尚未进入自由王国的领地。"我认为您的自我评估十分准确,令人赞佩,在"吹""捧"并用、千方百计地"推销自己"的风尚中,尤其显出真光真色,熠熠耀眼。正因此,我才愿意挤点时间,向您讲点真心话。

"未进入自由王国",用传统艺术术语说,那就是"手不应心"。对于诗、书、画等各种艺术创作来说,任何创作者都有"手不应心"的苦恼。当然,造诣高低不同,"手不应心"的频率和程度也千差万别。对功力深厚、才华横溢、艺术技巧精卓、创作经验丰富的诗人说,"得心应手"、"意到笔随"的情况比较多,而"手不应心"的情况则比较少,程度也轻,但一遇上"手不应心"的情况,往往也不易突破。"吟安一个字,捻断数茎须",便是生动写照。书法、绘画,亦复如此。

您的诗,看得出您在创作时经常有"手不应心"的困境,前面已举过若干例证。再随便举例,如《赠表演艺术大师李默然》,本来是一首好诗,但第二句"舍身为国救苍民"的"苍民",却嫌"生造"。有些词是可以"造"的,但造个"苍民",就不那么妥当,因为"苍生"、"黎民"已经约定俗成了。您押"真"韵,故不能用"苍生";是不是没有想起"黎民"这个词,就移"苍生"之"苍"于"民"上,搞出个"苍民"呢?

遇到"手不应心"的情况,应该反复推敲,反复修改,直到自己感到满意为止。只有这样,才能不断提高。

如×先生所说:"名家、大家在名迹中出现笔误和通假字,那属正常范围。"这因为那书迹可能是随便书写的,书写者并没有想到被人拿去参展或出版。正式参赛、参展、出版的书法作品,如果录前人诗文,还是以不出错为好。您的《书法作品集》,我着重欣赏书法,未逐字逐句通读,但已发现有错字。录稼轩《贺新郎》,便将"想渊明停云诗就"误写成"……停云成就"。《停云》是陶渊明的一首四言诗,其中有"良朋悠邈,搔首延伫"之句,故稼轩写道:

一尊搔首东窗里,想渊明停云诗就,此时风味!

误"诗就"为"成就",诗意便被破坏了。

又如录杜牧《山行》七绝,将次句写为"白云深处有人家"。作者在旅行途中"远上寒山",天色已"晚",遥望山上有无人家可供住宿;当望见不太遥远的地方"有人家"时,他放心了,因而停车欣赏红叶,写出了"停车坐爱枫林晚,霜叶红于二月花"的名句。试想,如果那"人家"在"白云深处",又如何能够于远望中发现呢?所有善本和今人较好的选本都作"白云生处有人家",而不少当代书法家录此诗,都误"生"为"深",辜负了诗人的苦心。其他失误还有,如写玉谿生无题诗,于"分曹射覆蜡灯红"句漏掉了"灯"字之类。

您将出版《××艺术研究》一书,特要我写一篇凑数。我想您有许多优长,书中所收长篇大论,肯定都是讲您的优长的。这很好,知其优长所在,便可发挥优长。我在大力肯定您的优长之后,以更多的篇幅讲了您的不足之处,这可能与您出书的初衷不合,故未采用评论文章的形式,而只给您写回信。按理说,既是研究您的艺术,优点、缺点都该谈。谈谈缺点,对作者进一步攀登艺术高峰似乎更有好处。

但当前人们都想从"炒"热"炒"红中得到好处,谁还想从了解自己的缺点中得到真正的好处呢?

1996年8月

书法陶情

以方块汉字为依托的书法,是中华民族文化宝库中的一颗璀璨明珠,具有实用与审美的双重品格。在几千年的漫长岁月中,通过汉字的书写、应用,产生了一整套艺术规律:起于用笔,基于结字;成于章法,美于气韵;密处不犯,疏处不离;顾盼生姿,呼应传神;求工于一笔之内,寄情于点画之间;意象生动而蕴含深广,法度森严而变化无穷,不愧为中华民族特有的艺术瑰宝。不仅为国内广大群众所喜爱,而且早已远播重洋,驰誉五洲,在世界艺林大放异彩。

云鹤先生是一位离休干部,多年来利用从政之暇,潜心艺事,临池染翰,从事书法创作,取得了可喜的成就。其自娱娱人、以弘扬艺术为己任的高尚情操,是值得赞颂的。欣闻其《书法选集》问世,书法爱好者将先睹为快,离退休的老年人更会得到启示,受到鼓舞。"离"而不"休",退而有为;漫步书林,遨游艺海;泼墨陶情,挥毫怡性;澡雪精神,开扩视野;鄙弃假丑恶,追求真善美;既可益寿延年,又有助于敦品励行、匡时淑世,真可谓一举数得,又何乐而不为?

1995 年 12 月

读胡西铭的画

我喜欢作诗,却无暇学画。但由于作诗时不能不追求"诗中画",读画时又可以领悟"画中诗",所以凡看到古今名画,便恋恋不舍;凡遇到有成就的画家,便想交朋友。胡西铭君,便是我的画家朋友之一。

西铭脚踏实地,奋进不息。早在50年代后期,即师从康师尧等长安画派的画家研习国画,主攻花鸟、山水、人物。在"外师造化"的同时,泛览古今、博采众长;对任颐、虚谷、吴昌硕、齐白石诸大师的画迹画论,用力更勤,受益尤多。他并不以此自满,更放眼世界,兼攻西画,探索徐悲鸿、刘海粟、张大千诸大家成功的奥秘,力图从中西绘画的融会贯通中开拓新领域、创造新意境。当然,这样一条道路是漫长的,然而经过几十年的努力,他的确取得了不少成绩。

国画,特别是文人画,讲求笔墨情趣,追求气韵生动;不重形似,而重以形传神;有时为了突现神韵,甚至可以脱略形式。因此,欣赏中国画,一般不用"逼真"、"栩栩如生"之类的评语,而看是否传神,是否充溢着笔情墨趣、创造出诗的意境。西铭的画,发挥了文人画的优势,有情趣,有神韵,有诗意。但又往往吸取西画的精华,产生了栩栩如生的效应。他的若干花鸟画、人物画,不仅注意线条、墨色的运用,还善于通过透视、色彩、光影、比例、明暗等手段描写对象,因而虽然展现于二维空间,不像展现于三维空间的雕塑那样具有实体性,却能造成视觉上的空间立体感。例如他的题为《珠光秋色》的葡萄,一串串,一颗颗,或青或紫,或浓或淡,或明或暗,在光色的微妙变化中获得了具体感、透明感;溜圆晶莹,令人口馋,还感受到金秋季节洋溢于祖国大地的丰收的喜悦。《易逝的玫瑰》中的那位绰约少女,其比例的精确与质感、光感的突出,都类似西洋油画;而她由双目凝视手中玫瑰花瓣不断殒落所激起的无限沉思,不禁令人感叹韶华易逝而低吟我国的一首古诗:"劝君莫惜金缕衣,劝君惜取少年时……"其情趣韵味,仍不失国画特色。

西铭的山水画,既遵守中国山水画虚实相生,寓情于景的审美原则,又能处理好透视关系与层次关系,从而使画面产生深远的空间感与真实感;由光色变化体现的感情色彩,尤能使人在欣赏过程中获得美感,产生共鸣。

绘画作为审美意识的物化形态,能够灵活地通过艺术造型抒发画家对于客观事物的主观感受。西铭相当充分地发挥了这种性能。他深入现实,向往美好的未来,因而对于美好事物特别敏感,也善于通过富于个性创造的艺术造型表现他的审美感受,从而使其画面富有鲜明的时代感。题为《新芽》的水仙,其壮硕的鳞茎于碧波彩石间扎下密密深根,充满活力;从鳞茎间迸发的枝枝新芽,刚健挺拔,显示出凌空直上、不可阻遏的动势,令人联想到无数新事物的萌芽在改革开放的春风中破土而出,欣欣向荣。《厚土魂》则以黄帝陵上一株株千年古柏的根深叶茂,体现中华文化万古长青,从每一个炎黄子孙的心灵深处激起振兴中华的豪情壮志。

西铭的传略和代表作,载入《中国当代国画家辞典》。他的大量作品曾在国内各地和日、美、加拿大等国展出、发表。如今,他的画集将在台湾出版,嘱我作序。我很喜爱他的画,乐于谈一些粗浅看法,作为引言。

前面说过,他选择的艺术道路漫长而艰辛;然而他今年不过五十出头,精力充沛,来日方长;祝愿他在这条路上勇往直前,以更多更好的作品满足人们的艺术享受、陶冶人们美好的情操。

1991 年 8 月

序区丽庄女士画集

区丽庄女士者,著名画师蔡鹤汀先生之夫人也。生长于粤海之滨,自幼雅爱丹青,受岭南画派熏陶,画风清新秀丽。其后与鹤汀结荻芦庵画社于福州,远绍蔡天涯宗风,复兼闽派之长。50年代相携来长安,数十年间,作于斯,息于斯。黄河之壮阔,华岳之雄峻,黄土高原之深厚莽苍,汉唐文化之博大精深,关陇民风之纯朴刚毅,耳濡目染,心领神会,遂熔南北画派于一炉。画路宽而取材广,举凡人物、山水、花卉、翎毛、虫鱼、果蔬之属,无所不能。既娴工笔,复擅写意。其画寓厚重于清新,含庄雅于艳丽;清而不浅,艳而不俗,乃能于长安画派中异军突起,别开生面也。60年代初,鹤汀、丽庄合办画展,余曾题诗赞颂。嗣后时相过从,鹤汀赐画,丽庄赏饭,谈诗论艺,欢笑之声达于户外。日月跳丸,自相识迄今,已三十余年矣;自鹤汀之逝迄今,亦已十六年矣!慨自鹤汀辞世,丽庄以孤子之身,育女成材,今已蜚声海外;其茹苦含辛,惨淡经营,实寻常妇女所难。自身复沉酣于绘事,精进不已,声名远播。曾应邀赴英伦传艺,兼开个人画展,载誉而归。其夫妇绘画精品,已编合集出版。今又选其近作付梓香江而问序于余,因述其所知者以告世人,亦所以崇交谊而慰鹤汀也。

1995年10月

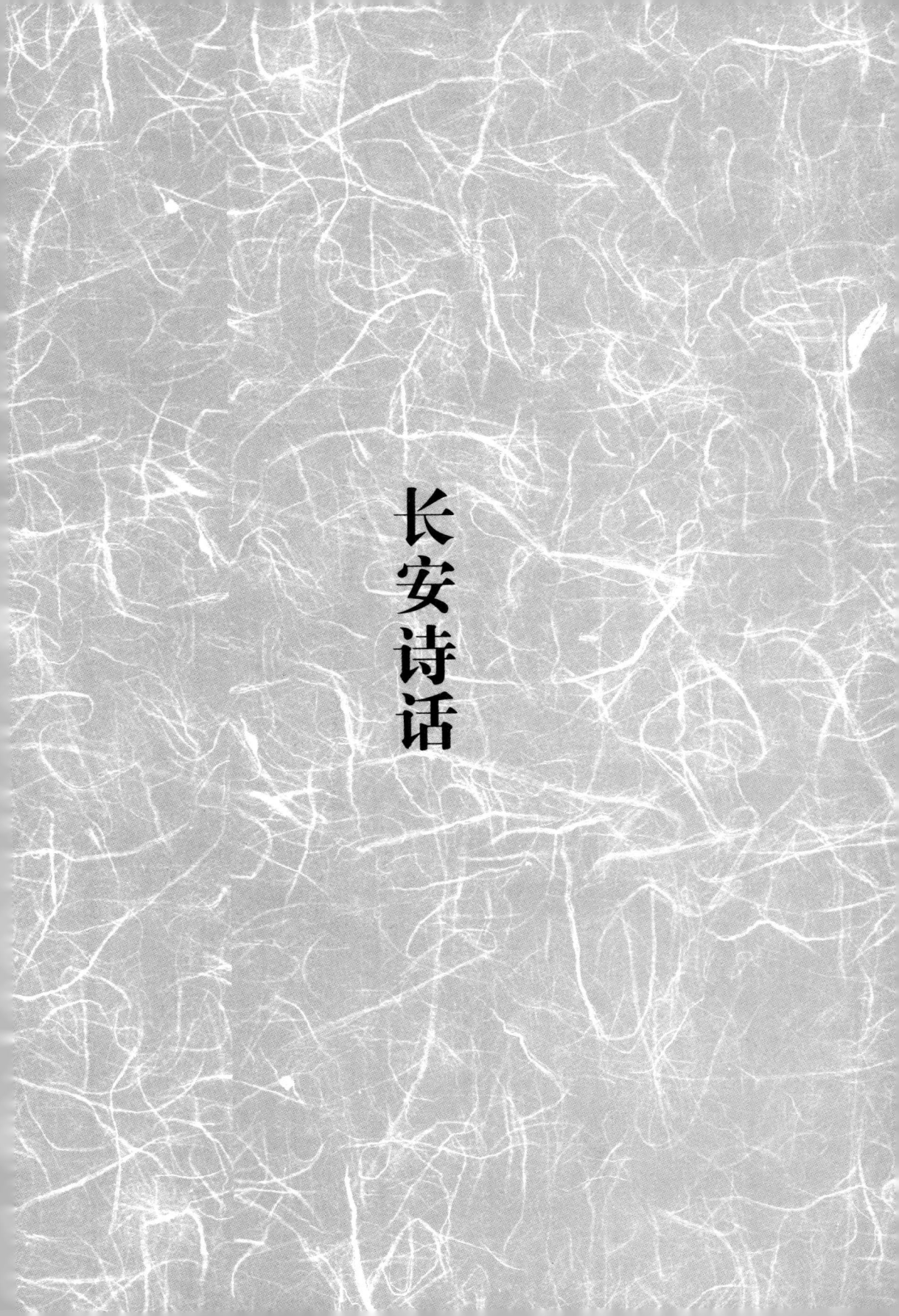

长安诗话

古代长安歌谣

歌谣出自民间,集中地反映着民间舆论。因此,从古以来,凡是希望听取民间舆论的人,大都留心民间歌谣、尤其留心作为全国政治中枢的京城里的民间歌谣。

长安是周秦汉唐等许多重要王朝的京城,所以在各种古书里记载的长安歌谣特别多,其中有一些也特别有价值。

汉武帝有一个宠臣,名叫韩嫣,其事迹见《汉书·佞幸传》。《西京杂记》卷四里说他喜欢打弹弓,用黄金作弹丸,每天打出去的金弹丸不下十余颗。有些穷苦人家的小孩便暗暗地尾随他,注视金丸的落点。韩嫣一走,就去拾。长安人作了一首歌:

苦饥寒,逐金丸!

仅仅六字,像杜甫的名句"朱门酒肉臭,路有冻死骨"一样,多么有力地表现了富贵与贫贱之间的悬殊!一种人苦于饥寒,一种人用金丸子弹射作乐。同一座长安城,却是判若天壤的两个世界!

再看《长安为王氏五侯歌》。

这首民歌见于《汉书·元后传》。传里说,汉成帝在河平二年(前27)的某一天,封他的舅舅王谭为平阿侯、王商为成都侯、王立为红阳侯、王根为曲阳侯、王逢时为高平侯。因为兄弟五人同一天封侯,所以人们管他们叫"五侯"。这兄弟五个一旦得到皇帝的宠用,便"争为奢侈,赂遗珍宝,四面而至。后庭姬妾各数十人,童奴以千百数。罗钟磬,舞郑女,作倡优,狗马驰逐,大治第室,起土山渐台,洞门高廊,阁道连属弥望"。长安百姓歌道:

五侯初起,曲阳最怒。坏决高都,连竟外杜。土山渐台西白虎。

前两句是说在"五侯"之中,曲阳侯尤其骄横。第三、四句中"高都"是水名,在长安西;"杜"是地名,即杜里,在长安南。这两句是说引高都水作水殿,直扩展到外杜里。最后一句是说曲阳侯修筑的土山、渐台,其规模与皇帝的相似。西汉皇家的渐台在建章宫太液池中,高二十余丈。渐,浸也,台筑在池中,所以叫渐台。这首民歌对"五侯"的豪奢骄纵,作了深刻的揭露。

再看《续汉书·五行志》所引的长安民谣:

直如弦,死道边。曲如钩,反封侯。

这首民谣,据说是针对真人真事而发的;但在封建极权时代,却有普遍意义。

《后汉书·马廖传》中,有一首《长安城中谣》:

城中好高髻,四方高一尺。城中好广眉,四方且半额。城中好大袖,四方全匹帛。

白居易在《策林六十九·采诗》中说:"闻'广额'、'高髻'之谣,则知风俗之奢荡也。"这看法是不错的。这首歌谣,正说明了京城中皇室及权豪势要之家的"奢荡"生活对四方的恶劣影响。据《后汉书·马廖传》的记载:当时的皇太后"躬行节俭",马廖担心她有始无终,便上疏说:"改政移风,必有其本。传曰:'吴王好剑客,百姓多疮瘢;楚王好细腰,宫中多饿死。'"接下去,他便引了这首歌谣,然后说:"斯言如戏,有切事实。前下制度未几,后稍不行。虽或吏不奉法,良由慢起京师。"马廖的用心当然好,可是从本质上看,靠剥削民脂民膏来满足物质享受的封建统治者,如何能有始有终地"躬行节俭"呢!有一首古老的民谣,和《长安城中谣》对照看,很有意思:

上求材,臣残木;上求鱼,臣干谷。

"上之所好,下必有甚焉。"上面"好"什么,的确是个大问题。就一般的情况说,封建统治者所"好"的,不可能是人民所"好"的好事,而最高和较高的封建统治者的喽啰们,为了升官发财,又千方百计地满足"上之所好"。于是,在几千年的封建社会里,"上求材,臣残木;上求鱼,臣干谷"就成了司空见惯的事情了。如果没有那些投合"上之所好"而"残木"、"干谷"的喽啰,那么,像前面提到的韩嫣及王氏"五侯"之流,将凭什么去维持挥霍无度的生活呢?

1962 年 3 月

王粲的《七哀》第一首

东汉末年,长安乃至关中全境,遭受了惨绝人寰的残杀与破坏。这在王粲的《七哀》第一首(沈约称为"霸岸之篇")中,有着极其典型的反映。诗如下:

西京乱无象,豺虎方遘患。复弃中国去,委身适荆蛮。亲戚对我悲,朋友相追攀。出门无所见,白骨蔽平原。路有饥妇人,抱子弃草间。顾闻号泣声,挥涕独不还。"未知身死处,何能两相完?"驱马弃之去,不忍听此言。南登霸陵岸,回首望长安。悟彼下泉人,喟然伤心肝。

东汉王朝的腐朽、残暴,激起了农民大起义。以镇压农民起义起家的董卓,于189年带兵进入东汉的京城洛阳,废少帝刘辩,立献帝刘协。在大杀大抢之后,将洛阳和城周两百里地方全部烧光,挟制献帝,并驱迫无数人民迁都长安。被虏入关的蔡琰(文姬)在《悲愤诗》的开头写道:

汉季失权柄,董卓乱天常。志欲图篡弑,先害诸贤良。逼迫迁旧邦,拥主以自强。海内兴义师,欲共讨不祥。卓众来东下,金甲耀日光。平土人脆弱,来兵皆胡羌。猎野围城邑,所向悉破亡。斩戮无孑遗,尸骸相撑拒。马边悬男头,马后载妇女。长驱西入关,迥路险且阻。……岂敢惜性命,不堪其詈骂。或便加棰杖,毒痛参并下。旦则号泣行,夜则悲吟坐。欲死不能得,欲生无一可。彼苍者何辜?乃遭此厄祸。

身受迫害的女诗人,用异常概括、异常形象的诗句,揭露了董卓在洛阳一带及由洛阳回长安途中所犯的滔天罪行。

董卓回长安之后,当然不会做出好事。他筑了一座像长安城一样高的郿坞,内储金子二三万斤、银子八九万斤,珠宝锦绣堆积如山,粮食足够他的军队吃三十年。光提这一点,就可以想见他给长安及整个关中地区的人民带来了多么严重的灾难!

192年,王允及吕布等共杀董卓,董卓的部将李傕、郭汜、樊稠、张济等收集残兵,攻入长安。"老少杀之悉尽,死者狼藉。"又四出"攻剽城邑","放兵劫略"。以致长安成为空城,关中全境,也"无复人迹"。(详见《三国志·董卓传》)

王粲字仲宣,山阳高平(今山东邹县西南)人,董卓挟献帝西迁以后,他移居长安,受到著名学者蔡邕的赏识。《七哀诗》是李傕等作乱,他逃出长安时写的。当时他才十六岁。

《七哀》是起于汉末的"乐府新题",曹植、阮瑀各有一首。王粲的共三首,钟嵘在《诗品序》里推为"五言之警策"。第一首尤其有名,沈约在《宋书·谢灵运传论》中把它列为"音律调谐,取高前式"的"先士茂制"之一。

这首诗可分为三段。前六句,写李傕等作乱,他将离开长安、投奔荆州,和亲戚朋友告别。中间十句,写他出门后的所见所闻。在用"白骨蔽平原"一句概括了目不忍睹的惨象之后,用典型化的手写,写一个饥妇人把小孩丢在路旁的野草中,听到小孩的"号泣声",她泪如泉涌,但并没有把孩子抱回来。"未知身死处,何能两相完?"抱回来又怎么办呢?她这两句话,当时的诗人"不忍听此言",一千几百年以后,我们也还是"不忍听"的。这一段不是用一般的叙述,而是通过具体的人物形象集中地反映了人民群众的苦难,这就大大地加强了作品的感染力。何义门在他的《读书记》里说:"'路有饥妇人'六句,杜诗宗祖。"杜甫的《三吏》、《三别》等名作,在艺术手法上,很可能从这里得到启发。最后四句,表现他的感慨和希望。《下泉》是《诗经》里的一篇。《毛诗序》说:"'下泉',思治也……思明王贤伯也。"诗人登上一代名主汉文帝的陵墓——霸陵,回头遥望"豺虎遘患"的长安,又如何能不像《下泉》的作者一样,希望有"明王贤伯"出现,拨乱返治呢?

王粲避难荆州,投靠刘表,历时十五年,后又归附曹操。他在当时诗坛上的地位很高,是著名的"建安七子"之一,并被文学史家誉为"七子之冠冕"。

1962年3月

《长安道》和《长安有狭斜行》

"人闻长安乐,则出门而西向笑。"这个大约流行于西汉的谚语,反映了当时某些追求享乐的人对于长安的向往。在汉王朝的统治下,正像荀悦所说:"官家之惠,优于三代;豪强之暴,酷于亡秦。"作为西汉政治、经济、文化中心的京城长安,不待说是"官家"、"豪强"的极乐世界。那种富丽豪华的景象,除班固在《西都赋》、张衡在《西京赋》中作了集中、夸张的描绘之外,在不少诗歌中也有形象的反映;这里谈其中的一部分。

在乐府清调曲里,有一种《长安有狭斜行》。郭茂倩《乐府诗集》卷三十五,在这个乐府古题下收了十二篇作品(有几篇与长安无关)。其中有一篇题为"古辞"的,最早见于《玉台新咏》,沈德潜编入《古诗源》的《汉诗》部分(字句与《玉台新咏》所收相同,与《乐府诗集》所收略有出入)。全诗是:

长安有狭斜,狭斜不容车。适逢两少年,夹毂问君家。君家新市旁,易知复难忘。大子二千石,中子孝廉郎,小子无官职,衣冠仕洛阳。三子俱入室,室中自生光。大妇织绮罗,中妇织流黄,小妇无所为,挟琴上高堂。丈人且徐徐,调弦诓未央!

(据《乐府诗集》)

梁简文帝、庾肩吾、徐芳等用这个题目写的诗,在不同程度上都可说是这篇乐府古诗的翻版。例如庾肩吾的一篇:

长安曲陌板,曲曲不容幰;路逢双绮襦,问君居近远,我居临御沟,可识不可求。长子登麟阁,次子侍龙楼,少子无高位,聊从金马游。三子俱来下,左右若川流。三子俱来入,高轩映彩斿。三子俱来宴,玉柱击清瓯。大妇襞云裘,中妇卷罗帱,少妇多妖艳,花钿系石榴。夫君且安坐,欢娱方未周。

这些作品,都突出地描画了权豪势要们夸耀富贵荣华,志得意满、趾高气扬的情状。

乐府横吹曲中有一种《长安道》。《乐府诗集》卷二十三在这个题目下收了南北朝隋唐诗人的作品二十一首(唐代以后,也还有人用这个乐府古题写诗,如清代的吴光骞)。其中的大多数,都极力描写达官贵人们在建筑宏丽、风光明媚的环境里如何争权夺利、寻欢作乐。例如:

长安开绣陌,三条向绮门。张敞车单马,韩嫣乘副轩。宠深来借殿,功多竞买园。将军夜夜返,弦歌着曙喧。

——陈暄

翠盖承轻露,金羁照落晖。五侯新拜罢,七贵早朝归。轰轰紫陌上,蔼蔼红尘飞。日暮延平客,风花拂舞衣。

——江总

崔颢的一首,流露了对权贵们不满的情绪:"长安甲第高入云,谁家居住霍将军。日晚朝回拥宾从,路旁拜揖何纷纷!莫言炙手手可热,须臾火尽灰亦灭……"这里的霍将军,也就是《羽林郎》中提到的"昔有霍家奴,姓冯名子都,依倚将军势,调笑酒家胡"的那位"将军",即汉昭帝时的大司马大将军霍光。不过,在古典诗歌里,"霍将军"往往是一个典型人物,代表"炙手可热"的权贵,这里也是一样。

应该特别提起的,是唐代长安诗人韦应物的一篇《长安道》:

汉家宫殿含云烟,两宫十里相连延。晨霞出没弄丹阙,春雨依微自甘泉。春雨依微春尚早,长安贵游爱芳草。宝马横来下建章,香车却转避驰道。贵游谁最贵?卫霍世难比!何能蒙主恩?幸遇边尘起。归来甲第拱皇居,朱门峨峨临九衢。中有流苏合欢之宝帐,一百二十凤凰罗列含明珠,下有锦铺翠被之灿烂,博山吐香五云散。丽人绮阁情飘摇,头上鸳钗双翠翘。低鬟曳袖回春雪,聚黛一声愁碧霄。山珍海错弃藩篱,烹犊炮羔如折葵。既请列侯封部曲，还将金印授庐儿。欢荣若此何所苦？但苦白日西南驰。

　　诗人以卫青、霍去病为代表，对权贵们穷奢极欲的腐朽生活，作了穷形尽相的描绘。

　　以上作品，虽然写的是西汉的京城长安，但也有一定的典型性。其他封建王朝的京城，难道和这有什么本质的区别吗？

　　这些诗歌，尽管只表现了统治阶级的骄奢淫逸，没有直接反映民间疾苦，但对于我们仍然有一定的认识意义。在封建时代，统治阶级的享乐，正意味着人民群众的受苦受难。如韦应物所说：卫霍之家，把吃不完的山珍海味都抛弃在篱边，烹牛犊、炮羊羔，就像折一棵葵草一样容易。可是，当时社会中所有的人是不是都有这种豪华的享受呢？当然不是。请看顾况的《长安道》：

　　长安道，人无衣，马无草。何不归来山中老！

　　这首诗不过是替那些投奔长安、企图向上爬而爬不上去的封建文人鸣不平，但它却透露了一个消息：连失意的封建文人都"人无衣，马无草"，那么，受剥削、受压迫的劳动人民，其生活之悲惨，也就不难想见了。

1962年4月

杜甫的《夏日李公见访》

杜甫《哀江头》"原注"云:"甫家居在城南。"关于这个"家",他在《夏日李公见访》中作了生动的描述:

> 远林暑气薄,公子过我游。贫居类村坞,僻近城南楼。旁舍颇淳朴,所须亦易求。隔屋唤西家,借问"有酒不?"墙头过浊醪,展席俯长流。清风左右至,客意已惊秋。巢多众鸟斗,叶密鸣蝉稠。苦遭此物聒,孰谓吾庐幽!水花晚色静,庶足充淹留。预恐樽中尽,更起为君谋。

这首诗,大约是天宝十三载(754)写的,这年杜甫四十三岁。那位访他的"李公",有人说就是李白(见《分门集注杜工部诗》卷二十),看来有问题,因为题中的"李公"一作"李有令",仇注"疑是李炎",较可信。

从"贫居类村坞,僻近城南楼"及"展席俯长流"等句看,杜甫的这个家在长安城南的樊川。所谓"长流",即自樊川流经下杜城的潏水。《九日五首》中的"故里樊川菊",《桥陵诗》中的"辚轲(同坎坷)辞下杜",都可证明。

诗的头一联点题,第三至第十句,写村居景象,兼述留饮之情。"隔屋唤西家,借问有酒不? 墙头过浊醪,展席俯长流"四句,和《羌村三首》中的"邻人满墙头,感叹亦歔欷"及"父老四五人,问我久远行,手中各有携,倾榼浊复清"一样,写得极传神。而"旁舍"的"淳朴",诗人待客的殷勤及其与邻人的友好关系,又都跃然纸上。真是"状难状之景如在目前,含不尽之意见于言外"。第十一句以下,写出了夏末的景色及劝饮之意。"巢多众鸟斗,叶密鸣蝉稠",这境界有点像王文海的"蝉噪林愈静,鸟鸣山更幽"。说"苦遭此物聒,孰谓吾庐幽",并不是真的嫌蝉鸟噪闹,而是反言以见其村舍的幽静。"水花晚色静"一转,文势顿挫,而一喧一寂,正好画出一幅既清幽、又生意盎然的村居图。绿树荫浓,蝉鸣鸟斗,碧水潾潾,荷花("水花")盛开,这还不值得客人多"淹留"一会儿吗？杜甫最善于"就景中写意"，这也是个很好的例子。

　　长安人民对于长期居住长安，写出不少伟大作品的"杜陵野老"、"杜陵布衣"，是十分怀念的。明朝嘉靖五年(1526)，在樊川勋荫坡牛头寺的南面，创建"杜公祠"。清朝康熙六年(1667)和四十一年(1702)，两度修葺。乾隆末年毁于火。嘉庆九年(1804)重建于牛头寺东边。开国以来，几度修缮，广植花木，最近又陈列了许多纪念物。祠堂所在，虽然不一定恰好是杜甫的故里，但俯视樊川，潏水在望，和"展席俯长流"的形势很相像。何况劳动人民正意气风发，征服自然，潏水灌田，川原如绣；连年受灾，仍然衣食无虞。诗人于天宝十三载秋天在这里所写的"禾头生耳黍穗黑，农夫田妇无消息，城中斗米换衾绸，相许宁论两相值"(《秋雨叹》)之类的景象，已经一去不返了。诗人生在今天，也不至于"辘轳辞下杜，飘摇凌浊泾……荒岁儿女瘦，暮途涕泪零"(《桥陵诗三十韵因呈县内诸官》)而携带妻子儿女投奔奉先，寄食于人了！

　　清初的爱国诗人屈大均(1629—1696)写过一篇《杜曲谒子美先生祠》：

　　　　城南韦杜潏川滨，工部千秋庙貌新。一代悲歌成国史，二南风化在骚人。少陵原上花含日，皇子陂前鸟弄春。稷契平生空自许，谁知词客有经论？

　　的确，在"朱门务倾夺"(《壮游》)的封建社会里，统治阶级的人物有谁知道自比稷契的杜甫有济时匡国的"经论"呢？

1962 年 4 月

南山诗

祖国的壮丽山川，激发了无数爱国诗人的吟兴，因而在我们的文学园地里，"山水诗"也是一枝逗人喜爱的奇葩。

雄峙于周秦汉唐京城之南的终南山，从《诗经·小雅》的"秩秩斯干，幽幽南山"开始，吟咏它的篇章，不胜枚举。这里只谈谈唐人作品中的一部分。

唐人咏终南山的名作，长到一千零二十字的有韩愈的《南山》，短到二十字的有祖咏的《终南望馀雪》，比后者略长的，有王维的《终南山》，贾岛的《望山》，孟郊的《游终南山》等。

前人对《南山》的评论很有分歧，有些甚至是尖锐对立的。《潜溪诗眼》上说："孙莘老尝谓老杜《北征》胜退之《南山》诗，王平甫以为《南山》胜《北征》，终不能相服。山谷尚少，乃曰：'若论工巧，则《北征》不及《南山》；若书一代之事，以与国风雅颂相为表里，则《北征》不可无，而《南山》虽不作，未害也。'二公之论遂定。"看来，黄山谷是以内容重于形式的论点折服了王平甫，平息了这场争论的。

然而主张《北征》胜过《南山》的人还是对黄山谷不满。因为他尽管从题材或是说内容的重要性上肯定了《北征》，却说在文字技巧方面，《北征》又不及《南山》。蒋之翘反问道："《南山》之不及《北征》，岂仅仅不表里风雅乎？其所言'工巧'，《南山》竟何如也？……极其铺张山形峻险，叠叠数百言，岂不能一两语道尽？试问《北征》有此冗曼否？"赵翼更说："《南山》诗古今推为杰作。《潜溪诗眼》记山谷语，固持平之论；究之山谷所谓'工巧'，亦未必然。凡诗必须切定题位，方为合作。此诗不过铺排山势及景物之繁富，而以险韵出之，层叠不穷，觉其气力雄厚耳。世间名山甚多，诗中所咏，何处不可移用，而必于南山耶？而谓之'工巧'耶？则于《北征》固不可同年语也。"这就是说，《北征》在思想和艺术上都远远胜过《南山》。首先从"书一代之事"这一点上肯定《北征》，并说在艺术技巧方面它也超过《南山》，这都很有见地。但认为《北征》不可无,而《南山》可以不作,却未免偏激些。题材是多种多样的,人们的艺术需要也很广泛。诗人固然应该以"书一代之事"为首要任务,但这并不排斥他同时也写其他题材,乃至模山范水。写《南山》的韩愈,同时也写《赴江陵途中寄赠王二十补阙李十一拾遗李二十六员外翰林三学士》之类的反映政治事件和人民疾苦的诗章,写《北征》的杜甫,同时也写了不少优美的山水诗。道学先生程颐曾经批评杜甫说:"穿花蛱蝶深深见,点水蜻蜓款款飞。如此闲言语,道出做甚!"说《南山》可以不作,岂不是和这位道学家的言论有点相似吗!

从前的诗论家,也有从题材风格的多样性出发为《南山》辩护的。方世举说:"《南山》、《北征》,各为巨制,题义不同,诗体自别。"方东树说:"《北征》、《南山》,体格不侔。……《南山》盖以京都赋体而移之于诗也。"近人徐震还从山水诗的起源发展方面探讨了《南山》的创造性:"以韵语刻画山水,原于屈宋。汉人作赋,铺张雕绘,益臻繁缛。谢灵运乃变之以五言短篇,务为清新精丽,遂能独辟蹊径,擅美千秋。昌黎《南山》,取杜陵五言大篇之体,摄汉赋铺张雕绘之工,又变谢氏轨躅,亦能别开境界,前无古人。"这些意见,都是比较通达的。

我未曾攀上南山的顶峰,所以对诗人连用五十一"或"字,又用十四叠字极力描绘凭高纵目所得的景象的那一段,体会不深。由于久住长安城南,每天都看见南山,所以觉得写远望终南的那一段,还是很不错。不妨引几句:

> 尝升崇丘望,戢戢见相凑。晴明出棱角,缕脉碎分绣。蒸岚相澒洞,表里忽通透。无风自飘簸,融液煦柔茂。横云时平凝,点点露数岫。天空浮修眉,浓绿画新就。……

蒋之翘批评《南山》"曼冗",责问作者为什么不用一两句而用数百言铺张山形险峻,这也有片面性。《南山》未尝不可删削,但如果缩成几句诗,也就失掉了"以京都赋体而移之于诗"的特点。当然,在另一种情况下,是可以用几句诗写终南山的。请看祖咏的《终南望馀雪》:

> 终南阴岭秀,积雪浮云端。林表明霁色,城中增暮寒。

据《唐诗纪事》卷二十记载:这首诗是祖咏参加考试时作的。按照规定,应该作成一首六韵十二句的五言排律,但他只写四句就交卷。有人问他为什么只作四句,他答道:"意思已经完满了。"这真是有话即长,不必削足适履;无话即短,也用不着画蛇添足。祖咏倒是勇于突破艺术上的清规戒律的。

题目是望终南山的馀雪,从长安城中望终南山,所见的自然是它的"阴岭"(山的北面叫"阴");而且惟其"阴",才有"馀雪",一个"阴"字下得好!"秀"是望中所得的印象,既赞颂了终南山,又摄下句之神。"积雪浮云端",就是"秀"的具体内容。这个"浮"字多生动!自然,积雪不可能"浮"在"云端",但在太阳照耀下雪光闪闪,不正给人以"浮"的感觉吗?"林表明霁色",是望中所见,而"城中增暮寒",则是望中所感。作望终南馀雪的题目,写到因望见馀雪而增加了寒意,意思的确完满了。王士禛称赞这首诗是咏雪的佳作(《渔洋诗话》卷上),不算过誉。

贾岛的《望山》,写的是雨中和雨后望终南山:

南山三十里,不见逾一旬。冒雨时立望,望之如朋亲。虬龙一掬波,洗荡千万春。日日雨不断,愁杀望山人。天事不可长,劲风来如奔。阴霾一以扫,浩翠泻国门。长安百万家,家家张屏新。谁家最好山,我愿为其邻。

诗人的家离南山不过三十里。但因阴雨连绵,有十几天看不见它了。忽然一阵劲风,扫除阴霾,只见南山翠色欲流,长安百万家,家家门前都张开一面新崭崭的屏风,多好看!

这首诗不徒写景而已,看来是有寓意的,抒情性也很强。但就写景而言,也很有特色。住在长安的人,每当久雨乍晴之时,难道不觉得自己门前忽然出现一堵翠生生的屏风吗?在唐代,这堵屏风未免太高大;现在呢,却没有这个缺点,因为我们社会主义的高楼大厦是够高大的,配得上这堵屏风。

1962 年 5 月

枣树的赞歌
——说白居易《杏园中枣树》

人言百果中,唯枣最凡鄙:皮皴似龟手,叶小如鼠耳。胡为不自知,生花此园里?岂宜遇攀玩,幸免遭伤毁!二月曲江头,杂英红旖旎;枣亦在其间,如嫫对西子。东风不择木,吹煦长未已;眼看欲合抱,得尽生生理。寄言游春客,乞君一回视:君爱绕指柔,从君怜柳杞;君求悦目艳,不敢争桃李;君若作大车,轮轴材须此。

这是一首托物言怀的五言古诗。诗人赞扬了"枣树",但不仅是植物中的枣树。

全诗可分三段。第一段八句,先从反面落墨,以"人言"二字冒下,摆出一般人的看法,说那枣树"最凡鄙","皮皴似龟手,叶小如鼠耳",要多难看就有多难看,为什么毫无自知之明,竟然好意思在杏园里开花!这看法,当然是有根据的,枣树的皮子、叶子和花儿,就是不那么漂亮嘛!因此,在这一点上,诗人不但没有给他心爱的枣树涂脂抹粉,而且索兴把一般人的看法肯定下来,用反诘语气说:"岂宜遇攀玩!"接下去,还为枣树能够在杏园中生存感到高兴:得免于被砍掉,就算很幸运哩!

第二段八句,承"幸免遭伤毁"而来,但由于用了对比法,显得有变化。"凡鄙"的枣树处于"红旖旎"的"杂英"之间,真有点像嫫母和西施站在一起,美丑相形,丑者更显得丑。然而丑尽管丑,东风却并不歧视它,它自己也不辜负东风的吹煦,鼓足勇气,不断成长,眼看要有"合抱"那么粗了。

就整篇来说,诗人采用了"欲扬先抑"的写法。说枣树"最凡鄙",这是抑;说它皮皴、叶小、不宜攀玩,这是抑;说它处于"红旖旎"的"杂英"之间,"如嫫对西子",这是进一步的抑。抑到无可再抑的时候,却已为后面的扬埋下了伏线。这伏线,就是"眼看欲合抱"。原来诗人的着眼点和一般人的不同。他不曾注意皮子、叶子、花儿之类的外表,而看中的是合抱粗的、钢铁般坚硬的材料。

嫫母的典故也用得很恰当。《列女传》上说:"黄帝妃曰嫫母……貌甚丑而最贤。"《路史》上说:"嫫母貌恶而德充。"用嫫母比枣树,不是在说明它难看的同时,已经暗示出它另有好处吗?

最后一段,诗人即从自己的着眼点出发,以"寄言"二字冒下,委婉地,但又有力地反驳了前面的"人言",完成了赞扬枣树的主题。

诗人不写一般的枣树,而写杏园中的枣树,值得玩味。这里的"杏园",并不是普通的杏树园子;它东连曲江池、北接慈恩寺,南邻紫云楼和芙蓉苑,是唐代长安著名的景物繁华之区。新进士登科,皇帝往往赐宴于此,有所谓"曲江宴"、"杏园宴"。唐中宗神龙(705—707)以后,"杏园宴"罢,新进士都到慈恩寺塔(即大雁塔)下题名。刘沧在《及第后宴曲江》诗里是这样描写的:

及第新春选胜游,杏园初宴曲江头。紫毫粉壁题仙籍,柳色箫声拂御楼。霁景露光明远岸,晚空山翠坠芳洲。归时不省花间醉,绮陌香车似水流。

正因为新进士及第后于柳拂花映中赴"杏园宴",所以关中人李抟曾经骄傲地问新中了进士的四川人裴廷裕道:"闻道蜀江风景好,不知何似杏园春?"这"杏园春",自然不仅指桃红杏艳之类,还含有新进士们"春风得意"的内容。

封建时代的科举考试,所选中的不一定都是很有用的人才。唐代的进士科考试,又有"祖尚浮华,不根艺实"的缺失。白居易写这首《杏园中枣树》诗的动机,也许是想对当权者说:看看"杏园宴"上那些"春风得意"的人物吧,那里面有"柔而不坚"的柳杞,有"华而不实"的桃李,也有既不美艳悦目、又不柔媚称意,却可以制造大车轮轴的枣树。您看中谁、重用谁,那就只好凭您的爱好、看您的需要了。

凡是好诗,都有"言有尽而意无穷"的特点,不宜讲得太死;何况这是一首托物言怀的诗,比兴并用,联类不穷,寓意相当深广。不过,弄清"杏园"是什么地方、有什么特点,从而探索作者的创作意图,对于进一步涵咏这首诗的深广寓意,还是不无帮助的。

1962 年 5 月

旱灾诗与抗旱诗

由于社会地位不同,对于天旱,也有迥不相同的看法。《水浒》里的"赤日炎炎似火烧,野田禾稻半枯焦,农夫心内如汤煮,公子王孙把扇摇",就突出地表现了这一点。《坚瓠集》中有一段记载更值得玩味。南宋时的宰相赵葵,在水亭避暑,诗兴大发,提笔写了这么几句:"水亭四面朱栏绕,簇簇游鱼戏萍藻。六龙畏热不敢行,海水煎彻蓬莱岛。身眠七尺白虾须,头枕一枝红玛瑙。"天气尽管那么炎热,但他却生活在清凉世界里,舒坦得很。写了那几句,也就睡着了。他的侍婢看了诗稿,随手续了两句:"公子犹嫌扇力微,行人尚在红尘道。"这样的结尾,大约是出乎赵相爷意外的。

由于受历史的局限,在禾稻枯焦的危急情况下,古代的农民往往祀神祈雨;这当然是迷信,但也反映了希望活下去的焦灼心情。而那些凭借掠夺农民的劳动果实维持豪华生活的达官贵人们,对这又采取什么态度呢?请看中唐诗人李约的《观祈雨》:

桑条无叶土生烟,箫管迎龙水庙前。朱门几处看歌舞,犹恐春阴咽管弦。

前两句写天旱,心内如汤煮的农民们在龙王庙前求雨;后两句写富贵人家正兴致勃勃地听歌看舞,生怕天阴了乐器受潮,奏不出美妙的乐曲,影响他们享乐。这真把剥削阶级的残酷本质揭露无遗了。

那些"朱门"里的人不但不想办法抗旱,而且惟恐天阴下雨,这是不是写得过于夸张了呢?不,一点也不。因为不管旱灾怎样严重,剥削者还是照样剥削,甚至还可以趁机会贱价收买房屋土地。例如唐德宗贞元二十年春天,长安一带旱灾严重,统治者反而急如星火地进行横征暴敛,弄得农民家破人亡。当时有个名叫成辅端的优人作诗讽刺说:"秦地城池二百年,何期如此贱田园;一顷麦田五石米,三间堂屋二千钱……"结果被以诽谤朝政的罪名活活打死了。当时做监察御史的韩愈上疏请求缓征租税,也被贬为阳山令,韩愈在赴江陵途中所作的一首诗中写道:

……是年京师旱,田亩少所收。上怜民无食,征赋半已休。有司恤经费,未免烦征求。……传闻闾里间,赤子弃渠沟。持男易斗粟,掉臂莫肯酬。我时出衢路,饿者何其稠!亲逢道边死,伫立久咿嚘。归舍不能食,有如鱼中钩……

对于这样的天灾人祸,进步的古典诗人们都没有沉默。例如白居易,就为上述事件写出了著名的《杜陵叟》:

杜陵叟,杜陵居,岁种薄田一顷余。三月无雨旱风起,麦苗不秀多黄死。九月降霜秋早寒,禾穗未熟皆青干。长吏明知不申破,急敛暴征求考课。典桑卖地纳官租,明年衣食将何如!剥我身上帛,夺我口中粟,虐人害物即豺狼,何必钩爪锯牙食人肉?

正由于旱灾对人民的威胁那么严重,所以历史上一切帮助人民抗旱的人,都受到人民和关怀人民疾苦的诗人们的歌颂。如凿离堆以避沫水之害,作堰溉田(即四川灌县的都江堰)的李冰父子,民间就有不少神奇的传说,历代的诗人,也写了不少诗章。由岑参在《石犀》中所说的"江水初荡潏,蜀人几为鱼"一变而为范成大在《离堆行》里所说的"自从分流注石门,西州秔稻如黄云",这功绩是值得称赞的。就关中地区说,秦时的郑国和西汉的白公先后率领民工开凿的郑国渠和白渠,灌溉了不少土地,人民便唱出了热情的颂歌——《郑白渠歌》:

田于何所?池阳谷口。郑国在前,白渠起后。举锸如云,决渠为雨。水流为下,鱼跃入釜。泾水一石,其泥数斗。且溉且粪,长我禾黍。衣食京师,亿万之口。

眼看着"久旱炎气甚……禾黍尽枯焦"而反复考虑"将何救旱苗"的白居

易,在杭州作官时在西湖上筑堤(后人称为白堤)蓄水,灌田千余顷。当他离开杭州时,老百姓恋恋不舍,流下了眼泪。他在《别州民》一诗里写道:

耆老遮归路,壶浆满别筵。甘棠无一树,那得泪潸然!税重多贫户,农饥多旱田。唯留一湖水,与汝救凶年。

在那个民贫税重的时代里,能够为人民留下一湖水,用以防旱抗旱,的确是值得感谢的。

然而在旧时代,这样值得感谢、值得歌颂的人和事却实在太少了。而且,土地一旦能够灌溉,立刻就变成权豪势要之家掠夺的对象。例如汉成帝时,大官僚张禹就曾霸占郑、白渠两边的水田四百余顷。遇上天灾,统治阶级又趁机变本加厉地向人民进行敲诈勒索。所以,就像唐德宗贞元二十年那样,不过是一个春天未落雨,人民就已倾家荡产,卖儿鬻女,还不免于饿死。在全国范围内兴修水利,这是只有在人民当家作主的新时代才能做到的。

1963年5月

关于《柏梁台诗》

从六朝以来，许多人在谈到诗歌体裁、七言诗起源等问题时，往往要涉及《柏梁台诗》。

从题目看，准会认为《柏梁台诗》就是咏柏梁台的诗；其实不然，它是在柏梁台上做的。谁作的呢？据说是以汉武帝刘彻为首的几十个人做的。几十个人"集体"作一首诗，或者说，皇帝与群臣、作家"三结合"作一首诗，的确很新鲜！所以，这首诗在文学史上也就出了名，柏梁台这个建筑物也自然跟着出了名。

让我们先了解一下柏梁台。

据《汉书·武帝纪》记载：元鼎二年（前115）"春，起柏梁台"。服虔注解说："用百头梁作台，因名焉。"颜师古引《三辅旧事》的记载纠正道，"以香柏为之"，所以叫"柏梁台"，而不叫"百梁台"。《汉武故事》里也说"以香柏为之，香闻数十里"。顾名思义，"柏梁台"以柏为梁，该没有什么问题；而一个建筑物不多不少，恰好用"百头梁"，却有点玄乎。服虔之说，是不足凭信的。

《汉书》卷二十五《郊祀志》在叙述了汉武帝敬鬼神、求长生的许多荒唐做法之后说："其后，又作柏梁、铜柱、承露仙人掌之属矣！"看来汉武帝建柏梁台的目的，也是和敬鬼神、求长生相联系的。

根据记载，柏梁台在未央宫"北阙内道西"，"上有铜凤，名凤阙"（《庙记》、《三秦记》）。汉武帝太初元年（前104）十一月，"大风发其屋"，引起火灾，被烧毁（《汉书·五行志》）。它存在的时间是有限的。

汉武帝刘彻，是个颇有文才的皇帝，有集二卷。鲁迅在《汉文学史纲要》里称赞他的《秋风辞》："缠绵流丽，虽词人不能过也。"《瓠子歌》也不错。《柏梁台诗》，见于《古文苑》卷八、《艺文类聚》卷五十六，其他如《诗纪》、《诗删》、《古诗选》、《古诗源》、《八代诗选》等，也都收入。据诗前的小序说：汉武帝"作柏梁台，诏群臣二千石有能为七言诗者，乃得上坐"。于是，想上台的就都上去

了,每人拼凑了一个七字句,还都押了韵,也真难为了他们。但比起他们吃的酒席来,味道就差远了。诗是这样的:

> 日月星辰和四时。(皇帝)骖驾驷马从梁来。(梁王)郡国士马羽林材。(大司马)总领天下诚难治。(丞相)和抚四夷不易哉。(大将军)刀笔之吏臣执之。(御史大夫)撞钟伐鼓声中诗。(太常)宗室广大日益滋。(宗正)周卫交戟禁不时。(卫尉)总领从官柏梁台。(光禄勋)平理清谳决嫌疑。(廷尉)修饰舆马待驾来。(太仆)郡国吏功差次之。(大鸿胪)乘舆御物主治之。(少府)陈粟万石扬以箕。(大司农)徼道宫下随讨治。(执金吾)三辅盗贼天下危。(左冯翊)盗阻南山为民灾。(右扶风)外家公主不可治。(京兆尹)椒房率更领其材。(詹事)蛮夷朝贺常会期。(典属国)柱枅欂栌相扶持。(大匠)枇杷橘栗桃李梅。(太官令)走狗逐兔张罘罳。(上林令)啮妃女唇甘如饴。(郭舍人)迫窘诘屈几穷哉。(东方朔)

在有些书里,除头两句而外,每句诗都注了作者的官位和姓名。顾炎武在《日知录》卷二十一里曾加考证,认为"是后人拟作"。丁福保在《全汉三国晋南北朝诗·总论》里说:"《柏梁》一诗,考宋本《古文苑》之无注者,每句下但称官位而无名氏;有姓有名者,唯郭舍人、东方朔耳。自章樵增注,妄以其人实之,以致前后矛盾,因启后人之疑。……考《艺文类聚》卷五十六,亦载此诗,乃于每句之上,各署作者:首句有'皇帝曰'三字,次句有'梁王曰'三字,以下则但称其官而无姓名;有姓名者,亦唯郭舍人、东方朔,与无注《古文苑》同。"关于这首诗的真伪之争,其情况大略如此。

这首诗之所以在文学史上很有名,是因为和几种诗体的起源有关。

一、和七言诗的起源有关。旧题梁代任昉(460—508)所著的《文章缘起》里说:"七言诗,汉武帝《柏梁台联句》。"南宋人严羽在《沧浪诗话·诗体》里说:"七言起于汉武《柏梁》。"

对于《柏梁台诗》是七言诗的起源的说法,好些人不同意。明代陈懋仁在为《文章缘起》作注时就说:"《周颂》'学有缉熙于光明',七言之属也。"从挚虞、刘勰以来的许多文论家都认为七言诗起源于《诗经》和《楚辞》。但是,《诗经》和《楚辞》中,只有七字句,并没有完整的七言诗。所以,如果《柏梁台诗》并非后人所伪托,那么说它是七言诗的起源,还是有道理的。因为从现存的作品看来,除了这首诗,最早的完整的七言诗,就要数魏文帝曹丕的那首《燕歌行》了。所以清人赵翼在《陔余丛考》卷二十三里说:虽然在《诗经》、《楚辞》里有七字句,"特尚未以为全篇;至《柏梁》,则通体皆七言,故后世以为七言之始耳"。

二、和联句的起源有关。《乐府解题》:"连句(即'联句')起自汉武柏梁宴作,人作一句,连以成文。"(《类说》卷五十一引)《陔余丛考》卷二十三:"联句当以汉武《柏梁》为始。"

按:联句这种形式,《柏梁台诗》之后,有贾充《与妻李夫人联句》;其见于诗集者,当始于陶潜,至韩愈、孟郊而更多变化。宋人范希文《对床夜话》云:"昌黎连句,有跨句者,谓连作第二、三句,如《城南》等作是也;有一人一联者,如《会合遣兴》等作是也;有一人四句者,如《有所思》等作是也。《城南》共一百五十三韵,先由孟郊作一句'竹影金琐碎',韩愈对一句'泉音玉淙琤',又出上句'琅璃剪木叶';再由孟郊对一句'翡翠开园英',又出上句'流滑随仄步',如此接续下去,构成一首排律。"这种形式,为后来所通用。《红楼梦》第五十回《芦雪庭争联即景诗》和第七十六回《凹晶馆联诗悲寂寞》中的联句,就是这样的。

《柏梁台诗》之所以在文学史上很有名,还因为它代表着一种特定的诗体——"柏梁体"。《沧浪诗话·诗体》:"汉武帝与群臣共赋七言,每句用韵,后人谓此体为'柏梁体'。"《陔余丛考》卷二十三:"汉武宴柏梁赋诗,人各一句,句皆用韵,后人遂以每句用韵者为'柏梁体'。""柏梁体"的代表作,就是曹丕的《燕歌行》:

> 秋风萧瑟天气凉,草木摇落露为霜,群燕辞归雁南翔。念君客游思断肠,慊慊思归恋故乡,何为淹留寄他方?贱妾茕茕守空房,忧来思君不敢忘,不觉泪下沾衣裳。援琴鸣弦发清商,短歌微吟不能长。明月皎皎照我床,星汉西流夜未央。牵牛织女遥相望,尔独何辜限河梁。

此诗写妇女思念在远方做客的丈夫,情致委婉,音韵和谐,是历来传诵的名作。

同样是七言诗,同样句句押平声韵,一韵到底,但这首《燕歌行》和《柏梁台诗》相比,其艺术水平却判若天壤。这是什么原因呢?

原因当然是多方面的,但其中一个重要原因,则与是否遵循艺术规律有关。

艺术创作之所以叫"创作",就因为它贵在独创。独创性是艺术规律的内容之一。而独创性规律,又是和个体性规律密切联系着的。艺术创作是一定的社会生活在艺术家头脑中的反映,它是一种个体性的复杂的精神劳动。所谓"独出心裁"、所谓"匠心独运",都说明艺术创作需要充分发挥艺术家个人的独创精神。所以列宁在提出无产阶级文学的党性原则的时候,特别指出:"无可争议,在这个事业当中,绝对必须保证个人创造性和个人爱好的广阔天地,思想和幻想、形式和内容的广阔天地。"像"柏梁台联句"那样,二十几个人每人作一句,七拼八凑,又怎能写出好诗来呢?在所有联句诗中,韩愈、孟郊的若干首最负盛名。韩、孟是有成就的杰出诗人,他们的联句在成篇之后,还作过统一、润色的工作,但和他们个人的创作放在一起,仍然相形见绌,其根本原因,正在于此。这是值得我们深思的。艺术创作,"绝对必须保证个人创造性"的充分发挥,这是客观规律,不能违反;违反了,就会受到惩罚。即使是综合性艺术,如戏剧、电影之类,也还是要以参与其事的某个作家、艺术家的具体创作为主要基础来完成的;非综合性艺术,就更不必说了。所谓"领导出思想,群众出生活,作家出技巧"的"三结合"方式,是不可能生产出别开生面的艺术珍品的,正像"联句"的方式写不出脍炙人口的好诗一样。

从内容上看,《柏梁台诗》有没有值得注意的地方呢?有的。明朝人谢榛在《四溟诗话》卷一里就讲过这么一段话:

> 汉武帝柏梁台成,诏群臣能为七言者乃得与坐。有曰"总领天下诚难治",有曰"和抚四夷不易哉",有曰"三辅盗贼天下危",有曰"盗阻南山为民灾",有曰"外家公主不可治"。是时君臣宴乐,相为警诫,犹有三代之风。后世以诗讽谏而获罪者,可胜叹哉!

的确,君臣宴乐,皇帝老儿就坐在面前,有人却不但讲了"三辅盗贼天下危"之类的扫兴话,而且还说什么"外家公主不可治",连皇亲国戚的生活都干预起来了!而皇帝并没有因此大发雷霆,当场抓人。这究竟是汉武帝真的虚怀纳谏,"有三代之风"呢?还是正好证明这首诗是后人伪托的呢?

1979年2月

马总赠日僧空海"离合诗"

日僧空海在《性灵集序》中说他在中国留学期间,"作'离合诗'赠土僧惟上。泉州别驾马总,一时大才也,览则惊怪",因而给他也赠了一首"离合诗":

何乃万里来?可非衒其才!增学助无机,土人如子稀。

这首诗,对空海不远万里来到长安留学以求深造的精神,给予了高度的评价。

马总由于看到一个日本人竟然也会作"离合诗",感到惊异,所以也写了这首"离合诗"赠给他。那么,什么叫"离合诗"呢?所谓"离合诗",是杂体诗的一种。严羽在《沧浪诗话·诗体》中曾说:"离合"与"藁砧"、"五杂俎"、"两头纤纤"、"盘中"、"回文"等等,"虽不关诗之重轻,其体制亦古"。常提到的例子是"建安七子"中孔融所作的《离合作郡姓名字诗》:"渔父屈节,水潜匿方(离鱼字);与时进止,出行施张(离日字,鱼、日合成鲁)。吕公矶钓,阖口渭旁(离口字);九域有圣,无土不王(离或字,口、或合成國)。好是正直,女回于匡(离子字);海外有截,隼逝鹰扬(当离乙字,恐古文与今文不同,合成孔也)。六翮将奋,羽仪未彰(离鬲字);蛇龙之蛰,俾也可忘(离虫字,合成融)。玟璇隐曜,美玉韬光(去玉成文,不须合)。无名无誉,放言深藏(离与字);按辔安行,谁谓路长(离手字,合成举)。"这是按《古文苑》(卷八)抄出的,已注明离合之法,容易理解。叶梦得《石林诗话》(卷中)所录,诗内无注,且有异文。如第三、四句,作"与时进止,出寺弛张"。叶氏有一段解释说:"此篇离合'鲁国孔融文举'六字。徐而考之……如首章云:'渔父屈节,水潜匿方,与时进止,出寺弛张。'第一句有渔字,第二句有水字,渔犯水而去水,则存者为鱼字。第三句有时字,第四句有寺字,时犯寺而去寺,则存者为日字。离鱼与日而合之,则鲁字。下四章类此。"据徐师曾《诗体明辨》所说,离合诗有四体,孔融的这一首,属于四体中最通行的一体。马总赠空海的离合诗,也属于这一体:第一句有何字,第二句有可字,何犯可而去可,"离"出人字;第三句有增字,第四句有土字,增犯土而去土,"离"出曾字。人、曾相"合",就构成僧字。表示这首诗是赠给一个僧人的。这种诗体虽然由来已久,但带有文字游戏的性质,很难写出好诗来。《文心雕龙·明诗》云:"离合之发,则明于图谶。"谶书以"卯金刀"射"刘"字,离合诗正与此相类似。

马总字会元,贞元、元和(785——820)期间,曾任泉州别驾、安南都护、刑部尚书等职,不仅"政事嘉美",而且在学术上也有贡献。他编著的《意林》五卷,摘录周秦以来七十一家杂记,去取精严。所采子书,现多失传,即《老》、《庄》、《管》、《列》诸家之说,也有与今本不同者,因而在辑逸、校勘等方面极有价值。他的这首离合诗虽然缺乏艺术性,但对空海不远万里来中国深造的高度评价,却是符合事实,值得重视的。

空海在中日文化交流史上,是一位成绩卓著的杰出人物。

据《旧唐书·日本传》及日人木宫泰彦《日华文化交流史》等书记载:唐德宗贞元二十年(804),日本遣唐大使藤原葛野麻吕、副使石川道益,留学生橘逸势,学问僧空海、最澄等五百多人,分乘四只大船来中国。途中遇暴风,于八月十日漂至福州长溪县海口。唐观察使严济美奏报朝廷获准,空海等乃于十二月二十一日到达长安,住宣阳坊。

空海在回国后所写的《上新请来经等目录表》(汉文真迹藏日本京都教王护国寺,木代修一《日本文化史图录》中有影印件)里说他"腊月得到长安",第二年"二月十日,准敕配住西明寺,爰则周游诸寺,访择师依,幸遇青龙寺灌顶阿阇梨法号惠果和尚以为师"。《长安古刹提要》中说:"青龙寺,在东关南门外三里。唐大历中,有惠果和尚住此寺,宏宣真言大教。……德宗时,新罗国僧慧日来此学密教。贞元十九年,日本僧空海奉敕将摩衲及国信物五百余贯文奉和尚,求援大悲胎藏、金刚界,并诸尊瑜珈教法经五十本。空海回国,大宏密教,为日本密教之开祖,所谓'弘法大师'是也。"

据北宋著名学者宋敏求著《长安志》(卷九)所记,青龙寺位于唐长安新昌坊南门之东,原为灵感寺,隋文帝开皇二年(582)建。唐高宗龙朔二年(662)改为观音寺。唐睿宗景云二年(711)改为青龙寺。"北枕高原,南望爽垲,为登临之美"(其故址在今西安城外东南方的铁炉庙村北高地上,今已重建,立空海碑)。从《全唐诗》中,我们可以看到不少写青龙寺的诗。贾岛《题青龙寺》有云:"拟看青龙寺里月,待无一点夜云时。"因为地势高旷,所以是赏月的好地方。从有关史料看,空海从惠果学密教的那个时候,大约是青龙寺最兴旺的时代。

所谓密教(密宗),是佛教大乘各宗派之一,有金刚界、胎藏界两部,即智差别、理平等两门。说智差别的经典为《金刚顶经》,说理平等的经典为《大日经》。密教尊奉最高的神,叫大日如来。据说,大日与释迦为同一佛,大日是法身,释迦是应身。密教自称:显教是释迦对一般凡夫说法,密教则是法身(大日)对自己的眷属说秘密真言。所以密宗也叫真言宗。修法的时候,要筑起坛来,这个坛叫曼荼罗。阿阇黎(传法师)给受法人在曼荼罗内行过灌顶仪式,即用清水灌头顶,洗去身心垢秽,授以秘印(手势)、秘明(咒语),才算正式入教。一入教,据说就可以现身成佛,实际上是宣传快速成佛法以招揽信徒。

唐玄宗时,密教正式传入中国。716年,中天竺人善无畏携带梵本来到长安,译出《大日经》,与弟子一行、玄超,相继为胎藏界阿阇黎。719年,南天竺僧金刚智来长安,译出《金刚顶经》,传授弟子天竺人不空,二人相继为金刚界阿阇黎。玄超传授惠果,不空也传授惠果。于是惠果一人,合并传授胎藏、金刚两部,历经唐代宗、德宗、顺宗三朝,极受最高统治阶层的礼遇。贞元中,数入禁中祈雨,为国持念,中外道俗,从学者甚众。其弟子十二人传阿阇黎灌顶位,空海就是惠果的弟子之一。惠果传义操,义操传义真,义真所传全是日本僧。此后,中国僧徒,不再有著名的阿阇黎。

空海从惠果学传密法,不久,惠果卒,空海为撰《大唐青龙寺惠果和尚碑》。

密教不过是一种行骗的巫术,用咒术治病捉鬼,一不灵验,就立刻败露,因而在中国很快就销声匿迹了。空海在中日文化交流史上的贡献,在我们看来,不在于他从惠果那里得到"真传",回日本后"大宏密教",赢得了"弘法大师"的称号,而在于其他方面。空海在来中国留学之前,就博览中国的经史百家之书;来中国后,交游甚广,多方面地学习中国文化。胡伯崇在《赠释空海歌》里称赞他"天假吾师多伎术,就中草圣最狂逸",并非溢美。他不仅擅长书法,还精于诗学。从事中国古代文艺理论批评研究工作的人,大都要阅读日僧遍照金刚编著的《文镜秘府论》,而这位遍照金刚不是别人,正是空海。这部《文镜秘府论》,共分天、地、东、西、南、北六册,是他回国后为了向日本人民介绍汉语汉文而编写的。书中讲述了六朝以来关于诗歌体制和声韵、对偶等方面的理论。引用的许多书籍,现在多半已经失传,所以弥足珍贵。这部书,在帮助日本人民学习汉语汉文方面起了很大作用,发生了深远影响,对于我们,也颇有参考价值(此书在日本,有《东方文化丛书》影印古钞本及讲谈社校印本,在我国,有1975年出版的校点本)。

空海也能用汉文作各体诗,在长安时,颇多诗友。诗僧无可有一首《秋夜寄青龙寺空、真二上人诗》,题中的"空"上人,当即指空海,"真"上人,当即指与空海同时从惠果学习的新罗僧人悟真。诗是这样的:

夜来思道侣,木叶向人飘。精舍池边古,秋山月下遥。磬寒彻几里,云白已经宵。未得同居止,萧然自寂寥。

空海有一首《在唐观昶法和尚小山》:

看花看竹本国春,人声鸟弄汉家新。见君庭际小山色,还识君情不染尘。

唐宪宗元和元年(806)三月,空海遵照惠果遗嘱,与留学生橘逸势等,乘日本遣唐使高阶真人远成的船回日本,携去新译经等一百四十二部,梵字真言赞等四十二部,论疏章三十二部,并佛像祖师影(今日本京都东寺藏有唐李真所绘《真言五祖像》)及真言道具等。离长安之时,以诗文送别者有朱千乘、朱少端、昙清、鸿渐、郑壬等;空海也有《留别青龙寺义操阇黎诗》云:

同法同门喜遇深,游空白雾忽归岑。一生一别难再见,非梦思中数数寻。

空海回国以后,不仅作"日本密教之开祖",而且总结在中国学习的心得,从事学术活动,除编写《文镜秘府论》而外,还著有《篆隶万象名义》、《十住心论》等要籍,又研究中国草书的形体结构,创制了日本文字平假名。

1982年3月

王绩在长安所作问答体诗

初唐诗人王绩有一首问答体的诗《在京思故园见乡人问》：

旅泊多年岁，老去不知回。忽逢门前客，道发故乡来。敛眉俱握手，破涕共衔杯。殷勤访朋旧，屈曲问童孩。衰宗多弟侄，若个赏池台？旧园今在否？新树也应栽？柳行疏密布？茅斋宽窄裁？经移何处竹？别种几株梅？渠当无绝水？石计总生苔？院果谁先熟？林花那后开？羁心只欲问，为报不须猜。行当驱下泽，去剪故园菜。

王绩是隋末大儒王通的第二个弟弟，兄弟七人，子侄更多。其故乡在绛州龙门（今山西河津县），有田园之美。作此诗时，他在京城，弟侄们多在故园，诗中写一见乡人，便一口气提出许多问题。这在赵松谷看来，"缀语稍多，意趣便觉不远"，不如王维"只为短句，更有悠扬不尽之致"。这样评论，当然也未尝没有道理。但如果据以评定优劣，就失之片面化。王维诗是一首五绝，应该而且适于表现"悠扬不尽之致"。王绩所写的却是长达二十多句的五言古诗，在风格上的特点自与绝句不同。而且，作者之所以写了二十多句，又不是由于不善剪裁，而是由于的确有许多话要说、要问，问得惟恐"不尽"。

王绩在诗题里明确说：他寄居京城，思念故园，恰巧遇见刚从故乡来的一位同乡，就迫不及待地向他问故乡的情况。在诗的开头，就说他"旅泊多年岁"，离乡很久了。离乡既久，思乡心切，仅问"寒梅著花未"，怎能表现汹涌澎湃的激情！"殷勤访朋旧，屈曲问童孩"两句，用叙述语气，因为他所关心的朋旧、童孩很多，不便一一用问话表达。"若个赏池台"以下，则连发十余问，充分表达了他急于了解"旧园"近况的心情。每一个久别故乡的游子读这些诗句，都不能不引起共鸣和联想。

最后四句，"羁心只欲问，为报不须猜"，真切地展示了他连发十余问的心理根据;"行当驱下泽,去剪故园莱",则表明他急于了解故园近况,乃是由于厌居京城,渴望回到故乡。读诗至此,如果熟读过陶渊明的《归去来辞》,那么,"田园将芜,胡不归""悟已往之不谏,知来者之可追"等句,必将脱口而出,从而想到更多的东西。

从"羁心只欲问",因而连发十余问,惟恐问得不够详尽这一层来看,其特点和优点不在于"不尽",而在于"尽"。从连发十余问引出的结句来看,又由"尽"导向"不尽",言外有意,弦外有音。

王绩的这首诗,也许真如题目所说,是在京城里遇见家乡人,向他询问家乡近况之后写的;也许并无其事,向故乡人问这问那,不过是一种艺术表现方式。总之,这是一种只写问而不写答的诗;即使他真的问了家乡人,那家乡人又会写诗,也不一定要写一首诗回答所有问题。然而在《全唐诗》卷三十八中,却收了一首诗。题目是《答王无功问故园》(王绩字无功)。诗是这样的:

我从铜州来,见子上京客。问我故乡事,慰子羁旅色。子问我所知,我对子应识。朋游总强健,童稚各长成。华宗盛文史,连墙富池亭。独子园最古,旧林间新埛。柳行随堤势,茅斋看地形。竹从去年移,梅是今年荣。渠水经夏响,石苔终岁青。院果早晚熟,林花先后明。语罢相叹息,浩然起深情。归哉且五斗,饷子东皋耕。

作者是谁呢?《全唐诗》编者说是"朱仲晦,王绩乡人"。这位"王绩乡人"对王绩的询问一一作了回答,诗写得很熟练,应该有诗集传世。然而小传却说他只有"诗一首",不能不使人产生疑问。

这位作者的姓名,使人想到南宋的理学家朱熹。大家知道,朱熹字元晦,一字仲晦。检《朱文公集》,果然在卷四里找到了这首诗,全诗字句,与《全唐诗》所收无异,只是题目多了几个字,作《答王无功〈在京思故园见乡人问〉》。《全唐诗》的编者把南宋徽州婺源人朱熹当作初唐绛州龙门人王绩的同乡,让他们在一起问答、作诗,这显然是搞错了。

如果把王绩的诗比作屈原的《天问》,那么朱熹的诗,就有似于柳宗元的《天对》。"问"和"答",并不是同时进行的。

王绩还有题为《春桂问答》的诗,《全唐诗》标作"二首",其实应该看作一首,因为问与答结合,才表现出完美的意境。诗如下:

问春桂:"桃李正芳华;年光随处满,何事独无花?"

春桂答:"春华讵能久! 风霜摇落时,独秀君知否?"

诗人以桂花凌寒独秀象征高洁的人品,诗的意义是积极的。就艺术表现而言,用前面的问为后面的答作好铺垫,而答又以反问语气出之,颇有"悠扬不尽之致"。

撇开先秦古籍不谈,在五七言诗的传统里,以问语成篇和以问答成篇的作品,王绩的这两首是出现较早、也写得较好的。此后,在各类诗歌中,以问语成篇或以问答成篇者就不断涌现,花样翻新,值得一读。

1982 年 4 月

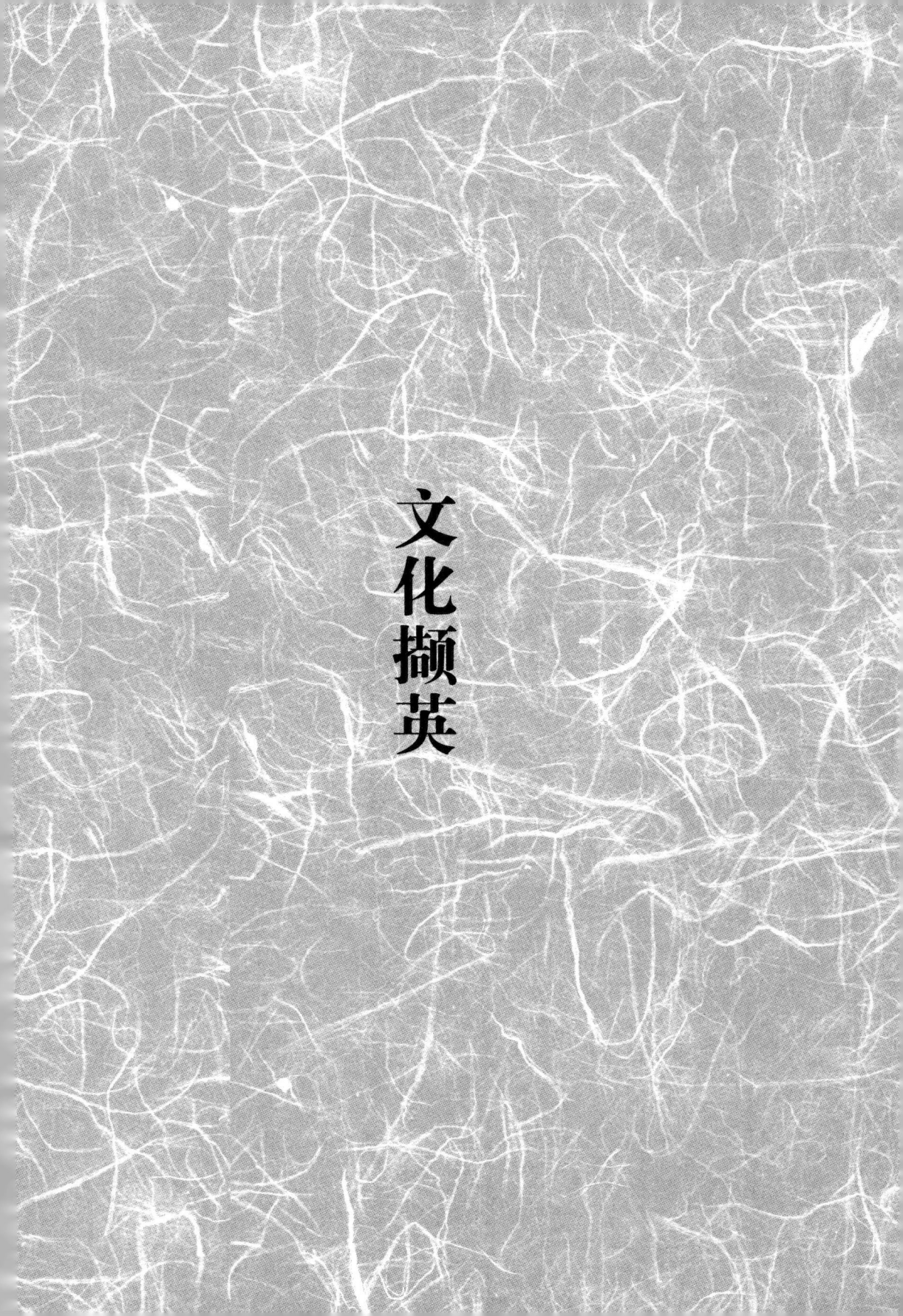

文化撷英

关于传统文化与古典文学的思考

所谓"传统文化",并不是一个已经划了句号的历史概念,而是一种现实运动着的民族精神、民族心理。换言之,传统文化并不仅存于历史上的昨天,而且这种"昨天"的文化,作为一个民族特有的精神、意识,同样深刻地渗透、延伸到了这一民族现在的思维方式和思维模式中。不管你承认也好,不愿意承认也罢,传统文化与这一民族的现实文化总是有着不可割裂的源渊关系,想割也割不断。因此,对待传统文化,根本上是一个如何筛选、如何吸收、如何拓新、如何发扬的问题,而不是抛弃与不抛弃的问题。

对待中国古代文学的态度,我以为也应当如此。我们的祖先,曾经创造了灿烂的古代文化,盛唐之际,中国文化处于当时世界的高峰。当然,宋明以降,中国文化开始衰落了,然而这并不意味着中国传统文化中已不存在促使民族再次振兴的潜力和生机。日本是一个深受中国传统文化影响的国度,近年来,他们发挥本国传统文化的优势,吸收、结合西方近现代文化和科学技术的长处,使民族经济得到迅速的发展,就是一个很好的例证。去年,我到日本讲学,日本的许多学者并不讳言他们的文化,是吸收了很多中国传统文化而形成的,并一再以此而骄傲。纵观世界,汉学在许多国家正逐渐兴盛,西德、法、英、美等国研究中国文化的人日趋增多,日本当然不必说了。"中国学"多少年来一直是吸引众多日本学者投身于其中的一个大学科。外国人热衷于中国文化,并不像一些人所说是仅仅为了猎奇。深信中国传统文化中存在着促使现实世界进步的优秀成分,才是国外许多汉学家致力于中国文化研究的真正动机。

仅就唐诗而言,其中所表现的广阔胸襟、高洁情怀,人与自然相统一的和谐心境,难道不足以净化人们的感情、陶冶人们的志趣?传统文化、古代文化如何利用,不能简单化,不能急功近利,更不能拿直接获得经济效益、眼下得到实惠的标准衡量。我们应当从提高民族精神素质上看待这一问题。

近十年来,世界经济急速发展,商品经济给传统文化带来的冲击,恐怕是个全球性的问题。比如,现在日本也存在部分年轻人对传统文化不感兴趣,甚至厌弃的现象,也同我们中国一样,在对待传统文化与传统文学问题上,存在着中老年人与青年人之间的"代沟"。不过,在我看来,这只不过是一段必然经历的"阵痛",即在现实社会新的发展层次上,如何选择新的角度和新的层面,重新看待和重新吸收传统文化的必经过程。实际上,在真正坐下来研究传统文化的人们中间,是并不感到传统文化或古代文学存在着失去应有价值的危机的;所存在的问题,仅在于如何站在更新更高的层次上,更为准确而深刻地发掘、整理出古代文化或古典文学的优秀精髓,而使之在促进民族整体素质和民族整体文化中放射出自己应有的光辉。

重塑陕西人文精神答陕报记者问

陕西文化是中华文化的重要组成部分,甚至可说是中华文化的源头。江泽民总书记在十五大报告中特别指出,中国特色社会主义文化"渊源于中华民族五千年文明史"。"五千年",是从黄帝算起的。黄帝、炎帝在陕西开启了华夏五千年的文明史。后来,周秦汉唐建都在陕西,形成了周秦文化、汉唐文化。我认为,汉唐文化对中国历史的发展,甚至对世界文明都是有巨大影响的。陕西作为汉唐的都城所在,陕西文化是汉唐文化的核心。唐代前期曾实行"关中本位"政策,后来改变了,但这说明陕西文化与汉唐文化是密不可分的。汉唐文化博大精深,但其主要精神是两个东西:一个是统一,一个是开放。强大一统的中华从秦代形成,到汉代完成版图辽阔的大统一国家,一直延续到现在。在世界上,这种虽然有时分裂、有时割据,但终归一统而延续数千年的国家是少有的。这与汉唐文化的统一精神有极大关系。再说开放,汉代经济、文化各方面的开放,历史记载很多很多。唐长安是一个国际性大都市。我们读历史、读唐诗,可以见到唐文化中的音乐、舞蹈、杂技、歌曲乃至时装等等,都时常接受西域等外来影响。唐王朝,特别是盛唐时期,是当时世界上最强盛、文明的大一统帝国,与世界很多国家往来。比如日本遣唐使次数很多,留学生、僧人等每次多达几百人。在经济上,长安是世界贸易中心,长安的东市、西市集中的货物主要来自西域,也包括世界其他国家。当时的陆地丝绸之路,通向西域、通向欧洲;海上的丝绸之路,则通向日本、南洋等地。当时长安是一个对外开放的大城市,经济文化都十分繁荣。陕西的人文精神从传统看,最精华的东西是统一、开放。在汉唐时代,长安、陕西并不存在封闭、保守的问题。宋代以后,中国的经济、政治、文化中心逐渐南移,长安相对衰落了。明清以来,经济中心转到江浙、东南一带,陕西就跟汉唐时代不可同日而语了。农业是小农经济模式,加之交通不便,八百里秦川是产粮区,可满足于自给自足,经济趋于封闭、保守,对陕西的人文精神影响直到现在。重塑陕西人文精神离不了两条:

一是弘扬文化传统,跟新的观念结合起来;二要汲取国外的、全世界先进的东西,为我所用。我看,陕西的出路就在于不断改革、开放,向东南沿海开放、向世界开放。走出陕西,走向世界。作为国际性大都市的唐代长安,曾繁荣昌盛,灿烂辉煌。在新的历史条件下,我们应该再创辉煌,超唐迈汉。到那时,我们走向世界,世界也走向西安、走向陕西。在这个实践过程中,崭新的陕西人文精神,也必将形成、完善而大放光芒于全世界。

文学现象的哲理性思考

刘建国同志要我为他的《文学社会理性研究》写一篇序。我排除了一整天工作的疲劳,当晚翻了这本书的目录,阅读了不少刊物、通讯上的论文摘要、简介和一些名家的书信,引起了我一连串的回忆与联想。

记得1980年春,我们学校召开过一次学术讨论会,会后教务处负责科研的同志为了编辑《社会科学论文集》,把参加这次报告会的论文收集起来,分发给有关教授"审阅"。在分给我的几篇中,有一篇就是建国的《试论典型和典型人物的创造》。我仔细阅读了这篇长文,感到很高兴,因为它从理论和实践的结合上深刻合理地论述了文学理论中这一古老而年轻的重要问题,材料充实,分析深刻,各部分都有一些新的看法和见解,说服力较强,我没有改动,只是建议删去了后边的一段"结束语"。

1980年以后,我在《文艺理论研究》杂志上连续发表通过诗词鉴赏探讨古代诗论的文章。有一天傍晚,收到该刊编辑部寄来的两份刊物,我半躺在床头的被子上翻着,发现这里有建国的《再论马克思关于艺术生产同物质生产发展不平衡关系的学说》一文,顺便一口气读了下去。开始觉得有点艰涩,进而觉得材料涉猎很广,道理讲得充分,而且哲理性也强,这就产生了要读他第一篇文章的想法。时间隔了好久,可能在一次教师职称评定之前,我终于读到了他发表在《外国文学研究》上的《试论马克思关于艺术生产同物质生产发展不平衡关系的学说》一文,我知道这篇文章与《再论》是姊妹篇。在这两篇论文中,建国从中外文学发展的史实出发,特别是从西欧文学发展的史实出发,广泛深入地探讨了马克思提出的这一美学理论。当时我又突然想起,开国初期,有人提出过这个问题,由于那时我还进行文艺理论的教学和研究,对这类问题很关注。不知什么原因,那次讨论没有继续下去。这一次阅读这两篇文章,感觉比过去的讨论大大深入了一步。它不仅阐明了这一理论本身较为烦难的疑点,而且提出了产生这种"不平衡"现象的原因以及这一理论的现实意义。问题难度较大,文章言之成理。

　　1982年,建国和我分管中文系科研和研究生工作,为了把系上的科学研究推进一步,造成一种学术气氛,经系领导会议研究,取得校领导和有关部门同意,决定召开全国唐诗研究会。会前由我出面,动员全系师生写文章,并要求建国也写一篇。开始他有畏难情绪,强调会议筹备繁忙,没有时间,但经我这么一"逼",两个月后终于拿出来了,这就是《唐代诗歌繁荣的基本原因》。这篇文章在收入《全国唐诗讨论会论文选》之前,我曾看过。建国翻了许多资料,阅读了唐代许多名家的诗篇,但他没有受唐诗本身的局限,把视野扩展到整个唐代的经济、政治、文化领域,进而又扩展到儒家、道家、佛家的思想文化,认真探寻唐代诗歌繁荣的原因。关于佛、道思想对唐诗影响的分析,尤有新意。首届全国唐诗讨论会盛况空前。会议结束了,当大家正在休整的时候,建国在这方面的思考并没有停止。他坐下来集中精力阅览《会议简报》。有一天,他突然来到我家告诉我:"这里滚动着颗颗珍珠,不少专家、学者的几句精彩发言给唐诗研究开拓了一个领域。"这话说得真好! 果然,他去拣"珍珠"了,不几天就写出了《首届全国唐诗讨论会问题综述》一文,以刘倩笔名发表在《陕西师大学报》上,我看这篇长达八千字的"综述"文章,决不亚于一篇论文的价值。

　　这本书是一部学术论文集,因为议题多,范围广,要完成这个写序的任务,不详细阅读是困难的。这次我用了较长时间阅读了这部书稿,加以思索,感觉它有以下几个特点。

　　坚持运用马克思主义作为文学理论研究的指导思想是这本书的第一个特点。建国写文章从不脱离马列主义轨道,关于这一点,全国有些著名教授、学者已经指出来了,如蔡仪读了他的论文后在一封信中写道:"在当前形势下,你坚持马列研究的精神是难能可贵的。"王季思品评他的论文说:"你对经典著作很熟"。在这本书中,建国不论研究文学的性质、文学的典型创造、文学的鉴赏,还是文学的继承、发展或是艺术生产同物质生产发展中的不平衡现象,处处以马列主义为指导。即使研究西方文学的几篇文章,也有这个特色。他以马克思的社会形态结构原理作理论的基础,观察文学现象,分析文学作品,品评作家的思想。从他学习研究马克思、列宁、毛泽东文艺思想的几篇论文中,我们可以看出,一方面他总是忠实经典原著,遵循经典著作产生的时代,阐明经典作品提出的理论原则;另一方面,他也不是为了研究经典而研究经典,总是结合时代的需要,阐述和发展马列主义原理。例如,他对马克思关于艺术生产同物质生产发展不平衡现象提出的三个原因及现实意义,对《在延安文艺座谈会上的讲话》中的理论原则在不同历史时期的理解,尤其对毛泽东文艺思想体系的构架,确有不少独到的见解。

视野宽广、知识丰富是这本书的第二个特点。阅读建国的论文,总有一种浑厚的感觉,这本书中收辑的一部分文章,初读起来似乎有些艰深,但很耐人回味。静心思考,还是视野宽广,知识丰富。现在文论界有相当一些理论文章,有的视野高悬,而不着实际;有的虽有知识性,却纠缠于具体事例本身,而跳不出窠臼。建国所坚持的则是一种健康的学风。他抓取的一些选题虽然不那么新颖,却有现实意义。他研究议题的方法不是就事论事,而是翻阅大量资料,经过认真分析,然后站在理论的高度统摄资料,提出问题,充分加以论述。例如在《文学性质序列初探》、《试论马克思关于艺术生产同物质生产发展不平衡关系的学说》、《正确理解〈在延安文艺座谈会上的讲话〉》等论文中,他把文学作为一个社会大系统中的独特领域,与其他领域,诸如政治、法律、哲学、道德、宗教等作对比,用文学现象和科学现象作对比,力图寻找文学本身的特征。又如在《试论典型和典型人物的创造》等论文中,又以世界名著中的典型人物作为基础,大量结合优秀作家的创作经验进行科学论证,分析不同的表现,总结不同的观点,探讨创作规律。因此,论文虽长,却很有吸引力。

富有哲理性思考是本书的第三个特点。建国多次告诉我,他"写文章很艰难,研究一个问题,不经过翻阅大量资料,在脑子里反复琢磨,是不动笔的"。这话很符合他的实际。一般地说,他没有紧急任务和心得体会,不轻易动笔。阅读建国的论文,总是感觉严肃、耐人深思。他注意文学现象的感性材料,更重视对文学的理性思考。他从不把文艺当作单纯的消遣和娱乐的工具,总是在追求文学的理论价值。在这本书的各篇论文中,从始到终都贯穿了一条哲理线索。《试论马克思关于艺术生产同物质生产发展不平衡关系的学说》、《唐代诗歌繁荣的基本原因》、《西方古希腊文艺繁荣的主要原因》、《文艺复兴时期西欧文艺繁荣的原因》等文章,遵循了历史唯物主义原则。《文学性质序列初探》、《试论典型和典型人物的创造》、《谈谈文艺与生活的辩证法》等,遵循了辩证唯物主义原则。诚然,历史唯物主义和辩证唯物主义不是截然分开的,我是指这些文章的基本线索。实际在论文的阐发和论述中,建国往往运用"综合"的研究方法,他把文学理论不是看作抽象的概念,而是看成一种丰富的精神实体。因此,他的论文常常表现了多面的分析,整体的综合。在以历史唯物主义为主线的论文中,分析各种复杂现象时处处就表现出辩证观点,相反,在以辩证唯物主义为主线的论文中,从总体观察又显示了历史唯物主义。因此,这本书的一些论文不浮泛,有深度,有见解。这是建国精心研究,认真思索的结果。

当然,这并不是说这本书中所收的每篇论文都是高质量的。有的质量也并非那么理想,有的论文部分意见也有进一步探讨的必要。但从总体上来说,我认为这是一本有质量的书,是文艺理论界同志值得一读的书。

1987 年 4 月

魏晋三大思潮

这本魏晋三大思潮专著,是田文棠同志利用业余时间撰写的。篇幅虽然并不算长,却是著者认真研究和独立思考的结晶,有新意,有深度,值得一读。

魏晋时期,在我国思想史上是一个极为重要的发展阶段,随着东汉末年的经济基础、阶级关系、政治制度和社会矛盾的发展变化,从曹魏建立政权开始,就逐步形成我国继春秋战国之后又一个思想解放、文化复兴的新高潮,出现了魏晋时期百家争鸣、学术繁荣的新局面。仅就哲学思想的发展来看,它不但不同于两汉时期"天人感应"的神学目的论,而且,还具有与春秋战国时期的百家争鸣并不完全相同的一些新特点。如果说,春秋战国时期是诸子蜂起,开始建立和发展各种新学派的时期,那么,魏晋时期,则是各家相互吸收,从汇综和融合中寻求发展,并重建新学派的时期。基于这样的认识,著者对魏晋时期的主流思潮,即名理学、玄理学和佛理学等三大思潮进行了比较深入地剖析,并着重说明这三大思潮,从纵的方面来看,既各有所承,紧密相连;从横的方面来看,又相互渗透、相互融合。比如名理学,就是在融合当时名、法、儒、道各家某些思想的基础上形成的;而玄理学,则是儒道结合的产物;佛理学,又是佛玄交流的结果。这是魏晋时期哲学思想逐渐演变的新特征,也是魏晋时期百家争鸣发展变化的新趋势。

从思想内容方面来看,魏晋三大思潮,特别是魏晋玄理学中的"贵无论"派和"独化论"派,不但从理论上开辟了一条崭新的路子,而且,也具有更新方法论的重要意义。他们把中国哲学由主要是研究和探讨世界的生成与起源问题,提高到着力于探求和寻找宇宙的本体与根据问题。这个根本性的转变,使中国哲学发生了深刻的变化,不但大大促进了哲学范畴的发展演变,提高了抽象的理论思维,而且使原来着重运用实际经验的方法,转变为后来较为重视理性思辨的方法。为了能从不同的层次和不同的方面开展对魏晋思潮的研究,并能注意探求魏晋思想家们在构建自己的哲学思想中形成的逻辑范畴体系,著者在这些方面也作了一些努力,力求对魏晋思想的哲学范畴和思辨方法能有所认识、有所把握。

学术研究是十分艰苦、烦难的工作,凡是对这种艰苦、烦难有所体验的人,都很谦虚。田文棠同志正是这样。他说他"对于魏晋思潮企图做一些新的探索,但目前还只迈出了小小的一步"。当然,新的探索是不容易的,即使仅仅迈出了小小的一步,也不应低估它的重要意义。更何况,田文棠同志迈出的不仅是小小的一步,实际上,他已经有所开拓,并且向纵深发展了!

文理融通的桥梁

近读姚远同志所赠、陕西师大出版社新版的《中国大学科技期刊史》，很受教益。此书洋洋五十万言，上溯清末，下迄中华人民共和国成立前夕，以清新流畅的文笔，纵横交错地从一个崭新的视角勾绘出大学学术演进的轨迹，引人入胜，诚为不可多得的一部优秀论著。其中关于我的母校中央大学所办学术期刊的史料及文理融通、学科进化的论述，更唤起我的许多回忆，倍感亲切。

姚远同志原攻理科，却屡有向文史靠拢的新著出版；我是地道的文科出身，却对理科情有独钟。上初、高中阶段，数理生化成绩俱优，因而后来从事文学教学和研究，往往能用自然科学的知识和方法解决问题，提出新见。我也鼓励我的从事自然科学研究的孩子兼攻文史，从多学科的交融互补中开拓新领域；有光的专著《司马迁与地学文化》之所以受到学术界的好评，其原因正在这里。

科技期刊史的研究，需有文、理兼备的知识结构。实际上，《中国大学科技期刊史》运用了文学、新闻学、传播学、史学、出版学、编辑学、图书馆学、情报学、高等教育学、区域科学、科技史学等大量知识，使用了唯物辩证、批判继承、史论结合、鉴别、校勘、考证、统计、区域研究、系统分析等多种方法。因此，它本身就是一个文理兼容的产物。这也同时显示了作者广博的学识和文理融通的扎实功底。

其实，文理融通现象古已有之。《诗经》是我国最早的诗歌总集，但其中有不少诗篇和诗句涉及农学、天文学、地震成因及鸟兽草木等自然科学内容。唐诗中也涉及大量有关天象、地学、植物学、动物学、化学、炼丹术等自然科学知识。比如杜甫的"赤岸水与银河通"，"三峡星河影动摇"，"常时任显晦，秋至最分明，纵被微云掩，终能永夜清"等诗句，就表现出他对银河系的浓厚兴趣。白居易、崔颢亦有"耿耿星河欲曙天"，"紫气排斗牛"，"河汉三更看斗牛"的诗句。其中的斗牛即指二十八星宿中的南斗和牵牛两宿。许多古代文人在他们的生活经历中都有与擅长医、卜、星、相的高僧、道士、方士交往的记载。这导致了古代科学家和文学家一身而二任的双重角色,如张衡既是一位杰出的天文学家,而他的《二京赋》和《四愁诗》又是文学名作;苏东坡、蒲松龄等人既是著名的文学家,又在医学方面各有重要著述。近代以来,像鲁迅那样习理却从文的文理兼通者更是不胜枚举。近见报载,著名学者季羡林先生也有21世纪文理不再分科的预言。《中国大学科技期刊史》论及编辑的产生和期刊的产生时,也多次提及文理融合的特征。

另外,该书在论及《北京大学月刊》时,提及著名教育家蔡元培先生早在20世纪初叶,就改造北京大学学科体系,并指出:"我有一个理想,以为文、理是不能分科的。例如文科的哲学,必植基于自然科学;而理科学者最后的假定,亦往往牵涉哲学。从前心理学附入哲学,而现在用实验法,应列入理科;教育学与美学,也渐用实验法,有同一趋势。地理学的人文方面,应属文科,而地质、地文等方面属理科。历史学自有史以来,属文科,而推原于地质学的冰期与宇宙生成论,则属于理科。"蔡元培还对"学文学者蔑视科学,治一国文学者,不肯兼涉他国;治自然科学者而不肯稍涉哲学"的治学方法提出严厉批评。

在这里,姚远同志对19世纪与20世纪之交大学文理融通和学科改造的历史追溯,以及以期刊的学科演化为例所做的论证,很有价值。这对今天20世纪与21世纪之交大学学科体系的改造不啻为重要借鉴。从大学学术源流的角度来看,《中国大学科技期刊史》的价值并非仅局限于新闻出版的领域,也可视为以大学期刊这种大学学术载体的演进来揭示大学学术发源、传播和进化的历史,也揭示了大学科学研究、学科改造的历史。特别是对大学学术研究职能、文理融通思想的起源、发展的论述,足以益人神智、发人深省。

认识现在,必须了解过去;创造历史,必须借鉴历史。近年来大学学科的改造以及大学生、研究生知识结构的现状,颇使人担忧。文科学生缺乏起码的自然科学修养,理科学生缺乏起码的文学造诣,甚至就连博士研究生的母语修养也很差,这使人感到在文、理之间架设一座桥梁的紧迫性。姚远同志以其代表作《中国大学科技期刊史》在文理科之间架起了一座桥梁,其意义既在总结历史,更在启迪当代和未来。重视这个启迪,我们的文理科学生必将受益无穷,我们的教育事业必将面貌一新,突飞猛进。

1997年10月

意境·风格·流派

王昌猷先生的新著《意境·风格·流派》历论自屈原至唐宋许多杰出诗人、词人如何创造意境，形成各自的艺术风格，衍为不同的艺术流派，从而揭示了某些艺术规律。读之新人耳目，益人神智。

讲究意境，这是我国古代文学艺术民族风格的重要标志。古代文论中的意境说，就是对这重要标志的理论概括。那么，所谓意境，究竟指的是什么呢？流行的解释是：意境是生活形象的客观反映方面和艺术家情感理智的主观创造方面的有机统一。很明显，这和西方文论中的形象说毫无二致，因而也就看不出有什么民族特点。王昌猷先生则根据我国古代文论和创作实践，精辟地指出，意境与形象既有联系，又有区别。古代文论家言"境生于象外"，言"文外之旨"、"象外之象"、"景外之景"、"超以象外"等是说意境；言"滋味"、"趣味"，言"别趣"、"兴趣"，言"韵外之致"、"味外之旨"等也大多是说意境。其共同点是：继承我国从古重视乐教、诗教的传统，从欣赏范畴来探讨文艺创作的审美效果，把意境看作欣赏者在审美过程中发挥想像和联想从而获得的一种美感境界。意境从作品中艺术形象的基础上产生，但不等同于这个形象本身，而是融彻了欣赏者的意兴情思的。从文艺创作方面说，文艺家塑造的艺术形象如果生动丰满，具有强烈的感染力，能够唤起欣赏者的某种生活经验和审美经验，那就为欣赏者在审美过程中把形象化为意境提供了充分的条件。从文艺欣赏方面说，欣赏者如果具有丰富的生活经验、审美经验和敏锐的艺术感受能力，就能在领会艺术形象的基础上驰骋想像和联想，进入艺术的再创造，达到物我两融的美感境界。

我个人认为，王昌猷先生对于意境的阐发，揭示了文艺家及其艺术创作与欣赏者及其审美过程之间矛盾统一的辩证法，从而对文艺家和欣赏者分别提出了特殊要求。既对古代文学和古代文论的研究有开拓意义，又对创作质量的提高和审美教育的加强有促进作用。

王昌猷先生对于风格、流派的论述也缜密周详,鞭辟入里。研究不同流派的作家,他注意从各人所处的时代及其生活道路、人品情怀、文化修养、艺术个性的独特性入手,分析其艺术风格的形成和特点。研究同一流派的作家,还注意从纵的方面探讨其继承和创新,从横的方面阐明其相互影响、比较其风格差异。尤其可贵的是,他处处尊重既矛盾又统一的艺术辩证法。例如研究陶诗,他准确地把握了陶渊明思想中的一系列矛盾,从而从矛盾统一中精确地概括了陶诗的独特风格:其语言,质朴中有清绮;其体势,省净中具跌宕;其诗境,恬静而富有生气,平淡而实含忧愤。这和把陶诗的风格归结为"冲淡"或者"飘逸"的简单化做法相比,是高下自见,无烦词费的。

　　意境、风格、流派,是我国古代文学和古代文论中的重要问题,也是从前研究较少、而研究起来又难度较大的问题。王昌猷先生的这部专著,通过对二十多位著名诗人、词人及其作品的深入研究,对这些重要问题提出了自己的独到见解,值得重视。

1988 年 10 月

谈《唐诗风流佳话》

老友羊春秋教授的高足萧延恕君寄示新著《唐诗风流佳话》,嘱作序。时值酣暑,不要说写作,就是伏案读书,也挥汗如雨。所以一般索序的、求字的,都婉言谢绝了。可是这一次却是例外,一则是羊先生的介绍信,二则被"风流"一词所吸引,拿起书稿,就一篇接一篇地读下去了,忘记了炎威逼人。

唐人喜用"风流"一词,开元名相张九龄《经江宁览旧迹至玄武湖》诗云:"雄图不足问,惟想事风流。"另一位开元名相张说《奉和圣制初入秦川路寒食应制》亦云:"路上天心重豫游,御前恩赐特风流。"至于其他诗人,用"风流"的频率就更高。李白《赠孟浩然》则说:"吾爱孟夫子,风流天下闻。"杜甫《咏怀古迹》则说"摇落深知宋玉悲,风流儒雅亦吾师"。其他如刘得仁"风流才子调,高尚古人心"(《题从伯舍人道正里南园》),牟融"衣冠重文物,诗酒足风流"(《送友人》),司空图"不著一字,尽得风流"(《二十四诗品·含蓄》),等等,其例甚多,不胜枚举。"风流",可以说是唐代开放的、昂扬奋进的时代精神的体现,也是唐代诗人胸襟开阔、思想解放、才华横溢、神情洒脱的表现。延恕君根据他多年来研究唐诗的体会,得出了这样的结论:"唐诗本质上就是唐人情感个性的纪念碑",而"唐人情感个性的共同特征,便是风流"。正是基于这种体会,他撰写了这本《唐诗风流佳话》。

这是一个唐代诗人风流故事集,也是一本风流唐诗选,又是一部有关唐史、唐诗的小评论。全书约三十万字,从数十种诗话、野史和笔记小说中精选出一百则佳话,故事、诗歌、评论三结合,平易通俗而极富趣味,知识丰富而情韵动人,融注了作者三十余年研究唐诗的心血,所集所论,多为一般文学史、唐诗选和研究论著所少见,令人耳目一新。

全书分别讲述大唐帝王风流、将相风流、政治风流、文采风流、儒雅风流、村俗风流、僧道风流、隐逸风流、豪侠风流、儿女风流等逸事。姹紫嫣红,千姿百态,神奇精彩,妙趣横生。或诙谐戏谑,或高古清奇,或绮丽缠绵,或雄豪劲健,表现出唐人不拘一格的自由个性。每个故事仅三五百字,读来却使人或拍案惊奇,或手舞足蹈,或喷饭捧腹,或陶然欲醉;读后又回味无穷,获得经久不息的高层次的精神享受。

　　作者在每篇古文之后,附有流畅的白话翻译,使具有中等文化水平的读者能由此入门,在娱乐消遣中掌握古代诗文知识,提高阅读能力。别出心裁的还有,作者对每则佳话都作了简练的评说,除对故事与诗歌本身的含义进行阐述外,还着重介绍了与故事有关的唐代朝廷宫闱、官场市井、教坊妓院、僧道隐逸、民情风俗、科举教育、文学艺术、轶事掌故等知识,并进行了画龙点睛式的评论。读者每看一篇,即可获得与该故事有关的某一方面知识;读完全书,便可大略认识大唐王朝的时代风流全貌。

　　本书雅俗共赏,老少俱宜,从中学生到专门研究人员,由寻常百姓到高人雅士都能鉴赏。它好似一杯杯特制贡茶,一盏盏内造御酒,一支支美声名曲,实在是各阶层读者紧张工作之余的消遣良友,上等娱乐佳品。

　　消遣中增知识,娱乐里广见闻,深思时受启迪,谈笑间长精神。就社会效益说,这便是本书的突出优势。一切文学艺术作品,本来是应该有娱乐性的。诗歌作为最古老、最基本的文学样式,在开始之时是同音乐、舞蹈相结合的。诗、乐、舞三位一体,正体现了它的娱乐性。至于戏剧、小说和各种形式的讲唱文学,其娱乐性更明显。当然,如果毫无健康内容而一味逗笑取乐,那便是低级庸俗的东西。然而虽有健康内容而干巴巴地说教,便味同嚼蜡,起不到应有的作用。最有效的办法还是"寓教于乐",使人于高尚的娱乐中不自觉地获得知识,受到深刻的思想启迪、审美教育和道德品质的熏陶。从这一意义上说,萧延恕君的这本书为有效地普及文化知识、弘扬优秀文化传统创出了一条新路子,值得称道。

1994 年 7 月

诗集编排法

我国古代诗人的诗集(别集),其编排方法,主要有三种:一种是按创作时间的先后顺序编排的,这比较常见,不必举例;另一种是按诗歌体裁编排的,往往先五古、七古,后五律、七律、五绝、七绝,这也比较常见,不必举例;还有一种是按主题、题材分类编排的,如《分类补注李太白诗集》和《分门集注杜工部诗》等等。

古代的诗歌选集(总集),也大体用上述编法。最早的诗文选本《昭明文选》,其中的诗歌部分,就分为"劝励"、"献诗"、"祖饯"(送别)、"咏史"、"游览"、"咏怀"、"赠答"、"行旅"、"军戎"等二十三类。读者如果游览了什么名胜古迹,想作诗,需要看看前人是怎么做的,就可以翻出"游览"类的作品,逐一阅读或随意选读。读者如果想了解不同诗人写同一题材各有什么艺术特色,也可以翻出某一类中的各家作品,作比较性的研究。正因为分类选本有这样的好处,所以自然要受到广大读者的喜爱;而这类选本在分类方面,也适应客观要求,朝着愈分愈细的方向发展。例如宋朝人蒲积中编的《古今岁时杂咏》四十六卷,是专咏四时节令的诗歌。从第一卷到四十二卷,分为从"元日"到"除夜"二十八目;后四卷,则附录只题月令而无节序的诗。全书收诗二千七百多首,是节令诗的分类汇编,查阅十分方便。又如明朝人王化醇编的《百花鼓吹》五卷和《梅花鼓吹》二卷,前者分为五十三类,分编唐代诗人题五十三种花卉的诗歌;后者专选咏梅诗。宋朝人孙绍远编的《画声集》八卷,则专选题画诗,共分题"古贤"画诗、题"美人"画诗、题"翎毛"画诗等二十六类。类似这样的诗选,宋代以后,层出不穷。

解放以来出版的《汉魏六朝诗选》、《唐诗选》、《宋诗选》、《中国历代诗歌选》等各种选本,都是按作品的创作时代先后排列的。这种"编年体"的诗选便于读者了解诗歌发展的轮廓及其时代风貌,自有优点;但并不能取代"分类体"的选本,而分类体的选本,至今还未见出版,这不能不说是一个缺陷。诗歌的题材是多种多样的,读者的艺术需要是多种多样的,因而诗歌选本,也应百花齐放,不能搞单一化。

  河南教育出版社编辑部的同志来信说,他们编辑了一本大型的《中国历代诗歌类编》,共分三十类,选诗约一千首,要我写一篇序。看起来,分类选诗的古老传统,将跟着人民群众精神生活的日益丰富多彩而得到继承和发扬;文学作品的编选形式,也将百花齐放了!我感到很高兴,因而信笔写了这些话。我相信,这部《中国历代诗歌类编》一出版,就会受到广大读者的欢迎。我还相信,以这部《中国历代诗歌类编》为先导,其他各种文艺作品的各种"类编",将如雨后春笋,相继出现,从而满足各类读者的各种艺术要求,在建设精神文明方面发挥应有的作用。

1984 年 5 月

陈尧佐诗文辑佚

　　今人检视历代书目，殊觉灿然可观，而按目求书，率常十不存一。典籍散佚之痛，可胜言哉！近岁之古籍整理，成绩斐然；而坠简残编，多散见于方志、谱牒、笔记、类书之中，欲重为辑集成册，则非积年累月之功不可就，世之乐为者鲜矣。

　　剑南陈氏，有宋望族，一门二相，四世六公，昆季双魁多士，伯仲继率百僚，文章德业，炳然史册。仲子尧佐，尤为杰出。欧阳永叔称赏于前，司马君实颂赞于后，韩持国书其祠，吕公著题其额，曾子固传其事，陆九渊序其谱。仰止趋尚，亦可知矣。尧佐鹤算遐龄，著述繁富，诗文词铭，皆膺时誉。惜乎纸墨难藏，枣梨易失，水火兵燹，几致声销。

　　程生瑞钊，自蜀来学，仰慕乡贤之风范，俯恫藻翰之汨没，与二三同志，博采冥搜，披览志乘谱集四十五种，撅拾尧佐佚诗五十二篇，若词若文与夫其兄尧叟、其弟尧咨之诗复数十，虽远非完帙，而慰情良胜于无；况脍炙天下之作，多已见于是耶！彼复探幽析微，爰注爰析，务明作者之本心，期发潜德于今世。余嘉其志，勉其行，故乐而为之序。

1990 年 12 月

当代少数民族诗人

少数民族诗歌,是我国诗歌宝库的重要组成部分。解放以来,在党的培养下,涌现出一批又一批卓有才华的少数民族诗人,他们对繁荣我国当代诗歌创作做出了不可磨灭的贡献。认真总结他们的创作经验,对于推动新时期诗歌创作的繁荣和发展具有重要意义;然而,这项工作,至今还做得很不够。惠民撰写《当代少数民族诗人论》,无疑是在这个领域里做了一件富有开拓意义的工作。

这个集子中所论述的十九位少数民族诗人,有的是解放前就已经开始创作,横跨两个时代的诗界前辈;有的是解放初期就已享誉国内外的著名诗人;有的是50年代开始发表诗作,粉碎"四人帮"以后蜚声诗坛的中坚力量。他们的作品标志着当代少数民族诗歌创作的水平。惠民对他们进行评论的时候,坚持实事求是的态度,以历史唯物主义的观点,对他们的创作道路进行了客观地考察和扫描;以敏锐的艺术感受力和审美视角,对他们作品的思想和艺术进行了具体地分析和评论,旗帜鲜明地肯定了他们所取得的成绩,也指出了他们存在的缺陷,并结合具体作品探讨了当代诗歌创作中的有关理论问题,阐述了自己的见解,揭示了诗歌创作的一些客观规律,为读者勾勒了我国当代少数民族诗歌创作的基本面貌。在目前文学批评落后于创作的情况下,这本书的出版,既有助于培养读者的审美情趣,提高读者的艺术鉴赏力,也对研究当代少数民族诗歌创作和编写少数民族文学史,有较大的借鉴和参考价值。

惠民是我60年代初期的学生。与他的同代人一样,他毕业后不久就经受了那场"史无前例"的浩劫和磨难。在那人妖颠倒、是非混淆、假话泛滥、诬陷成风的荒唐岁月里,他的生活充满了苦涩,心灵受到了严重创伤,但同时也积累了许多珍贵的教益,他的思想磨砺得成熟了,摆脱了青年时候的单纯和盲从,获得了独立思考精神,加深了对生活的认识和理解,对现实的态度和评价,也更加冷静和客观。这对他新时期以来的文学批评工作,无疑有许多好处。

文学批评既要求作者不断地提高思想水平,积累丰富的生活经验和社会知识,还要求作者精通美学,具有深厚的哲学修养。普列汉诺夫认为:"对于艺术作品充分而且完全的理解,只有通过哲学的批评才有可能,而哲学批评的任务是从局部和有限中找出一般和无限的表现。自然,这种批评远不是轻而易举的事情。"惠民已经朝着这个方向努力,我希望他知难而进,更深入地钻研辩证唯物主义和历史唯物主义,充分利用哲学这个显微镜和望远镜,增强批评的透视力,使自己的诗歌批评更上一层楼。

1993 年 8 月

语文美育教学

美育是新《中学语文教学大纲》规定的主要教学目的和内容之一。从美育的角度进行语文教学，不仅可使教学变得新颖、生动、活泼、有趣，而且能够强化知识教育，潜移默化地实现思想教育。它是提高广大师生的文化素养和审美能力的有效手段，它使受教育者高层次地感知、理解、鉴赏、评价教材的思想内涵和艺术奥蕴，进而完成由感受美、鉴赏美到创造美这一能动的飞跃。

周长风同志主编的《语文美育教学导向与实践》一书，精选了近几年来全国语文美育教学研究中质量较高的论文和教学经验总结六十余篇，约二十万字，从课堂教学、作文教学、教材教法，以及散文、小说、戏剧、诗歌、语言、修辞，阅读、赏析诸方面对语文美育教学作了卓有成效的探索。这本书既有宏观的美学理论阐述，又有微观的具体篇章剖析；它将有助于广大师生探寻美育教学的方法与途径，为新时期的语文教学改革提供有益的借鉴。

美，贵在善于发现。我以为，能够从别人司空见惯的、也许并不以为美的事物（教材）中去发现美，能够把那些众所周知的、平凡的、普通的东西提高到美学的高度去认识，正是这本书的特色，也是编者的用意所在。从这个意义上说，在当前中学美育教学尚未普及、且未引起广大师生充分重视的状况下，这本书的问世，是有重要意义的。马克思曾说："社会的进步，就是人类对美的追求的结晶。"（转引自《说话·演讲·写作·处世妙语词典》，华岳文艺出版社1988年8月版，第464页）如果我们的所有中学以及所有其他各类学校都重视美育，都善于进行美育教学，从而启迪青年一代都热爱美、追求美，那么，我们的精神文明的层次，必将得到迅速的提高。

1994 年 3 月

对句、楹联仍有生命力

李淼兄以所译古田敬一教授《中国文学的对句艺术》见赠,快读一遍,受益匪浅。自然美以对称为要素,因而世界各国文学中都有对句。但由于中国方块汉字一形一音一义的特点,使得对句在中国文学中具有对称美、整齐美和音节美;因而在中国,对句艺术也特别发达,独具特色。其集中表现乃是骈文、律诗和律赋。然而正像散文和古诗中往往有对句一样,骈文、律诗和律赋中,也都有单句。纯粹的对句艺术,乃是楹联,即通常所说的"对子"。古田教授在第一章第三节里提到了楹联,但此后则未专门论述(律赋亦然)。楹联作为一种独特的对句艺术,除了骈文、律诗对句的许多讲究而外,还有集字、集句、嵌字等许多特有的讲究,其用途也更广泛。方块汉字的特点既形成了中国的楹联艺术,左顾右盼,珠联璧合;又形成了中国的书法艺术,笔断意连,龙飞凤舞。精美的联语由高水平的书法家书写,用于名胜古迹,则为江山增色;悬于画室书斋,则使蓬荜生辉。施诸各行各业,各种情境,也各有妙用,给人以无穷的审美享受。

老友公木教授在序文中说:"对句艺术虽然未云废止,也永远不能废止,但是已经再无须作为修辞表现与审美要求而特别加以讲求了,定为文体诗律的时代已一去不复返了。"这当然有根据,在今天,不作骈文、律诗、律赋、楹联,完全有自由,因为考大学、评职称都与此无关。然而近数年来,诗词学会、楹联学会已遍及全国,作者之众,作品之多,可谓惊人。好作品的确有,说明律诗、楹联仍有生命力,然在总数中所占的比例毕竟太小了!因此,我个人认为,不作律诗、不作楹联,确有自由;但如果自觉自愿地作律诗、作楹联,却不认真讲究对句艺术,又如何能有佳作出现?从这一意义上说,李淼兄把古田教授的书译出来在中国出版,是特别值得欢迎的。

前年冬天,陕西省楹联学会成立,我作为名誉会长,特意作了一首贺诗,谈了有关楹联的一些问题。移录于后,以就正于古田教授。倘若古田教授在修订此书时能增加论述楹联的章节,那么我的"抛砖"便真有"引玉"之功了。

　　八法创艺术,六书凝智慧。汉字传万祀,形完音义备。一字一音节,音节殊抗坠。一字一词性,词性异种类。譬如地配天,又如兄偕妹。凤翥媲鸾翔,桃红映柳翠。联想摛翰藻,音义自成对。经史乃散文,俪语亦不废。骈文与律诗,属对尤精粹。孟昶书桃符,新年祝祥瑞。附庸蔚大国,楹联诚可贵。金铿碧玉敲,璧合明珠缀。辞约情意丰,醇美五洲最。龙蛇舞健笔,书艺更相配。雄迈兼俊逸,端严含妩媚。历代出名家,杰作耐寻味。吁嗟罹浩劫,四凶肆狂悖。扫荡妖呼风,打砸鬼携魅。焚书又坑儒,昏昏天沉醉。大革文化命,神州沦草昧。四五响惊雷,忆民热血沸。元恶终见殛,群魔亦服罪。共建两文明,大声震聋聩。晴阳丽五岳,和风绿万卉。传统正发扬,新潮竞融汇。政途辟荆榛,艺苑滋兰蕙。三秦古皇州,人文久荟萃。冠盖集长安,楹联立学会。继往抒壮怀,开来竖高旆。勋业睹汉唐,清浊辨泾渭。扬善展鸿猷,驱恶除废秽。四化赞奇功,两制歌嘉惠。胜迹细品题,江山增彩绘。高手推髯翁,接武期吾辈。早梅欲绽葩,皓雪兆丰岁。愿各舒红笺,豪情吐滂沛。万户换新符,春色溢关内。

1989 年 12 月

历代诗人咏延安

延安,战国时属魏国,秦汉时为上郡,后魏置东夏州,西魏改延州,隋改延安郡,唐复为延州,又改延安郡,宋代升为延安府,明、清仍之。因其"襟带关陕,控制灵夏",战略地位十分重要,所以自古以来,屡入诗人吟咏,为我们留下了许多优美诗章。把这些诗章汇集成册,有助于鉴古知今,继往开来,对于加强延安的文化建设,促进延安与外地的文化交流,都具有积极意义。

陈民旭、高飞卫两位同志有鉴于此,根据延安的历史发展线索,翻阅了大量历代诗歌总集、别集和各种史书、方志,精选从唐代至晚清八十八位诗人的近一百九十首诗歌,编成《延安吟》,嘱我写序。我通读全稿,感到这是一本好书,值得向广大读者推荐。

首先,编者以思想性和艺术性完美结合为标准,重点选录了在中国文学史上有重大影响的诗人如李白、杜甫、韦庄、范仲淹、司马光等人的诗作,其中有不少是历代传诵的名篇。其次,有些诗人虽不甚出名,诗作的艺术水准也比较一般,但却有强烈的地方色彩,真实地反映了延安古代的社会状况、农业生产、民情风俗和边陲战争等等,具有较高的认识价值,因而,也择优入选。对于本地诗人写本地风光的作品,则尽量选录,以显示本地诗人的创作水平。因此,全书所收虽不到两百篇作品,却足以展现延安古代诗歌的整体风貌。

注释方面,对于一般的生字、难词、成语、典故的解释,力求简明;而对于涉及延安风土民俗、名胜古迹、历史事件、边陲战争、民间传说等等的诗章,则博征文献资料,详细说明,突出地方文化特色。

编者还作了必要的考据、校勘工作。如《保大军楼》诗,《鄜州志》、《陕西通志》等都系于唐人武元衡名下,编者经过考证,定为宋人蔡挺所作。

延安在中国现代革命史上占有光辉的篇章,然而对于它的过去,一般人却知之甚少。我相信,这本《延安吟》的问世,对于帮助人们认识延安的过去,从而更加珍惜延安的现在,并以高度使命感开创无限美好的未来,将会起到不容低估的作用。

1994 年 4 月

关于屈原及其作品的研究

睢宽同志要我为他的《屈原集注》写序,催了多次了,一拖再拖,深感歉仄。我之所以拖,不全是为了忙,无暇通读全稿,更重要的原因,乃在于我对屈赋虽很喜爱,却缺乏深入的研究,没有发言权。

有些情况是可以说的。睢宽同志原是我的学生,在校期间,酷爱古典文学,学习很刻苦。毕业以后一直忙于教学工作,业余专攻《楚辞》。早在1964年秋,就注释、翻译了《离骚》、《涉江》等篇,拿给我看,我对他的译文还提了点意见。"文革"中,他也遭到不公正的待遇,但研究屈原的工作,仍坚持不懈。1975年春,他来探望我,带了几大本稿子。我粗略地翻阅一遍,一方面赞叹他的韧劲,另一方面也提出了某些缺失,鼓励他更全面地掌握资料,在总结前人和今人研究成果的基础上独立思考,形成自己的、经得起推敲的学术见解。1979年秋,他把几经修改的稿子装订成册,题为《屈原集译注》。我读了一部分译文和注释,感到有助于理解原作,适于初学,可作为普及读物出版,因而推荐给陕西人民出版社。现在的这本《屈原集注》,是他接受了国内专家和出版社编辑部的意见,在原稿的基础上加工、删改而成的。

从1964年秋我看他的部分稿子到现在看这本《屈原集注》,时间过去整整二十年。二十年,在历史的长河中不过是短暂的一瞬,但对于人的一生来说,则是相当漫长的,何况那中间还包含了毁灭文化的十年动乱!睢宽同志顶着"臭知识分子"的帽子,不畏种种危险,克服重重困难,孜孜兀兀,献身于学术研究。终于在拨乱反正之后拿出了研究成果,这是值得赞许的。

上述情况,很足以说明一个问题:睢宽同志对屈原作品的研究,是花费了漫长时间,付出了不少精力的;他的《屈原集注》其写作态度是严肃认真的。至于这部书稿有什么优点或缺点,我未敢轻率地评论,也无须评论。未敢轻率地评论,因为我不是这方面的专家;无须评论,因为最有权威的评论家不是写序的人,而是包括专家在内的广大读者。任何从事著述工作的人都应该倾听读者的意见,以提高本身的学术水平和书稿的学术质量,睢宽同志自然也并不例外。

有许多学术问题,一时难有定论,需要百家争鸣,集思广益。关于屈原及其作品的许多问题,长时间以来就众说纷纭。例如:有无屈原其人?《屈原列传》的真实性如何?《离骚》的作者是战国时代的屈原,还是西汉时代的刘安?诸如此类的一些大问题,国内的激烈争论解放以后似乎逐渐平息了;而在日本,如三泽玲尔等学者,最近又著文讨论,卷起新的波澜。既然连有无屈原其人还在争论,那么被收入《屈原集》中的许多作品的作者问题、时代背景问题、训诂问题等等,就都需要作进一步的研究和讨论。从这一意义上说,任何关于屈原及其作品的论著,只要不是盲目地因袭陈说,而是进行了实事求是的探索,就都应该欢迎。睢宽同志的《屈原集注》是勇于探索的,因此,我虽然不敢轻率地评论它有什么优点或缺点,却和出版社的同志一样,支持它出版。

1992 年 3 月

围绕《沁园春·雪》的一场笔战

为了更好地把握现在、奔赴未来,有必要弄懂过去。因此,表现历史的著作总是需要的。黄中模君的这部《沁园春词话》,实际上是具有历史性质的著作。

1945年8月28日,毛泽东从延安飞抵重庆,同国民党进行了四十三天的谈判。这期间,柳亚子作了一首七律向毛泽东"索句",毛泽东便把《沁园春·雪》抄给他。当毛泽东回到延安之后,重庆《新华日报》发表了柳亚子的和词。原作也因而被爱好者抄去,发表于重庆《新民报晚刊》。

一石激起千层浪。《沁园春·雪》一发表,立刻轰动山城,波及全国。和词、论文、乃至其他样式的文章纷至沓来,涌现于不同性质的各种报刊,或衷心赞颂,或恶意谤伤,笔枪舌剑,针锋相对,形成了文艺斗争的高潮。

正如毛泽东在《关于重庆谈判》一文中所指出:"前途是光明的,道路是曲折的。"三十多年过去了,我们虽然经历了曲折的道路,却始终以坚毅的步伐,迈向光明的前途。在四项基本原则的光辉照耀下从事四化建设的亿万人民群众,无不以"数风流人物,还看今朝"而自豪,然而又有多少人,特别是新社会成长起来的年轻人,能够了解围绕着这首词,还发生过那么一场尖锐而复杂的斗争呢?

早在1946年,锡金就发表过一篇《咏雪词话》,但他意在解词,不是为了总结那场斗争。日本学者菊地三郎的《毛沢東の词〈雪〉臆释》(载朝日新闻社刊《マヅフ文化图书馆开馆纪念论文集》),洋洋数万言,网罗了不少有关资料(特别是国外的资料),但目的也在于"臆释"词义,而不在于追述那场斗争。中模的这部《沁园春词话》,却在详细占有材料的基础上,从重庆谈判前后的政治形势出发,展现了那场斗争的全貌,揭示了它的实质。这就为我国现代文学史填补了一个不应有的空白。

就我的感受而言,这部书还有两点值得注意:第一,紧密地联系时代背景,对十二首正面的《沁园春》词和七首反面的《沁园春》词的不同思想内容作了解释和评论,爱憎分明,却避免了抑扬过当的毛病,显示了实事求是的科学态度。第二,汲取前人论词的某些见解,对若干正面词作的艺术特色作了比较细致的分析,不乏新意。对于广大读者,这都是很有帮助的。

"千里冰封,万里雪飘"的时代一去不返了!"晴日"当空,"看"祖国的现实"红装素裹,分外妖娆"。回顾过去,放眼现在,展望未来,有谁不豪情满怀、信心百倍呢?让我们高唱战歌,向四个现代化的宏伟目标奋勇前进吧!

"数风流人物,还看今朝。"

1983 年 5 月

劝人勤奋读书没有罪

60年代初,开秦同志办报纸副刊。有一天,他来约我写些稿子,每篇介绍一个古人勤奋读书,刻苦治学的故事,不超过一千字。我是个教书的,劝人勤学苦练,是我的天职,便慨然答应了。于是乎,在《西安晚报》上出现了一个《奋勉集》专栏,每篇配有插图。读者曾有"图文并茂"之类的评语,反映很不坏。后来被天津人民出版社的同志看到了,要我再增写若干篇,编成一本《古人勤学故事》寄去。到1964年1月,这本书就和读者见面了,在全国不少中学里,曾经是老师规定的课外必读书,这就使我得出一个结论:读书劝学的书是会受到读者欢迎的。

可是一场浩劫来临了。随着文化专制主义的推行和"知识越多越反动"的叫嚣,我那本微不足道的小书也因"流毒甚广"而被罗织了种种罪名。最可怕的一条是:"伟大领袖正号召'向雷锋同志学习',×××却鼓吹向古人学习!……"开秦同志也因此受到牵连。

岁月不居,一晃几十年过去了。我们彼此不见,连信也没通过。不久前,他突然来访,我好不容易才认出来,特别是他一提编《奋勉集》的那段旧事,几十年的时间距离就一下子消失了。往事历历,一切都浮现在眼前,但一时不知该说些什么。

从《奋勉集》的一段遭遇又说到开秦带来的《陆游读书诗译注》书稿,使我感慨万端。我曾开玩笑地问他:"你还要劝人勤奋读书吗?"他坦然回答说:"好书是智慧和知识的源泉,劝人勤奋读书,何错之有!"由此我就反复考虑,为什么作者十几年来孜孜不倦编著《陆游读书诗译注》一书,这大概与他过去的那段经历有着密切联系。当然,读书、劝学本来就是一个重大的主题。从古以来,尽管人们对读书的目的、出发点有不同理解,但对于"读书明道"、"人不学,不知道"(《学记》)和读书在推动社会进步中能够发挥积极作用这方面却是有共识的。《中庸》上说:"好学近乎智",陆游读书诗中有"努力贮万卷,无此令君愚",都揭示了读书的至关重要性。本书作者之所以译注读书诗,当然是充分考虑到了这一点的。

书籍是人类进步的阶梯。不读书,没有文化素养,人的素质的提高是不可想像的。读书"本意在元元",目的是为了更好地为社会、为群众服务。读书不是为了让人看,空言无实,而是为了应用,为了"躬行"。提倡读书,也不是不择内容,而是要注意选择和推出那些积极的催人上进的好书。有一个时期,曾经有些人为了迎合某种低级趣味,或欺世盗名,千方百计制造黄书,哗众取宠,诱惑毒害一些无知的青年。在这种情况下,本书著者不随大流,坚决走自己的路——选择介绍一位爱国诗人的读书诗,这实在是大有深意的。作者的这种精神境界也是值得赞扬的。

陆游是一个身处逆境、意志坚强的古代知识分子。本书作者借介绍诗人勤奋读书、活到老、学到老、清白做人、始终如一的品格,表达和寄托了对这位爱国诗人才识的无限景仰之情,也是对诗人最实际的学习。

上述这些,我想是作者编著这本书的宗旨吧。

"两眼欲读天下书,力虽不迨志有余。"陆游读书的这种韧性,也适用于对陆游读书诗的研究。读书诗虽然主要讲的读书、治学,但是却涉及了政治、历史、文化、书法以及做人、养生等诸多领域的知识,研究这些问题是要花气力的。就我所知,开秦同志译注这本书确实是花了功夫的。他利用业余时间,十几年如一日,不只研究陆游的读书诗,还涉猎与此有关的许多门类的书籍,请教了不少专家。过去我还未曾见过专门选辑注译读书诗的本子,如今读了开秦同志的这个稿本,觉得选诗注意了各个时期的同一内容,比较稳妥。收入本书由作者撰写的《陆游及其读书诗浅议》一文,也起了点睛的作用。通过本书对于读书的目的、方法,直到以读书为乐、孜孜不倦,都会给人们以深刻的启迪,有益的营养。

就这个译注本来说,我觉得还有以下几个明显特点,需要在此简要说明:

其一是译诗风格。作者似乎是在追求着一种民歌、古典诗词和现代诗相结合的韵味。总体看,译诗在尊重诗的原意的前提下,尽量保持着一种民族特色的朴拙风格。比如原诗《寒夜读书》:"北窗暖焰满炉红,夜半涛翻古桧风。老死爱书心不厌,来生恐堕蠹鱼中。"译诗是这样的:

北窗下,暖炉红,风涛起,桧柏声,夜读书,不厌精,恐来世,作书虫。

原诗《斋中读书罢有感》:"少时学问苦匆匆,弦诵光阴转手空。圣域渊源虽自力,故交零落与谁同?……"译诗作了这样的表达:

少年时代
研究学问太匆匆,
读书时光
顷刻间消失得无踪影。
崇高思想境界的到达
虽然要靠自己下苦功,
可是
同道老友散的散,亡的亡
我将同谁结伴行?

这些译诗读起来都比较流畅自然,内容也是精审的。

其二是对原诗写作背景的交代符合情理。《说明》部分对原诗写作年代、季节、地点等方面所作的介绍,对作者当时的年龄、写诗时的心情、写作意图等所作的叙述、引用材料等,都是较为妥当的。

其三是注释翔实。注释者说是"简注",其实是引用了前人许多研究成果,选用了不少资料,虽然未作过多的繁琐考证,却能简明地把一些词、字、典的原意及其在本诗中的含义分别进行通俗诠释。音注方面,汉语拼音及汉字音读并用,尽量给读者在阅读和理解方面,提供方便条件。

大兴读书之风,现在是一个亟待重视研究的社会问题。有一时期,由于社会"经商"热浪对文化教育的猛烈冲击,颇有一部分大、中、小学生和研究生存在厌读倾向,有人甚至还散布一种"读书无用论"观点,这当然是短视的。目前已有愈来愈多的人认识到经济的发展正在期待文化,社会的前进正在呼唤知识。如何引导人们重视读书,鼓励提高民族素养,确是一个迫切的现实问题。开秦同志对陆游读书诗所作的研究和通俗化的工作,在当前无疑是有针对性的。祝愿它早日在群众中流传,发挥应有的作用。

1990 年 8 月

校园文化的一个窗口

张民、合斌同志要为他们的学生出一本书,其目的在于:既向社会亮出一个窗口,展示当今大学生们的知识水平、精神面貌和审美追求,又为学生们加油助威,激励他们发愤学习,茁壮成材;还想用这小小的"寸草心"报答那浩博无垠的"三春晖"。这实在是一件令人欣慰的大好事。

年轻人都有很多梦想。中学时代好多人都梦想着能在大学这"伊甸园"里探奇揽胜,耕耘收获;进了中文系,便有很多人做"诗人梦'、"作家梦"。文学确实能给人以愉悦、享受,能陶冶人的情操,激发人对真善美的追求。热爱文学就是热爱生命,爱这世界也就是爱我们自己。大学生们尝试搞点文学创作,确是一件很有益的事情。

这些年来,校园文化相当活跃。大学生们组织文学讲座、创办文学刊物、成立文学社团,在文学这片沃土上辛勤劳作,在艺术这座殿堂里努力探索,取得了可喜的成绩,发表了众多的作品。这本书里的文章,就是从陕西师范大学中文系八八级同学已发表的近千篇作品中筛选出来的散文佳作。

这本书共收入了三十五位同学的五十四篇散文,内容丰富、风格多样。其中有哲理与诗韵的流动,是他们对生活的思索、探求;有年轻的思绪,是汩汩流出的心泉;有对韶华流逝的迷恋、追忆,是一支清清纯纯的童声合唱;也有那真挚、动人的"至爱亲情",是一条流不尽的爱的河、情的溪;还有年轻人眼中的缤纷世界、风土人情,是映现于心灵湖泊里的"悠悠天地"。

这本集子里的散文大都写得情真意切、简洁生动,很有韵味。读这些散文,会触发你许多遐想:想起你的童年,想起你的亲人,想起你的故友,想起你年轻的岁月。像《妈妈的生日》的亲情,《唱大戏》的童真,《小镇风情》的纯朴,《苹果花》的馨香,都会唤起你的回忆,牵引你的思绪。

这是一群大学生在即将毕业的时候,向老师、家长和全社会交出的一份真诚答卷,有待于大家评分。评分不妨从严,但更重要的是或提建设性意见,或给予热情鼓励,帮助他们迅速成长,大踏步走向成熟。

未来是属于青年人的!

1992 年

王作人和他的《警坛忠魂》

　　王作人同志是我甘肃老乡，初识时他刚从部队复员不久，二十多岁，风华正茂，在市公安机关军管会给领导开车。那时，我刚从"牛棚"里"解放"出来，头上还给戴了顶"敌我矛盾按人民内部矛盾处理"的帽子。一天，他同西郊一位乡党来家看我，一见面，我从他那一米八〇高的个头，见人怯生生地、憨厚朴实得似乎有些木讷、笨拙，就断定他是我们甘肃人。他告诉我说，虽然他是个司机，每天开着车四处乱飞，但却非常喜欢看书，特别喜欢文学，平时，也学着写文章，说罢，便把他发表在报刊上的一些文章让我看。他憨直地说："我写文章，苦于无师，以后还请你老多指导。"在那时，我们这些知识分子被骂为"臭老九"，尤其像我这个"资产阶级学术权威"，有的人一听名字便退避三舍，但作人却不避嫌疑，真诚待我，使我感动不已，从此结为忘年交。以后，他经常开着那辆只有领导才能乘坐的白色小轿车前来看我，使周围的人家惊疑不定，还以为我家来了什么大干部哩！

　　作人出生于山区一户贫寒人家，父母都是一字不识、老实巴交的农民，他们虽然在文化教育上不能给作人多少帮助，却把勤劳、朴实、忠厚、耿直这种美德传给了下一代。作人上小学时，正值"三年自然灾害"时期，经常吃了上顿没下顿，求生的艰难给他上了人生最生动的一课。初中还没毕业，他就回乡担任了小学教师，挑起了家庭生活的重担。清贫和艰苦，培育了他坚韧不拔的性格。他对我说，当时的条件和环境对许多人来说无法忍受，但他却咬着牙撑过来了。为了借到一本书，他忍饥挨饿，用公共食堂每顿仅有的一块发糕去换书读，甚至上山给人家砍柴，到深沟里给人家挑水。作人当时自然还不懂得，任何一个有成就的人，都要经过这样那样的磨炼，这也许是成功者的必由之路。从他十五岁在《甘肃青年》发表文章迄今，几十年笔耕不辍，"积跬步而成千里"，如今发表的文章已有几十万字，这对腹笥欠丰而仅凭刻苦和热情走上艰苦的文学之路的他来说，真可谓"焚膏油以继晷"，实属不易啊！

如今,我已进入"古稀"之年,很少出门,但对周围的事倒很关心。改革开放需要一个良好的社会环境和治安秩序;而要有这样安定团结的大好局面,自然离不开人民警察的辛勤工作。在我的经历中,很少和警察打交道;有来往,而又关系密切的,作人是惟一的一位。通过他,我对警察有了较深刻的认识和良好的印象。周总理生前曾说过:"国家安危,公安系于一半。"世界上多少发达文明的国家,也都离不开警察;即使我国远古传说中的"路不拾遗,夜不闭户"的"尧舜之世",也有巡逻打更的人。警察,国之卫士,千家万户的保护神。作人同志是千千万万警察中的一员,他能拿起笔以满腔的热忱,从社会"长治久安"的基点出发,从人民安全需要的基点出发,从"居安思危"的责任感出发,以较高层次的理性深思和丰富感人的素材,饱蘸赤诚,反映公安战线的生活,为广大读者开拓展现出一个鲜为人知的警察生活天地,这无疑是可钦可贺的。在中国文学史上,传奇志怪、公案侠义之类的作品,吸引了一代又一代的读者。今天,公安文学作为社会主义文艺百花园中一朵绚丽的花朵,拥有广泛的群众基础,它可能承载的社会教化使命,以及它所显露的社会商品价值,越来越受到文学界的肯定和重视。作人的《警坛忠魂》这本集子,写的都是反映公安干警对敌斗争的生活和对社会治安热点的跟踪透视,许多篇章都真实反映西安地区所发生的在社会上产生很大影响的重大案件。他通过这些案件的报道、描绘、讴歌了正义、机智、英勇的公安干警除暴安良的可敬形象,沉重鞭笞了祸害社会的犯罪分子的罪恶行径,以最有力的事实教育人们:正义必然战胜邪恶。通过社会热点的透视,切中社会生活的时弊,体现了时代脉搏的跳动。这些作品,自始至终贯穿了一条激励先进、伸张正义、紧贴生活、扶正祛邪的主线,让读者认识法律的尊严,了解公安工作的艰苦和光荣,认识犯罪的丑恶和危害,起到警世、醒世、劝世的作用。我想,这本书以及类似这样的公安文学作品,对巩固社会的正常秩序,对树立全民的法律观念和道德意识,乃至对社会良知和社会道义的长远建设,都会大有裨益。

开疆拓土纪新元

1990年5月出版的《陕西师大学报》刊发了我祝贺学报创刊30周年的一首七律：

雄楼栉比万花繁，学府东连古杏园。桃李发荣歌化雨，梗楠擢秀颂朝暄。鸿文穷究天人秘，伟论深探治乱源。一刊风行三十载，开疆拓土纪新元。

首联写我校的壮丽校园和有深厚文化内涵的地理环境；次联写莘莘学子在对党的阳光雨露和老师们的辛勤培育的歌颂声中像春天的桃李那样繁花盛开，像可作最好的栋梁之材的梗楠那样茁壮成长；三联写我校的教学科研成果，集中地体现于学报，鸿文伟论，层出不穷，或穷究天人之际，或深探治乱之源，力求面向现实，有助于中华的振兴和两个文明的建设；尾联写学报创刊三十周年，风行国内外，已经取得了辉煌成就，祝愿她在此基础上开拓奋进，迈上一个又一个的新台阶。

时光飞驶，转瞬六年。在这六年里，我们的学报也突飞猛进，跃居全国高校文科学报的前列，在国内外引起强烈反响。我六年前的祝愿已变成事实，怎能不欢欣鼓舞！

学报编辑部为纪念学报创刊一百期而写的《面向21世纪，办好有国际影响的全国一流师范大学学报》一文，对三十多年来积累的经验教训做出全面总结，并通过切身体会，提出进一步办好学报的要点和措施。我有幸先睹为快，不仅完全赞同，而且受到了极大启发。从我校的学科优势看，从学报已经取得的成绩看，从校领导的重视，编辑部同志的远见卓识、丰富经验和无私的奉献精神看，"办好有国际影响的全国一流师范大学学报"，虽非一蹴可就，但为期也不太遥远。

我在我们学校已经工作了四十五年,目睹了学报三十六年来的发展历程。作为学报的读者,不断从中吸取营养;作为作者之一,也感谢学报对我的培育。从1956年的《教学与研究文辑》到"文革"前夕的每期学报,大都有我的论文发表。特别使我终身难忘的是,当我"文革"中的"问题"还未彻底平反之时,学报负责同志敢冒风险,接连发表了可能引起争论、甚至招致麻烦的《重谈形象思维——与郑季翘同志商榷》和《诗的直说及其他——我对〈毛泽东同志给陈毅同志谈诗的一封信〉的理解》,使我于忍辱含垢十余年之后重返学术论坛。通过我的切身感受,我认为学报编辑部把"培养学术新秀、培养学术骨干"作为工作重点是十分英明的。目前在校外的刊物上发表学术论文一般要交版面费,青年同志难于承受。有鉴于此,尽管学报早有"珍重老年,依靠中年,扶持青年"的正确原则,不断向我约稿,但我宁愿在校外刊物上发表文章,以便把学报的有限篇幅留给新秀。办好学校,办好学报,老中青都重要,都应全部奉献自己的光和热。但青年教师毕竟是学校的希望,学校的未来。如果大力扶植新秀,十年内能涌现数十位、上百位全国第一流学者,那么,我们的学校,我们的学报,就不会落于第二流。

1987年,学报鉴于以往发表研究古代的文章偏多而作了调整,把社会主义现代化建设中提出的重大理论与实践问题的研究、各学科前沿问题和新兴学科问题的研究,列为选题的重点。这是完全正确的,只有这样,才能更充分地贯彻学术理论工作面向现实、为社会主义两个文明建设服务的总方针。当然,这只是古今比例上的适当调整。不论从哲社版学报的学科对象看,还是就我校的学科优势看,对于古代的研究都不应削弱,学报在调整之后仍然开辟了"唐史研究"、"唐诗研究"、"司马迁研究"、"周秦汉唐文化研究"等一系列专栏,正说明了对古代研究的重视。这里应该强调的是,研究古代,仍须面向现实,做到古为今用。有些现实问题有其历史根源,从研究历史根源入手而归结到现实问题的解决,这是比较直接的古为今用。今天由昨天、前天发展而来,不了解昨天和前天,就不可能彻底了解今天、了解国情,因而也就不可能彻底了解"中国特色",又怎能建设有中国特色的社会主义?从帮助读者了解昨天、前天,从而更好地了解今天的目的出发研究古代,这是更广泛的古为今用。中华民族的悠久、优秀文化传统培育了世代相传的许多美德和爱国爱民的情操,形成异常强大的民族凝聚力,使我们这个民族屡经沧桑巨变仍能屹立于世界民族之林,与时俱进。研究历史,研究古代哲学、文学及其他,有意识地去粗取精,弘扬优秀文化传统,弘扬爱国主义主旋律,这是更高层次上的古为今用。当然,对"古为今用"不应作简单化、庸俗化的理解。比如阅读、研究古典诗歌中的无数优美的抒情诗、写景诗,就不能指望直接解决什么现实问题;然而熟读这些以其高度的艺术魅力动人心魄的诗篇,则洋溢其中的爱亲人、爱人民、爱故乡、爱祖国及其壮丽河山的激情,必将潜移默化,净化读者的心灵,提高读者的精神境界,最终形成爱国爱民的情操。且不说屈原、杜甫、陆游等无数杰出诗人的爱国诗,即如李白的"床前明月光,疑是地上霜。举头望明月,低头思故乡",尽管并无重大内容,但任何旅居国外的炎黄子孙默诵这首童年时代读过的小诗,就会唤起他对故乡、对祖国、对亲人、对朋友的无限忆恋之情。举此一例,便可看到中华优秀文化对于形成我们民族的凝聚力、向心力起着多么巨大的作用!在是否爱国这个重大问题上,有深厚传统文化修养的人和对传统文化一无所知的人是截然不同的。而只有热爱中华的人才能自觉地振兴中华,才能为祖国的"四化"建设、两个文明建设奉献自己的智慧和力量。

所有办好学报的问题,编辑部的文章都谈到了,无须重复。祝愿我们的学报继续"开疆拓土",一步一个新台阶,向"有国际影响的全国一流师范大学学报"的宏伟目标迈进!

1996 年 1 月

《亚细亚文化》创刊献辞

棚桥篁峰先生高唱"21世纪是亚细亚时代"的赞歌,创建亚细亚文化国际交流会,创办《亚细亚文化》会刊,以促进文化交流的实际行动迎接亚细亚的光辉未来,这是令人振奋的。我相信:亚洲乃至全世界的先进人士,都会热烈欢迎,共襄盛举。

人类历史充分证明:世界所有国家、民族都在不同程度上对人类文化宝库做出了自己的贡献,而各国家、民族之间的文化交流,则促进了人类文化的发展,推动了人类社会的进步。亚细亚作为全世界最大的一个洲,曾是世界文明古国中国、印度、巴比伦文化的发祥地。亚细亚文化在与西方文化交流中互相促进,开放过艳丽的花朵;亚细亚各国、各民族之间文化交流、交融互补,更结出过丰硕的果实。以"一衣带水"之隔的中、日两个邻邦为例,其友好往来和文化交流,早在两千年前就已经开始,中间出现过几次高潮。对于源远流长的中日文化交流史,中日两国都有不少学者进行研究,发表了不少巨著鸿文。日本学者木宫泰彦在其洋洋数十万言的《日中文化交流史》自《序》中说:"日本人上古就经由朝鲜或直接同中国往来,逐渐吸取新文化,经过咀嚼和醇化,培养日本固有的文化,创造了特殊而优异的国风文化,并且有时也输入中国,促进了它的文化发展。"这是符合实际的。由于众所周知的原因,值得珍视的中日文化交流中断了一个时期。幸而自1972年中日恢复邦交以来,各种类型的友好活动又日益频繁,经济、文化交流也日益扩展。棚桥篁峰先生,便是为中日文化交流做出贡献的杰出人物。他作为日中友好汉诗协会的理事长,率领日本诗人多次访华,与中华诗词学会及各省、市、自治区的诗词团体、学术团体进行广泛的文化交流。1995年7月,中国有关方面在北京人民大会堂举行"庆祝中日诗词文化交流签约七周年暨棚桥篁峰先生访华50次"盛会,授予棚桥先生文化交流特别荣誉奖。截至今年暑假,他已60次访华,足迹遍中国,成为中国人民的老朋友。受他的邀请,中华诗词学会的两位副会长林林先生和我先后回访,在风景秀丽的京都等地与日本诗友切磋诗艺,共同研讨汉诗的继承、革新问题,在中日诗词文化交流史上谱写了新的乐章。

  在光芒四射的中日文化交流史上,诗歌交流的成果尤其鲜艳夺目。中日两国,语言虽异,但文字部分相同,因而汉诗的艺术形式,自大友皇子(648—672)所作的《述怀》等诗以来,长期风行日本,名家辈出,佳作如林。日本汉诗作者主要是向中国诗人学习的,在不同的历史时期,学习的重点也有所不同。例如奈良时期(710—784),诗人们以萧统《文选》中的诗作为典范,大都学习汉魏六朝的五言诗,其作品结集为《怀风藻》。到了平安时期(794—1192),初唐四杰(王勃、杨炯、卢照邻、骆宾王)、陈子昂、王维、李白、王昌龄、白居易、元稹等人的诗篇先后传至日本,诗人们以此为典范进行创作,七绝、七言歌行和乐府诗异彩纷呈,诗风一变。此后,日本汉诗或宗唐、或宗宋、或复古、或革新,亦视中国诗坛的趋向为转移。例如江户时代中期(1710—1788),诗人们受明朝复古派影响,以李攀龙、王世贞等为依归,诗宗盛唐,李攀龙的《唐诗选》风行一时。而当明朝前、后"七子"的复古诗风受到公安派抨击、倡导"独抒性灵"之后,日本汉诗作者中的有识之士,也力主革新,因而使江户时代晚期(1789—1867)的汉诗创作大放光芒,出现了赖襄(1780—1832)、梁川孟纬(1789—1858)、广濑谦(1807—1863)等一大批杰出诗人。中日两国诗人同用汉字及其诗歌体裁进行创作,同样取得辉煌的艺术成就,这是矗立在国际文化交流史上的一座丰碑。这座丰碑,是中日两国人民长期交往、世代相传的深厚友谊凝结而成的,特别值得珍视。

  明治维新、特别是甲午战争以后,日本汉诗逐渐衰微。中国从"五四"运动以后,传统诗词也陷入低谷。值得庆幸的是:近20年来,中华大地随着改革开放的春风吹拂,诗社诗刊有如雨后春笋,纷纷破土而出,传统诗词顿现振兴之势。在日本,乃至在整个汉字文化圈内和所有中华文化辐射之处,也都兴起了"汉诗热"。有一分热便发一分光。棚桥篁峰先生60次访华的成果和他创立的日中友好汉诗协会,便为汉诗的振兴加了不少热、增了不少光。而他创办的《一衣带水》连续出刊,更纪录了他振兴汉诗、促进中日文化交流的经验与实绩。如今,他又借助这些经验与实绩,乘胜前进,创办《亚细亚文化》以促进整个亚洲范围的文化交流,真可谓高瞻远瞩,奋进不已。诚如棚桥篁峰先生所说:"21世纪是亚细亚的时代,全世界瞩目亚洲。因此,亚细亚的国际交流,无论政治方面,经济方面,还是科学技术方面,其必要性都加强了。以中国为首的亚细亚诸国保留着世界上首屈一指的历史、文化,不理解这些历史、文化,便不能很好地开展真正的国际交流。"由此可见,他创办《亚细亚文化》,正是为理解亚细亚历史、文化开辟道路。他说得好:"如果对亚细亚诸国相互间的历史、文化有了比较充分的理解,那么,人们内心的各种交流也就自然加深,亚细亚的时代亦将展示明朗的未来。"

　　世界各国、各民族之间的文化交流促进了人类文化的发展和社会的进步,过去如此,现在和将来亦如此。而促进亚洲诸国之间的文化交流,正是促进洲际文化交流、促进世界共同发展的必要条件。要友好,要和平,促合作,促发展,已成为进步人类的心声和当今时代的主流。顺之则昌,逆之则亡。棚桥篁峰先生正是顺应时代主流扬帆迈进的。祝愿亚细亚文化国际交流会像日中友好汉诗协会一样生气勃勃,做出举世瞩目的成绩!祝愿《亚细亚文化》像《一衣带水》一样为促进亚洲乃至全世界的文化交流和社会发展做出卓越的贡献!

　　美好的未来正向我们招手,让我们携手并进,共创辉煌。

1999 年 8 月 8 日写于西安南郊

西安别名、简称小议

基于弘扬西安历史文化和促进西安走向世界的考虑,确定西安的别名和简称,也提到议事日程上了。西安市民政局已与有关报刊联合,开展了西安别名、简称的征集活动,应征者风起云涌。意见比较集中者,别名有秦都、长安、西京、西都、古都、唐都等;简称有秦、唐、汉、沣、镐、俑等。屡见报刊,热闹非凡。承蒙记者下访,只得谈谈我的浅见。

确定一个城市的别名,应该从历史地理学的角度考虑,例如现在的南京市,明朝开国皇帝朱元璋建都于此,诏称南京,至今沿用;在不同历史时期,它又有建业、建康、金陵、白下、白门、石头城等许多名称,这都是南京的别名。其他历史文化名城的情况也与此相同,毫无例外。也就是说:一个城市的别名,不是今人凭空创造的,而是历史上原有的。正因为这样,一个城市的地名沿革,体现这个城市的历史文化变迁,有其深厚的历史文化内涵。西安为明代西安府治所,清代至今为陕西省省会,别名亦多,而以长安最著名。汉高祖五年(公元前202年)置长安县,第三年即定都于此,成为西汉王朝的京城。此后,新、东汉(献帝初)、西晋(愍帝)、前赵、前秦、后秦、西魏、北周、隋、唐等王朝都建都长安,以致把"长安"用为京城的代名词。李白《金陵》诗"晋朝南渡日,此地旧长安",把东晋的京城金陵称长安。明朝人的诗文中,往往把当时的京城北京称长安。京城是全国政治、经济、文化中心,作为十多个朝代的京城,长安在中华民族发展史上所起的巨大作用是不言而喻的。在汉代,特别在唐代,长安作为对外经济文化交流中心,盛名远播,无愧于第一流的世界名都。

从长安一名历时甚久、建都时间最长、国际影响最大、在国内外知名度最高、字面上突现长治久安之义等许多方面看,我认为:要从西安的众多别名中确定一个最佳别名,长安应是第一选择。

在征集到的几个意见集中的别名中,我认为只有长安最可取,其他都不够理想。西京、西都虽然是历史上有过的名称,但西安久已失去了京都的地位,在西部大开发中西安的发展另有取向,似无必要争取京都的空名。秦都、唐都都是今人对西安的称呼,有缅怀光辉历史的意蕴和重振秦风唐韵的追求,但都不足以涵盖西安的全部历史。至于古都,泛指全国所有古都,自然不能算西安的别名。

其实,历史上还有可以作为西安别名的地名,字面比较好看的,就有万年和咸宁。特别值得一提的是:隋初建都长安,而隋文帝不满足于沿用800年之久的汉长安城,乃命宇文恺设计,在龙首原以南,即今西安城及其郊区建成空前壮丽的京城,取名大兴城(唐代又改名长安城)。因此,大兴也是西安的别名,而且字面意义特好。在长安之外,以"大兴"作为西安的别名,也是值得考虑的。

一个城市的简称,也有历史渊源,不宜凭空创造。例如南京,因隋代以后历为江宁县、江宁郡、江宁府的治所,所以简称宁。又如上海,因境内的吴淞江即古代的沪渎,所以简称沪。其他如重庆由于是古代渝州的治所,故简称渝,成都因别名芙蓉城而简称蓉城或蓉。其他皆类此。西安历史上从无简称,要确定一个理想的简称,仍须有历史根据。征集到的几个意见集中的简称,如秦、唐、汉,都是朝代名,不是地名。俑,大约指秦俑,也就是当地群众所说的"瓦人",用作西安的简称,显然不适当。沣,可能是"丰"的误写。丰、镐,这是周王朝的国都。周文王建都于丰,《诗经·大雅·文王有声》云:"既伐于崇,作邑于丰。"武王虽建都于镐,而丰宫不改,仍为全国政治文化中心,在中国都城建设史上写下了光辉的一页。沣河西岸尚存遗址的丰京既是周王朝统治全国的中枢,又是西安地区城市发展的发祥地,而从字面上看,这个"丰"又无限美好,惹人喜爱。因此,把"丰"作为西安的简称,实在很理想。

西安别名长安,没有天灾,没有人祸,没有动乱,有的只是长治久安,只是无穷无尽的安定、安康、安宁。

西安简称丰,没有贫穷,没有短缺,没有困苦,有的只是人寿年丰,只是无边无际的丰满、丰盈、丰富。

阅世随笔

谈　虎

近半年来,从各种古书里,翻阅了一千多条有关老虎的材料。从这些材料看,由于人们的立场观点不同,写作的背景、意图不同,对老虎的态度、说法也很不一致。但是,虎应该打的说法和坚决打虎的态度,毕竟占主要地位。可以这样说:打虎精神,是我国人民的优秀传统之一。

《说文》说老虎是"山兽之君"。当然,这"山兽之君"不是"仁君",而是"暴君"。它不但威胁着山中百兽的生存,而且时常出山侵害人类,吃人肉,喝人血。所以,劳动人民和正直的、有远见的知识分子都痛恨它,和它势不两立。帮着它害人,被骂为"为虎作伥";依仗它行凶,被斥为"狐假虎威";助长它的威风,被讥为"为虎添翼";捉到它而不除掉,被诮为"放虎还山"或"养虎遗患"。相反,凡能射虎、杀虎、刺虎、打虎、搏虎、擒虎、焚虎的,则被称为英雄。

在我国历史上,打虎英雄辈出,不胜枚举。秦昭襄王时,有一群白虎窜扰秦、蜀、巴、汉四郡,残害一千二百多人,朐䏰人廖仲药、何射虎、秦精等,用白竹弩射杀它们,人们很感激(《华阳国志》卷一)。汉高祖时,有一位名叫黄公的,善于制服老虎,群众赞美他:"虎莫凶,有黄公。猛兽回,黄公来。"(《奚襄橘柚》)南朝的张敬儿射虎,百发百中(《南齐书·张敬儿传》)。唐朝大顺、景福以后,剑州、利州一带,老虎吃人无数。有个递铺卒(相当于今天的邮递员)名叫周雄,先后杀死好多只老虎,诗人韦庄作了一首诗歌颂他(《北梦琐言》)。宋朝隆德年间,陕州群虎害人。十七岁的李继宣,连杀二十多只,活捉了两只。《宋史》本传中大书特书,加以表扬。……当然,最著名的射虎英雄,还要数汉朝的飞将军李广。他射虎的事迹,《汉书》本传和《西京杂记》都有生动的描述。在他以后,凡是遇上老虎猖狂、无人剿灭的时候,人们就会想起他,这在许多诗文中都有反映。

要降伏老虎,首要条件是:不怕。北宋的文学家苏轼在《书孟德传后》中说:"老虎害怕不怕它的人。"他举了这么个例子:"有个人夜间回家,看见门口蹲着个动物,便以为不是猪、就是狗,没头没脑打了几棍子。那家伙挨了打,跑掉了。等它跑到有月光的地方,才看出是一只老虎。"(《苏东坡集》卷二十五)王辟之也说:"老虎看见人,在百步以外,就大吼大叫,发威作势。人要是不怕它,它反而会害怕人,转身溜掉。"(《渑水燕谈录》)这些说法都有一定道理。老虎怒吼发威,本来是为了吓唬人。如果被它吓得昏头转向,那就正好遂了它的心愿。相反,硬是不怕它,给它点颜色看,那它就得收敛一些。朱亥被秦王丢进虎圈,他两眼圆睁,愤怒地注视老虎,老虎动都不敢动(《水经注》卷十九)。赵升到深山里去打柴,三只老虎围了上来,已经咬住衣服;但他毫不惧怕,老虎终于溜掉了(《神仙传》)。

不怕是好的;但光是不怕而不动手,还不保险。因为它可能寻找机会,突然扑上来。老虎是吃人的东西,见人不怕就不敢动,或者干脆溜掉的,恐怕是极少数。通常的情况是:只要遇上老虎,那就是一场你死我活的斗争。不是你打死它或者赶跑它,就是它吃掉你。所以,不怕虎的勇气,必须从打虎的行动中表现出来。有些人,在和老虎搏斗中表现得真勇猛。杨忠在龙门打猎,老虎一冲上来张口便咬。他伸出左臂夹住虎腰,右手猛然插入虎口,拔掉老虎舌头(《虎荟》)。穆颤猎于崞山,有虎突出,他抢上去活捉了它(《魏书·穆崇传》)。义兴人王昌六猝然遇虎,因为没拿武器,顺手拔了一棵大竹子,刚折掉竹梢,老虎已经张嘴扑来。他用竹子奋力一戳,戳进老虎咽喉。然后丢掉竹竿,捉住两只虎腿,"咚"的一声,扔在十步以外(《虎苑》)。江陵县的吕幺儿弟兄,住在芦苇茂密的江边,那里时常有虎害人。一天夜里,狗叫得很凶,吕幺儿弟弟拿了把镢头出门察看,冷不防一只猛虎扑到他身上。他丢开镢头,一头顶在老虎下巴底下,两手紧紧抱住虎腰,大声喊道:"哥哥,我捉住了一只老虎!"吕幺儿赶出来,几镢头将虎打死(《虎荟》)。有一位包生的妻弟赶夜路,在山岭上撞上老虎。那虎刚张开大嘴,他猛然飞起一脚,踢掉老虎下巴(《虎苑》)。王义士在刘岭打柴,荆棘丛里跳出一只老虎,将他抓走。他的儿子王初应赶上去,一镰刀削掉老虎鼻子(《元史·王初应传》)。请看看,这些人哪里还害怕老虎!在他们眼中,老虎就和猫儿一样。

只要不怕,妇女也能制服猛虎。姚氏打虎救母,胜娘击虎救夫,彭氏杀虎救父,都被写入《列女传》。刘氏"手提钢叉刺虎目,虎血溅面红模糊",沈明臣为她写了一篇《大树村刘氏少妇打虎行》。刘平被虎衔走,他的妻子胡氏扑上去一手抓住老虎后腿,一手握刀刺进老虎肚子,赵孟頫、杨维桢、王恽等文学家都曾写诗作传,给予表扬。

只要不怕,小孩也能制服猛虎。杨丰收割庄稼,为虎所攫。他的十多岁的女儿杨香奔上去扼住老虎脖子,救了父亲(《异苑》)。只有十岁的许坦,跟父亲入山采药,父亲被虎捉住,他用棍子打跑老虎,夺其父而还(《虎荟》)。歙州的一位农妇"将为虎所噬",其幼女呼号缚虎,竟然把虎吓跑了(《唐书·刘悚传》)。

以上提到的这许多人,都是在突然遇上老虎的时候,坚决地和它搏斗而取得胜利的。如果不是坚决搏斗,而是束手待毙、拱手求饶,或者企图逃避,就只有死路一条。鄞县通远乡有位妇女被虎咬住,她的女儿童八娜并没像杨香等小孩一样打虎,却拖住虎尾,跪在地上祈求老虎开恩。结果呢,老虎丢下她母亲,把她衔去吃了(《列女传》)。这岂不是血淋淋的教训!《阅微草堂笔记》卷十五有这么个故事:"某樵夫在深山里碰上老虎,他不去打它,却慌忙逃入石洞。老虎也跟着进洞。石洞越到里面越曲折窄小,樵夫只好像条蛇一样爬行。老虎也照样爬行,差一点咬着后跟。正在危急的时候,忽然看见天光,原来有个小孔通到外面。樵夫便拼命挤出来,立刻搬了几块大石头,堵住两头的洞口,塞进许多柴禾,点起火来。老虎吃不住烟熏火烤,吼叫了一阵,死掉了。"看看多危险!要不是地形有利,那樵夫就只能被虎吃掉。《阅微草堂笔记》的作者纪昀在记述这件事之后说:"当止不止的人应该从这件事中吸取教训。"意思是:那只虎不该拼命挤入曲折窄小的石洞,致遭焚身之祸。其实,虎的贪得无厌的本性决定它不可能当止而止,一定要抓到人吃才称心如意。一开头企图逃避的樵夫正因为终于认识了这一点,才在钻出石孔之后,抱柴烧虎。活生生的事实使他懂得了一条真理:不治死老虎,他就活不成。

老虎反正是要吃人的。所以,不管是壮健的男子汉,还是老弱妇女,也不管拿了武器,还是赤手空拳,只要突然遇上老虎,就得和它拼;不然,就不会有好结局。但这只是一种情况。要从根本上解决问题,还必须主动地消灭老虎。而要主动地消灭老虎,那就不能轻率从事。历史上的许多打虎英雄,敢于跑进深山去消灭老虎,正是在战略上藐视它。但到了打的时候,却都不曾粗心大意,而是全力以赴,这又是在战术上重视它。随便举几个例子。褚介曾经在徐州打猎,连发两箭,都从虎口射入它的肚子里(《陈书·褚介传》)。射术多高明!李广更其惊人。有一天,他在冥山之北打猎,看见老远的地方卧着一只虎,只一箭便送掉它的性命。又一天,他在冥山之南打猎,看见老远的地方卧着一只虎,"飕"的一下,连箭杆子都射进去了。走到跟前去看,嗬,哪里是老虎!是一块很像卧虎的大石头(《西京杂记》卷六)。他早练就百步穿杨的射术,自不待说;而连箭杆子全部射入石头,真不知用了多大力量!

有勇气,有武器,有技术,有必胜的信念,这就很不错了;但如果再加上谋略,那就会事半功倍。以勇敢著名的卞庄,要去刺虎,别人劝他说:"别忙,那两只虎正在吃一头牛,吃着吃着,准会争夺起来。争夺的结果,大的可能受伤,小的可能被咬死。那时再去刺,就一举两得了。"卞庄接受了这个意见,果然同时消灭了两只老虎(《战国策》)。

我国劳动人民,在长期和虎搏斗的过程中总结经验,创造了不少收拾老虎的办法。安窝弓,设槛阱,就是很有效的办法之一。《太平广记》卷四百三十二《械虎》条所记的某猎人,《集异记》所写的丁岩,都善于用这种办法捕捉老虎。比这简捷,但也很有效的办法还很多。陕西的鲁子京,造了一把五个尖、九道弯的钢刀,蘸了毒药。看见老虎,便趴在地上,等它扑到跟前,即以毒刀刺其喉,老虎应手而毙(《已疟编》)。徽州的唐打猎,右手握一把短柄斧头,看见老虎奔腾而来,便举臂屹立,将头偏向左肩。老虎从他头顶跃过,即被斧刃劈成两半(《阅微草堂笔记》)。这些人杀一只老虎,比普通人杀一只老母鸡还容易。处州有个姓蒋的猎户,杀虎十拿九稳。有人询问杀虎的秘诀,回答是:"杀虎最容易。因为其他野兽见人便跑,老虎却不。这家伙又贪馋、又凶猛,一见人便扑上来想吃。我拿一把钢叉对虎而立,另两人各执长枪站在两旁。等它冲到眼前,便用钢叉叉住它的的脖项,左右两枪夹攻,它再也活不了。"(《涌幢小品》卷三十一)这段话很有意思,它说明以上几种杀虎的好办法,都是在摸清老虎特性的条件下想出来的。

也有纯用智取的。《画墁录》上说:均房一带的人民,将涂了胶的破布单铺在老虎常走的山路上,上面盖些枯树叶。老虎经过,就被粘住四脚,颠扑而死。《春渚纪闻》上所写的《种氏取虎》,也和这相类似。《续子不语》的《猎户说虎》条中,记了个樗里地方的女孩子,用很聪明的办法,治死了一只老虎。有一天,这个女孩子和她嫂嫂在楼上烤芋吃,将芋皮丢在窗外。忽然跑来一只老虎吃芋皮,吃光了,就抬头向上看。要关窗子,怕它跳起抓着手;不关,又怕它跳上楼来。嫂嫂只得拼命往下抛芋皮,眼看供不上,便把整块的烤芋丢下去。小女孩瞧见老虎张口接住芋,便说:"别慌,我有办法了。"便拿了块铁锤烧得通红,贴上芋皮丢下去,那虎照样吞了。惨叫几声,发疯似的跑掉。第二天,发现那只虎倒在不远的地方,死掉了。

"众口铄金,众志成城。"群众的威力是不可抗拒的。所以,个别的英雄人物固然可以针对老虎的特性寻找窍门,杀死老虎;但要根除虎患,最好的办法还是群策群力,与虎作斗争。明朝人苏伯衡有篇题为《志杀虎》的文章,就反映了这个真理。

在战术上重视虎,除了上述的讲策略、练本领、动员群众等等而外,还有极其重要的一条:提高警惕,谨防两手,以免误中诡计。裴铏的《传奇》里有这么一段:

处士马拯因游山玩景,来到一位老僧的佛堂,老僧十分高兴,热情接待。然后说:"烦劳你的仆人到市场上去给我买些东西。"马拯应允。仆人一走,老僧也出去了。过了一会,有一位马山人来游山,对马拯说:"刚才在路上看见老虎吃人。"并说明被吃者的容貌服装。马拯一听,分明是自己的仆人,大吃一惊。马山人又说:"老虎吃了人,脱皮改穿禅衣,变成个老和尚。"不多久,老僧回来了;马山人一看,悄悄告诉马拯:"就是这家伙!"马拯便向老僧说:"马山人告诉我,我的仆人在路上被虎吃了,怎么办?"老僧听毕,大动肝火,怒斥道:"我住的这块地方,山中没有虎狼,草里没有毒螫,路上没有蛇虺,林间没有鸱鸮。你不要轻信那些胡说,血口喷人!"马拯仔细观察,发现老僧的嘴上还有血迹,便不敢再问。晚上和马山人住在食堂里,牢牢地关锁门户,不敢熄灯。半夜里,果有老虎怒吼而来,猛扑其门;幸好门很结实,没有被扑坏。第二天早晨,老僧和颜悦色,请他俩用早点。两人暗暗商量:"不除掉这家伙,我们如何脱身?"于是对老僧说:"那口井里好像有妖怪,请你去看。"等老僧低头看井,便趁势将他推进井里。老僧落井,即化为虎。两人用大石块击毙它,才放心下山。

这真是"老虎戴素珠——假充善人"。如果不是及早识破了它的画皮,提高警觉,采取对策,那么,不仅仆人被它吃了,连马拯、马山人也未必能够生还。

当然,这不会是真事,而是寓言。作为寓言看,它的含意是十分深刻的。

有人也许要问:"在生活中,在文艺作品中,也有把老虎说好、写好的,这应该如何理解呢?"

这是个很复杂的问题,不能一概而论。一种情况是:丢开老虎吃人的本性，只借用它的某些非本质的特征来称赞社会人生中的某些东西。老虎的皮毛很华美，便借它比喻华美的文采。老虎很勇猛，便用以比拟勇猛的人（《三国演义》中有"五虎上将"，我们的人民解放军中也有"老虎班"、"老虎连"）。又一种情况是：作家在作品中，对于个别的艺术形象，仅仅借用了虎的名义和外貌，而赋予它好人的性格。这其实不是吃人的老虎，而是个正面人物。正如《西游记》中的孙悟空并不是猴子、《白蛇传》中的白素贞并不是毒蛇，而是可爱的人物一样。还有这种情况：有些对当时世俗不满的古典作家，故意把老虎写得好一些，用比拟的艺术手法来鞭打坏人坏事。关于这一点，后面还会谈到。这里只举一个例子：明朝人蔡潮，在《义虎传》中写一只"义虎"，救了被豪绅迫害的寡妇。他这样写的目的很明确。文章的结尾是："违反道德、败坏道德的人，叫做'不义'。'不义'的人，叫做'禽兽'。唉哟！明明是人，却被比作禽兽，那已经没有比这更羞辱、更下贱的了，谁晓得还有连禽兽都不如的人哩!?"可以看出，他说老虎还讲"义"，不过是为了指斥某些人不如禽兽罢了。

如果和上述情况完全不同，硬说老虎的本性很善良，它也懂道理、讲道德；或者说它的本性虽不很善良，但可以说服、可以感化，一句话，可以变得善良，因而人们可以和它共居相亲，那便是十分有害的。《后汉书·董恢传》中说：董恢在不其县做官，老百姓为虎所害，便设法捕捉，活捉二虎。董恢对虎说道："杀人者要处死。哪个是杀人的，便低头认罪；哪个没有杀人，快抬头鸣冤。"于是，一虎低头闭目，即时杀掉；另一只抬头鸣叫，便叫释放。老虎果真会这样懂道理吗？恐怕未必。这不过是那位县官欺骗人民的鬼把戏，用意是："大家看吧！连老虎都听我的话，你们老百姓还敢反抗吗？我连老虎都不枉杀，被我杀掉的老百姓难道还有冤枉的吗？"

《异苑》中所记的扶南王更加荒唐。他养了五六只虎，十来头鳄鱼。凡有来告状的，不问曲直，一律投给鱼、虎。鱼、虎不吃的，就算有理；被吃掉的，就算输理。他把猛虎鳄鱼当作公正的法官，那结果是可以想见的：多少人被吃掉，还落了个输理的判决。于是，再也没有人敢去告状了，而那位国王，自然耳根清净，安享"太平"。

更有欺骗性的说法是：老虎是一种"仁兽"。作为"仁兽"，老虎从来不吃好人。请看孙子余的《虎说》：

有个人，黄昏时从学堂里回家。家里人正在寻找牛，没有寻着，他便一个人出去寻。忽然跳来一只老虎,把他扑倒,张开大口对着他。他抬头跟老虎说:"我要是命里注定该你吃,那就吃吧;如果不该吃,那就放了我。"老虎跳起来,大吼一声跑掉了。村里人都认为这是奇事,便管他叫"君奇"。……

作者在写完这件"奇"事之后评论道:"君奇先生是个慈善厚道的人。有人霸占他的田产,他任其霸占了去,也不作声。……旁人笑话他,他说:'那位夺田产的本来是个人,比老虎怎么样?我能和老虎说话,而不能和人说话,是由于我的本性不喜欢竞争啊!……'像君奇这样的人,即使遇上老虎,也没有什么关系!想要在这世界上做人,可以从他那里学到如何做人的方法啊!"

原来如此!通过这种虚构的奇事,其目的不过是想愚弄劳动人民,要他们"仁厚"些,要他们"不好竞",即使有人夺田产,也由他夺了去。做这样的老好人,老虎见了也是喜欢的。这不分明是从剥削阶级的立场出发,意在调和阶级矛盾,麻痹人民的斗争意志吗?

实际上,老虎不但本来不"仁",而且它的不"仁"的本性没法改变。要养育它、感化它,和它相亲相爱,根本办不到。在古书里,有不少养虎的人被虎吃掉的记载。扬州人赵九养了一只老虎,平时装在笼子里;在人多的地方,便放出来表演,弄几个钱。表演并不精彩:赵九将头伸向虎口,虎馋得淌口水,但是并不咬。观众都说:"这虎真的养驯了。"有一天,在平山堂照样表演,他刚把头伸出去,那虎"嗥"的一声,一口咬断他的脖子(《子不语·人畜改常》)。明朝人徐芳的《太行虎记》,更有教育意义。故事梗概是这样的:

太行山天井关以西十来里,有座草房子,住着一位老和尚。老和尚在山沟里散步,发现个小老虎,才像叭儿狗那么大,一只前脚折断了,趴在地上起不来。这和尚大发慈悲,把它抱回来,煮了些稀饭喂它,吃得挺香。吃饱以后,乖乖的卧在房里,很听话。喂了几个月,长得胖胖的。和尚呆在家里,它就守在身旁;和尚出门,它便尾巴一摇一摇地跟在后面。简直是形影不离,关系好极了!

两年以后,那虎长得雄壮勇猛,但是仍然很驯服。因为一只脚有点跛,人们管它叫"跛足虎"。有客来访老和尚,"跛足虎"也很有礼貌,还懂得摇头摆尾献殷勤。于是,远远近近的人都称赞老和尚道德高尚、法力无边,能够感化老虎。老和尚自己,也着实有点飘飘然。

有一天,老和尚带着"跛足虎"到远方去化缘,走到天井关,忽然流了许多鼻血。老和尚觉得自己的血洒在地上怪可惜,便教他的"跛足虎"舔。"跛足虎"舔了几下,尝着比稀饭香得多。可是太少了,舔光以后,实在馋得要命,便扑上去抓了老和尚,拖到山沟里美美地吃了一顿。

从此以后,"跛足虎"再不吃旁的东西,专门抓人吃。它把太行山一带的其他老虎都串连起来,成群结队,四出行凶。往来行人被吃掉的简直多得无法统计。

徐芳记完这事之后所发的议论也很中肯。对于老和尚,他的看法是:"老虎是吃人的野兽,却养育它,让它跟自己一同生活,还教它舔血,启发它贪馋的本性。不但自己被它吃掉,又害了许多人。好愚蠢的老和尚啊!"对于虎,他的看法是:"老虎靠了老和尚搭救,才没有死,又被老和尚抚摩养育了好几年。一旦反眼不认人,只看中他的血,这正说明老虎本来就是那么一种恶毒的野兽啊!"最后,他还警告读者说:"天下'跛足虎'很多,不仅那一只。大家千万别像老和尚那样,为了贪图驯服老虎的好名声而养虎遗患!"

这个故事和这些议论,都是发人深省的。

正因为老虎是"见血不见人"的毒兽,所以人们往往拿它比拟残暴的恶人。瞎了一只眼睛的谷楷作官时酷虐百姓,百姓管他叫"瞎虎"(《魏书·谷楷传》)。周处少年时凶暴豪横,乡间人把他和南山白额虎、义兴水中蛟并列,称为"三害"(《晋书·周处传》及《世说新语·自新》)。东州某处有个无赖妇女为一县之患,人称"拦街虎"(《夷坚志》)。宋朝延平吴氏姊妹六人都很凶悍,动不动杀害婢女,时号"六虎"(《虎荟》)。蒲松龄在《聊斋志异·梦狼》中把封建社会的官吏写成虎狼,愤慨地说:"虎官狼吏到处都是!"

把老虎和剥削阶级统治人民的官吏联系起来,这在古典作品中主要有两种表现。一种是:如果官吏贤能爱民,老虎就自动撤走,用不着打它。《后汉书·刘昆传》说:"崤渑驿道多虎灾,行旅不通。刘昆作弘农太守,实行'仁政',老虎都背上虎子,渡河撤走了。"同书的《宋均传》写九江太守宋均,也和这差不多。在我们看来,封建官吏不大可能实行"仁政";即使实行"仁政",假如不加驱逐,老虎也绝不会自动撤走。但在这种说法里,也反映着古代人民对于实现清明政治的愿望,不能简单否定。另一种是:残暴的官吏就是老虎,甚至比老虎还凶恶。《述异记》里有个很著名的故事:汉宣城太守封邵,有一天忽然变成一只老虎,抓住老百姓就吃。只是别人喊他"封使君",他还知道害羞。有人作了两句诗:"无作封使君,生不治民死食民!"这个故事显然是带寓言性的,基本思想是:贪官就是老虎。从这里再跨进一步,就说老虎比贪官还好(也就是贪官比老虎还坏)。《史记》写有名的酷吏宁成"统治人民,就像野狼放牧羊群",人民愤恨地说:"宁愿碰上母老虎,不愿碰见宁成发怒!"《虎荟》里有一条也很有意味:明朝弘治年间,仁和县的地方官十分贪暴;但当猎人捉了一只老虎的时候,无耻的文人便作诗献媚,说这是由于那位官儿实行"仁政",所以老虎也不敢作恶了。有一位名叫俞珩的读书人却作了一首好诗:"虎告相公听我歌,相公比我食人多。相公去后行仁政,虎自双双北渡河。"《升庵全集》卷六十所引的张禺山诗,憎恨封建官吏的情绪更加激烈。如说:"昔日汉使君,化虎方食民;今日使君者,冠裳而吃人。"又说:"昔日虎使君,呼之即惭止;今日虎使君,呼之动牙齿。"又说:"昔时虎伏草,今日虎坐衙。大则吞人畜,小不遗鱼虾。"杨慎认为这首诗没有"嬉笑",只有"怒骂",是符合事实的。对于它所反映的那种情况,难道不该"怒"、不该"骂"吗?

封建社会的官吏是地主阶级用以剥削民脂民膏的爪牙,因而把那些官吏比作虎,是恰当的,而且很形象。但如果扩大范围,把整个反动阶级的罪恶统治比作虎,那就更准确。两千几百年前的孔子,就曾经拿猛虎比拟暴政。《礼记·檀弓》中有这么一段记载:

孔子从泰山旁边经过,有个妇人在坟上痛哭。孔子打发子路问她为什么那样悲苦。她回答:"先前,我的公公被老虎吃了;不久,我的丈夫被老虎吃了;现在,我的儿子又被老虎吃了!"孔子问:"为什么不离开这儿,迁到没有老虎的地方去?"她说:"这儿没有暴政。"孔子对学生说:"你们记住,暴政比猛虎还凶啊!"

这故事在揭露反动统治阶级压榨人民的残酷性这一点上,表现得很深刻。北宋的王禹偁有一篇《吊税人场文》,里面也写到官吏更比老虎残酷百倍:

老虎抓人,只不过填它的肚皮;官吏收税,却几乎败坏了社会风俗。老百姓的钱财,像泉水一样涌进鹿台(鹿台是殷纣王聚积钱财的地方)。

老百姓的粮食,像山一样堆在巨桥(巨桥是殷纣王聚积粮食的仓库)。周朝的幽王和厉王,都不管老百姓的死活;汉朝的桓帝和灵帝,都只顾满足自己的贪欲。……用各种刑罚作牙齿,用各种刑具作爪子,用官吏抓人,用牢狱作口,把人民吞进去。骑上马也跑不掉,坐上车也逃不了。刀在匣里,谁敢拿出来?箭在弦上,谁敢射出去?这块"税人场",包括全世界;这只老虎,侵害每一家人。

这真可以说把反动统治的罪恶描绘得穷形尽相。那么,那只"侵害每一家人"的老虎还不应该打杀吗?那块"包括全世界"的"税人场"还不应该摧毁吗?然而,作者毕竟是九百多年前的封建文人,他虽然同情人民,痛恨黑暗政治,但挣不脱封建意识的束缚,指不出革命的光明大道。他认为那只"老虎"是不可以力争的:"虽然有黄公的力量,也没法子杀它;虽然有下庄的武器,也怎能把它赶跑!"所以在他看来,唯一的办法是:"推行仁义,作为捕捉老虎的机器;树立道德,作为制服老虎的刀枪。使你这老虎变得慈善温顺,我们的世界才能和平安康。"这岂不是天真的幻想吗?

和封建文人不同,身受其害的劳动人民,一般都对各种各样的老虎不抱任何幻想,而敢于抗争。在我国几千年的封建社会中,劳动人民勇敢地打过张牙舞爪的虎,把多少凶恶的"兽君"降伏在自己的威力之下,寝其皮而食其肉。《水浒》里的武松、李逵、解珍、解宝等英雄人物打虎、杀虎、猎虎的壮举,就是最典型的艺术反映。也勇敢地打过穿袍戴冠的虎,把多少荒淫的"人君"推下皇帝的宝座。大小数百次的农民起义,就是有力的证明。而对付这两类虎的坚决态度,是和中华民族的酷爱自由、不能忍受黑暗统治的革命传统分不开的。拿武松说:他敢于打景阳冈的那只吊睛白额虎,和他敢于打腐朽的北宋皇朝那只穿袍戴冠的虎,都是同一种革命精神的表现。他血溅鸳鸯楼,杀了张都监一家及其帮凶蒋门神、张团练之后,去死尸上割下一大片衣襟,蘸着血在粉墙上大书:"杀人者,打虎武松也!"这八个使反动统治者心惊胆裂的大字,不正表现了他以打虎的英雄气概对付封建地主阶级吗?连杀四虎的李逵也是一样。他动不动要"杀到东京,夺了鸟位";对于"鸟官府"、"鸟官军",毫不客气,更毫不惧怕,动不动"用老子大板斧砍他娘"。柴进受殷天锡欺侮,不敢反抗,却对皇帝给他的"丹书铁券"抱有幻想,打算依着"条例"打官司。李逵却早把那个恶霸揪下马来,一拳打翻,并批评柴进说:"条例!条例!若还依得,天下不乱了!

我只是前打后商量。"只有像武松、李逵一样的劳动人民,才真正懂得:在剥削人民的统治阶级面前,和在吃人的老虎面前一样,根本没有调和的余地。想和它"讲道德"、"说仁义",结局只有一个:白送命。在鲁迅先生认为是"真的农民和手业工人的作品"的《目连救母》里,有这样一段:

甲乙两人,一强一弱,扮着戏玩。先是甲扮武松,乙扮老虎,被甲打得要命,乙埋怨他了,甲道:"你是老虎,不打,不是给你咬死了?"乙只得要求互换,却又被甲咬得要命,一说怨话,甲便道:"你是武松,不咬,不是给你打死了?"(《且介亭杂文·门外文谈》)

这不仅表现了吃人的虎与打虎的人之间的不调和性,更表现了一切剥削人、压迫人的反动派与反对剥削、压迫的劳动人民之间的不调和性。

对于一切反动派,采取武松、李逵那样的坚决斗争、毫不妥协的革命态度,是不是太刺激了,反而会把事情弄糟?不,一点也不。相反,把事情弄糟、以至断送了人民革命的生命的,倒是宋江所代表的、害怕刺激敌人的妥协投降路线。《水浒》这部伟大的农民革命史诗,是凝结着这种血的、惨痛的历史教训的。

在这个问题上,我们时刻都要记住毛主席的教导。毛主席说:"帝国主义和一切反动派都是纸老虎。"又说:对于帝国主义和一切反动派,"并不发生刺激与否的问题,刺激也是那样,不刺激也是那样,因为他们是反动派。划清反动派和革命派的界限,揭露反动派的阴谋诡计,引起革命派内部的警觉和注意,长自己的志气,灭敌人的威风,才能孤立反动派,战而胜之,或取而代之。在野兽面前,不可以表示丝毫的怯懦。我们要学景阳冈上的武松。在武松看来,景阳冈上的老虎,刺激它也是那样,不刺激它也是那样,总之要吃人的。或者把老虎打死,或者被老虎吃掉,二者必居其一。"

1962 年 2 月

谈 蚊

蚊子这么一种"嗜肉"的卑鄙的东西,虽然很渺小,但很有典型意义。所以,从遥远的古代开始,就在文学领域里取得了一席地位。

晋朝人傅选的《蚊赋》,只用八十几个字集中而夸张地写了蚊子的害处:

……肇孟夏以朋起,迄季秋而不衰。众繁炽而无数,动群声而成雷。肆惨毒于有生,乃餐肤以疗饥。妨农功于南亩,废女工于杼机。

写到这里,你总以为作者还有许多话要说,例如,蚊子既然这样可恶,难道不应该群起而攻之吗?然而不然,这篇赋就这样"戛然而止"了。还应该说些什么,让读者想去吧!

蜀中有种小蚊子,名叫蚋子。五代时人王周写了篇《蚋子赋》。作者先就它的"小"着笔:"……张华之识,何以辨其两翼! 离娄之明,何以见其长喙!"然后写它如何害人:"伺暑绤之漏露,萃丰肌而睥睨。默然而至,暗然而噬……"这东西小得连以博识著称的张华和以明视著称的离娄都无法辨认,而又默默地、暗暗地钻空子咬人,这就不但可恨,而且可怕。如果因为它小而麻痹大意,那就会酿成大患。因此,作者对这"食人之膏血,资己之肥脂"的小东西,表示了极大的愤怒,坚决要扑灭它:"吾将撷楸叶以为焚,俾尔之销骨者也。"

明朝人洪若皋的《蚊赋》,则是富丽堂皇的大篇。它几乎把有关蚊子的典故都用完了,但并不显得堆砌。这因为作者深受蚊害(在《序》里写得极生动),颇有真情实感,故能驾驭典故,而不为典所囿。在《序》中,他于写完被蚊子侵扰,彻夜未能入睡之后说:"翼明而起,先以火烟驱其室,正襟危坐,研墨而作憎蚊之赋。"在《赋》中,愤怒地揭发了蚊子的无数罪状,并写到蚊子生生不已、遍及全国,然后说:

乱曰:已矣乎,此邦不可与居!历吉日兮余将往,步余马兮低余舆。儵然绛雪白云之馆,飘乎鹤坡昆壁之区。徜徉胥山而吊鹅池之玉女,栖迟滇水而问鸽王之宝珠。历江浦而寻李姥,涉沙潭而访吴妹。游六虚而周上下,叩阊阖而望天驹。访南阳卓公而问济世之善术,问大梁光禄而策所以防身之良图也。

毕赋,而蚊声为之少息。或曰:"此火烟之力也,岂墨烟之力欤?"余曰:"唯唯。"

这段"乱",在构思上也许受了《硕鼠》的"逝将去汝,适彼乐土"的启发,还可能吸取了屈原的法乳,但在赋蚊的作品中,毕竟是独具一格的。

有人可能说:"这段'乱'不是表现了逃避思想吗?"我觉得文学作品不宜机械地理解,"毕赋"以下的结束语,不是大可玩味吗!

更值得一提的是杨慎的《蚊赋》,特别是《后蚊赋》。前者以新颖的形式,写了"蚊理"。后者的前半篇虽然由蚊子害人写到要"障尔熛尔"。乍读感到一般化,然而忽然峰回路转,出现一片新天地:

蚊不能辩,对以臆兮……血国三千,彼货殖兮!曷云不惨,嚼有国兮!赤口烧城,烦言喷兮!积毁销骨,疮痏结兮!楚组齐帷,畴其隔兮!赤燧颊熛,罔有慭兮!命曰"人蚊",理可说兮!……人蚊不惩,虫何罪兮!百尔君子,无庸喙兮!

正在大骂蚊子,不料反被蚊子将了一军。它说:"人类中的蚊子更凶恶,你不去惩罚'人蚊',还好意思在我们小虫虫面前发威风吗?赶快住嘴吧!"作者也真的住嘴了,再不说什么。有这出人意外的一转,将前半篇给人的一般化感觉,也一扫而空了。

杨慎的这篇《后蚊赋》,看来和方孝孺的《蚊对》一脉相承。《蚊对》是一篇相当生动而又深刻的散文赋。写的是:有个叫天台生的(即作者自号),暑夜刚入睡,忽闻"其音如雷"。"生惊寤,以为风雨且至也,抱膝而坐。俄而耳旁闻有飞鸣声,如歌如诉,如怨如慕;拂肱刺肉,扑股嚼面;毛发尽竖,肌肉欲颤,两手交拍,掌湿如汗。引而嗅之,赤血腥然也。大愕,不知所为。"只得弄醒睡在旁边的童子,点灯一照,有蚊数千。于是,"拔蒿束之,置火于端,其烟勃郁,左麾右旋……"终于把蚊子驱逐出去了。天台生上床之后,长叹一声说:"天胡产此微物而毒人乎?"不料这句话却引起了童子的讥笑与反驳:

  ……且物之食于人,人之食于物,异类也,犹可言也。而蚊且犹畏谨恐惧,白昼不敢露其形;瞰人之不见,乘人之困怠,而后有求焉。今有同类者,啜粟而饮汤,同也;畜妻而育子,同也;衣冠仪貌,无不同也。白昼俨然乘其同类之间而凌之,吮其膏而醢其脑,使其饿踣于草野,流离于道路,呼天之声相接也,而且无惜之者。今子一为蚊所嘬,而寝辄不安;闻同类之相嘬,而若无闻。岂君子先人后身之道耶?

天台生被问得哑口无言,"于是投枕于地,叩心太息,披衣出户,坐以终夕"。

这篇作品真切生动,发人深省。

咏蚊的诗多得很,很难——列举,这里只谈谈其中有代表性的一小部分。

唐诗中刘禹锡的《聚蚊谣》、韦楚老的《江上蚊子》、白居易的《蚊蟆》等,都写得很不坏。"沉沉夏夜兰堂开,飞蚊伺暗声如雷,嘈然欻起初骇听,殷殷若自南山来。喧腾鼓舞喜昏黑,昧者不分听者惑,露花滴沥月上天,利嘴迎人着不得……"确实写出了那个"聚"字。"摇狭翅,亚红腹,江边夜起如云哭。请问贪婪一点心,腐肉填腹几多足!……"也写出了"江上蚊子"凶残贪婪的特点。白居易则就小题材写出了大道理,写法也颇新颖,"斯物虽微细,中人初甚轻",先说这东西很小,咬人并不重。然而"有如肤受谮,久则疮痏成",还是不可忽视的。"痏成无奈何,所要防其萌",如果开始不注意,一旦咬伤之处成了"疮痏",那就悔之晚矣!所以告诫人们,重要的是要及早提防它。几句质朴的话,写得跌宕生姿,曲尽情理。至于结尾"么虫何足道,潜喻儆人情",则本来是可以不写的。

唐代以后,如欧阳修的《憎蚊》和方夔的《夜坐苦蚊》,各有佳处,前者尤有名,但都是五言长诗,不便征引。先谈篇幅较小的。范仲淹的五言绝句前两句云:"饱去樱桃重,饥来柳絮轻。"概括得准确而形象。徐崇之的七言绝句"空堂夜合势如云,沟壑宁知过去身!满腹经营尽膏血,那知通夕不眠人!"寓意尤其深远。《春渚纪闻》上说:"时蔡京当国,方引用小人,布列要近;赋外横敛,以供花石之费。天下之民,殆不聊生,而无敢形言者。崇之托以规讽云。"这话大约是符合事实的,可以帮助我们了解这篇小诗的社会背景。但这篇小诗的客观意义,当然较之专为暗讽蔡京贪虐更要大些。

有些接近人民的诗人,甚至通过蚊子写出了阶级矛盾,反映了重大的社会问题。例如:

> 九九八十一,穷汉受罪毕。才得放脚眠,蚊虫獦蚤出。(见郑板桥《潍县寄舍弟墨第三书》,可能出于民谣。)

数九寒天,被剥削压迫得连御寒之物都没有的穷汉冻得夜不能寐;好容易挨过九九八十一天,天暖了,才可以伸开腿,睡个安身觉,不料蚊虫獦蚤又活动起来了,还是睡不安稳。寥寥二十个字,沉痛地倾诉了旧社会里穷汉们无穷无尽的苦难!

"蚊虫獦蚤出",只侵害穷汉,却伤不了富贵人家的一根毫毛。请看梅尧臣的《聚蚊》诗:

> 日落月复昏,飞蚊稍离隙,聚空雷殷殷,舞庭烟幂幂。珠网徒尔施,螗斧讵能磔!猛蝎亦助恶,腹毒将肆螫,不能有两翅,索索缘暗壁。贵人居大第,蛟绡围枕席;嗟尔于其中,宁夸嘴如戟!忍哉傍穷困,曾未哀癃瘵,利吻竞相侵,饮血自求益。蝙蝠空翱翔,何尝为屏护;鸣蝉饱风露,亦不惭喙息。薨薨勿久恃,会有东方白!

"贵人居大第"以下八句,通过蚊子,生动地反映了富贵与贫贱的对立,诗人的同情,又是倾注在贫贱方面的。这已经难能可贵了,何况,这首诗的价值还不止此。这是一首寓言诗,写的是蚊子,但不止虫类中的蚊子,还有"人蚊";也不止"人蚊",还以"人蚊"为中心,揭露了一系列不合理的社会现象。试想,光天化日之下不敢活动,只在黑夜里行凶;没有能耐去侵扰达官贵人,只吮吸穷人的血液,这仅仅是昆虫中的蚊子吗?替蚊子帮凶的蝎子,也仅仅是昆虫中的蝎子吗?不起作用的蛛网和螗斧,袖手旁观的蝙蝠和鸣蝉,不也可以使您联想到与之相似的社会现象吗?诗人希望天亮,不也意味着希望政治清明吗?

欧阳修仿佛认为梅尧臣写这篇诗只是自诉其苦,所以他的《和圣俞〈聚蚊〉》诗,固然也写得不错,但主要内容是对梅的同情和安慰,较之原作,其思想性是颇有逊色的。

从古以来,我国人民就千方百计地驱蚊、灭蚊。《埤雅》上说:"蚊性恶烟,以艾烟熏之,则溃。"《续博物志》上说:"浮萍干,焚烟熏蚊虫,则死;荆叶逼蚊虫;麻叶可逼蚊子。"方夔在《夜坐苦蚊》诗中也主张"延烧煽烟焰……火攻策奇勋"。洪若皋在《蚊赋》中则吁请天帝帮忙,祈求使"群伦安枕帖席"。这自然是幻想,但如果用人们自己的力量,进行大规模的歼灭战,岂不是真的可以给蚊类以致命的打击,使大家"安枕帖席"吗?"除四害"已经证明了这一点。

1962年8月

华山抒感

读郗政民兄的《咏华山诗选》，引起我许多回忆。

回忆不是把我送上莲花峰顶，而是把我送回阔别多年的家乡——甘肃天水西北乡的偏僻农村霍家川。

人谁能不热爱自己的家乡呢？霍家川虽然偏僻，但山环水绕，风景很优美。我童年的时候，由父亲当老师，在家里读书。一个人被关在书房里哇哩哇啦地念那些似懂非懂的东西，别说有多闷！一有机会，就溜出去玩。父亲似乎也懂得儿童心理学，虽然有时也打板子，但也在改革教学方法。当他出门给人家看病或者干其他事情的时候，往往带上我，一路上谈山论水、说古道今。有一次，我跟着他爬上骆驼峰，在一棵大松树下歇凉。下视，渭水从上峡口喷涌而出，转了个大弯子，又翻波滚浪，滔滔然向下峡口流去；环顾，往日在家门口望不到顶的群山丛岭，这时都仿佛低下了头。这是我有生以来第一次爬上这样高的山峰，所以感到十分新鲜，提出了一些只有儿童才能提出的问题。父亲正中下怀，就打开了话匣子。问我："读过的书里面有讲登山的没有？"我说："有的。"接着背诵了《孟子·尽心》篇里的"孔子登东山而小鲁，登泰山而小天下"。他满心欢喜，先解释了为什么"登泰山而小天下"，又引了杜甫的诗句，说明一个人从幼年开始，就应该有"会当凌绝顶，一览众山小"的志向；然而"行远必自迩，登高必自卑"，好高骛远是不行的，必须脚踏实地，循序渐进。我问："泰山真有那么高大吗？"他说："当然啰，那不是一般的山，而是'岳'啊！"于是捡起枯树枝，在地上写了"五岳"的名称，然后说："'五岳归来不看山'，你将来游了五岳，再看这骆驼峰，就像看骆驼背上的肉圪垯一样！"现在想来，他老人家讲这些，主要是为了向我灌输治学、做人的道理；但在我幼小的心灵里，却唤起了对五岳的向往。因而问："五岳中哪一岳最近？"他说："华山最近，那是西岳嘛！"话题由此转到华山，边写边讲了崔颢的七律"岧峣太华俯咸京，天外三峰削不成。武帝祠前云欲散，仙人掌上雨初晴。……"我好奇地问："华山上怎么会有仙人掌呢?"他饶有兴味的回答:"那不过是远远望去,像人的手掌罢了。叫做仙人掌,是由于有些古书里作了神奇的解释。有一种解释是,在遥远的古代,华山和中条山本来连在一起,黄河流到山下,没法子通过,就汇成汪洋大海,叫做'西海'。有一位叫'巨灵'的神人担心八百里秦川全被淹没,就用左手推开华山,用右脚踢走中条山。黄河有了出路,才滚滚东流。所谓'仙人掌'就是'巨灵'神留下的手印。这当然是神话传说,不是事实。华山上的许多名胜古迹,都有类似的神话传说,很有趣;前人游华山,往往把它们写进诗文。你好好读书,将来都会知道的。"从此以后,我就留心关于华山的诗文了。

在天水上中学的时候,喜欢读课外书。星期天,差不多都是在城南公园的县立图书馆里度过的。有一次翻卡片,忽然发现《华岳志》。借出一看,那是道光时人李榕在宋元以来的各种旧志的基础上编成的,分图说、名胜、人物、物产、金石、艺文、纪事、识余等类。浏览之余,倍增游兴;加上接受了"太史公周览四海名山大川而文有奇气"的说法,就把"秦州十景"都游遍了,也写了一些游记和诗歌。而华岳三峰,却只出入于梦寐而已。

从 1951 年初春以来,一直在西安从事教育工作。距华山不远,要游不难。但正由于要游不难,就只顾忙眼前的事儿,老想游,又今年复明年,老是向后推。想不到这也反映在我的教学上。讲明代散文,特意选了袁宏道的《华山后记》,但讲到"至苍龙岭,千仞一脊,仄仄如蜕龙之骨,四匝峰峦映带,秀不可状。游者至此,如以片板浮颠浪中……"一节,尽管连声称赞"写得好",却说不具体。讲唐诗,忘不了李白、杜甫、韩愈咏华山的名篇,但也无法结合实际。甚至讲杜牧的《阿房宫赋》,也要和杨敬之的名作《华山赋》联系起来,说那"明星荧荧,开妆镜也……"一段,脱胎于《华山赋》:

见若咫尺,田千亩矣;见若环堵,城千雉矣;见若杯水,池百里矣;见若蚁垤,台九层矣;醯鸡往来,周东西矣;蠛蠓纷纭,秦速亡矣;蜂窠联联,起阿房矣;俄而复然,立建章矣;小星奕奕,焚咸阳矣;累累茧栗,祖龙藏矣……

可是自己并没有立足于华岳顶上远望三秦、遥想百代的体验。看起来,老神往于"天外三峰"却不见诸行动,的确不大好。不料刚要行动,就爆发了"文化大革命"。

今年暑假,华阴县办中学教师进修班,约我去讲课。讲课已毕,由县教育局的老王同志作陪,同爱人老胡一起去游华山。

出华岳庙南望,朝霞掩映中遥见朵朵碧莲,高插云表,真是人间奇景!驰车西南行,约十里,至玉泉院。游览了"望河亭"、"天然舫"、"群仙殿"、"梯云石",抚摸了陈希夷的睡像,在"无忧亭"小憩,然后步行入谷口。两山对峙,一水中流,淙淙之声,与蝉吟鸟哢相应和。踏涧中石前进,山光人影,如在镜中。过涧傍山,于丛莽中觅羊肠小径,彳亍颠簸,汗流浃背,才爬上"第一关",坐下来喘气、喝茶。老王指点说:"那是'桃林坪',那是'张仙谷',那是'希夷峡'……"我忽然望见涧东石崖上刻有"王猛台"三字,想到《晋书·慕容㱩纪》中符坚以精兵守华阴的记载,估计所谓"王猛台",大约是王猛屯兵的所在吧!又想起王山史"门外莲峰作雾,阶前松树生涛"的"待庵",也许就在这一带,他为顾亭林修建的"顾庐",又在何处呢?问老王,他也说不清。这时候,和我们同时或稍后从玉泉院出发的游人,早已跑到前面去了;而从山上下来的,又一批一批地擦身而过,往回走。其中一个小伙子嘻嘻哈哈地奚落我们:"才走了几里路,就成了这个式子!"一个女青年反驳道:"这么大年纪了嘛!还敢上华山,就不简单,何必开人家的玩笑?"并把她的棍子送给老胡。那奚落使我们受到刺激,这关怀又使我们受到鼓舞。老胡绾起裤管说:"走!"于是拄着拐棍,迈开了大步。我也不甘示弱,跨到她前面开路,赢得了老王的赞扬。从后面赶上来的一群男女青年中有几个落后了,另一个指着我们说:"看人家,头发都花白了,还勇攀高峰,真称得上'老当益壮';咱们年纪轻轻的,还不快走!"那几个也就健步如飞,回过头来招呼我们:"北峰上见!"而我和老胡,却实在有愧于那个"壮"字,步子越来越慢,好容易到了"第二关",又坐下来喘气、喝茶。老王东指西点,给我们介绍"莎罗坪"、"混元庵"、"八仙洞"、"大上方"、"小上方"的情况,兴致勃勃;疲乏二字,简直和他沾不上边。

从"第二关"跨入"十八盘",走走停停,两腿已不听使唤。老王鼓励说:"走吧,快到'青柯坪'了!看,那就是!"朝他手指的方向望去,回陀曲磴,浮苍点翠,精神为之一振。贾勇攀登,总算进入"云门",到了"青柯坪"。论时间,天黑以前,满可以爬上北峰,可是实在没有气力了,只好住进宾馆。饭后出游坪上,寻明代学者冯从吾"太华书院"的遗迹,发思古之幽情。在这样幽深清冷的地方讲学,山路奇险,运输艰难,物质条件不会好;然而据文翔凤所说,四方之士来学者竟然多到三百人。这位冯老先生的声望之高,也就可想而知了。

第二天天一亮就吃完早饭,下决心爬上峰头,历览华岳胜景。出宾馆东南行,路越来越陡、越来越窄。未到"回心石",我已经鼻翕口张,头晕目眩,两腿一软,就坐了下去。老胡比我强,她紧随老王之后,继续爬。过了一会,听见她在上面喊:"快来吧,看见千尺㠉了!"我挣扎着站起来,只觉得两腿打颤。默想王履、李攀龙、袁宏道等人关于登千尺㠉、百尺峡的描写,就只想下山。恰好老王转回来找我,便对他说:"快叫老胡下来吧!我实在上不去。"

下山的路上思潮起伏,百感丛集。回想八九岁时随父亲上骆驼峰的情景,历历如在目前;他老人家"登高必自卑……"的声音,也还在耳边回荡。而时间呢?已过去了五十来年。人呢?虽然从十年浩劫中走过来了,却已经如此孱弱!"会当凌绝顶,一览众山小"的庭训与自勖,尽管牢记在心,遗憾的是力不从心。难道这一辈子就只能爬到"青柯坪"吗?

"老当益壮",这是不错的;然而少壮更当努力!

1980 年 8 月

清明时节话清明

清明,这是令人喜悦的字眼。清,是"混浊"的反面;明,是"黑暗"的反面。人们厌恶混浊黑暗,自然就喜欢清净明丽。对于世道,对于自然,莫不如是。而作为二十四节气之一的"清明",也正取义于此。《孝经纬》里说:"春分后十五日,斗指乙,为清明。万物至此,皆洁齐而清明矣。"春分,通常在阳历三月二十一日。"春分后十五日",就是阳历四月五日。这时候,春光正好,天地万物,都清净明丽,所以叫清明节。

在古人的诗文中,清明和寒食往往并提,这是怎么回事呢?寒食,从字面上看,就是吃冷饭。《荆楚岁时记》云:"冬至后一百五日,谓之寒食,禁火三日。"禁举火,自然只能吃冷饭。至于为什么禁火,则说法不一:或说是周朝旧制,或说是为了纪念介之推被烧死。吃冷饭有损身体,故魏武帝(曹操)还下过《禁火罚令》。然而直到唐代,仍保留"寒食"的遗俗,张籍《寒食内宴》诗就明说"廊下御厨分冷食"。"寒食"之后是"清明",皇帝"取榆柳之火以赐近臣",才可以举火吃热饭。谢观就作有《清明日恩赐百官新火赋》;祖咏诗"霁日园林好,清明烟火新",王表诗"寒食花开千树雪,清明日出万家烟",也讲的是这种情况。

冬至后一百五日是寒食节,因而也称寒食节为"一百五日",杜甫在长安写的《一百五日夜对月》诗,一开头就说"无家对寒食",寒食后是清明,因而也把清明节叫"一百六日",王叔承《清明》诗一开头就说"一百六日春正浓"。

清明是春耕春种的大好时节,"清明谷雨两相连,浸种耕田莫迟延";"种树造林,莫过清明";"清明前后,点瓜种豆"。这一类农谚,正是对这种农业生产繁忙情形的生动描绘。

节日和民俗是紧密结合的,清明节也不例外。《景龙文馆记》记载:清明节有拔河的风俗,唐中宗在这一天令侍臣为拔河之戏,"七宰相、二驸马为东朋,三相、五将为西朋",两个老家伙被拖倒,好久爬不起来,惹得皇帝老儿哈哈大笑。至于踏青、打球、插柳和打秋千等游乐活动,则遍及全国各地。从唐宋人的诗词中可以看出,清明节是一个举国狂欢的节日。晚唐著名诗人韦庄,生于韦曲,长于长安,到过陕西的许多地方。且看他怎样描写陕西人过清明:

> 早是伤春梦雨天,可堪芳草更芊芊!内官初赐清明火,上相闲分白打钱。紫陌乱嘶红叱拨,绿杨高映画秋千。游人记得承平事,暗喜风光似昔年。
>
> ——《长安清明》

> 满街杨柳绿丝烟,画出清明二月天。好是隔帘花树动,女郎撩乱送秋千。
>
> 雕阴寒食足游人,金凤罗衣湿麝薰。肠断入城芳草路,淡红香白一群群。
>
> 雨丝烟柳欲清明,金屋人闲暖凤笙。永日迢迢无一事,隔街闻筑气球声。
>
> ——《鄜州遇寒食》

宋朝人过清明的情景,柳永的《木兰花慢·清明》一词,描写得最全面:

> 拆桐花烂漫,乍疏雨、洗清明。正艳杏烧林,缃桃绣野,芳景如屏。倾城。尽寻胜去,骤雕鞍绀幰出郊坰。风暖繁弦脆管,万家竞奏新声。盈盈。斗草踏青。人艳冶、递逢迎。向路傍往往,遗簪堕珥,珠翠纵横。欢情。对佳丽地,信金罍罄竭玉山倾。拚却明朝永日,画堂一枕春醒。

至于清明扫墓的习俗,唐朝就有了。现在人们以献花圈寄托对死者的哀思。

> 排云功业讵能删?百日都人泪未干。谁说是非身后事,眼前突兀万花环!

丙辰清明,天安门广场变成了花圈的海洋。这海洋,既洋溢着中华儿女悼念周总理的深情,也翻滚着十亿人民淹没"四人帮"的怒潮。如今"四化"蓝图在党中央的英明领导下逐步变为现实。十年动乱酿成的"混浊黑暗"局面一去不返了,我们的伟大祖国,已跨入前所未有的清明时代。清明时节话清明,是饶有诗意的。

1984 年 4 月

普救寺里说西厢

在驰誉世界的《西厢记》中,莺莺张生追求人性解放、婚姻自由的反礼教斗争,竟然在宣扬禁欲主义的佛寺里进行,而且得到了和尚们的支持,这是饶有意味的。这座佛寺,就是位于永济县的普救寺。

写莺莺张生爱情故事的文学作品,最早是中唐著名诗人元稹的《莺莺传》。这是唐人小说的名篇。在《莺莺传》里,男女主人公就是在普救寺谈情说爱的。而元人杂剧的代表作家王实甫的《西厢记》创作,更把崔、张爱情故事带到世界文学的高峰。此后,在各种地方戏中,乃至在当代的电影电视文学中,都出现了经久不息的"西厢热";而在国外,《西厢记》的各种译本和研究著作,也不断问世,方兴未艾。不难预料,遍及全世界的"西厢热"与遍及全世界的"旅游热"相结合,来自五洲四海的游人将络绎不绝地涌向普救寺。

因此,普救寺的修复是完全必要的,势在必行的。

我这次应邀参加普救寺修复论证会,并实地观察了普救寺遗址发掘、出土文物和已经修复的部分建筑,我认为修复工作是科学的,严肃认真的。不仅研究了佛教史、建筑史和描写崔、张爱情故事的各种文学作品,找到了修复普救寺的可靠的文献依据,而且摸清了隋唐以来普救寺的众多遗址,发现了珍贵文物,为修复工程提供更可靠的实物依据。一座消失已久的隋唐名刹再现于中条之麓、黄河之滨,成为驰名中外的旅游胜地,将是指日可待。那时候,不仅所有追求美满婚姻的男女青年将来到这里体验崔、张爱情,而且所有金婚银婚夫妇,也将来到这里重温旧梦。那时候,古今中外的各种《西厢》版本和有关研究著作将在这里展出,为《西厢》研究者提供最丰富的资料。那时候的普救寺将以新的生命、新的意义呈现于世界游人面前,爱情之花盛开,文学之花盛放。

1988 年 4 月

鸡年抒情

鸡年到来之前,我收到许多年历。有一册封面上雄鸡鼓翼,色彩富艳,仪态轩昂,引颈高歌,简直是活的。于是把这一册悬于座右,当爬格子爬不动的时候,就看看那鸡,立刻文思泉涌,灵感勃发。

我属鸡,也特别喜爱鸡。童年写仿,不知把"三更灯火五更鸡,正是男儿立志时"的诗句写过多少遍。年纪稍大,读书读出了滋味,欲罢不能。三更就寝,一闻鸡叫,又披衣而起,"黄卷青灯伴五更"。

在浩如烟海的古籍中,大凡讲到鸡,都说它的好话,概括起来,就是《韩诗外传》里所说的鸡有五德:"头戴冠者,文也;足搏距者,武也;敌在前敢斗者,勇也;见食相呼者,仁也;守夜不失时者,信也。"五德中,知时司晨,更受到普遍赞扬。不管是"天寒地冻"或"风雨如晦",它都准时报晓,唤醒人们起床工作。至于找见食物不忍独吞而呼群共享,尤其难能可贵。"五德"之外的好处还多,比如它吃害虫,"畜一鸡,日杀害虫无数";母鸡则天天下蛋,给人们奉献高蛋白,在"割资本主义尾巴"堵死一切活路的年月,尚可偷偷摸摸开"鸡屁股银行"。

据《舆地记》说,鸡不仅报时,还能报潮。"爱州移风县有潮鸡,鸣长且清,如吹角,每潮至则鸣"。《拾遗记》载有一种"沉明石鸡",它能报瑞;"若天下太平,则翔飞颉颃,以为嘉瑞",灵得很!

鸡年是我的本命年。有一种说法,本命年不吉利,须事事小心。另一种说法恰恰相反:"本命年大吉大利,万事如意。"我想:鸡有那么多好处,"鸡人"过鸡年,自应好上加好。何况鸡年鸡报潮,鸡报瑞!南巡讲话的春风鼓荡改革开放的春潮,溢岸盈畴,流光泛彩,遍及神州大地的财源也随之滚滚而来,小康在望,太平可期。我这只"鸡"和群"鸡"一起,"翔飞颉颃",共唱鸡歌,不仅自家福寿康宁,还为祖国大家庭作瑞呈祥,增添无限祥和。每想到这一切,便若有神助,密密麻麻的格子就一溜烟爬过去了。

1993 年 1 月

马嵬诗漫话

陕西兴平县西北二十三里，有一个地方叫马嵬坡。1975年春天，我因事路过时，曾去凭吊过一番，经过"文革"破坏，那里只剩下一座破房子和一块石碑了，荒凉得很。但从"安史之乱"以来，这块地方却受到过许多诗人的歌咏。

清道光二十二年(1842)，因主张严禁鸦片，并给侵略者以沉重打击而被清王朝遣戍伊犁的林则徐路过这里，写了几首七绝：

六军何事驻征骖？妾为君王死亦甘。抛得蛾眉安将士，人间从此重生男。

费尽金钱贾祸胎，猪龙谁遣入宫来？重泉倘听渔阳鼓，可有胡儿哭母哀？

藉甚才名《长恨篇》，先皇惭德老臣宣。诗家谁识君亲义，杜老而还只郑畋。

第一首，是说当"六军不发"，要杀杨贵妃的时候，杨贵妃为了君王的安全，自愿去死，唐明皇为了安将士之心，也让她去死，从而既肯定了唐明皇，又肯定了杨贵妃。这大概就是所谓"识君臣大体"吧！第二首，还是忍不住批评了"君"，是说唐明皇让安禄山这头"猪龙"入宫，做杨贵妃的干儿子，滥施赏赐，费尽了金钱，却贾（买）来了"祸胎"：安禄山为了夺权，"渔阳鼙鼓动地来"，根本不认那样宠爱过他的干娘、干爹。据许多历史家、小说家的记述和描写，安禄山是一个善耍两面派的野心家。他在唐明皇面前装得很忠诚，比如有一次，唐明皇问他肚子为什么那么大，他说："因为装了一颗忠于陛下的赤心！"唐明皇听了很高兴。而他在背地里，却不但和杨贵妃乱搞男女关系，而且时时在阴谋造唐明皇的反。第三首,从是否"识君亲大义"这一点上,指责了宣扬"先皇惭德"的《长恨歌》,赞扬了杜甫、郑畋写同一题材的诗章。林则徐在这里涉及的关于唐人咏马嵬诗的评价问题,其实是一个老问题,这里我们不妨也谈谈这个老问题。

先看看所谓"马嵬之变"。

按《通鉴》(卷二一八)记载:天宝十五载(756)六月,安禄山的叛军攻破潼关,唐明皇与杨贵妃等逃出长安。"至马嵬驿,将士饥疲,皆愤怒。陈玄礼以祸由国忠,欲诛之。……会吐蕃使者二十余人遮国忠马,以诉无食,国忠未及对,军士呼曰'国忠与胡虏谋反!'或射之,中鞍。国忠走至西门内,军士追杀之。……上(明皇)闻喧哗,问外何事,左右以'国忠反'对。上杖履出驿门,慰劳军士,令收队,军士不应。上使高力士问之。玄礼对曰:'国忠谋反,贵妃不宜供奉,愿陛下割恩正法。'上曰:'朕当自处之。'入门,倚杖倾首而立。久之,京兆司录韦谔前言曰:'今众怒难犯,安危在晷刻,愿陛下速决!'因叩头至流血。上曰:'贵妃居深宫,安知国忠反谋?'高力士曰:'贵妃诚无罪,然将士已杀国忠,而贵妃在陛下左右,岂敢自安!愿陛下审思之,将士安,则陛下安矣。'上乃命力士引贵妃于佛堂,缢杀之。舆尸置驿庭,召玄礼等入视之。……"

从这一记载看,唐明皇是在六军"造反",迫不得已的情况下将杨贵妃"赐死"的。

唐人最早反映这一事件的,要数杜甫。他在至德二载(757)八月所写的《北征》里说:

> 忆昨狼狈初,事与古先别:奸臣竟菹醢,同恶随荡析;不闻夏殷衰,中自诛褒妲;周汉获再兴,宣光果明哲。桓桓陈将军,仗钺奋忠烈;微尔人尽非,于今国犹活。

"奸臣竟菹醢,同恶随荡析"两句,是指杨国忠兄妹及其同伙被处死。《旧唐书·杨国忠传》:"龙武将军陈玄礼谓军士曰:'今天下崩离,万乘震荡,岂不由国忠割剥氓庶,朝野怨咨,以至此耶?若不诛之,何以塞四海之怨愤?'众曰:'念之久矣,事行身死,固所愿也'。……遂斩首以徇,韩国、虢国二夫人亦为乱兵所杀。"《新唐书·玄宗纪》:"上次(明皇至)马嵬,陈玄礼杀杨国忠及御史大夫魏方进、太常卿杨暄(国忠之子)。"杜甫的这两句诗,对祸国殃民的杨国忠一伙进行了鞭挞,同时也歌颂了陈玄礼及众军士诛灭他们的正义行动。"不闻夏殷衰,中自诛褒妲"两句,翻译一下,那就是:"还不曾听说夏、殷、周三代在因遭到'女祸'而衰败的时候,夏桀、殷纣、周幽主动诛杀了妹喜、妲己、褒姒。"这话说得很活。联系"事与古先别"一句看,似乎是说:唐明皇比夏桀等高明,他是吸取了历史教训,主动杀了杨贵妃的。而接下去,却又热情洋溢地歌颂了陈玄礼,把他倡议兵变说成"仗钺奋忠烈",把"于今国犹活"归因于陈玄礼等诛杀了"奸臣"及其"同恶"而给予崇高的评价,在那"同恶"里面,自然也是包括了杨贵妃的。而这"奸臣"与"同恶",跟唐明皇又是一种什么关系呢?大家都很清楚,诗人自己更清楚。所以,杜甫如此这般地写"马嵬之变",确实表现了一位现实主义诗人应有的勇气。要知道,对他说来,"马嵬之变"还是近在眼前的事情啊!

　　北宋以来的许多诗论家,都抓住"不闻夏殷衰,中自诛褒妲"两句来称赞杜甫,说他懂得君臣大义,事事不忘"归美于君";但还是有人从"桓桓陈将军"以下各句里嗅出了"味外之味",因而对杜甫不满。例如浦起龙在《读杜心解》(卷一)里说:"玄礼为亲军主帅,纵凶锋于上前,无人臣礼。老杜既以'诛褒妲'归权人主,复赘'桓桓'四语,反觉拖带,不如并隐其文为快。"这就是说,杜甫应该根据封建统治者的"先行"的"主题"来写诗,即根据忠君的原则来歪曲现实,伪造历史;而不应该从客观生活出发反映历史的真实面貌,表达人民群众的思想感情。

　　当然,杜甫也是忠君的,但他的忠君,是要"致君尧舜",而不是"致君桀纣"。所以,他早在"安史之乱"以前,就对曾经赢得了"开元之治"、到天宝以后却日益荒淫昏聩的唐明皇有意见,很想帮助他成为"尧舜之君"。他在天宝十一载(752)所写的《同诸公登慈恩寺塔》里发出了"回首叫虞舜,苍梧云正愁,惜哉瑶池饮,日宴昆仑邱"的感叹,对与杨氏姊妹游宴骊山、不问国事的唐明皇表示惋惜。在此前后所写的《丽人行》和《自京赴奉先县咏怀五百字》里,不仅对把持朝政、骄奢淫逸、"炙手可热势绝伦"的杨国忠兄妹进行了无情的鞭笞,而且以"路有冻死骨"为反衬,揭露了唐明皇与杨氏兄妹等在华清宫避寒,"君臣留欢娱",大量挥霍人民血汗的丑行。在《北征》中歌颂诛杀杨国忠兄妹一伙的陈玄礼,正是这种思想感情的发展。黄生说:"诛杨氏所以泄天下之愤,愤泄,然后足以鼓忠义之气,而恢复可望,故归功于陈如此。"这种说法,是符合杜甫的艺术构思的。

"藉甚才名《长恨篇》。"在杜甫之后,写"马嵬之变"的名作,首推白居易的《长恨歌》。

解放以来,对《长恨歌》的评论一直有分歧,其主要分歧表现为"爱情"说与"讽谕"说的争鸣。"爱情"说者认为,《长恨歌》歌颂了李、杨的"纯洁无私的"、"十分坚贞和专一的爱情",而这种"爱情",又是"和人民的生活、人民的情感相一致的"。十分明显,这不符合作品的实际。

"先皇惭德老臣宣",林则徐的这句诗很值得注意。他不赞成作为一个"老臣"而去"宣""先皇"的"惭德"——见不得人的"德行",这分明是忠君观念在作祟;但他看出《长恨歌》"宣"了唐明皇的"惭德",却的确很有眼力,与"爱情"说者不同。

白居易和杜甫一样,是主张实行"仁政"的,而实行"仁政"的君主,就应该"重德"而不"重色";因为"重色"就不免荒淫,荒淫就不能实行"仁政"。他在做左拾遗的时候,曾上书要求唐太宗拣放宫人;在《七德舞》中,歌颂了唐太宗"怨女三千放出宫"的德政;在《八骏马》中,反对周穆王迷恋歌舞宴乐,指出那是"一人荒乐万人愁";在《骊宫高》中,则歌颂不到骊宫游幸的皇帝,理由是"君之来兮为一身,君之不来兮为万人";在《上阳人》中,则揭露了唐明皇"密采艳色"和杨贵妃谗害宫人的罪恶。在白居易看来,皇帝"重色"荒淫,是和人民的利益冲突的,他怎么会把李、杨的荒淫生活当作"和人民的感情一致的""纯洁爱情"来歌颂呢?陈鸿在《长恨歌传》中指出白居易之所以写《长恨歌》,是"不但感其事,亦欲惩尤物、窒乱阶,垂于将来者也"。这是符合作者的创作意图的。

全诗分两部分。头一句"汉皇重色思倾国"是全篇的主脑。诗人虽然还不免于"为尊者讳",隐去了父夺子妻等淫秽事迹,却也大胆地描写了唐明皇的"重色"。在杨玉环入选以前,唐明皇"求"倾国之"色"已有"多年","后宫佳丽三千人",就是多年求来的;但因为都不是"倾国"之"色",所以还继续在"求",终于"求"到了杨玉环。于是,"春宵苦短日高起,从此君王不早朝"。作为皇帝的李隆基,放下国家大事不管,而沉醉于歌舞酒色之中,一任杨玉环的"姊妹兄弟"恃宠弄权,酷虐百姓,就很快地搞出了一个"倾国"的结局。

非常明显,在作者笔下,正像历史事实那样,李隆基对杨玉环并没有"纯洁无私"的"爱情",而是"赐宠";杨玉环对李隆基呢,则是邀宠、固宠。在三千粉黛争妍斗丽的环境中,杨玉环用各种方法邀宠、固宠,以取得"后宫佳丽三千人,三千宠爱在一身。……姊妹弟兄皆列土,可怜光彩生门户"的胜利。而这种胜利,是建筑在广大人民的痛苦之上的。

《长恨歌》前一部分的内容就是这样的。简单地说,它揭露了李隆基的荒淫误国。

介乎前半篇和后半篇之间的是:"骊宫高处入青云,仙乐声飘处处闻;缓歌慢舞凝丝竹,尽日君王看不足。渔阳鼙鼓动地来,惊破霓裳羽衣曲。"这几句具有高度概括性的诗,表现了这样深刻的思想:李隆基的荒淫生活酿成了安史之乱;安史之乱埋葬了李隆基的荒淫生活。这样,作品就由前半篇自然而然地过渡到后半篇,写李、杨自食痛苦的后果。

这样的构思,对李隆基还是有暴露意味的。在"渔阳鼙鼓"惊破了"霓裳羽衣曲"之后,李隆基如果清醒过来,就应该翻然悔改,以国事为重,去奸邪,任贤能,安民平叛,恢复"开元之治";但他却不是这样,朝朝暮暮,一心思念妃子,妄图恢复以前的荒淫生活。这仍然是"重色",仍然是"思倾国"。这样描写,当然是具有贬义的。

但是,毋庸讳言,比起前半篇来,后半篇的现实主义精神显然削弱了。他不但没有像杜甫那样明确地肯定陈玄礼为首的"六军"杀杨国忠兄妹一伙的正义行动,而且从李隆基的角度写了"六军不发无奈何,宛转蛾眉马前死"。从"君王掩面救不得,回看血泪相和流"以下,还以全部的艺术力量描写了李隆基在入蜀途中的凄惨境遇和重返长安以后思念妃子的痛苦心情。作者的感情,不知不觉地和人物的感情融在一起了,那样感伤,那样悲凉,那样无可奈何。而读者呢,读着读着,也不免感伤起来,悲凉起来,甚至为李、杨洒下同情之泪。而这,就把前半篇的艺术效果冲淡了。

作者也意识到这一点,所以把这一篇编入"感伤类"。

这种情况之所以产生,原因是比较复杂的,但主要原因,则与作者毕竟是一个君主主义者有关。作为一个君主主义者,白居易可以对唐明皇的荒淫误国表示不满,也可以用唐明皇的自食其果来警戒后人,但当他具体写到唐明皇在怎样咀嚼自己造成的苦果的时候,又不禁要一洒同情之泪。杜甫又何尝不是这样呢?在《北征》里歌颂过"桓桓陈将军"的杜甫,在《哀江头》里却写出了这样的诗句:"明眸皓齿今何在?血污游魂归不得!清渭东流剑阁深,去住彼此无消息。人生有情泪沾臆,江草江花岂终极!"真可以说"对此茫茫,百感交集"了!

和《长恨歌》一起遭到那些"识君臣大义"的人们的非难的,还有白居易的诗友刘禹锡所写的《马嵬行》:

绿野扶风道,黄尘马嵬驿。路边杨贵人,坟高三四尺。乃问里中儿,皆言幸蜀时:军家诛佞幸,天子舍妖姬;群吏伏门屏,贵人牵帝衣;低回转美目,风日为无晖;贵人饮金屑,倏忽舜英暮;平生服杏丹,颜色真如故;属车尘已远,里巷来窥觑;共爱宿妆妍,君王画眉处;履綦无复有,履组光未灭;不见岩畔人,空见凌波袜;邮童爱踪迹,私手解鞶结;传看千万眼,缕绝香不歇;指环照骨明,首饰敌连城;将入咸阳市,犹得贾胡惊。

这首诗写法很特别。前四句,诗人写他路经马嵬驿时的所见;"乃问里中儿,皆言……"以下,则是全用"里中儿"叙述的形式写的。"军家诛佞幸,天子舍妖姬",这表现了人民的评价。"贵人牵帝衣,低回转美目"的细节,则可与白居易所写的"君王掩面救不得"相补充;所不同的是,这个细节也刻画了"妖姬"之"妖"。以下所写,或与史书的记载不同,或为史书所无。史书上说杨贵妃是被"缢杀"的,这里却说"贵人饮金屑"而死,死后没有埋,等到"属车尘已远,里巷来窥觑"的时候,她因为平日服用长生不老之药,所以虽然已经死了,还颜色如故,十分漂亮。"共爱宿妆妍,君王画眉处"当然意含讽刺。君王亲自为她化妆,可见他被"妖姬"迷惑到何等地步!至于写邮童脱下了她的"凌波袜",万人传看,香气不灭,以及"指环"如何闪光、首饰如何贵重等,也都具有暴露意义。而这许多来自民间传说的细节描写,又为后来的小说家、戏曲家提供了可贵的素材。

李端的《过马嵬》七律二首,其创作的时间早于白居易的《长恨歌》和刘禹锡的《马嵬行》。虽不甚著名,但看来对后代同一题材的诗歌创作也不无影响。诗是这样的:

路至墙垣问樵者,顾予云是太真宫。太真血染马蹄尽,朱阁影随天际空。丹墄不闻歌吹夜,玉阶唯有薜萝风。世人莫看《霓裳曲》,曾致干戈是此中。

金甲银旌尽已回,苍茫罗袖隔风埃。浓香犹自随銮辂,恨魄无因离马

嵬。南内真人悲帐殿,东溟方士问蓬莱。唯留坡畔弯环月,时送残辉入夜台。(此首一作李远诗)

郑畋的《马嵬坡》七绝,则颇为诗论家所称道。诗云:

玄宗回马杨妃死,云雨难忘日月新。
终是圣明天子事,景阳宫井又何人!

头一句,以"玄宗回马"与"杨妃死"作强烈的对比,紧扣题目"马嵬坡"。当"安史之乱"已平,玄宗从四川回来,路经马嵬的时候,杨妃却被逼而死,埋在这里,不能一同回长安。这当然要勾起这位老年皇帝的许多回忆。第二句,也写得波澜起伏。"云雨难忘"啊,而日月终于重光了!诗人仅用七个字,表现了唐明皇此时此地的复杂情感。把"雨云"这个典故用到"先皇"身上,当然不够严肃,但其实是符合被讥为"髦荒"的这位"先皇"老而风流的特点的。刘禹锡不是把"画眉"的典故都用上了吗?三、四两句,以"景阳宫井"和"马嵬坡"作对比,歌颂了唐明皇。景阳宫井,就是景阳宫中的井,其故址在今南京市北鸡鸣寺下、玄武湖畔。隋朝开国大将韩擒虎率兵直逼金陵城下,而陈后主还和他的宠妃张丽华在景阳宫里寻欢作乐。待到隋兵从朱雀门入城,陈后主和张丽华逃避不及,匿入井中,被活捉,后人因此称这个井为"辱井"。和"辱井"中发生的事相比,马嵬坡发生的事就显得很体面——那"终是圣明天子事"啊!很有历史知识和文化修养的唐明皇如果亲耳听见这样的"歌颂",肯定会感到不是滋味的。然而过去的某些评论家却把"圣明"一词理解得太老实,因而说:"唐人马嵬诗极多,唯此首得温柔敦厚之意",就未免流于"皮相"了。

但这首诗是有"异文"的,即首句的"玄宗"一作"肃宗",次句的"难忘"一作"虽亡"。有些人认为"肃宗"、"虽亡"是原作,"玄宗"(或"明皇")、"难忘"则出于后人的篡改。按"原作"应理解为:太子李亨(后来的肃宗)回马东向渭水,杨妃被诛;杨妃虽亡,而李亨正天子位,张良娣立为皇后——"日月新"了。这样讲的根据是"马嵬之变",与李亨、张良娣的密谋有关。或者说,杨妃被诛,是李亨集团与杨国忠集体斗争的结果。于是,这首诗就成了反映李隆基、李亨父子矛盾的作品了。尽管也可以说通,但诗味并不怎么浓烈。

李商隐的《马嵬》二首,特别是那首七律,独出心裁,写得很出色。让我们看看那首七律：

> 海外徒闻更九州，他生未卜此生休。空闻虎旅传宵柝，无复鸡人报晓筹。此日六军同驻马，当时七夕笑牵牛。如何四纪为天子，不及卢家有莫愁。

杜甫在《北征》里"归美于君"，说唐明皇鉴于殷纣王宠妲己、周幽王宠褒姒导致败亡的历史教训，主动"诛"了杨贵妃。白居易在《长恨歌》里用"六军不发无奈何，宛转蛾眉马前死"的诗句表明唐明皇杀杨贵妃，出于不得已。刘禹锡在《马嵬行》里还用"妖姬"二字对杨贵妃进行了鞭挞。郑畋不管怎样说，总算"歌颂"了唐明皇。李商隐的这首诗，却别开生面。

"海外徒闻更九州，他生未卜此生休。"活用邹衍"中国外如赤县神州者九"的典故，来否定《长恨歌》与《长恨歌传》中所写的传说。《长恨歌传》里说，杨贵妃死后住在海外仙山，授方士以钿盒金钗，叫他复命明皇，坚订他生婚姻。李商隐却说，这种关于海外仙山的传说是虚妄的。"此生"都完蛋了，"他生"的事又怎能预知？又哪里靠得住？"此生休"，点唐明皇"赐"杨贵妃死，"此生"夫妇都没有到头，还谈什么"他生"！

"空闻虎旅传宵柝，无复鸡人报晓筹。"紧承"此生休"，用当年宫中有"鸡人"报晓、此日马嵬则空闻虎旅鸣柝的鲜明对比，烘托李、杨的"狼狈"处境。

"此日六军同驻马，当时七夕笑牵牛。"用逆挽法，先写马嵬兵变，杨妃"赐"死；然后追叙天宝十载七夕，李、杨在长生殿"密相誓心"的往事。那"密相誓心"的内容，就是"愿世世为夫妇"。"笑牵牛"者，是说李、杨朝朝暮暮在一起，还发誓要"世世为夫妇"，多么亲密！多么幸福！而牵牛、织女呢，一年才能相会一次，在李、杨眼中，岂不可笑！今昔对比，暴露出李隆基对杨玉环的"爱情"，并非"无私"，并不"坚贞"。

"如何四纪为天子，不及卢家有莫愁？"为什么几十年当皇帝的人，还不如民间姓卢的男子能够保住他相爱的妻子莫愁呢？那皇帝是咋当的呢？以问语结束，含意无穷。

李商隐的这首诗把批判的锋芒集中指向唐明皇，这在封建文人的创作中是罕见的。

以黄巢为首的农民起义军攻进长安的时候，统治阶级的头子唐僖宗和唐

明皇一样,也逃到成都。当他重返长安的时候,狄归昌(一作罗隐)在他经过的马嵬驿题了一首诗:

> 马嵬烟柳正依依,重见銮舆幸蜀归。
> 泉下阿蛮应有语,这回休更怨杨妃。

据《明皇杂录》:"新丰市有女伶曰谢阿蛮,善舞《凌波曲》,常入宫中,杨妃遇之甚厚。"此诗借阿蛮口语为杨妃鸣不平,命意十分新颖。

现在让我们看看北宋以来的诗论家对唐人咏马嵬诗的评论。魏泰在《临汉隐居诗话》里说:

> 唐人咏马嵬之事者多矣。世所传者,刘禹锡曰:"官军诛佞幸,天子舍妖姬。群吏伏门屏,贵人牵帝衣。低回转美目,清日自无辉。"白居易曰:"六军不发无奈何,宛转蛾眉马前死。"此乃歌咏禄山能使官军皆叛,逼迫明皇,明皇不得已而诛杨妃也。噫!岂特不晓文章体裁,而造语蠢拙,已失臣下事君之礼也。老杜则不然,其《北征》诗曰:"忆昨狼狈初,事与古先别。不闻夏殷衰,中自诛褒妲。"乃见明皇鉴夏商之败,畏天悔过,赐妃子死,官军何预焉?《唐阙史》载郑畋《马嵬》诗,命意似矣,而词句凡下,比说无状,不足道也。

释惠洪在《冷斋夜话》(卷二)里说:

> 老杜《北征》诗曰:"唯昔艰难初,事与前世别。不闻夏商衰,终自诛褒妲。"意者明皇鉴夏商之败,畏天悔过,赐妃子死也。而刘禹锡《马嵬》诗曰:"官军诛佞幸,天子舍天姬。群吏伏门屏,贵人牵帝衣。"白乐天《长恨词》曰:"六军不发争奈何,宛转蛾眉马前死。"乃是官军迫杀妃子,歌咏禄山叛逆耳。孰谓刘、白能诗哉?其去老杜,何啻九牛毛耶!《北征》诗识君臣之大体,忠义之气,与秋色争高,可贵也。

葛立方在《韵语阳秋》(卷十九)里说:

老杜《北征》诗云:"忆昨狼狈初,事与古先别。不闻夏商衰,中自诛褒妲。"其意谓明皇英断,自诛妃子,与夏商之诛褒妲不同。老杜此语,出于爱君;而曲文其过,非至公之论也。白乐天诗云:"六军不发无奈何,宛转蛾眉马前死。"非逼迫而何哉?然明皇能割一己之爱,使六军之情帖然,亦可谓知所轻重矣。故前辈诗云:"毕竟圣明天子事,景阳赴井又何人。"

诸如此类的评论,多数是根据"臣下事君之礼",强调应该歪曲事实来歌颂皇帝的,也有主张忠于历史、不应"曲文"以掩饰皇帝的过恶的。对于那些咏马嵬事变的诗,其褒贬都未见公允。前面提到的那些诗,或侧重于鞭挞杨贵妃(及其"同恶"一伙),或侧重于批判唐明皇,各有独特的艺术构思和艺术风格,也各有深刻的社会意义。用一种死硬的框子去套,得不出符合实际的结论来。

鲁迅在《女人未必多说谎》一文里说过:"关于杨妃,禄山之乱以后的文人就都撒着大谎,玄宗逍遥事外,倒说是许多坏事都由她。……就是妲己、褒姒,也还不是一样的事?女人的替自己和男人伏罪,真是太长远了。"鲁迅的这段话,不知何所见而云然,也许是从反对"大男子主义"的原则出发的吧!男女应该平等,"男尊女卑"的传统观念必须批判,这是毫无疑义的。不过女人正像男人一样良莠不齐,不能一概而论。鲁迅经过事实的教训,对他的上述说法作了自我批判。他在写上海弄堂里的一个娘姨的杂文《阿金》里说:"我一向不相信昭君出塞会安汉,木兰从军就可以保隋;也不相信妲己亡殷,西施沼吴,杨妃乱唐的那些古老话。……殊不料现在阿金却以一个貌不出众,才不惊人的娘姨,不用一个月,就在我眼前搅乱了四分之一里,假使她是一个女王,或者是皇后,皇太后,那么,其影响也就可以推见了:足够闹出大大的乱子来。"而以"倾国"之"貌"出名的杨贵妃,不就相当于一个"皇后"吗?

清代学者褚人获在《坚瓠集》里说:金章宗(1168—1208)命他的词臣们搜集咏马嵬的诗,竟集录了五百多首,然后品评高下,大家评高德卿的一首为第一。这首诗是:

事去君王可奈何?荒坟三尺马嵬坡。
归来枉为香囊泣,不道生灵泪更多!

这首诗批评唐明皇枉为杨妃垂泪,却不考虑由他的荒淫误国导致的"生灵"之泪,的确颇有新意。袁枚的《马嵬》七绝"莫唱当年《长恨歌》,人间亦自有银河;石壕村里夫妻别,泪比长生殿上多",颇为今人所称道,却很可能是受高德卿诗的启发写成的。

遗憾的是:高德卿和袁枚的这两首都未在马嵬刻碑,却刻了王士禛的两首七绝。王士禛就是清初诗坛上颇负盛名的渔洋山人,论诗创神韵说,以清淡闲远的风神韵致为诗歌的最高境界。这两首《马嵬怀古》表现了一种迷离缥缈,难于捕捉的感情,也许就算是"神韵"吧!录在下面,作为这篇随笔的"余韵":

何处长生殿里秋,无情清渭日东流。
香魂不及黄旛绰,犹占骊山土一丘。

巴山夜雨却归秦,金粟堆边草不春。
一种倾城好颜色,茂陵终傍李夫人。

1975年9月

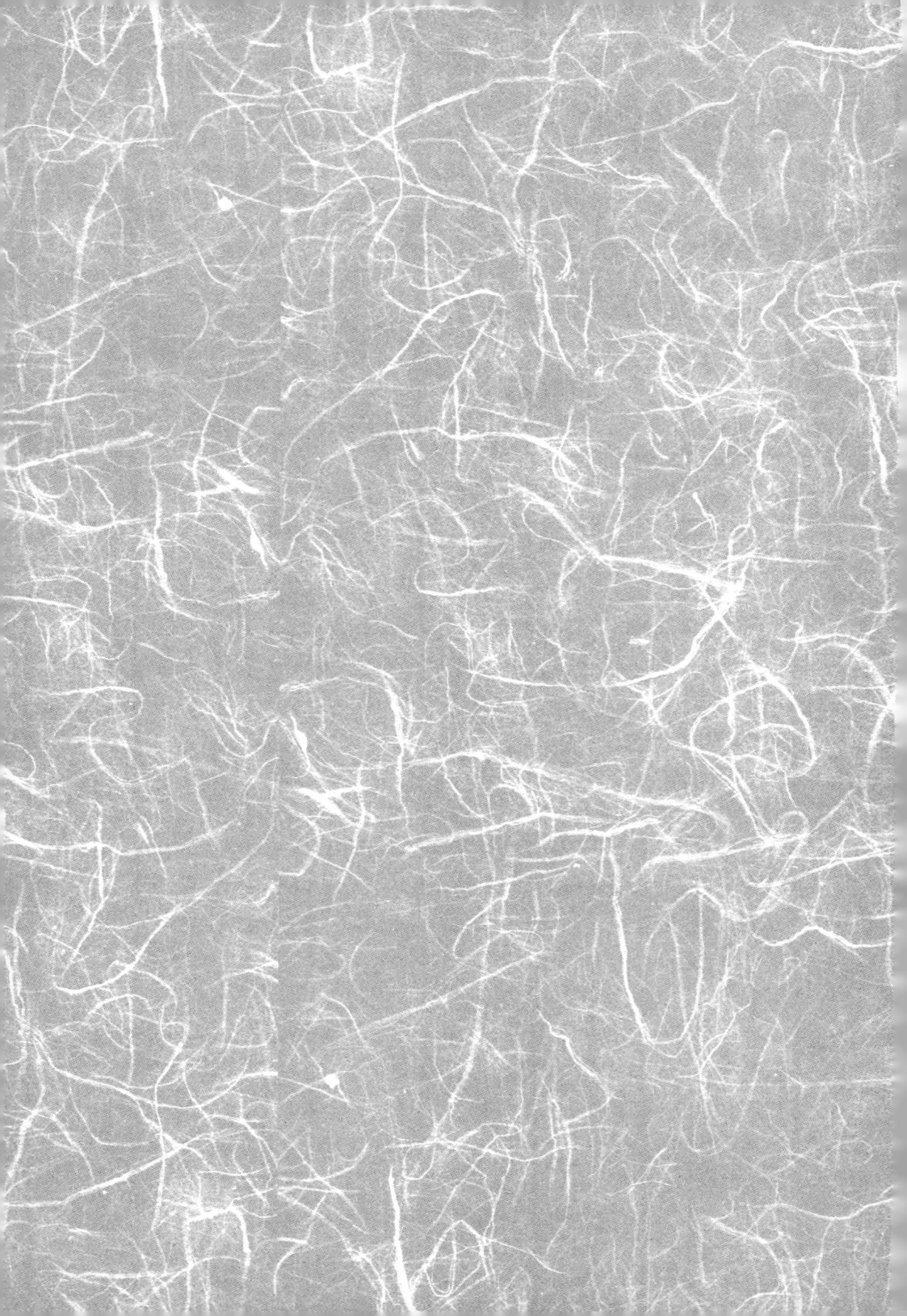

诗艺杂谈

人为什么要作诗

1950年夏天，我从重庆赶回老家看望父母，在天水师范教了半年语文。刘君肯嘉，是听课最认真的学生之一。他英气勃发，口若悬河。课堂提问，他答得最精彩。他思维敏捷，擅长写作。每次发作文，他都会受到表扬。然而那时候，并未看到他作诗填词。1951年初春，我来西安教书，与肯嘉极少联系。后来听说他考入北大中文系，未及毕业，不知为什么便回到天水参加工作了。几十年来，他专写报导，把天水的建设和各种变化公诸报端，做出了显著成绩。近十年来，他来信较多，有时附寄几首诗词，要我修改。我让他就近向马永慎先生请教，当面批改，收效更快。

"流光容易把人抛"，每次读他的信，见他依然自称学生，脑海里泛起的，总是他当年课堂答问时英气勃勃的神采。然而他在最近的一封信里却写了这么一大段：

> 老师，我已年届花甲。回首平生，一事无成，未免伤感。看到我们天水的几位师友印行诗集，我动了心。便把能够搜集到的拙作加以整理，取名《垦稼诗词稿》，也拟自费印刷，赠给知音者一阅，借以稍慰寂寞心情。请老师在百忙中给好好修改修改，并写上一篇序言。

读完他的信，我受了浓重的感染，便一首一首读他的诗，同时思考人为什么要作诗。

我国古代有"诗言志"、"诗缘情"的说法，今人把它们区分两派。其实，"志"与"情"本身便很难分割。人有了强烈的情志冲动，非表现出来不可，如果用了有节奏、韵律的语言，那就有了诗。民歌告诉我们，"种田郎辛苦唱山歌"，"唱个歌子来充饥"，"唱条山歌做点心"，"唱个山歌当老婆"，"唱个山歌散散心"，"山歌不唱不宽怀"，"信天游，不断头，断了头，穷苦人无法解忧愁"。

咱们甘肃还有这么一首"花儿"：

> 河里的鱼儿离不开水，没水时它咋能活呢？花儿是阿哥的护心油，没它时咱们咋过呢？

这就是说，作诗乃是一种宣泄浓郁情志的有效方式，因而具有调节情绪、平衡心理的特异功能。钟嵘在《诗品序》里讲得实在很精辟：

> 嘉会寄诗以亲，离群托诗以怨。至于楚臣去境，汉妾辞宫。或骨横朔野，魂逐飞蓬。或负戈外戍，杀气雄边。塞客衣单，孀闺泪尽。或士有解佩出朝，一去忘反；女有扬蛾入宠，再盼倾国。凡斯种种，感荡心灵，非陈诗何以展其义？非长歌何以骋其情？故曰："诗可以群，可以怨。"使穷贱易安，幽居靡闷，莫尚于诗矣。

肯嘉为什么忽然作起诗来，我没有听他自己讲过。然而读完他的诗词集，答案是清楚的。比如第一首诗，便是《勇儿、琴女高考落第后作》："三唱雄鸡欲曙天，忧儿虑女未成眠。"如果继续"忧"、"虑"下去，那就会生病、会闹乱子。可是他作诗了，我相信，当他作出"来秋敢望双登第，报国殷勤正少年"，凑成一首很好的七言绝句的时候，他的"忧"、"虑"必然烟消云散。如果反复吟诵，还会怡然自乐。

紧接着的一首题名《母像》，写当年由于他家是"地主"成分，所以"慈像深藏二十年"，不敢挂。如今形势变化，可以挂了，于是以"重展遗容朝夕拜，春晖寸草亦欣然"收束了这首七律，多年的郁积当然都化解了。

再读下去，有怒斥官倒的，有讽刺贪污的，有愤世伤时、忧谗畏讥的……不管写什么，当其未写时，心理总不大平衡；一写出来，就相对平衡了，哪怕是暂时的。

"人生不如意事十常八九"，所以读古人诗集，便发现十之八九都是心理不平衡时写的。这一类诗，也容易写好，所谓"愁苦之词易工"是也。当然，人总有得意的时候。这时候，心理是平衡的，写出那股子得意劲儿，自然更开心。读古人诗集，也有这类作品；但像杜甫《闻官军收河南河北》那样动人的佳作却不多，所谓"欢愉之词难好"是也。

诗，堂堂正正的定义很多。比如：诗是战鼓，是时代的晴雨表，是歌颂光明的乐章，是揭露黑暗的匕首。如此等等，不一而足。我之所以不就这些定义立论，而从调节情绪、平衡心理方面发了一通议论，乃是由于受了肯嘉信中那段颇带伤感情调的诉说的触发，企图安慰他。他自费印诗集，是为了"稍慰寂寞心情"，我相信，一旦诗集印出，每当忧愁、愤激、苦闷之时重读那些使他得到心理平衡的诗词，一切忧愁、愤激、苦闷都会涣然冰释。这因为，读别人（包括古今中外）的诗，尚可得到心理平衡，更何况读自己的诗呢？

有人会说："把诗的社会功能缩小到这种程度，岂不是对诗的歪曲！"我的回答是否定的。鲁迅讲过："从血管里流出来的都是血。"一个人只要是心理健康的，情志崇高的，对祖国、对人民有责任感和使命感的，那么他的心理之所以不平衡就不仅仅是个人问题。比如南宋爱国诗人陆游，因投降派把持朝政而"报国欲死无战场"，常常为此感到愤懑、忧虑、焦灼，心理不平衡；而他那些激动人心的爱国诗篇，就是在这种心态中写出的。他写完《书愤》之类的诗，写完许许多多在梦中驰骋沙场、收复失地的诗，其忧愤、焦虑之情肯定会得到暂时的宣泄；然而使他忧愤、焦灼的政治原因依然如故，于是继续写。其目的，当然想消除那些原因。当时和后世的读者如果在同样的社会情势下读那些诗，所产生的积极效果是不言而喻的。从心理上和客观原因上由不平衡而求平衡，诗之功用大矣哉！即如肯嘉的那首《勇儿、琴女高考落第后作》，一切有子女落第的父母读了都会化解"忧"、"虑"，去从事正常的工作，这功用已不算小。更何况，"落第"的原因是什么？"来秋敢望双登第"，做父母的和子女本人需要怎么做？必然都会认真反思、精密谋划，由此产生的效果当然是十分积极的。

诗既然是宣泄浓郁情志的有效方式。一宣泄就会得到心灵的补偿；那么，并无浓郁的情志需要宣泄而硬要作诗，就不但作不出好诗，还会损害健康。肯嘉的某些诗，命意很好，但还没有达到畅适、圆融的境界。这可能与功力不足有关，也可能与感触不深、情志不浓有关。肯嘉学诗的时间并不长，这一切，都是不难理解的。

1991 年初冬

诗用数词的艺术特点

诗人进行艺术构思,就时间而言,"寂然凝虑,思接千载";就空间而言,"悄焉动容,视通万里"。而"千"、"万"之类的数词,不论是表述时间或空间,都十分需要。正因为这样,在诗的语言中,数词占有相当重要的地位。唐代诗人,如"初唐四杰"中的骆宾王,就由于"好用数对",被人们称为"算博士"。值得注意的是:作为诗人,即使被称为"算博士",他运用数词,仍与数学家或历史学家、地理学家等等运用数字大不相同。诗中的数词,乃是"诗的语言"的组成部分,具有诗的语言的特点。它固然可以确指客观事物的数量,但在更多的场合,则服从表情达意的需要,允许在不同程度上夸大或缩小。因此,企图根据唐人诗句考证唐代酒价的做法,虽然至今仍有人为之辩护,但毕竟是不可取的。

且看中唐诗人周匡物的《及第谣》(见《全唐诗》卷四九〇):"水国寒消春日长,燕莺催促花枝忙。风吹金榜落凡世,三十三人名字香。遥望龙墀新得意,九天赦下多狂醉。骅骝一百三十蹄,踏破蓬莱五云地。物经千载出尘埃,从此便为天下瑞。"写及第后的狂欢,更有甚于孟郊的"春风得意马蹄疾,一日看尽长安花"。十分有趣的是:这两首诗都写了马蹄,而写法不同。孟郊强调的是马蹄的"疾","疾"到"一日看尽长安花"。以此表现那股子"得意"劲,因而无需计算马蹄的数目。周匡物要写出同榜"三十三人"成群结队,驰骋骅骝,"踏破蓬莱五云地"的热闹场面和欢快气氛,所以不强调马蹄的"疾",而强调马蹄的多。实际上,三十三人,自然各骑一马,共三十三马。"三十三"这个关于马匹的数目,是不能夸大的。然而如实写出马数,就不够壮观;所以他不用马匹的数目而用马蹄的数目,来了个"骅骝一百三十蹄",其声势立刻改观,自足以"踏破"那"蓬莱五云地"了。一马四蹄,"三十三"乘"四",其得数是"一百三十二",不是"一百三十"。诗人不说"骅骝一百三十二蹄",因为他写的是"七言诗";也不说"骅骝一百卅二蹄",因为其音调不如"骅骝一百三十蹄"明快而响亮。于是竟然舍去两蹄,连别人会不会讥笑那三十三位新进士中有两位各骑三条腿的马,或者有一位骑两条腿的马,也不去管他。如果是数学演算,这当然闹了笑话;而在诗歌创作中,却是可以允许的。因为这里需要的不是数字的精确,而是意境的真切以及由此产生的艺术感染力。

由此联想到杜甫《古柏行》中的"四十围"和"二千尺"。诗的前几句是这样的:"孔明庙前有老柏,柯如青铜根如石。霜皮溜雨四十围,黛色参天二千尺。云来气接巫峡长,月出寒通雪山白。"很明显,诗人是用夸张手法描写老柏的高大,为在结尾抒发"古来材大难为用"的感慨蓄势。在这里,"四十围"和"二千尺",更不同于周匡物所说的"一百三十蹄"。然而对这两个数量词,历来却聚讼纷纭。《梦溪笔谈》(卷二十三)里说:"四十围"乃是径七尺,径七尺而高"二千尺",太细长。《靖康缃素杂记》辩解说:三尺为围,"四十围"即一百二十尺,按"围三径一"计算,其径四十尺而非七尺,怎能说太细长?诸如此类,都从写实的角度考虑问题,而忽略了艺术夸张的特点。当然,也有认为是艺术夸张的。《学林新编》云:"子美《潼关吏》曰:'大城铁不如,小城万丈余。'岂有'万丈'城耶?姑言其高。'四十围'、'二千尺'者,亦姑言其大且高也。诗人之言当如此,而存中(《梦溪笔谈》作者沈括字存中)乃拘拘然以尺寸校之,则过矣。《诗》曰:'崧高维岳,峻极于天。'第言岳之高耳,岂果'极于天'耶?"这种议论,自然十分中肯;但仍然有人反对。赵次公引《均州图经》及《太平寰宇记》所载武当古柏"大四十围"、巴郡古柏"高二千尺"的资料,认为杜甫"用柏事(用关于柏树的典故)以形容今柏之大"。近人高步瀛则进一步强调:"沈氏所算实误。……《释文》引崔氏曰:'围环八尺为一围。'则四十围当三百二十尺,姑为周三径一计之,则径当百六十九尺有奇,亦不得如存中所算径七尺也。要之,古人形容之语,固不容刻舟求剑,然此不云十围、百围、千尺、万尺,而实指之曰'四十围'、'二千尺',则不得泛然以'小城万丈'及'峻极于天'例之。存中所言数虽不合,不当如王氏、朱氏之言,认为假象,斥其不应以尺寸推寻也。"(《唐宋诗举要》卷二)。看起来,他认为"四十围"、"二千尺"都是"实指",而非夸张。

赵次公说"四十围"、"二千尺"是用典,朱长孺则说"皆假象为词,非有故实",即并非用典。在我们看来,杜甫即使用典,仍具有夸张的性质。"霜皮溜雨四十围,黛色参天二千尺",是夸张;"云来气接巫峡长,月出寒通雪山白",是在此基础上所作的进一步夸张。如果说前两句是写实,那么难道后两句也能算写实吗?

夸张的描写,也是可以当作典故运用的。黄克晦《嵩阳宫三将军柏》首联云:"人间柏大此全稀,老干宁论四十围!"王紫绶《汉柏》首联云:"二树中天倚翠微,霜皮宁论几人围!"显然都借用杜诗"霜皮溜雨四十围"来赞叹嵩山古柏的粗大。加上"宁论"两个字,是说其树干之大,又岂是"四十围"所能形容的。这就是用夸张的典故作更大的夸张。嵩山嵩阳书院内那株被称为"二将军"的汉柏,我亲眼看过,的确大得惊人,当时就默诵了杜甫的诗句;但是否真有"四十围",或者超过"四十围",却不曾量。大约杜甫当年看孔明庙前古柏,也不曾量。黄克晦写出"老干宁论四十围"的诗句,也只是抒发他的观感,赞叹汉柏的雄伟,而不是记录他实地丈量的结果。艺术真实反映生活真实,但并不等于生活真实。对待诗中的数词,不能不注意这一特点。或夸其大、多,或夸其小、少,要看艺术表现的需要。

卢仝的《有所思》与贺铸的《小梅花》

元好问《论诗三十首》中有这样一首："万古文章有坦途,纵横谁似玉川卢?真书不入今人眼,儿辈从教鬼画符。"中唐诗人卢仝自号玉川子。这里的"玉川卢",就是指卢仝。韩愈《赠卢仝》诗云:"往年弄笔嘲仝异,怪词惊众谤不已;近来自说寻坦途,犹上虚空跨骊骅。"元好问"坦途"一词,即本此;"纵横",则是"坦途"的对立面,元好问赋予它贬义,略同于所谓"险怪"及"鬼画符"。这首论诗绝句,意在批评卢仝的诗风。宗廷辅《古今论诗绝句》解释说:"卢仝诗险怪,溺之者皆入于邪径。下二句,盖以狂草为譬。"这是符合元氏的原意的。

卢仝的诗,有一些的确很险怪,著名的《月蚀诗》,就是一例。但纵观他传世的全部诗作,属于"险怪"的也并不多,不应以点代面。更何况,"险怪"之作,也要作具体分析。朱熹就曾中肯地指出:"唐人玉川子辈,句语虽险怪,意思亦自有混成气象。"解放以来出版的几种文学史和其他有关论著,对于卢仝的诗,或以"险怪"否定,一笔带过,或压根儿不予论述,未免不够公允。让我们尝鼎一脔,读读他的《有所思》(《全唐诗》卷三八八):

当时我醉美人家,美人颜色娇如花。今日美人弃我去,青楼珠箔天之涯。娟娟姮娥月,三五圆又缺。翠眉蝉鬓生别离,一望不见心断绝。心断绝,几千里。梦中醉卧巫山云,觉来泪滴湘江水。湘江两岸花木深,美人不见愁人心。含愁更奏绿绮琴,调高弦绝无知音。美人兮美人!不知为暮雨兮为朝云!相思一夜梅花发,忽到窗前疑是君。

《有所思》,是汉铙歌十八曲之一。诗云:"有所思,乃在大海南。何用问遗君?双珠玳瑁簪,用玉绍缭之。闻君有他心,拉杂摧烧之。摧烧之,当风扬其灰。从今以往,勿复相思!相思与君绝!鸡鸣狗吠,兄嫂当知之。妃呼豨,秋风肃肃晨风飔,东方须臾高知之。"夏敬观《汉短箫铙歌注》说这是"征南粤纪功之辞",显然是错误的。从全诗看,分明表现一位痴心女子因其情人变心而打算与他决裂、却又下不了决心的矛盾心情,读之十分感人。至于此后文人们用这个乐府旧题所作的诗,包括李白的那首《古有所思》在内,尽管各有特色,但从内容与形式的完美结合所达到的艺术高度而言,似乎都不如卢仝的这一首。

有一位研究生写了研究贺铸《东山词》的毕业论文,颇有分量,因而获得了硕士学位。但说《小梅花》一词如何新颖,如何有创造性,却值得商榷。我在主持答辩时提出不同意见,却说服不了他,只好给他朗读卢仝的《有所思》;他全神贯注地听完,才频频点首。且看他高度评价的那首《小梅花》:

> 思前别,记时节,美人颜色如花发。美人归,天一涯,娟娟姮娥三五满还亏。翠眉蝉鬓生离诀,遥望青楼心欲绝。梦中寻,卧巫云,觉来珠泪滴向湘水深。　　愁无已,奏绿绮,历历高山与流水。妙通神,绝知音,不知暮雨朝云何山岑?相思无计堪相比,珠箔雕栏几千里。漏将分,月窗明,一夜梅花忽开疑是君。

不难看出,贺铸的这首词,是櫽括卢仝的《有所思》而成的。既然如此,就不便说它如何新颖,如何有创造性。但如果不是互相比较、而是抛开原作,则这首《小梅花》也的确很不错。夏敬观评贺铸的《六州歌头》,就说它与这首《小梅花》"同样功力,雄姿壮采,不可一世"。龙榆生《唐宋名家词选》选词颇严,但也选了这首《小梅花》。说这首《小梅花》"雄姿壮采,不可一世",未尝不可;但那"雄姿壮采"并非出自贺铸的艺术创造,而取自卢仝的《有所思》。而这,正间接说明了卢诗的艺术成就。

把前人的某篇文或某篇诗櫽括成一首词,不自贺铸始;贺铸之后,也还有人那样做(但一般都有说明;贺铸未说明,因而被误认为他的创作)。这有似于今天的"改编"。严肃的改编,是艺术上的再创造,可以大大超过原作。而贺铸改编卢仝《有所思》的《小梅花》,却逊于原作。仅比较两篇的结尾,就可以看出孰优孰劣。卢诗的结尾并非孤立的存在,而是全诗的层层波澜所激起的高潮。一开头,诗人即说:"当时我醉美人家,美人颜色娇如花。"这"娇如花"的"美人颜色",就成了触发全诗"有所思"的电纽;从结构上说,则是贯串首尾的锦带。接下去，由"当时"转向"今日"，触景怀人，波澜叠起，直写到"湘江两岸花木深"，又与开头呼应。因"美人颜色娇如花"，故见湘江两岸之花而思念美人；徒然思念而终不可见，故说"愁人心"、"泪滴湘江水"。白居易《长恨歌》有云："归来池苑皆依旧，太液芙蓉未央柳。芙蓉如面柳如眉，对此如何不泪垂！"其艺术构思，正与此同一机杼。写到见花不见美人，思念不已，似乎无法再写了。而作者出人意外地又掀起一层波澜，写弹奏"绿绮琴"以自遣。但弹琴不仅未能自遣，反而加深思念。原因是：弹琴，需要有知音欣赏，可如今呢？"调高弦绝无知音"啊！在这里，作者补写了思念美人的主要原因，也从而丰富了美人的形象塑造。"无知音"者，"美人不见"也。这美人既是他的知音，其心灵之美，自然是不言而喻的。"含愁更奏绿绮琴"，而知音的美人不在身旁，"调高弦绝"，又有谁同情呢？于是乎进一步"有所思"，彻夜不眠，从而逼出了结尾的警句，把相思之情推向高潮。

"相思一夜梅花发，忽到窗前疑是君"两句，词意新警。开头只说"美人颜色娇如花"，未说什么花。如果是桃花，虽然娇艳，却未免庸俗；如今落实到梅花，就显示了美人非凡的标格风韵。此其一。不说梅凌寒自发，而于"梅花发"之前加上"相思一夜"，仿佛那寒梅由于受自己彻夜相思的感动，才开了花。而梅花，也就成了自己的"知己"。此其二。梅花不会忽然从别的地方走到窗前，事实是：窗外本有梅树，却还没有开花。窗内人怀念美人，辗转反侧，"相思"了"一夜"，窗纱上已有曙光；放眼一看，那忽然开放的梅花正在晓风中摇曳，就怀疑他彻夜相思的美人正向窗前走来。化静为动，化花为人，曲尽因渴望美人归来而想入非非、心神恍惚的情态。此其三。"疑是君"的"疑"反映了心理变化的过程：始而"疑"，继而就需要作出判断，判断的结果，那是不言自明的。只写到"疑是君"，与开头的"美人颜色娇如花"拍合就戛然而止，言虽尽而意无穷。

再看贺铸据此改编的《小梅花》。第一，首尾照应的特点虽然有所保留，但中间绾合首尾、触景生情的"湘江两岸花木深"却丢掉了，只说"珠泪滴向湘水深"就显得概念化。第二，"奏绿绮"而说"绝知音"，就连那美人都不是他的"知音"了，还相思她干什么！第三，结尾多出了明月，当然是可以允许的；但"月窗明"乃夜间情景，月窗既明，窗前梅花夜间就可以看见，紧接着却说"一夜梅花忽开疑是君"，就不能表现出乍见生疑的神理。第四，原作把梅花忽发说成"一夜相思"的结果，构思新奇而含意丰富，改作却丢掉了这些精华。尽管保留了"一夜"，却把它加在"梅花忽开"之前，以致"一夜"与"忽"相碍，未免点金成铁。

元人贯云石有一首散曲小令《蟾宫曲》，题作《咏纸帐梅花》，结句云："夜半相思，香透窗纱。"题目中虽然有"梅花"，但曲文不提梅花而说"香透窗纱"，就显得突然；又和"夜半相思"联系起来，更有点费解。这只有熟读卢仝的《有所思》，能够背诵其结句的人，才能领会其中奥妙："夜半相思"者，"相思一夜梅花发"也。梅花既发，而又"忽到窗前"，自然就"香透窗纱"了。从贺铸的《小梅花》和贯云石的《蟾宫曲》中透露了一个消息：卢仝的《有所思》，曾经是历久传诵、脍炙人口的。

卢仝的诗，可取的远不止一首《有所思》。我们对唐诗的研究，还局限于少数作家的少数作品，这种状况，是应该改变的。只有放开眼界，扩大领域，才能取精用宏，在更大范围、更高程度上做到"古为今用"。

谈杜甫《秦州杂诗》的格律特点

《秦州杂诗》是包括二十首五律的大型组诗,题材广而命意深,具有极强的艺术表现力。在格律方面的特点是:句式多变,音律多变。

就句式说,五言律句一般是上二下三,但如果合二十首五律组成的《秦州杂诗》全用这种句式,就很难有效地表现复杂多变的情感波涛。杜甫有鉴于此,在以上二下三为基本句式的基础上兼用二一二(如"苍鹰饥啄泥")、二二一(如"丹青野殿空")、上一下四(如"恨解邺城围")、上三下二(如"映竹水穿沙")等多种句式,增强了艺术表现力。还有,句式与"诗眼"有关,"诗眼"在各句中的位置如果基本相同,则全诗便显得平板。特别是律诗的中间两联由于须讲对仗,出句、对句的"诗眼"只能在相同位置,如果两联句式不求变化,则接连四个"诗眼"都在同一位置,读起来何等单调!《秦州杂诗》力避"诗眼"同位,只中间两联对偶的,其诗眼位置的变化固不待说(如第二首次联"苔藓山门古,丹青野殿空",眼在句尾;三联"月明垂叶露,云逐度溪风",眼在句腰),前三联对偶的,诗眼的位置也全部错开(如第十一首"萧萧古塞冷,漠漠秋云低。黄鹄翅垂雨,苍鹰饥啄泥。蓟门谁自北?汉将独征西。……"),其精心结撰,令人叹服。

句式的变化,还表现在善用各种倒装句。如"归山独鸟迟",主语后置;"高柳半天青",方位语后置;"应门亦有儿",谓语后置,等等。

就音律说,一是审情选韵,情、韵相谐。如第一首用尤韵,音调低沉,恰切地表现了"迟回度陇怯,浩荡及关愁"的悲愁心绪;第五首用阳韵,声音洪亮,恰切地表现了"哀鸣思战斗,迥立向苍苍"的悲壮情景。

二是运用特殊的平仄格式"平平仄平仄"(其正格是"平平平仄仄"),如第一首第七句"西征问烽火",第三首第一句"州图领同谷",第六首第三句"防河赴沧海"、第七句"那堪往来戍",第七首第七句"烟尘独长望",第八首第七句"东征健儿尽",第十三首第七句"船人近相报",第十四首第七句"何当一茅屋",第十五首第七句"东柯遂疏懒",第十八首第七句"西戎外甥国",都用特殊格式。

三是间用拗救。如第十一首第一句"萧萧古塞冷",第三字该用平而用仄,拗;第二句"漠漠秋云低",第三字该用仄而用平,救。其他如第十五首"未暇泛沧海,悠悠兵马间",第十七首"檐雨乱淋幔,山云低度墙"等,都同样将上下两句的第三字平仄对调。宋人范晞文在其《对床夜语》中讲得很精辟:"五言律诗固要妥贴,然妥贴太过,必流于衰。苟时能奇,于第三字中下一拗字,则妥贴中隐然有峭直之风。"《秦州杂诗》在合律的基础上间用拗救和特殊格式,形成了妥贴中见峭拔的独特风格,为中晚唐和宋代的许多诗人所效法。这是在熟练地掌握格律之后求变求新的高层次艺术追求,与因不懂格律而拗句连篇是完全不同的两码事。

四是单句句尾的仄声字上、去、入并用,力避单一化。一般地说,律诗中的单句句尾除首句入韵者外,只要用仄声,便算合律。然而如果四个单句句尾同用一声字(如都用上声字),则全诗的声调便缺乏变化。《秦州杂诗》单句句尾上、去、入俱全者共十七首;其他三首,也未犯"上尾"的毛病。律诗的四个单句如果首句入韵(平声),那么四个句脚平上去入俱全,这是最理想的形式。放宽一点,也应三声俱全,否则便是"上尾"。如果首句不入韵,用仄声,那么四个单句的句脚同用一声字(或上、或去、或入),便是严重的"上尾",应该避免。当前不少作律诗的人生怕受"束缚",高喊格律"改革",自然不避"上尾";但避"上尾"的合理性是显而易见的。试读毛泽东的七律,就会发现:《长征》四个单句的句脚为"难"、"浪"、"暖"、"雪",四声俱全;《人民解放军占领南京》四个单句的句脚为"黄"、"昔"、"寇"、"老",四声俱全;《和柳亚子先生》四个单句的句脚为"忘"、"国"、"断"、"浅",四声俱全;《送瘟神》第二首四个单句的句脚为"条"、"浪"、"落"、"往",也四声俱全。可见革命领袖在这个问题上不但没有"革命",而且精益求精,追求最理想的形式。

五律在初唐已基本定型,有一整套格律要求,盛唐名家的五律都是符合格律要求的。《秦州杂诗》在符合格律要求的基础上求变求新,使得五言律诗的格律更其精密而又富于弹性,更有利于抒情言志,充分发挥诗人的艺术创造力。千百年来,学律诗的人往往把《秦州杂诗》视为典范教材,并非偶然。

陈元方的诗改理论与实践

读了陈元方同志的几百首诗词,思潮起伏,很想说几句。

元方同志是很有影响的革命老干部,我当然早就知道他。然而认识他、了解他,却是粉碎"四人帮"以后的事。1982年春,陕西师范大学召开首届唐诗讨论会,由我写信请来了全国许多著名的专家、教授。但出于某种原因,正发愁请不到省、市领导出席开幕式。恰在这时,元方同志由家广同志陪同,来到我的住处,给予极大的支持和鼓舞。又爬了几座楼,一一看望代表。此后,他约我参加他主持的省志编纂工作,接触渐多。由此产生的突出印象是:他虚怀若谷,求贤若渴,重视知识分子,热心学术文化工作。

由于有了这种极好的印象,因而不自觉地了解他的有关情况,才知道他这位老革命早在50年代末期就因发表《论否定》一文而挨整,"文革"中又坐牢、劳改,备受摧残。其遭遇,并不比我这个"臭老九"好多少。于是又产生了另一种印象:他追求真理,坚持原则,关心国家民族的命运而不计较个人得失,刚正不阿,威武不屈。

如今读他的诗,这许多印象都得到了充分的印证。

关于诗,历来有截然相反的看法。一种是,诗是语言艺术的精华,意象、情韵、声律、对偶、铸词、炼句、布局、谋篇,以及赋、比、兴之类的表现手法等等,样样都得讲究,容不得半点儿马虎。这是"严"字当头的一派。我自己,一直是追随这一派的。另一种是,诗是言志抒情的东西,只要言了志,抒了情,而其志其情,又是真挚的、崇高的,就是好诗。这是"宽"字当头的一派。我虽然属于"严"派,但对"宽"派的意见,基本上也能接受。因为言志抒情,毕竟是诗的生命。《诗三百》以及汉魏六朝以来的乐府民歌,其中最动人的篇章,多出于劳人思妇之口,其原因便在这里。如果没有真挚、崇高的情志,光在诗词格律上下功夫,终归是"可怜无补费精神"。当然,"在心为志,发言为诗"。"情动于中"而不"形于言",还不能算是诗。这就是说,一定的情志是需要一定的语言形式表现出来的,真挚的、崇高的情志如果得不到语言形式的完美表现,就不可能给人以美的享受,当然不算是好诗。《诗三百》以及汉魏六朝以来最动人的民间诗歌,其艺术表现都是完美的。我之所以既能接受"宽"派的意见而又始终追随"严"派,也正是出于这种考虑。

　　元方同志是把主要精力奉献于革命事业的老干部,不是专业诗人。然而对于诗,他不仅热爱,而且从有益于人民、有益于革命事业的高度出发,深思熟虑,有一整套改革方案。他在陕西省诗词学会成立大会上阐述的《诗改十议》(发表于《陕西地方志通讯》总47期),其见解就十分通达,也切实可行。他的诗词,不用说是在这些见解的指导下创作出来的。比如在《诗改十议》中,元方同志特别强调"诗的内容是时代的反映,是社会生活与人民的思想感情的反映"。诗人"应该面对现实,自抒胸臆"。"一切诗作都应该讲求社会效果,与人民哀乐相通,与时代脉搏共振,成为有利于推动历史前进,有利于暴露和鞭挞那些阻碍历史前进的东西。"翻开元方同志的诗集,从头读到尾,就看出从抗日战争到改革开放,每一个历史时期的重大事件和重要问题,都得到了不同程度的反映,确实做到了"与时代脉搏共振"、"与人民哀乐相通"。即如"三面红旗",当时的文艺家,不管是自愿的,还是违心的,总之都在尽情地歌颂。元方同志却不然,其《同德生谈话有感》、《送某同志离陕返京》、《驳"共产风"》等诗,真乃哀人民之所哀,鞭挞了阻碍历史前进的东西。

　　"左"倾倾国又倾城,犹把"左"倾当右倾。世人竞跳胡旋舞,自知"荒唐"有几人?

　　"倾国倾城",原是形容"绝代佳人"的赞美词,这里用"重字法"接于"左"倾之后,就产生了正隅双关的特殊效果:"左"倾象"绝代佳人"那样使举国之人为之倾倒,推波助澜,歌颂不已;而实际上,它正在搞垮我们的所有城市乃至整个国家!

　　更值得注意的是,元方同志竟写了那么多反映"文革"动乱的诗,连"早请示"、"晚汇报"、"坐喷气式"、"拼刺刀"都写了,真不愧"诗史"。

　　……"请罪"亦有词,哀哀如祷告。领袖做教主!吾党成宗教!

一系列写"文革"的诗,也都哀人民之所哀,鞭挞了阻碍历史前进的东西,实为粉碎"四人帮"之后彻底否定"文化大革命"的先声。

至于乐人民之所乐,有利于推动历史前进的诗词,为数更多,就不必列举了。这里只节录他辞去中共陕西省委书记、退居二线后所作的一首诗的后两句和一首词的上半阕,让读者看看元方同志既为中青年让路,又壮心不已的精神风貌:

……人老心不老,官休志不休。

白发欺人哪用愁!不书"咄咄"书"休休"。新陈代谢天然事,欣看雏凤亦风流。……

前人讲诗的特点,有一个著名的比喻:一般性的文章,就像把粮食煮成饭,而诗,则必须把粮食酿成酒。被比为酒的诗,当然是就内容与形式融合无间的整体而言的。如果用这个比喻谈诗的多样性,自然可以说有茅台酒、汾酒、竹叶青、五粮液、泸州大曲,乃至啤酒、香槟酒、白兰地等等。这一切,都各有特点和优点,可以满足人们的不同需要。这样讲,似乎更科学,因为这符合每一首诗的内容和形式都浑然一体、不可分割的实际。"五四"以后由于有了"新诗",有人便把表现新内容的"旧体诗"称为"旧瓶装新酒"。多年来不少人都这么说,也就习惯了。元方同志也沿用这种说法阐明诗歌既要多样化,又必须保证质量。他说:"瓶可多样,酒必香醇。"其用意是很好的。然而每一位诗人要写出好诗,都必须采择上好的原料,用自己的真情实感,用自己的艺术功力和艺术才华,去精心"酿造",而不能拿上现成的新瓶子或旧瓶子到茅台酒厂里去"装"。因此,从严格的意义上说,每一首好诗都是一种新的创造。比如律诗,其格律是固定的,而杜甫的七律就不同于李商隐的七律,尽管李商隐还是学习杜甫的。杜甫的许多七律名篇又各有独创性,互不雷同,李商隐亦然。诗词格律,其实不难掌握。对于娴熟格律的人来说,如果创作态度不严肃,陈词滥套,摇笔即来,几分钟就可以搞出一首律诗或一首小令,但绝不会是香醇的酒。以不严肃的态度写自由诗,当然更容易,也当然不会散发醉人的芳香。所以我所谓的"严",不仅指严守格律,最重要的,还在于力求酿造出香醇的酒。从精神实质上说,元方同志的见解和我的看法是不约而同的。简单地说,不管写成什么样式,只要字字精确,句句凝练,音韵铿锵,情感浓郁,意境优美,通篇无懈可击,读后如饮好酒,香醇无比,令人陶醉,从而陶冶性情,振奋精神,那就是好诗。当然,如果不符合律诗的格律,题目中就不要说它是律诗,不符合某一词牌的格律,题目中也不要标出某一词牌。

诗歌见解与诗歌创作的实际水平之间往往有距离,而且可能有很大的距离。要缩短乃至消灭这种距离,需要不懈的努力与艰苦的实践。以酒比诗,酒必香醇,这是元方同志的见解,也是我自己的奢望。我愿追随元方同志之后,以不懈的努力与艰苦的实践,不断提高创作水平,为振兴中华、建设社会主义精神文明做出贡献。

1988 年 10 月

律诗及其"改革"

律诗,是传统诗歌中的精品。金俊明《唐诗英华序》云:"诗者文之精;诗而律,则其尤精者也。"惟其"精",所以难。其难在于必须守"律":"一为法律之'律',有一定之法,不可不遵也;一为律吕之'律',有一定之音,不可不合也"(徐增《而庵说唐诗》卷一三)。其难更在于炼字、炼句、炼意、布局,创造完美的意境。就五律说,全篇"如四十个贤人,着一字如屠沽不得"(计有功《唐诗纪事》卷四六《六昭禹》)。"四十字中,字字关合,句句勾连,妙意游伏于楮间,余音缭绕于笔底。精深简练,故不觉其多;变化纵横,故不觉其少。"(顾安《唐律消夏录》卷一)"要以神韵绵逸,风格高骞为归;若无神韵行乎其间,则起结之外,四句对偶,平板吊滞,何所取焉。"(由云龙《定庵诗话》卷上)就七律说,全篇五十六字"便是五十六座星辰。一座一座皆有自家职掌,一座一座又有大家联络。"(金人瑞《贯华堂选批唐才子诗·圣叹尺牍·与叔祖正士倍》)"五十六字之中,意若贯珠,言如合璧。其贯珠也,如夜光走盘,而不失回旋曲折之妙;其合璧也,如玉匣有盖,而绝无参差扭捏之痕。綦组锦绣,相鲜以为色;宫商角徵,互合以为声。思欲深厚有余,而不可失之晦;情欲缠绵不迫,而不可失之流。肉不可使胜骨,而骨又不可太露;词不可使胜气,而气又不可太扬。庄严,则清庙明堂;沉着,则万钧九鼎;高华,则朗月繁星;雄大,则泰山乔岳;圆畅,则流水行云;变幻,则凄风急雨。一篇之中,必数者兼备,乃称全美。故名流哲匠,自古难之。"(胡应麟《诗薮》内编卷五)

"精"而"难",这便是律诗的特点之一。

精,是一切艺术品的共同要求,精益求精,因难见巧,则是一切艺术家努力的共同方向。所以,律诗的体式从初唐确立以来,作者和作品便越来越多。而专选律诗的选本,从中唐开始直到清代,也层出不穷。在历代律诗选本中,影响最大的,当推元人方回的《瀛奎律髓》。此书共四十九卷,选唐宋律诗,分类编排,有评语、圈点。以杜甫为"一祖",黄庭坚、陈师道、陈与义为"三宗",体现了江西诗派的论诗宗旨。

匡一点先生是江西修水人,主编《山谷诗苑》,饱受江西诗风薰陶。早年和我同学于南京中央大学中国文学系,曾受汪辟疆老师指点,传其诗法。他的这部《百家律诗选》数月前约我写序时冠以"山谷",大概有继武《瀛奎律髓》的意思;后来接受诗友们的建议,易"山谷"为"当世",在入选范围方面必然有所扩展。匡先生一贯主张"当代诗人必须兼取众家之长,形成自己的风格,既要有真情实感,又要注重韵味"。又强调"诗词改革,必须在精通声律、热爱现实生活的前提下进行,绝不应把醇醪改成白水"。因此,我相信他的选本必然会独具法眼,从浩如烟海的当代律诗中选出精品。

关于传统诗词的"创新"或"改革",是近几年来的热门话题,匡先生要我在序中也针对律诗创作,谈谈个人的意见。我认为,要谈律诗的"改革",便应考虑律诗的特点。律诗的主要特点即是它有特定的"律"。最重要的,便是平仄律和对偶律。而平仄律和对偶律,不是某些人随意制定的,而是从六朝至初唐的无数诗人利用汉语的独特优点,在总结自己创作实践并吸取前人的丰富经验的基础上逐渐确立的。就平仄律说,"四声"虽是南齐永明时期沈约等人提出来的,但一字一音而音有平仄,却是方块汉字固有的特点。因此,早在三千多年前的《诗经》中,不仅押韵的方式多姿多彩,而且追求声调的和谐,出现了大量后人所谓的平仄相间的"律句"。就第一篇《关雎》看,如"参差荇菜,左右流之。窈窕淑女,寤寐求之",如果把"窕"读来平声,则四句诗完全合律。《楚辞》也不例外。如《离骚》开头的"帝高阳之苗裔兮,朕皇考曰伯庸",除去领字"帝"、"朕",衬字"之"、"曰"和尾字"兮",所剩的"高阳"、"苗裔"和"皇考"、"伯庸",恰是平仄相间的四个节,也完全合律。汉字音分平仄的这一特点极有利于创造语言的音乐美。古代诗人利用汉诗音有平仄的特点创造声情之美,在其诗篇中出现后人认为的"律句",原是十分自然的。

就对偶律说,方块汉字是形、音、义的结合体,从字义看,"天"与"地","高"与"下","男"与"女","红"与"绿","贫"与"富","穷"与"达",每一个字都可找到一个乃至几个字同它对偶。更妙的是,其字音的平仄,也往往是相对的。因此,对偶句早在《易经》、《诗经》里就屡见不鲜,到了汉赋和六朝骈文,讲究对偶更是它们的特点之一。当然,世界各种语言都可创造对偶句,但一般只能获得对称美。而合对称美、整齐美、节奏美为一,只有方块汉字才能办到。利用汉语的独特优点并吸取千百年来诗人们积累的丰富经验,总结出平仄律和对偶律,便为包括律诗、绝句在内的近体诗的形成奠定了基础。

近体诗之所以独用五言、七言,是因为五、七言诗的创作已有悠久历史,其丰富的成功经验充分证明:五、七言句最适于汉语单音节、双音节的词灵活组合,也最适于体现一句之中平仄音节相间的抑扬律。而且,五、七言句既不局促,又不冗长,因字数有限而迫使作者炼字、炼句、炼意,力求做到"以少胜多"、"词约意丰"。绝句定型为四句,是由于四句诗恰恰可以体现章法上的起承转合和音律上的和谐完美。近体诗的平仄律不外三点:一、本句之中平仄音节相间;二、两句之间平仄音节相对;三、两联之间平仄音节相粘。而由四句两联组成的绝句,恰恰体现了这三条规律,从而构成了完整的声律单位。律诗每首八句,从声律上说,是两首绝句的叠合;从章法上说,每首四联,也适于体现起承转合,抑扬顿挫的变化。首尾两联对偶与否不限,中间两联必须对偶,体现了单行与对称的统一,听觉上的平仄谐调与视觉上的对仗工丽强化了审美因素。

综上所述,五、七言律诗充分发挥了汉语的独特优势,兼具多种审美因素,是最精美的诗体。初唐以来的杰出诗人运用这种诗体创作了无数声情俱美的佳什。由于篇幅简短,而且篇有定句、句有定字、字有定声以及对仗、粘、对的规范,凡懂得格律的人一读便能记诵,因而传播最广,影响最大。

既然如此,那么五、七言律诗是不是还要"改革"呢?

"若无新变,不能代雄。"求新求变,乃是艺术发展的规律。律诗定型之后,诗人们既按定型创作,又时有新变。就平仄律说,有所谓"拗句"、"拗体"。多数是一首律诗中只一联"拗",如杜甫"负盐出井此溪女,打鼓发船何郡郎"、"宠光蕙叶与多碧,点注桃花舒小红";赵嘏"残星几点雁横塞,长笛一声人倚楼";许浑"溪云初起日沉阁,山雨欲来风满楼"、"水声东去市朝变,山势北来宫殿高"、"湘潭云尽暮山出,巴蜀雪消春水来"等,便是著名的例子。由于许浑《丁卯集》多有这种句式,因而被称为"丁卯句法"。也有四联皆拗的,杜甫称为"吴体"。如《愁》诗题下自注云:"强戏为吴体。"诗云:"江草日日唤愁生,巫峡泠泠非世情。盘涡鹭浴底心性,独树花发自分明。十年戎马暗南国,异域宾客老孤城。渭水秦山得见否?人今疲病虎纵横。"据统计,"老杜七言律一百五十九首,而此体凡十九出,不止句中拗一字,往往神出鬼没,虽拗字甚多,而骨骼愈峻峭"(方回《瀛奎律髓》卷二五)。至于"失粘",也多见于杜甫的名篇,如《咏怀古迹》:"摇落深知宋玉悲,风流儒雅亦吾师。怅望千秋一洒泪,萧条异代不同时……"首联与次联不相粘;如《严公仲夏枉驾草堂……》:"……

非关使者征求急,自识将军礼数宽。百年地僻柴门迥,五月江深草阁寒。……"次联与三联不相粘。李白的名篇《登金陵凤凰台》,首联与次联,次联与三联,皆不相粘。

就对偶律说,律诗以中间两联对偶为常格,但也有突破常格的,如杜甫《一百五日夜对月》:"无家对寒食,有泪如金波。斫却月中桂,清光应更多。……"三四句不对而一、二句对,谓之"偷春格";如郑谷《寄裴晤员外》:"昔年共照松溪影,松折碑荒僧已无。今日重思锦城事,雪消花谢梦何殊。……"第三句与第一句对,第四句与第二句对,谓之"隔句对"或"扇面对"。又有前四句皆不对或后四句皆不对者。更有全篇皆不对者,谓之"散体"。

唐人律诗突破平仄律和对偶律的情况大致如此。须要说明的是,第一,所谓"拗",一般一首律诗只拗一联,而且有"拗"必"救",或本句自"救",或对句相"救",或二者并用。如许浑《登故洛阳城》颔联"水声东去市朝变,山势北来宫殿高",即是本句自救与对句相救并用的例子。第二,"偷春格"与"扇面对",只是对偶的办法换了新花样,仍然符合对偶律;至于前四句不对的如王维《辋川闲居赠裴秀才迪》、后四句不对的如李白《宿五松山下荀媪家》,中间都有一联对偶,既自然流转,又不失律诗的格调。第三,所谓"吴体",虽平仄不依定式、粘连不守定规,但出句与对句平仄对待却大致匀整,而且讲究对偶,故仍然属于律诗。杜甫律诗篇什甚众,故偶出变调以求新异;杜甫之外,惟陆龟蒙偶作"吴体",唐以后便无人问津。第四,散体律诗如李白《夜泊牛渚怀古》"牛渚西江夜,青天无片云。登舟望秋月,空忆谢将军。余亦能高咏,斯人不可闻。明朝挂帆去,枫叶落纷纷",虽八句皆无对偶,然平仄谐调,音韵铿锵,王渔洋谓为"色相俱空,正如羚羊挂角,无迹可求,画家所谓逸品是也"。唐诗中除此首外,只有孟浩然《晚泊浔阳望庐山》及释皎然《寻陆鸿渐不遇》两首而已;倘无高才逸气,亦不宜效颦。总之,所有格律方面的新变,都是局部的、偶然的。从唐代至今,五、七言律诗的定律、定格,一直为诗人所共守,并未改变。

有弊病才需要"改革"。从格律方面说,早在初唐已经"定型"的五、七言律诗,直到现在还是最精美的诗体,说不出有什么弊病。如果说有弊病,那只能表现在如何运用这种诗体方面。比如功底、素养欠佳,不能娴熟地驾驭格律以表情达意,反映生活;又如虽能驾驭格律,而语言陈旧,无病呻吟,毫无当代生活气息和思想情感,更谈不上体现时代精神,如此等等。从律诗的发展历史看,所谓"新变",也表现在如何运用这种诗体方面。初唐律诗,多用于"应制"，所反映的生活面相当狭窄。到了盛唐、中唐，则题材日益广泛，且多抒写国家大事，境界扩大，感慨深沉，杜甫表现得最突出。晚唐政治黑暗，军阀混战，农村凋敝，生灵涂炭，这一切都在当时的律诗创作中得到反映。如杜荀鹤的《山中寡妇》："夫因兵死守蓬茅，麻苎衣衫鬓发焦。桑柘废来犹纳税，田园荒后尚征苗。时挑野菜和根煮，旋斫生柴带叶烧。任是深山更深处，也应无计避征徭。"用的是当时的群众语言，写的是血淋淋的现实生活，尽管格律与初、盛、中唐无异，是典型的七律，但总体风貌却是前所未有的，应该说是"新诗"。宋代以后，杰出诗人都能把握时代脉搏，其律诗的内容与时俱变，如陆游的爱国诗，元好问的乱离诗，晚清诗人的反帝诗等等。

我觉得，当代律诗的创新，也首先应从这些方面着眼。观念新，感情新，语言新，反映新现实，创造新意境，扶持真善美，鞭斥假丑恶，使读者于获得审美享受的同时美化心灵、提高精神境界。

在如何运用律诗这种诗体方面，当然还存在"改革"问题，最突出的是用韵。近些年来，许多诗词刊物和诗词大赛的征稿启事一般都有"诗要用平水韵"的要求。而实际情况却是，由于语音的变化，平水韵与以普通话为标准的今韵已有不少差异，按平水韵押韵用普通话读，往往不和谐，要和谐，就应该改用今韵。唐人用唐韵，今人用今韵，原是自然之理，用今韵的难题在于如何处理入声。普通话已无入声，而许多地方的方言尚保留入声，这便是一个矛盾。因此，用今韵既可一次到位，即不顾方音而全按普通话读音处理，也可逐步到位，在普通话全面、彻底取代方言之前，适当照顾入声。具体做法是，普通话将入声配入平、上、去三声，而配入平声的入声字并不太多；律诗押平声韵，押韵时不用旧读入声的字就可以了。用同样的办法，调平仄的问题也不难解决。配入上声、去声的入声字当然仍是仄声，配入平声的入声字能不用便不用，倘非用不可，不妨仍按仄声处理。

律诗在格律方面要不要"改革"，当然可以仁者见仁，智者见智，不妨百花齐放。这里的要害问题，是作出来的是不是好诗。完全符合格律的诗可能毫无诗意，而不大符合格律的诗，却可能十分精彩，因而原有的格律，是可以突破的。杜甫作"吴体"，李白作"散体"，对于已经"定型"的律诗说，当然不合律，但的确是佳作，至今传诵。当代和以后的诗人们如果不认为原有的律诗仍然是最精美的诗体而有志于从格律方面创新，那么经过几代人的创作实践和总结，也许在将来可能形成一种更精美、更符合时代要求的新律诗。然而即使新律诗完全建立,也不能取代原有的律体,因为它有旺盛的艺术生命力,必然仍为广大诗人所运用。初唐近体诗定型以后,近体诗与古体诗争妍斗丽,共酿春色;"五四"以来新诗繁荣昌盛,而传统诗词依然群芳竞秀,吐艳飘香。所以,律诗的"改革",准确一点说,并不需要"改"掉原有的律体,或把原有的律体"改"得四不像,而是根据时代的发展趋向,吸取前人的创作经验和"五四"新诗的优点,经过长期的探索,创出一种新律诗,为诗歌的百花园地增添艺卉奇葩。

1995 年 10 月

在继承的基础上创新

我根据切身体会，一贯强调自学的重要性，写过一些谈自学的文章。近十多年来，又担任国家教委自学考试委员会中文专业委员，起草过自学考试大纲，因而对自学的问题考虑得比较多，对自学成才的人也特别看重。赵安志同志，就是我看重的一位自学成才的人。他以一个"高考不第"的乡村青年而能逐渐赢得领导和群众的重视与信任，当中学教师，干基层行政工作，又被选拔为西安市卫生局党委副书记，业余还搞书法，作诗词，其自学之刻苦，是不难想见的，也是值得赞许的。

干到西安市卫生局党委副书记，地位已不低，而且重任在肩，够忙的；如果要忙里偷闲，满可以找朋友侃大山，垒方城，打扑克，下馆子，进卡拉OK厅，为什么还要劳神苦思，作诗填词呢？对于这个问题，我认为安志同志在《自叙》里的解释十分有价值，值得向一切忙于行政事务的国家干部推荐。他说，"作为国家干部"，首先要"热爱工作，敬业奉公"；但是任何人都不能没有"业余爱好"。这种"业余爱好"是多种多样的，因而有个"选择"问题，"选择处理得好，既对身心有调节，又对工作有促进，也对奉献有裨益"。他从"业余爱好"中选择了书法和诗词，二者相辅相成，其书法"确有长进"，已得到社会认可，这里且不多谈。关于为什么要作诗填词，他还作了进一步说明："作近体诗和词，可以培养人的严谨学风，开拓人的思路灵感，强化人的逻辑思维，促进人的读书情趣，辅助人的演讲才能，获取好的宣传效果，不能视作仅是一时雅兴而已。"在"双百"方针和"二为"方向指引下，"一种人过中年的紧迫感，一种时代赋予的使命感，一种扬善斥恶的正义感，督促自己拿起笔来再耕'格子田'了。……利用工余饭后、出访赴会、假日周末，摆脱走门串户之嫌、割舍闲聊游戏之累，读书思理、触景生情、掌灯伏案、吟哦索句，于事业，于爱好，于身心都有裨益"。他还为此作了一首诗，诗云：

业余岂让寸阴耗,读胜穷侃写胜唠。勉向先贤学正道,当于人世续风骚。瞎忙昼夜才思乱,赋静合宜智技高。灯下悟彻文墨味,息肩不患日无聊。

这把工作之暇作诗填词的诸多好处谈得极透辟、极中肯。最核心的一点是：发展这种健康的业余爱好,反转来又有助于搞好岗位工作。官是人做的,要做好官,先做好人。发展健康的业余爱好,使自己这个"人"从道德情操、文化素养、精神境界等许多方面不断提高,不断完善,自然就能当一位公正廉洁的官、光明磊落的官、敏锐干练的官。

中华号称诗国,从《诗经》、《楚辞》以来,历代的杰出诗人为我们创作了无数优美瑰丽的诗篇,对中华民族的成长、发展起了巨大作用。毫不夸张地说,中华诗歌是中华文化的精髓,是中华民族精神的载体,是人文情怀的具现。历代的杰出诗人都忧国忧民,匡时济世,以其高度的民族使命感和社会责任感直面现实,扬善斥恶,发为吟咏。一旦有机会做官,一般都是清官、好官。安志同志当前的岗位工作是抓廉政建设,而他明确提出,他作诗不是为了吟风弄月,而是出于"扬善斥恶的正义感"。由此不难看出,他是继承了中华诗词的优秀传统的,他是把做人和做官统一起来的,他的业余爱好是与岗位工作相辅相成、互相促进的。且不管他的诗词已经达到了什么样的艺术水平,仅就这一点而言,已经值得表彰,值得推广,值得学习了。

唐代初期的诗人们在南朝"永明体"的基础上创立了五绝、五律、七绝、七律等一整套新诗体,为了和汉魏以来形成的篇幅长短不限、平仄要求不严的各种诗体相区别,便把这一套新体诗称为"今体"或"近体",而把汉魏以来的各种诗体统称"古风"或"古体"(包括五古、七古、歌行等)。古体诗是相对自由的,在唐代及其以后,出现了无数杰作,如李白的《梦游天姥吟留别》,杜甫的《自京赴奉先县咏怀五百字》、《茅屋为秋风所破歌》等。近体诗则是格律要求极严的格律诗,在唐代及其以后也产生了无数杰作,如李白的《望庐山瀑布》、《朝辞白帝城》,杜甫的《春望》、《春夜喜雨》、《秋兴八首》等。古体和近体,各有优势,至今都有艺术生命力,都能作出好诗。中晚唐以后发展起来的词,也格律要求较严,当代的许多诗人喜欢运用这种形式,颇有佳作。安志同志从"可以培养人的严谨学风"着眼,多作近体诗和词,真有知难而进的勇气。看他送来的稿本《偷闲集》,有些诗已基本上符合格律要求了。例如《行路思》：

水障山拦岂断行,前村柳暗又花明。从来蹊径由人辟,勿效阮郎哭路穷。

明(míng)、穷(qióng)押韵,略嫌太宽,第四句也犯"孤平",但都不碍事,是一首基本合律、颇有诗意的七绝。又如《谒轩辕黄帝陵步张三丰原韵》:

　　情差意遣谒桥陵,五岳朝宗紫气轻。物换星移山不老,云蒸霞蔚柏长青。仙灵渺渺迎凤阙,玉冢巍巍壮龙城。奋翮雄鹰搏云汉,神州光射斗牛明。

　　中间两联对仗工稳,除第三联"凤"字应平而仄,"龙"字应仄而平以外,其他各句都符合平仄要求,全首诗颇有气势,"物换星移山不老,云蒸霞蔚柏常青"一联,意境尤佳,是一首基本合律的、颇有诗味的七律。

　　作诗,最根本的问题是:作出来的应该是诗,是好诗。有些所谓的诗,尽管在平仄、对仗、押韵等方面完全符合格律要求,但一读就感到那并不是诗。有些诗,也许不合格律,但一读便感到那是诗、是好诗。近体诗,是中国传统诗歌中的格律诗;古体诗,与近体诗比较而言,可以说是中国传统诗歌中的自由诗。近体诗篇有定句,句有定字,字有定声,一般限押平声韵;作律诗,中间两联还应讲对仗。这是一种充分发挥汉字、汉语的独特优势,经过无数诗人长期锤炼而形成的兼有视觉美和听觉美的精美诗体,能熟练运用,便可作出精美的诗。但熟练运用,要有一个刻苦磨炼的过程,并非一蹴可及。我的体验是:先作相对自由的古体诗,在有诗情诗意的前提下提炼语言、提高艺术表现力,力求语言明畅、自然、精练、准确、生动,写景如在目前,抒情感人肺腑,到了具备一定功力之后,再作近体诗,便可事半而功倍。

　　一切艺术创作都贵在创新,诗词尤其如此。但是近些年来有不少人还不懂格律,却鼓吹"突破格律";压根儿不想费力气继承丰富的诗词遗产,便鼓吹"创新",这却有点问题。如在前面所说,古体诗并无多少格律束缚,如果是作古体诗,就无所谓"突破格律"。近体诗有严格的格律限制,如果是作近体诗,还在题目上标明七律或七绝之类,那就得符合格律要求,一般情况下不宜有较大的"突破"。毛泽东的七律七绝,其突破也不表现在格律方面。在具体情况下当然也可以突破,那就是为了更好地抒情达意。比如杜牧的"南朝四百八十寺","八十"两字应平而仄,这就叫"拗"。但上句"拗"了下句还可以"救","救"的办法是:上句该用平声的位置上用了仄声字,下句相应的位置上本来该用仄声字,如今便改用平声字,以求符合"两句之间平仄相对"的规律。"多少楼台烟雨中"的"烟",本来该用仄声字而改用平声字,就是为了"救"。当然,放宽一点,不救也不要紧。至于创新,则有个前提或基础,那就是继承。在继承的基础上创新,这是一条规律。精研、熟读历代诗歌中的名篇佳什,借鉴前人的创作经验和艺术技巧,便能写出像样的诗。这就是前人所说的"熟读唐诗三百首,不会作诗也会吟"。有了这样的基础,然后力求题材新、思想新、感情新、语言新,便有可能写出体现时代精神的好诗;"新",也就创出来了。

安志同志以岗位工作之余的有限时间既搞书法,又作诗词,其书法师法于髯翁,内刚外柔,已取得可喜的成绩,其诗词已创作出一些基本合律、且有诗意诗情的作品,这是难能可贵的。前面写了我的一些体验和感想,仅供参考。

1996 年 12 月

建设者的诗歌创作优势

魏义友君的《毡房诗词选》即将出版,可喜可贺。

1991年3月,义友从渭南专程赶来,要我为他的《西延铁路诗稿》提点意见。我读了他的诗,为扑面而来的生活气息所打动,因而肯定了他结合岗位工作深入生活、反映生活的创作方向,鼓励他勤学博览,提高文化素养,并且在坚持这一方向的同时熟读前贤时彦的诗词佳作,兼取众长,在创作实践中反复琢磨,精益求精。同年11月,他又送来三百多首诗词打印本《筑路人诗抄》,这使我更为感动。作为一名铁路职工,身在基层,经常随工地搬迁,从事着艰苦繁重的工作,还在业余时间进行诗词创作,二十多年来坚持不懈,这是令人钦敬的。

"穷者欲达其言,劳者须歌其事"。用诗词这种艺术形式来表现铁路职工的创业生活,歌颂他们的丰功伟绩和奉献精神,反映作者的生活体验和感受,这是难能可贵的。1991年,湖南出版了一本《中华工业诗词选》,标志着对于用诗词形式表现工业题材的大力提倡,极有现实意义。然而放眼全国,还少有以某些厂矿、某一工业战线为生活、创作基地的诗词家。工业诗词之所以数量不多,质量不高,这也许是重要原因之一。从这一意义上说,魏义友君的诗词创作道路是值得特别赞许的,他已经做出的成绩也是引人瞩目的。《铁路工人组诗(十四首)》、《职工家属四题》、《工地杂咏(八首)》、《访前车洼》、《过阳安线》等,都以切身感受真实而生动地反映了建设者的生活、劳动和理想。虽然其中有些作品用韵过宽,用语较直,却激情喷发,意气轩昂,突出了作者献身祖国铁路新线建设,歌颂铁路职工创业精神的主调,展现了铁路工人雄阔健举的思想境界。由于铁路新线施工环境的艰险和近几年工人群众在社会政治经济地位上有某种程度的下降,加上作者家庭生活和个人际遇的诸多困厄,故其诗中不时流露出悲壮沉郁的感情色彩。但是,在现实与理想的矛盾斗争中,作者始终表现出积极进取的人生态度,诗中始终闪耀着执着追求、顽强拼搏和甘于奉献、渴求理解的思想光辉。现在有些诗作脱离现实,回避矛盾,一味歌颂,其实缺乏厚度和深度,谈不上有什么艺术生命力。

　　为了广泛深入地反映现实,义友在题材上进行了多方面的拓展,在艺术形式上也进行了多方面的探索。如《夜班》、《夜望》、《入隧》、《出隧》、《路基漫步》、《致友人》、《悼殉难者》、《四十自遣》、《难别吟》、《前人叹》、《塑料花》、《登拜将坛》等,诗则律、绝、歌、古,诸体并用;词则长、中、小令,诸调俱备。与题材内容和诗体形式相适应,还在取景、造境、命意、遣词、布局上仔细推敲,各求其宜。如《四十自遣》、《难别吟》,跌宕起伏,开合有致;《梦游珠峰》想像奇特,意境雄阔;《颂大秦线抢险英雄》对比鲜明,场面壮烈;《庆祝元旦》、《谒司马祠》雄阔健举;《别海》造像生动,情浓意深;《游慈恩寺》、《登拜将坛》感慨深沉;商山、辋川诸诗清丽幽秀;《观娶亲》轻快俊朗;《探亲》、《孤宿星》又诙谐多趣。总之,悲欢相杂,苦乐相映,雄秀互衬,壮丽两兼。其清新朴素、自然流畅的语言风格和情景交融、生动有趣的工地生活气息,尤有艺术魅力,必将引起读者的兴趣。

　　读义友的《四十自遣》,便知其生活际遇之困苦,自学成才之艰辛。其业余的诗词创作能达到现在的水平,真不容易!当然,他的诗词创作正处于发展、提高过程。前后相比,其用韵由时杂方音而逐渐走向规范化,或遵平水韵,或用中华新韵;其艺术表现,由质直浅露而追求含蕴深厚,时有耐人寻味的佳作;其遣词、属对、造句、谋篇,由时露瑕疵而渐臻妥贴、工稳、圆融、浑成。而其突出优势,则在于始终坚持在铁路新线施工现场,与工人们同甘苦、共呼吸,用他的诗笔通过交通事业的突飞猛进描绘出祖国现代化的壮丽图景。可以预期,魏义友君在继续发扬这一优势的同时继续提高文化素养,继续琢磨诗艺,不断强化其艺术表现力,必将取得日益丰硕的成果,为振兴中华、振兴中华诗词做出应有的贡献。

1995 年 1 月

中华诗歌中的喜剧意识

近些年来,常常看到人们在各种文章里谈论中华民族的"忧患意识"或者"悲剧意识"。这,当然是有根据的。但是,中华民族之所以饱经忧患而始终屹立于世界民族之林,原因之一乃在于她具有坚强而乐观的民族性格。而讽刺与幽默,就是这种坚强而乐观的民族性格的一种表现形式。法捷耶夫在评论鲁迅时指出:"他的讽刺与幽默,虽然具有人类共同的性格,但也带有不可模仿的民族特点。"(《论鲁迅》,《文艺报》第一卷第三期)这是很有见地的。从这一意义上说,在谈论中华民族的悲剧意识的时候,也需要谈谈喜剧意识;当然,还不妨谈谈悲喜剧意识。

从《史记·滑稽列传》开始,喜剧意识遍及于我国散文、戏剧、小说等许多文学艺术领域。关汉卿的《望江亭》、《救风尘》等是优秀的讽刺喜剧,川剧传统剧目《评雪辩踪》是优秀的幽默喜剧。《儒林外史》等讽刺小说里更不乏喜剧性的人物和情节。至于《谐铎》、《笑赞》、《笑林广记》一类的笑话集,其中很有一些绝妙的喜剧小品。

这里想着重谈谈我国的古典诗歌。诗,是最高雅的语言艺术,似乎与喜剧沾不上边。其实,从先秦开始,喜剧性的诗章和或多或少包含喜剧因素的诗篇屡见不鲜。比如《诗经·卫风》中的《氓》,大家都读过。那位上当受骗的女主人公把那个负心汉斥为"氓",一上来就追溯道:"氓之蚩蚩,抱布贸丝。非来贸丝,来即我谋。"寥寥十六字,就淋漓尽致地描绘出"氓"的小丑行径,并投以炽烈的讽刺之火。唐代的许多著名诗人,往往由于善用讽刺手法或幽默描述而提高了诗作的艺术质量。以杜甫为例,他的那篇脍炙人口的《丽人行》,先用"态浓意远淑且真"一句总写杨贵妃和她的三个姐姐,似乎是赞美。然后写她们一个个打扮得何等花里胡哨,又如何搔首弄姿,乃至用"杨花"、"青鸟"暗示其中的虢国夫人与她的堂兄杨国忠私通,而以"炙手可热势绝伦,慎莫近前丞相嗔"结束全篇,使读者终于了解所谓"淑且真"的实际内容原来是如此这般,不禁哑然失笑。又如他的不朽名篇《北征》:通过记述旅途上和归家后的所见所闻所感,将当时朝廷的治乱、人民的苦难、家庭的悲欢、个人的哀乐、民族的前途都作了真切的反映,不愧"诗史"。关于"乾坤含疮痍,忧虞何时毕","所遇多被伤,呻吟更流血","夜深经战场,寒月照白骨"等情景的描写,充满了悲剧气氛。及至回到羌村,见到"妻子衣百结",更难免举家"恸哭"。然而骨肉终于暂时团聚,他带回来的一点礼物,也有助于改变妻子的情绪。他于是换了一种笔调来描写他们:"粉黛亦解包,衾裯稍罗列。瘦妻面复光,痴女头自栉。学母无不为,晓妆随手抹。移时施朱铅,狼藉画眉阔。生还对童稚,似欲忘饥渴。问事竞挽须,谁能即嗔喝?"这写得何等亲切,又何等幽默!而喜悦之情也跃然纸上。与前面的"恸哭松声回,悲泉共幽咽"结合起来,非常真实地表现了悲喜交集的复杂心情,读之感人肺腑。如果一味写悲,反而会丧失动人的艺术魅力。而杜甫的那份幽默感,又是他那坚强而乐观的个性特征在特定情境中的自然流露。《北征》的前半篇,可以说饱含着诗人的忧患意识,然而写到接近尾声的时候,调子却越来越昂扬,以至用"煌煌太宗业,树立甚宏达"结束全诗,表现了叛乱必将平定、国家必将中兴的坚强信念。

在《全唐诗》里,还专门收了四卷"谐谑诗"。这些诗,艺术质量一般都不高,但有的竟产生过出人意外的社会效果。例如郑愚写了这样一首小诗:

户县李长官,横琴膝上弄。不闻有政声,但见手指动。

户县离京城长安不远,这首赠户县李县令的诗传到长安,竟使得那位李长官丢了官。

南宋大诗人范成大的《催租行》只八句,却有人物,有情节,并且展现了几个颇有喜剧性的场面。先看原诗:

输租得钞官更催,踉跄里正敲门来。手持文书杂嗔喜:"我亦来营醉归耳!"床头悭囊大如拳,扑破正有三百钱:"不堪与君成一醉,聊复偿君草鞋费。"

农民输了租,拿到了收据(钞),这该没事了罢?然而不然,里正又跑来敲门催租了!"踉跄"一词,活画出"里正"歪歪斜斜走路的流氓神气。他接过农民拿出的"文书"（他就是第一句里的"钞"，即交了租的收据），始而"嗔"（发脾气），想说这是假的，然而看来看去，千真万确，只好转怒为"喜"，嬉皮笑脸地说："好！好！交了就好！我没有别的意思，只不过来这儿想同你喝几杯罢了！"通过"杂嗔喜"的表情和"我亦来营醉归尔"的语气，把那个机诈善变、死皮赖脸、假公济私的狗腿子形象勾画得多么活灵活现！那位农民是很有经验的，心知里正口头要酒，心里要钱，便把仅有的三百钱送他。却又不直说送的是酒钱，而说"这点钱不够您喝酒，就买双草鞋穿吧！您为我的事把鞋都跑烂了"。里正呢，当然不再说要喝酒，高兴地拿上钱走了。这首诗，如果要改写成一出喜剧，应该说是很有基础的。

近几年来，先后在古城西安成立了陕西省喜剧美学研究会和中华全国美学学会喜剧美学研究会，创办喜剧美学刊物，还准备出丛书，这实在是大喜事。喜剧美学研究的对象，从日常生活到文学艺术，从中国和外国的遥远古代到现代当代，从理论体系的建构到对于实践的指导，可以说无所不包。我只从中国古典诗歌中举了几个例子，其目的在于说明喜剧美学是大有用武之地的，因而也是大有发展前途的。

关于古典诗歌的今译

清代乾隆年间的蘅塘退士(孙洙)编了一本《唐诗三百首》,家传户诵,至今流传不衰。然而时代变了,审美情趣也跟着变,于是近些年来不断出现《新编唐诗三百首》。近代大词家朱古微编了一本《宋词三百首》,也受到专家们的高度评价,流传了几十年,至今仍不失为一个好的选本。但是,既然《唐诗三百首》需要"新编",那么,《宋词三百首》也同样需要"新编"。弓保安同志送来了他的《宋词三百首今译》稿本,书名未加"新编"字样,但翻开目录,一看便知是"新编"的。从此,读者不仅可以读到新编的《唐诗三百首》,也可以读到新编的《宋词三百首》了。

朱古微的《宋词三百首》,比较偏重于周邦炎、姜夔、吴文英一派的作品。弓保安同志的《宋词三百首今译》,则以苏、李、辛为主,苏轼选五十七首,辛弃疾选五十五首,李清照选三十五首,重点相当突出;而又尽可能地照顾宋词发展的全貌,体现题材的广泛性和艺术风格的多样性。

每位词人的评价和每篇词作的注释,都力求简明扼要。有关题解,都放在注释部分,既便于说明问题,又节省了篇幅。

这本书的重点是"今译"。笼统地说,古典诗歌(包括诗、词、曲等)"今译"很难。具体地说,则难度也有大有小,各不相同。比如《诗经》和《楚辞》等等,对于今天的读者来说,文字障碍大,不容易读懂,一用现代汉语翻译,就读懂了,感到解决问题。就这一点而言,文字障碍越大的作品反而越好译。当然,要译得好,那还需要准确地传达原诗的意境,且具有较高的艺术性。一句话,译作本身也应该是诗。即使这些方面还不够理想,但已经帮助读者读懂了原诗,已经赢得了存在的价值。与此相反,那些在今天读起来毫无文字障碍的好诗,要"今译"就特别困难。既无文字障碍而仍须"今译"的诗,其难于领会之处,必然不在孤立的字句,而在全诗的意境。因而要译好这样的诗,必须彻底弄懂全诗的章法和句法,从而彻底掌握全诗的意境,设身处地,进行艺术上的再创造。当然,所谓再创造,并不意味着脱离原作,甚至违背原作,而是运用现代汉语、运用新诗的形式,尽可能完美地体现原作的意境和风格。原作的含蓄之处如果读者难于领会,可以稍加引申和发挥,但不应增加原作所没有的东西。例如白居易的七绝《魏王堤》:"花寒懒发鸟慵啼,信马闲行到日西。何处未春先有思,柳条无力魏王堤。"看似明白如话,实则含蓄蕴藉。而含蓄蕴藉之处,又不见得什么人都能品味出来。例如"柳条无力",为什么就能显示"未春先有思"呢?原来诗人运用以实写虚的手法,借"柳条无力"来表现轻风的温和。如果寒风呼啸,"柳条"被吹得猛烈摇摆,看起来就很"有力"。如今呢,和风习习,取代了寒风怒吼,不意味着春天将要到来吗?因此,我把这首诗译成这种样子:

花儿嫌寒冷,懒得开,鸟儿嫌寒冷,懒得啼。我骑着马儿随意闲游,直到太阳偏西。是什么地方呢?春天还没来,却已经有点春意。噢,那就是魏王堤!你看那柳丝儿柔弱得毫无气力,一任轻风把她们扶起,扶起。

似乎比原作多出了"风"。其实,只要细味原作,就知道它虽然未用"风"字,却实实在在写了"风",译诗不过把使"柳条"变得"无力"的习习和风明白地写出来罢了。

宋词,特别是其中的婉约词,有很多是既明白如话,又婉曲深厚的。用现代汉语翻译成像样的新诗,其难度之大,可想而知。弓保安同志不畏困难,日积月累,竟然翻译了三百首之多。粗略地翻阅了他的稿本,可以看出他译得很认真。绝大多数词,都是将原作的一句译成一句,一句译为两句的情况并不多。在译诗的形式方面,则作了多种尝试:有的比较整齐,像格律体的新诗,有的更像民歌,也有类似自由诗的,但都力求押韵,有节奏感和音乐性。这一切,都说明他是费了心血的。

1987 年 11 月

新诗与传统诗词应优势互补

1993年夏季,曾刚同志出版了一部洋洋二十余万言的《钟吕集》,才过两年,他又送来沉甸甸一部《心声录》稿本,其创作力之旺盛,真令我钦佩不已。

《钟吕集》所收,主要是散文和新诗,虽有传统诗词,但为数不多。而这部《心声录》,却全是传统诗词。"五四"新文学运动以来,新诗独领风骚,而传统诗词,则被斥为"旧体"逐出诗坛。文艺刊物不发表"旧体诗",已有的各种《现代文学史》都只谈新诗而不涉及传统诗词创作,便是明证。改革开放以来,传统诗词创作热席卷神州大地,然而不少新诗人依然瞧不起传统诗词,从事传统诗词创作的人也往往轻视新诗。我深深地感到,新诗与传统诗词互相排斥的状况并不符合诗歌的发展规律,因而也不利于诗歌创作的繁荣。曾刚同志既写新诗,也写传统诗词,我认为这正表现了他的远见卓识。诗歌创作,既要继承传统,又要与时俱进,不断创新。近些年来,诗友们大谈传统诗词的革新问题,又对当前的新诗缺乏民族特色时有非议。我个人认为:结束新诗与传统诗词对垒或分道扬镳的局面,使二者互相靠拢、互相吸收、互相促进,也许是解决问题的途径之一。唐诗"古"、"今"各体交融互补、百花争艳的经验,是值得借鉴的。正因为这样,我对曾刚同志既写新诗、又创作传统诗词便特别赞赏,希望他能创出新路。

曾刚同志两袖清风,一身正气,热爱祖国,关心现实,数十年的革命经历为他积累了丰富的生活库存,溢为诗词,题材广泛,激情喷涌,语言鲜活,气机流畅。其《学诗偶得》三首概括了他的创作宗旨和全部作品的主要风格。其一云:

　　人生百味都尝过,情涌诗山窍自开。苦辣酸甜多少事,源源尽上笔端来。

有生活,有激情,意触境生,诗缘情显,自与无病呻吟者不同。其二云:

  隐晦朦胧都不效,寻常话语入诗来。风骚唐宋名家众,代有白描大笔才。

  诗的风格是多种多样的,不仅不同的诗人风格各异,而且即便是同一诗人,其诗词也因题材、情境等等的不同而呈现出风格的多样化。有些题材、情境要求写得含蓄、朦胧,自然以含蓄、朦胧为美;然而如果不管什么题材、什么情境,都一味追求朦胧、甚至隐晦,让任何人都读不懂才自以为高明,那便堕入魔道。曾刚同志鄙弃这种诗风而崇尚白描,力求做到语言鲜活,明白晓畅,为老百姓"喜闻乐见",这当然是一条正路。
  纵观这本《心声录》,曾刚同志的一颗诗心随时代脉搏而跳动,随生活浪潮而起伏。他热情地赞颂好人好事和一切值得赞美的生活现象。如《咏彭总》、《公仆赞》、《孔繁森》、《徐洪刚》、《陇原壮歌》等,张民族之正气,发潜德之幽光,足以振聋发聩,廉顽立懦。他痛心地嘲讽、鞭笞歪风邪气和现实生活中的一切丑恶现象,如《叹阔老》、《书肆伤》、《某歌星肖像》、《贾公肖像》、《读报感言》、《子夜即兴》、《千金宴》、《忧教商》、《吹名者戒》、《嗟斗富》、《无题》、《疾中呻》、《钱》、《讽大款》等,伤时忧国,情见乎词,有助于正人心而端趋向。其他如伤逝、忆旧、怀古、尊师、赠友、记游、感事、乃至寓言诸诗,皆感于哀乐,缘事而发,言外有意,诗中有人,继承了中华诗词言志抒情、匡时淑世的优良传统。曾刚同志乜写新诗,但当某些新诗人强调远离社会、远离政治、远离人民而鼓吹诗要回到"纯审美自身",扬言要"彻底毁灭诗的生存的功利性"的时期,却能关注广阔的社会和人生,表现伟大的时代和政治,反映人民的情绪和愿望,这正体现了一位真正诗人、真正爱国者的精神风貌。
  当然,诗首先应该是诗,健康的内容必须与完美的形式相统一。作律诗、绝句和词,必须大体合律,声情并茂,才能有浓烈的艺术感染力,使读者于审美享受中陶冶情操,提高精神境界。曾刚同志的诗词,大都有激情,有新意。有一些,通体符合格律要求,意新味浓,语工韵美。例如:

  陕北山河秀,延安同志亲。离家常惦念,梦里也牵情。

——《忆延安》

不见榆林久,桃花水暗流。归来难辨路,沙地起高楼。

——《回乡偶书》

  其他如《无题》、《石鲁逝世十年祭》、《登塔咏》、《忆江南·靖边好》、《唤钟馗》、《凉州吟》、《梦柳青》等,都符合格律而不为格律所缚,明畅自然。《水调歌头·神府情》则是一首好词,"迢迢千里来访,故土总牵肠。桃枣糜秋壮否?兄弟爷娘可好?岁岁盼还乡"数句,多么清新流畅,情意缠绵!

  曾刚由写新诗转而写传统诗词,对于新诗和传统诗词的优缺点都有了解,所以能自觉地扬弃各自的缺点而吸取其优点,形成了优势互补,所以其诗词既贴近现实,又明白晓畅,老妪能解,具有为中国老百姓喜闻乐见的中国作风和中国气派。我认为,这对于当前新诗和传统诗词的创作,都有借鉴意义。

1994 年 12 月

关于"艳体诗"

我国古代称男女爱情为"艳情"。因此，凡以男女爱情为题材的诗歌，便被称为"艳词"、"艳曲"、"艳歌"、"艳诗"，统称"艳体诗"。"饮食男女，人之大欲存焉。"自有男女，便有爱情；自有爱情，便有"艳体诗"。当然，自古迄今的艳体诗数量极多，有歌颂爱情的专一、纯洁的，有宣扬爱情自由、婚姻自主而反对封建礼教的，也有沦于色情、淫荡，迎合低级趣味的。必须区别对待，不宜一概肯定。然而从总体上说，如果一味轻视、甚至抹杀艳体诗，便会失掉表现人类崇高感情的许多艺术珍品，便无法展示诗歌发展的全貌，探究其表现手法和艺术规律。

我国艳体诗源远流长，在各种表现手法的孕育和各种诗歌体裁的形成方面起过重要作用。最早的诗歌总集《诗经》中的一百六十篇风诗，艳体诗占绝大部分。而包括大量艳体诗的风诗所开创的赋、比、兴表现手法，至今仍为诗人们所沿用。就汉魏而言，其涉及男女爱情的诗歌，如《留别妻》（见《玉台新咏》）等，开我国五言诗先河；张衡的《四愁诗》和曹丕的《燕歌行》，则作为最早的七言诗为文学史家所重视；长篇爱情诗《古诗为焦仲卿妻作》，将我国叙事诗推向高峰，在诗歌发展史上占有特殊地位。南北朝乐府民歌多写艳情，清新婉丽，为后代诗人所效法。萧纲等人的某些艳情作品已具有律诗的某些特点。徐陵的《杂曲》就内容而言，属于艳情诗，但其每四句转韵的手法却为唐代的许多歌行名篇提供了榜样。唐代是我国诗歌创作的黄金时期，艳体诗也大放异彩。骆宾王的《艳情代郭氏答卢照邻》、《代女道士王灵妃赠道士李荣》，是初唐长篇歌行中的佳作。宋之问用七言律诗歌咏女性的美丽，元稹用长篇五言排律描写男女幽会，穷妍极丽，各具特色。李商隐的许多无题诗，或纯赋艳情，或兼寓人生感受，缠绵委婉，象征暗示，迷离惝恍，疑真疑梦，在我国诗史上首创朦胧诗范例。温庭筠的某些"侧艳词"比兴并用，含蓄蕴藉，成为两宋词坛"婉约派"的先导。罗虬的《比红儿诗》包括一百首七绝，哀感顽艳，传诵一时，是我国著名大型组诗之一。韩偓的《香奁集》多写艳情,词致婉丽,后人因称艳体诗为"香奁体"。到了五代,和凝的《江城子》五首,又以艳体填补了组词的空白。宋代的张先、二晏、柳永、欧阳修、周邦彦、吴文英,元代的关汉卿、徐再思、王实甫、白朴、郑光祖、刘庭信,明代的王彦泓、施绍莘,清代的朱彝尊、纳兰性德等人,均以他们的卓越才华创作了情思婉转的艳情佳作。

　　生命之树万古长青,爱情之花万古常艳。与其他题材的诗歌相比,艳情诗历史最悠久,作者最广泛,其社会内涵与艺术风格,也丰富多彩,不乏具有高度认识意义和审美价值的名篇。毫不夸张地说,艳体诗歌从一个重要侧面,反映了我国古代诗歌的产生、发展、演变与延续,体现了诗、词、曲创作的艺术成就。

　　封建时代,尽管人人有男女之爱,但以之入诗,却受人非议。元稹《叙诗寄乐天书》云:"又有以干教化者,近世妇人,晕淡眉目,绾约头鬓,衣服修广之度,及匹配色泽,尤剧怪艳,因为艳诗百余首。"在元稹的全部诗作中,"悼亡"诗与这百余首"艳诗",可以说最具特色。包括《遣悲怀》三首在内的悼亡诗抒伉俪之情,当然没有异议,而包括《梦游春七十韵》在内的"艳诗",却备受指责,或讥为"轻薄"、"淫靡",或斥为"有伤雅道"。时代变了,观念变了,男女之爱当然也在变,但纯洁、真挚、专一、坚贞不渝的爱情,却是任何时代都应该歌颂的。在改革开放的新时期,很有必要用新的观念对《诗经》以来的艳体诗歌作全面、系统的研究和评价,吸取经验教训,弘扬优秀传统,创作新的"艳体诗"。时代精神,是需要从多方面体现的,人们的心灵世界,也是需要从多方面展示的。而任何人都不能没有的爱情,更是体现时代精神、展示心灵世界的一个重要侧面,源远流长的中华诗歌发展史,已为我们作出了充分的证明。

1995 年 8 月

诗的创新与用韵

文学艺术是一种创作,创作就是创新。但是不能白手起家,不能不打地基。而在空中建造万丈高楼。我们要站在巨人的肩膀上,站在前人诗歌创作水平的高峰上来从事创新。在继承优秀传统的基础上不断创新,这是一切文学艺术发展的规律,不能违背。我们要了解具有三千年悠久历史的中华诗词有哪些精华值得我们吸取和继承,从而在吸取继承的基础上创新发展。所以,当前强调创新是必要的,但同时也应加强继承,在继承上多下一些工夫,这是我的第一点意见。

第二点,再说创新。一切文学艺术的生命,都在于创新。诗歌是一种语言艺术。我上大学的时候曾拿了几页诗稿请汪辟疆老师批改,说我"写了几首诗";汪老师批评我:诗,不能说"写",一定要说"作"。"作"的本意就是"创"。我们现在在"作"前加了一个"创"字,说我们是搞"创作"的。如果拿出的成品是抄袭、是模仿,那算什么"创作"?从《诗经》、《楚辞》开始,我们要看一下它发展出了多少新的东西。先说汉魏以来的五言诗,建安是一个辉煌时期。假如《诗经》、《楚辞》以后的诗人都仿效《诗经》或《楚辞》而不创新,哪有建安五言的辉煌?六朝以后的诗人如果都以建安为代表的五言古诗为典范而照猫画虎,哪有古体、近体、歌行、乐府百花齐放的唐诗的辉煌?以此类推,宋词的辉煌,元曲的辉煌,都不可能出现。

具体到一篇作品,则贵在"独创"。比如《蜀道难》,乃是南朝乐府旧题,今存梁简文帝二首、刘孝威二首、阴铿一首。这几首题为《蜀道难》的乐府诗,李白当然都读过。但我们将这几首诗与李白的同题诗相比较,就一眼看出李白惊人的独创性。且看他如何开头:"噫吁嚱!危乎高哉!蜀道之难,难于上青天。"突如其来,以接二连三的惊叹展现"蜀道难"的主题,未读全篇,已令人心惊魄悸。这是非一般人所能梦见的创新。又如杜甫的《茅屋为秋风所破歌》,从"八月秋高风怒号,卷我屋上三重茅"写到"床头屋漏无干处,雨脚如麻未断绝。自经丧乱少睡眠,长夜沾湿何由彻!"从而推己及人,高呼"安得广厦千万间,大庇天下寒士俱欢颜!"以表示愿望的"安得"领起:"厦"前加"广",欲其大;"千万间",欲其多;紧接着来了一个九字句,不仅要"大庇天下寒士",还要让他们"俱欢颜"。自己屋破漏雨的苦况是刻骨铭心的,因而又希望千万间广厦无比坚牢,于是在前两句之后垫一句作补充:"风雨不动安如山!"七言诗一般两句为"一韵",这里在偶句之后垫以单句,句句押韵,以铿锵有力的节奏和奔腾前进的气势,恰切地表现了作者从屋破漏雨的切身感受中迸发出来的火热激情和殷切愿望。难能可贵的是:在这里,艺术表现的独创是与人格魅力的超群结合在一起的。在狂风猛雨无情袭击的秋夜,作者由"吾庐独破"推己及人,联想到"天下寒士"的"茅屋俱破";又舍己为人,以一声长叹"呜呼"领起,以"何时眼前突兀见此屋,吾庐独破受冻死亦足"两个九言长句将全诗的思想境界和艺术境界推向高峰。

  我们常说诗词"创作",却不曾深究"创"、"作"的本意。就其本意而言,"创"也好,"作"也好,都是要创造出前所未有的东西,亦即"新"东西。李白的《蜀道难》是李白"创"出的"新",史无前例。杜甫的《茅屋为秋风所破歌》是杜甫"创"出的"新",前无古人。白居易的《长恨歌》作为"长庆体"的典范,影响深远,在中华诗史上也是"创新"的杰作。

  中华诗词学会多年来提倡在继承的基础上创新。当代诗词的创新,应该从思想和艺术的统一、内容和形式的结合上解决。诗词作者切入当代生活,感悟社会人生,理念新、感情新、语言新,表现方法新,从而创造新的意境,体现时代精神。拒绝"古色古香"、"孤芳自赏",追求当代性、群众性与艺术独创性的融合无间。

  关于诗词的用韵问题,我在1997年10月召开的全国第十届中华诗词研讨会上是这样说的:"直到现在,仍有不少诗人坚持诗用平水韵、词用词林正韵;但主张用今韵的则越来越多。我们应该提倡用今韵,但不强求一律。传统韵与今韵并存一个时期,然后自然而然地趋于统一,都用今韵,这是符合发展规律的。"(见《中华诗词十五年年鉴》上卷324—329页霍松林《高举邓小平理论伟大旗帜,开创吟坛新局面》)在这里,我的提法是:"提倡用今韵,但不强求一律。"用"提倡"一词,有倾向性。后来中华诗词学会和各省市诗词学会统一为"实行双轨制",更稳妥。自己用今韵,不反对别人用平水韵;自己用平水韵,不反对别人用今韵,各行其是,和谐相处。但明智之士都看到全民讲普通话是必然的趋势,因而和十多年前相比,主张用今韵的人更大幅度增加了。当然,自己用平水韵,也强求全民用平水韵而坚决反对用今韵的人,也还有,但只是个别的。逆历史潮流而动,怎能不碰得头破血流?

平水韵早在一百多年以前就已经脱离实际语音,清人高心夔(1835—1883)"平生双四等,该死十三元"的故事便是明证。大家知道:近体诗的一整套平仄律和押韵,保证了近体诗独有的音乐美。由于平水韵已脱离现代汉语的实际语音,所以用平水韵押韵调平仄而用国家的标准语言普通话朗读,便往往不合平仄律而丧失特有的音乐美。比如毛泽东的七律《和柳亚子先生》颔联:"三十一年还旧国,落花时节读华章。"用平水韵读,符合"仄仄平平平仄仄,平平仄仄仄平平"的平仄律;但用普通话读,就变成"平平平平平仄平,仄平平平平平平",连出句的末一字(国)都成平声了!完全不合平仄律,自然谈不上音乐美。仅从确保近体诗的音乐美这一点上说,"提倡新声韵"也是合情合理,无懈可击的。

鉴赏漫议

谈诗文鉴赏

近些年来,出现了古典文学、特别是古典诗歌的鉴赏热,有关书籍,畅销全国,方兴未艾。中央人民广播电台和省市人民广播电台也经常播送古典诗文赏析文稿,听众极多,深受欢迎。这是一种十分可喜的现象:一方面说明亿万人民迫切需要从祖国文艺宝库的无数珍品中发掘精神财富,吸取心灵营养;另一方面也说明"四人帮"时代的愚民政策已销声匿迹。随着双百方针的贯彻,弘扬优秀文化传统的春风为古典文学研究领域带来勃勃生机。

然而事物毕竟很复杂,人们的认识,也千差万别,难求一致。就在搞古典文学研究的人中,为古典诗文鉴赏热泼冷水的,也并非绝无仅有。这可能有两种原因:一种原因是诗文鉴赏之类的书籍比较畅销,写鉴赏文章的人也便越来越多,流品日杂,水平不一,质量较差甚至很差的东西时有出现,惹人非议。对于这种现象进行批评是完全必要的,然而又不能以偏概全、因噎废食,不分青红皂白地统统否定诗文鉴赏。另一种原因是对诗文鉴赏的重要性缺乏认识,误以为只有搞点考证之类的工作才算进行古典文学研究。有一位为一本宋人笔记搞过"校证"的教授就曾表露过他对诗文鉴赏热的漠视,从而暴露了他对文学鉴赏的无知。不论从理论上说,还是从实践上看,文学鉴赏在整个文学活动系统中占有的重要地位不容低估。这里所说的"文学活动系统",是由生活、作家、作品、读者四个相互关联的要素构成的。作家从激动过他的社会生活中吸取素材和灵感,创造出文学作品,为人们提供了精神财富。然而不言而喻,不管这些作品如何杰出,如果无人理睬,那就毫无意义。大家知道,文艺作品之所以可贵,在于它有极高的审美价值和社会作用。但这一切,都不过是一种潜能,不可能自动地实现。要实现,必须通过读者的阅读、理解和鉴赏。从文学反映社会生活并反作用于社会生活的全过程来看:反映生活的过程,是通过作家的艺术创造完成的;反作用于社会生活的过程,是通过读者的艺术鉴赏完成的。文艺作品只有通过文艺鉴赏,才能使读者沉浸于美的享受中,陶冶性情,开阔视野,提高精神境界;文艺作品潜在的智育、德育、美育作用,才能得到实现和发挥。

文艺鉴赏的意义还不止如此。对于作家来说,常常从文艺鉴赏反馈的信息中领悟到更高层次的审美情趣和审美理想,从而反思自己的成败得失,把此后的创作推进到新领域。

高水平的鉴赏必须建立在对作品本身以及作家经历、社会背景、文化氛围等等彻底了解的基础之上,因此,校勘、训诂、考证以及各种相关问题的探讨等等都是十分必要的。然而归根到底,这一切,其作用都在有助于对文艺作品的鉴赏,使其潜在的社会功能得以实现,并指导创作。这是一个方面。另一方面,对作品的理解,还不等于高水平的鉴赏。文艺鉴赏,乃是一种艺术的再创造,而不是对作品内容的刻板复述。文艺作品描绘的一切有其确定性的一面,这种确定性的东西愈是显而易见,读者的鉴赏就愈有一致性。正因为这样,古今中外的名作才能被不同时代、不同民族的读者共同欣赏。然而一切优秀的文艺作品又都具有含蓄美,我国古典诗词尤其如此。用接受美学的术语说,就是都具有"意义不确定性和意义空白"。鉴赏家的艺术再创造,就在于从作品实际出发,凭借自己深厚的文化修养,超人的艺术敏感和丰富的审美经验,调动相关的生活阅历和知识库存,驰骋联想和想像,细致入微地阐明作品的象征、隐喻、暗示和含而未露、蓄而待发的种种内容与含义,并补充其"空白",突现其隐秘,甚至发掘出作者压根儿不曾意识到的东西。当然,鉴赏者的这些阐明、补充和发掘,即使有一些是作者不曾意识到的,却应该是符合作品的客观意义。在这里,应该坚决反对的是主观随意性。

文艺鉴赏,是与文艺作品的传播同时出现的。也就是说,一有作品,就有鉴赏。《左传·襄公二十九年》记吴公子札听乐工为他歌齐风,他听后评论说:"美哉,泱泱乎,大国也哉!表东海者,其大公乎!国未可量也。"又为他歌秦风,他听后评论说:"此之谓夏声。夫能夏则大,大之至也,其周之旧乎?"每听完一种风,他都发一番议论,其实也就是鉴赏。《论语·八佾》记孔子听《韶》乐,赞美它"尽美矣,又尽善也"。听《武》乐,评论它"尽美矣,未尽善也"。这当然也是鉴赏。陶渊明在《移居》诗里讲过两句极端重要的话,即:

> 奇文共欣赏,疑义相与析。

遇见奇妙的诗文,与朋友共同"欣赏",这概括了一种古往今来的普遍现象,鉴赏的重要性和必要性,也于此表露无遗。而"赏"前加"欣",又准确地揭示出文艺鉴赏的特质在于鉴赏主体能从作品中获得审美愉悦和精神上的某种满足,从而受到潜移默化的影响。正因为这样,我们把文艺鉴赏又叫文艺欣赏。"欣赏"一词,正是从陶渊明的诗句里吸取的。

遇见"奇文",倘无任何"疑义",即顺畅地进入欣赏过程。倘有这样那样的"疑义",就必须研讨、解析,直到毫无滞碍,才能顺畅地进入欣赏过程。"疑义相与析",概括了文艺鉴赏中的重要步骤。因此,我们往往把诗文鉴赏又叫诗文赏析。"赏析"一词,也是从这两句陶诗中提炼出来的。

到了南北朝时期,诗文鉴赏已发展到相当可观的水平。钟嵘在《诗品》里把汉至梁代的一百二十多位诗人区分为上、中、下三品,对其诗作给以扼要的品评。刘勰著《文心雕龙》,除在辨析文体及讨论创作问题时随处涉及作品评论而外,还以《体性》、《指瑕》、《才略》、《程器》、《时序》、《知音》等许多专篇阐述诗文鉴赏问题。例如《知音》篇中的这段话就很重要:

> 是以将阅文情,先标六观:一观位体,二观置辞,三观通变,四观奇正,五观事义,六观宫商。斯术既形,则优劣见矣。

所谓"六观",就是鉴赏作品的六条标准。由此可见,我国的诗文鉴赏已由长期的实践上升到不容忽视的理论高度,为唐宋及其以后鉴赏水平的不断提高奠定了坚实的基础。

对文艺作品能否鉴赏和鉴赏水平的高低,取决于鉴赏者的主观条件。刘勰在《知音》篇里一再慨叹"文情难鉴"、"知音其难",马克思在《1844年经济学——哲学手稿》里则说"对于不辨音律的耳朵说来,最美的音乐也毫无意义"。因此,刘勰强调"操千曲而后晓声",马克思指出"如果你想得到艺术的享受,你本身就必须是一个有艺术修养的人"。

在当代条件下倘要写出高水平的诗文鉴赏文章,当然需要懂得文艺学、语言学、心理学、哲学和文学发展史;鉴赏古典诗歌,还得通晓历史、地理、音韵、训诂、考据、宗教、民俗以及相关的艺术门类,诸如书法、音乐、绘画等等;而通过长期精读名作培养起来的艺术敏感和通过亲身的创作实践积累起来的心得体会,往往能在鉴赏作品时迅速地透过外在形态而把握其内在意蕴,捕捉其象外之象、言外之意、弦外之音，而确切的审美判断，即寓于无穷的艺术享受之中。

由此可见，高层次的文学鉴赏并非一蹴可及，然而又并非高不可攀，鉴赏水平较低的读者在扩大知识领域，加强艺术修养的同时，结合高质量的鉴赏文章精读名作，日积月累，就会不断提高自己的鉴赏水平。各种诗文鉴赏书籍之所以层出不穷，畅销不已，其主要原因，大约就在这里；其积极作用，也可由此得到证明。

韩梅村同志上大学中文系期间，我为他们那个班级讲授古典文学，他是科代表。在那个时候，他就对古典文学很有兴趣，认真研习，多有心得。毕业后先在中学、后在大学教书，三十年来，反复讲授过许多古典诗词散文名篇。与此同时，他还讲授文艺心理学等多种课程，勤于笔耕，是作家协会评论组的活跃分子。因此，他写诗词散文的鉴赏文章，可以说具有相当有利的条件。其鉴赏文章一发表就受到好评，自非偶然。最近，他把近年来发表过的这类文章收集起来作了必要的加工，编为个人鉴赏集，交出版社正式出版，要我写序。我是最害怕为别人写序的，能婉谢的都谢绝了。但梅村是我的老学生，不便婉谢，所以冒暑挥汗写了关于鉴赏的一些感想和意见，就算是序吧！

1996 年 1 月

咏花诗词鉴赏

花,是美的象征;赏花,是美的享受。春光融融,桃红李白,牡丹富丽;夏日炎炎,荷花玉立,茉莉香浓;秋风阵阵,菊傲霜霰,桂含芬芳;冬雪飘飘,寒梅吐蕊,水仙凌波。花开四时八节,万紫千红,争妍斗艳,令人悦目赏心,心旷神怡。历代诗人感物抒怀,吟咏不绝,佳作频出,脍炙人口,遂成为诗歌园地中别具特色的一个品类,蔚为奇观。

怎样鉴赏咏花诗词?作为自然物,花卉进入人们的审美领域,自有其发生发展过程。虽然早在《诗经》中就有"桃之夭夭,灼灼其华"的诗句,但那不过是作为比兴的媒介,并非咏物之作。较为严格意义的咏物诗,则始见于六朝。明人胡应麟《诗薮》指出:"咏物起自六朝,唐人沿袭。"而六朝诸家笔下的咏物之作,大抵缺乏寄托,处于以模拟物象为能事的阶段,诚如宋人张戒《岁寒堂诗话》(卷上)所说:"潘陆以后,专意咏物,雕镂刻镂之工日以增。"试以咏梅之作为例,略作分析。梁简文帝《梅花赋》写道:"梅花特早,偏能识春。或承阳而发金,乍杂雪而披银。吐艳四照之林,舒荣五衢之路。既玉缀而珠离,且冰悬而霤布。叶嫩出而未成,枝抽心而插故。标半落而飞空,香随风而远度。挂靡靡之游丝,杂霏霏之晨雾。争楼上之落粉,夺机中之织素……春风吹梅畏落尽,贱妾为此敛蛾眉……"真可谓铺陈之极,切合赋的特色。而他的咏梅诗"绝讶梅花晚,争来雪里窥。下枝低可见,高处远难知。俱羞惜腕露,相让道腰羸。定须还剪彩,学作两三枝"明显是赋的缩影。梁人何逊《咏早梅》:"兔园标物序,惊时最是梅。衔霜当路发,映雪拟寒开。枝横却月观,花绕凌风台。朝洒长门泣,夕驻临邛杯。应知早飘落,故逐上春来。"虽然略具讽意,与梁简文帝之作有所不同,但却同嘱闺怨惜春一类,格调大致相近。倒是南朝宋人陆凯的《赠范晔》:"折梅逢驿使,寄与陇头人。江南无所有,聊寄一枝春。"以梅花作为传达友情的信物,别具一格。而南朝宋诗人鲍照的《梅花落》:"中庭杂树多,偏为梅咨嗟。问君何独然?念其霜中能作花,露中能作实,摇荡春风媚春日。念尔零落逐寒风,徒有霜华无霜质。"赞美梅花,流露出他才秀人微的愤郁不平之气,堪称后世寄托身世之作的滥觞。

　　唐人咏梅之作,大体不出以上三种格局。沈佺期《梅花落》"铁骑几时回,金闺怨早梅"以及李峤、卢照邻、杨炯之作,同梁简文帝所咏一脉相承。杜甫《江梅》"梅蕊腊前破,梅花年后多。绝知春意早,最奈客愁何。雪树元同色,江风亦自波。故园不可见,巫岫郁嵯峨"借梅传乡国之思,自具老杜忧患意识的本色。至于张九龄《庭梅咏》"芳意何能早,孤荣亦自危。更怜花蒂弱,不受岁寒移。朝雪那相妒,阴风已屡吹。馨香虽尚尔,飘荡复谁知",托物言志,切合情事,显然是鲍照咏梅诗的演化。值得注意的是,在唐人咏梅诗中,除写闺怨,传友情,托身世外,出现了虽以模拟物象为主,但却含有美的意蕴的佳作。如张谓《早梅》:"一树寒梅白玉条,迥临村路傍溪桥。不知近水花先发,疑是经冬雪未消。"与此同调的还有齐己"前村雪深里,昨夜一枝开"自有其风韵情致,新人耳目。咏梅之作至宋以后,借梅传友情抒闺怨之意渐歇,而写其意象之美,赞其标格之贞的吟咏日盛。前者的代表作是林和靖《山园小梅》:"众芳摇落独暄妍,占尽风情向小园。疏影横斜水清浅,暗香浮动月黄昏。霜禽欲下先偷眼,粉蝶如知合断魂。幸有微吟可相狎,不须檀板共金樽。"后者的代表作是陆游《卜算子·咏梅》:"驿外断桥边,寂寞开无主。已是黄昏独自愁,更着风和雨。无意苦争春,一任群芳妒。零落成泥碾作尘,只有香如故。"

　　陆游爱梅、咏梅、以梅自喻。称赞梅"花中气节最高坚","高标逸韵君知否,正在层冰积雪时"(《落梅》),俨然梅的知音,梅的化身。"何方可化身千亿,一树梅花一放翁"(《梅花绝句》)。真正进入元人景元启所叹"梅花是我,我是梅花"的境界。虽然苏轼早就有称颂梅花"孤瘦霜雪姿"(《红梅》)、"玉雪为骨冰为魂"(《再用前韵》)的诗句,但同处于民族危亡之时的陆游吟咏自然有别,前者冷峻中见其飘逸,后者清高中露其悲凉。至于辛弃疾"更无花态度,全是雪精神"(《临江仙·探梅》)、陈亮"欲传春消息,不怕雪埋藏"(《梅花》)更是遗貌取神的感慨之吟。可以说,将梅花冰清玉洁的外在姿质美同仁人志士坚贞品格内在美有机融合,达到形神俱佳境界的,是宋人。其后元人王冕"不要人夸颜色好,只留清气满乾坤"(《墨梅》),近代秋瑾"冰姿不怕雪霜侵"、"标格原因独立好",可以说是宋人流风余韵的发扬。以咏梅诗词为例,可以看出咏花诗词鉴赏必须把握咏物诗词特点。南宋人张炎《词源》指出:"诗难于咏物,词为尤难。体认稍真,则拘而不畅;模写差远,则晦而不明。"强调咏物诗词外在形象与内在神韵契合,实非易事。元人杨载《诗法家数》明确认为"咏物之诗,要托物以伸意","忌极雕巧"。清人王夫之《姜斋诗话》也提倡即物达情之作。认为咏物诗"其标格高下,犹画之有匠作,有士气。征故实,写色泽,广比譬,虽极镂绘之工,皆匠气也"。他还点名批评唐李峤虽有大手笔之称,咏物为其属意之作,但不过是"裁剪整齐而生意索然"的"匠笔"。上面诸家咏梅之作足以验证这些看法,都有一定道理。说到底,人们在咏花诗词中所寻求的,绝不仅仅限于物象本身的描绘逼真与传神,而是吟咏者本身的心灵感应。在某种意义上说,后者更为重要,道理很简单,人们并不是在观赏植物标本,而是企求艺术上共鸣。所以好的咏花诗词应是形神俱佳,物我浑融,启人心智,也即人们通常所谓有寄托。这寄托内涵不妨宽泛些,或言志,或抒情,或说理,不应拘泥得太单一。黄巢咏菊诗"冲天香阵透长安,满城尽带黄金甲",英气勃勃;李清照一声"帘卷西风,人比黄花瘦"慨叹,清雅俊逸,虽同是亦菊亦人,而风格迥异。人爱牡丹富贵,白居易以《牡丹芳》反衬稼穑之艰,堪称警世之音。至于金钱花,不过花似金钱而已,而皮日休却咏道:"谩向人前逞艳色,不知还解济贫无?"罗隐则更进一层,咏道:"若教此物堪收贮,应被豪门尽取将。"都令人击节叹赏。还有"满园春色关不住,一枝红杏出墙来"(叶绍翁:《游园不值》),"接天莲叶无穷碧,映日荷花别样红"(杨万里:《晓出净慈寺送林子方》)等清词丽句,同样令人神往。群芳纷呈,各具情态,给人以驰骋想像的广阔天地。涵咏这些咏花佳作,宛如倘佯在百花园中,美不胜收。反复比较,味之再三,其粗细文野之别定会逐渐了然于心。狄德罗曾说艺术鉴赏力是"由于反复的经验而获得的敏捷性"(《绘画论》,《文艺理论译丛》1958 年第 4 期)。美的探索和追求,也是要花费气力的。

  自然之花有开有落,佳篇妙什却将其芳华永驻笔端,更兼以情致幽婉,寄意遥深,虽历时已久,而其色常新,其理常存。多读一些咏花诗词,品味鉴赏,就会多得一些审美享受,对于美化心灵是大有好处的。

1994 年 8 月

山水、花鸟诗词鉴赏

奇山秀水,好鸟名花,都很美,令人悦目赏心,欣然忘倦。如果是画家,于悦目赏心之际,挥动画笔,为山水、花鸟传神写照,那就出现了山水画、花鸟画。如果是诗人,于悦目赏心之际,挥动诗笔,为山水、花鸟传神写照,那就出现了山水诗、花鸟诗。

诗与画,本来是相通的。山水画、花鸟画与山水诗、花鸟诗,其相通之处就更其明显。就这一范围而言,苏轼所说的"味摩诘之诗,诗中有画;观摩诘之画,画中有诗"(《书王摩诘蓝田烟雨图》),也更得诗画三昧,富有极大的启发性。

山水画、花鸟画,当然要求一定程度的"形似"。如果画山不像山,画水不像水,画花不像花,画鸟不像鸟,令观者看不出所画的究竟是什么东西,那无论如何也算不得上乘之作。然而光求"形似",又显然很不够。因为再"形似",也超不过真山真水,真花真鸟。所以,"形神兼备"、"以形写神"、"托物寄兴"、"借景抒情"之类的要求也就跟着提出了。优秀的山水画、花鸟画,要满足这些要求。优秀的山水诗、花鸟诗,也是一样。然而画与诗,毕竟是有区别的。画是具有空间感的造型艺术,画中的山水花鸟,其形象是直接的,视而可见的。诗,则是语言艺术,诗中的山水花鸟,其形象是间接的,欣赏者必须通过自己的经验、体会和联想加以补充和再创造,才能产生直接性的效果。而一旦产生直接性的效果,便不仅如见其形,如临其境,如闻其声,而且能够领会其象外之象、言外之意,想像寻味于无穷。正如莱辛所说:"诗的范围较宽广,我们的想像所能驰骋的领域是无限的。诗的意象是精神性的,这些意象可以最大量地、丰富多彩地并存在一起而不至互相掩盖,互相损害。而实物本身或实物的自然符号却因为受到空间和时间的局限而不能做到这一点。"

正因为这样,比之山水画、花鸟画,对于山水诗、花鸟诗的领会、欣赏,其难度也许更大一些。

从广义上说,词也是诗。我们通常说的中国古典诗歌,就包括诗、词、曲等。但我国传统的词和诗,仍然是各有特点的。除入乐与否的区别而外,诗比较显,词比较隐;诗比较直,词比较曲。因此,山水词、花鸟词比起山水诗、花鸟诗来,也就更难于领会和欣赏。试举苏轼的名作《水龙吟·次韵章质夫〈杨花词〉》和章质夫的原作为例,作比较说明。先看苏轼的"次韵"词:

似花还似非花,也无人惜从教坠。抛家傍路,思量却是,无情有思。萦损柔肠,困酣娇眼,欲开还闭。梦随风万里,寻郎去处,又还被、莺唤起。

不恨此花飞尽,恨西园、落红难缀。晓来雨过,遗踪何在?一池萍碎。春色三分,二分尘土,一分流水。细看来、不是杨花,点点是离人泪。

再看章质夫的《水龙吟——杨花》:

燕忙莺懒芳残,正堤上柳花飘坠。轻飞乱舞,点画青林,全无才思。闲趁游丝,静临深院,日长门闭。傍珠帘散漫,垂垂欲下,依前被风扶起。

兰帐玉人睡觉,怪春衣雪沾琼缀。绣床渐满,香球无数,才圆却碎。时见蜂儿,仰沾轻粉,鱼吞池水。望章台路杳,金鞍游荡,有盈盈泪。

魏庆之《诗人玉屑》云:"章质夫咏杨花词,东坡和之,晁叔用以为'东坡如王嫱、西施,净洗却面,与天下妇人斗好,质夫岂可比哉?'是则然矣。余以为质夫词中所谓'傍珠帘散漫,垂垂欲下,依前被风扶起',亦可谓曲尽杨花妙处,东坡所和虽高,恐未能及,诗人议论不公如此!"朱弁《曲洧旧闻》云:"章质夫杨花词,命意用事,潇洒可喜。东坡和之,若豪放不入律吕;徐而视之,声韵谐婉,反觉章词有织绣工夫。"沈谦《填词杂说》云:"东坡'似花还似非花'一篇,幽怨缠绵,直是言情,非复赋物。"沈际飞《草堂诗馀隽》云:"随风万里寻郎,悉杨花神魂。"刘熙载《艺概》云:"东坡《水龙吟》起句云:'似花还似非花。'此句可作全词评语,盖不即不离也。"许昂霄《词综偶评》云:"与原作均是绝唱,不容妄为轩轾。"类似的议论还不少,无须一一录出。从这些议论中可以看出,章质夫的原作就"形似"而言,描写杨花极工细,有些句子,真是"曲尽杨花妙处"。因此,或者认为与东坡和作"均是绝唱",或者认为"东坡所和虽高,恐未能及"。然而就"不即不离"、"形神兼备"、"以形写神"、"寓情于景"而言,则苏轼的和作达到了"咏物"诗词的最高境界。所谓"不即不离",乃是"咏物"诗词创作的基本要求。"不离",就是咏杨花不能离开杨花,不仅要善写其形,而且要善传其神。这一点,苏轼的和作做到了。"不即",就是咏杨花不能局限于杨花本身,而要托物寄兴,借景抒情,写物兼写人,而又融化无迹,这一点,苏轼的和作也做到了。

很明显,咏物诗词的创作原则也适用于山水诗词,这在一开始就谈到了。

1995 年 2 月

谈陈志明教授的诗歌鉴赏

陈志明教授的近著《古典诗歌鉴赏》即将出版了。我有幸通读全稿,真是"先睹为快"。

古典诗歌,这是中华民族文化遗产中的瑰宝,也是世界文艺园地里的奇葩。近些年来,国内的"诗词热"日益炽烈,国外的"汉诗热"也方兴未艾,诗美鉴赏作为一种崭新的审美学科,正在神州大地上兴起。这门学科既然是新兴的,就需要很多人共同建构。陈志明教授便是辛勤而卓越的建构者之一。在已经出版的几种诗、词、曲大型鉴赏辞典里,他的佳作很引人注目;这部《古典诗歌鉴赏》,更在如何捕捉诗美方面提供了有益的经验。

诗可以写景,可以叙事,也并不排斥特定情境下的说理。然而从本质上看,诗是抒情的。"情动于中而形于言",而使诗人动情的一切自然景物、社会事件以及蕴藏其中的哲理,都从属于感情的抒发而通过艺术构思进入形象体系,融合而成完美的诗境。因此,鉴赏诗作,捕捉诗美,归根结底就是要充分领会体现于整个形象体系、整个诗的意境中的情感美和心灵美。细读《古典诗歌鉴赏》,就发现著者是深明此中奥秘的,他的每一篇文章都在发掘特定诗篇的情感美、心灵美方面独具手眼,从而收到了"探骊得珠"的效果。比如陈子昂的《晚次乐乡县》,前三联述行兼写景,鉴赏稿却并没有停留在述行兼写景的表层,而是细致入微地分析了深含其中的愈来愈重的"乡情"。细玩原诗,确乎如此。这还不够,文章进一步分析道:"写完以上六句,诗人还一直没有明白说出自己的感情美。但当他面对断了的荒烟,平了的古木时,隐忍已久的感情再也无法控制。一个抒情性的修辞问句'如何此时恨',便在感情波涛的推掀下,从满溢着的心湖中自然地汩汩流出。正当诗人心口相对,自问后有待自答时,深山密林中传来了一声又一声的猿鸣。……于是,他重新将宕开的笔墨收拢,泻情入景,以景写情,写出了情景交融的末一句。……在画面之外复又响起声音,从而使质朴的形象显出无穷意蕴。"结合著者的精辟阐发读陈子昂的这首诗,一位天寒日暮之时独自奔波于荒凉原野之上的旅人形象及其心理活动,便跃然纸上。而其怀乡恋土的感情美,也洋溢于字里行间,给人以无穷的审美享受。

诗美来自感情美,但最美好的感情如果得不到完美的艺术体现,也仍然不可能产生诗美。因此,诗美鉴赏的关键在于真正懂得艺术,从而通过精湛的艺术分析来展现全诗如何表现感情美。例如白居易《忆江南》三首的第一首,简单地说,它表明了诗人忆恋江南美景的美好情感。但如果只作如此简单的说明,就谈不上诗美鉴赏。我们来看陈志明教授所作的艺术分析。他先指出"江南好,风景旧曾谙"是"诗人在千思百想、千回万转以后,从灵府深处瀑出的一声喝彩"。然后阐明"日出江花红胜火,春来江水绿如蓝"两句之所以动人,"主要在于富于画感"。"'日出'不只是与'江花'、'江水'一样作为构图的一部分,而且在明暗的处理上,不啻是照耀全画的聚光灯,使整个画面光彩熠熠。在线条的勾勒上,旭日初生的阔远与江流远去的绵长形成空间距离上的鲜明对照,使尺幅之内含有万里之势。在颜色的搭配上,红艳艳的花与绿莹莹的水交相辉映,使画面具有强烈的色彩效果。'出'字与'来'字的动态描写,更使画面充溢着流动之美。读着'日出'句,我们仿佛看到由暗到明时从天空到大地的全部变化,看到江花由朦胧到照眼的整个过程;读着'春来'句,我们仿佛感到有一只神奇的手正在给昏暗的江水着色,看到春风重访江南水乡时留下的一处处绿色的印迹。"毫不夸张地说,这一段文字,真把那两个写景名句蕴含的图画美阐发得淋漓尽致。然而写景还是为了抒情,著者紧紧地抓住这个特点对全词作整体把握,指出:"首二句抒情,至次二句写景,至末一句再次抒情。也就是从虚写,到实写,到再次虚写,情与景、虚与实逐次转换,诗人的感情呈螺旋形地逐层推进。结尾处的'能不忆江南',是篇首'江南好,风景旧曾谙'的感情在更高阶段上的重复,是在具体回顾了江南景色之后的再次赞叹追忆,内容更为充实,感情更为深沉。"这讲得多么好!

在诗歌中,抒情、写景、叙事往往出现大幅度的跳跃,从而留下一大片一大片的空白,给领会诗美造成困难。因此,诗歌鉴赏者必须借助丰富的生活经验和审美经验,在不违背整个形象体系的总的规定性的前提下驰骋想像,补足那些空白。例如李群玉的《黄陵庙》,首两句"黄陵庙前莎草春,黄陵女儿茜裙新",刚写女主人公正在庙前,而在第三句里,她已在水上唱歌,这是怎么一回事?且看志明教授的解释:"以上两句是黄陵女儿在庙前留下的一幅生活照。

其实,黄陵女儿并没有在庙前停留。这是诗人用快镜头抢拍下来的。这位穿着红裙的姑娘一路行来,经过绿草地以后,继续向前。'轻舟短棹唱歌去,水远山长愁杀人',是接着对她的描写。你看,她走向河边,登上轻舟,熟练地拿起短桨,船就像箭一般向前驶去,船后飘散着她的一串歌声。诗人出神地凝望着,只见小船顺着逶迤不绝的山下河道渐去渐远,直至消失……"经过艺术想像的补充,一切相关的镜头都剪辑得天衣无缝,因而才能从整体上把握住全诗的意境和诗人的创作心态。

我国的古典诗歌对于今天的读者来说,往往有文字障碍和句法、章法、格律、表现手法以及社会文化背景等许多方面难于理解的地方。而诗美鉴赏的第一步,则是彻底读懂原诗。连原诗都没有读懂,就大写鉴赏文章,必然败坏诗美鉴赏学的声誉。志明教授既有文字、音韵、训诂等方面的深厚功力,又有社会、历史、文化等方面的丰富知识。而对于诗、词、曲,既精研古人的名作,又有长期的创作实践,深知此中甘苦。因此,他的诗美鉴赏,常常能够妙解原诗,准确地阐明其艺术上的独创性,展现诗人的创作心态和整个形象体系的丰富内涵。例如潘岳《悼亡诗》第一首的写作时间,清代学者何焯在《义门读书记》中认为作于潘妻去世一周年时,并说"古人未有丧而赋诗者"。这一说法为后人所普遍接受。志明教授则根据潘岳的诗文考证出潘妻去世的时间是在公元298年的初冬,此诗的写作时间是在去世三个月后的初春,并引证《仪礼》及诗作的实例,说明死后"三月而葬"正是古代的礼制,从而推翻了何焯似乎已成定论的说法。在此基础上,他指出"私怀谁克从"等四句,只是虚写而非实写,是在诉说不被人理解的悲哀,而非真的要动身回朝廷去。由于考证与感受相结合,得以透过字句的表层,切实地把握到作品形象的内涵与诗人感情的律动。

又如王和卿的[双调]《拨不断·大鱼》,尽管读起来明白如话,但如果不了解作者从神话故事及其他典故中借来灵感,从而驰骋想像,使作品充满了令人神往的奇思壮采,那么原作的诗美就难于充分发掘。志明教授引用《列子·汤问》、《庄子·逍遥游》的有关材料和姜太公钓鱼的传说,又对比南朝大言诗的写作特点,把王和卿咏"大鱼"的这篇小令阐发得妙绪纷披,引人入胜。在谈到此篇的"寄托"问题时,用了"可能"、"或许"等词,见出他的严谨。如果只有前几句"胜神鳌,夯风涛,脊梁上轻负着蓬莱岛。万里夕阳锦背高,翻身犹恨东洋小",当然很难说有什么"寄托"。然而加上最后一句"太公怎钓",诗人的创作心态和"寄托"之意便显而易见了。文中所指出的"通篇都是在自况","是作者自信自爱情怀的流露","是在为胸怀大志而又不愿同流合污的书会才人传神写照",这都是深中肯綮的。而有助于读者开拓胸襟、净化心灵的诗美,也正在这里。

传统的训诂学在讲明诗意方面是十分必要的。但仅仅讲明诗意,这只是为诗美鉴赏扫清道路,还不等于诗美鉴赏。与此相联系,诗美鉴赏的文章也不应该像解释《诗经》的毛传、郑笺或朱注,而应该写得有文采,有诗意。志明教授的鉴赏文章很漂亮,想得巧,也说得巧,用笔轻灵,语言鲜活,又相当雅洁。这从前面所引的片段中已可看出,为了节省篇幅,不再举例了。

《古典诗歌鉴赏》共一百篇,作为个人的鉴赏集,真可谓洋洋大观。这一百篇文章所鉴赏的一百多首诗、词、曲,是精选出来的,各有艺术独创性;与此相适应,一百篇鉴赏文章也各有独到之处,互不雷同。我在前面提到的不一定是全集中最出色的篇章。要了解全貌,还是请读者通读全集吧!

1988 年 12 月

谈《中华文学鉴赏宝库》

黄岳洲、茅宗祥教授主编的《中华文学鉴赏宝库》,洋洋四百万言,历时七年,即将出版,这是值得庆贺的。

在我国,选各类文学作品为一集,大约以晋人挚虞的《文章流别集》为较早(前此尚有杜预的《善文》)。《隋书·经籍志》说:"建安之后,辞赋转繁,众家之集,日以滋广。晋代挚虞,苦览者之劳倦,于是采摘孔翠,芟剪繁芜,自诗赋下各为条贯,合而编之,谓为《流别》。此后文集总钞,作者继轨,属辞之士,以为覃奥而取则焉。"这里把文学作品日益繁多、选其精粹以便观览的必要性讲得十分中肯。挚虞适应了这种客观需要,无怪乎此后"取则"者继起,各种文学选本层出不穷了。

当然,既然要"选",就得有眼力,有卓识。萧统《昭明文选》等少数选本之所以流传不衰,就因为选者有眼力,有卓识,选出了有审美价值的优秀作品。相反,如宋人真德秀的《文章正宗》,虽然也选了不少散文和诗歌,然而"以理为宗,不得诗人之趣",诸如仙释、闺情、宫怨之类,一概排斥,连《古诗十九首》也"严为绳削"。因而除理学家偶然提起以外,很少有人阅读。

解放初期,高校中文系古代文学的课时极少,也没有统一的教学大纲和教材。我讲元明清文学、唐宋文学,都是自选作品。1955年冬至1956年夏,高教部召集有关教授、专家在京开会,反复讨论,编出了各门课程的教学大纲。高等师范院校中文系《中国古典文学教学大纲》的讨论和编写,我是参加者和负责人之一。这份大纲很详细,列入的作品兼顾思想性和艺术性的统一以及体裁、题材、风格、流派的多样性。综合大学中文系的《中国古典文学教学大纲》,内容更丰富。可是,当我们按照《大纲》教学不久,就开始了批判"厚古薄今"、批判"封、资、修"等一系列运动。讲仙释、闺情、宫怨、《古诗十九首》之类的作品固然要挨批,讲其他任何古代文学作品也都可能罗织罪名。幸而这种状况到了1961年有了改变。"贯彻双百方针"、"批判地继承文学遗产"以及"执行知识分子政策"等问题,都相继提出,而且见诸行动。与此相一致,1961年5月,高等学校文科教材编选计划会议召开之后,成立了若干教材编选组。朱东润先生所主编的《中国历代文学作品选》就是在这种良好的气候中完成的。它以1956年的《大纲》为基础,又有新的开拓。全书共分三编:上编为先秦、秦汉、三国两晋南北朝,中编为隋唐五代、宋,下编为元明清、近代。可以说,它精选了我国数千年来诗歌、辞赋、散文、小说、戏曲等各类文学中的优秀作品,其取舍之审慎,体裁之完备,题材之广泛,规模之宏大,远非历史上任何文学选本可比拟。

中华民族经历数千年的治乱兴衰和无数次的天灾人祸、外来侵略,却能乱而复治、衰而复兴、败而复胜、弱而复强,至今屹立于世界民族之林,为创造人类的物质财富和精神文明作出卓越的贡献,这绝不是偶然的。在这里,我们的民族精神起着决定的作用,而我们的民族精神当然体现在我们的历史、我们的文化、我们的社会生活的各个方面,也更充分、更完美地体现在我们数千年来的各种体裁的优秀文学作品之中。加拿大哥伦比亚大学叶嘉莹教授的诗说得好:"构厦多材岂待论,谁知散木有乡根!书生报国成何计?难忘诗骚屈杜魂。""诗骚屈杜魂",就是我们民族精神精华的凝聚。叶嘉莹教授的"乡根"之所以深深地扎进中华大地的沃壤,时时不忘"报国",正由于"诗骚屈杜魂"与她自己的心灵融合无间。然而解放以来,在对待文化传统和文学遗产的态度上却反复出现问题。前面提到,朱东润先生主编的《中国历代文学作品选》,是在良好的气候中完成的。可是没多久,气候又变了!到了"文化大革命"的"史无前例"时期,"彻底决裂"、"彻底扫荡"的急风暴雨所向披靡,谁能顶住!直到粉碎了"四人帮",才真正做到了拨乱反正,出现了改革开放、实现四化、建设物质文明和精神文明的大好局面。然而曾几何时,"彻底决裂"的阴魂又换了一种新的面孔,打着"当代意识"的旗号出现,汇为"新潮"。咒骂传统文化,鄙弃古代文学,鼓吹"淡化现实"、"淡化思想"、"唯感觉"、"非理性"、"潜意识"、"回归主体",实际上只顾满足自己的名欲、利欲,这竟成为一种时髦。作为当代人,自然都应有当代意识;处于新时期,自然应有新潮流;西方的一切先进东西,自然应尽量吸收,为我所用。然而不顾国家利益和民族命运,只以满足"主体"物质欲望为归宿的"意识",决不是"当代"应有的"意识",必为广大人民群众所唾弃。至于传统文化、古代文学,那里面当然有不少封建的、落后的、有碍于实现四化走向未来的东西;这一切,无疑应该剔除,应该摒弃。然而那些凝聚着民族精神的精华并表现出"中国人的脊梁"的东西,诸如淑世匡时、忧国忧民、揭发时弊、关怀民瘼、反对暴政、抵御侵略、力除腐恶、崇尚廉明、反对守旧、要求变革、向往和平幸福、追求富强康乐,乃至热爱人生、热爱真理、赞美正直善良的品德、歌颂坚贞纯洁的爱情和友谊,以及"以天下国家为己任"、"先天下之忧而忧,后天下之乐而乐"等等,难道都是压抑"主体",妨碍前进的包袱,应该与之"实行最彻底的决裂"吗?还应该指出:在我国古代优秀文学作品中,这一切都不是用直陈的方式说出来的,而是通过精湛的审美形式和优美的艺术境界化为浓郁的诗情画意,具有强烈的艺术魅力,使读者潜移默化,陶冶其性情,净化其心灵,提高其文化素质和道德修养。中国人的"当代意识",不应与之绝缘,应该在此基础上吸取一切新的、美的、适应历史发展规律的东西,才能振兴中华,走向世界,同时也使世界向我们走来。正是从这一意义上说,朱东润先生主编的《中国历代文学作品选》值得我们认真阅读。《鉴赏宝库》的主编黄岳洲、茅宗祥先生,正是以朱先生的这个选本为基础,又按照我国文化和文学发展的内部外部规律,增补了子书、俗文学、辽代诗歌、元明清和近代的小说、戏剧以及历代文论等等,因而更加完善。

挚虞撰《文章流别集》,分集、志、论三个部分:集,是所选文学作品;志,是有关作家的传记;论,是对作品的论析。结合传记、论析读作品,当然大有助益。这实在是一种开创性的十分良好的体制。可惜这部著作早已散佚,我们只能够从《艺文类聚》等书中看到一些片断。此后的文学选本,又未能继承这个传统。宋人吕祖谦《古文关键》选韩、柳、欧、苏诸家古文六十余篇,各标举其命意、布局之处,示学者以门径。此后选诗文而加批评、圈点者更不乏人,这就是"评点派"。这一类选本也有优点,但和集、志、论相结合的体制相比,毕竟不够完美。

黄岳洲、茅宗祥教授主编的《鉴赏宝库》一书,约请中外从事中国古代文学研究的专家、教授,对每篇作品都写出鉴赏或解释文章。这种鉴赏或解释,不是单一的、平面的只讲时代背景、作家、主题、结构、艺术手法,而是多方位地立体地从我国文化和文学的深层蕴含出发,从德、事、情、理、势、风、美上全面地或重点地揭示作品中的意识造诣,最后落实到哲学范畴中。就全书体制而言,乃是《文章流别集》集、志、论三结合的继承和发展。我相信:高校古代文学教师用作参考之书,必将有助于提高教学质量;高校文科学生和一切古代文学研究者、爱好者用作参考之书,一切音乐、美术以及其他艺术工作者用作参考之书,必能获得审美享受和艺术营养,提高鉴赏能力,增强文化素质,从而为振兴中华,建设物质文明和精神文明做出应有的贡献。

1990 年元旦

治学刍言

我的师承关系

我的启蒙老师是我的父亲。在我十二岁以前,他教我读了一些先秦古籍和秦汉以来的文学作品。由于那是反复背诵过的,至今还约略记得,因而受用无穷。抗日战争时期,我在国立第五中学文科组学习,颇受益于薄坚石、陈前三先生的教导。薄先生早年毕业于南京东南大学中文系,后来在山西大学中文系任教。"七七"事变后携家至甘肃天水,为国立五中文科组讲授"国学概论"。他自己编写讲义,印发给同学;文、史、哲方面的重要问题,都有所论述,简明扼要,很有系统性。讲课也生动、清晰,引人入胜。他的那本讲义,我读得很熟,还结合着阅读了一些它所涉及的原著和有关参考书。课后到他家里去,他就讲他的学习经历,讲东南大学中文系的许多著名教授的学术成就和治学方法,对我有很大的启发。我后来报考南京中央大学(东南大学是它的前身)中文系,也是他的主意。陈先生为我们讲"国文",很受同学们的欢迎。他学问渊博,尤对先秦诸子及《诗经》、《易经》深有研究。每逢星期天,我都到他家里去请教。我的几十首《读〈诗〉》五古,大多数是在他讲论《诗经》的时候写成的。我考取大学时,薄先生和陈先生都作诗送行,奖掖备至。解放以后,薄先生回山西大学任教,听说曾担任系主任,"文革"前逝世了。陈先生在天水师专任教,"文革"期间,曾以"不忧不惧"四字表明他的态度,并给我以精神上的支持,但不久也离开了人间。

家乡的王新令、汪剑平、冯国瑞等几位老前辈都对我有帮助,尤以王新令先生为最。王先生早年上南通师范的时候,是状元张謇的得意门生,后来又广交学者名流,藏书宏富,学识渊雅,尤擅长书法。我上高中的时候,他从外地回家小住,从他的侄儿、我的好友王无怠那里看到我写的诗文、日记及大小楷,便约我面谈。头一次谈了一个上午,内容都是治学方面的。谈到如何写日记的时候,他强调要把每天的学习心得写上去,并要我读李慈铭的《越缦堂日记》和王闿运的《湘绮楼日记》,以资借鉴。他和汪辟疆先生交好,因而介绍说,汪先生每天晚上都用蝇头小楷记日记,把一天的治学心得都记上去,从不间断;他的《方湖日记》,也就是学术著作。这些话,对我很有教益。从这以后,我每晚都写日记,记上自己每天的学习内容和心得体会。当晚上感到没有什么可记的时候,就悔恨这一天没有好好学,因而就开夜车加以弥补。书法方面谈得更多。我以往一直练楷书,虞、欧、颜、柳的代表作都临过,当时正开始临《兰亭》。他送给我褚遂良的《孟法师碑》及雁塔圣教,要我由褚上追二王。我后来在南京上学,有暇就去拜访他,借他的藏书。冒鹤亭、刘成禺、陈颂洛诸先生,都是经他介绍认识的。

我在南京中央大学中文系学习的时候,汪辟疆、胡小石、乔大壮、陈匪石、卢冀野、唐圭璋、罗根泽、吕叔湘、朱东润、吴世昌、吴组缃等许多老师都在那里任教。其中的大多数都给我讲过一门或几门课;没有讲过课的,我也登门请教过。他们的著作,也是尽可能读了的。朱东润先生给我们讲《史记》,罗根泽先生给我们讲《中国文学史》。但我对他们的中国文学批评史方面的著作也很感兴趣,连类而及,还读了郭绍虞先生的著作。解放以后,罗先生约我为他和郭绍虞先生主编的《中国古典文学理论批评专著选辑》承担任务,我因而搞了《溽南诗话》、《瓯北诗话》、《原诗》、《说诗晬语》的校点和校注(均由人民文学出版社出版),还写了一些古文论方面的文章。胡小石先生给我们讲《楚辞》,旁征博引,妙趣横生。我课余也去他家请教。他是著名的书法家,谈诗的时候,边谈边写,写完就交给我,我一直珍藏到"文革"期间。汪辟疆先生给我们讲历代诗选,我还选修过他的目录学和玉谿生诗,平时也向他请教最多。他不仅亲自耐心地指导我学习,还介绍我向其他名流学习,商衍鎏、陈病树、陈仁先、李宣龚诸先生,都是经他介绍认识的。我珍藏了他写给我的许多诗稿,可惜"文革"中都散失了;只有在他赠给我的一部书的封面上还保留了他的手迹,不妨录在这里:

学诗宜从杜韩入,方为正法眼藏。余与李拔可先生皆曾为松林言之。松林诗已到沈着境地,此最不易得。今举旧庋黔中家刻本《巢经巢诗集》赠松林,即此求之,以到杜韩境界,有余师矣。戊子十一月方湖。

1949年秋,陈匪石先生和我在重庆南温泉花溪溪畔教书的时候,曾在我的诗稿上题过一首诗:

> 天水儒家承世业,方湖诗教有传人。为龙我竟从东野,寂寞溪头点勘春。

我自愧不配做汪先生的"传人",但陈先生这样说,是由于他作为汪先生的朋友,深知汪先生在指导我学习方面付出了心血。

卢冀野先生给我们讲过几门课,因他是吴梅先生的高足,精于曲学,所以我着重向他学曲,在他指导下读了吴先生的《顾曲麈谈》和其他有关著作,也学习作曲。我作的一篇套曲,是和他的韵的,他附刻在他的《饮虹乐府》里。解放以后,卢先生逝世,但我有幸和孙为霆先生在一起工作。孙先生和卢先生一同向吴先生学曲,因而常和我谈曲,追忆往事。他的《壶春乐府》付印之前,还让我在前面题了几首诗。他病危时,特意把吴先生写给他的一幅字画赠给我,并在两侧题字数行,末尾云:"松林学曲于冀野,(吴)先生之再传弟子也。今持此赠松林,必能永宝先生手泽。"多年来,由于教学繁忙,学问之事未及深入。元曲方面,只写过一本《西厢记简说》和零碎文章而已,而吴先生著的《南北词简谱》和卢先生刻的《饮虹簃曲集》等曲学必备书,也在十年内乱中丢失了,至为可惜!

记得有一次偶然和汪辟疆先生谈词,他即从书橱里找出他手抄的《宋词举》,一边翻,一边对我说:"这是陈匪石先生的著作,非常好,你应该精读。"我向他借,他说那是他根据陈先生的初稿抄的,现在书店里卖的是根据陈先生的修改稿印的,更好一些,可以去买一本。他还写了介绍信,要我去拜访陈先生。我抄了自己习作的几首词到陈先生家里去请教,他先看了汪先生的信,又看了我的词,很高兴。谈词、留饭,临别时送我一册《宋词举》。此后不久,陈先生应系主任胡小石之聘,给我们讲宋词,细致而生动,极受欢迎。这时候,我经常填词,请他指正。他的《倦鹤词》未出版时,我约了几位同学刻蜡纸,先油印了百把本。后来,从1949年秋到1950年夏,我和陈先生朝夕相处。他做南林学院中文系主任,讲宋词;我做讲师,讲历代诗选等课。课余,就一起谈诗论词,互相唱和。陈先生对词律要求极严,填四声调,不用说要严分四声,就是填二声调,有的地方也要分四声。比如《八声甘州》,他强调要按柳永的"对潇潇暮雨……"填,其中的"误几回天际识归舟"一句,我填时只注意了平仄,他指出"识归舟"的"识"是入声,这个入声字不是随便用上去的,我们填,也要用入声。我只得把我的原句改为"误答书鱼雁邈难谐",他才满意了。他写慢词,喜用周清真、吴梦窗的创调,而且要和原韵。他作了"和清真"、"和梦窗"的四声词,我就跟着作,也严分四声,也和原韵。这当然束缚思想,但因难见巧,也很有乐趣。而且对我这个初学者来说,有此一番严格的基本训练,的确很必要。陈先生论词填词,很讲究句法和章法。就句法说,"领字"该领几字、几句,自然不能马虎。就是一个短句的结构,也一点都不能错。仍以《八声甘州》为例,柳永的"倚阑干处",他指出那不仅是一、二、一的句式,中间还必须用联绵词。我作了一句"独徬徨处",他才通过了。在这一段时间里,陈先生还撰写他的论词专著《声执》。他非常虚心,每写一节,总要和我讨论,字斟句酌,反复修改。《声执》定稿后,我抄了一本。1959年我到上海去看望他,一打听,他已逝世了!想找他的亲属商量出版遗著的事,又没有找到。"文革"中,我抄的那本《声执》连同他题赠我的诗词手迹全都化为乌有,常感痛心!最近因事途经南京,去看望唐圭璋先生,谈及此事。唐先生告诉我:陈先生的《声执》,他已收入《词话丛编》,不久可问世。我听了很高兴。

人类在社会实践中创造、积累的科学文化知识,是需要继承,才能发展的,因而老师的传授很重要。《江海学刊》的编辑同志给我几个题,要我写点什么,第一个题便是"请您谈谈自己在治学上的师承关系,您平生最得力于哪几位老师或朋友"。这个题出得好,因为这有助于肃清"左"的流毒,更好地发挥教师的作用,加快建设精神文明的步伐。我一生受过很多老师的教益,但多年来虽然忙忙碌碌,却对哪一门学问都没有深入钻研。"文革"期间,又有十几年未能接触业务,原来学过的一点东西,也都荒疏了。现在只有加倍努力,才有可能收之桑榆,不负老师们的辛勤教诲于万一。

原载《江海学刊》1982年第2期

关于练基本功

近数年来,屡承《文史哲》编辑部的同志约写谈治学经验的稿子,之所以迟至万难推却的时候才勉强动笔,是有难言之苦的。认真治过几十年学,才会有治学经验可供别人借鉴,这是最简单的道理。而我呢?1957年以后,就被当作"厚古薄今"、"走白专道路"的典型不断批判。"深刻检查"尚难过关,哪敢治学!"文革"将开始,又因曾经论述形象思维,"为反革命修正主义文艺思潮提供了理论基础"而被"揪"了出来。此后不断罗织,重重加码,以至于"罪恶滔天"!处境如何,不言可知。晚上脱了鞋子,不知道明天还穿不穿,哪能治学!这二十多年,正是我精力旺盛,而且初步打下一些基础,可以认真治学的宝贵时间,却是在抄家、挨斗、劳改的惊涛骇浪中度过的。这些"史无前例"的遭遇,我不愿回想。许多报刊的编辑同志约我谈治学,我都尽力推辞,这也是一个原因。然而前人曾说:"前事之不忘,后事之师也。"直到目前,党中央不是还在号召人们清除"左"的影响、彻底否定"文化大革命"吗?追溯治学有罪、"知识愈多愈反动"的往事,有助于清除"左"的影响、彻底否定"文革",也有助于鼓舞在空前重视知识、重视知识分子的新时期茁壮成长的青年一代,珍分惜秒,以百倍的努力,攀登科学文化高峰,为建设四化、振兴中华贡献聪明才智。

有的同志问我:"你二十多年的遭遇,大家都知道,那的确是没有任何治学的条件可言的。可你在'文革'以前、特别是党的十一届三中全会以后,还是写了不少文章,出版了不少著作,教学效果也十分突出,这里面,难道没有经验可谈吗?"

如果硬要谈什么经验的话,我只好说:我练过一些基本功,初步具有独立从事教学和科研工作的能力。

涉足于任何学术领域,倘要做出成绩,都得练好基本功。就研究中国古代文学来说,这基本功至少应该包括以下几个方面:

第一,有较好的阅读能力,能够借助旧注(而不是今人用现代汉语作的新

注），基本上读懂先秦两汉以来的古籍（之所以用"基本上"，因为有些东西，专家们也很难彻底读懂）。

要解决这个问题，需要学文字学、音韵学、训诂学、目录学和文化史等等，更需要通读若干部重要的古籍，包括原文和注疏，从头到尾，读得相当熟，甚至能够背诵。

这几年，人们深感中小学学生的语文水平低，也深感大学文科学生高分低能，因而寻找原因，归咎于"死记硬背"。我认为，"记"和"背"，还是需要的，问题是"记"什么，"背"什么。我总感到我们的教学方法很值得研究。从小学到大学，老是先生讲，学生听。讲什么，就考什么。为了考试得高分，学生的主要学习，就集中于上课记笔记，下课背笔记。对于本专业必读的名著，连看都顾不得看，更谈不上记和背。这怎么能培养阅读古籍的能力呢？文字学、音韵学、训诂学、古汉语语法等等，都是帮助阅读古籍的，在不认真阅读古籍的情况下孤立地学这些东西，收效不可能很显著。

通读、背诵重要的古籍和诗文名篇，似乎很笨，其实最巧。巧就巧在用力较省而收效较大：既提高阅读能力和理解能力，又扎扎实实地扩大了知识领域，而写作能力、记忆能力和艺术感受能力，也得到了培养。这真是一举数得！我由于家庭教育的关系，十二岁以前，背诵了几部经书、子书和几百篇古文诗词。开始，压根儿不懂，那真是"死记硬背"！但背到一定的时候，就不知不觉发生了变化。应该补充说明，家父指导我读书，强调心、眼、口"三到"。所谓"眼到"，要求看清每一个字的笔画结构；所谓"口到"，要求吐字清晰，声出金石；所谓"心到"，要求领会诗旨文意，乃至格调声色、神理气味。按照这样的要求，读了几年，背诵了不少东西，就逐渐变苦为乐。当放声吟诵的时候，往往被抑扬顿挫的情韵所陶醉，并不需要"死"记"硬"背，就很自然地记住了、背熟了。这是变化之一。变化之二是：背书成了习惯，记忆力不断增强。十二岁入小学，上四年级，语文、历史、地理一类的课本，读几遍就能背诵，考试得满分，各门功课，学起来都不太费劲。有时间看课外书，看《三国演义》《聊斋志异》一类的文言小说，也能懂得大意，越读越有味。看起来，古人总结读书经验的一些话是反映了客观规律的。三国时期，关中有一位靠打柴谋生、自学成才的学者，名叫董遇。每当有人请他讲书，他总是说："你先去读百把遍，如不懂，再来问。"那些人回去读，往往不再来问。因为一遍、两遍、三遍地反复读，原来不懂的也就懂了。他于是告诉大家："书读百遍，其义自见。"当然，如果先由老师讲解,再去读,自然更容易些。同时,有些需要考证或参阅有关资料才能弄懂的东西,光读也不解决问题。但这一切,都不足以否定"书读百遍"的必要性。我有这样的经验:那些原以为读懂了的书,过些时候再读几遍,往往有更深的体会、甚至有全新的体会。因此,前人有"好书不厌百回读"的说法。比如优秀的文学作品,其本身就很"耐读",你如果"浅尝辄止",粗率地看一遍,那就好像"猪八戒吃人参果"。而反复读,读得很熟,则其中的人物、故事、情景就浮现在眼前,了如指掌,其中有什么难点、有什么问题,也了解得一清二楚。在此基础上搞研究、写文章,往往能鞭辟入里,探骊得珠,不会给人以浮光掠影的感觉。

还有一点,前人重视"读书变化气质"。读"好书",时而高声朗诵,时而恬吟密咏,自然会陶醉其中而获得心灵上的滋养,精神境界因之扩大、提高,艺术感受力也会增强。学文学艺术,需要有较强的艺术感受力。这种艺术感受力,是否有先天的因素,且不去谈论,应该强调的是后天的培养。而多读、熟读优秀的文艺作品,则是培养的有效途径。

第二,有较好的写作能力。

写好语体文,这是对学社会科学和自然科学的人的共同要求。对于学中国古代文学的人来说,则在写好语体文的同时,还应该学会驾御旧形式的本领,会作像样的文言文和诗词曲等等。因为只有学会这种本领,有较多的运用旧的文艺形式从事创作的经验,才能准确地理解古典文学作品。相反,如果没有这种创作经验,那么讲起古典文学作品来,似乎讲得头头是道,但实际上隔着厚厚的皮靴,全未搔到痒处。

至于怎样培养写作能力,这是不断有人论述的老问题。我的体会是,"写作方法"之类,当然需要学习、研究,但更有效的还是老办法:多读、多作、多商量,即欧阳修所说的"三多"。

第三,有较强的思维能力和较深的理论修养。

思维能力,是需要从小培养训练的,在这一点上,家长、幼儿园老师和小学中学老师的作用有决定意义。如果启蒙教育不好,认一些错别字,接受一些错误概念和荒谬知识,方法不对,思路混乱,文理不通,习非成是,那就难得改正,不可能成为杰出的人才。相反,如果启蒙教育好,受到严格而正确的思维方法训练,就为健康成长奠定了基础。假如要学中国古代文学,那么在此基础上通读、熟读若干文学名著和哲学专著,配合以经常性的写作实践,则逻辑思维和形象思维的能力,都会逐渐提高。至于专讲思维规律的学问,如逻辑学之类,当然要学习、研究,但必须和读书、写作等实践活动相结合。

还有一点应该特别强调。学文科的人,往往以学理科方面的课程为额外负担,不愿多下苦功,这是不对的。反之亦然。文理渗透的好处很多,仅就培养思维能力说,读哲学著作和文学著作,可以使思路开阔,思想活跃,想像丰富;学好数学、物理等理科方面的课程,则可以加强思维方法的科学性。

理论是从实践中概括出来的,反转来又指导实践,并在指导实践的过程中得到纠正、补充和发展。每门专业,都有其专业理论。就中国古代文学说,有《文赋》、《文心雕龙》、《沧浪诗话》、《原诗》等丰富、精湛的中国古代文学理论。这自然应该学。此外,西方文论、美学,也应该学。尤其不应忽视的,则是必须加强对于马列主义理论(包括文艺理论)的认真学习,这样才能站得高,看得远。

第四,有较丰富的社会阅历和较宽广的知识领域,并懂得治学门径,有较强的信息检索能力。

文学是反映社会生活的,没有足够的历史知识和社会阅历,要学好古代文学就有困难。历史知识,是可以从书本上学的,但如果没有较丰富的社会阅历,则对历史知识的理解、体会就不会很真切。因此,必须加强社会实践,不能闭门读书。

谈到知识领域,就涉及专和博、熟读和浏览的问题。专和博,互为条件,相辅相成。没有广博的知识,过早地专门化,可能较早地出点成果,但那成果的质量不会高,而且路子将愈走愈窄愈困难。这是因为任何现象都不是孤立的,文学亦然。比如研究唐代文学,首先得把它放在文学发展史的特定位置上,因而必须了解它以前文学发展的状况,才能弄清它是怎样来的,从文学传统中继承了什么,又有什么革新和发展。也应该了解唐以后直到今天文学发展的状况,才能弄清它对后代有什么影响、对今天有什么意义。此其一。其二,研究唐代文学,还得了解当时的政治、经济、民情风俗等等以及互为影响的各种意识形态,诸如哲学、宗教、音乐、绘画等等。其三,唐代文学受外来影响,也影响国外,因而就不能把研究的范围局限在国内。既然如此,没有广博的知识而专攻唐代文学、甚至专攻唐代的某一家,怎能做出显著的成绩呢?当然,只博不专,什么都知道一点,什么都搞不清楚,也不可能取得什么成就。正确的途径是:由博反约,由广博走向专精。广博,当然是逐渐积累起来的,在积累的过程中,应该把熟读和浏览结合起来。熟读若干专著,背诵若干名著,就有了可靠的根据地或立脚点;同时再博览群书,才收效显著。不建立根据地而老打游击,往往事倍功半,学无统类。

古今中外,文献浩如烟海。据初步统计,光我国现存的古书,就有八万来种,每种又分为若干卷或若干部,一个人再博览群书,所"览"也很有限。因此,要搞研究,就得解决如何查找有关资料的问题。清代史学家和经学家王鸣盛说:"目录之学,学中第一紧要事。学者必须从此问途,方能得其门而入。"掌握目录学,也就是获得信息检索能力。就信息储存说,记忆在自己头脑里的知识叫做"内储",储存于头脑之外的图书资料、科研情报则是"外储"。要使"外储"为我所用,就得培养较强的信息检索能力。缺乏这种能力,谈不上学术研究。

以上所谈,是我个人对于如何练基本功的一些经验和体会。有了这样的基本功,就获得了教学和科研的能力,可以独立从事教学和科研工作了。当然,并不是练好了基本功才可以搞科研,而是在练基本功的过程中,也需要搞科研。把学习和科研结合起来,才学得活、学得扎实。同样,把教学和科研结合起来,才教得好、教得有创造性。

还有一点体会值得一提。十二岁以前,我是在家父指导下自己读书的。上小学以后,各门功课都学得有兴趣,尤爱语文。从初中一年级开始,就经常在报刊上发表文章,大量读课外书,迷上了文学,欲罢不能。上大学的时候遇上了许多好老师,课余到他们家里去漫谈治学问题。他们不要求我去听他们的课堂讲授,而让我自己学、写学习心得和学术论文。例如朱东润先生讲《史记》,罗根泽先生讲《中国文学史》,汪辟疆先生讲《历代诗选》、《目录学》和玉谿生诗,我都由于他们的特许,很少去课堂听讲,只凭自学笔记和学术论文就拿到了学分。我认为,我从幼年就被培养了学习文学的兴趣,中学时期,课外的自学和写作较多,大学阶段,又在名师指点下结合自学搞科研,这是我能够较快地练出基本功,获得独立从事教学工作和科研工作的主要原因。谈到这里,不禁有两点感想。

用教育学的术语说:儿童自发地喜欢看电视,这叫直接兴趣;学功课就不像看电视那么喜欢,这叫间接兴趣。有直接兴趣的东西,学起来用力省而效果好;有间接兴趣的东西则与此相反。间接兴趣是可以转化为直接兴趣的,关键在于教师的生动讲授和正确诱导。学生对所学的专业有直接兴趣,这是取得较好成绩的决定性因素,教育工作者应该充分重视。

在科学技术突飞猛进的今天,知识老化的问题日益严重。教师不搞科研,知识如何更新?学生只带着一双耳朵听讲,即便老师讲的是新知识,再过几年也陈旧了,不能适应毕业以后的工作需要。因此,我们的学校,应该从以传授知识为主转变到以培养能力为主。减少教师的讲授时间,增加学生的自学时间和科研时间,在教师的指导下通过自学和科研,尽快地使学生练好基本功,从而获得独立从事教学和科研的能力,这样才能不断地更新知识,赶上飞速发展的时代潮流。

原载《文史哲》1985 年第 1 期

治学经历和感想

我说不上有什么治学经验,只谈一些学习经历,附带谈一些感想。

先从师承关系谈起。

人类创造、积累的科学文化知识,必须代代相传,才能像长江大河那样不断壮大,滚滚前进。因此,要谈治学,就不应该忽视师承关系。而谈到师承关系,一般都以为那"师"应该是淹贯中西,博通今古,著作等身,蜚声宇内的"名师"。当然,"师高弟子强","名师"的指点和传授是非常可贵的。但是,启蒙老师的作用也不应该忽视。由于启蒙老师一般都不那么有名,因而人们往往不愿提及,这实在不太公允。基于这样的认识,我想先谈谈启蒙老师是怎样给我"启蒙"的。

我的启蒙老师不是别人,正是我的父亲。他因家境清寒,十二岁才上学,刻苦攻读,十六岁就中了秀才,名列前茅。接着进陇南书院深造,很受名进士出身、以品学兼优驰誉陇右的任士言山长的赏识,在写作方法、治学门径等方面都得到谆谆教诲。科举制度废除以后,他回农村教书、种田、行医。我大约只有三岁的时候,他就教我认字、读书了。那时候,他已不再教私塾。我们乡间办了一所初级小学,教员兼校长,就是他以前在私塾里教过的学生,姓马。他认为这位马校长是他教过的学生中最差的一个,以己昏昏,不可能使人昭昭。因此,当我已到了入学年龄的时候,他坚决不让我上那所小学,还是要我在家里跟他学。直到十二岁,才把我送进离家十五里的新阳小学。因为他经过调查,知道这所学校的教师水平高,不至于"误人子弟"。

父亲的教学内容还是老一套,从《三字经》开始,由浅入深,无非是《论语》、《孟子》、《大学》、《中庸》、《诗经》、《子史精华》、《古文观止》、《千家诗》、《唐诗三百首》、《白香词谱》之类。但他的教学方法,却不无可取之处。认字,形、音、义都讲得很清楚。讲文章,不光说明大意,还从句到段到篇,讲清层次结构,理清作者的思路。讲诗词,则结合着说明如何调平仄、查韵书,掌握诗词格律。读诗词古文,都要求"眼到"、"心到"、"口到"(所谓"三到"),咬字清晰,反复吟诵,声出金石,以领会其格调声色、神理气味。他是非常强调熟读、背诵的,理由是:第一,幼年记忆力强,多熟读、背诵一些名篇佳什,一辈子都忘不了,受用无穷;第二,熟读可以提高理解能力,古人所说的"书读百遍,其义自见","好书不厌百回读,熟读深思理自知",都是经验之谈;第三,记忆力用进而废退,经常背诵一些东西,记忆力就不断提高,反之,它就衰退了。

父亲很重视书法,因为他曾经走过一段弯路,吃过亏。他开始"描红"的时候,老师没有认真地教他如何摆正姿势、如何执笔运笔、如何分析每一个字的间架结构,只要"描"得惟妙惟肖,便给双圈。他为了多"吃圈",就着意"描"。下腿没有垂直,双脚没有踏稳,上身倾斜,笔管歪在右侧,头低得几乎接近桌面,看一画,"描"一画,每一画都不是一笔写出的,而是反复"描"成的。由于方法错了,所以虽然在练字上花费了不少时间,但字还是没有写好,考试时文好字劣,文章受到字的拖累。后来得到一位书法家的指正,才有了进步。他从自己的经历中总结了教训,用来指导我练字,从"描红"到看帖、临帖,进行了严格的训练,所以进步比较快。大约十来岁的时候,邻居们就要我为他们写春联了。

到了七八岁,父亲就开始教我作诗作文。以眼前景、身边事为题,先要求造一两个句子,过一段时间,再前进一步,要求造几个句子,表达一个完整的意思。……到了十二岁的时候,勉强可以完篇。那时候,我基本上懂得了平仄,也会对对子,但父亲并不让我作律诗,而要我作五古、七古和杂言体的歌行。理由是,先学律诗,束手束脚,不但律诗作不好,将来作古诗,写出的东西也格调不高。相反,先作好古诗,再"运古入律",写出的律诗也神完气足,不同凡响。

十二岁一入小学,就上四年级。算术课听不懂,其他课程也不适应,感到很头疼。不到一周,就逃学回家。父亲问明情况,便领我去见校长。校长姓胡,是我父亲的老同学,考中秀才后又上"洋学堂",然后回到家乡创办了那所新阳高小。他了解了问题的症结所在,就指派同班的几个高材生利用课余时间给我补课。由于在父亲指导上熟读了不少书,在写字作文等方面都打好了基础,思路也比较清晰,又养成了勤学的习惯,所以不多久,所有功课都赶上去了。到了五年级,就把原来给我补课的那几位高材生甩在后面,最后以第一名毕业。当时,陇南十四县只有一所省立中学——天水中学,每年只招一班新生,十四县小学毕业的优秀生都来考,落榜者十居八九,我却轻而易举地考上了。入学以后,门门功课的学习都没有遇到困难,花费很少时间,就得到很高的考分,大量时间,则用于课外阅读和课外写作。

以上所谈的一些亲身经历,常使我思考两个问题。

一个问题是,启蒙教育很重要。前人根据丰富的实践经验,强调指出,"先入为主","幼成若天性","田荒小苗难结实,人荒小学难成材","染于苍则苍,染于黄则黄"。近代心理学家根据科学实验,阐明了"首次感知"在获得知识、保持记忆方面所起的决定作用。如果启蒙教育没搞好,从小认一些错别字,染一些坏习气,输入一些错误观念,接受一些荒谬知识,方法不对,文理不通,思想混乱,习非成是,那就牢不可破,一辈子都难得改正。仅就写作而言,我早年教过小学和中学,后来又教了三十多年大学,凡遇上思路不清,文理不通,病句百出,错别字满篇,却一写就洋洋数百言、数千言,还沾沾自喜、目空一切的学生,就实在没法子使他进步。以煮饭为喻,煮一锅新饭并不难,但如果已经被人家煮成"夹生饭",你再要把它煮好,就比什么都难。相反,如果启蒙教育搞得好,那就为以后的健康成长铺平了道路。《易经》上说:"蒙以养正,圣功也。"我国有重视启蒙教育的悠久历史,值得认真研究(古人还讲究"胎教",也值得研究)。当然,过去的启蒙教育有特定的阶级倾向和历史局限,必须批判地对待,但充分估计启蒙教育的重要性,这一点却不容忽视。根据建设高度的物质文明和精神文明的历史使命,发扬重视启蒙教育的优良传统,把我们的幼儿教育和小学教育搞好,这是从根本上培养社会主义新人的大事。人才学家应该研究这个问题,教育学家应该研究这个问题,全党全国都应该研究这个问题、重视这个问题。

第二个问题是,培养学生的学习兴趣很重要。

幼年在家里读书的时候,模仿父亲的腔调吟诵唐诗宋词,尽管不完全懂得诗旨词意,但全身心都被一种无法形容的情韵所陶醉,颇有"不知肉味"的景况。不知不觉,已经种下了爱好文学的因子。后来上小学,由于老师们的讲授要言不烦,明白易懂,因而对各门功课,我都喜欢学、有兴趣。特别是语文老师,他讲课文,既清楚,又生动,同学们都听得津津有味。他每发作文本,都要挑选出若干作得好的在课堂上朗诵,说明好在哪里,然后叫本人用小楷抄写了再交给他。他圈圈点点,加上眉批和总批,贴在校内最显眼的地方,让全校同学观摩。这叫做"贴堂"。我的作文,几乎每次都是"贴堂"的。我对于文学的兴趣,就这样培养起来了。兴趣越高,课外阅读的范围也就越大,课外写作的次数也就越多,文学素养和写作水平的提高也就越快。几十年来,每每和自己的老师、朋友以及所接触的专家学者交谈,总发现大家所学的专业尽管各不相同,却有一个共同点:他们之所以在某一学科领域里取得了成就,原因固然很多,但追根究底,或者由于有家学渊源,或者由于在小学或中学里遇到了好老师,从而引起了学习兴趣,爱上了某一学科,例外是不多的。因此,我深深地感到,做一个优秀的小学老师、中学老师,既要教好书,又要教好人,任务是光荣而艰巨的。仅就教好书说,也应该具备许多条件。但条件虽多,却有主次之分。我觉得,把自己担任的课程讲得简明扼要,准确无误,使学生一听就懂,然后循序渐进,加以诱导和鼓励,从而引起学生学习的兴趣,这应该是最根本的一条。用教育学上的术语说,学习的兴趣,也就是学习的主动性、积极性和创造性。学生对学习有了浓厚的兴趣,不以为苦,反以为乐,以至于"乐此不疲","欲罢不能",那就不会像天津鸭子那样只等人家填他了。老师教了的,他学,没教的,他也学。学得主动,学得积极,学得有创造性。这样一来,老师只要针对学习中遇到的难点和出现的偏向给以必要的指导就行了,教学任务,岂不是不难出色地完成吗? 相反,如果老师的讲授学生听不懂,引不起兴趣,却硬逼着学生学,那就越学越苦恼,不但完不成教学任务,还有可能摧毁学生的身心健康,其后果是不堪设想的。

　　再谈谈学习与工作、科研与教学的关系。有些同志,往往把学习和工作、科研和教学割裂开来、对立起来,认为搞工作就妨害学习,搞教学就妨害科研。有这么一种论调:"我教学任务重,怎能搞科研?"甚至不顾实际情况,硬说凡是搞出科研成果的,都是不教课或很少教课的教师。按照这种逻辑,就只能得出这样的结论:"要搞出科研成果,必须解除教学任务。"这种结论,我认为并不确切。

　　由于受家庭教育和小学教育的影响,我爱好文学,尤其爱好中国古典文学。上初中和高中的时候,虽然经常在报刊上发表用"白话"写的散文、诗歌和论文,但也经常学写古文和旧体诗词。课外阅读,古典文学作品也占将近二分之一的比重。后来上南京中央大学中国文学系,跟朱东润先生学《史记》,跟罗根泽先生学中国文学批评史,跟胡小石先生学《楚辞》,跟汪辟疆先生学历代诗和目录学,跟陈匪石先生学宋词,跟卢冀野先生学元曲……主要精力,都用于学中国古典文学,在报刊上发表的,也主要是诗、词、曲方面的习作和评论中国古典作家作品的文章。1949年应陈匪石先生之约,到重庆的一所大学里教书,担任的课程也是历代诗选、基本国文和中国文法研究。但1951年年初到西北大学师范学院(这个学院于1953年从西北大学独立出来,改名西安师院,后来又改名陕西师范大学)工作,领导上派给我的却全是新课:文艺学、现代诗歌、现代文学史(解放初还沿袭旧型大学的办法,一位专任教师必须同时开三门课)。这些课,特别是其中的文艺学,我毫无基础,只能边学边教。而在解放之初,可供参考的新书又少得可怜。记得在文艺学方面,我只找到一本巴人的《文学初步》,算是用新观点写的。既没有现成饭可吃,就只好自己动手,在反复学习《在延安文艺座谈会上的讲话》和马恩列斯关于文艺问题的论述的基础上拟出讲授提纲,然后阅读古今中外有代表性的文艺作品、运用多年来积累的文艺知识、参考《文学初步》之类的著作和报刊上新发表的有关文章,一节一章地编写讲稿。到了1953年秋天,几经补充、修改,数易其稿,约有三十万字,由学校打印,作为高等学校的交流教材。紧接着,又由函授部铅印,作为函授教材。到了1956年,因供不应求,由校方推荐给陕西人民出版社出版,书名《文艺学概论》。最近,现代文学史专家丁景唐同志的孩子丁言昭来信说:"听爸爸说,您是我国第一个写《文学概论》教材的。"是不是"第一个写",不敢肯定,但在解放后高等学校的交流教材中,我的那部《文学概论》却是最早的。

在文艺理论课的讲稿作为交流教材印出之后,领导上便把这门课派给别的同志,又要我教元明清文学、唐宋文学、魏晋南北朝文学、古代文论等等。"文革"前夕,我正在教先秦两汉文学。而从1953年以后到"文革"前夕,我还负责指导好几位青年教师的学习,担任古典文学教研室主任的职务,又有其他方面的工作,如充当《人文杂志》的编委和校学术委员会委员等等。总而言之,教学工作和其他工作是够忙的。但在这一段时间里,我还是出版了八本书,发表了近百篇文章。有人问我:"你哪来的时间搞出这么些科研成果呢?"如果教学归教学,科研归科研,在那么重的教学工作之外另搞什么科研,那的确是没有多少时间的。但对我来说,教学也就是科研。比如作家出版社初版、中华书局再版的《西厢记简说》,就是为搞好《西厢记》的教学而写的讲稿。其他著作及论文,大多数也是在讲稿的基础上加工而成的。

"文革"时期,我的处境异常艰难,十多年未能接触业务,教学和科研更谈不上。1978年一得到工作的权利,就为教师进修班讲课。1979年上半年,为毕业班讲课。紧接着招收研究生,命题,做标准答案,评阅试卷,忙了一个暑假。从1979年秋天开始，一个人指导五名唐宋文学专业的研究生和来自东北师大、新疆教育学院的两名进修教师，工作量不算少。然而在这一段时间里，我还是出版了两本新书，发表了几十篇文章。以前出版的近十本书，又加以修订，有的已经出版，有的正在排印。

这里应该说明的是，三十多年来，我一直跟着教学任务转，先后教了好多门课。每教一门课，都根据教学需要做一点研究工作，好处是面比较宽，缺点是无法集中精力，作深入的探索。因此，尽管杂七杂八地写了一些东西，却谈不上有什么学术质量。我为此感到苦恼已经由来已久了！今后很想改变这种状况，专精一门。然而这还得看工作需要。

在任何工作岗位上工作的同志都应该做好本职工作。学习、研究，是为了搞好工作，而搞好工作本身，又是一种学习，一种科研。一个人在学校里集中学习的时间在一生中所占的比重毕竟是有限的，他能否成才，与在学校里如何对待学习有关，更与他在工作岗位上如何对待工作有关。拿教师来说，其本职工作是教学。要搞好这种本职工作，不充分备课是不行的。而备课本身，不就是学习，不就是科研吗？通过充分备课，在总结前人和今人研究成果的基础上或多或少地有所发现、有所发明、有所创造，然后写出讲稿，才能讲好课，使学生有所得。这样的讲稿，在讲授中经受检验，加以修改、提高，不就是科研成果吗？大家知道，叶圣陶、夏丏尊的《文章例话》，是他们从事中学语文教学时写成的；鲁迅的《中国小说史略》和《汉文学史纲要》，都是他在大学里讲课时的讲义。许多著名教授，都是每开一门新课，就写一部专著或若干篇学术论文。这雄辩地告诉我们：对于教师、特别是高等学校的教师来说，教学和科研是一而二、二而一的东西，不容分割，更不容对立。当然，如果教师的业务基础比较差，而教学任务又过于繁重，重到没有时间备课，那么他就有理由说："我忙于教学，没条件搞科研。"但是严格地说，这种与科研不沾边的教学并不是我们所要求的教学。试想，对要讲的东西没有做任何研究，就去讲，岂不是只能拿上现成的、人家编写的教材照本宣科吗？只照本宣科，又为什么不让学生自己去看那本本呢？等而下之，连现成的教材都吃不透、说不清，又何必浪费学生们的宝贵时间呢？如果真有这样的情况，领导就应该认真考虑，妥善解决。但如果情况并非如此，那就是另一回事。据我所知，有些人教学任务并不重，甚至偶尔讲几点钟课，却就是不搞科研，连完整的讲义都没有。在谁有一点科研成果，就给谁扣上"白专道路"、"名利思想"的帽子，谁写了讲义，就从中寻找批判材料、无限上纲的年代里,这些人不搞科研、不写讲义如果说还有客观原因的话,那么,在粉碎了"四人帮"之后,就应该改弦更张了。事实上,改弦更张的也是大多数。但也还有个别人不那么实事求是,遇到提职称、升工资而拿不出科研成果的时候,就寻找借口,说什么"人家不搞教学,所以有科研成果,我忙于教学,哪来的科研成果"。借口是找到了,但如果有人算硬账,算出他多年来的教学工作量比搞出科研成果的人的教学工作量少得多,就不好下台,再问他:"你既然没有搞科研,那你的教学质量究竟怎么样",大约也不好回答。

个别人为自己寻找借口,这并不奇怪,因为那究竟是个别人。但由此鼓吹一种论调"搞教学就没条件搞科研",这却是有害的。事实正好相反。对于有责任心的教师来说,教什么,就得研究什么。要讲好一个问题,就不仅要弄清这一个问题,还得弄清与此有关的许多问题。而研究的结果,还必须在讲授中经过检验,然后加以纠正和补充。如此循环往复,教学质量就自然跟着教师水平的提高而提高,科研方面,也同时会结出累累硕果。

以上谈了一些经历、感想。经历,哪些是经验,哪些是教训,请读者自己去抉择。感想,当然难免带有主观性和片面性,渴望得到同志式的批评和指正。

原载《沈阳师院学报》1982年第2期

"断代"的研究内容与非"断代"的研究方法

  终南突兀接天阊,唐代文明举世尊。学海珠玑光简册,诗坛星月耀乾坤。新春好景繁花簇,四化前程万马奔。盛会长安振骚雅,云开仙掌捧朝暾。

  我献给全国唐诗讨论会的这首诗,企图表达这样的意思:唐代文学、特别是唐代诗歌,有如奇峰突起,高接云天,在全人类的文明史上占有光辉地位,至今仍然享有崇高的世界声誉,值得我们认真研究。而研究的目的,决不是为了发思古之幽情,让人们脱离现实,向往过去,像阿Q那样陶醉于"我们先前——比你阔的多啦",而是应该从"四化前程万马奔"的新形势出发,考虑如何继承、如何借鉴,从而有助于四化建设,有助于社会主义文艺创作的繁荣和发展。
  关于唐代文学的研究方法,大家已经发表了不少很好的意见,无须重复,这里只就唐诗的研究谈一些个人的想法。
  南宋杰出的爱国诗人陆游告诉他儿子说:"汝若欲学诗,工夫在诗外。"(中华排印本《陆游集·剑南诗稿》卷七八《示子遹》)清代杰出的诗论家叶燮在回答"多读古人之诗而求工于诗而传焉可乎"的问题时说:"欲其诗之工而可传,则非就诗以求诗者也。"(《原诗·内篇下》)也就是说,要在诗外下功夫。这"诗外工夫"是什么,他们或者没有明说,或者说得不够完满,且不去深论。总之,其精神是可取的。作诗如此,研究诗也应如此。研究唐诗,当然要在唐诗本身下工夫,但不能仅就唐诗研究唐诗,还应该研究唐诗以外的一切与唐诗有联系的东西。叶燮就明确指出:"《风》《雅》之有正有变,其正变系乎时,谓政治、风俗之由得而失、由隆而污。此以时言诗,时有变而诗因之。"那么要研究唐诗,就不能不研究唐代的历史,弄清唐代社会生活的各个方面及其发展变化。此其一。诗是诗人的创作,社会生活必须经过诗人的感受、实践、认识、提炼和匠心独运的艺术构思、艺术表现,才能变成作品。在这里,他的社会阅历,他对祖国、对民族、对人民群众的态度,他的文化修养和精神境界,他的艺术个性和识、才、胆、力,以及其他等等,都在起作用。因此,既不能离开社会生活、历史环境而就诗论诗,也不能离开诗人对他的诗歌创作起复杂作用的各种主观条件而就诗论诗。只有把主客观因素结合起来,考查其实际内容及其发展变化,才能对某一诗人的创作特点及其由前期到后期的发展变化作出比较确切的评论,才能说明同一时期的诗人为什么其诗歌创作的成就各不相同。此其二。事物都在发展。如叶燮所说:"诗之为道,未有一日不相续相禅而或息者也。"因此,研究唐诗,必须溯源穷流,对整个诗歌发展史有所了解。如果不了解先秦两汉魏晋南北朝以来的诗歌发展史而仅就唐诗研究唐诗,那就无法弄清唐诗从长期积累的诗歌遗产中继承了些什么,有哪些革新和创造,因而也不可能总结出带规律性的东西。如果不了解唐代以后的诗歌发展史而仅就唐诗研究唐诗,那就无法知道唐诗对后代有什么影响,因而也就不可能弄清宋元明清以来在学习唐诗方面有哪些经验、哪些教训,从而总结出带规律性的东西。此其三。作为意识形态之一,诗歌跟其他意识形态、其他文学样式和艺术样式、其他上层建筑的各个部门之间的关系不是孤立的,而是相互影响的。那么,研究唐诗,就还需要研究对唐诗的繁荣和发展有不同影响的各个部门、各种样式,以及如何影响、有什么样的影响,从而探索其规律。此其四。唐诗是全人类所共有的精神财富,研究唐诗,还应该放眼世界,看看她和其他民族,其他国家的文学艺术之间有过什么样的相互影响,这影响对于各自的发展起过什么作用,从而总结经验;看在唐诗繁荣的同一时期,其他民族、其他国家的诗歌是什么样子,从而更准确地评价唐诗,评价唐代的伟大诗人诸如李白、杜甫、王维、白居易等在全世界的诗歌发展史上达到了什么水平、占有什么地位。与此同时,也应了解其他民族,其他国家的专家、诗人怎样从其国家民族的不同特点、不同需要出发来接受唐诗、研究唐诗,取得了那些成绩,产生了什么影响。这里面,也是可以总结出带有规律性的东西的。此其五。

  以上种种,对于力图用辩证唯物主义和历史唯物主义为指导的研究工作者来说,都不言自明,无烦词费。

  我想强调的一点是,"断代"的研究内容不能用"断代"的研究方法。就研究唐诗说,不应割断它与唐以前、唐以后诗歌发展的联系,尤其不应忽视唐诗与今诗的联系。具体地说,研究唐诗的人也应研究"五四"以来的诗歌发展史,研究新时期诗歌创作的成败得失及其发展前途。

王充说过："知今不知古,谓之盲瞽。""知古不知今,谓之陆沉。"(《论衡·谢短篇》)这里的"陆沉",指泥古而不合时宜。只研究唐诗而不同时了解并且关心当前诗歌创作的状况,其泥古而不合时宜,就很难避免。我国古代的杰出学者、杰出诗人研究、评论前代诗歌,都既了解当代诗歌创作的实际,又着眼于提高当代诗歌创作的水平。例如钟嵘,在《诗品》里论述了自汉至梁一百多位诗人及其诗作的优劣,阐明了重"风力"、重自然而不轻视词采的正面主张,批判了"理过其辞,淡乎寡味"的玄言诗和当时堆砌典故、片面追求声律的诗风,切中时弊。杜甫则从"或看翡翠兰苕上,未掣鲸鱼碧海中"的诗坛现状出发,强调学习《风》、《骚》和汉魏诗歌,既"别裁伪体",又"转益多师"。这应该说是我们的优良传统,值得发扬光大。

明代的诗论家胡应麟曾说:

> 甚矣,诗之盛于唐也!其体,则三、四、五言,六、七、杂言,乐府、歌行、近体、绝句,靡弗备矣。其格,则高、卑、远、近、浓、淡、浅、深、巨、细、精、粗、巧、拙、强、弱,靡弗谐矣。其调,则飘逸、雄浑、沉深、博大、绮丽、幽闲、新奇、猥琐,靡弗谐矣。其人,则帝王、将相、朝士、布衣、童子、妇人、缁流、羽客,靡弗预矣。

唐诗如此其盛,"今诗"又如何?比较审慎的回答是:"新诗在矛盾纷呈的激烈争论中表现了它的生机与活力。"(见1981年8月8日《文汇报》)只说"表现了它的生机与活力",未敢言"盛","盛"还有待于将来。在全国开创四化建设新局面的伟大时代,社会生活的各个领域都生机萌动,春阳明丽,处处有诗意,人人有诗情,非唐代所能比拟。而在评论新诗的时候却不能像评论唐诗那样从各个方面尽情赞扬,说它如何如何"盛",这就为唐诗研究者提出了一个重大课题。当然,"时有变而诗因之"。今诗不同于唐诗,我们所期待的今诗之"盛",也迥异于唐诗之"盛"。因此,这一重大课题涉及许多复杂的方面,远非通过唐诗的研究就能解决。但是,就"时"而言,今天是从昨天、前天发展而来的,不能割断历史;就"诗"而言,也应该说今诗是从以唐诗为代表的古诗发展而来的,不能割断传统。诗歌,除了原始诗歌而外,其革新、其创造,都是在继承民族文化传统、诗歌传统的条件下进行的。吸收外来文化、外来文学艺术中的有益成分,当然十分必要,唐人在这方面就表现了宏伟的气魄。但既曰

"吸收"就必须通过自己的民族特点。而愈能体现民族特点的诗歌,也愈有世界性。唐诗之所以历千百年而未丧失其动人心魄的艺术魅力,至今仍然能够赢得国内外广大读者的喜爱,就由于它以独特的民族形式,完美地表现了全人类中的先进民族在其特定历史时期的物质生活和精神生活,具有鲜明的民族特点。惟其具有鲜明的民族特点,才能在世界文学宝库中占有重要位置,放射出炫丽夺目的奇光异彩。从这一意义上说,我们所期待的今诗之盛固然迥异于唐诗之盛,但研究唐诗之所以盛,从而明确继承什么、如何继承,借鉴什么、如何借鉴,仍有助于促进今诗的繁荣和发展。至于有人主张"在文学变革时期"只须努力于横的移植,不应强调纵的继承,以免受传统的束缚,这自然也持之有故,不妨一试(因为移植之后,还可以逐步民族化,使之具有民族特点)。我所谈的,只是个人的想法,是否有当,将虚心地倾听各方面的意见。

原载 1983 年《唐代文学研究年鉴》

漫谈自学

先谈自学的重要性。

人们在谈"自学"的时候，往往是相对于上正规学校，特别是上全日制的高等学校而言的。其实，不管上正规学校与否，倘要成才，都得靠自学。这样说，并不是要贬低教师的作用。在教与学的双边活动中，教的一边应起主导作用，所以有"师高弟子强"的说法。但对教师的主导作用如何理解，却很值得研究。如果认为教师的主导作用在于抱着学生走路，从小学直抱到大学毕业，甚至抱着人家攻硕士、博士学位，始终不敢放手，那当然够"主导"的，但学生的主观能动性就得不到发挥，从而也永远无法超越老师，更谈不上披荆斩棘，开拓新领域。相反，如果老师的主导作用在于精通学习规律，用最有效的办法培养学生的自学能力，使学生尽快地学会自己走路，同时为他们指明做人和治学的正确途径，那就可以充分发挥学生自学的积极性和创造性，其成就将不可限量。我总结自己的切身经历，认为，为了大批地、迅速地出人才，学生的自学能力，在初中、至迟在高中，就应该培养出来，也能够培养出来。饭要自己吃，品德、情操、知识、能力，也要自己培养，自己获取。教师的指导，家庭、社会、学校的教育，都非常重要，但归根结蒂，都必须通过学生的主观努力才能起作用。高明的教师，其高明之处正表现在善于培养学生的自学能力，善于调动他们自学的积极性和创造性。学生既有自学能力，又有自学的积极性和创造性，就可以大踏步地向任何科学文化领域进军。教师的教学任务，就算出色地完成了。因此可以说，教的目的在于不教。换句话说，教的目的在于尽快地让学生"出师"，"青出于蓝而胜于蓝"。

在我们这个已经在很大程度上普及了中学教育的社会主义国家里，中学毕业生如果都具有自学能力，那么上大学固然很有利于成才，在各自的工作岗位上结合工作实践坚持自学，也同样可以成才，而且可以成大才。

再谈自学的要领。

自学而能成才,首先要有崇高的目的和远大的理想。我们所处的伟大时代需要群星灿烂般的杰出人才,也正在造就一批又一批的杰出人才。为振兴中华、加速社会主义现代化建设而学,为造福全人类、造福子孙万代而学,就能勤奋不懈,克服任何困难,取得优异成绩。

自学而能成才,还必须根据自己的条件选好适合的专业。比如学文学,还是学历史?学物理,还是学化学?不能见什么就学什么,漫无边际。以学中文专业为例,假如考上了大学中文系,这个系自然根据完整的教学计划为你开设许多课程,每门课程都有特定的教学目的和教学大纲。在工作岗位上自学中文专业,就应了解大学中文系开设哪些基础课、哪些专业课、哪些选修课,按照先后次序,一门一门地学。我国已实行了高等教育自学考试制度,这是个人自学、社会助学和国家考试相结合的一种新的教育形式,是我国社会主义高等教育体系的一个组成部分。全国高等教育自学考试指导委员会编有各个专业的课程自学考试大纲,明确规定了学习的内容、范围和要求,对自学极有帮助。

学任何专业,都要学许多课程,读好多书。而每一专业,又与其他专业有联系,在多专业、多学科的交叉、渗透中往往会开辟新领域。因此,学习任务是繁重的。要较好地完成繁重的学习任务,有几个关键性的问题亟待解决。

关键之一,要处理好精与博的关系。比如学中国古典文学,先精读若干重要篇章和重要著作,逐字逐句,逐段逐篇,尽可能弄懂记熟,就有了一定的基础,阅读能力,鉴赏能力,都会迅速提高。然后再读读文化史和文学史,并按文学发展顺序博览名著,作宏观上的把握。反过来,要在宏观把握的基础上作重点深入的研究。而有了若干重点深入的研究,则宏观上的理解也随之得到提高,更有利于进一步地作重点深入的研究。一上来就不顾文字障碍而"博览群书",囫囵吞枣,往往连常识性的问题都会弄错,而自己却习非成是,满以为很博学。这一点,无论如何应该避免。

关键之二,要手脑并用,读写结合,多分析,多比较,多查证,多思考,多动笔。把经过分析、比较、查证、思考形成的见解字斟句酌地写出来,乃是一种综合性的训练。反复进行这种综合性的训练,是提高写作能力和独立解决问题能力的好办法。

关键之三,要善于求师。老师不只学校里才有。杜甫说:"别裁伪体亲风雅,转益多师是汝师。"其"多师"不仅指活人。向一切可以找到的活老师求教,这容易见效。善于自学的人是善于广泛地向活人以外的各种老师求教的人。这里且不说"以造化为师",向社会学习,向自然学习,仅就书面材料而言,可以帮助我们解决任何难题的老师就无所不有,一请就来。第一,必须以马列等革命导师为师,从他们的著作中学习马列主义的基本原理和研究问题的立场、观点、方法。第二,要善于利用字典、词典、人名辞典、地名辞典以及各种专业辞典和一切工具书,帮助自己解决疑难问题。第三,要善于利用各种目录、索引、类书,帮助自己查找资料。第四,哲学家、科学家的全部学问包含在他们的论著里,文学家、艺术家的全部才华凝聚在他们的创作里。钻研他们的论著、创作,就等于拜他们为师。读其书如见其人,古今中外的杰出人物,都可以做我们的老师。大而言之,其品德情操、政治主张、学术成就、艺术奥秘、治学方法,都可以通过精研他们的论著、创作择善而从,化为己有。小而言之,如何作诗,如何作文,如何写书,也可以在揣摩、玩味其论著、创作的过程中心领神会,得到借鉴。例如你已经有了自己的学术见解和足够的资料,却不会写论文,最有效的办法是精选若干优秀的学术论文,分析、比较,看人家是怎样写的,各有什么优缺点,然后自己动手写,反复修改,直到满意为止。久而久之,不但会写学术论文,而且会逐渐形成自己的独特风格。

  不同学科有不同的学习方法。但从大的方面说,学习是有共同的规律的,应该掌握这种规律。以上所谈,只是个人学习中国文学的一点心得体会,仅供参考。

1987 年 8 月

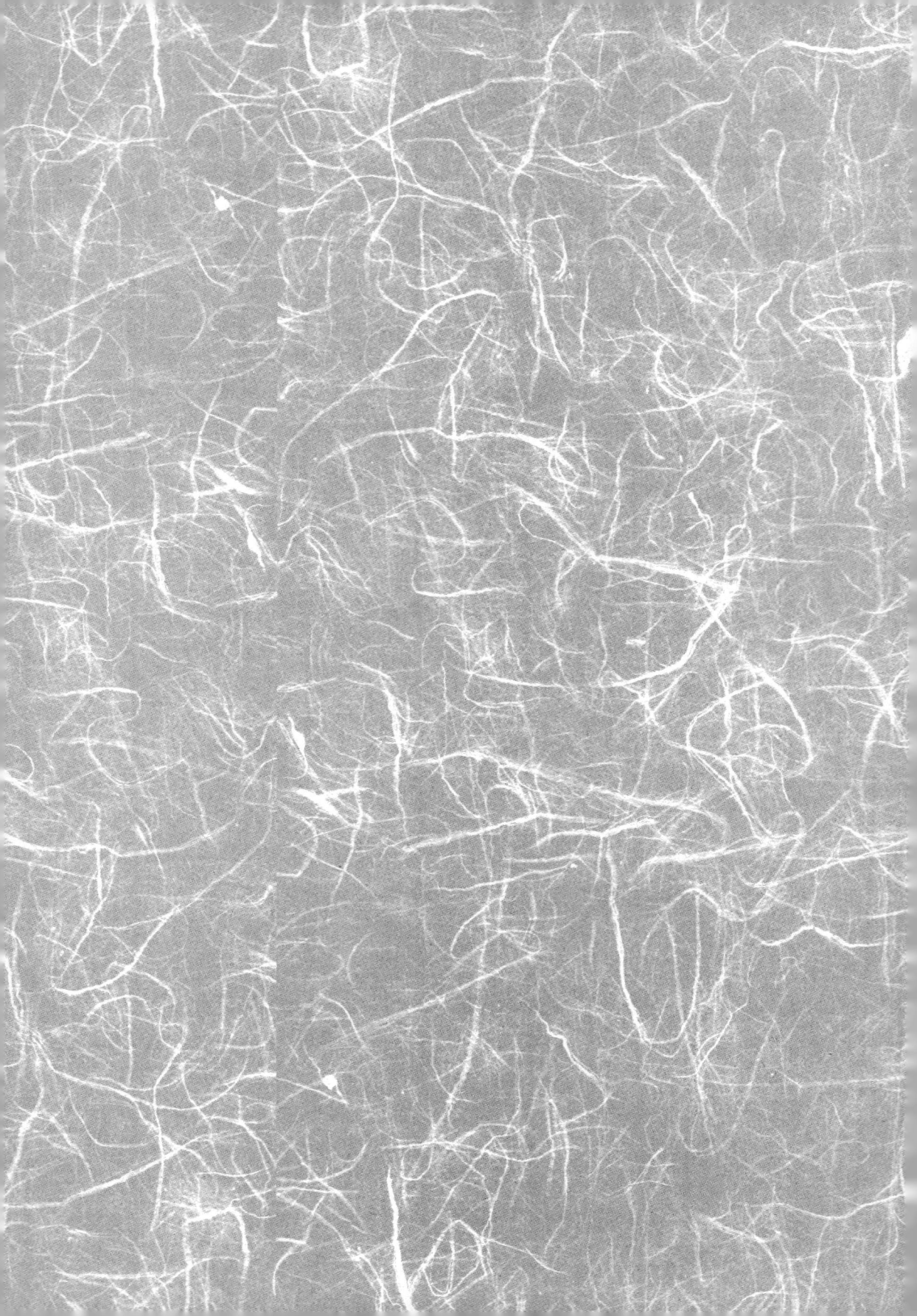

碑记选存

黄帝陵香港回归纪念碑记

夫国强政修则民安，国弱政腐则外侮频仍，不能保其人民与土地，此自然之理也。慨自清中叶以后，政腐国弱，列强乘虚而入，侵占我土地，杀戮我人民，我黄帝子孙历数千年开拓经营之香港地区，遂沦于英国之殖民统治矣，岂不痛哉！溯港英之殖民统治，一切以体现英国之权益为准则，对华人则行宵禁令，征人头税，打击商贸，限制修建住宅，歧视、剥削、压迫无所不用其极。其开埠之各项艰苦劳动，皆由华工承担，夜以继日，风餐露宿，而工资低微，不足以维持生计。乃不得已而奋起反抗，罢工、罢市，虽屡遭残酷镇压而斗志益坚，其渴望回归祖国之赤忱亦与日俱增、无时或已也。神州解放，新中国巍然崛起于世界东方，如旭日丽天，光耀环球。港人始得扬眉吐气，依仗强大祖国之支援，发挥地理条件之优势，奋其智能，大展宏图。改革开放，巨龙腾飞，祖国以雄厚之实力与优惠之政策扶持港人，港人乃益自振励，百业齐昌，遂使弹丸之地一跃而为国际金融、航运之中心，以"东方明珠"蜚声宇内矣。抚今忆昔，香港百数十年之历史，实为港人惨遭殖民统治之血泪史，亦为港人反剥削压迫之斗争史与奋发图强之创业史；而为此辉煌之创业史增光添彩者，实为祖国之大力支持与改革开放之经济政策。珠还禹甸，固我金瓯，此乃所有黄帝子孙之志愿，鸦片战争以来无数爱国志士为之抛头颅、洒热血以求实现者也。惜乎积贫积弱，壮志难酬。迨自新中国创立，改天换地，日月重光，经四十余年之宏伟建设，经济腾飞，人文蔚起，民气高扬，国威远播，乃以中华五千年文化孕育之智慧，发为和平统一之嘉谟："一国两制"，"港人治港"。九州欢忭，万邦悦服。遂不动一兵一卒而收复失地，港人始得回归伟大祖国之温暖怀抱矣。溯中华之传统，有大事则立碑、有喜事必告祖。洗雪国耻，还我河山，中华民族之大事喜事孰有逾于此者乎？值此普天同庆之时，港人欢欣鼓舞，谨立丰碑于桥山之巅，以此大事喜事告慰我人文初祖轩辕黄帝之灵而献以诗曰：

清廷羸弱,列强侵凌;瓜分豆剖,万民吞声。神州解放,国威远扬;"一国两制",乃创辉煌。九七珠还,百年耻雪;九龙起舞,香江奏乐。澳门踵至,台岛盼归;山河一统,日月增辉。历史教训,刻骨沦肌:落后挨打,软弱受欺。齐心协力,同奔四化;致富图强,前程远大。慰我初祖,裕后光前;中华鼎盛,亿万斯年。

三原于右任纪念碑记

夫立德、立功、立言三者有其一,即可不朽。而于右任先生则兼而有之,故辞世已三十余年,而人皆怀念不忘也。

先生生当清季,学以致用,愤内政之昏暴,外侮之频仍,毅然以救国救民为职志。八国联军侵北京,西后不图抵御而逃至西安,先生欲手刃之以行新政。事虽未成,而其浩气英风,已足以震动一世矣。洎赴开封入春闱,清廷已以倡言革命密令缉捕,乃亡命沪上,鼓荡新潮。旋赴东瀛谒孙中山,入同盟会,遂为实现民主革命而奋斗,百折不挠。其推翻专制、缔造民国、铲除军阀、反抗侵略之丰功伟绩,彰彰在人耳目,海内外炎黄子孙,固无有不怀念先生者也。

先生早年创建上海大学,即与共产党人联合办校。此后始终坚持中山三大政策,力主国共合作,团结抗日,和平建国。晚年虽被迫去台,而此志不渝,临终犹赋望大陆诗以寄爱国赤忱。三中全会以来,自首都至全国各地,纪念活动方兴未艾,良有以也。

先生出身贫家,艰苦备尝,推己及人,疴瘝在抱。掌监察大权数十年,公正廉明,一身正气。终生布衣疏食,而以微薄之俸禄,济困拯饥。当弥留之时,亲友启其铁箱,所藏者惟借据数纸。安葬之日,台湾民众无论识与不识,皆垂泪哀悼。复集资建铜像于玉山峰顶,瞻仰者至今络绎不绝,非大仁大德深入人心,安得致此耶!

本世纪初,先生以虎口余生广结同志,创复旦、中公诸校以培育英才,办《神州》、《民呼》、《民吁》、《民立》诸报以鼓舞士气,实教育界之先驱,新闻界之元老。时隔九十余年,而治教育史、新闻史者,犹赞其开创之功而缅怀其人焉。

先生为一代诗豪,少年气盛,革故鼎新之宏愿一发于诗,大声鞺鞳,振聋发聩。其后神州多故,诗风屡变,抒报国之壮志,发时代之强音。读其诗,能不怀念其人乎!

先生以草圣名世,融碑帖于一炉而自创于草,简净明丽,雄浑奇崛,纵横变化,仪态万方。其书迹遍寰宇,而师法者亦遍寰宇,猗欤盛哉!

　　夫爱国者必爱乡,自然之理也。先生爱乡尤笃,故怀念尤殷者亦莫过于家乡之人民。忆护法靖国、促进民治、绕道援陕、解围西安、奔走呼吁、赈济陕灾、广购魏碑、以赠碑林,能不怀念先生乎!睹泾惠、洛惠诸渠之普溉良田,民治小学、民治中学、西北农大诸校之博施化雨,三原良种繁殖场、斗口村农事试验场之科技兴农,能不怀念先生乎!先生于公元1879年4月11日出生于三原,1964年11月10日病逝于台北,享年八十有六。值先生一百一十八周年诞辰之际,家乡人民建成纪念馆以陈列先生之诗、文、墨宝、传记及有关之文物、图片与研究资料,复立纪念碑于馆前,俾观览者受其熏陶而继承遗志,以爱乡爱民爱国之深情,建立德、立功、立言之伟业,统一华夏,致富图强,则先生之精神与华岳并峙,永不朽矣!

于右任撰书麦积山石窟楹联碑记

于右任翁"众香丛里过秦州"诗,久已脍炙人口,而其《题麦积石窟楹联》则湮没不彰。辛未初春,冯国璘先生自台北来函,追述抗战时期于翁获睹冯国瑞先生新著《麦积山石窟志》,喜撰"艺并莫高窟,文传庾子山"一联,亲笔书写。其时国璘游学渝州,于谒见请益时取回,远寄故里,中经浩劫,未知存毁。余回书略谓:于翁为一代宗师,万国景仰,此联既亲自撰书,洵足与六朝绘塑争辉,倘尚在人间,岂有不刻碑建亭为麦积添一人文景观者乎!至今未闻刻石,则必早化劫灰无疑矣。因建议国璘代书,并与天水市有关领导函商立碑事宜。时逾数月,国璘以手书联见寄,而麦积石窟艺研所转寄于翁真迹影片亦接踵而至,不亦奇乎!盖国瑞先生接国璘寄件,初拟摩崖,因赴兰州讲学,乃存于麦积山馆,遂沉睡至今。因国璘提及,当事者遍发馆藏,而此联俨然尚在。其升沉显晦,亦有时耶?国璘心系家乡,神驰麦积,况卒业南雍,即在于翁门下供职,由秘书而主秘而参事,时深知遇之感。而于翁此联之撰书又与其兄之著述攸关,且亲手投邮,渴望刻石。及知此联历劫犹存,喜不自胜,乃捐资谋树丰碑。天水各界亦乐助厥成,诚盛事也。余倩国璘撰书碑记,为乡邦文苑留一佳话。而国璘屡以与余同里、同学、同受知于翁为由,坚以碑记见委。余既不获辞,因粗述崖略,距同侍于翁于金陵已半世纪矣!

1993 年 3 月

雷简夫荐三苏纪念碑记

　　国得贤才则治，失贤才则乱，故求贤、荐贤之风向为史家所乐道。在上者妒贤忌才，虽荐何益！在上者求贤若渴，而以天下之大、士庶之众，安能遍览而亲察？则荐贤之功大矣哉！荐贤首须识贤，尤须秉公。诚能慧眼识贤而又勇于为国荐贤，则内荐不避亲，外荐不避仇。反是，则或误认砥砆为美玉，或不问贤愚而惟亲故权势是荐以遂其私，流弊曷可胜言！"举秀才，不知书；举孝廉，父别居。"东汉民谣，固可垂诫百代也。历览史乘，荐举之事多有，而惟贤是荐者罕觏，求诸三秦，其惟雷简夫乎！苏洵学博文雄，才识兼优，然举进士不中，举茂才异等亦不中，年近五十而犹困顿邅迍，倘无人力荐，则终老林下矣。洎携所著书谒雷简夫于雅州，简夫读其《洪范论》而知有王佐才，读其《史论》而知有良史才，读其《审势》、《审敌》诸篇而知有忧天下心，击节赞赏，情见乎词，诚可谓识贤爱贤者矣！苏氏僻处眉山，去雅州数百里而遥，素不相识，亦无权势，而既知其为天下之奇才，即不惮烦劳，连修数书，附其文而力荐之。一荐于韩琦，再荐于张方平，三荐于欧阳修，必获大用而后快，亦可谓勇于为国荐贤者也。欧阳、韩、张诸名公，皆居高位而能为国求贤者，故当苏洵挈二子轼、辙入京师，即受其知遇而名扬四海。《宋史》只记欧阳修上苏文于皇帝，其文既出，"士大夫争传之，一时学者竞效苏氏为文章"；故千百年来，三苏之名妇孺皆知，而不知荐之者为雷简夫，可为浩叹。幸而苏洵《嘉祐集》载《答雷简夫书》，《眉山县志》载雷简夫上韩琦、张方平、欧阳修书，《雅州府志》、《山堂肆考》载雷简夫荐三苏始末，而邓剑先生搜罗汇印，公诸同好，遂使吾人稔知其事而不胜仰慕之情。雷简夫故里合阳县人民政府为立丰碑，以资纪念，诚盛事也。果使雷简夫识贤、荐贤之遗风广被神州，发扬光大，必将贤路广开，士气高扬，人才辈出，人尽其才，则四化之实现，中华之振兴，为期匪远。而此碑之光焰，亦将与日月同明，永照天壤矣。

1996年10月

西安钟鼓楼新制洪钟巨鼓碑记

　　长安以钟鼓司辰,北周已然,庾子山之诗可证。唐京钜丽,宫阙连云。晓钟初动,万户齐开;暮鼓频催,六街始静。唐睿宗召名匠铸景云钟,亦欲以"警风雨之辰,节昏明之候"也。今西安之钟鼓楼,始建于明洪武时。海桑屡变,风凄雨晦,而民不失时者,赖有此耳。洎夫欧风东渐,计时咸用新器,晨暮不闻钟鼓之声者久矣。兹逢盛世,百废俱兴;四化之建设方殷,传统之弘扬愈迫。政府投巨资维修两楼,新其彩绘。市文物局乃复制景云钟悬于钟楼,重制巨鼓置于鼓楼。钟鸣鼓应,发时代之强音;朝警夕惕,扬中华之正气。其鸿功显效,岂徒报昏晓而已哉!洵盛事也,故乐而为之记。

1996 年 12 月

凤凰山名胜碑记

天水扼关陇巴蜀之咽喉，人文荟萃，由来久矣。秦称邽县，汉称上邽，皆以邽山命名。邽山之主峰，突起于新阳之南，翩然翱翔若彩凤，因名凤凰山。渭水北萦，耤河南绕，冈峦环拱，云霞掩映，实天水之镇山也。故自汉唐以来，屡有营建，而兵火相寻，民劳弗惜，娲皇宫殿，仅见邑乘，唐公庙宇，徒賸碑文，遗址可辨者，惟山巅之东狱庙而已。四凶既殄，百废俱兴，兹山亦明文保护，百计经营，不数年而面貌翻新，蔚为壮观，舞台高筑，道观宏开，花果飘香，松柏耸翠，遐迩闻名。游人闻风而至者，接踵摩肩，无不瞻依赞颂，流连忘返，诚揽胜之佳境，怡情之乐土，而政教之昌明，亦于此可见焉。

松园碑记

　　松以名园,园因松秀,松阴满地,松籁清心,此西安市老年人游憩之所也。四凶既殛,日月重光,改革开放,花繁果硕。老年人幸沾厚泽,遂能息影怡情,娱其晚节。

　　园中凿小池,碧波澄明,有赤鲤数百,锦鳞闪耀,往来嬉游。池东北建怡乐厅,棋子频敲,琴声远播,射覆、投壶,杂以百艺。迤西为迎爽榭:倚槛看山,晴翠扑眉;凭窗待月,清风拂袖。出榭北向,入翰墨斋,几净窗明,笔精墨好:苏黄书画,倘可追踪;李杜歌吟,或能接响。池南池西,曲径通幽,花圃、茶寮、健身房之属,掩映于松篁深处,人声鸟语,共传好音。

　　园在大南门西侧,占地仅十八亩,而巧借外景,小中见大。环城路界其南,绿树蔽空,广厦隐现。护城河萦其北,画舸轻摇,虹桥飞跨。桥外崇垣弥望,护以林带,雉堞摩云,楼阁得日。每当时雨初霁,登高纵目,则八水之潆洄、洪河之浩渺、大小雁塔之挺拔巍峨、终南太华之雄奇壮丽,与夫原野绣错、村邑星罗、古迹历历、名胜处处,无不入指顾而豁心胸。因想汉唐之往烈,豪气勃发;瞻四化之前景,壮心不已。

　　此园动工于丁卯仲夏,领导支持,各界襄助,越两年而老年人已相偕来游,庆其落成。盖不独老有所养,抑且老有所乐、老有所寄,非遇明时,曷克有此!首事者嘱作记,因缀芜辞以志崖略,兼抒所感云。

1989 年中秋

天水诗书画研究院筹建碑记

　　尝闻书画珠联，人羡襄阳之舫；绘吟璧合，世传辋川之图。形神兼备，吐滂沛乎寸心；情景交融，现寥廓于尺幅。实中华文化之瑰宝，亦人类艺术之菁英。艺重三绝，誉满五洲，由来久矣。念吾天水，挹彼灵源。乃大汉之名郡，惟伏羲之故邑。画卦台高，人文蔚起；麦积窟邃，妙相纷呈。张芝索靖之书法，传自西邻；秦嘉赵壹之诗歌，作于本土。唐宋之世，名家辈出；明清以还，流风未泯。今者国谋富强，人思改革。物质文明之建设，千帆竞发；精神境界之提高，宏纲待举。邑人董君晴野，幼攻诗书，长精绘塑。为冯仲翔林风眠之高徒，得黄宾虹潘天寿之法乳。故知诗教之功殊巨，美育之力无穷。因而具文申请，建院讲习。市委书记薛君博综艺文，素重教化，察此议之所涉，实大计之攸关，遂遍商同寅，共襄盛举，准拨玉泉之古庙，改建艺术之新宫。市建委副主任李君穷园林之奥秘，究建筑之精蕴，奉派督工，精心筹划，修葺院落，肇构厅馆。远借佳景，南郭之云树苍茫；近延胜迹，天靖之楼台隐现。天水诗书画研究院，乃于己巳岁之十月十五日宣告成立。折简寰瀛，邀艺苑之人杰；振铎陇坻，探学海之骊珠。陶情冶性，仁者之心声溢于笔端；敦品砺行，高人之神韵跃然纸上。净化风俗，神州之隆盛可期；美化心灵，世界之清平有望。是以党政诸公，鼎力支持；工商各界，热情匡赞。兹将赞助金额及助主职衔姓名刻石铭记，以见乐善者好施，得道者多助也。后之览者，能无感焉。

1989 年 5 月

卦台山伏羲庙碑记

天水三阳川之西北隅,有山突起如龙首,南望凤山,北瞰渭河,相传为伏羲画卦之处,故名卦台。朝阳启明,其台光莹;太阳中天,其台宣朗;夕阳返照,其台腾射,故曰"三阳开泰"。而此台东南之沃野平川,亦以"三阳"命名焉。崇德报功、承前启后,乃吾民族之优良传统,故近代以前,凡有大功德于世者,多立庙奉祀。据此推想,卦台之有伏羲庙,由来远矣。然文献不足,未能详考。可考者而言,明嘉靖十年,巡按御史方远宜建伏羲庙于卦台,既载《天水县志》卷二,庙内亦存碑石。胡缵宗之《卦台记》及《龙马洞说》诸文,尤足参证。清顺治八年,秦州游击郭镇游卦台,见旧庙圮废,乃捐资重建,壮丽逾前,《直隶秦州新志》卷九纪其事以资表彰。抗战初期,余就学天水中学,尝与同学王无怠、刘尚儒徒步来游。自吴家庄攀沿曲径以至山巅,古木参天,河声盈耳。斯时外患方殷,民苦百役,兹山人迹罕至,满目萧条;而午门、牌楼、钟楼、鼓楼、戏楼、朝房、太昊宫等巍然犹存,仰望"先天下觉"、"与天地准"、"则古称先"诸匾,而继往开来之念油然以生,低徊流连者久之。慨夫"文革"祸起,神州大地之文物古迹惨遭破坏,卦台亦未幸免。拨乱反正以来,乡人集资修复,渐具规模,海内外寻根访古者,络绎而至。参卦象之哲理,追现代之科技,绍羲皇之伟业,振华夏之雄风,其意义之深远,岂浅见者所能窥其万一哉!主事者嘱为记,因粗述所知,以备参考云尔。

1999 年 3 月

天水诗圣碑林记

　　中华诗歌，蜚声四海。治中华诗歌者，无不瞩目唐诗；习唐诗者，无不倾心诗圣杜甫；而读杜诗者，无不向往秦州也。老杜倘无秦州之山川胜迹以发其才藻，固无以激扬创作之高潮；秦州倘无老杜之名章隽句以传其神韵，又安能震荡海内外豪俊之心灵，不远千里万里来游兹土，以促进经济文化之交流乎？然则，杜甫秦州诗，实为吾邑之瑰宝而亟待弘扬者也。市领导有鉴于此，筹建诗圣碑林。筹建组诸公，高悬诗、书并美之标准，广求精选，不独王铎、何绍基、于右任诸家墨宝毕集，而湮没数百年之"二妙轩"拓本亦联翩而至矣，岂不异哉！"二妙轩"诗碑者，清初大诗人宋琬之所刻也。宋公官秦州，拜杜甫之祠宇而新之；复构一轩，捐俸集"二王"诸名家法书摹刻杜甫秦州诗嵌于壁。诗妙、字妙，遂以"二妙"命名焉。沧桑屡变，刻石散失久矣。不意初拓本尚留人间，乘时而出，完好无缺，岂此物有灵，欲助秦州大放光芒于五洲耶？诗以地名，地因诗显，天水物质文明与精神文明之建设，必将以诗圣碑林之建立为契机，突飞猛进，日异月新，拓乐土于西州，耀明珠于丝路也。余乐观厥成，因献颂词以为嚆引。

1999 年 8 月

重建紫云楼碑记

举凡京都之所在，必有游息之景观。周文王都丰，丰京即有灵台、灵沼，《诗·大雅·灵台》描述甚美。先秦儒家鼓吹仁政，宣扬民本主义，孟子见梁惠王立于沼上观景取乐，即引《灵台》之诗因势利导，略谓：文王与民同乐，故用民力为台为沼而民欢乐之；夏桀殃民祸国，故民欲与之偕亡，虽有池台鸟兽，岂能常享！自汉武帝独尊儒术以来，儒家思想影响深远，然而历代帝王所建之池沼楼台真能与民同乐者鲜矣。必求一例以实之，其惟以紫云楼为标志之曲江风景区乎！

紫云楼始建于开元盛世，北邻曲江池，南对终南山，雄峙于芙蓉园北墙极顶，巍峨壮丽，碍日摩云。焦氏《易林》有"黄帝紫云，圣且神明"之论，开创开元盛世之李隆基以"紫云"名楼，或有取于斯义；而此楼之宏规伟构，亦堪与兴庆宫勤政务本之楼媲美也。每逢中和、上巳、重阳及新进士关宴，长安官民倾城而出，争赴曲江。钿车宝马，击毂摩鞍；锦帐绣幄，盈堤匝岸。泛舟碧波，流觞曲水，斗草踏青，载歌载舞，杂技百戏之属争胜竞奇，狂欢不可名状。太平天子乃乘銮舆而翼六龙，登紫云楼垂帘观赏焉。此与孟子所颂扬之文王与民同乐，庶几乎近之矣。

明皇晚年以骄奢荒淫导致安史之乱，大唐帝国由盛转衰。继而宦官专权，藩镇跋扈，农民暴动，军阀混战，举国生灵陷于水深火热之中；而绵延近三百年之大唐政权与唐京之宫殿园林，遂葬送于熊熊兵火，紫云楼亦沦为废墟矣。曲江景区之开拓、繁荣、衰微与毁废，实与大唐王朝之治乱存亡息息相关；重温历史，岂无深层意蕴足以引人深思，发人深省者哉！

改革开放，巨龙腾飞。震大汉之天声，昌盛唐之伟业。再造曲江辉煌之梦想，弹指之间，已由宏伟规划变为光辉现实，紫云楼已高插云表，向海内外游人开放矣。大唐鼎盛之时，民富国强，当政者以开放之胸襟，辟曲江池为公共游览区，"轮蹄辐辏，贵贱雷同"，固已难能可贵；而芙蓉园则为皇家禁苑，紫云楼自非人人可登,天子于此遥观曲江大会以显与民同乐之义,虽有可取,然与今日之万民腾欢不可同日而语也。儒家倡导之民本主义实为优秀传统,然而时当封建,人分等级,亦不可与今日弘扬之"以人为本"精神相提并论也。倘"以人为本"之精神与时俱进,发扬光大,则吾国之富强康乐、曲江之锦上添花、紫云楼之维修加固,亿万斯年,无有穷期;中华文化亦如日月经天,光照四海焉。炎黄子孙于登楼览胜之时言念及此,其民族责任心必如烈火之燃烧,其历史使命感必如鲜花之怒放,自不满足于为休闲而休闲、为娱乐而娱乐也。

2002 年 3 月

长沙杜甫江阁碑记

人生百年耳,死何可免!而或流芳百世,或与草木同腐,或遭后人唾骂,皆有以自致之也。杜甫早岁漫游,晚年漂泊,其出生、流寓以及行踪所至与华章传诵之处,或维护遗迹,或修建祠宇,或营造各种纪念性设施,历千百年而愈盛;倘非其人其诗之崇高伟大足以感人肺腑,益人神智,又安能致此哉!自古迄今,号称诗人者指不胜屈,而独杜甫自北宋以来即被尊为诗圣,公元一九六一年十二月又被世界和平理事会列为在全世界开展纪念活动之世界文化名人,岂偶然哉!

杜甫自大历三年冬抵岳州,至大历五年冬自潭州赴岳州病卒,辗转湖湘约两载。其间寓居长沙较久,对民风之淳厚与田土之膏腴不胜眷恋,故有"今幸乐国养微躯"之句,且欲诛茅卜居焉。寓长沙时或舟居,或住江阁。江阁者,唐代长沙之驿楼也。少陵集今存长沙诗五十余首,其中《江阁卧病》、《楼上》、《远游》诸什,皆住江阁时所作。《远游》首句"江阔浮高栋",既明写江阔阁高,又用一"浮"字描状此阁恍从江上浮起,则阁之临江高耸与江之汪洋浩瀚如在目前,而杜老热爱江阁之深情,亦见于言外矣。

湖湘各地,杜甫遗迹及纪念性实物极多,不独岳阳有怀甫亭及《登岳阳楼》诗碑,平江、耒阳等地有杜墓杜祠,即湘潭之凿石浦,亦因杜老泊舟于此而刻有米芾所书之"怀杜崖"。湘人之怀杜,真可谓无微不至矣。改革开放以来,巨龙腾飞,百废俱兴,长沙市人民政府特于湘江风光带兴建杜甫江阁,其缅怀诗圣以振兴诗教,弘扬文化以振奋民族精神之美意良法,殊堪赞佩。此阁为仿古建筑,巍峨壮丽。阁旁辟文化广场,亭馆峥嵘,花木掩映。游人于观赏全景之余,入展馆而博览杜甫史料,入碑亭而细读杜甫诗作,然后登阁望远,想象杜甫颠沛流离之地,从而领会其致君砺俗之政治理想,感悟其匡时淑世之人生信念,体验其人饥己饥之仁爱胸怀,赞颂其忧国忧民之忧患意识,讴歌其弭乱御侮之爱国精神,则以天下国家为己任之历史使命感必油然而生,壮志凌云矣。然则,杜甫江阁之兴建,岂可等闲视之哉!故乐而为之记。

2003年8月

重修圣境寺碑记

吾乡之主山,若巨龙曲蟠而昂首天外,故以蟠龙命名。山麓有寺,西对驼峰而前临渭水,左右两山环抱,水秀山青,绿野弥望,诚揽胜之佳处也。先民以圣境名寺,意在兹乎？寺在霍、罗、马、高、方诸村之间,位置适中。秋熟赛社,诸村之男女老幼络绎而至,看演戏,购百货,会亲友,叙乡谊,接连三日,狂欢不可名状。岁暮农闲,或办夜校,或练秧歌,实农村文化娱乐之公共场所也。"文革"祸起,巍峨殿宇,庄严妙相,俱毁于造反派之手,良堪痛惜！今者政通人和,物阜民康,乃于原址重建,初具规模。既存吾乡之名胜,又使诸村之民复得聚会之乐,演新戏而倡文明,隆乡谊而固团结,而世代风俗民情之积淀,亦有所寄托焉,故乐而为之记。

课余随笔

于右任先生嘱集对联

　　人之气象,虽有天授,亦须视其修养,淬于面,盎于背,出乎口,见乎词,工夫深浅,不可假借,所谓诚中形外者是也。右任先生尝命予集五言对联,因拟数副:曰"放怀宇宙外,得气山水间";曰"崇山怀万有,大水会群流";曰"趣舍同天地,咏言系古今",此集《兰亭集序》字者。曰"雄风盖百世,大度包群伦";曰"垂言弘大道,济世尽天功";曰"宏图开万世,大道定中原",此集《东方朔画赞》字者。持往求正,猥邀嘉许。此盖前辈奖掖后进之意,视翁"圣人心日月,仁者寿山河"一联,雄浑博大,相去固不可以道里计也。"文如其人",可不勉乎?

辟疆师见示近作

辟疆师见示近作数首,其《元辰一首呈右公院长》云:"元辰集簪裾,淑气盈户牖。堂堂开济英,对兹开笑口。平生饥溺心,三民坚自守。百折忍不移,此事望已久。今朝宪法颁,欢声动九有。恢疏慎所持,是赖调元手。更念持风宪,即政当岁首。屈指十五年,守正自不苟。有目疲文移,有耳纷听受。尤于毫发间,精爽见裁剖。忆昔诵公文,神交在癸丑。著论准过秦,执讯期获丑。徘徊宋墓间,题字大如斗。中有浩气存,扪之辨谁某。岁月自推移,勋名压朝右。藉曰如其仁,不负平生友。方今大难夷,国势日康阜。纳民于正轨,肆予大化诱。我公万人望,秉钧孰敢偶。嘉猷辰入告,行见民生厚。杯酒照须眉,江春动梅柳。万汇方昌昌,持以为公寿。"师于髯翁为文字交,相知最深,故能言之亲切如此。

辟疆师与李拔可先生论诗

辟疆师在李拔可先生座上,谓:近五十年中,为诗者以广雅、湘绮为南北两大宗,言唐宋者祖张,言八代者祖王,今一流将尽,前之不满于张王者,今则并张王而无之矣。风雅道丧。盖以后生喜谤前辈,更谁肯下涪翁之拜乎?各为太息。故寄汪老师诗云:"人从东南来,知子屋尚在。今朝忽觌面,顿挫弥自态。论诗半鬼录,岂必强分派?祖张与抑王,所见等一隘。惟忧玉石烬,遑问衣冠拜!清言虽无多,至味深可耐。吾衰百事懒,越境罢同载。待当踵前诺,酌茗鸡鸣埭。"李翁现住沪上。汪老师约与同车来宁不果,故末四句云然也。

夏剑丞先生《题太华图赠右老》

于辟疆师处,得读夏剑丞先生《题太华图赠右老》诗云:"翁昔议喷室,驶笔如挽强。鹄在国疵病,射鹄鹄既亡。翁来自田间,疾苦身所尝。言出犯忌嫉,险历若太行。至今读翁文,字字挟风霜。成功岂戈矛?兹史吾能详。迩者念馀载,风宪开宏纲。愿翁行所志,立使斯民康。太华耸神秀,列之翁坐旁。何气耀崇高?文字腾光芒。"夏翁所著《呋庵诗》已刊行。平生于梅都官诗致力甚勤,有《宛陵先生集注》,削稿盈箧,尚未刊布。

辟疆师论治目录学

尝以治目录学次第询辟疆师,师谓宜先习汉隋二志以植其基,继则利用二志以兼及辑佚与校勘之学。因为条举唐宋类书、书钞、旧注、总集及字书之最博大、最切要,而引书又详载出处者,凡十余种,期能识其大较,然后依类以及其他。其略目如次:

甲、二书钞

一曰《群书治要》 五十卷,唐魏征等撰,有日本刊本。
二曰《意林》 五卷,唐马总撰。此本庾仲容《子钞》,有周广业校本,甚合用。

乙、二类书

一曰《艺文类聚》 一百卷,唐欧阳询撰。存古经典甚多,而六朝诗文佚篇尤富。明嘉靖徐焞仿宋本尤佳。
二曰《太平御览》 一千卷,宋李昉等撰。此书以北齐《修文御览》为蓝本,而增益隋唐及修文殿所遗古经传子史杂书,极为宏博,季刚先生推为类书之王。清乾隆、嘉庆间,考订家最宝之。别有《太平广记》五百卷,专收小说笔记及异闻仙佛等,与此书同为学者所珍视。《御览》以张海鹏照旷阁大字本、日本喜多本为佳。近商务影印本亦好,惜多描写失真。鲍刻最下。《广记》以明嘉靖谈恺刊及万历许自昌刊为佳,黄晟小字本差可。

丙、五旧注

一曰《三国志》 裴松之注。多收魏晋间杂史,明嘉靖蔡宙刊佳。

二曰《世说新语》 刘孝标注。日本有全注残卷，中土刻本略有删节，然所删亦不多。明嘉靖袁褧佳趣堂刊佳。

三曰《水经》 郦道元注。原本四十卷，北宋初已缺五卷。今本乃何圣从就仅存之三十五卷析为四十卷，以足旧数。

四曰《汉书》 颜师古注。四史皆唐前旧注，如裴骃《史记集解》、司马贞《史记索隐》、张守节《史记正义》、章怀太子《后汉书注》，并佳。兹举颜注以概其馀。

五曰《文选》 李善注。善注极博洽，可以证经，可以订史，可以校子、集、字书，可谓一字千金矣。宋尤延之、元张伯颜本皆佳，明成化唐藩翻张本、清胡克家翻尤本亦不苟，何焯评点本亦好，海录轩本最劣。

丁、二字书

一曰《一切经音义》 有二本：一为唐释元应二十五卷本，乾隆丙午庄炘刊；一为唐释慧琳一百卷本，有日本元文二岁刊。所引群籍，多不传之秘册。

二曰《大方广佛华严经音义》 唐释慧苑撰，四卷，征引广博。

戊、四总集

一曰《玉台新咏》 明崇祯赵均小宛堂本。
二曰《古文苑》 守山阁刊本。
三曰《文馆词林》 原一千卷，久佚。今日本尚存残卷，适园丛书刊二十八卷。
四曰《文苑英华》 宋李昉等编。一千卷，收唐人文为多。明万历刊本。

师言清学以辑佚、校勘二事为有功后学，元明二代，瞠乎后矣。其法：先从事汉隋二志以识唐以前古籍崖略，然后蒐求佚书之仅存者，从事校勘。遇有异文，乃应用文字声音训诂之学辨其讹误与夫声音转变之由，再取古本类书及唐以前注家所引用与书钞之仅存者，取证其说，如云"某书正作某字"，使人读之，怡然理顺,涣然冰释。其足以益人神智、举一反三者,皆有藉上列诸书也。若辑佚之功,如孙冯翼(有《问经堂丛书》)、茅泮林(有《梅瑞轩十种》)、黄奭(《佚书考》)、马国翰(《玉函山房辑佚书》)、严可均(辑古子及汉魏间子书甚多,又严氏《全上古三代秦汉三国六朝文》亦辑佚)、诸家(乾嘉间有金溪王谟之《汉魏佚书钞》《魏晋地理书钞》,虽为辑佚,但疏略无家法)左右采掇,端在乎是。尝闻章宗源之撰《〈隋书·经籍志〉考证》也,其草创方法,即先将隋志佚书分条辑出,各成小册,纳诸竹筒,于是按册疏记书中大略及其出处,各草一提要。佚书面目,不难复识。孙星衍尝谓之曰:"君考证若成,甚愿以此底册畀余,真所谓起死人而肉白骨也。"章甚靳之。后为历城马国翰所得,玉函山房之巨册垂二百年沾溉靡尽,则辑佚之功也。

名词动用举例

　　西文中有名词动用之法，用白话迻释，苦难表现，不知者遂谓中文无此语例。按古文中有所谓实字虚用者，即是此法，求诸载籍，不胜缕述。略举数例，如《诗经》云："鼓钟于宫。"太史公《伯夷列传》云："左右欲兵之。"韩昌黎《原道》云："人其人，火其书。"孔德璋《北山移文》云："芥千金而不眄，屣万乘其如脱。"其中鼓、兵、人、火、芥、屣，皆名词动用者也。又太史公《淮阴侯列传》云："汉王授我上将军印，予我数万众，解衣衣我，推食食我，言听计用，故吾得至于此。"刘向《说苑》云："管仲云：'吾不能以春风风人，夏雨雨人，吾穷必矣。'"衣、食、风、雨四字，皆叠用，上为名词，下作动词，尤属显然；盖如此修辞，最易醒目也。见于诗中者，如散原老人《月夜楼望》第二联云："松枝影瓦龙留爪，竹籁声窗鼠弄髭。"影瓦声窗，新奇可喜。

仲长统论贪污之故

仲长统倜傥敢言,不矜小节,语默无常,时人或谓之狂生。每州郡命召,辄称疾不就。尝言使居有良田广宅,背山临流,沟池环匝,竹木周布,场圃筑前,果园树后,舟车足以代步涉之难,使令足以息四体之役,养亲有兼珍之膳,妻孥无苦身之劳,良朋萃止,则陈酒肴以娱之,嘉时吉日,则烹羔豚以奉之,踟蹰畦苑,游戏平林,濯清水,追凉风,钓游鲤,弋高鸿,讽于舞雩之下,咏归高堂之上,安神闺房,思老氏之玄虚,呼吸精和,思至人之仿佛,与达者数子,讲道论书,俯仰二仪,错综人物,弹南风之雅操,发清商之妙曲,逍遥一世之上,睥睨天地之间,不受当时之责,永保性命之期,如是则可以凌霄汉,出宇宙之外矣,岂羡夫入帝之门哉!又作诗二篇以见志,其一曰:"飞鸟遗迹,蝉蜕亡壳。腾蛇弃鳞,神龙丧角。至人能变,达士拔俗。乘云无辔,骋风无足。垂露成帏,张霄成幄。沆瀣当餐,九阳代烛。恒星艳珠,朝霞润玉。六合之内,恣心所欲。人事可遗,胡为局促?"其二曰:"大道虽夷,见机者寡。任意无非,适物无可。古来绕绕,委曲如琐。百虑何为,至要在我。寄愁天上,埋忧地下。叛散五经,灭弃风雅。百家杂碎,请用从火。抗志山西,游心海左。元气为舟,微风为柂。遨翔太清,纵意容冶。"味其所言,似为老氏之徒,而读其《昌言》,则深明治理,洞达人情。如《损益篇》有云:"夫人待君子,然后化理;国待蓄积,乃无忧患。君子非自农桑以求衣食者也,蓄积非横赋敛以取优饶者也。俸禄诚厚,则割剥贸易之罪,乃可绝也;蓄积诚多,则兵寇水旱之灾,不足苦也。故由其道而得之,民不以为奢;由其道而取之,民不以为劳。天灾流行,开仓库以廪贷,不亦仁乎!衣食有馀,损靡丽以散施,不亦义乎!彼君子居位,为士民之长,固宜重肉累帛,朱轮驷马;今反谓薄屋者为高,藿食者为清,既失天地之性,又开虚伪之名。使小智居大位,庶绩不咸熙,未必不由此也。得拘挛而失其才能,非立功之实也。以廉举而以贪去,非士君子之志也。夫选用必取善士,善士富者少而贫者多,禄不足以供养,安得不少营私门乎?从而罪之,是设机置阱,以待天下之君子也。"于今古贪污之故,数语道破,俸高养廉,不其然乎?

李、杜诗中之石门

　　老杜《题张氏隐居》云:"石门斜日到林丘。"仇注谓石门不必确指地名,引谢灵运"披云卧石门"及公诗"石门霜露白"为证。然老杜又有《刘九法曹郑瑕丘石门宴集》与此诗为同时作,钱笺:"《水经》济水又北过临邑县东,注曰:'县有济水祠也,水有石门,以石为之,故济水之门也。'"按临邑县属齐州河南道,而瑕丘,为兖州府治,题曰"郑瑕丘",知郑乃官于瑕丘者,钱笺谓石门在临邑,恐非是。鹤注:"此当是开元二十四年以后作,衮与齐为邻,至衮则至齐也。"直以此为游齐之作,尤误。今按邵注:"唐志:瑕丘,山东兖州府治也,石门,山名,在兖州府平阴县,与瑕丘相邻。"证以李白鲁郡东石门送杜甫:"醉别复几日,登临遍池台。何言石门路,重有金樽开。秋波落泗水,海色明徂徕。飞蓬各自远,且尽手中杯。"知题张氏隐居与石门宴集之石门,皆太白所谓鲁郡东石门也。

老杜状月诗

老杜状月诗甚多，《八月十五夜月》云："满目飞明镜，归心折大刀。转蓬行地远，攀桂仰天高。"《十七夜对月》云："秋月仍圆夜，江村独老身。"《江边星月》云："天河元自白，江浦向来澄。映物连珠断，缘空一镜升。"《江月》云："江月光于水，高楼思杀人。"《月圆》云："孤月当楼满，寒江动夜扉。委波金不定，照席绮逾依。"《月》云："四更山吐月，残夜水明楼。尘匣元开镜，风帘自上钩。兔应疑鹤发，蟾亦恋貂裘。斟酌姮娥寡，天寒奈九秋。"《初月》云："光细弦欲上，影斜轮未安。微升古塞外，已隐暮云端。河汉不改色，关山空自寒。庭前有白露，暗满菊花团。"皆能与题相称，为江月、为中秋月、为星月、为圆月、为残月、为新月，各如其分，不可假借；而时序之为冬、为夏、为春、为秋，亦寓其中，此所以善也。宋卢多逊当直，皇帝命赋新月，限用"些子儿"三字。卢赋诗曰："太液池边玩月时，好风吹动万年枝。谁家玉匣开新镜，露出清光些子儿。"（后两句或作"谁家镜匣参差盖，露出棱边些子儿"）王禹偁（或作曹希蕴）当直，亦赋新月，限敲、梢、交韵，诗曰："禁鼓楼头第一敲，乍看新月出林梢。谁家宝镜初磨出，玉匣参差盖不交。"观此二诗，皆自少陵"尘匣元开镜"句化出，形容缺月，固臻妙境，然卢诗所写，谓之残月亦可，王诗如无第一句，则亦不必确为新月也。《七修类稿》载郎仁宝与王义中玩新月，语及二诗，义中赋一诗曰："风外空传药杵敲，云边微见桂枝梢。定疑今夜蟾蜍小，含出明珠口未交。"清新俊逸，不减前诗，然不如老杜《初月》之贴切蕴藉也。

老杜当时无篇什者往往补写于异日

老杜《望岳》诗王嗣奭《杜臆》谓："'荡胸'句状襟怀之浩荡，'决眦'句状眼界之空阔。公身在岳麓，而神游岳顶，所云'一览众山小'者，已冥搜而得之矣，非必再登绝顶也。"今观晚年所作《又上后园山脚》云："昔我游山东，忆戏东岳阳。穷秋立日观，矫首望八荒。朱崖著毫发，碧海吹衣裳。蓐收困用事，玄冥蔚强梁。逝水自朝宗，镇名各其方。平原独憔悴，农力废耕桑。……"则是尝凌绝顶而纵目八荒矣。杜诗中当时无篇什，或有之而甚略者，往往补写于异日，如《昔游》《遣怀》之类是也。

丁棱"棱等登"

口吃者多留话柄,如周昌之"期期",邓艾之"艾艾",见于载籍,不胜枚举,然未有如丁棱之可笑者。《玉泉子》云:"卢肇、丁棱之及第也,先是放榜讫,则须谒宰相,其导启词语,一出榜元者,俯仰疾徐,尤宜精审。时肇首冠,有故不至,次乃棱也。棱口吃,又形体小陋,及引见,则俛而致词,意本言棱等登科,而棱赧然发汗,鞠躬移时,乃曰:"棱等登,棱等登。"竟不发其后语而罢,左右皆笑。翌日友人戏之曰:"闻君善筝,可得闻乎?"棱曰:"无之。"友人曰:"昨日闻'棱等登','棱等登',岂非筝之棱声乎?"丁棱者,唐武宗时人。李德裕为相,抑退浮薄,奖掖孤寒,于时朝贵朋党,德裕破之。由是结怨而绝于附会,门无宾客,惟宜春人卢肇有奇才,尝投文卷,由此见知。每谒见,待以优礼。旧制礼部放榜,先呈宰相。会昌二年,王起知举,问德裕所欲,答曰:"安有所欲,如卢肇、丁棱、姚鹄,岂可不与及第也?"起遂依次而放。事见《玉泉子》及《唐语林》。

郭祥伯论唐文

宋姚宝臣《唐文粹》，仰继萧选，俯开宋鉴，为一代巨著。郭祥伯复纂补遗二十六卷，并为之序曰："有唐之文，代凡三变。厌习靡孅，创开宏丽，岩庙钜制，有开必先，王杨而后，燕许代兴，而载之、至之出焉；丰缛冠带，威威仪仪，华则荣矣，恢张病之，于是桀立峻悍，倜傥张施，程古切今，横厉踔跞，曲江、梓潼，扬之而未宏，昌黎、河东，卓然而倡号，若羽翼凤而脚走麟，李氏、皇甫氏之徒，为其佐矣；文章之运，与世升降，日昃月亏，风流超然，其有愤发毅雄，信道不惑，遭值末流，悼叹膈臆，忠信强仁，又足以副之，而加学焉，时无钜材，惊荡自熹，孙、刘、皮、陆、司空氏，此其选也。"其《舟中读〈文粹〉》作云：

道敝文章五百年，子昂高蹈起群贤。昌黎倔强先低首，一序请看《修竹篇》。

大笔鸿文世少俦，却怜毛颖戏时流。两公心有千秋印，法度还推柳柳州。

贼退舂陵涕泗流，番番谢表见鸿猷。莫将一片磨崖颂，了却当时元道州。

悲凉噍杀异前闻，罗陆司空殿一军。解识《离骚》争日月，固应不废晚唐文。

男儿恩怨岂能灰，太息樊川不世才。三乞湖州缘病弟，又教人道水嬉来。

三唐犹见旧规模,树骨仍先丽藻铺。文柄若同持国例,须知变法是欧苏。

会昌勋业比元和,其奈中朝党论多!不及武夫能荐士,令人千载忆常何。

小鸡山序开元报,掩抑纡回见此情。试读少陵诸乐府,可知天宝是升平。

合补遗序观之,于唐文升降,可窥大略,而郭氏论文主旨,亦可见矣。

后山不背知己

陈后山学于南丰曾子固。元丰间,南丰修史,荐后山有道德、有史才,乞自布衣召入史馆。命未下而曾去,后山感其知己,不愿出他人门下。官颖时,东坡知州事,待之绝厚,欲参诸门弟子间,不屈。有"向来一瓣香,敬为曾南丰"之句。又作《妾薄命》二首以见志,其一曰:"主家十二楼,一身当三千。古来妾薄命,事主不尽年。起舞为主寿,相送南阳阡。忍著主衣裳,为人作春妍?有声当彻天,有泪当彻泉。死者恐无知,妾身长自怜。"其二曰:"叶落风不起,山空花自红。捐世不待老,惠妾无其终。一死尚可忍,百岁何当穷!天地岂不宽,妾身自不容。死者如有知,杀身以相从。向来歌舞地,夜雨鸣寒蛩。"按此与张籍事极相类。籍在他镇幕府,郓帅李师古又以书币辟之,籍却而不纳,作《节妇吟》一首寄之曰:"君知妾有夫,赠妾双明珠。感君缠绵意,紧在红罗襦。妾家高楼连苑起,良人执戟明光里。知君用心如日月,事夫誓拟同生死。还君明珠双泪垂,何不相逢未嫁时。"古人志节,坚贞如此。或谓后山轻坡,非也。其《送东坡》云:"一代不数人,百年能几见。昔为马首衔,今为禁门键。一雨五月凉,中宵大江满。风帆目力尽,江空岁年晚。"敬慕甚至,特不肯背曾南丰耳。

后山送内

　　陈后山家贫如洗,妻子常回娘家就食。元丰七年,岳父郭概远宦成都,其妻复率子女随往,三年后始可望归来。临别之际,后山作三诗分送岳父、妻子、儿女,皆情见乎词,恻恻动人。《送内》诗云:"麀麕顾其子,燕雀各有随。与子为夫妇,五年三别离。儿女岂不怀?母老妹已笄。父子各从母,可喜亦可悲。关河万里道,子去何当归?三岁不可道,白首以为期。百亩未为多,数口可无饥。吞声不敢尽,欲怨当归谁?"首二句因物起兴,言麀麕燕雀,犹知顾子,犹能相随,而己之不能顾子,不能相随,意在言外。"与子为夫妇"两句承第二句,言不能相随之实。"儿女岂不怀"两句承第一句,言不得顾子之故。有此四句,则骨肉睽离之状如在目前。"父子"二句,凄然可念。《忆少子》云:"吾母亦念我,与尔宁相望。"诵之使人孝爱之心油然而生。就眼前事抒情,何等抑郁!"各从其母",又包括几多事实。即此咽住不说,而下以"关河万里道"承之,以见此一别之久与远,更觉惘然自失。"百亩"二句,忽又从将来所希望者说,以见将来聚首生活之可乐,打开另一境界。转而想到是否能如所愿,又殊不敢必,"吞声不敢道"五字,悲苦极矣!然则,天之厄我,怨当何归乎?古乐府云"肠中车轮转",真后山此时心境矣。全诗气韵,从孟东野得来,然却不是孟东野诗。篇中每用汉魏人句,却又不是汉魏人诗。悟此一关,则古人皆供我驱使矣。

后山《寄外舅郭大夫》

陈后山《寄外舅郭大夫》一律,方回《瀛奎律髓》极称道,其言曰:"后山学老杜,此其逼真者。枯淡瘦劲,情味幽深。晚唐人非风花雪月禽鸟虫鱼竹树,则一字不能作,九僧者流为人所禁,诗不能成,曷不观此作乎?"纪晓岚亦称其"情真格老,一气浑成"。冯氏疾后山如仇,亦不能不敛手此诗,公道固不可泯也。其诗云:"巴蜀通归使,妻孥且旧居。深知报消息,不敢问何如。身健何妨远,情亲未肯疏。功名欺老病,泪尽数行书。"细玩其词,极肖杜陵入蜀以后之作,清健之中,真挚内蕴,使人百读不厌。谢榛《四溟诗话》谓其"四联为韵所牵,虚字太多而无馀味。若以前后为绝句,气骨不减盛唐",真瞽说也。戴石屏尝作《思家用后山韵》一诗,亦极有名。然与后山相较,厚薄自见。其诗曰:"湖海三年客,妻孥四壁居。饥寒应不免,疾病又何如?日夜思归切,平生作计疏。愁来仍酒醒,不忍读家书。"方湖师尝言最喜后山此篇,《随中央大学西迁》诗用其韵,诗云:"违难来巴渝,心悬江上居。仓皇万里别,迢递九秋如。鼙鼓中原急,妻孥梦寐疏。高城试回首,目断故园书。"冬月又和一诗云:"苦雾巴江里,情亲念旧居。三吴兵未已,万卷近何如?娇女别期数,园花枝上疏。排愁惟酒可,反畏有来书。"自谓不减石屏也。

后山七律压卷

陈后山《九日寄秦观》诗曰:"疾风回雨水明霞,沙步丛祠欲暮鸦。九日清樽欺白发,十年为客负黄花。登高怀远心如在,向老逢辰意有加。淮海少年天下士,可能无地落乌纱?"此篇当为后山七律压卷。纪晓岚谓"其诗不必奇,自然老健。后四句言已已老,兴尚不浅。况以秦之豪俊,岂有不结伴登高者乎?"可谓知言。结句用晋孟嘉落帽事,与杜工部《九日》诗:"羞将短发还吹帽,笑倩旁人为整冠。"同一入妙。《围炉诗话》云:"或推后山直接少陵,其五言律诚有相近处,此体犹未尽,何况诸体,而可言直接耶?"其言殊陋,所谓直接者,岂必篇篇皆如《寄外舅郭大夫》一律乎?果尔,则何足为后山之诗也。方湖师尝谓"后山七律,学杜诗而剥肤存液"。肤既非杜陵之肤,则液亦不尽杜陵之液,此所以高也。亦即入乎古人,出乎古人之说也。七律贵实,亦贵空。不实则佻,不空则死。佻则只以一二咏叹语取远神,尚不失为王新城;死则塞其户牖,非室闭气尽不可。故不敢掉以轻心,务使虚实相间,乃为合作。后山既受杜公法乳,而能买珠还椟,自出机杼,此所以为后山之诗也。

戴复古诗有家学

　　古今诗人，多有家学。东皋之于石屏，其尤著者也。戴敏，字敏才，号东皋子，宋乾道间人。平生不肯作举子业，独以诗自适，终穷而不悔。且死，石屏方襁褓，语亲友曰："吾病革矣，而子幼，诗遂无传乎？"太息而卒，语不及他，其笃好如此。石屏长，痛父遗言，收拾残稿，仅得十篇，遂发愤为诗，卒成大家。《求先人墨迹呈表兄黄季文》云："我翁本诗仙，游戏沧海上。引手掣鲸鲵，失脚堕尘网。身穷道则腴，年高气弥壮。平生无长物，饮尽千斛酿。传家古锦囊，自作金玉想。篇章久零落，人间眇馀响。搜求二十年，痛泪湿黄壤。君家图书府，墨色照青嶂。我翁有遗迹，数纸古田样。仿佛钟王体，吟句更豪放。把玩竹林间，风寒凛凄怆。昂昂野鹤姿，愧无事散状。儿孤襁褓中，家随风扫荡。于兹见笔法，可想翁无恙。幽居寂寞乡，风月共来往。众丑成独妍，群喑怪孤唱。一生既蹉跎，人琴遂俱丧。托君名不朽，斯文岂天相。旧作忽复传，识者动慨赏。嗟予忝厥嗣，朝夕愧俯仰。敢坠显扬志，幽光发草莽。假此见诸公，丐铭松柏圹。君其启惠心，慰彼九泉望。"诗学源渊，大略可见。石屏名复古，字式之，居南塘石屏山，因以为号。其诗正大淳雅，多与理契，机括妙用，殆非言传。吴荆溪称其"蒐猎点勘，自周汉以来，大编秘文，遗事廋说，何啻百家。"自谓"胸中无千百卷书，如商贾乏赀本，不能致奇货"，盖谦言也。

方回论律诗变体

　　方回,字万里,号虚谷,一号紫阳,徽州人。生于宋末,以诗自负。《四库全书总目提要》云:"方回之诗,专主江西,平生宗旨,悉见所编《瀛奎律髓》。"今观其书,议论明晰,条贯井然。"变体"一卷,论尤精到。"变体"云者,不拘律诗景一联、情一联之体,不拘虚、实对称之体也。所选诸诗,如贾岛《病起》"身事岂能遂,兰花又已开。病令新作少,雨阻故人来",注云:"昧者必谓'身事'不可对'兰花'二字,然细味之,乃殊有味,以十字一串贯意,而一情一景,自然明白;下联更用'雨'字对'病'字,甚为不切,而意极切,真是好诗,变体之妙者也。"又如陈简斋《怀天经智者》"客子光阴诗卷里,杏花消息雨声中",注云:"以'客子'对'杏花',以'雨声'对'诗卷',一我一物,一情一景,变化至此,乃老杜'即今蓬鬓改,但愧菊花开'、贾岛'身事岂能遂,兰花又已开',翻窠换臼,至简斋而益奇也。"注文独具慧眼,耐人寻味。

元好问论诗重阳刚之美

李冶称元遗山"诗律精深,有豪放迈往之气;乐府则清雄顿挫,用俗为雅,变故作新,得前辈不传之妙"。郝经亦称其"上薄风雅,中规李杜,粹然一出于正,直配苏黄氏。天才清赡,邃婉高古,沈郁太和,力出意外,巧缛而不见斧凿,新丽而绝去浮靡,造微而神采粲发,杂弄金碧,糅饰丹素,奇芬弄秀,洞荡心魄,看花把酒,歌谣跌宕,挟幽并之气,高视一世"。遗山七岁能诗,太原王汤臣称为神童。年十四,从陵川郝天挺学,不事举业,淹贯经传百家,尤以论诗自负。《论诗绝句》三十首,为二十八岁时作,于魏晋刘宋取曹植、刘桢、阮籍、刘琨、陶潜、谢灵运,于唐取陈子昂、杜甫、元结、韩愈、柳宗元、李商隐,于宋取欧阳修、梅尧臣、王安石、苏东坡。其持论大抵重阳刚之美,而于南北界限,未能泯除,故有"不作江西社里人"之句。而《自题中州集后》亦云:"若从华实评诗品,未便吴侬得锦袍。""北人不拾江西唾,未要曾郎借齿牙。"此论为王士禛所不满,亦门户不同之故也。

元好问论文

　　元遗山《论诗绝句》三十首自道创作纲领,《与张仲杰郎中论文》,则自言创作甘苦,金针度人。其诗云:"文章出苦心,谁以苦心为。正有苦心人,举世几人知。工文与工诗,大似国手棋。国手虽漫应,一着从一机。不从着着看,何异管中窥。文须字字作,亦要字字读。咀嚼有馀味,百过良未足。功夫到方圆,言语通眷属。只许夔与旷,闻弦知雅曲。今人诵文字,十行夸一目。阒颤识香臭,眢视纷红绿。毫厘不相照,觌面楚与蜀。莫讶荆山前,时闻刖人哭。"按盛如梓《庶斋老学丛谈》云:"张橘轩与元遗山为斯文骨肉,张云:'富贵倘来良有命,才名如此岂嫌贫。'元改'倘来'为'逼人','此'为'子'。又云:'半蒿溪水夜来雨,一树早梅何处春。'元云:'佳则佳矣,而有未安,既曰"一树",乌得为"何处"?不如通作一句,改"一树"为"几点"。《壬辰北度寄遗山》诗:'万里相逢真是梦,百年垂老更何乡。'元改'里'为'死','垂'为'归',如光弼临军,旗帜不易,一号令之,而百倍精彩。"观其所改数字,遗山真所谓"字字作"、"字字读"者!十行一目,顷刻千言,夸多斗靡,终有何用?遗山此诗,可三复也。

中州豪杰李屏山

元遗山《李屏山挽章》云："世法拘人虮处裈，忽惊龙跳九天门。牧之宏放见文笔，白也风流馀酒尊。落落久知难合在，堂堂元有不亡存。中州豪杰今谁望？拟唤巫阳起醉魂。""谈麈风流二十年，空门名理孔门禅。诸儒久已同坚白，博士真堪补太玄。孙况小疵良未害，庄周阴助恐当然。遗编自有名山在，第一诸孤莫浪传。"李纯甫号屏山，遗山录金一代之诗为《中州集》，卷四录屏山诗二十九首，并为之传云："纯甫字之纯，弘州人，承安二年进士，仕至尚书右司都事。为举子日，亦自不碌碌。于书无所不窥，而于庄周、列御寇、左氏、《战国策》为尤长。文亦略能似之。三十岁后，遍观佛书，能悉其精微。既而取道学书读之，著一书，合三家为一，就伊川、横渠、晦庵诸人所得而商略之，毫发不相贷，且恨不同时，与相诘难也。性嗜酒，未尝一日不饮，亦未尝一饮不醉。眼花耳热，人有发其谈端者，随问随答，初不置虑，漫者知所以统，窒者知所以通，倾河泻江，无有穷竭。好贤乐善，虽新进少年游其门，亦与之为尔汝交，其不自贵重又如此。"张伯玉有《登楼诗》云："昨日上高楼，西山翡翠堆；今日上高楼，西山如死灰。想见屏山老，疗饥西山隈；餐却西山色，高楼空崔嵬。"高献臣有《壶溪诗》云："我观壶芦溪，未易以蠡测。大若溪上翁，有口吸不得。壶中别是一洞天，溪上翁即壶中仙。毕竟人间无着处，杖头挑取屏山去。"读此及遗山《挽章》，则其为人可知也。诗亦豪宕奇丽，别开蹊径，如《赤壁风月笛图》云："钲鼓掀天旌旗红，老孤胆落武昌东。书生那得麾白羽，谁识潭潭盖世雄。裕陵果用轼为将，黄河倒卷湔西戎。却教载酒月明中，船尾呜呜一笛风。九原唤起周公瑾，笑煞儋州秃鬓翁。"又如《送李经》云："髯张元是人中雄，喜如俊鹘盘秋空。怒如怪兽拔古松，老我不敢撄其锋。更着短周时缓颊，智囊无底眼如月。斫头不屈面如铁，一说未穷复一说。劲敌相扼已铮铮，二豪同军又连衡。屏山直欲把降旌，不意人间有阿经。阿经瑰奇天下士，笔头风雨三千字。醉倒谪仙元不死，时借奇兵攻二子。纵饮高歌燕市中，相视一笑生春风。人憎鬼妒愁天公，径夺吾弟还辽东。短周醉别默无语，髯张亦作冲冠怒。阿经老泪如秋雨，只有屏山拔剑舞。拔剑舞，击剑歌。人非麋鹿将如何？秋天万里一明月，西风吹梦飞关河，此心耿耿轩辕镜，底用儿女肩相摩。有智无智三十里，眉睫之间见吾弟。"近体亦别具风格，如《瓢庵》云："书生只合饱黄葵，大嚼屠门计似痴。壁上七弦元自雅，囊中五字更须奇。横陈已觉如嚼蜡，皆醉何妨独啜醨。此味欲淡舌本强，如人饮水只渠知。"《杂诗六首》云："颠倒三生梦，飞沈万劫心。乾坤头至踵，混沌古犹今。黑白无真色，宫商岂至音。维摩懒开口，枝上一蝉吟。""乾坤大聚落，今古小朝昏。诸子蝇钻纸，群雄虱处裈。一心还人道，万物自归根。却笑幽忧客，空招楚些魂。""丹凤翔金鼎，苍龙戏玉池。心源澄似水，鼻息细于丝。枕上山川好，壶中日月迟。神仙学道者，那许小儿知。""空译流沙语，难参少室禅。泥牛耕海底，玉犬吠云边。仰峤圆茶梦，巢山放酒颠。书生眼如日，休被衲僧穿。""狡兔留三窟，狝猴戏六窗。情田抛宿草，心月印澄江。酒戒何曾破，诗魔先已降。雄蜂雌蛱蝶，正自不成双。""道义富无敌，诗书贵不赀。浮生几两屐，狂乐一绚丝。豪侠非吾友，臞儒即我师。谁知茅屋底，元自有男儿。"观此诸首，则遗山所谓"空门名理孔门禅"者，信不虚也。

屏山、遗山论诗

屏山论诗之言,见为刘汲所作《西岩集序》:"人心不同如面,其心之声发而为言,言中理,谓之文。文而有节,谓之诗。然则:诗者文之变也,岂有定体哉?故《三百篇》什无定章,章无定句,句无定字,字无定音,大小长短,险易轻重,惟意所适,虽役夫室妾,悲愤感激之语,与圣贤相杂殊无愧,亦各言其志也已矣。何后世议论之不公耶?齐梁以降,病以声律,类俳优然。沈宋而下,裁其句读,又俚俗之甚者。自谓灵均以来,此秘未睹,此可笑者一也。李义山喜用僻事、下奇字,晚唐人多效之,号西昆体,殊无典雅浑厚之气,反訾杜少陵为村夫子,此可笑者二也。黄鲁直天资峭拔,摆出翰墨畦径,以俗为雅,以故为新,不犯正位,如参禅著末后句为具眼,江西诸君子翕然推重,别为一派。高者雕镌尖刻,下者模影剽窃,公言韩退之以文为诗,如教坊雷大使舞,又云'学退之不至,即一白乐天耳',此可笑者三也。嗟乎!此说既行,天下宁复有诗耶?……"此论与遗山之说相发明。遗山《陶然集诗序》曰:"诗之极致,可以动天地,感鬼神,故传之师,本之经,真积力久而有不能复古者。自'匪我愆期,子无良媒','自伯之东,首如飞蓬','爱而不见,搔首踟蹰','既见复关,载笑载言'之什观之,皆以小夫贱妇满心而发,肆口而成,见取于采诗之官,而圣人删诗,亦不敢尽废,后世虽传之师,本之经,真积力久而不能至焉者,何古今难易之不相侔如是耶?盖秦以前民俗淳厚,去先王之泽未远,质胜则野,故肆口成文,不害为合理,使今世小夫贱妇满心而发,肆口而成,适足以污简牍,尚可辱采诗官之求取耶?故文字以来,诗为难;魏晋以来,复古为难;唐以来,合规矩准绳尤难。夫因事以陈词,辞不迫切而意独至,初不为难,后世以不得不难为难耳。古律歌行,篇章操引,吟咏讴谣,词调怨叹,诗之目既广,而诗评、诗品、诗说、诗式,亦不可胜读,大概以脱弃凡近,澡雪尘翳,驱驾声势,破碎陈腐,囚锁怪异,笼络古今,移夺造化为工,钝滞僻涩,浅露浮躁,狂纵淫靡,诡诞琐碎陈腐为病。……"遗山谓"不能复古",其言极是,要不如屏山"惟意所适"之论为透辟也。

鹓林墨迹

　　清苑梁鹓林以樟,一字公狄,崇祯庚辰进士。除太原令,调商丘。年八岁,读书家塾,壁忽裂,歌曰:"壁猛裂,龙惊出。"其父大异之。登进士,命试骑射,同榜者多不习,鹓林独三发中的,观者叹异。农民军陷商丘,全家自焚死。鹓林负创逃出,隐居宝应,射耕自给,日与阎尔梅、王猷定、刘纯学等剧饮高歌,以述作讲学为事。诗多变徵之音,《渡桃花涧访恒上人》诗云:"不见桃花树,惟闻涧水声。偶然寻去路,一径入霞城。雪瀑奔崖转,松涛静壑鸣。远公过不厌,闲踏石林平。"辟疆师家藏有鹓林墨迹二诗,其一云:"雨雪关河路,谁驱妻子行。百年犹念乱,吾道正孤鸣。草木荒中垒,江山老步兵。苍茫甓湖水,莫辨鼓挝声。"其二云:"贺监祠前酒一杯,霜风千里夕阳回。江山白发归人远,杵臼西风过雁哀。许剑几人同汐社,埋云无路哭荒台。时危重惜衣冠别,肯使秦庭片铁灰。"激楚苍凉,至可诵也。

殷岳、张盖

　　殷岳，字伯岩，一字宗山，崇祯庚午举人。生平不作近体，谓律诗徒费对偶，无益性情，自魏晋以下诗，屏绝不袭。辟疆师有手钞《留耕堂诗》一卷，只五古一体，盖持论然也。官睢宁知县未一载，申凫盟劝之归，慨然曰："我岂以一官易我友？"遂以朝衣予学官，策蹇还里。草房三间，与凫盟往来唱和，磊落使气，无一凡语，读史诸什尤佳。凫盟诗"解后南游忽二年，怪来鬓发老河边。故人零落行将尽，与子重逢亦偶然"盖为岳弃官北归作也。

　　张盖字覆舆，与申凫盟、殷伯岩称畿南三才子，有狂生之目。甲申国变后，凿坯以居，不与外人接，虽妻子亦不得面。又以哀愤过情，有作辄自毁其稿；或作狂草，故为窜易，至不可辨乃已，故传稿绝稀。凫盟多方搜求，仅得百篇，成《张子诗选》一卷。赠申绝句云："草泽贤臣尽上书，奎章阁外即公车。我甘渔父因衰老，独有涵光是隐居。"漫作云："玉盘渍墨可二斗，高丽茧纸冰蚕纹。醉来挥洒兴不尽，欲上青天写白云。"《卢工部说楚中山水》云："说峡山垂座，谈湖水在襟。"皆新颖有奇。

卢世㴶《杜诗胥钞》

卢世㴶,字德水,号紫房,又自号杜亭亭长,德州人,明末进士。卜居平原,自称南村病叟。尝有诗曰:"将书抵塞三间屋,用酒消融万古愁。"尊水园中,合祀唐之子美、宋之五郎,故以杜名亭。自谓"于子美诗四十馀读,迩来却扫,益有馀力,选摘盈帙,名为《胥钞》。子美《别李八秘书》云:'乞米烦佳客,钞诗听小胥。'余为子美操觚充胥吏而已。校之隶人伐木、信行修水筒、张望补稻畦、竖子摘苍耳、宗文树鸡栅、占数鹅鸭,颇树微勋。倘藉手以见子美,想饼给酒,在所不吝。"牧斋作《杜诗笺》,盖应德水之请。渔洋有句云:"若为南华求向、郭,前惟山谷后钱、卢。"即记其事。翁覃溪《宿德州作》云:"我行德水滨,缅怀德水子。结亭以杜名,日奉杜陵祀。虔若事父师,自谦钞胥尔。其钞世罕闻,闻亦莫之喜。益都香草生,知我役经此。比年寓我书,款门访故纸。获归置舆中,读之风雪里。编排乖次第,点窜失文理。岂惟昧杜义,盖未喻诗旨。徵文又一编,渔洋所称是。惜哉不得见,踯躅徒水涘。尝爱'胥钞'名,托意良有以。涪翁《大雅记》,早得杜家髓。尽归笺诂释,乃见真子美。近时仇、朱辈,掇拾益芜鄙。谁识鸾凤律,一洗筝琶耳。来者或未知,往者咸在矣。吾见三十家(方纲所见杜集注本三十馀种),得失具可指。呜呼六经后,二雅同一轨。借使宣圣见,正等星宿掎。欲仿授经图,请从豫章始。下逮金元明,所务源择委。达哉卫湜言,言不必出己。古人立之师,质朴以为纪。吾闻吴若本,精出宋时梓。恐难一端执,纷又千家起。安得深校雠,大书莹若几。竟用钞书例,屏绝群言绮。苏施黄史任,瓣香同受祉。彼尚有言说,而此空诸倚。折中诗之圣,考镜诗之史。鲁韩奚判齐,兴赋可通比。此愿蓄六年,宿此弥深企。归摹浣花像,旦旦荐苹芷。庶假凤夜勤,以证后先揆。万川汇一条,同归大海水。"此诗因《胥钞》而论诸家注杜得失,其言甚详,而覃溪宗旨,亦大略可见。按覃溪于粤东晤青州李南涧,语及《胥钞》。南涧乃致书卢氏,嘱其家以初印本见赠,始知为非定本也。德水有《尊水园集》,德州程正夫为之序云:"先生自评其文曰:

'余四十年学文,只受用得一个快字。'余曰:'固也,先生四十年学道,亦其受用得一个真字。'先生笑而不答。盖先生之快如秋隼擘云,夏龙掣电;又如风光霁月之下,天水空明中揽柁悬帆,一夕千里,乃先生之真。则恺悌慈祥,活泼坦荡,义理可为丰年,性情可当化雨。与先生交,即不觉醇醪自醉。至于立身大节,明白周正,皭然与日月争光。而自放于酒,则其作用之大,晦迹于群伦也。"正夫有《海右陈人集》,德水作序,称其"蔼然有王孟韦柳风"。与顾亭林善,一旦唱和,以朋字为韵,遂十往复,因目为《十朋诗》。正夫有"周行中土三千里,痛哭先朝十四陵"之句,盖与德水皆明遗民也。《杜诗胥钞》十五卷,为白文无注之选本,分体编次,收杜诗约十分之八,抉择颇精。有明崇祯七年尊水园刊本,前有《凡例》一篇、《馀论》一篇、《赠言》一篇。

杜甫与杜五郎

卢世㴶于尊水园中祀唐之子美、宋之五郎,故以杜名亭。余苦不知杜五郎为何人,问之朋侪,亦皆茫然,意者与少陵相匹,必为诗人也。偶阅《梦溪笔谈》,卷九载一条云:"颖昌阳翟县有一杜生者,不知其名,邑人但谓之杜五郎。所居去县三十馀里,唯有屋两间,其一间自居,一间其子居之。室之前有空地丈馀,即是篱门。杜生不出篱门凡三十年矣。黎阳尉孙轸曾往访之,见其人颇潇洒,自陈'村民无所能,何为见访?'孙问其不出门之因,其人笑曰'以告者过也'。指门外一桑曰:'十五年前,亦曾到此桑下纳凉,何谓不出门也?但无用于时,无求于人,偶自不出耳,何足尚哉?'问其所以为生,曰:'昔时居邑之南,有田五十亩,与兄同耕。后兄之子聚妇,度所耕不足赡,乃以田与兄,携妻子至此。偶有乡人借此屋,遂居之。唯与人择日,又卖一药,以具饘粥,亦有时不继。其子能耕,乡人见怜,与田三十亩,令子耕之,尚有馀力,又为人佣耕,自此食足。乡人贫,以医卜自给者甚多,自食既足,不当更兼他人之利,自尔择日卖药,一切不为。'又问:'常日何所为?'曰:'端坐耳。无可为也。'问:'颇观书否?'曰:'二十年前,亦曾观书。'问:'观何书?'曰:'曾有人惠一书册,无题号,其间多说《净名经》,亦不知《净名经》何书也。当时极爱其议论,今亦忘之,并书亦不知所在久矣。'气韵闲旷,言词精简,有道之士也。盛寒但布袍草履,室中枵然,一榻而已。问其子之为人,曰:'村童也。然质性甚淳厚,未尝妄言,未尝嬉游,唯买盐酪则一至邑中,可数其行迹,以待其归,径往径还,未尝傍游一步也。'予时方有军事,至夜半未卧,疲甚,与官属闲话,轸遂及此,不觉肃然,顿忘烦劳。"始知卢氏取五郎与少陵合祀者,一取其诗,一取其人。盖卢氏由明入清,有遁世之意,故借五郎以自况耳。

清初江左三大家

称清初诗人者必首推钱谦益、吴伟业,或有俪以龚芝麓而适成鼎足,称"江左三大家"者。吴江顾茂伦等合辑《江左三大家诗钞》,各为之序。顾序有云:"迨至今日,风雅大兴,虞山、娄东、合肥三先生,其魁然者也。虞山诗如掣鳌巨海,决溜洪河,不能翡翠兰苕,争柔斗艳;娄东诗如绛云卷舒,辉烛万有,又如六瑚八琏,宝光陆离;合肥诗如天女铁衣,仙璈凤管,新声绮制,非复人间。虽体要不同,莫不源流六义,含咀三唐,成一家之言,擅千秋之目。"赵序有云:"盖人必才大学大志大而后道乃大也,道大则发为诗文亦无所不大。我江左之有牧斋、梅村、芝麓三先生也,卓尔为人文宗主,声教德业且满天下,文章特其馀事耳,而诗又其文章之馀也,乌足以尽三先生之大。第特言诗,而三先生之为大家无疑也。昔高庭礼论李唐时人,每一标目,辄涵数家,至所谓'大家'者,止少陵一人。初窃疑之,既熟读少陵诗及其本传,证之诸家评论,方信廷礼品藻为不虚。……若三先生者,各少年荣达,坐致清显,而未尝不深历乎忧患之中;故际兴革之会,其道愈大,岂特荆潭酬和云尔哉?虞山往矣,光焰照人,学者仰如北斗;娄东高卧林泉,身系苍生之望;庐江扬历枢要,论道经邦,所谓当今之稷契非耶?三先生未尝屑屑求工于诗,而世之学诗者,必以三先生为模范。三先生之诗,炳耀天壤,沾被后学,如元气之入人肝脾也,如丝枲稻粱之适人口体,不可一日去也。少陵而后,克称大家者,非三先生其谁与归?"按两序皆作于康熙六年冬,顾、赵二人,皆生三先生之乡,又尝亲承三先生之教者,故推尊之处,不无过当。钱氏记丑学博,其诗出入于李杜韩白温李皮陆之间,兼以留心内典,名理络绎,辞彩瑰玮,故能独步一时,万流景仰,执诗坛牛耳者几五十年。吴氏藻思绮合,兼乐府古诗杜韩香山之长。少作才华艳发,吐纳风流。及遭逢丧乱、变而为苍凉激楚,风骨凛然。歌行一体,尤所擅长,情韵深于四杰,风华胜于香山,韵协宫商,感均顽艳,一时尤称绝调。芝麓虽稍逊钱、吴,要亦一时作手也。

钱牧斋其人其诗

钱谦益,字受之,号牧斋,一号蒙叟,晚自称东涧遗老,江苏常熟人。生明万历十年。年十九,及进士第,授翰林院编修。天启间,以东林党人被摈。崇祯初,起官侍郎,与温体仁、周延儒互争阁臣,落职归里。甲申变后,赴南京与诸大臣议立君,属意潞王。福王即位,阮大铖用事,牧斋媚之,因任礼部尚书,然终与马、阮辈不合。清师渡江,乃迎降,为礼部侍郎。未几,去官归江南,有告其与黄敏祺谋叛者,遂被囚。园户湫隘,暑雨踽踽,殆非人所居,而朝夕吟讽,一如平日。《狱中杂诗》三十首之二十八云:"良友冥冥恨夜台,寡妻稚子尺书来。平生何限弹冠意,后死空馀挂剑哀。千载汗青终有日,十年血碧未成灰。白头老泪西窗下,寂寞封题一雁回。"牧斋以明臣仕清之故,为世所诋,然观其"千载汗青"云云,显有寄托。且遗老如黄梨洲、石道济等,皆与之投分。牧斋死,黎洲亲至其家,自为祭文,焚于灵床之下,外人莫晓其语,则其人如何,尚待论定也。得释后闲居十年,建绛云楼,庋书万卷,以著述自遣,多诽议清廷者。康熙三年卒,年八十三,乾隆列入贰臣传。所著《初学》《有学》二集,令行禁毁。卒能流传至今者,良以文学之价值,终不可以人力废也。

牧斋天才学力,两皆夐绝。尝从憨大师德清游。辑有《内典文藏》一书,晚年又著《楞严蒙求》。故除镕经铸史外,常参佛语,是其特色。如徐元叹《七十初度诗》云:"皇天老眼慰蹉跎,七十年华小劫过。天宝贞元词客尽,江南留得一徐波。"第二首云:"落木庵空红豆贫,木鱼风响贝多新。长明灯下须弥顶,雪北香南见两人。"《昭昧詹言》称钱牧斋多用禅典,最俗而憎。然诸子百家,何者不可入诗,方氏之言,非笃论也。

牧斋诗论诗风

牧斋大篇，雄杰可喜，然未能尽空依傍。如《华山庙碑歌题华州郭胤伯所藏西岳华山庙碑》云："关中汲古有二士，郭髯赵崡俱嵯峨。伊余南冠系请室，摊书昼卧如中魔。郭生示我华山碑，欲比七发捐沉疴。展碑抚卷忽起坐，再四叹息仍摩挲。桓灵之际文颇盛，六经刻石正缪讹。开阳门外讲堂畔，车马观写肩相摩。鸿都学士竞虫鸟，宣陵孝子群鹤鹅。石渠白虎事已远，皇羲篇成世则那。此碑传自延熹载，石经未立先镌磨。丈人行可逼秦相，一饭礼本先光和。郭香香察禾遑辨，但见浓点兼纤波。锋刃屈折陷铁石，崭岩高下连巑岏。古来书佐擅笔妙，后代学士徒口呿。久嗟石趺毁赑屃，却喜纸本缠蛟蛇。墨庄旧物落髯手，如出周鼎获晋牺。身领僮妖杂装治，手与心眼争烦挼。灵偓绷帙巧纯缘，史明牙签细刮磋。收藏定可压邺架，鉴赏况复穷虞戈。我昔遣祭入太学，肃拜石鼓拂臼科。依稀二百七十字，维觩贯柳存无多。晴窗归抚古则卷，按节自诵昌黎歌。去年登岱访古迹，开元八分半鼟鼛。俗书刊落许公颂，斓斑漫患馀蜦蜗。风霜兵火恣残蚀，此本疑有神护呵。圣世文章就熠熄，珠囊儒雅失网罗。舞书不顾经若典，破体岂论隶与蝌。兔园村老议轩颉，乳臭儿子评丘轲。踏骏指日还见十，嚣陵祀海宁先河。少小亦思略识字，沉沦俗学悲涡唆。况闻中原战群盗，盗窃名字纷么么。搜金剔玉殚屋壁，崩崖焚阙倾山河。汲冢书门偏烽燧，祈年岣嵝难经过。每冷者旧委榛莽，谁集金石陵坡陀？郭髯连蹇赵崡死，老夫头白空吟哦。还碑梯几意惝恑，髯乎髯乎奈尔何。"此歌盖有意学韩昌黎《石鼓歌》者，不惟用韵同，句法亦多类似。此一望可知者也。东坡作《石鼓歌》，飞动奇纵，有意与昌黎争奇，虽气体肃穆不及韩，然不蹈一语，自是豪杰。或谓东坡《石鼓》不如韩作，韩作又不如杜甫《李潮八分小篆歌》，盖少陵以文法高古奇绝胜也。牧斋此作，不惟学韩，亦学杜、苏二作，苏云"其鱼维觩贯之柳"，此云"维觩贯柳存无多"，杜云"况潮小篆逼秦相"，此云"丈人行可逼秦相"，杜以"潮乎潮乎奈尔何"作结，此则以'髯乎髯乎奈尔何"作结，殊多袭语。

终不得与三家争席者,职此故耳。然而牧斋《徐元叹诗序》曰:"诗言志,歌永言。诗不本于言志,非诗也;歌不足以永言,非歌也。宣己谕物,言志之方也;文从字顺,永言之则也。宁质而无佻,宁正而无倾,宁贫而无儳,宁弱而无剽。宁为长天白日,无为盲风沥雨;宁为清渠细流,无为浊沙恶潦;宁为鹑衣短褐之萧条,无为天吴紫凤之补坼;宁为粗粝之果腹,无为荼堇之螫唇;宁为书生之步趋,无为巫师之鼓舞;宁为老生之庄语,无为酒徒之狂詈……导之于晦蒙狂易之日,而徐返诸言志永言之故,诗之道其庶几乎?"言诗既是矣,而所作不称者何哉?虽然,牧斋之诗,固已称雄一世矣。金孝章《牧斋诗钞题词》云:"托音遥深,文材宏富,情真而体婉,力学而思沉,音雅而节和,味浓而色丽。其于历代百家,都不沾沾规拟,而能并取其胜,斯固杜老所谓别裁伪体、转益多师、近风雅而攀屈宋者欤!"吴梅村亦有"若集众长而掩前哲,其在虞山乎"之叹。卷中如《春日过易水》云:"驱车信宿驿程间,双鬓萧骚春又还。易水到来偏易感,酒人别去更相关。暮云宫阙愁心绕,落日衣冠古道闲。老大不堪论剑术,要离坟畔有青山。"《寒食后一日作》云:"寒食凄凉作不成,春光取次又清明。孤臣气味愁钻火,故国心情记卖饧。苦恨落花随柳絮,漫劳啼鴂唤莺声。东风谁唱吴娘曲,暮雨潇潇暗禁城。"皆所谓"宣己谕物",合乎"言志之方"、不背"永言之则"者也。又如《后秋兴之十二》第七首云:"枕戈坐甲荷元功,一柱孤擎溟海中。整旅鱼龙森束伍,誓师鹅鹳肃呼风。三军缟素天容白,万旗朱殷海气红。莫笑长江空半壁,苇间还有刺船翁。"则为永历被害、盼望郑成功发兵而作,尾联有堪作内应之意。虽步老杜原韵而善陈时事,自抒怀抱,苍凉悲壮,真情洋溢,亦佳作也。

梅村诗有寄托

吴伟业,字骏公,晚年自号梅村,昆山人也。生而有异质,少多病,辄废读,而才学自进。年十四,能属文,下笔顷刻数千言。西铭张溥见而叹曰:"文章正印,其在子矣。"于时继东林之学者号曰复社,西铭主其盟,以文章雄天下。梅村从西铭为通经博古之学。年二十,补诸生。不逾年,中崇祯庚午举人,辛未会试第一,殿试第二。授编修,制辞云:"陆机词赋,早年独步江东;苏轼文章,一日宣传天下。"时年二十三耳。甲申之变,方里居,号痛欲自缢,其母抱持泣曰:"儿死其如老人何?"满清入主,世祖耳其名,曾荐剡交上,有司敦逼。乃扶病入都,授秘书院侍讲,国子监祭酒。寻丁嗣母忧,勇退南归。谓人曰:"吾得见老亲,死无恨矣。"时年四十五,居娄东,有不得于中者悉发于诗。《四库提要》云:"其少作大抵才华艳发,吐纳风流,有藻思绮合、清丽芊绵之致。及乎遭逢丧乱,阅历兴亡,激楚苍凉,风骨弥为遒上。暮年萧瑟,论者以庾信方之。其中歌行一体,尤所擅长。格律本乎四杰,而情韵为深;叙事类乎香山,而风华为胜,韵协宫商,感均顽艳,一时尤称绝调。其流播词林,仰邀睿赏,非偶然也。"其言甚允。盖梅村以明臣仕清,事非得已,黍离麦秀,触目伤怀,无怪其诗之动人也。自叹云:"误尽平生是一官,弃家容易变名难。松筠敢厌风霜苦,鱼鸟犹思天地宽。鼓枻有心逃甫里,推车何事出长干。旁人休笑陶弘景,神武当年早桂冠。"《与友人谭遗事》云:"曾踏骊山清道尘,六师讲武小平津。云旄大纛星辰动,天策中权虎豹陈。一自羽书飞紫塞,长教钲鼓恨黄巾。孤臣流涕青门外,徒使田横客笑人。"《登数峰阁礼浙中死事六君子》云:"四山风急万松秋,遗庙西泠枕碧流。故园衣冠怀旧友,孤忠日月表层楼。赤虹剑血埋燕市,白马银涛走越州。盛事若修陪祀典,汉家园寝在昭丘。"此皆有家国之痛者。又如《述怀诗》云:"我本淮王旧鸡犬,不随仙去落人间。"《绝命诗》云:"忍死偷生甘载馀,而今罪孽怎消除!受恩欠债须填补,纵比鸿毛也不如。"死前语其子曰:"吾诗虽不足以传远,而其中之寄托良苦,后世读吾诗而知吾心,则吾不死矣。"

又曰:"吾性爱山水,死后敛以僧装,葬吾于灵岩邓尉之间,碣曰'诗人吴梅村之墓',勿作祠堂,勿乞铭于人。"其言良苦,或有议其仕清者,是读其诗而不知其心也。

梅村五古时得杜韩之胜

梅村之诗，尤擅歌行，多数句转韵，似"长庆体"，《四库提要》所谓类乎香山者，殆指此而言。如《圆圆曲》、《永和宫词》等，皆流传一时，号为诗史。其他如《琵琶行》、《听女道士卞玉京鼓琴歌》、《东莱行》、《雒阳行》、《雁门尚书行》、《鸳湖曲》、《长陵公主挽诗》、《田家铁狮歌》等，无不悲歌感激，荡人心魂。计东《梅村诗钞题词》云："虞山之言曰：'梅村之诗，殆可学而不可能，而又非可以不学而能者也。'其贻书先生，称其'精求韩杜二家，吸取其神髓而佽助之。眉山剑南，断断乎不能窥其篱落、识其阡陌也'。夫虞山暮年之诗，心摹手追于眉山、剑南之间，顾称述先生诗如此，则其自逊为不如可知。"今按梅村五古大篇，得杜、韩精髓者颇多，固非"长庆体"所能范围，牧斋之言，非虚誉也。

芝麓学杜未化

龚鼎孳字孝升,生时庭产紫芝,因号芝麓,江南合肥人。崇祯七年进士,授礼部给事中。李自成陷京师,受职巡视北城。多尔衮入京,复迎降,授礼部给事中,寻改礼部,迁太常寺少卿。顺治三年,丁父忧,闻讣歌饮如故,为孙昌龄所弹,降二级调用,寻复原官。会给事中许作梅、庄宪祖等弹劾大学士冯铨,睿亲王集各官质问,鼎孳曰:"冯铨乃背负天启,党附魏忠贤作恶之人。"铨曰:"流贼李自成陷害明帝,窃取神器,鼎孳反顺逆贼,竟为北城御史。"鼎孳曰:"岂止鼎孳一人,何人不曾归顺。魏征亦曾归顺太宗。"睿亲王笑曰:"人果自立忠贞,然后可以责人,鼎孳自比魏征,而以李贼比唐太宗,可谓无耻,似此等人,只宜缩颈静坐,何得侈口论人。"遂罢不问。至康熙间,官至礼部尚书,以疾卒。著有《三十二芙蓉斋》、《定山堂》、《过岭》等集行世。芝麓为人放旷,颇致讥评,然称其诗者甚众。王丹麓《今世说》云:"宗伯天才宏肆,数千言可立就,词藻缤纷,略不点窜,为孝陵所赏识,尝在禁中叹曰:'龚某真才子也。'"吴梅村亦云:"先生之潜搜冥索,出政事鞅掌之馀;高吟长咏,在宾客填咽之际。尝为予张乐置饮,授简各赋一章,歌舞谈笑,方杂沓于前,而先生涉笔,已得数纸,坐者未散,传诵者早遍于远近矣。"(《龚芝麓诗序》)王渔洋亦极称其"军中转粟青天上,使者论功大夏西"句。按此为《寄彭禹峰方伯》中之颈联,其诗云:"得时鹰隼岂卑栖,行省威名播狄鞮。屦折围棋千帐静,檄成横槊万山低。军中转粟青天上,使者论功大夏西。柔远古惟恩信重,年来象马倦霜蹄。"又《上已将过金陵》:"倚槛春愁玉树飘,空江铁锁野烟销。兴怀何限兰亭感,流水青山送六朝。"王西樵称末句为才子语。今观其集,知学杜甚力,惜未能化耳。如《十八滩》第一首用老杜《铁堂峡》韵,第二首用《青阳峡》韵,此未注明用杜韵者;至如《弹子矶》、《岁暮行》、《樟树行》、《姑山草堂歌》、《临江缚虎行》、《万安夜泊歌》等,皆注明用杜公韵者也。《十八滩》云:"挂席逾回濑,觌面势断绝。积石铺中渚,高下出层铁。苍茫太古前,坤轴何自裂。巨斧斫崩云,飘动万川雪。阴涛如怒驷,历险转奔悦。开阖细针发,操纵在一折。……"此等诗虽似杜作,然求忠贞恻怛之诚如杜公者不可得,则亦貌袭而已。《梅村诗话》云:"孝升于诗,最秀颖高丽,声情遒紧,有义山之风,余尝忆其《润州一首》中联云:'乱后江声犹北固,坐中人影半南冠。'激昂慷慨……为之三叹。"然则,其秀颖高丽,激昂慷慨者,果别有在乎?求其诗以实之,如《白椎庵拜道公墓和苍公韵纪感》云:"乍披宿草泪潸然,投老青山计未全。五月幽林花过雨,百年春梦柳吹绵。几时寒菊诗盈袖,送我溪桥雪压肩。笔墨尚留衣钵在,移床频许竹扉眠。"其庶几乎!

愚山、渔洋诗论诗格之异

施闰章，字尚白，号愚山，安徽宣城人，顺治六年进士，与王渔洋相友善。渔洋尝谓康熙以来诗人无出南施北宋之右者。宋谓宋荔裳，施即施愚山也。王氏《居易录》云："康熙庚申，予与施愚山同过宏衍庵看海棠，各有四绝句。今庚午二月重来，海棠三株，皆已化去，而愚山之墓木拱矣，不胜今昔存殁之感。因复成一绝云："十年不见谢宣城，目极澄江远恨生。白首重吟《枯树赋》，江潭憔悴庾兰成。"其交谊可见。然二人诗格，却相异甚远，渔洋诗话云："洪昇问诗法于施愚山，先述予夙昔言诗大旨，愚山曰：'子师言诗，如华严楼阁，弹指即现，又如仙人五城十二楼，缥缈俱在天际。余则不然，譬作室者，瓴甓木石，一一须就平地筑起。'洪曰：'此禅宗顿、渐二义者。'"按洪昇为渔洋门人，愚山之言，或寓讽于颂欤！《四库全书总目提要》特为之解曰："平心而论，士稹诗自然高妙，固非闰章所及，而末学沿其余波，多成虚响。以讲学譬之，王所造如陆，施所适如朱。陆天分独高，自然超悟，非拘守绳墨者所及；朱则笃实操修，由积学而渐进。然陆学惟陆能为之，杨简以下，一传而为禅矣。朱学数传以后，尚有典型，则虚悟实修之别也。"其言良是。观愚山生平，盖不甘以文人自居者，每语所亲曰："我辈既知学道，自无大戾名教。但终日不见己过，便绝圣贤之路。终日喜言人过，便伤天地之和。"其学以礼仁为本，磨砻砥砺，历寒暑靡间。证以事迹，则瓴甓木石，一一就平地筑起云云，非徒论诗已也。所著《蠖斋诗话》云："山谷言'近世少年，不肯深治经史，徒取给于诗，故致远则泥'，此最为诗人针砭。诗如其人，不可不慎。浮华者浪子，叫号者粗人，窘瘠者浅，痴肥者俗，风云月露，铺张满眼，识者见之，直一叶空纸耳。"观其持论，宗旨可见矣。愚山诗尤长五言，温柔敦厚，一唱一叹，有风人之旨。其章法之妙，如天衣无缝。渔洋酷嗜之，其撰《感旧》及《山木》二集，录愚山诗为多。又别取五言近体为摘句图，传诵一时。约略举之，如"别绪不可理"、"酒尽暮江头"等诗是也。又尝称其游嵩山诗云："翠屏横少室，明月正中峰"，谓十字令人揽结不尽。又云："昔人论古诗十九首,以为惊心动魄,一字千金,施愚山送梅子翔云:'朔风一夜至,庭树叶皆飞。孤宦百忧集,故人千里归。岱云寒不散,江雁去还稀。迟暮兼离别,愁君雪满衣。'此虽近体,岂愧十九首耶?"其推崇可见。今举数首,如《次答沈悟州送别》云:"别绪不可理,茫茫失所思。断蓬吹更远,疲马策难驰。脱赠平生意,殷勤去后期。三湘风雨夜,应有梦君时。"《山亭》云:"山亭秋色里,乔木散秋阴。果落跳松鼠,萍开过水禽。入林苍径滑,隔岸数峰深。一坐移清昼,悠然物外心。"《中夜》云:"倚枕不能寐,惟含中夜情。为谁催白发,持底答苍生?天意晨星见,秋声鼓角清。已闻哀痛诏,盗贼忍纵横!"其诗辞清句丽,读之有香气沁牙颊间,令人神为之爽。据东南诗坛者数十年,非偶然也。

陈其年词以壮语见长

清初词家,断以陈、朱为冠冕。曹秋岳云:"其年与锡鬯,并负轶世才,同举博学鸿词,交又最深,其为词,亦工力悉敌,乌帽载酒,一时未易轩轾也。"后人每好扬朱而抑陈,殊非笃论。盖陈词以笔重胜,而微伤于率;朱词以情深胜,而微伤于碎。各有得失,未宜偏废也。其年《迦陵词》以壮语见长,笔力之重大,气魄之雄厚,古今词人,殆无敌手。集中长调《满江红》九十有六,《水调歌头》三十有九,《念奴娇》一百有八,《沁园春》七十有三,《贺新郎》一百三十有五,自来词家,有此伟观否?短调亦自具特色,如《点绛唇》云:"悲风吼,临洺驿口,黄叶中原走。"《醉太平》云:"估船运租,江楼醉呼,西风流落丹徒,想刘家寄奴。"《南乡子》云:"秋色冷并刀,一派酸风卷怒涛。并马三河年少客,粗豪,皂栎林中醉射雕。"《好事近》云:"别来世事一番新,只吾徒犹昨。话到英雄末路,忽凉风索索。"《苏武慢》云:"有恨秋槐,无情社燕,换过几番人世。只空留广武荥阳,一片惊涛剩垒。"平叙中峰峦迭起,气象万千,即苏、辛复生,犹当叹服也。

朱竹垞词

朱彝尊,字锡鬯,号竹垞,浙江秀水人。诗与王渔洋并称"南朱北王";词为"浙派"宗师,宗尚南宋姜夔、张炎,以清空淳雅为归。其《江湖载酒集》词洒落有致,《茶烟阁体物词》组织精工,《蕃锦集》运用成语,别具匠心,然皆无大过人处;惟《静志居琴趣》一卷,尽扫陈言,独出机杼,生香真色,得未曾有。艳词有此,匪独欧、晏不能,即李后主、牛松卿,犹当敛手也。《渔家傲》云:"桂火初温玉酒卮,柳阴残照柁楼移。一面船窗相并倚,看渌水,当时已露千金意。"《朝中措》云:"兰桡并载出横塘,山寺踏春阳。细草弓弓袜印,微风叶叶衣香。"《百字令·度居庸关》云:"十二园陵风雨暗,响遍哀鸿离兽。旧事惊心,长途望眼,寂寞闲亭堠。当年锁钥,薰龙真是鸡狗。"《苏幕遮·别王千之》云:"折黄花,倾白堕。又是骊歌,送客旗亭左。我泪别君君别我,莫洒临歧,留作相思可。"雅词深情,故未易及也。

笠翁论剧特重新调

李渔字笠翁,钱塘人,自称湖上笠翁。生明万历三十九年,所著传奇有《风筝误》等十种。其论剧特重变调,《闲情偶寄》卷二云:"变调者,变古调为新调也。此事甚难,非其人不行,存此说以俟作者。才人所撰诗赋古文与佳人所制锦绣花样,无不随时更变。变则新,不变则腐;变则活,不变则板。至于传奇一道,尤是新人耳目之事,与玩花赏月,同一致也。使今日看此花,明日复看此花,昨夜对此月,今夜复对此月,则不特我厌其旧,而花与月亦自愧其不新矣。故桃陈李代,月满魄生,花月无知,犹能自变其调,矧词曲出生人之口,独不能稍变其音,而百岁登场,乃为三万六千日雷同合掌之事乎。"此论不独为传奇之铁则,亦一切文学之铁则也。观《笠翁十种曲》,不落窠臼,独辟蹊径,于古人悲欢离合之戏剧公式外,自创喜剧,信乎其能自变新调者也。《风筝误》下场诗云:"传奇原为消愁设,费尽杖头歌一阕。何时将钱买哭声,反令变喜成悲咽。惟我填词不卖愁,一夫不笑是吾忧。举世尽成弥勒佛,度人秃笔始堪投。"不啻为喜剧之宣言。《与韩荩书》谓:"弟之诗文杂著,皆属笑资。"意亦同此。

袁枚论善学古人、求变求新

袁枚有《续诗品三十二首》，盖鉴于司空诗品只标妙境，未写苦心而作。其《著我》一品曰："不学古人，法无一可。竟似古人，何处著我？字字古有，言言古无。吐故吸新，其庶几乎。""著我"云者，谓诗中须有我在，亦变古求新之意也。其答《沈大宗伯论诗书》云："先生许唐人之变汉魏，独不许宋人之变唐，惑也。且先生亦知唐人之自变其诗与宋人无与乎？初盛一变，中晚再变，至皮陆二家，已变浸淫乎宋氏矣。风会所趋，聪明所极，有不期其然者。故枚尝谓变尧舜者汤武也。然学尧舜者莫善于汤武，莫不善于燕哙；变唐诗者宋元也，然学唐者莫善于宋元，莫不善于明七子。何也？当变而变，其相传者心也；当变而不变，其拘守者迹也。鹦鹉能言，而不能得其所以言，夫非以其迹乎？……"其言甚当。以杜诗为例，学者无虑数千家，其存者皆不类杜，能变故也。

好意翻新

　　好意多前人所有，但能翻而新之，即成好语。作诗固须创新，然必欲句句自创新意，则天地间安得许多意乎？少陵《羌村》云："夜阑更秉烛，相对如梦寐。"小山《鹧鸪天》云："今宵賸把银釭照，犹恐相逢是梦中。"东坡《庐山》云："如今不是梦，真个是庐山。"后山《示三子》云："了知不是梦，忽忽心未稳。"只是一意，而出语各殊。又如白乐天诗云："欲识愁多少，高于滟滪堆。"刘梦得云："蜀江春水拍天流，水流无限似侬愁。"李后主词云："问君能有几多愁，恰似一江春水向东流。"秦少游词云："愁如海。"亦是一意而语不相犯。此言情者也。写景则如魏澹云："出帘飞小燕，映户落残花。"少陵云："杂花分户映，娇燕入帘回。"句法互换，而意趣更佳。放翁云："杨花穿户入，燕子避帘低。"本于杜句，而姿致不减。凡此皆取其意境，遗其形骸者也。又有师其句法，别立新意者，如叶道卿《贺圣朝词》云："三分春色二分愁，更一分风雨。"东坡《水龙吟》云："春色三分，二分尘土，一分流水。"黄孝迈《水龙吟》云："柔肠一寸，七分是恨，三分是泪。"坡公从叶词演为长句，黄词又从二者化出者也。

"温柔敦厚"与"兴观群怨"

"温柔敦厚"一语,出自《礼记》,后人奉为经典,故吾国古典诗中,鲜过分激烈决绝之辞,恐伤诗人忠厚之教也。至清初顾亭林与王船山,始致疑辞。袁枚则明讥其非,《答沈大宗伯论诗书》云:"所云'诗贵温柔,不可说尽,又必关系人伦日用',此数语有褒衣大袑气象。仆口不敢非先生,而心不敢是先生,何也?孔子之言,戴《经》不足据也。惟《论语》为足据。曰:'可以兴,可以群。'此指含蓄者言之,如《柏舟》《中谷》是也。曰:'可以观,可以怨。'此指说尽者言之,如'艳妻煽方处'、'投畀豺虎'之类是也。曰:'迩之事父,远之事君',此诗之有关系者也。曰:'多识于鸟兽草木之名',此诗之无关系者也。"又《再答李少鹤书》曰:"《礼记》一书,汉人所述,未必皆圣人之言。即如'温柔敦厚'四字,亦不过诗教之一端,不必篇篇如是。二《雅》中之'上帝板板,下民卒瘅','投畀豺虎,投畀有北',未尝不裂眦攘臂而呼,何敦厚之有?故仆以为孔子论诗,可信者'兴观群怨'也,不可信者'温柔敦厚'也。或者夫子有为言之也。夫言岂一端而已,亦各有所当也。"其言确有见地。然在特定场合,出之以温柔敦厚,其意蕴有更深于裂眦攘臂者,如《姑恶》诗之"姑恶!姑恶!姑不恶,妾命薄!"其显例也。

五七言诗难易及"一三五不论"之谬

五七言诗各有难易,王渔洋谓五言难于七言,非笃论也。盖平淡天真,宜于五言;豪宕感激,宜于七言。既各有所宜,则各有难易。刘融斋谓"七言于五言,或较易,亦或较难,或较便,亦或较累,盖善为者如多两人任事,不善为者,如多两人坐食也",斯言得之。

近体诗平仄固定,滞碍殊多,遂有为"一三五不论,二四六分明"之说者,学者遵之。至赵执信撰《声调谱》,谓"五言重第三字,七言重第五字",则有与前说异者。王夫之《姜斋诗话》亦云:"不可为典要(指一三五不论,二四六分明)。'昔闻洞庭水',闻、庭二字俱平,正尔振起;若'今上岳阳楼',易第三字为平声,云'今上巴陵楼',则语蹇而戾于听矣。'八月湖水平',月、水二字皆仄自可,若'涵虚混太清',易作'混虚涵太清',为泥磬土鼓而已。又如'太清上初日',音律自可;若云'太清初上日',以求于粘,则情文索然,不复能成佳句。又如杨用修警句云:'谁起东山谢安石,为君谈笑净烽烟',若谓'安'字失粘,更云'谁起东山谢太傅',拖沓便不成响。足见凡言法者,皆非法也。释氏有言,法尚应舍,何况非法?艺文家知此,思过半矣。"

高密诗派与《二客吟》

　　高密诗派,始于清乾隆时高密李怀民与弟宪暠、宪乔,即世称"高密三李"者也。怀民幼即喜为诗,每得一家诗,与两弟效之,辄似。尝谓"唐法律备于中晚五律",故与宪乔依张为《主客图》例,蒐集元和以后诸家五言律诗,辨其体格,奉张籍、贾岛为主,而朱庆余、李洞以下客焉。名曰《重订中晚唐诗主客图》。因取己与宪乔所为效张、贾者附其后,曰《二客吟》。所居待鸿村,在胶水西涯,有沙水树石之观。侧近知名士,时相过从,与纵游,上诸山,流连唱酬,诗日以富。宪乔为岑溪令,一游岭南。尝谓同里铅廉夫曰:"吾诗自岑江集后,稍能自立。"天姿敏妙多杂艺,歌曲铙磬之属,皆究其理致。晚年尤好画,得意者辄自题咏。曰:"吾画不能悦人,如吾诗矣。"乾隆癸丑卒。廉夫序其诗,谓其"措辞恬雅,不事藻缋,其萧然闲放之趣,有非他人才力所能仿佛者"。当虞山、渔洋主盟之后,独能奋袂其间,声气门户之说,一举而空之。虽其说未能大行于天下,而十数年间,清才之士,亦有闻而信之者。其《岑江集·再泊戎溪》云:"又向蛮溪泊,孤舟几往还。谁知我名姓,空习此江山。灯火海商集,棹歌渔父闲。幽居归未得,坐惜鬓毛斑。"姓字固在天壤也。《二客吟》今少传本,辟疆师家藏一册,尝命予钞其副。为凝寒阁藏版,刘崧岚手校,附二李小传及为诗宗旨。李怀民传云:"怀民名宪噩,以字行,又字仲敬,又字仲浑,所居村圃有十桐树,因复自号十桐主人,同人称之,亦曰石桐。按石桐律体初学王右丞,浑沦不破,因钞张王乐府,改学张王五七律,于仲初尤笃好,后复专攻水部五言,得其律格。及选《主客图》,遂奉水部为清真雅正主,盖有意附为及门云。得诗五十七首。"李宪乔传云:"宪乔字子乔,一字秋岳,一字少鹤,怀民弟。按子乔律体,初学李太白,把捉不定,因学韩昌黎、孟贞曜古诗。得贾岛诗,大悦之,遂改学其五七律,后益专攻阆仙五言。及兄怀民选《主客图》,遂相与尊阆仙为清奇僻苦主,而自附为门下。得诗五十二首。"全书共选诗百有九首,皆五言律。

全祖望以乡邦故实名集

　　全祖望字绍衣,一字谢山,所著诗文曰《鲒埼亭集》。张介侯与友人书曰:"在省日与足下访某兄,言全绍衣集名鲒埼,弟记是地名,见《汉书·地理志》。某兄云:'谢山梦掘碑,碑有此一字,遂以名集。'尔时亦未便质实也。今检《汉志》:'会稽鄞有鲒埼亭。'颜师古曰:'鲒音结,蚌也。长一寸,广二分,有一小蟹在其腹中。埼,钜依反,曲岸也,其中多鲒,故以名亭。'全氏系鄞人,以乡邦故实名集。不知何以有梦碑之说,如果尔,则谢山亦忘鲒埼之出《汉书》矣。"按北宋梅尧臣《送鄞宰王殿臣》诗云:"君行问鲒埼,殊物可讲解。一寸明月腹,中有小碧蟹。"即用"鄞有鲒埼亭"典,鲒埼亭遗址,在今浙江省奉化县东南。又有鲒埼山,以靠近鲒埼亭而名。全祖望取乡邦故实名集,自为近情。梦碑之说,不足据也。

黄仲则太白楼赋诗

洪亮吉《黄仲则行状》云："岁辛卯，大兴朱先生筠奉命督安徽学政，延亮吉及君于幕中。先生宾客甚盛，越岁三月上巳为会于采石之太白楼，赋诗者十数人。君年最少，著白袷立日影中，顷刻数百言，遍视坐客，坐客咸辍笔。时八府士子，以词赋就试当涂，闻学使者高会，毕集楼下。至是，咸从奚童乞白袷少年诗竞写，一日纸贵焉。"按集中有《笥河先生偕宴太白楼醉中作歌》一首，即此会所作。诗云："红霞一片海上来，照我楼上华筵开。倾觞绿酒忽复尽，楼中谪仙安在哉？谪仙之楼楼百尺，笥河夫子文章伯。风流仿佛楼中人，千一百年来此客。是日江上同云开，天门淡扫双蛾眉。江从慈母矶边转，潮到然犀亭下回。青山对面客起舞，彼此青莲一抔土。若论七尺归蓬蒿，此楼作客山是主。若论醉月来江滨，此楼作主山作宾。长星动摇若无色，未必长作人间魂。身后苍凉尽如此，俯仰悲歌亦徒尔。杯底空馀今古愁，眼前忽尽东南美。高会题诗最上头，姓名未死重山丘。请将诗卷掷江水，定不与江东向流。"按"辛卯"为乾隆三十六年(1771)，"越岁三月上巳"为乾隆三十七年三月三日。检年谱知仲则此时才二十四岁，其造诣已卓卓如此，诚非易易。吴想亭属梁山舟学士书此诗刻石，梁欣然命笔。一时倾倒，从可知矣。

黄仲则七古

　　黄仲则名景仁,字汉镛,武进诸生,生乾隆己巳,享年三十有五。其诗上自汉魏,下逮唐宋,无弗效者。疏瀹灵腑,出精入能,咸能采撷精英,自成杼柚。而七古神奇变化,独近青莲,包世臣谓乾隆六十年间,论诗者推为第一。顾其生也,家贫孤露,时复抱病,憔悴支离,沦于丞倅,至从伶人乞食。时或竟于红氍毹上现种种身说法,粉墨淋漓,旁若无人,讥笑讪侮,一发于诗,其侘傺无聊之状,可以知矣。前人选其诗者,如毕沅之《吴会英才集》,王昶之《湖海诗传》,各仅百余首;翁方纲选《存悔诗钞》八卷,凡五百首,其言曰:"其诗尚沉郁清壮,铿锵出金石,试摘其一二语,可惊风雨而泣鬼神,何必读至五百首哉?所以兢兢致慎,删之又删,不敢以酒圣诗狂相位置者,欲使仲则平生抑塞磊落之真气,常自轩轩于天地间,江山相对,此人犹生,正不谓以长歌当哭也。"用意良厚,然洪亮吉有"删除花月少精神"之句,注谓"诗为翁学士方纲所删,凡涉绮语及饮酒诸诗,皆不录入",则去取失当,自在意中。今坊本《两当轩集》存古近体诗千一百七十首,予独爱诵七古,如《圈虎行》云:

　　都门岁首陈百技,鱼龙怪兽罕不备。何物市上游手儿,役使山君作儿戏。初舁虎圈来广场,倾城观者如堵墙。四围立栅牵虎出,毛拳耳戢气不扬。先撩虎须虎犹帖,以棒卓地虎人立。人呼虎吼声如雷,牙爪丛中奋身入。虎口呀开大如斗,人转从容探以手。更脱头颅抵虎口,以头饲虎虎不受。虎舌舐人如舐鷇。忽按虎脊叱使行,虎便逡巡绕栏走。翻身踞地蹴冻尘,浑身抖开花锦茵。盘回舞势学胡旋,似张虎威实媚人。少焉仰卧若佯死,投之以肉霍然起。观者一笑争醵钱,人既得钱虎摇尾。仍驱入圈负以趋,此间乐亦忘山居。依人虎任人颐使,伴虎人皆虎唾馀。我观此状气消沮,嗟尔斑奴亦何苦。不能决蹯尔不智,不能破槛尔不武。此曹一生衣食汝。彼岂有力如中黄,复似梁鸯能喜怒。汝得残餐容奚补,伥鬼羞颜亦更主。旧山同伴倘相逢,笑尔行藏不如鼠。

此诗气势,绝类唐人卢纶《腊日观咸宁王部曲婆勒擒虎歌》。卢诗云:

  山头瞳瞳日将出,山下猎围照初日。前林有兽未识名,将军促骑无人声。潜形踠伏草不动,双雕转旋群鸦鸣。阴方质子才三十,译语受词蕃语捷。舍鞍解甲疾如风,人忽虎蹲兽人立。欻然扼颡批其颐,爪牙委地涎淋漓。既苏复吼拗仍怒,果叶英谋生致之。拖自深丛目如电,万夫失容千马战。传呼贺拜声相连,杀气腾陵阴满川。始知缚虎如缚鼠,败寇降羌在眼前。祝尔嘉词尔无苦,献尔将随犀象舞。苑中流水禁中山,期尔攫搏开天颜。非熊之兆庆无极,愿纪雄名传百蛮。

沈德潜《唐诗别裁》谓"中间搏兽数语,何减太史公叙钜鹿之战"。吾于仲则此篇,正有同感。"似张虎威实媚人",警句精思,似奇实正,孙星衍推为"七古绝技",非虚誉也。

宋芷湾论文

宋芷湾,清嘉道间人,作《帝京赋》,为时所称。《与诸生论文五首》云:"五花一出立长风,万里先惊汗血红。俗士画皮兼画肉,神骓行气直行空。银鞍锦帕非无用,虎脊龙文自不同。漫道乐怡多闭目,闷人头脑是冬烘。""日向筝琶苦用心,谁知山水有清音。一声立鹤雪明树,百道飞泉云满岑。岂必枯僧同结屋,得来云境独弹琴。洞庭自古钧天奏,过客匆匆只不寻。""环肥燕瘦两难描,一发相移百艳消。文字古今无死法,高曾规矩必分条。林泉风月招高隐,宫殿旌旗赋早朝。莫遇齐王偏鼓瑟,更逢嬴女不吹箫。""剪彩为花也自多,荒园无景奈春何!山当选胜峰峰立,水见深源浩浩波。俊鹘盘云风上下,神鱼入海雨滂沱。红鸢乌狗空萧索,听取诗人赋《伐柯》。""三分人事七分天,此理虽通未尽然。但乞金丹来换骨,岂餐玉屑不成仙?花香九畹无双士,水味中泠第一禅。为报牺牛休饱啖,庄生意得弃蹄筌。"自道心得,不同英雄欺人。余久欲集古今论文论诗诸什为一编,以便观览,若此类诗,在所必取也。

清明诗数例

宋巩仲至清明节有《怆松楸》云："小楼吹断玉笙哀,春半馀寒去复来。五载不浇坟上土,望江心折刺桐开。"陈伯玑为明御史本子,避乱芜江,《拜先大夫墓下》云:

母氏望门间,已是苦寒日。儿今别翁坟,悲风飘泪湿。坟前万松树,树树儿子植。十载过人长,能作青葱色。再拜告主人,人谁非子职。但愿护根株,慎勿肆戕贼。儿子多回顾,梦绕松楸泣。来归当有时,早晚难自必。将欲游东南,又思去西北。佣书与授经,庶几近食力。骨肉永相保,此身任能塞。翁灵无不之,儿哀难罄述。

哀慕之忱,感人至深。辟疆师避寇渝州,流寓数载,其《清明诗》云:"又是清明上冢时,极天兵火阻归期。生儿似我诚何益,来日如今更可知。客里光阴看晼晚,梦中松桧总凄其。野棠如雪陶冈路（自注:彭泽陶村,先茔所在。）,麦饭何年进一卮!"与前二诗同一沉痛,沁人心脾。高启《清明呈馆中诸公》云:

新烟明柳禁垣斜,杏酪分香俗共夸。白下有山皆绕郭,清明无客不思家。卞侯墓上迷芳草,卢女门前映落花。喜得故人同待诏,拟酤春酒醉京华。

"白下"一联,传诵一时,然全诗高浑有馀;而深挚不足,未可与前数诗比美也。

惕轩诗文

阳新成惕轩康庐与余为忘年交,主编《今代诗坛》,诗词骈散,并擅胜场。武昌刘禺生丈赠诗有"吾州让子出头地,此道伤予矢瘖歌"之句。《还都颂》等骈文,贴切典丽,虽机云徐庾,犹当低首。于诗尤工五律,倾以近作《九州》、《不寐》两篇寄如皋冒鹤亭丈,回书云:"承示两诗,无懈可击,真五言长城。谓为当代吴明卿,无愧也。洪北江以乌孙对黄祖,当时盛传。大作以燕子对之,同工异曲矣。"其言良允。《九州》云:"歌舞南都旧,艰虞北房存。春灯怜燕子,塞月念乌孙。窃国群相斫,瞻天帝亦昏。设机知未厌,谁吊九州魂。"《不寐》云:"寸草三春泪,飘蓬四海身。拚将无尽夜,付与不眠人。急难谁相恤,兵戈倘未真。归帆何日是,我欲问江神。"感时念乱,意犹少陵。以明卿相方者(吴为明"后七子"之一,与李攀龙、王世贞齐名,名国伦,明卿其字,湖北兴国州人),与成先有同里之雅故也。

惕轩先生学术精纯,才力宏肆。潜搜冥索,出簿书鞅掌之馀;高吟长咏,在宾朋填咽之际。词彩缤纷,名理络绎。顷刻千言,都不点窜。所著《尚书》与《古代政治及民族气节论》两书,风行已久。其未付梓者,尚有《劢斋时事论文集》、《藏山阁骈文》、《康庐诗存》等,未能尽读,每以为憾。顷蒙见示《华国新声》一册,快读数过,景仰益深。序言所谓"志切经世,学涉多方……挟其扛鼎凌云之笔,发为黄钟大吕之音……敷陈时事,陶铸新词,洵大国之雄风,亦当代之诗史"者,洵不虚也。全书共分十篇,皆五言长古,一曰《建国篇》,二曰《建人篇》,三曰《建军篇》,四曰《七七篇》,五曰《双十篇》,六曰《武昌篇》,七曰《飞虎篇》,八曰《受降篇》,九曰《民主篇》,十曰《大同篇》,以次相属,皆有深意。此书出版于乙酉仲秋,方当抗战胜利之后。日月逾迈,倏复数年,四顾神州,战云弥漫,"豺虎投有北,恶枭徙自东;秦越皆兄弟,天地一幪幪"之大同世界,瞻望尚遥,良堪慨叹!虽然,其可不勉乎?

《建国篇》云:"任重贵弘毅,匹夫系兴亡。"《元日书感》云:"及时共了澄清愿,忍作中流袖手人。"谨为国人诵之。

鸡鸣寺题壁诗

余偕强华初游鸡鸣寺，即于志公台斜壁上见题诗，因字迹有漫漶处，且未携纸笔，故未录。游兴正浓，一寓目后即登寺之最高处，瞰玄武湖，望紫金山，收金陵全景于眼底，然后登豁蒙楼饮茗。惟诗后题名为"古伤心人"，则至今记忆犹新。昨日王、易、颜三君告余于志公台抄得"古阳山人"题壁诗，视之，则即余所见者，惟题名不同，且"忙杀"句"忙"字欠妥，心疑有讹。故今晨与三君复往详辨之，则"忙"字为"愧"字，题名与余初见者无异，知三君以草书形似而误认耳。诗为七律二首，字类颜鲁公《争座位》，甚道逸洒落，款落"辛巳重阳登鸡鸣寺志公台古伤心人题"十字。其后有七言和章一首，其下有五言跋诗一首，皆律体，乃后之游者所题，漶漫不可悉辨，偶辨一二语，亦不关痛痒。伤心人别有怀抱，非等闲人可知也。"辛巳"为民国三十年，东夷猾夏，国土日蹙，敌骑纵横，生民涂炭，而蚁附于汪伪政权之汉奸文人犹登北极阁赋诗，粉饰升平。读题壁诗，家国兴亡之感迸于行间，而对"擅风骚"之"衮衮群公"则投以匕首。"伤心人"其有心人欤？诗云：

重阳瞥眼石城来，木落霜清白雁哀。人自悲秋能作赋，我偏怀古独登台。孟嘉乌帽遥情集，陶令黄花晚节开。北极忽倾名士酒，题诗杰阁问谁才？

悠悠天地强登高，愧杀东篱隐士陶。是处看花皆下泪，何心把盏更持螯？吟诗兴被催租败，挈榼人无送酒劳。摇落江山供醉眼，群公衮衮擅风骚！

慈爱园

兰州东门外有邓家花园者,天水邓宝珊将军与其夫人崔锦琴女士所营葺也。抗日军兴,将军任晋陕边区总司令,坐镇榆林。二十九年六月,寇机犯兰州,崔夫人及子女避警于黄河北岸之防空洞,俱殉难葬于后园。翌年三原于公西巡,吊其墓,为题榜曰"慈爱园",作诗记其事。诗曰:"百感茫茫不可宣,金城到后更凄然。亲题慈爱园中额,莫唱凫雏傍母眠。"自注云:"宝珊长女倩子最后窗课录写杜诗'糁径杨花铺白毡,点溪荷叶叠青钱。笋根稚子无人见,沙上凫雏傍母眠',翌日与其母及两弟同罹难,皆葬园中。"日寇既降,将军蒞兰展其墓。同里冯国瑞先生为作《慈爱园曲》云:

兰州城东花如雪,棠梨树树闻啼鴂。几回掩泪过林园,春风不放丁香结。消魂忍指山头石,埋碧能温池上月。驻马风流严仆射,草堂乐与宾客同。夫人琬琰自清华,相携群稚嬉日斜。巾帼时深忧患语,强虏未灭不为家。剪刀勤自裁征裳,笳鼓频传歌破阵花。凫雏傍母绝可哀,名园孤冢凄崔嵬。门前争看中郎笔,题榜行吟髯翁来。招魂宁待三兴土,回戈更解九边围送。万里飞还寻旧陌,吞声难禁娇儿泣殉。不堪遍倚认雕栏,未拟寻常怨锦瑟。多为主人留景色,十日从游望郊坰台。将军昔时开府雄,池馆偶拓地数弓。行厨花下盛游谳,扑枣折枝任奚僮。亦培畦町劳树艺,闲涂丹墨就林花。锁钥雄封戍上郡,依依园外牵裾送。西犯狂鹰逞凶轰,遽怜并命一时殉。燕子归来寒食后,河山莽莽怯登台。忍灭仇雠久不归,指日降幡照落晖。八年一腔家国泪,迸向军前洒征衣。何物柔情欢与爱,恋枝啼煞乌头白。樽前花药雨冥冥,屐痕如梦忆曾经。天涯芳草春无际,一角荼蘼倚冬青。

三十四年夏,余与强华、无怠两君尝一至其园,极庭榭花木之胜。苹果累累,与日光相辉映,一望无际,洵属壮观。园中蓄犬极狞恶,故未能尽情游览,引为憾事。今春邓将军来京,邀汪辟疆、王新令先生游灵谷寺赏牡丹,余亦随行。游毕品茗,汪先生因谈牡丹品种,邓将军乃言慈爱园中佳种约一百有奇,每株结花百余朵,五色相渲,掩映成海。实远胜洛阳、曹州,更不数金陵之灵谷也。

诗词每句用同一字

陶渊明《止酒》诗云："居止次城邑，逍遥自闲止。坐止高荫下，步止荜门里。好味止园葵，大欢止稚子。平生不止酒，止酒情无喜。暮止不安寝，晨止不能起。日日欲止之，营卫止不理。徒知止不乐，未信止利己。始觉止为善，今朝真止矣。从此一止去，将止扶桑涘。清颜止宿容，奚止千万祀。"全首用二十"止"字。其后梁元帝作《春日》诗，用二十三"春"字，鲍泉奉和用三十"新"字，此见于诗者也。求之诗馀，则如欧阳炯《清平乐》云："春来街砌，春雨如丝细。春径满飘红杏蒂，春燕舞随风势。春幡细缕春缯，春闺一点春灯。自是春心撩乱，非关春梦无凭。"共用十"春"字。此亦文人狡狯伎俩，偶一为之，未为不可，然不能创为体制也。《文体明辨》标为"句用字体"，牵强可笑。

旅途纪历

别了，郑州

  为了珍惜闪耀在茫茫人海里的一星友谊之花，我有了一段遥远的旅行。
  凄凉的离别压抑着两颗寂寞的心，不能再忍了，在冬的尽头，我们希望能有一次见面的机会。我于是克服了所有的困难，由南京赶到郑州。这是元月中旬的事，陇海路上，还不十分紧急，乘津浦车到徐州，再转郑州，只费了两天一夜的时光，旅途上并没有受到意外的酸楚。并且故人重聚，围炉谈心，过旧历年的当儿，虽然是大雪纷飞，寒风四射，然而窗明几净的屋子里，充满着无限的温馨。吃几杯酒，看几页书，严冬给予我们的创伤是涤荡无余了。晴雪满汀，翠柏盈野，骑上驴子，去凭吊长埋碧沙岗一带的孤忠，诗意是盎然在心底了。
  然而胜会不常，原是古今同慨的，有了温暖的聚合，便有凄楚的离别，有了凄楚的离别，便有了寂寞的行旅。
  灯节之后，我们徘徊街头，火花，鞭炮，燃遍了都市的各角落，使人凛然联想到鲁南苏北一带的枪声战火，陇海东段是"行不得也"！等也不知要等到什么时候。于是便决定走平汉路至汉口，再乘轮船东下。2月7日晚，朋友送我到车站。车是晚八点开的，我到的时候，刚六点半钟，然而车子里已拥挤得水泄不通。我只好向坐在后窗口的两位军人求情，在用尽了"对不起""原谅"之类的辞藻之后，才允许我从窗口里爬进去。离开车尚早，朋友不得不回去了。

平汉路上

我"坐"的是三等车,却并不对号(津浦车是对号的),也没有灯,不要说"坐",连插足的地方也求之不得。在无可奈何的时候,有几个头脑灵活的家伙挤入厕所里去了。我起初觉得好笑,等到枯立了两点钟,四面的压力越来越大,以至于呼吸迫促的时候,倒有点羡慕他们了。然而最聪明的事儿也往往最愚蠢,后来有两位娘儿们要解手,厕所里的先生们被赶了出来,车厢里的人浪立即波动了,笑语声,咒骂声,像流行症似的蔓延着。

车开了,我的眼光还留恋着散布郑州的万家灯火。等到车出了站,阴历十七夜的月儿,已经疲倦地从地平线上爬起了。不十分晴朗的天空里,闪烁着稀疏的星,月光微弱的颤动着,大地是一片模糊,一片黑暗,车投入于黑暗的怀抱里。

我站在窗前,望着迷茫的远方,心中浮起了无限的凄凉。渐渐地,月亮升高了,原野的树木、小河,累累荒冢,以及竹篱茅舍,都露出了苍白的脸,像在人生之途上受了委屈的孩子一样,拖着迟滞的步子,退后了,退后了。

这一列名实相反的特别快车,像喂肥了的年猪一样,行行,停停,还不时的嘶叫着,十二点多,才到了许昌。有人下车了,我机警地飞步向前,占了他的位子,总算松了一口气。而无数上车的人破窗揭门而入,车内混乱了。从此以后,每到一站,总是同样的情形。车子在入超于出的优越情况下,更是骄傲得不肯走动。到达漯河的时候,我从梦中醒来,只听得纷纷的议论与纷纷的嗟叹:多少人被扒了。坐在左边的一位四川军人想抽抽香烟,等到从口袋里一摸,才发现已经脱了底,契阔已久的"格老子""鬼儿子"之声,连珠炮似的冲口而出,使我又回忆起消磨在陪都的一段时光来。

再度入梦,又再度醒来,车停在驻马店了。东方天际,正泛着红霞。记得将别的时候,朋友敬我酒,我无意中唱了一句"今宵酒醒何处",朋友接着说:"驻马店晓风残月。"我们都勉强地笑了,因为他在开我的玩笑,谁知又竟成事实呢?

信阳是一个大站,然而县城四近,只是些低低的草房子。车站周遭,散布着残砖断瓦,侵略者的破坏力使人不寒而栗。听说从这里直通浦口的铁道已经快通了,那么,它的复兴,该是为期不远的。

下午四时许,车经鸡公山下,乱山峥嵘,高插天际,积雪映着夕阳,寒光晶莹。千岩万壑之间,雉堞依稀可辨,据说是日军盘踞时所筑。复行十余里,入武胜关,两边高山对峙,和剑门相像,不过规模较小而已。关山雄胜,从古到今,不知涂染着多少无辜者的血迹。英雄的伟业,正是诗人的眼泪。

夜幕四垂,人声渐静,我又一度入了梦乡。等到醒来,已是十一点多钟了,远远的望见汉口的灯火,而十八夜的月光,因为天空特别晴明,便显得特别亮,我的胸襟,也不觉开朗了许多。不多久,车停在大智门站了。同车的几位军人,据说是奉令调徐州某军事院校受训的,他们要由南京转徐州,知道我在南京读书,因为有同道之雅,谈得很投机,我们便同住在"华安宾馆"。本来是旅馆的招待接我们来的。然而到旅馆之后,已经人满了,没有空房间。几位军人还带着一个太太、两个小孩子,起码非三个房间不行,相持许久,还想不出办法。老板是一个胖子,悄悄地领我到他的房内,说我是"君子人",所以愿意让出他自己的房间给我住。我本来没有行李,他却有三床被窝,我谢了他,他走了。我躺在床上,燃起了朋友塞在我口袋里的前门烟,旅途的困倦,跟着一缕一缕的烟吐出来,飘在空中,渐渐消失了。

汉口信宿

旅馆费包括伙食费。躺下不久,茶房喊开饭了,同几位军人及其眷属在内,正好是八人一桌。五菜一汤,还相当像样。胡乱吃了几口,已经是夜间三点多钟了。但是要睡觉么?总是万感交集,大有"甚睡魔到得我眼中来"之慨。拿出朋友给我的在旅途消遣的一本书来,正是郁达夫的《屐痕处处》。我本来有这样的坏习惯,在就寝之后,如果不看看书,总难得入睡,恰好电灯极亮,从《杭江小历记程》直阅到《钓台的春昼》,有六七十页,总算睡着了。

早上起来,九点多钟了。其他旅客还在黑甜乡里,我于是想起了给朋友写信。我的这一段出乎意料的旅行,他是十分担心的。首先,我独自走生疏的路相当寂寞,更说不定会遭遇困难。其次呢,我的旅费大半是由他筹措的,除平汉路的车票花去两万元之外,只剩了七万元,对于由汉口到南京的船票价目,又一无所悉,生怕不敷应用。并且在汉口住旅馆,是相当费钱的,如果三四日购不到票,便成涸辙之鲋了。所以我急想告诉他点好消息。据那几位军人所说,民生公司的大船,三等舱只一万多元,有他们负责,购票不会成问题。而茶房的说法则是:十号有小船开出,活统四万二千元,固统六万元。退一步想,即使大船的票购不到,坐小船的活统,钱也够用了。信写完之后,即刻发了,还在街上徜徉了许久。巍峨的洋房,整齐的街道,南京是瞠乎其后的。

本来的计划是想到武昌去看看,因为武汉大学还有同学同乡在那里。但既然不久有船走,钱也够用,便不必去叨扰他们了。十二点左右,我同一位姓郭的同伴到亚细亚大楼去购票,船是十一号开的,票却早售完了。同去的还有一位西装革履的什么军事专员,三言两语,便破口大骂,说他们卖黑票。对方的答辩是:"大部分的船位,是由联合后勤部水运管理处支配的。现在军事紧急,他们要运军队,我们作不得主。"而专员呢,却硬是要看后勤部的公文,他要摄成照片,到什么部长及什么院长处去告发,去揭穿黑幕。最后恶狠狠地拿出手枪,向案头一拍,对方立时哑然了。内边房里,走出了两个脑满肠肥的先生,低声下气地请专员到里边坐,大概别有法门了。于是又轮到我的同伴发言,但他要的位子多,官衔又小,问题就比较困难。我一看他们的票价,头二等当然是几十万,固统四万一千,活统三万五千,其中只有固统有十几个位子,还是水运管理处订下的,这时已经是下午了。我灵机一动,便立刻回到旅馆,托茶房代购了一张小船的活统票,立时上船了。

船票是四万二,比亚细亚的固统票只贵了一千元。而这小船"怡和隆",是10号(明天)开的,今天可以上船,即使大船票购到手,它11号开,得多住一夜旅馆。华安宾馆的房间是七千元,加上小费及所谓房捐,又敲去一千五,茶房领我上船,又敲去了两千。上船之后,大有人满之患。茶房劝我购一床棉絮,因为我没有行李,不好占铺位。我便以六千元购了一床约有半斤多重的棉絮,于是身上的钱,只剩有五六千元了。

"怡和隆"是约有七八尺宽、十二三尺长的一只小轮,上边并无铺位。拖了一只货船,两只客船(都是木制的),却比小轮都大到一倍多。客船分两层:下面是固统,固也者,有固定位子之谓也;上面是活统,活也者,就是你早到一点,可以霸占到较大的位子。迟了呢?就没有份了。感谢上苍,经过来往数度徘徊之后,遇到一位湖南先生,拥有相当的领土,慨然要我上去,不要说坐一坐,要睡觉也满可以了。他姓蒋,是警官学校的官儿,领有三位青年,是要到沈阳去的;另外有一位姓陈的,要到上海。蒋先生好像是受了什么委曲,对于此行,不甚满意。他说要不是花掉的路费无法报销,他便回家吃老米去了。后来知道我是上大学的,便不禁感慨系之地说:"还念什么书?念书还不是为了做事,可是,哼!事有你做的?……"

船在未开之时是不管饭的,有许多小贩,拿着各式各样的食品在船上叫卖。还有驾了小舟卖面条的,我以五百元买了一碗,又买了几枚馒头,果了腹,已经是黄昏时分了。站在船头,遥望对岸的武昌,暮霭苍茫,高高低低的建筑物,都披上了幽玄的外衣,远水遥岑之间,渐渐地添上了灯火。黄鹤楼是比较显著的目标,可惜没有登临的机缘,默诵着崔颢的名诗,不胜今昔之感。如果和那位擅长京剧的朋友同来,准可以买舟过江,爬上楼顶,唱一声"哇呀呀………",意气发扬,高瞻远瞩,总不会有"日暮乡关何处是,烟波江上使人愁"的感触吧!

虽然是初春的季节,但江水却并不澄澈,嘉陵江的那幅"绿如蓝"的画面,在这里是没有了。而波澜则十分壮阔,上流的尽处是天,下流的尽处也是天,遗憾的是天气阴沉,风云暗淡。如果是晴天的日暮,霞光灿烂,江天辉映,定有一番壮美的奇观。

夜色迷离,炊烟四起,眼界渐渐的缩小,却发现了低飞江面的水鸟,是在寻觅食物?寻觅归宿?抑或是追求伴侣?于是我又记起"飘飘何所似,天地一沙鸥"的诗句来。

夜间睡觉,蒋陈二君分给我铺盖,再加上自己的皮袍,便不觉得冷了。入睡之前,作成了一首仄韵的五绝:"空望武昌城,横江不可渡。梅花何处落?飞绕汉阳树。"题目是《汉口夜泊》。

汉口到九江

　　昨夜江风吹雨,波浪打船,入睡得很迟。乱梦初回,已经是午饭时分。今天是2月10日,天气仍未放晴。蒋先生一行四人,想改乘大轮,退票走了。我同陈君移向里面,宽敞了许多。阅了几篇唐人小说,送走了半日的时光,怡和隆换了票,军警又检查了旅客的路证,开船的时候,是下午三点半钟。小火轮摆在前面,两只客船并列中间,货船殿后,恰构成了一个菱形。嘶!嘶!嘶!拉了几声尾子,便蹒跚而行了。细雨密织着,船顶上不时地漏水,危坐其间,只见江水缓缓地往后流。有些常识不足的旅客,惊讶不止,说是行逆水舟,怕要到重庆之后,再回到南京呢!

　　五点钟,开饭了,固统里还有点菜,活统里则只有白饭。陈君要了一小盘炒蛋,却花了二千三百元。饭后风雨更来得厉害,睡在两边的人用床单把空处遮起来,暖是暖了些,但不能看书,只得早睡了。

　　船在十二点以后,因狂风大作,不得不抛锚。11日早,又蠕蠕地开动了。早餐只吃了些白饭,细嚼起来,倒非常有滋味。饭后曾数度爬上船顶,饱餐四野风光。江面有两里多宽,来来往往的大小木船,十尺蒲帆,张满了风,双桨悠悠,忽起忽落,溅起一道道晶莹的浪花。两岸是弥望的平原,平原尽头,村树云物,亲昵地吻合在一起,天地的界限泯然了。岸边时而是槎牙的树木,时而是竹篱茅舍,农夫们骑牛而过,已经是春耕的时候了。田畴里点缀着一片片的碧绿,大概是小麦或蚕豆之类的幼苗吧!

　　下午,云堆渐厚,黑沉沉地压抑着人们的心。两岸上也出现了迤逦的山,山势越来越陡峻,越来越险恶,黑沉沉的,更甚于天上的云,跃跃然欲扑击我们的船。而船呢,更显得畏缩不前了。当接二连三的大轮划破江心,掀起偌大的波浪,颠簸着我们的船身骄傲地急驶而过的时候,船上交织着一片怨艾声:

　　"那船不是今天才开的么?"

　　"谁说不是?"

"比我们的船快多少!"多字重而长,是一个北平娘儿们的声音。

"那么两天就到南京了么?"

"可不是。"

"我们为什么不坐那船,偏偏要坐这呢?"

"该死的茶房,这票是他买的。"

安康轮也过去了,那正是由亚细亚售票的,我清楚地知道;唯其知道,所以也无须后悔。要说后悔,我本来该由郑州乘陇海车到徐州,再乘津浦车到南京的,省钱十几倍,省时间七八天,我为什么不那样走,要这样走呢?什么军事专员,再加上手枪的帮助,还不一定能购到大轮的票,茶房能吗?

黄昏了,依旧没有灯,不得不卧在被窝里,等吃晚饭。谁知饭总是不来。当我走出去时,细雨里飘着雪花,风声咆哮着,浪花一阵阵追逐着船。云块怕要掉下来了。不知何处,传来了一阵凄厉的雁声。等到摸入厨房,才知道火夫们起了内讧,饭做好了,却没有人送,而捷足的先生们已把碗筷抢得精光了。我弄了些白饭在一个很大的篮子里,胡乱吃了几口,便回到自己的位置,蒙头睡了。

本来说今夜十一点可以到九江的,谁知风浪交加,无法前进,又停了。到12日早七点才开动,十点多钟,总算在九江拢岸了。

"怡和隆"的公司——泰安公司,在九江,乘客对于这船的速率及船上的措施都气愤到极点,昨晚无饭,今早竟连洗脸水也没有了。于是有一部分人拥进了公司的大楼,纷纷质问。经理先生觉得事情不妙,便打发工役叫来七八个宪兵。这几天是黄金的时代,黄金价由每两三十万元扶摇直上,今天是八十万。离郑州的那天,还十五万呢。人正是黄金的崇拜者,这样一个堂而皇之的公司经理,有的是黄金,对于这七八个宪兵,当然是颐指气使的。但宪兵们也相当聪明,并不敢以弹压的姿态出现,可是总向着公司说话。他们先劝走了人群,只找出几位代表(两位军人代表,一位民众代表,还有我自己)举行谈判。我们的要求是:第一,退票;第二,另加一小火轮;第三,去掉货船。经理的答复是:票是由汉口售出的,要退也得向汉口办理;另加小火轮不可能;货船里的货是要到南京的,不能卸九江。宪兵根据他的说法又找出了许多聪明的理由,我们的要求一个个驳回来了。所答应的只是一些无关紧要的事情,如昼夜开船,茶水及伙食力求改善之类,都不过是一堆遁词罢了。夜间是要起风的,有风呢,这船就开不动,又有危险,谁敢勉强开?茶水伙食即使改善了,我们又不想在船上住一辈子。不过经理对于这一点也有答辩,他说:"我们是靠天吃饭的,托诸位的福,但愿天气好,没风……"把责任轻轻一推,推上天了。呜呼,中国之所以弄不好,都是"天"作祟,又岂此一端而已!

我笑了笑走出来,碰见陈君,他邀我去吃饭。吃饭之时,我们交换了各人的名字,饭钱他又付了。饭后逛大街,大中街,环城路,都走过了。街上以瓷器店最多,我借陈君一万元,以五千元买了一个墨水钵和一个笔搁,以两千四百元买了三斤所谓真正江西南丰蜜橘,回到船上。

九江在中国是数得上的都市,但在建筑方面,并不算好。大中街后,有甘棠湖。湖分为二,周围也有三四里大,芦苇丛生,点缀着都市的风景,惟其没有人工的布置,更觉得自然可爱。

开船之后,我立在船头,矫首环望,萧然旷野。大江滚滚地流,无日无夜地流,无数的帆船,也无日无夜地来往交错。位于南岸的九江,还是靠它们吞吐货物的。泊在岸头的火轮固然有几艘,但也微乎其微。北岸上也有疏落的房屋,因为浓云作雨,故而望不到尽头。

小孤前后

　　自九江开船是下午四点钟,微雨迷蒙,行六十里,风浪险恶,暮色苍茫,停于大孤山下。风为山障,吹不到岸上来,酣睡了半夜好觉。子夜复行,13日早十时左右,过彭泽县,三面是雄伟的山,大江从前面掠过,城墙跟着山势起伏,险要非常。居民很少,房屋也极其简陋。船上有位军人,眉飞色舞地指东画西,吸引了许多听众。他说当日寇与某某军在彭泽搏战的当儿,他们的部队从望江县奉命向彭泽增援,但当他们从左翼攻上的时候,某某军却从右翼溜走了。

　　向往已久的小孤山隐约可见了,目迎着她的到来,越走越近,终于逼近身边。她孤独的玉立北岸,伫候着情人。然而,风云暗淡,江涛澎湃,情人究竟在哪儿?

　　过小孤三十里,长风驾浪,直扑船头。船小力微,无法支持,遂停于马当对岸。岸上人家,茅屋纵横,属于彭泽县的江北乡地名东边河。向北平原弥望,田肥土美。回望小孤,已迷离于暮雨昏烟之中了。吃了几杯酒,作了一首古体诗:

泊马当对岸

　　长风鼓浪连天起,浪花直扑船窗里。船身奋进几多时,才过小孤三十里。系缆抛锚对马当,酒帘斜飘村酒香。沽酒持杯呼杯语:君不见天寒日暮云翻雨!

　　14日,风浪依旧,船未开出,颇有寂寞之感。傍晚与陈君希鄂及农林部何君至岸上小食店便餐,何君付钱。

　　15日破晓,风势稍敛,船老板还是不肯开船,而乘客们早就等急了,怨骂之声,处处可闻,还有喊打者,不得已才起锚,在船头还燃起香烛,放了不少鞭炮。

虽有些可笑,然而在这古老的船只里,更添了古风,不禁有感,便作了一首诗:

发马当

  马当连日浪如雪,客心欲逐大江发。半夜急风震天来,阴云吹尽见残月。东舟爆竹响舟头,西船香花祝未歇。东舟雀跃呼顺风,西船逆风行不得。浮生无地息征棹,去来顺逆那可料。江湖风浪几时休,裂帆斫樯行直道?

  今天是五六日来的第一个晴天。当我披上皮袍,爬在船顶的时候,东方天际,正流涨着一丝丝的红晕,由红而紫,染遍了整个的江天。渐渐地,一轮旭日,由半圆而浑圆,由红紫而红白,于是万道金光,笼罩大地。南岸上迤逦的青山,列队而来,向我们点头,微笑了。在离怀宁十数里的地方,忽然风急浪涌,又是逆风,后浪推着前浪,像虎豹似地直扑船头。渺小的火轮,压不住偌大的巨浪,爬上去,掉下来,拖着的三只大木船东摆西歪,浪头几次扑入船窗,胆小的乘客都吓得面无人色,但附近又不能拢岸,只得向前挣扎。到下午三点钟,总算到了怀宁了。

怀宁两日

到怀宁之后,因为当天不开船,遂花了三四个钟头,逛遍了所有的街市。只有一两条大街,建筑也非常简陋,而且生意萧条。繁华之区,倒是些古老而狭长的街道。东门外的迎江寺,殿宇巍峨,有高达七级的迎江塔,一层层地攀上去,直到顶端,纵目四顾,不但怀宁城了如指掌,与天相接的大平原,也全入眼底了。

16日,风大,未开船。乘客转搭大轮者极多。

17日,风雪交加,与陈君逛大街,以五千五百元购胡开文小楷鸡狼毫三枝,大楷羊毫两枝,墨一锭,借陈君一万元。下午吃油炸包子十枚。

下午五时左右,雪晴风敛,可以开船了。却不见了所谓管理员,据说是进城打牌去了。乘客又走了许多,固统里的铺位大半空着,于是同陈君来了一次乔迁。里面原有两位河南大学医学院的毕业生,是赴京就职去的,一姓杨,一姓王。另外还有一位老先生,六十多岁,南阳人,是保定毕业的。这三位都和我同一天离开郑州,谈起来显得非常亲热。老先生烧茶的火炉,发散着异常的温暖,直到午夜,还谈笑风生,他时而把茶送给坐在远处的人,自诩为"救济总署"。"那么,老先生是处长了!"我说。在哄堂大笑中,又想起了杜甫"减米散同舟,路难思共济"的诗句。

行旅的结束

18日,天晴,早晨风浪渐微,遂开了船,下午四五时左右,风势涨而复落。六时至荻港,未系缆,夜十二时,始到芜湖。

19日,早起逛了一趟大街,建筑较怀宁好多了。九时许开船,因客人减少,又下了几吨货,故将客船卸去了一只,速度立即加大了。天气异常晴朗,江水平得像一面巨长的镜子,微风徐来,镜面上泛起粼粼的皱纹,一群群的水鸟来往飘浮。江面上的小木船也分外加多了,一叶扁舟,张起两面丈余等方的白帆,双桨轻摇,风味悠然。江南岸青山不断;北岸的远处,时而是山,时而是茫无际涯的原野。

过采石矶不久,便在下关拢岸了。回到学校,已是下午七点多钟,请陈君洗了澡,又在湖南饭馆吃了饭,留他在学校住了一夜,次日还给他钱,他便找亲戚去了。我也忙着赶功课,因为大考就要开始了。

附记:

这篇稿子是去年2月间在旅途上写的,回校后抛在箱子里,日子一久。便忘掉了。日前因清理东西,又捡了出来,恰好《陇铎》索稿,便拿出发表,以纪念我在人生之途上经过的一段行程,并献给曾经惦念我行程的朋友。

1948年10月2日